JOACHIM RINGELNATZ

Die Gedichte

Die Gedichte von Joachim Ringelnatz

HERAUSGEGEBEN
VON
FRITZ & KATINKA EYCKEN
MIT JAKOB WINTER

GERD HAFFMANS
BEI ZWEITAUSENDEINS

Erstausgabe
1. Auflage, Januar 2005.
2. Auflage, Mai 2005.

Umschlagbild von Rudi Hurzlmeier.
Aus: »Happy Birds-Day«. Mit Versen von Harry Rowohlt und Roger Boylan.
Zweitausendeins, Frankfurt am Main 2004, erweiterte Neuausgabe 2005.
Titelzeichnung von Stengel aus dem Programmheft des »Simpl«, München, 1932.
Gestaltung, Satz und Produktion von Urs Jakob,
Werkstatt im Grünen Winkel, CH-8400 Winterthur.
Herstellung: Ebner & Spiegel in Ulm.
Printed in Germany.

Dieses Buch gibt es nur bei Zweitausendeins
im Versand: Postfach, D-60381 Frankfurt am Main, Telefon 069-420 8000,
Fax 069-415 003. Internet: www.Zweitausendeins.de.
E-Mail: info@Zweitausendeins.de. Oder in den Zweitausendeins-Läden
in Berlin, Düsseldorf, Essen, Frankfurt am Main, Freiburg, 2 x in Hamburg,
in Hannover, Köln, Mannheim, München, Nürnberg
und Stuttgart.

In der Schweiz über buch 2000, Postfach 89, CH-8910 Affoltern a. A.

ISBN 3-86150-542-8

FRAGEBOGEN

am 6. April 1930:

Wär ich nicht so verliebt gewesen,
Wär diesmal Besseres zu lesen.

1. Frage:	Was essen Sie am liebsten?	*Austern.*
2. Frage:	Welches Temperament ist bei Ihnen vorherrschend?	*Das linke.*
3. Frage:	Haben Sie eine Weltanschauung?	*Eine ganz kleine.*
4. Frage:	Wie heißt Ihre Lieblingsblume?	*Seegras.*
5. Frage:	Was ist Ihnen die Erotik?	*Heimlicher Sport.*
6. Frage:	Welchen Duft schätzen Sie sehr?	*W. C.*
7. Frage:	Was verstehen Sie unter Glück?	*Dito.*
8. Frage:	Was denken Sie über Frauen?	*Ähnlich.*
9. Frage:	Was trinken Sie am liebsten?	*Terpentinöl.*
10. Frage:	Welche Meinung haben Sie von der Ehe?	*Eine dicke Ehrfurcht.*
11. Frage:	Sind Sie diskret?	*Warum nicht!*
12. Frage:	Warum nicht?	*Weshalb denn?*
13. Frage:	Haben Sie Takt?	*Ja, mehrere.*
14. Frage:	Welches Buch lieben Sie vor allem?	*Das Hamburger Adreßbuch.*
15. Frage:	Wie ist Ihr Verhältnis zur Kunst und Wissenschaft?	*Ein inniges.*
16. Frage:	Welche Ausdrucksform und Richtung bevorzugen Sie?	*Hautana.*
17. Frage:	Haben Sie ein Ziel?	*Nicht bei mir.*
18. Frage:	Was erregt Ihre absolute Abneigung?	*Der Tod.*

INHALT

SIMPLICISSIMUS

Künstler-Kneipe und Kathi Kobus

1909

Herausgegeben vom Hausdichter Hans Bötticher.
Meisenbach, Riffarth & Co., München 1909.

VIELLIEBER FREUND!

Wenn Dir dies Buch vor Augen kommt, betrachte es als einen Brief von mir, mit dem ich unsere gemeinsamen Erinnerungen an eine Reihe herrlicher Münchener Tage wieder auffrischen möchte.

Von der trauten Kneipe in der Türkenstrasse lass mich besonders plaudern, die Dir und später auch mir den Abschied von der lustigen Bierresidenz so recht schwer gemacht hat.

Und nun setze keine kritische Brille auf, sondern zünde Dir eine gute Zigarre an, stelle den Klappstuhl auf »letzte Zacke« und dann: Auf nach dem Simplicissimus! Ich hab ja nur Wenig von dem Vielen gebracht, das darüber geschrieben, gesungen, gesprochen oder was abgebildet ist, aber ich hoffe, Du wirst noch einiges darunter finden, was Dir Freude macht.

Denke daran, wie wir das erste Mal auf das rote Licht zusteuerten, das als einziges äusserliches Wahrzeichen des sonst so unscheinbaren Hauses wie ein Leuchtturm die Strasse hinunterblickt und den nächtlichen Passanten unaufhörlich zuruft: »Es ist noch viel zu früh zum Schlafengehen!« Denke daran, wie wir zögernd einen Moment an der Schwelle auf die Geigentöne lauschten, die durch Türen und Vorhang gedämpft an unser Ohr drangen, und wie uns auf einmal so warm ums Herz ward, als wir uns unter lachenden Menschen, unter Licht, Lust und Leben befanden. Es war wie immer ein volles Haus. Lebenslustige und Lebensdurstige aus allen gebildeten Ständen verschiedener Nationen zusammengewürfelt. Wir nahmen an einem der ersten Tische Platz und tranken Kaffee, dem wir, der Situation angemessener, später Bowle nachschickten, und bald waren wir mitten im Strudel der gemeinsamen Unterhaltung.

Der Lampenschimmer spiegelte sich in den Rahmen der vielen Bilder, die über und über die Wände bedeckten, und in dem schönen Rokokospiegel, vor dem das dreieinige Orchester wirkte.

Das waren berauschende Klänge
Der echtesten Wiener Musik. – –

Es war ein malerisches Bild, das die Gäste in dem künstlerisch dekorierten Zimmer boten. Die farbenprächtigen, oft pompösen Toiletten der Damen, die zum Teil höchst originellen Typen junger Künstler und Malweiberl, die reichen Stilleben auf den weißgedeckten Tischen und das ewig-junge Blumenmädchen mit ihren wundervollen Rosen und Nelken – das Ganze bot einen famosen Anblick.

Dem entsprach auch die Unterhaltung, die teils allgemein, teils gruppenweise, witzig und kritisch, aber stets galant und durchweg nie geistlos geführt wurde.

Wir waren sofort ganz im Banne des dort herrschenden Tones. Und als dann die Wirtin auf der Bildfläche erschien und in ihrer treuherzigen Art die Honneurs machte, da drückten wir ihr die Hand und duzten sie wie alte Bekannte, indem wir uns dabei der ganz falschen Meinung hingaben, dass sie sich bei einer solchen Menge von Gästen die einzelnen Gesichter sicher nicht merken könne.

Sie verteilte dann Zettel, auf denen das lustige Simplicissimuslied des Freiherrn von Osten-Sacken stand zum Mitsingen, und wir stimmten kräftig mit in die übermütige Melodie ein.

Besinnst Du Dich noch auf den begeisterten Schlesier, welcher weinselig unaufhörlich erklärte, dass sich das eigentliche Simplicissimusleben im hinteren Zimmer abspiele.

Aber er hatte recht. Der hintere Raum war der Superlativ zu dem vorderen, und den Komperativ bildete ein schmaler Verbindungsgang.

Überall strotzten die Wände im reichen Bilderschmuck. Ölgemälde, Aquarelle, Zeichnungen, Radierungen von Uhde, O. Seidel, Kaulbach, Segantini, Reznicek, Harburger, Vautier, Weissgerber, Futterer, Acbé und anderen sowie zahlreiche Photographien hingen im malerischen Durcheinander.

Ja, das hintere Zimmer! Wir lernten es auch bald kennen. Es schien nicht leicht, da hineinzukommen, auf den ersten Blick sogar unmöglich; denn jeder Stuhl war besetzt, und in den ganz engen Zwischenräumen wimmelte es wie in einem Ameisenhaufen; aber es bedurfte nur eines guten Wortes an die Wirtin, und sie hätte noch Hunderte dort untergebracht. Sie war ja berühmt wegen dieses Verpackungstalentes.

Ja, dort fanden wir erst Leben! Das waren reizende, wirklich entzückende Abende und Nächte in dem traulich gedämpften Rotlicht, und jetzt in der Ferne denke ich oft daran. Dann träume ich mich zu einem Glas Magdalener an Deine Seite zurück. Wir haben uns einen Platz nahe der Künstlerecke unter einem Bild erobert, welches eine auffallend gekleidete, vollbusige Dame darstellt. »Sarah von Dringeles« steht darunter. Alle Bilder dort sind mit Erlebnissen verknüpft, und auch von diesem wissen die Eingeweihten, dass die Sarah von Dringeles in Wirklichkeit ein maskierter lustiger Graf von Schönborn war. Sie wissen auch, dass der Maler des Bildes, Herr Stefany, selbst ganz frappierend als Damendarsteller ist und jährlich auf allen Faschingsbällen und -festen, wie auch im Simpel in Damenkleidung so graziös tanzt, dass alles von ihm entzückt ist, zumal wenn er in dem sparsamen Kostüm der Salome erscheint.

Nicht weit von diesem Porträt leuchtet aus dunkler Ecke das mehr originelle als schöne Simpelplakat, der rote Hund auf gelbem Felde, der eine Sektflasche zu öffnen sucht. Der Hausdichter behauptet allerdings, das Vieh denke absolut nicht daran, die Flasche (Hausmarke) zu öffnen, da es wasserscheu sei. Unter diesem Wappen hängt der Charakterkopf Ludwig Scharfs, und unter diesem wiederum hängt – nein sitzt der richtige leibhaftige Lyriker Ludwig Scharf mit seiner geistreichen Frau. Um denselben Tisch gruppiert sich ein Kranz von Stammkünstlern und Stammgästen mit oder ohne Namen, willkürlich zusammengesetzt.

Da sitzt eine schmächtige, blasse Gestalt mit langem Kopf- und Barthaar, stechenden Augen und feinen Händen. Das ist Erich Mühsam, der Schriftsteller, der Skeptiker, der Pessimist, der Anarchist, dessen beissender Witz bekannt ist. Man sieht es seinen Manieren an, dass er aus einer guten Kinderstube hervorgegangen ist. Seine humoristisch-satirischen Gedichte, die er auf dem Tische stehend vorliest, klingen trotz ihrer geistvollen Fassung nicht immer recht überzeugend. Neben ihm hat die Gräfin Reventlow Platz genommen, das interessante Gesichtchen mit den klugen Augen. Sie spricht nicht viel, diese talentvolle aussergewöhnliche Frau. Nur dann und wann richtet sie mit schelmischem

Lächeln irgendeine Frage an Mühsam oder an ihre interessante Nachbarin, die Schriftstellerin Frau André-Douglas.

Da sehen wir ferner Heinz Lebrun, den gottbegnadeten Sänger. Augenblicklich verwendet er seinen vollen Tenor dazu, einer jungen, ziemlich grell gekleideten Dame eine donnernde Standrede zu halten mit der Quintessenz: Ich bitte, singe niemals wieder öffentlich! Er hat seine Ansprache mit den Worten eingeleitet: »Mary, du bist eine Gans!« Aber sie ist keineswegs darüber beleidigt, denn diese Mary ist ein herzensgutes Persönchen und gerade das Gegenteil von dem, was sie scheint. Wie sie auf den Gedanken kam, Malerin zu werden, weiss man nicht. Tatsache ist, dass ihr jede Spur von Geschmack oder Begabung mangelt und dass sie sich infolgedessen kümmerlich durchs Leben schlägt.

Ja, singen sollte sie wirklich nicht. Sie hat heute übrigens besonderes Pech, denn auch an ihrer linken Seite sitzt ein sangeskundiger Kritiker und noch dazu einer, dessen Schlagfertigkeit und treffender Witz sehr gefürchtet sind, Klavierhumorist H. Koppel. Auch Kothe, der berühmte Lautensänger, mit seiner genialen Frau ist anwesend. Kubasch, der schneidige Humorist und Herzog der »Guitarre-Sänger nach Brettl-Manier« zechen gleichfalls dort. Dann schimmern aus bläulichem Zigarettenrauch die melancholischen Augen der Freifrau von R.

Soll ich sie alle nennen, diese merkwürdigen, interessanten oder lustigen Erscheinungen der Künstlerschaft und Bohème? Es sind ihrer ja so viel, und der »letzte Tisch« präsentiert eine täglich anders zusammengemischte Korona.

Gewiss sind auch viele ganz unbedeutende Lumen dazwischen, aber sie tragen zur allgemeinen vergnügten Stimmung mit bei, denn in einer Kunst sind dort alle Meister, in der Kunst zu leben und leben lassen.

Das ist die Künstlerstammtafel, über der eine recht gute Parodie auf ein Bild von Stuck hängt. Auch die anderen Tische sind von einem bunten, recht bemerkenswerten Publikum besetzt. Damen und Herren der besten Gesellschaftskreise, Studenten, Maler, Schauspieler, Künstler aller Art, Menschen aller Art, viele darunter, die von weit hergekommen sind, um die vielbesprochene Kneipe einmal anzusehen. Auch der Deutsche Kronprinz soll hier gewesen sein.

Der Bowle, dem Terlaner, allmählich auch dem Sekt wird fleissig zugesprochen. Etwas wie Ungeduld oder Enttäuschung liegt aber noch auf vielen Gesichtern. Soll's denn heute gar nichts werden?

Inzwischen hat Kapellmeister Klieber seine Tätigkeit am Klavier aufgenommen. Der gute, alte, künstlerhaarige Klieber, der mit zum Inventar des Simpels gehört. Er spielt höchst zuverlässig und träumt dabei von seiner geliebten Privatbeschäftigung mit Chemie, von Salzsäure und Nitroglyzerin. Manchmal greift er dabei auch wie im Traume rechts hinter das Piano, allwo ganz zufällig immer ein guter Tropfen zu finden ist.

Und nun kommt sie, die Seele des Simplicissimus, die – – Kathi Kobus, die stramme, imposante Traunsteinerin mit dem feschen Anflug von Schnurrbart, der ihren sonst so weichen Zügen etwas Festes, beinahe Stolzes gibt.

Das ist die vielgefeierte und vielgenannte Wirtin der Künstlerkneipe. Sie hat das Lokal mit ganz geringen Ersparnissen begonnen und es in wenig Jahren ohne fremde Hilfe nur durch wirklich unermüdlichen Fleiss, durch bewundernswerte Ausdauer und Umsicht zu dem gemacht, was es jetzt ist.

Wer die Künstlerkneipe und ihren Betrieb kennt, der weiss, was das sagen will. – – Sie tritt an alle Tische heran, reicht vielen die Hand, und während sie mit unwiderstehlichem Lächeln die Gäste bittet, doch enger zusammenzurücken, damit später kommende noch Platz fänden, nickt sie den Bekannten zu mit ihren klaren Augen. Diesen Augen, denen man es nicht ansieht, dass sie bei gegebenen Momenten so energisch blitzen können.

Ein halblautes Flüstern geht ihr voraus. Die Vertrauteren erzählen den Fremden, was sie über Kathi und ihr Lokal wissen, so auch, dass sie vor einiger Zeit eine Villa in dem herrlich gelegenen Wolfratshausen gekauft habe.

Inzwischen haben sich das Hinterzimmer und der Seiteneingang ganz mit Menschen gefüllt, und Kathi besteigt nun mit den Worten: »Seids amoal staad!« das Podium. Sie trägt »Das Kanonische«, »Die Blutegeln« und andere Gedichte in ihrer Mundart vor, flicht aber fortwährend Anreden und Ausrufe an das Publikum oder ihr Personal ein, wie »Geh, so seids doch staad!« oder »Sakradi!

Wer schmeisst mir denn da hint'n wieder alle Glaseln z'amm!«

Nun ist die Stimmung in Fluss gebracht, was sich an der lauteren, lustigeren Unterhaltung bemerkbar macht, die nach Kathis Vortrag einsetzt. Unterdessen hat der ungarische Geigenspieler Dunajec seine Violine herausgeschält. Langsam betritt er das Podium, nachdem er zuvor die Bekannten begrüsst und einigen Damen galant die Hand geküsst hat; dann lässt er den Bogen über die Saiten gleiten, von denen Erich Mühsam erzählt, dass der Künstler sie aus seinen eigenen Därmen geschnitten habe.

Während er spielt, wiegt er sich nach dem Rhythmus des Stückes in den Hüften, und seine blonden Locken tanzen dazu. Das Ave Maria und später Barcarole aus Hoffmanns Erzählungen klingen durch den Raum. Man klatscht, und der Geiger wird an irgendeinen Tisch gebeten, wo man seiner Vorliebe für Sekt entgegenkommt. Dann hört man Kathis Stimme: »Silentium für Ludwig Scharf!«

Ludwig Scharf spricht unter tiefstem Schweigen der Zuhörer. Auf allgemeinen Wunsch bringt er zunächst sein »Proleta sum«, später »Das tote Kind« und andere ernste Gedichte.

Als sich der Beifallssturm gelegt, setzt die Musik ein, und dann folgt wieder ein Vortrag und so geht's weiter.

Da singt die Anny Durini Schnadahüpfl zur Guitarre. Schriftsteller Julius Beck erntet mit höchst dramatischer und humoristischer Rezitation reichen Applaus, ebenso der beliebte Louis Staller durch seine mit vornehmem Charme gebrachten Chansons. Besonderen Jubel aber ruft das Erscheinen der graziösen, temperamentvollen Brettldiva Mary Irber hervor. Das Tonerl jodelt, einer spielt Mandoline, und später lässt sich irgendein fremder, zufällig anwesender Schauspieler oder Sänger hören. –

»Silentium für den Hausdichter Hans Bötticher!« Zum Rang eines Hausdichters ist er wohl deshalb erhoben, weil er seinen Pegasus ganz in den Dienst der Kathi gestellt hat. Er erzählt oder lügt alles mögliche Intime von ihr und dem Simplicissimus und wird dafür von ihr, wenn er geendet, regelmässig an den Haaren vom Podium heruntergezogen. Besonders gute Aufnahme finden seine Simplicissimusträume. Von ihm stammt auch das zweite Simplicissimuslied, das jetzt im Chorus unter Leitung Koppels gesungen wird. Grosse Heiterkeit ruft eine improvisierte Oper, »Die Elsa von Wolfratshausen« hervor, bei der eine schnurrbartgezierte und nur spärlich in Gardinenspitzen gehüllte Dame sich mit einem Kochlöffel ersticht. Schauspieler Willms und Max Pollinger sind die wirkenden Kräfte.

Die Heiterkeit wird immer toller und bricht in hellen Jubel aus, als Kathi frische Knödelsuppe ankündigt. »Tanzen!« »Maxl, tanzen!« rufen einige Stimmen, und nun werden rasch ein paar Stühle weggeräumt. Max Pollinger und Bobby Weiss produzieren sich mit Cakewalk und Matchiche; daran reihen sich Landler. Stürmische Bravorufe erschallen, als Pollinger mit Kathi einen Schuhplattler und zum Schluss einen Dreher tanzt; denn das Teufelsweib, das alles kann, kann auch tanzen – – und wie sogar!

– –

Und Lieder und Worte schwirren durcheinander, Sektpfropfen knallen, Gläser klingen und – – – »Meine Herrschaften, Polizeistunde!« ruft Kathi.

Alle sehen nach der Uhr. Man will es nicht glauben, dass es schon drei ist, und man möchte so gern noch ein wenig bleiben, aber jetzt wird Kathi energisch. Sie weiss eben, wie streng die Polizei ist und wie hoch ihre Strafen sind. Also wir müssen gehen, und wir gehen um einige glückliche Stunden bereichert.

Ja, es ist reizvoll, das Leben in dieser Künstlerkneipe, und das sagen sie alle, die es kennen – – – nein, doch nicht alle. Es ist auch manches dagegen gesprochen oder geschrieben, teils aus Überzeugung, teils von Muckern, Griesgrämigen, Neidischen oder Leuten, die der Ansicht waren, dass Kritik und Kredit zwei sehr voneinander abhängige Begriffe seien.

Gewiss, es ist auch mancher Schatten auf das sonnige Leben im Simplicissimus gefallen. Leid, Neid, Leichtsinn und Sorge sind immer treue Trabanten der Bohème gewesen, und es ist auch manch harter Strauss dort ausgekämpft worden, aber dem Fremden bleiben diese kleinen dunklen Flecken in dem grossen bunten Bild verborgen, und Humor und ausgelassene Fröhlichkeit haben dort immer die Oberhand behalten.

Nicht wahr, lieber Freund, Du gibst mir recht? Es ist eine ganze Welt für sich, dieser Simpel, und es ist kein Wunder, dass von überall Menschen herkommen, um ihn zu sehen, und dass sich Künstler und Künstlerinnen jeder Art dort hingezogen fühlen. Erinnere Dich nur an den stürmisch-vergnügten Abend, den uns Isadora Duncan bereitete.

Schade, dass Du den Fasching hier nicht mehr erleben konntest!

Dieses Leben, diese Lustigkeit! Die vielfarbigen, spassigen, geschmackvollen Masken und Kostüme, die rauschenden Walzer und dazwischen Kathi selbst mit ihren Heben in der kleidsamen Chiemgauer Bauerntracht.

Doch es ging auch über die Grenzen der Türkenstrasse. Künstlerischer Festzug durch München mit fünf Wagen voll buntkostümierter Simpelgäste unter Anführung der Serenissima Kathi Kobus, reizvolle Maskenfeste, glänzende Bal parés, immer im Gefolge unserer lieben Kathi – – –

Es war eine köstliche Zeit!

Ach, wie freue ich mich auf den Tag, wo ich das alles wieder sehen und miterleben werde, und ich will gewiss dabei Deiner mit ganzer Seele gedenken.

Vielleicht aber bringt Dich Fortuna auch noch eher nach München als mich, und dann, lieber Freund, dann bitt ich Dich nur eins:

Grüss mir den Simplicissimus!
Grüss Kathi Kobus!

SIMPLICISSIMUS-TRÄUME

(Es existieren z. Zt. deren fünf,
wovon die Hauszensur der Kathi einige unterdrückt hat.)

I. TRAUM

Was man mitunter
Doch kunterbunter
Für tolle Sachen zusammenträumt.

Ich sass da bei Kathi recht aufgeräumt.
Der Simpel war vollbesetzt wie immer,
Und mit der Zeit ward es noch schlimmer;
Denn schon um zehn sassen einige Damen
Wegen Mangels an Platz auf den Bilderrahmen.
Ich selber stritt mich mit einem Dicken
Um einen Platz auf dem Telephon.
Es war eine schreckliche Situation
Und ein Tabaknebel, rein zum Ersticken.
Und dann begann nach dem Musizieren
Herr Scharf Gedichte zu rezitieren
Und Hadaschnüpfl – äh – Schnadahüpfl – hörte ich singen,
Und einer trug Minna von Berlichingen,
Ein anderer aus Götz von Barnhelm vor,
Und der »Revolutzer« drang an mein Ohr.
Ja, die Kathi selber erzählte sogar
Von einem kanonischen Blutegelpaar.

Aber alle wirkten zu gleicher Zeit,
Und das war ein Lärm, eine Heiterkeit – –!
Und der Lärm ward toller und immer toller
Und der Simpel voller und immer voller,
Ja, ich sah, wie einige junge Damen
Mit aufgespanntem Regenschirm kamen.
Erst später merkt ich – Du heilige Güte! –
Die Regenschirme, das waren – – Hüte.

Hier klang es »Pardon«, dort hiess es »Verzeih'n«
Oder »Au, meine Hühneraugen!« »Mein Bein!«
Und es war ein grauenvoll Johlen und Zischen.

Ganz deutlich hörte man aber dazwischen
Die Kathi vorne am Eingang schrein:
»Es ist noch viel Platz! Nur immer herein!«

Auf einmal gebot sie Silentium,
Und als dann natürlich alles gleich stumm,
Erklärte sie unter Beifallsbrausen,
Exzellenz Graf Zeppelin warte draussen,
Und er wolle mit seinem Luftschiff einmal
Durch das weltbekannte Künstlerlokal.
Wahrhaftig, der Aeronautikus
Flog 'rein in den Simplicissimus,
Fuhr dreimal im Vorderzimmer herum,
Warf Stühle, Menschen und Tische um
Und blieb dann natürlich hinten stecken.
Denkt euch die Panik, denkt euch den Schrecken!
Hier lautes Jammern, dort stürmisches Grüssen.
Jäh auf dem Kopf stand, was sonst auf den Füssen.
Schwarz wimmelte da im grausen Gemisch
Künstler und Künstlerin unter dem Tisch.
Und klirrende Scherben, vergossene Weine,
Zappelnde Arme und bebende Schw – äh – schwebende Beine.

Und während der Graf aus der Gondel guckte
Und vergnügt auf die bunte Gesellschaft spuckte,
Stieg aus dem Luftschiff ein zweiter Mann,
Der bot Manschettenknöpfe an,
Manschettenknöpfe, die er selber erfunden,
Doch er war sehr bald im Gedränge verschwunden.

Inzwischen ward hinten ein Streit gedrechselt,
Da hatten zwei ihre Beine verwechselt,
Und der eine liess gleich nach Berlin depeschieren
Und sich einen Feldzugsplan offerieren.

Und der Lärm ward toller und immer toller
Und der Simpel voller und immer voller,
Und draussen standen noch zwanzig Soldaten,
Die schwer betrunken sich Einlass erbaten.
Aber: »Es ist noch viel Platz, nur immer herein!«
Ein Turn- und ein Männergesangverein,

Eine lustige Damenkapelle aus Wien,
Der Leipziger Wingolf, ein Chor aus Berlin – –,
Schon wurden sie schichtweis' untergebracht,
Da kam noch ein Bote zu später Nacht.
Die Rosa Luxemburg, die liess sagen,
Ein Jungfrauenbund wolle gern hier tagen
Und ob wohl noch Platz vorhanden wäre,
Und die Kathi sprach etwas von »hoher Ehre«
Und »seltene Gäste willkommen sein«
Und »es ist noch viel Platz, nur immer herein!«

Da packte mich eisiger Schauder und Graus,
Hier kommst du doch nicht lebend heraus,
Und wenn dann sterben, dann schnell gleich sterben!
Mein Glas Magdalener warf ich zu Scherben,
Vom Telephonkasten sprang ich voll Stolz,
Entzündete kühn ein Schwefelholz,
Schwankte noch einmal und rief dann: »Es sei!«
Und hielt dann das Streichholz an Zeppelin III. – –

Ein heller Blitz, ein Knall, ein Schuss:
Verschwunden der Simplicissimus.
Ich bin, wer hätte das gedacht,
Nicht im, doch unterm Bett erwacht.
Ich lag in einer grossen Lache,
Und neben mir lag noch 'ne Sache,
Ein porzellanes, rundes Ding,
Dem's ganz genau wie mir erging.
Wir waren beide unversehrt
Und hatten beide uns entleert.

3. TRAUM

Zu Neujahr war's, im Simpel früh halb sieben,
Ich wäre gern bei Kathi noch geblieben,
Doch da sie mich hinauswarf ohne Schonung,
Kroch ich in meine Junggesellen-Wohnung.
Im Simpel hatte ich viel Punsch getrunken,
Ich war um zwölf schon untern Tisch gesunken
Und war am ganzen Körper wie zerschlagen.
Ich hatte ein Gedichtchen vorgetragen,
Das ich die Nacht vorher erst ausgeschwitzt,
Und nun daheim, ermüdet und erhitzt,
Wollt ich mit wohligem Empfinden
Mit einem Salto in mein Bett verschwinden.
Da hört ich Schritte auf des Vorsaals Stufen.
Es klopfte. – Eh ich noch »Herein« gerufen,
Trat in mein Zimmer mit bescheidnem Gruss
Die Kathi aus dem Simplicissimus.
»Hausdichter«, sprach sie auf meine Frage,
»Verzeih, wenn ich so spät zu stören wage,
Ganz reizend war – das wollt ich Dir nur sagen –
Was heute du im Simpel vorgetragen,
Jedoch ich weiss, die Kunst geht durch den Magen.
Mir ist bekannt, Du lebst ein wenig ärmlich,
Und Deine Honorare sind erbärmlich.
Gestatte, daß ich mich veranlasst sehe – –
Und Dir ein wenig nun zur Seite stehe.
Du hast so manche Nacht für mich durchwacht,
Hast manch' Gedichtchen auch für mich gemacht,
Erlaube, dass ich jetzt mich revanchiere
Und eine Kleinigkeit Dir dediziere.«

Ein Schauer lief mir da vom Kopf zur Zeh,
Ich stammelte nur: »Kathi, holde Fee!«
Die Kobus aber nahm ihr Portemonnaie,
Griff tief hinein mit Würde und Bedacht – –

Ach, lieber Gott, da – – bin ich aufgewacht.

DIE SIMPLICISSIMUS-BOWLE

Im Hofe links steht eine Tonne,
Am Himmel oben steht die Sonne,
Und zwischen Sonne und dem Fass
Steht Kathi mit der Ananas.
Besagtes Fass enthält statt Bier
Aqua und H_2SO_4
Und wenn (jetzt wird die Kathi blass)
Der Schatten von der Ananas
Dann auf die Wassertonne fällt,
Dann – – ist die Bowle hergestellt.

2. SIMPLICISSIMUS-LIED

(Melodie: »Strömt herbei, ihr Völkerscharen«)

I.

Mitternacht ist's. Längst im Bette
Liegt der Spiesser steif und tot,
Ja, dann winkt das traulich nette
Simpel-Gasglüh-Morgenrot.
Und mich zieht's mit Geisterhänden,
Ob ich will, ob nicht, ich muss
Nach den bildgeschmückten Wänden
In den Simplicissimus.

II.

Wo sich zum gemeinen Wohle
Künstler und Bohème trifft,
Wo die Kathi still zur Bowle
Mischt das tödlich scharfe Gift;
Wo mit Mandolinenklängen
Sich verwebt der Weisswurst Dampf,
Lausch ich fröhlichen Gesängen
Und dem Mords-Klaviergestampf.

III.

Wo das Malweib uns stets heimlich
Vor- und hinterrücks skizziert,
Wirkt der Dichter rühm- und reimlich,
Tanzt man, scherzt und rezitiert.
Ist auch vollbesetzt das Zimmer,
Fremdling, stoss dich nicht daran,
Kathi Kobus findet immer
Plätze noch für zwanzig Mann.

IV.

Schwelg ich dann bei Knödelsuppe
Hier im Simplicissimus,
Ist die ganze Welt mir schnuppe,
Bis die Polizei ruft: »Schluss!«
Scheid ich einst von diesem Globus,*)
Sei mein letzter Abschiedsgruss:
»Pfüat di Gott, mein' Kathi Kobus!
Heil dir Simplicissimus!«

**) Der Reim »Globus-Kobus« ist gesetzlich geschützt.*

ZUM 1. MAI 1909
(Siebenjähriges Stiftungsfest)

Sieben Jahre liegt es zurück,
Dass wir angefangen.
Sieben Jahre voll Lust und Glück
Sind durch den Simpel gegangen.

Sieben Jahre gingen vorbei,
Sind wie ein Traum verflogen.
War eine herrliche Nacht im Mai,
Als wir feierlich eingezogen.

Hebet die Gläser mit perlendem Wein!
Wir sind lustige Leute.
Wenn wir wieder die Stunde weihn,
Mög' es nicht trüber, nicht trauriger sein
Wie heute.

WIE KATHI ZU IHREM HAUSDICHTER KAM

Er ritt auf seinem Pegasus,
Hell glänzte die edle Nase,
Die Wirtin vom Simplicissimus
Stand vor der Tür auf der Strasse.

Sie sah ihn halten und rief entsetzt:
»Was kommt denn dort für Geflügel?«
Doch sprach sie's nur leise und hielt ihm zuletzt
Beim Absteigen höflich den Bügel.

Er zog sie ins Zimmer mit wilder Hast
Und knitterte mit Papieren.
Ein langes Gedicht, von ihm selbst verfasst,
Begann er zu deklamieren.

Da liess sie ihm eiligst vom Pfälzer Wein
Einen mächtigen Humpen bringen
Und bat ihn flehend: »Halt ein! Halt ein!
Mir will das Trommelfell springen.«

Doch er lachte: »Was schert mich Dein Trommelfell,
Ich rede für mich zum Vergnügen!« – –
Dann schwieg er und leerte den Humpen schnell
Mit zwei gewaltigen Zügen.

Nun war es vorbei mit seiner Kraft,
Er wand sich am Boden in Krämpfen,
Dann aber hat er sich aufgerafft –
Noch einmal begann er zu kämpfen.

Handgreiflich haben sie sich gepackt,
Doch waren sie sich gewachsen,
Und schliesslich schloß einen Friedenskontrakt
Die Bayerin mit dem Sachsen.

Er sollte, wie es gerade trifft,
Für ihren Hausbedarf dichten
Und sollte dafür als Gegengift
Möglichst viel Pfälzer vernichten.

So kam es. Sie leben schon manches Jahr
Zusammen auf gutem Fussi,
Und böse Menschen behaupten sogar,
Er wäre jetzt ihr Gespusi.

Vom Gastdichter Pinko Meyer.

KLEINE WESEN

1910

EINLEITUNG.

Viel passiert zu allen Zeiten
In der Welt der Kleinigkeiten.
Stimmt bald ernst und stimmt bald heiter. –
So, nun blätt're, bitte, weiter.

Text von Hans Bötticher, Bilder von Fritz Petersen.
Verlag von J. F. Schreiber, Eßlingen und München 1910.

DIE FEDER.

Ein Federchen flog über Land;
Ein Nilpferd schlummerte im Sand.

Die Feder sprach: »Ich will es wecken;«
Sie liebte, andere zu necken.

Aufs Nilpferd setzte sich die Feder
Und streichelte sein dickes Leder.

Das Nilpferd öffnete den Rachen
Und mußte ungeheuer lachen.

DER FUNKE.

Es war einmal ein kleiner Funke.
Das war ein großer Erzhallunke.

Er sprang vom Herd und wie zum Spaß
Gerade in ein Pulverfaß.

Das Pulverfaß, das knallte sehr;
Da kam sofort die Feuerwehr

Und spritzte dann mit Müh und Not
Das Feuer und das Fünkchen tot.

DER EDELSTEIN.

Der gute König Magarone
Trug einen Stein in seiner Krone.

Es war ein schöner Edelstein,
Er funkelte wie Sonnenschein.

Ein böser König kam aus Polen,
Um sich den Edelstein zu holen.

Sie stritten sich fast zehn Minuten,
Der böse König mit dem guten.

Dann kam ein fürchterlicher Krieg.
Der gute König kam zum Sieg

Und schenkte – weil er sich so freute –
Den Edelstein an arme Leute.

DIE SEIFENBLASE.

Es schwebte eine Seifenblase
Aus einem Fenster auf die Straße.

»Ach nimm mich mit Dir«, bat die Spinne
Und sprang von einer Regenrinne.

Und weil die Spinne gar nicht schwer,
Fuhr sie im Luftschiff über's Meer.

Da nahte eine böse Mücke,
Sie stach ins Luftschiff voller Tücke.

Die Spinne mit dem Luftschiff sank
Ins kalte Wasser und ertrank.

DAS EI.

Es fiel einmal ein Kuckucksei
Vom Baum herab und ging entzwei.

Im Ei da war ein Krokodil;
Am ersten Tag war's im April.

DER FLOH.

Herr Müller hatte einen Floh,
Der stach Herrn Müller irgendwo.

Herr Müller dankte für die Ehre,
Dann nahm er eine lange Schere

Und schnitt ihn in zwei gleiche Teile.
Jedoch, nach einer kurzen Weile,

Da wurden aus dem einen Floh
Zwei neue Flöh' daraus. – Oho!

Da sprach der eine von den beiden:
»Man muß nicht einen Floh zerschneiden«.

DIE NADEL.

Ein Schneider eine Nadel fand,
Die stach den Schneider in die Hand.

Der Schneider sprang entsetzt zurück,
Die Nadel sprach, ich bring' dir Glück.

Der König hörte Schneiders Leid
Und er bestellte sich ein Kleid.

Der Schneider nähte dieses gleich;
Am andern Tage war er reich.

So hat die Nadel über Nacht
Dem armen Schneider Glück gebracht.

DAS SAMENKORN.

Ein Samenkorn lag auf dem Rücken,
Die Amsel wollte es zerpicken.

Aus Mitleid hat sie es verschont
Und wurde dafür reich belohnt.

Das Korn, das auf der Erde lag,
Das wuchs und wuchs von Tag zu Tag.

Jetzt ist es schon ein hoher Baum
Und trägt ein Nest aus weichem Flaum.

Die Amsel hat das Nest erbaut;
Dort sitzt sie nun und zwitschert laut.

DER WASSERTROPFEN.

Ein Wassertropfen fiel vom Himmel;
Es war ein ungezog'ner Lümmel.

Im Grase schlief ein dummer Hase,
Der Tropfen fiel auf seine Nase.

Der Hase dachte sich dabei,
Daß er jetzt totgeschossen sei.

Er sprang in seinem großen Schreck
Aus seinem sicheren Versteck.

Der Jägersmann stand an der Straße
Und schoß ihn wirklich in die Nase.

DER KNOPF.

Es war ein Knopf an Fritzens Mütze,
Der machte ungezog'ne Witze.

Erst strampelte er stundenlang,
Worauf er von der Mütze sprang.

Er fiel auf einen Kieselstein,
Dort schlief er ganz ermüdet ein.

Und eine Schlange sah den Schläfer;
Sie dachte sich, es sei ein Käfer.

Und weil der Käfer ihr gefiel,
So fraß sie ihn mit Stumpf und Stiel.

DER STEIN.

Ein kleines Steinchen rollte munter
Von einem hohen Berg herunter.

Und als es durch den Schnee so rollte,
Ward es viel größer als es wollte.

Da sprach der Stein mit stolzer Miene:
»Jetzt bin ich eine Schneelawine«.

Er riß im Rollen noch ein Haus
Und sieben große Bäume aus.

Dann rollte er ins Meer hinein,
Und dort versank der kleine Stein.

DER KLEINE JUNGE.

Es war ein kleiner, böser Junge,
Der zeigte jedermann die Zunge,

Ging statt zur Schule auf die Straße
Und drehte allen eine Nase.

Als seine Eltern beide tot,
Kam er in bitterliche Not.

Und lebt nun – weil er sonst nichts kann –
Als armer Leierkastenmann.

DAS KLEINE MÄDCHEN.

Es war ein armes kleines Mädchen,
Das stickte nur mit kurzen Fädchen;

Ich glaube Lina war ihr Name.
Sie wurde eine schöne Dame,

War fleißig, brav und lernte gerne,
Da kam ein Prinz aus weiter Ferne.

Der sagte: »Liebe gute Lina,
Komm mit mir auf mein Schloß nach China.«

Dort sitzen sie nun alle beide
Auf einem Thron von gelber Seide.

WAS TOPF UND PFANN' ERZÄHLEN KANN

Ein lustiges Märchen

1910

Bilder von Franziska Schenkel.
Text von Ferdinand Kahn und Hans Bötticher.
Verlag G. Löwensohn, Fürth in Bayern 1910.

Das Feuer zischt mit rotem Kopf –
Am Herd – da stehet Topf an Topf.
Drin kocht und siedet dies und das;
Die Köchin geht und holt noch was!
Kaum ist sie fort – die Küche leer,
Geht's auf dem Herd lebendig her!
Das Feuer prasselt – bli! bla! blu! –
Der gute Herd – der brummt dazu.
In Topf und Töpfchen regt es sich
Und zischt und brodelt wunderlich.
Aus jedem tönt ein Stimmchen vor,
Und geht ihr hin und spitzt das Ohr,
Dann hört ihr – ei, das wird ein Spaß! –
Ein jeder Topf erzählt euch was.
Und was noch kochend drinnen liegt,
Weil ihr es erst heut' mittag kriegt,
Sagt, was erlebt' es wundersam,
Bevor es in den Kochtopf kam.
Drum kommt und hört – es ist nicht schwer –
Es freut bei Tisch euch sicher sehr,
Dieweil ihr mehr wie alle wißt
Von dem, was man zu Mittag ißt!

Es liegt in seinem Topfe
Ein Braten feist und schwer
Und sagt mit rotem Kopfe:
»Allhier gefällt mir's sehr!

Das gute liebe Feuer
Wärmt mich so wohlig an;
Das freut mich ungeheuer,
Wär' ich nur näher dran!«

Er hat sich immer näher
Zum Feuer hingewandt,
Da – pff! – ein Schrei, ein jäher,
Schon ist er angebrannt.

Da kommt die Köchin wieder
Und merkt sofort, was los;
Zum Braten schaut sie nieder –
O weh! – der Schreck ist groß! –

Am Fensterbrett zwei Raben,
Die plappern frech und dreist:
»Wer's gar zu warm möcht' haben,
Der brennt sich auch zumeist!«

»Kennt ihr die Geschichte vom Hänschen?«
Fragte aus der Pfanne das Gänschen.

»Im Garten promenierte Hänschen,
Um einen Blumenstrauß zu pflücken;
Er traf ein rundes fettes Gänschen
Und kletterte auf seinen Rücken.

›Ha!‹ rief der Hans, ›jetzt kann ich reiten.
Ich reite nach Amerika –
Dort gibt es keine Schularbeiten,
In vierzehn Tagen sind wir da!‹

Ein Taschentuch nahm er als Zügel,
Der Sattel war bequem und weich,
Da plötzlich hob die Gans die Flügel
Und flog auf einen großen Teich.

Das Gänschen schwamm durchs Wasser munter,
Hans strampelte und schrie zuletzt;
Das Gänschen tauchte dreimal unter
Und hat ihn dann ans Land gesetzt.

Hans kam nach Hause ohne Zügel
Und war vor Angst und Schrecken blaß,
Denn erstens kriegt' er arge Prügel,
Und zweitens war er klitschenaß.«

Die Suppe sprach mit leisem Mund:
»Die Kinder mach' ich stark – gesund!
Wenn ihr's nicht glaubt, so seid jetzt still
Und horcht, was ich erzählen will.

Im Wald, wo Wind und Wetter braust,
Hat eine Hexe einst gehaust,
Die hatte viele Kinderlein,
Die sperrte in den Wald sie ein,
Gab ihnen nichts zu essen mehr;
Die Kinder plagt' der Hunger sehr.
Doch eine Fee, die wußte dies;
Darum sie Suppe regnen ließ.
Da kamen schnell die Kinderlein
Und fingen sie in Töpfchen ein,
Und wurden groß und kräftig sehr,
Die Hex' konnt' sie nicht halten mehr,
Und kamen glücklich in die Stadt –
Die Suppe sie gerettet hat!«

»Das kommt von solcher Prahlerei!«
So schimpfte zornig ein Spiegelei
Und zischte über dem Feuer und wallte
Und brodelte, prustete, spritzte und knallte.
Man fragte es, warum es so zornig sei –
Und da erzählte das Spiegelei:

»Es war zum fröhlichen Osterfest;
Vier Eier lagen in einem Nest,
Das eine aus Schokoladeguß
War braun, als wie eine Haselnuß.
Die andern weißen riefen: ›Wie schade!
Ach, wären wir auch aus Schokolade!‹
›Ja‹, prahlte das braune, ›ihr armen Schlucker,
Ihr seid ja noch nicht einmal aus Zucker!‹
Da riefen die andern Eier: ›Juchhei!‹
Und schlugen einander die Köpfe entzwei.

Nun kroch aus jedem der Eier ein Küken,
Nur aus den haselnußbraunen Stücken
Kam nichts. Die waren ganz hohl und leer;
Da weinten sie nun und schämten sich sehr!«

»Ach, was sind die Menschen schlecht!«
Jammerte im Topf der Hecht.

»Als ich noch im Fluß geschwommen,
Ist einmal ein schöner junger
Weißfisch mir entgegengekommen,
Da bekam ich großen Hunger.

Und aus Liebe und Behagen
Hab' ich gleich ihn aufgefressen.
Aber ach! – in seinem Magen
Hat ein Häkchen festgesessen.

An dem Häkchen hing die Angel,
Und die Angel hielt der Bauer,
Und der Bauer lag schon lange
Hinterm Schilfe auf der Lauer.

Bauer packte mich am Kopfe –
Ach! da half kein Zappeln, Beißen,
Und nun koch' ich in dem Topfe,
Und man wird mich wohl verspeisen.«

Eine Zwiebel sprach zum Hecht:
»Siehst du, das geschieht dir recht!«

»Hört!« rief die Kartoffel, »ich weiß eine tolle
Geschichte von einer Zauberknolle,
Die einen Regenwurm in ein Blatt
Und dann in ein Heupferd verwandelt hat!«
Und die Kartoffel wollte beginnen – –
Da war kein Wasser im Topf mehr drinnen.
So platzte ihr schönes Kartoffelkleid.
»Ach!« jammerte sie, »es tut mir so leid,
Ich würde euch gern die Geschichte erzählen,
Doch ist es zu spät – ich muß mich jetzt schälen.«

So sprach die Kartoffel und drehte sich um
Und blieb von dieser Minute an stumm!

»Verzeihen Sie, wenn ich störe!«
Rief ein Apfel aus der Röhre;
»Was ich erlebt, das glaubt man kaum,
Ich hing an einem Apfelbaum;
Der Baum stand dicht vor einem Haus,
Dort wohnt der Bauer Nikolaus.
Da sah ich nachts – beim Mondenschein,
Es stieg ein Dieb zum Fenster ein.
Ich aber, um ihn zu vertreiben,
Fiel ab – und pochte an die Scheiben.
Der Dieb, der dachte sich: ›Oho!‹
Er ließ das Geld im Stich und floh!
So hab' ich Nikolaus beschützt,
Es hat mir aber nichts genützt.
Mit grober Hand griff mich der Bauer,
Besah mich lang und sagte: ›Sauer!‹ –
Nun muß ich hier im Topfe kochen,
Mir ist das Herz schon fast gebrochen.
Das eine aber ist mir klar:
Die Menschen sind oft undankbar!«

Die gelben Rüben waren gar,
Darunter auch ein Zwillingspaar,
Und dieses Wurzelzwillingspärchen
Erzählte ein famoses Märchen:

»Es war einmal ein gelbes Rübchen,
Das hatte viele tiefe Grübchen
Und nicht ein einzig grünes Blättchen;
Da ging es ganz betrübt ins Bettchen.
Daneben stand ein Schwammerling,
Das war ein allerliebstes Ding;
Ein Hütchen trug der kleine Pilz
Aus feinstem dunkelbraunem Filz,
Und auch ein Röckchen weiß und nett.
Das Rübchen aber lag im Bett
Und jammerte und weinte sehr:
›Ach, wenn ich so ein Pilz doch wär'!‹

Einst kam vom Berg herab ins Tal
Der gute Erdgeist Rübezahl.
Der sah das arme gelbe Rübchen
Und fragte: ›Ei, wie geht's, mein Liebchen?‹
Das Rübchen sagte, wie's ihm ging,
Es sei ein gar so häßlich Ding
Und wäre gern ein Schwammerling.
Herr Rübezahl rief: ›Gut – es sei!‹
Und zählte: Eins und zwei und drei!
Da war das gelbe Rübchen fort,
Ein neuer Schwammerling stand dort!
Der Erdgeist Rübezahl verschwand.
Wohin ist leider unbekannt.

Die Schwammerlinge lachten hell
Und küßten sich und wuchsen schnell.
Da ist ein kleines Mädchen kommen,
Das hat die beiden mitgenommen.
Das kleine Mädchen, das hieß Ilse
Und aß besonders gerne Pilze!«

In einem blauen Blechtopf fing
Das Wasser an zu brummen:
»Das böse Feuer macht mich heiß
Und läßt mich ganz verdummen!

Vom Berg, wo tausend Blumen blüh'n
Im lieben Sonnenscheine,
Da sprang ich einst voll Übermut
Ins Tal von Stein zu Steine.

Ich lief gar froh durch Feld und Au
Und trieb manch Mühlenrädchen;
Nach meinen Fischlein angelt' oft
Ein Bübchen oder Mädchen.

So kam ich einst auch in die Stadt,
Da sah ich schon von ferne
Ein großes, rundes, schwarzes Loch;
Was drin ist, wüßt' ich gerne.

Ich lief hinein – o weh, o weh!
Drin lacht kein Sonnenschimmer,
Ich war in einem dunkeln Rohr.
Zurück! – das konnt' ich nimmer!

So lief ich denn geradeaus
Und kam in viele Röhren,
Da schaut' ich keine Kinder mehr,
Konnt' keine Vöglein hören.

Doch plötzlich sah ich Licht – und lief
Nach vorne unverdrossen –
Und bin aus meinem Brunnenrohr
In diesen Topf geflossen.

So kam ich in der Küche an
Und war schon ganz zufrieden –«
– – – – – – – – – – – – –
Da ging dem Wasser der Atem aus,
Denn es begann zu sieden! –

Dort im heißen Bad ein Hummer
Brummt erzürnt: »Schockschwerenot!
Diese Hitze färbt mein schönes
Grünes Kleid ganz purpurrot.

Ei, war das ein fröhlich Leben,
Als ich noch im tiefen Schlamm
Mit Frau Kröte, meiner Base,
Friedlich einst im Teiche schwamm.

›Vetter Hummer!‹ rief Frau Base
Da auf einmal mit Gekreisch,
›Schaut, dort unterm Weidenstamme
Schwimmt ein Happen gutes Fleisch!‹

Kaum hört das die Frau Forelle,
Schießt sie zu auf jenes Stück;
Aber ich war grad so schnelle,
Hielt sie fest am Schwanz zurück!

Schwamm dann selber rasch hinüber,
Voller Hunger, voller Gier –
Schwapp! – da lag ich schon im Grase,
Und das Fleisch lag neben mir.

Also hat man mich gefangen,
Niemand hilft mir in der Not.
Schuld an allem ist die Kröte...«
Uff! – da war der Hummer tot!

Ein Pudding, der hat sich gebrüstet:
»Ich bin doch am besten gerüstet!
Mich schmücken Rosine und Mandel,
Ich habe Schokolade und Kandel.
Mich lieben die Großen und Kinder,
Die Alten – die Jungen nicht minder.
Und Ritter und Nixen und Drachen
Und Fürsten und Könige lachen
Und freuen sich, wenn ich geraten
Und wenn sie zum Essen geladen.
Mich ißt man mit höchstem Genusse –
Und darum – drum komm' ich zum Schlusse,
Denn wär' ich schon vorher gekommen,
Hätt' niemand von euch was genommen.«
Kaum hört ihn die Köchin so reden,
Da ist an den Herd sie getreten
Und schüttet die Himbeersauce
Ihm über die Zunge, die lose.
So endet' des Puddings Geschichte;
Das freute die andern Gerichte!

So zischt es und brummt es noch allerorten,
Doch plötzlich ist es ganz still geworden,
Denn in der Küche – mit frohen Mienen –
Waren viel' niedliche Mädchen erschienen
Mit weißen Häubchen auf blonden Zöpfchen,
Die gingen zum Herd und packten die Töpfchen,
Und was die so treulich behütet hatten,
Das legten die Mädchen auf goldene Platten,
Die Gans, den Hummer, den Pudding, den Hecht,
Den Braten, die Eier, die Äpfel erst recht –
Begannen dann eine nach der andern
Mit ihrer Platte ins Zimmer zu wandern.
Dort haben die Mädchen die Speisen serviert;
Der Tisch war mit Blättern und Blüten verziert,
Mit Eßgeräten gar freundlich gedeckt,
Und alles hat ganz vorzüglich geschmeckt.
– Drum, wer damals mitgegessen hat,
Der war gewiß noch lange satt!

GEDICHTE

1910

Von Hans Bötticher.

Meinem Vater gewidmet.

Hans Sachs-Verlag, Schmidt-Bertsch & Haist, München-Leipzig 1910.

Ich werde nicht enden zu sagen:
Meine Gedichte sind schlecht.
Ich werde Gedanken tragen
Als Knecht.
Ich werde sie niemals meistern
Und doch nicht ruhn.
Soll mich der Wunsch begeistern:
Es besser zu tun.

DER LEIERMANN

Warum sie sich wohl ans Fenster stellen,
Wenn unten der Alte die Leier dreht?
Warum sie verstummen und mancher ergriffen
Mit glänzenden Augen vorübergeht?

Sie wissen es selbst nicht warum sie lauschen.
Die Brust wird ihnen plötzlich so weit.
Sie lassen sich durch die Seele rauschen
Das alte Lied ihrer Jugendzeit.

SCHÖNE MUSIK

Über die Saiten gleitet der Fidelbogen,
Weckt die trüben Gedanken aus gütigem Schlummer.
Rauschende Feste sind mir vorübergezogen
Und aus rauschenden Festen wuchs mir der Kummer.

Sing nur dein klagendes Lied, du Fidelbogen,
Sing und erzähle mir wieder die alte Geschichte,
Brauset ihr Töne in wilden, grausigen Wogen. –
Trunkene Falter schwärmen am sengenden Lichte.

Wenn dir Melodien
Liebe Stunden wiederbringen,
Laß mit freien Schwingen
Deine Sehnsucht ziehn.

Nimm das Glück wie einst,
Das dir Träume gütig spinnen,
Laß die Tränen rinnen,
Wenn du weinst.

Birg nicht Lust noch Gram.
Nur der Reine fühlt aufs Neue.
Steht doch Herzenstreue
Über aller Scham.

Dorthin geh, wo die Andern nicht sind,
Weit hinaus in die freie Einsamkeit,
Wo dir Wolken, Berge, Bäume und Wind
Großes reden von Später und Ewigkeit.

Und dort schöpfe, fasse und füll dir die Brust,
Daß – kommt einst die Stille zu dir als Braut –
Daß du die Hand ihr gibst in tiefster Lust,
Weil du schon lange mit ihr vertraut.

STIMMUNGEN

Machtlos, ein Grashalm, blick ich manchmal gen oben
Zu den Höhen der Menschheit und suche vergebens
Klarheit in dem ewigen Brausen und Toben
Und den unbegreiflichen Kämpfen des Lebens.
Neben mir raschelt der Tod, der lauernd und kalt
Unter vermoderten Blättern grinst. – –
Meiner Wünsche flehendes Lied verhallt
Im Nebelgespinst.

Manchmal steh ich, ein Eichbaum, über der Erden,
Blicke hinab auf die tausenden Ärmlichkeiten,
Folge lächelnd dem endlosen Schwinden und Werden
Und der winzigen Menschheit kleinlichem Streiten.
Und dann ist mir, als ob ein kraftvoller Tau
Morgenkühl meine Adern durchdringt. – –
Meine Hoffnung steigt froh ins Wolkenblau,
Wo die Lerche singt.

NÄCHTE, IN DENEN WIR VIEL VERLOREN

Nächte gab es, die höhnend entwichen,
Die wir im trunkenen Taumel verkannt,
Die wir mit hohlen Namen benannt,
Nächte, die schweren Träumen glichen.

Da wir an sprühenden Feuern gefroren,
Da wir mit ernstem Herzen gelacht,
Haben Tränen für uns gewacht, – – –
Nächte, in denen wir viel verloren.

MANDOLINENKLÄNGE

Hör ich der Mandoline Klänge
Ist mir's als sähe ich eine der süßen,
Netten Grisetten
Freundlich mich grüßen.
Kirschen trägt sie als Ohrgehänge.
Barfuß kommt sie und lacht und lacht,
Schüttelt kindisch die blonde Mähne
Und zeigt dabei ihrer Zähne
Zartschneeige Pracht.
Und dann
Dreht sie sich um und läuft, was sie kann
Den wirren, langen,
Steinigen Zickzackweg zurück,
Den mein Leben gegangen,
Sammelt dabei die paar verstreuten
Freundlichen Blumen, die mich erfreuten,
Bis sie ein buntes Dutzend gefunden.
Die bringt sie mir zierlich gebunden.
Ich aber küsse die Kleine,
Küsse die Blumen und lache und weine
Bis alles verschwunden
Und die Mandoline schweigt.

Bist du nie durch verschneite Nächte gegangen,
Durch Wald, über Land,
Allein mit dem Stock in deiner Hand?
Du bist es und bist es mit heiligem Bangen.
Wo zitternde Äste, eisig behangen,
Dir eine Kirchenstunde gaben,
Ist dein Lachen gestorben.
Da hast du dein Bestes, unverdorben,
Aus deinen tiefsten Tiefen gegraben. – – –
Auf den weiten Feldern lag schwerer Schnee.
Du schienst dir, verschollen auf hoher See,
Den menschlichen Küsten fern zu sein.
Stille lag über dem Schnee. – –
Du warst allein, allein – ganz allein.
Flimmernde Flämmchen sahst du fliegen.
Hast du nicht viel gedacht?
Ist nicht dein Blick emporgestiegen
In die wunderdurchfunkelte Nacht,
Bis ihn unendliche Weite verwirrt?
Und ein Schatten lief still mit dir um die Wette.
Und der Schatten hat mit der endlosen Kette
Ewiger Fragen geklirrt.
Du hast dich bezwungen.
Du hast vielleicht deinen Stock geschwungen,
Du hast vielleicht ein Liedchen gesungen,
Aber das Liedchen klang nicht wie Hohn
Und du darfst es bekennen:
Du bist voll Angst vor dem grausen Schatten geflohn,
Den wir Wahnsinn nennen.

WANDLE TRÄUMEND JEDER FÜR SICH

Meisters Violinenklänge
Führten mich aus der stieren Menge
Hoch in himmlische Fernen empor.
Wo sich im rosigen Wolkengehänge
Jeder menschliche Odem verlor,
Grüßten mich Engel im lachenden Chor.
Und auf weißem Schwanengefieder,
Weich gebettet, fand ich mich wieder,
Dort, wo die Träumenden glücklich sind.
Köstlichen Weihrauch, Lorbeer und Flieder,
Labend, lobend, liebend und lind,
Brachte in duftigen Wogen der Wind.
Und mein Mädchen, als ich erwachte,
Frug mich verwundert, woran ich dachte,
Daß mir so ganz ihre Nähe entwich.
Doch ich küßte ihr Mündchen und lachte
Und ich log: »Ich dachte an Dich.«

Wandle träumend jeder für sich.

TODGEWEIHT

»Lache!« ruft sie, »Unser ist das Leben!«
Und mir ist, als ob mein Blut erstarrt.
Durch den Sonnenschein der Gegenwart
Hör ich dumpfe Totenglocken beben.

Wenn sie nächtlich unterm Kranz der Sterne
Unbelauscht in ihrem Ernst sich glaubt,
Folg ich ihrem Blick, der, weltenferne
Ihr den Frieden weist und mir ihn raubt.

Dieser seltsam tiefe Glanz im Grunde
Kündet es: Sie darf nicht lang verweilen.
Zitternd seh ich Stund um Stunde
Grauenvoll vorübereilen.

TROST

Mir wuchs aus Sorgen und Schmerzen
In Kummers Nacht
Ein Reis. Das hat meinem Herzen
Die Ruhe wiedergebracht.

Der Kummer wird wie ein Feuer
Allmählich verglühn –
Kommt dann vielleicht ein neuer –
Aber das Reis wird nimmer verblühn.

Kommt Keiner herbei?
Soll ich mich einsam verquälen?
In verödeten Sälen
Irrt mein Schrei.

Riegel umspannen mich kalt.
Spinnweb grübelt an Gittern.
Tod und Hunger wittern
Aus jedem Spalt.

Als ich zum Fenster hetzte,
Sah ich: Ritt einer von dannen,
Einer von meinen Mannen,
Der letzte!!

Da wir beisammen recht lustig gewesen,
War es mir oft, als wär ich allein.
Haben nur wenige meine Pein
Aus den lachenden Augen gelesen.

Hab wie ein Fremder bei Freunden gesessen. –
Ach, sie können nicht glücklich sein,
Die in der Freude jubelnden Reih'n
Nimmer das Einst und das Später vergessen.

Mir ist, als bräch aus meinem Herz
Ein Strom durchglühter Lavafluten.
Ach wüßtest du, wie hinter Scherz
So oft die tiefsten Wunden bluten.

Wenn ich mit Lachen von dir schied,
Wie Blütengelb war das zerstäubt
Und wilder klang das wilde Lied,
Das deine Heiterkeit betäubt.

Das wilde Lied klang fort und fort,
Und nichts von jenem Lachen blieb,
Bis ich es fand das milde Wort.
Du sagtest einst: »Ich hab dich lieb!«

Die Freunde winken und lassen mich leben.
Ich will mich glücklich zum Danke erheben.
Da würgt mich ein Taumel und raubt mir die Luft.
Ich spüre verwelkter Kränze Duft.

Ein rasches Gleiten – – ein stumpfes Scharren – –
Der dumpfe Fall von erdenen Schollen.
Und stiller wird es. – – Nur fern ein Tollen,
Ein Lachen. – – – Freunde sind es und Narren.

Hinaus an den Strand will ich gehen,
Wenn keiner wacht
Das wilde Meer zu sehen
Und die heilige Nacht.

Und wieder faßt mich das alte Weh –

Am Strand tanzt ein Boot.
Das lockt mich hinaus in die tosende See,
Fort, fort für immer von Haß und Not,
In die See, in die Nacht, in das Glück, in den Tod.

Ich löse das Tau
Und die Freiheit lacht
Hinter Nebel und Grau.
Und ich fahre jubelnd hinaus in die Nacht,
Das Elend fliehend zu Tod und Glück.

Einmal nur blick ich zurück.
Da winkt am Land
Eine Freundeshand –

Und wie ich das seh,
Da hab ich vergessen all Haß und Not.
Es faßt mich wieder das alte Weh.
Ich wende das Boot
Zurück zum Land
Und küsse die treue Freundeshand.

DAS DUNKLE BILD

Ein Bild geschwärzt durch Rauch und Zeit.
Die meisten wohl verstanden es nicht:
Ein Tannenwald vereist und verschneit.
Aus fernem Dunkel schimmert ein Licht.

Mir kommt ein heiß Verlangen
Dem Lichtschein nachzugehen
Um dann mit erglühenden Wangen
Still durchs Fenster zu sehen.

Ein Freundeskreis zu später Stund
Umglüht von dämmerndem Ampelschein
Und blonde Frauen in diesem Bund.
Lachende Jugend bei goldenem Wein.

Und bärtige Männer geigen
Lieder aus fremden Ländern.
Süß lockt aus buntem Reigen
Das Rauschen von Gewändern.

Taufrische Blüten duften mild
Und sprühen in Farben wie Geschmeid
Und Augen erzählen trunken wild
Von Liebe, Treue und tiefem Leid.

In Farb und Klang verweben
Sich Bilder, zerfließen, zerschäumen,
Bilder aus meinem Leben,
Bilder aus meinen Träumen.

WESTINDISCHE NÄCHTE

Füll mir den Becher mit jenem purpurnen Weine.
Aus der Erinnerung tiefgegrabenen Schächten
Fördert er köstliches Gold und Edelsteine
Und erzählt von schönen, westindischen Nächten.
Schauernd mit herzergreifendem Grausen
Hör ich das Meer, den Sturm und des Urwalds Brausen, –
Niebeschriebene Töne, Bilder, Gefühle.
Heimlicher Liebe paradiesische Schwüle,
Schweigendes Dunkel, trauliche Lagerfeuer,
Sternengefunkel, trunkene Abenteuer,
Sorgloses Lachen, lustige Banchoklänge,
Unvergeßliche, seltsame, ernste Gesänge,
Wallender Dunkelhaare bläuliches Schimmern,
Fremder Stimmen fernes Schreien und Wimmern,
Scheidender Schiffe heimwehweckende Grüße,
Duftender Blüten heiße berauschende Süße,
Krachende Zweige, Mondschein, fliehendes Wild – –

Und dazwischen seh ich ein schmerzliches Bild.
Muß ich der schönsten aller Kreolenfrauen
Einmal noch in die brechenden Augen schauen.
Sehe sie wortlos in meinen Armen sterben. –
Oh wie grausam seid ihr himmlischen Mächte! – –
Freund verzeih, ich warf wohl den Becher zu Scherben
Ach ich dachte wilder, westindischer Nächte.

DIE FRAU MIT DER REIHERFEDER

Ich weiß nicht genau
Warum ich so oft an die bleiche Frau
Mit der weißen Reiherfeder gedenke,
Mich immer in den Gedanken versenke:
Wie könnte es werden, wie würde es sein,
Wäre sie dein. – –
Ich weiß es nicht und frage vergebens.
Sie ist auf dem bunten Wege des Lebens
Irgendwo still mir vorübergegangen,
Die schöne Frau mit den bleichen Wangen.
Sie hat mich mit kalten Blicken gemessen;
Wir haben kein einziges Wort getauscht,
Doch sie hat mich mit fremden Zauber berauscht,
Daß ich sie nimmer werde vergessen.
Etwas wie sehnende, nagende Glut
Will mir das pochende Herz zerreißen,
Denk ich der bleichen Frau mit der weißen,
Wehenden Reiherfeder am Hut.

FRESIA

Fresia heißt eine blasse Blüte
Vornehmer, feiner Art.
Ihre Linien sind weich und zart.
Auf dem Seidengelb prangen erglühte
Rosige Schatten.
Fresia füllt mit liebesmatten,
Schweren, süßen Wolken die Luft,
Haucht einen heißen, sündigen Duft,
Der dir indische Märchen erzählt,
Der, vom Winde zerstäubt,
Dich lange noch quält,
Der dich belügt und dich schmeichelnd betäubt.
Ihre Schönheit birgt kein Gemüt.
Du lernst sie hassen.
Fresia mußt du rauh befassen,
Mußt sie töten, eh sie verblüht.
Ihre Schwäche und Güte
Werden von vielen verkannt. – –
Fresia heißt die Blüte. – – –
Fresia ist auch ein Mädchen,
Das ich nach dieser Blüte benannt.

EIN TRAUM

Es war nur ein Traum, doch es war eine Pracht!
Ich glaubte in mondscheinsilberner Nacht
Auf schwellendem Rasen zu liegen.
Ein glänzendes Schloß erhob sich kühn
Und ich sah aus dem Fenster epheugrün
Ein Märchenkind lauschend sich biegen.

Ein Mädchengesicht, so lieb, so traut,
Wie ich es nimmer zuvor geschaut.

Gleich flüssigem Golde erglänzte ihr Haar
Und ich las in dem dunklen Augenpaar
Ein wehmütig banges Erwarten.
Ein leiser Wind erquickte die Luft
Und trug einen süßen, berauschenden Duft
Vom Holunderbusch durch den Garten.

Dort saß an des Springbrunns Sprudelquell
Geigend ein müder Wandergesell.

Und als dann – und das war so schön in dem Traum –
Eine Nachtigall hoch im Lindenbaum
Mit einstimmte in seine Lieder
Und schluchzend sang, wie von Schmerz und Lust,
Da war es als fiele auf meine Brust
Das Glück wie ein Morgentau nieder. – –

Die alten Linden seufzten im Wind.
Im Schlosse weinte das Märchenkind.

Da flog aus dem Schatten gespenstig vom Dach
Eine Fledermaus auf. Da wurde ich wach
Und alles war plötzlich verschwunden.
Ödes Erwachen. Wie leerer Schaum
Zerronnen war alles, was ich im Traum
So selig geschaut und empfunden. – –

Doch wie ein Trost kams über mich dann:
O glücklich, wer noch so träumen kann

Bin wie ein Dieb durchs Fenster gestiegen.
Sah das Mädchen in seiner Jugendpracht
Nackt auf dem seidenen Bettchen liegen,
Wie ein Wunder aus einer Zaubernacht.

Und sie schlief von kindlichen Träumen belogen,
Die ein Lächeln auf ihre Lippen hauchten,
Während die Sonnenstrahlen in flimmernden Wogen
Spielend ihr Kraushaar in goldene Lava tauchten.

Mir aber pochte das Herz und als ich verwegen
Über die schneeigen Glieder mich leise gebückt,
Hat eine Rose verwelkt am Boden gelegen,
Eine Knospe, die sie im Garten gepflückt.

Sah die welke Knospe am Boden liegen,
Sah im Bettchen das süße, schlummernde Wesen. –
Leise bin ich durchs Fenster zurückgestiegen.
Und mir war, als hätt ich ein Märchen gelesen.

KLÄNGE AUS ZWEI WELTEN

Weiche Finger auf den Tasten
Spielten traumverloren.
Brausend wogten aus dem Kasten
Walzerstimmen, lustgeboren.

Und am Straßeneck, wo leise
Wort und Ton im Wind verklingt,
Sang ein Gassenbub die Weise,
Wie das Volk sie singt.
Abseits hielt ich still und lauschte
Beiden Melodien,
Daß mir's, als das Spiel verrauschte,
Wie ein Traum erschien.
Und sie haben nichts gespürt
Von dem fremden Wandersmann,
Dem ihr Lied das Herz gerührt,
Bis ihm Trän um Träne rann.

DRAUSSEN UND DRINNEN

In der Villa am Berg, die ob ihrer Pracht
Im Dorf als »das reiche Schloß« bekannt,
Da hat man die Nacht durchjubelt, durchlacht
Und an geistreichen Reden, an Speise und Trank
Das kostbarste, edelste dargebracht;
Da haben hundert Kerzen gebrannt;
Da haben die Gläser geklungen;
Da hat am Flügel ein blondes Kind
Ein tiefergreifendes Lied gesungen. – –
Und während denen, die dort vereint,
Die Stunden traumhaft verronnen sind,
Hat – draußen am schneeverwehten Tor –
Ein armer Wanderbursch gelauscht
Und – – bitter geweint.

DER VERSCHMÄHTE

Hell strahlen die festlichen Wände,
Fanfaren schmettern laut.
Es reichen sich selig die Hände
Bräutigam und Braut.

Es schwelgen im rauschenden Glanze
Frohe Damen und Herrn
Und wiegen sich lachend im Tanze. – –
Nur einer steht fern.

Der schluchzt an der Tür wie ein Knabe.
Hochzeit feiern sie laut,
Ihm tragen sie heute zu Grabe
Des anderen Braut.

Tiefe Stunden verrannen.
Wir rührten uns nicht.
In den alten Tannen
Schlief ein Gedicht.

Stieg ein Duft aus dem Heu,
Wie ihn die Heimat nur haucht. – –
Sahst du das Reh, das scheu
Dort aus dem Duster getaucht?

Wie es erst fremd und bang
Sich die Stille beschaute,
Leise sich näher getraute
Und jäh entsprang – –!

Weißt du, wir schwiegen und sannen:
Kommt es wohl wieder?
Und wir senkten die Lider.
Tiefe Stunden verrannen.

NACHTWANDERUNG

Ich geh durch das schlafende Dorf bei Nacht.
Trüb flackert die alte Laterne.
Ein Fenster nur hell, wo die Liebe noch wacht
Und über mir blinzeln die Sterne.

Noch stehen die Nelken im Blumentopf
Mit rosa Manschetten umwunden.
Ich glaube, ein schwarzbrauner, lachender Kopf
Ist eben dahinter verschwunden.

Ach nein, das Fenster ist dunkel und leer,
Wo ich so oftmals gesessen.
Das schwarzbraune Mädchen wohnt dort nicht mehr
Und hat mich wohl lang schon vergessen.

Mein Schatten ruft höhnisch: Bist alt! Bist alt!
Die Liebe gehört nur den Jungen. – – –
Ich wandere weiter. Mein Liedchen verhallt,
Wie meine Jugend verklungen.

NACHTSCHWÄRMEN

Die alte Pappel schauert sich neigend,
Als habe das Leben sie müde gemacht.
Ich und mein Lieb – hier ruhen wir schweigend –
Und vor uns wallt die drückende Nacht.

Bis sich zwei schöne Gedanken begegnen, –
Dann löst sich der bleierne Wolkenhang.
Goldene, sprühende Funken regnen
Und füllen die Welt mit lustigem Klang.

Ein trüber Nebel ist uns zerronnen.
Ich lege meine in deine Hand.
Mir ist, als hätt ich dich neu gewonnen. – –
Und vor uns schimmert ein goldenes Land.

DER GELIEBTEN

Such nicht der Sorge mattes Grau.
Ist nicht die Jugend ein funkelnder Tau?
Gleichen nicht schöne Gedanken
Roten Rosen an wilden Ranken?
Ist nicht die Hoffnung bunt und reich,
Weiten, blumigen Wiesen gleich?

Wir flechten uns Lauben aus Ranken und Rosen
Auf taufrischen Wiesen zum Küssen, zum Kosen.
Dort wollen wir wandeln, wir ganz allein.
Dort wollen wir König und Königin sein.

MELANCHOLIE

Von weit her Hundebellen
Klingt durch dic nächtliche Ruh.
Es spülen die schwarzen Wellen
Mein Boot dem Ufer zu.

Die blauen Berge der Ferne
Winken am Himmelssaum.
Auf in den Lichtbann der Sterne
Trägt mich ein Traum.

Stumm ziehen wilde Schwäne
Über das Wasser hin.
Mir kommt eine müde Träne.
Ich weiß nicht, warum ich so bin.

AUF DEM KIRCHHOF

Dort ruhen sie unter den bunten Hügeln.
Unsere Augen sehen sie nimmer erwachen.
Auf der Mauer hockt mit gebrochenen Flügeln
Das Lachen.

Fern in den Wolken verhallt die Klage.
Bittere Tränen trocknet der Wind,
Und aus Kränzen stiehlt sich die zitternde Frage:
Wohin sie gegangen sind.

DER SÄNGERIN

Ich werde die Stunde nie vergessen,
Die wie ein Sternfall meiner Nacht erschien.
Ein lauschender Toter, hab ich vor dir gesessen
Um deiner Lieder schwelgende Melodien.

Sie haben bunte Kränze mir gewunden,
Wie ich sie flocht in frohen Kindertagen
Und wie ich sie nach still verhärmten Stunden
Zum Grabeshügel meiner Braut getragen.

Ich danke dir. Dein Lied wird weiterschwingen,
Wird mich durch fremde Wunderländer führen
Und meiner Seele reinste Saiten rühren.
Und seine Klänge werden nie verklingen.

FREUDE

Freude soll nimmer schweigen.
Freude soll offen sich zeigen.
Freude soll lachen, glänzen und singen.
Freude soll danken ein Leben lang.
Freude soll dir die Seele durchschauern.
Freude soll weiterschwingen.
Freude soll dauern
Ein Leben lang.

DIE SONNIGE KINDERSTRASSE

Meine frühe Kindheit hat
Auf sonniger Straße getollt;
Hat nur ein Steinchen, ein Blatt
Zum Glücklichsein gewollt.

Jahre verschwelgten. Ich suche matt
Jene sonnige Straße heut
Wieder zu lernen, wie man am Blatt,
Wie man am Steinchen sich freut.

WEIHNACHTEN

Liebeläutend zieht durch Kerzenhelle,
Mild, wie Wälderduft, die Weihnachtszeit
Und ein schlichtes Glück streut auf die Schwelle
Schöne Blumen der Vergangenheit.

Hand schmiegt sich an Hand im engen Kreise
Und das alte Lied von Gott und Christ
Bebt durch Seelen und verkündet leise,
Daß die kleinste Welt die größte ist.

AM STERBEBETTE

Bang zittert in ihren Zügen
Ein letztes Lied, das ernst verklingt.
Ihr Auge dankt lächelnd den Lügen,
Die meine Ohnmacht ihr tröstend bringt.

Ich sehe die Hütte wanken
Und wollte, daß Alles vorüber sei. – –
Große, tiefe Gedanken
Wallen an meiner Seele vorbei.

DAS ANDENKEN

Es hängt an meiner Zimmerwand
Ein welker Strauß an verblaßtem Band.
Den Strauß hat deine liebe Hand
Dereinst, als ich im Garten schlief,
Für mich gepflückt.
Das Band
Schlang sich um einen Abschiedsbrief,
Der mir dein Herz so weit entrückt. – –
Und wie ich lang hinüberseh,
Faßt mich ein seltsam Glück und Weh.

Es hängt an meiner Zimmerwand
Ein Strauß, frischblühend und ohne Band.

HERZENSTREUE

»Und seid ihr glücklich?« – hab ich dann gefragt. –
Mir ist das leise Zittern nicht entgangen.
Und lachend, wie das »Ja«, das du gesagt,
Ist eine Stunde uns vorübergangen.

Doch was mich glühend dir zu Füßen trieb,
Vor deinem Lachen starb es hin in Reue,
Nur eine grenzenlose Achtung blieb
Vor solcher tränenschönen Herzenstreue.

Sieh, ich war so oft allein
Und ich lernte gleich den Zweigen,
Gleich dem Stein,
Träume wachen, Worte schweigen.

Denke, daß ich Dichter bin.
Eure Sonne ist nicht meine.
Nimm als Freund mich hin,
Wenn ich dir auch fremd erscheine.

Laß mich lauschen aus der Ferne,
Wenn ihr tanzend schwebt,
Daß auch ich das Schwere lerne:
Wie man narrenglücklich lebt.

ABEND AM STRAND

Abendglühgold zittert auf träumender See.
Eine Möwe zieht ihre einsamen Kreise.
Auf dem Wasser treibend, ein Boot. Und leise, leise
Bringt mir der Wind eine müde Weise. – –

Närrisches Herz, was stimmt dich so weh?

ES IST BESSER SO

Es ist besser so.
Reich mir die Hand. Wir wollen froh
Und lachend von einander gehn.
Wir würden uns vielleicht nach Jahren
Nicht mehr so gut wie heut verstehn.
So laß uns bis auf Wiedersehn
Ein reines, treues Bild bewahren.
Du wirst in meiner Seele lesen
Wie mich ergreift dies harte Wort.
Doch unsre Freundschaft dauert fort.
Und ist kein leerer Traum gewesen,
Aus dem wir einst getäuscht erwachen.
Nun weine nicht; wir wollen froh
Noch einmal mit einander lachen. – – –
Es ist besser so.

Meine Gedanken trafen dich still allein
Spät in der Nacht in deinem Kämmerlein,
Sahen dich kindlich vor meinem Bildnis beten.
Meine Gedanken sind leise beiseite getreten
Und sie sprachen voll Sehnsucht: Ach wenn sie doch wüßte,
Daß ich ihr Bild zur selben Stunde küßte.

LIEBESBRIEF

»Rösl, morgen Abend um zehne
Unter dem Standbild der Pallas Athene,
Wo wir uns doch so oft schon getroffen,
Beide die Brust voll Bangen und Hoffen,
Immer so froh. Sind gewandert nach irgendwo,
Sind gewandert durch Nacht und Tau
Bis in das schüttelnde Morgengrau. – –
Busseln und Lieben!! –
Weiß nicht, was wir getrieben,
Weiß nicht, wo all die Stunden geblieben.
Und dann immer das alte Lied:
Jeder wollte scheiden und keiner schied.
Und dann gingst du doch, –
Aber ich stand und lauschte noch,
Lauschte, bis ferne dein Schritt verhallt.

Rösl, ich mag dich so leiden!!
Gelt Rösl, wir beiden
Werden nimmer alt?«

GARTENBÄUME UND WEGBLUMEN

Quäle dich nicht, wer ich bin,
Denn du siehst mich nimmer wieder,
Frage nicht woher? Wohin?
Sing mir eines deiner Lieder.

Glaube, daß ich gerne bliebe,
Wie es stumm dein Auge spricht.
Nimm mein Gold für Deine Liebe,
Nur von morgen sprich mir nicht.

Laß uns Wang an Wange glühen
Und dann auseinandergehn,
Bäume, die im Garten blühen,
Blumen, die am Wege stehn.

Ich habe an deiner Brüste Altar
Die Nacht bei dir durchsonnen.
Ich träumte unendliche Wonnen
Im Zauberdufte aus deinem Haar.

Den Blütenstaub der Jugend am Leib
Lagst du mit fiebernder Stirne
Als Fremde bei mir – – eine Dirne,
Und warst ein halberblühtes Weib.

Und Tränen sah ich, so heimatfremd,
So sündenschön verrinnen.
Sie netzten ein schneeiges Linnen.
Das glich einem Totenhemd.

VERLOCKUNG

Ich sitze fast einsam im warmen Raum.
Die graue Katze hat sich zu mir gesellt.
Irgend jemand – ich sah es kaum –
Hat mir den Wein auf den Tisch gestellt.

Ein schmeichelndes Fell streicht meine Hand,
Die so verwöhnt in diesem Haus.
Der Ampelschatten an der Wand
Streckt lange Spinnenbeine aus.

Aus trübem Glase blinzelt ein Licht.
Es tickt die Uhr, verträumt, verjährt, – –
Noch ist die schwüle Stunde nicht,
Da hier die Freude schäumt und gärt.

Im Nebenraum erwachen weiche Lieder.
Ich will von dieser Stimme heut nichts wissen,
Und doch – – – Ich denke an verbuhlte Kissen,
An weiße Spitzen, an ein schlankes Mieder.

Ich stehe, – gehe, – kämpfend, zweifelnd, – lauschend – –
Vorbei! – – Und hinter mir rauscht die Portiére.
Mit einem Duft von indisch süßer Schwere
Küßt mich der Wollust holdes Gift berauschend.

DER LETZTE WEG

»Ich gehe ins Wasser,« sagte sie leis,
»Ade!
Du hast es gut mit mir gemeint.
So weiß ich einen, der um mich weint.
Hab Dank!«
Ich aber sah ihr tiefes Weh
Und küßte sie, die arm und krank,
Und sagte: »Geh!«

EINE VON DENEN

Du weißt, daß sie mit Fingern auf dich zeigen.
Du hörst sie flüstern: »Eine nur von denen – –«,
Und willst mir doch dein großes Leid verschweigen
Und dieses hoffnungsferne, wilde Sehnen.

Die bleichen Wangen werden dir Verräter,
Die hohlen Augen nennen dich verbittert:
Es ist das bange Grausen vor dem »Später«,
Das hinter jedem deiner Worte zittert.

Nimm hin dein Geld. Ich will, du sollst dich freuen
Und will dir deine welken Rosen schenken.
Du wirst so manche Stunde noch bereuen
Und dieser einen einmal warm gedenken.

DAS LORELEY-LIED

Du hast so oft das deutsche Herz gerührt
Und aus des Tages arbeitstrockner Schwüle
Hinauf, ins grenzenlose, gnadenkühle,
Ins unbestimmte Wunderland geführt.

Komm oft zu mir, du schlichte Melodie
Und gräm dich nicht, wo Dünkel dich verlacht.
Mir ist es stets, als ob die Poesie
Vor deinem Zauber neu im Volk erwacht.

ABNORME

Mitten im Strudel der andern
Bleiben sie still und bedacht.
Ihre Gedanken wandern
In häßliche, wilde, glühende Nacht.

Sie stehen vor eisernen Gittern
Um ein verbotenes Land.
Die kalten Stangen zittern
Unter ihrer bebenden Hand.

Sie schließen die Augen und meiden
Das Gitter, verkannt und verlacht,
Und träumen, indem sie leiden,
Von häßlicher, wilder, glühender Nacht.

EINER UNGLÜCKLICHEN

Ich kenne die harten Züge
Und den trocknen Durst am Mund,
Und wäre beides nur Lüge,
Gäb es dein Auge kund.

Ich horche an deinem Herzen,
Was zehrendes Fieber spricht
Und lese in deinen Schmerzen
Das Wort: Ich darf ja nicht.

Ich kann dir die Ruhe nicht geben,
Doch hab ich dich lieb, mein Kind,
Wie alle, die so im Leben
Klagelos einsam sind.

AN B. F.

Du mußt es doch verstanden haben,
Wie ich mich sehnte, dir ein Freund zu sein.
Doch du besannst dich deiner reichen Gaben
Und dachtest: Nein.

Du läßt michs ahnen ohne Blick und Geste
Und weißt es nicht, wie tief mich das geschmerzt.
Du hast das Edelste und Beste,
Hast eine Freundestreue dir verscherzt.

AM ALTEN PLATZ

Ihr seid es! Ich sehe euch wieder,
Ihr Tannen dunkelgrün,
Du alte Bank unterm Flieder
Und aus des Brunnens Karfunkelsprühn
Klingen vergessene Lieder.

Wo einst wir süßes Gelüsten
Liebend und hoffend versäumt,
Wo wir uns tausendmal küßten,
Rauschen die Bäume, verhärmt und verträumt,
Als ob sie Alles wüßten.

Ich höre die Vögel singen
Von einem toten Kind
Und silberne Glocken klingen.
Mir ist, als müßte der Blütenwind
Ein Lächeln von ihr mir bringen.

ZWEI FRAUEN

Es sitzen im schwülen Dämmerlicht
Zwei blühende Frauen
Und regen sich nicht.
Sie schauen sich an und schauen
Und schauen mit sengender Augenglut
In sengende, glühende Augen,
So tief, so wild, als gälte es Blut
Mit Blicken aus Blicken zu saugen.
Da ringt unter wogenden Brüsten
Ein irres, fremdes Gelüsten
Mit bangem, ruhlosen Leiden. – – – –
Ein schillerndes, schuppiges Schlangengetier
Kriecht aus dem Dunkel in hastiger Gier,
Schlingt seinen Leib um die Beiden
Und dehnt sich schleimig, duckt sich und spuckt
Und bäumt sich lautlos und züngelt und zuckt.

Das ist die Schlange, vor der uns graut,
Wenn uns ihr bannendes Auge trifft.
Sie trägt ein langsam tötendes Gift,
Aus unergründlichen Rätseln gebraut.

DIE SCHIFFBRÜCHIGEN

»Peter, seht Ihr kein Licht?
Winkt uns kein Land?
Gebt Eure Hand.
Das Leben ist Dreck und Tand
Und Gott verdamme mich diese Nacht!!
Hört Ihr, wie er lacht? – –
Seht – er verfolgt unser Boot,
Aber was ist daran gelegen.
Springen wir ihm entgegen –
Ich meine – dem Tod. – –«

»Steuermann, Ihr sprecht wie ein Kind.
Tut Eure Pflicht.
Wir fürchten uns nicht
Vor Wasser und Wind.
Gebt Eure Hand.
Wir suchen das Land,
Und zeigt es sich nicht
Und steuern wir ins Verderben – – –
Steuermann – – –
Nun dann – – – –«

»Schwatzt nicht vom Sterben –
Ich sehe ein Licht!!«

DIE LANGE NASE

(Eine Parabel)

Hans wird der Nasenkönig genannt,
Denn er hat eine lange Nase.
Sie rufen's ihm nach auf der Straße.
Hans läßt sie rufen; er macht sich nichts draus,
Die Eltern und Bruder und Schwester zu Haus,
Sie lachen ja alle so oft ihn aus
Und spotten über die Nase.
Hans kommt in die Schule. Er hört, daß man lacht,
Daß man sich über ihn lustig macht,
Daß man vom Nashorn, vom Rüsseltier spricht
Und von der Gurke in seinem Gesicht. –
So folgt ihm der Ulk auf Schritt und Tritt
Und Hans lacht mit.

Er wird ein Soldat. Er wird ein Mann
Und überall trifft er den Spottvogel an.
Der pfeift und singt und läßt keine Ruh.
Hans lacht dazu.
Hans lacht dazu, wenn man witzelt und höhnt,
Er hat mit der Zeit sich daran wohl gewöhnt.

Hans freite des Nachbars Liesel so gern
Da drüben über der Straße.
Und er fragt ganz schüchtern mal bei ihr an,
Da sagt ihm die Liesel: Sie mag keinen Mann
Mit einer so langen Nase. – –

In der Nacht, im Garten vorm Rasenplatz,
Da küßt sich die Liesel mit ihrem Schatz.
Sie tanzen, sie springen, sie singen vereint,
Und drüben, über der Straße,
Im Stübchen, wo noch die Lampe scheint,
Sitzt Hans vorm Spiegel und weint und weint
Über die lange Nase.

DIE DÜNENWÄLDER BEI RIGA

Die Kiefernwälder meiner Heimat
Rauschen ein ernstes, ergreifendes Lied
Von Einsamkeit und Ewigkeit.
Dort habe ich oft meine kindlichen Sorgen
Still in das traumvolle Moos geweint.
Wenn die Sonne scheint, dann flammt und flutet
Über die Dünen das Abendrot,
So goldig, so brennend wie die Sehnsucht,
Die mich nach fernen Gestaden gelockt.
Dann ist es, als wären die Bäume
In leuchtendes Blut getaucht,
So rot, so glühend
Wie das Heimweh, das mich zurückruft,
Dem Liede zu lauschen
Von Einsamkeit und Ewigkeit.

DER WEIHNACHTSBAUM

Es ist eine Kälte, daß Gott erbarm!
Klagte die alte Linde,
Bog sich knarrend im Winde
Und klopfte leise mit knorrigem Arm
Im Flockentreiben
An die Fensterscheiben.
Es ist eine Kälte! Daß Gott erbarm!
Drinnen im Zimmer war's warm.
Da tanzte der Feuerschein so nett
Auf dem weißen Kachelofen Ballet.
Zwei Bratäpfel in der Röhre belauschten
Wie die glühenden Kohlen
Behaglich verstohlen
Kobold- und Geistergeschichten tauschten.
Dicht am Fenster im kleinen Raum
Da stand, behangen mit süßem Konfekt,
Vergoldeten Nüssen und mit Lichtern besteckt,
Der Weihnachtsbaum.
Und sie brannten alle, die vielen Lichter,
Aber noch heller strahlten am Tisch
(Es läßt sich wohl denken
Bei den vielen Geschenken)
Drei blühende, glühende Kindergesichter. –
Das war ein Geflimmer
Im Kerzenschimmer!
Es lag ein so lieblicher Duft in der Luft
Nach Nadelwald, Äpfeln und heißem Wachs.
Tatti, der dicke Dachs,
Schlief auf dem Sofa und stöhnte behaglich.
Er träumte lebhaft, wovon, war fraglich,
Aber ganz sicher war es indessen,
Er hatte sich schon (die Uhr war erst zehn)
Doch man mußte 's gestehn,
Es war ja zu sehn,
Er hatte sich furchtbar überfressen. –
Im Schaukelstuhl lehnte der Herzenspapa
Auf dem nagelneuen Kissen und sah
Über ein Buch hinweg auf die liebe Mama,
Auf die Kinderfreude und auf den Baum.

Schade, nur schade,
Er bemerkte es kaum,
Wie schnurgerade
Die Bleisoldaten auf dem Baukasten standen
Und wie schnell die Pfefferkuchen verschwanden.
– Und die liebste Mama? – Sie saß am Klavier.
Es war so schön, was sie spielte und sang,
Ein Weihnachtslied, das zu Herzen drang.
Lautlos horchten die andern Vier.
Der Kuckuck trat vor aus der Schwarzwälderuhr,
Als ob auch ihm die Weise gefiel. – –
Leise, ergreifend verhallte das Spiel.
Das Eis an den Fensterscheiben taute
Und der Tannenbaum schaute
Durchs Fenster die Linde
Da draußen, kahl und beschneit
Mit ihrer geborstenen Rinde.
Da dachte er an verflossene Zeit
Und an eine andere Linde,
Die am Waldesrand einst neben ihm stand,
Sie hatten in guten und schlechten Tagen
Einander immer so lieb gehabt.
Dann wurde die Tanne abgeschlagen,
Zusammengebunden und fortgetragen.
Die Linde, die Freundin, die ließ man stehn.
Auf Wiedersehn! Auf Wiedersehn!
So hatte sie damals gewinkt noch zuletzt. –
Ja daran dachte der Weihnachtsbaum jetzt
Und keiner sah es, wie traurig dann
Ein Tröpfchen Harz, eine stille Träne,
Aus seinem Stamme zu Boden rann.

Was du als richtig empfunden,
Das sage und zeige,
Oder schweige.
Wahr ist der Würdige oder stumm.
Immer bleibt, wem der Schein genügt,
Wessen Zunge das Herz belügt,
Feig und falsch oder dumm.

IN ZELLE 108

In der Gefängniszelle 108
Erschien die langvergessne Sehnsucht wieder.
Vom hohen Fenster stieg sie mild und sacht
An einem schmalen Sonnenstrahl hernieder.

Sie grüßte einen müden, kranken Mann
Und sang ein Lied in seine wachen Träume,
Bis eine Träne auf sein Lager rann.
Da wuchsen aus der Träne grüne Bäume.

Und Wiesen, blütenbunt und sonnenhell,
Entstanden rings und hauchten zarte Düfte.
Durch frisches Grün sprang lustig wild ein Quell.
Ein Vogelschlag durchjubelte die Lüfte.

Und sieh, der Kranke war nicht mehr allein,
Denn eine Schar von Dienern stand im Garten.
Die riefen: »Herr, viel Gold und Glanz ist dein
Sieh uns als Diener deinen Wunsch erwarten.«

Der aber sprach und lächelte dabei:
»Nehmt Gold und Glanz und lebt damit zufrieden!
Ich habe keinen Wunsch, ich – – bin ja frei.
Geht hin! Euch sei dasselbe Los beschieden.«

Aus der Gefängniszelle 108
Ward selben Tags in später Dämmerstunde
Ein toter, alter Mann herausgebracht.
Ein Lächeln lag auf seinem bleichen Munde.

WEIHNACHT ZUR SEE

Weihnacht war es auf tosender See.
Haushohe Wellen an Luv und an Lee.
Am Ruder stand Jürgens Claus;
Sah bald auf den Kompaß und bald voraus.
Die eisernen Speichen lenkte er fest
Und führte verwegen
Durch Sturm und Regen
Das ächzende Schiff nach West-Nord-West.
Wuchtige Seen mit schäumender Gischt
Fegten das Deck,
Doch er wich nicht vom Fleck,
Er rührte sich nicht,
Ob auch vom Südwester übers Gesicht,
Ob von der Stirn in den struppigen Bart
Das salzige, eisige Wasser ihm rann. –
So etwas bleibt keinem Seemann erspart.
Jürgens Claus stand seinen Mann. – –
West-Nord-West lag an.
Und er sah auf den Kompaß, vom Wetter umtost,
Wehrte behende dem tückischen Schwanken
Der kleinen Nadel. Doch in Gedanken
Flog er gen Ost-Süd-Ost;
Flog in ein fernes Fischerhaus.
Dort war er daheim, Jürgens Claus.
Es war ein armer,
Doch traulich warmer
Und freundlicher Raum.

Die Kuckucksuhr war eben verklungen.
Still malte der Feuerschein an den Wänden.
Im Lehnstuhl unter dem Weihnachtsbaum
Saß Mutter und hielt wie im Traum
In ihren alten, zitternden Händen
Den letzten Brief von ihrem Jungen. –
Er wußte, er war ja ihr einziges Glück. – –

»Was ist der Kurs?« erklang es von oben.
»Recht West-Nord-West!« gab Claus zurück.
Die eisernen Speichen lenkte er fest
Und führte voll Kraft und kühnem Mut
Das ächzende Schiff gen West-Nord-West.
Claus Jürgens stand seinen Mann.
War es wohl salzige Meeresflut,
Was heiß ihm über die Wangen rann?

Wenn dich der Dummen Verwegenheit
Spöttisch verlacht,
Denk deiner Macht,
Schweige aus Überlegenheit.
Schweigend sie müde machen, die Dummen,
Bis sie verstummen!
Und dann könntest du lachen,
Denn du hast sie bezähmt;
Aber verlache sie nicht.
Besser das kleine Gelicht
Still verachtend beschämt.

FLASCHENPOST

Sie kämpften vergebens. Der Tod, er winkt.
Das Schiff geborsten. Es sinkt – es sinkt
Hinab in die Tiefe und schaurig klingt
Der Mannschaft Fluchen und Weinen.
Nur der Schiffer steht ruhig im wilden Orkan.
Er weiß, er hat seine Pflicht getan.
Noch ein scharfer Befehl, dann schließt er sich ein.
Eine Flasche leert er vom köstlichsten Wein
Auf Glück und Segen der Seinen.
Es gurgelt im Schiffsraum. Zur Eile 's ihn treibt.
Er greift nach Tinte und Feder.
Des Schiffes Schicksal und Grüße schreibt
Er an Weib und Kind und den Reeder.
Und die letzte Botschaft nach Seemannsbrauch
Vertraut er der Flasche gläsernem Bauch,
Versiegelt den Hals, dann seufzt er schwer,
Und über die Rayling ins brausende Meer
Wirft er das Glas mit dem Briefe.
– – Ein Schiff ruht mehr in der Tiefe. –

Am fernen Strande im Sonnenschein
Da spielen zwei Kinder mit Muschel und Stein.
Auch ihnen im Herzen die Sonne scheint;
Sie wissen ja nicht, daß die Mutter jetzt weint
Um den Mann, der lang nicht geschrieben,
Vielleicht – auf dem Meere geblieben.
Eine Flasche treibt auf dem Wellengespiel
Und bietet den Kleinen ein prächtiges Ziel.

Hei, wie in der Sonne sie blinket.
Und hurtig von linkischer Kinderhand
Wird Stein auf Stein nach der Flasche gesandt.
Wie strahlt vor Freude das Kindergesicht,
Als endlich das gläserne Schiff zerbricht
Und jäh im Wasser versinket. – –

Das Meer birgt schweigend am Grunde
Voll Mitleid die traurige Kunde.

AN MEINEN LEHRER

Ich war nicht einer deiner guten Jungen.
An meinem Jugendtrotz ist mancher Rat
Und manches wohlgedachte Wort zersprungen.
Nun sieht der Mann, was einst der Knabe tat.

Doch hast du, alter Meister, nicht vergebens
An meinem Bau geformt und dich gemüht.
Du hast die besten Werte meines Lebens
Mit heißen Worten mir ins Herz geglüht.

Verzeih, wenn ich das Alte nicht bereue.
Ich will mich heut wie einst vor dir nicht bücken.
Doch möcht ich dir für deine Lehrertreue
Nur einmal dankbar, stumm die Hände drücken.

AUF HOHEM GERÜSTE

Auf hohem Gerüst am Turme
Da steht ein Mann allein
Und zwingt im tobenden Sturme
Mit ehernem Werkzeug den Stein.

Er schwingt den kalten Hammer
Und stöhnt dazwischen rauh –
Zu Hause in dumpfiger Kammer
Liegt eine kranke Frau.

Viel Jahre sind verronnen.
Er hat mit Fleiß geschafft
Und hat doch nichts gewonnen,
Verloren Mut und Kraft.

Auch jetzt im Sturmestoben
Er seines Unglücks denkt,
Als hoch vom Dach er oben
Den Blick zur Erde lenkt.

Ja, springst du jetzt hinunter.
Dann bist du sicher tot'
Und liegst du unten zerschmettert,
Dann fühlst du nicht mehr die Not.

Wie oft in schwindelnder Höhe
Stand so er ganz verzagt,
In bitterer Verzweiflung
Hat er sich stets gesagt:

Ja, springst du jetzt hinunter,
Dann bist du sicher tot,
Doch liegst du unten zerschmettert –
Hat Weib und Kind kein Brot.

BOHÈME

Auch ich bin einst in ihrer Flur gegangen
Und denke gern an jene Zeit zurück.
Sie barg in schwarzer Hülle manches Glück,
Aus dem mir feine Lebensquellen sprangen.

Auch ihr bleibt Freunde, die heut weltverschollen.
Wir haben jedes Wetter einst geteilt;
Bergan, talab ist uns die Zeit enteilt; –
Will ohne Kann und Können ohne Wollen.

Brodlose Nächte seh ich müd verdämmern,
Von kalten Wänden grinst die Einsamkeit
Und wieder fühl ich, wie in jener Zeit,
Die Qual der Zweifel in den Adern hämmern.

Verhärmt verschwärmte Mädchenaugen winken.
Musik rauscht auf. Bunt formt sich Bild aus Bild. –
Könnt ich doch einmal noch so toll und wild
In unbemessner Fülle Leben trinken.

Wohl ist sie leicht, doch wie man sie auch nehme,
Sie bleibt gewaltig ohne Wo und Wie.
Es liegt doch ein Stück eigne Poesie
In diesem Zauberbanne der Bohème.

DURCHMARSCH

Ich war, durch fernes Rollen erwacht,
Hinuntergeeilt. Das war eine Nacht!
Wie ein Unwetter zog es auf.
Ein polternder Hauf,
Mit rohem Tritt eine dröhnende Masse,
Unheimliche Schatten, wackelnde Lichter.
Kanonenräder rasselten über die Gasse.
Menschen – Rosse – Reiter – fremde Gesichter,
Klappernd und klirrend, verworren, verwirrend,
Ein Hin und Her von unverständlichen Rufen.
Pfützen spritzten unter den hastenden Hufen,
Klappernde Eisen, Messinggefunkel,
Helmbüsche, Spitzen, flatternd und blinkend;
In dunstiger Wolke nach Schweiß und Leder stinkend,
So zog es vorbei und verschwand langsam im Dunkel.
Bis die Ferne das letzte Rollen verschwieg
Und ich lauschte und bebte: – Krieg!

Da stand noch ein Mann in der stillen Nacht.
Der hat gelacht.
Ich sah ihn nicht lauschen und beben.
Er sprach irgend ein leeres Wort.
Ich hab ihm nicht Antwort gegeben.
Ich schlich mich fort
Und dachte nur:
Erbärmliche Kreatur!

Kleine Leute trachten Werke und Leben
Toter Größen zu schmälern und zu umkleben.
Würden diese nur einmal noch erwachen.
Ach, dann möchte ich sehen und hören,
Wie die Kleinen sie winselnd beschwören
Und die Großen die Kleinen schrecklich verlachen.

KUNST

Sie, die mitten im Haufen schreiten,
Sie glauben und hoffen und lassen sich leiten.
Die anderen, die vor dem Haufen gehen,
Stolz ziehen sie hin mit klingendem Spiele.
Sie können ein Stückchen vom Weg übersehen
Und sprechen immer vom nahen Ziele.
Die dritten hinken abseits vom Haufen.
Sie haben lächelnd Berge erstiegen
Und sahen in weiter Ferne schon liegen
Das Meer, in dem die andern ersaufen.

Des Besseren Seele ist zart und scheu.
Sie meidet die Orte, die leuchten und schallen,
Aber wo nächtliche Nebel wallen,
Streut sie Blumen und sammelt neu.

Sic haßt das Licht, das Allcs zcigt
Und sucht im Dunkel nach Duft und Brot. – –

Das Schlechte lärmt, das Bessere schweigt,
Das Beste ist tot.

Und wenn sich der Letzte dir entfernt,
Von denen, die einst dir lieb,
Wenn du sie alle verachten gelernt,
Kein tröstender Zweifel dir blieb.

Laß flattern in alle Winde das Band,
Das dich bestach, als es neu.
Dann lege du wie ein heilig Pfand
Die rechte in die linke Hand
Und schwöre dir selber die Treu.

Alles, was ich in schlichten Feierstunden
Mit den wenigen, treuen Freunden empfunden,
Was sie von Herzen mir zum Herzen gaben,
Habe ich tief in meiner Seele begraben. – –
Manchmal in weihevoll sinnender Dämmerzeit
Schleicht an das Grab die tröstende Einsamkeit,
Legt ein Sträußchen duftender Blüten nieder,
Flüstert ein Wort des Dankes und scheidet wieder.

JUNG STERBEN

Jung sterben – in besten, noch hoffenden Jahren –
Wie schön muß das sein!
Du hättest nur Gutes, nur Frohes erfahren.
Blieb Alles dein.

Und es blieb an der Stätte, wo du begraben,
Nur Liebe zurück.
So garnichts Trübes gekostet zu haben – – –
Wär's nicht ein Glück?

DIE SCHNUPFTABAKSDOSE

Stumpfsinn in Versen

1912

Von Hans Bötticher und R. J. M. Seewald (Bilder).
R. Piper & Co. Verlag, München 1912.

DIE SCHNUPFTABAKSDOSE.

Es war eine Schnupftabaksdose,
Die hatte Friedrich der Grosse
Sich selbst geschnitzelt aus Nussbaumholz.
Und darauf war sie natürlich stolz.

Da kam ein Holzwurm gekrochen.
Der hatte Nussbaum gerochen.
Die Dose erzählte ihm lang und breit
Von Friedrich dem Grossen und seiner Zeit.

Sie nannte den alten Fritz generös.
Da aber wurde der Holzwurm nervös
Und sagte, indem er zu bohren begann:
»Was geht mich Friedrich der Grosse an!«

Ein männlicher Briefmark erlebte
Was Schönes, bevor er klebte.
Er war von einer Prinzessin beleckt.
Da war die Liebe in ihm erweckt.

Er wollte sie wiederküssen,
Da hat er verreisen müssen.
So liebte er sie vergebens.
Das ist die Tragik des Lebens!

DIE AMEISEN.

In Hamburg lebten zwei Ameisen,
Die wollten nach Australien reisen.
Bei Altona auf der Chaussee
Da taten ihnen die Beine weh
Und da verzichteten sie weise
Denn auf den letzten Teil der Reise.

So will man oft und kann doch nicht
Und leistet dann recht gern Verzicht.

War einmal ein Schwefelholz,
Das sich mit erhab'nem Stolz
Einen Anarchisten nannte
Und ein ganzes Haus verbrannte.
Dieses war schon ungewöhnlich,
Doch es kannte auch persönlich
Meyers Taschenlexika,
Ganz speziell das Bändchen »A«,
Weshalb es sich nach dem Brande
An besagtes Bändchen wandte
Mit den Worten: »Sag, was ist
Eigentlich ein Anarchist?«

»Nein,« schimpfte die Ringelnatter, »die Mode
Von heutzutage, die wurmt mich zu Tode.
Jetzt soll man täglich, sage und schreibe,
Zweimal die Wäsche wechseln am Leibe.
Und immer schlimmer wird's mit den Jahren.
Es ist rein um aus der Haut zu fahren!«
So schimpfte die Ringelnatter laut
Und wirklich fuhr sie aus der Haut.

Der Vorfall war nicht ohne Bedeutung,
Denn zoologisch nennt man das Häutung.

Es war ein Brikett, ein grosses Genie,
Das Philosophie studierte
Und später selbst an der Akademie
Im gleichen Fach dozierte.

Es sprach zur versammelten Briketterie:
»Verehrliches Auditorium,
Das Leben – das Leben – beachten Sie –
Ist nichts als ein Provisorium.«

Da wurde als ketzerisch gleich verbannt
Der Satz mit dem Provisorium.
Das arme Brikett, das wurde verbrannt
In einem Privatkrematorium.

»Sie faule, verbummelte Schlampe,«
Sagte der Spiegel zur Lampe.
»Sie altes, schmieriges Scherbenstück,«
Gab die Lampe dem Spiegel zurück.
Der Spiegel in seiner Erbitterung
Bekam einen ganz gewaltigen Sprung.
Der zornigen Lampe verging die Puste.
Sie fauchte, rauchte, schwelte und ruste.
Das Stubenmädchen liess beide in Ruhe
Und doch: Ihr schob man die Schuld in die Schuhe.

DAS SCHLÜSSELLOCH.

Das Schlüsselloch, das im Haustor sass,
Erlaubte sich nachts einen Spass.
Es nahten Studenten
Mit Schlüsseln in Händen.
Da dachte das listige Schlüsselloch:
Ich will mich verstecken,
Um sie zu necken!
Worauf es sich wirklich seitwärts verkroch.
Alsbald nun tasteten die Studenten
Suchend,
Fluchend,
Mit Händen
An Wänden.
Und weil sie nichts fanden, zogen sie weiter.
Schlüsselloch lachte heiter.

(Die Herren erreichten ihr Zimmer nimmer.
Eigentlich war die Sache noch schlimmer.
Ich selbst war nämlich bei den Studenten –
Doch lassen wir es dabei bewenden.)

Es trafen sich von ungefähr
Ein Wolf, ein Mensch, sowie ein Bär,
Und weil sie lange nichts gegessen,
So haben sie sich aufgefressen.
Der Wolf den Menschen, der den Bär,
Der Bär den Wolf. – Es schmeckte sehr
Und blieb nichts übrig, als ein Tuch,
Drei Haare und ein Wörterbuch.
Das war der Nachlass dieser drei.
Der eine Mensch, der hiess Karl May.

Ein Pflasterstein, der war einmal
Und wurde viel beschritten.
Er schrie: »Ich bin ein Mineral
Und muss mir ein für allemal
Dergleichen streng verbitten!«

Jedoch den Menschen fiel's nicht ein,
Mit ihm sich zu befassen,
Denn Pflasterstein bleibt Pflasterstein
Und muss sich treten lassen.

»Ruhe ist viel wert,«
Sagte das Nilpferd
Und setzte sich in 'was Weiches.

Der Elefant tat ein Gleiches.

Der Ohrwurm mochte die Taube nicht leiden.
Sie hasste den Ohrwurm ebenso.
Da trafen sich eines Tages die beiden
In einer Strassenbahn irgendwo.

Sie schüttelten sich erfreut die Hände
Und lächelten liebenswürdig dabei
Und sagten einander ganze Bände
Von übertriebener Schmeichelei.

Doch beide wünschten sie sich im stillen,
Der andre möge zum Teufel gehn,
Und da es geschah nach ihrem Willen,
So gab es beim Teufel ein Wiedersehn.

Es lebte an diskretem Orte
Ein Stückchen Seife, bester Sorte,
In einem Porzellanbehälter.
Das ward mit jedem Tage älter.
Weil es mit Moschusduft durchhaucht,
Ward es vom Menschen gern gebraucht.
Einstmals – das wann und wie ist schnuppe –
Geriet es in die Erbsensuppe.
Der Mensch benahm sich miserabel.
Er stach die Seife mit der Gabel,
Beroch sie roh und rief: »Pfui, Spinne!«
Da schwanden ihr vor Angst die Sinne.

Die Badewanne prahlte sehr.
Sie hielt sich für das Mittelmeer
Und ihre eine Seitenwand
Für Helgoländer Küstenland.
Die andre Seite – gab sie an –
Sei das Gebirge Hindustan
Und ihre grosse Rundung sei
Bestimmt die Delagoabai.
Von ihrem spitzen Ende vorn,
Erklärte sie, es sei Kap Horn.
Den Kettenzug am Regulator,
Hielt sie sogar für den Äquator.
Sie war – nicht wahr, das merken Sie? –
Sehr schwach in der Geographie.
Dies eingebildete Bassin.
Es wohnte im Quartier latin.

Es waren einmal zwei Gummischuh,
Die waren stehen gelassen.
Ihr Herr, der suchte sie immerzu
Und konnte sie nirgend fassen.

Er suchte sie nah und suchte sie fern,
Er suchte sie vorn und hinten,
Und die Gummischuhe suchten den Herrn
Und konnten ihn nirgend finden.

Der Herr durchsuchte die ganze Welt;
Die Gummischuhe desgleichen
Und wenn die Sache so weiter geht,
So werden sie nie sich erreichen.

Es bildete sich ein Gemisch
Von Stachelschwein und Tintenfisch.
Die Wissenschaft, die teilt es ein
In Stachelfisch und Tintenschwein.
Der Fisch bewohnt den Ozean.
Gefährlich ist es, ihm zu nahn.
Das Tintenschwein trifft man in Büchern,
An Fingerspitzen, Taschentüchern.
Es ist – das liegt ja auf der Hand –
Dem Igelschwein noch sehr verwandt.

Lackschuh sprach zum Wasserstiebel:
»Lieber Freund, du riechst so übel.
Und du bist nach meiner Meinung
Eine störende Erscheinung.
Darum muss wohl von uns beiden
Einer dieses Schuhhaus meiden.«
Stiefel lächelte dazu
Und begann: »Verehrter Schuh,
Wenn du jenes Sprichwort kennst:
Alles ist nicht Gold, was glänzt,
Nimm es besser dir zu Herzen,
Denn die Welt, sie liebt zu schwärzen,
Was da glänzt, auch zieht sie keck
Das Erhab'ne in den Dreck.
Will dein Lack mir auch gefallen,
Teurer Schuh, bedenke doch,
Wenn der Lack in Staub zerfallen,
Lebt das fette Leder noch.
Niemals hieltest du den nassen
Kalten Wasserfluten Stand,
Denn die Elemente hassen
Das Gebild von Menschenhand.«
Und der Schuh verbeugte sich.
Darauf sprach er ernst und würdig:
»Freund, ich überzeugte mich,
Daß du mir ganz ebenbürtig.
Leider war mir anfangs duster,
Was mir jetzt Gewissheit ist,
Dass du Meisterwerk vom Schuster
Wasser-Dichter Stiefel bist.«

Ein Taschenkrebs und ein Känguruh,
Die wollten sich ehelichen.
Das Standesamt gab es nicht zu,
Weil beide einander nicht glichen.

Da riefen sie zornig: »Verflucht und verdammt
Sei dieser Bureaukratismus!«
Und hingen sich auf vor dem Standesamt
An einem Türmechanismus.

Frau Teemaschine sang auf dem Feuer.
Der Beifall war ganz ungeheuer.
Ja, ihre Base Petroleumkanne
War von dem Liede ganz gefangen.
Ihr rannen die Tränen über die Wangen
Und tropften gerade in eine Pfanne,
In der ein Schweinebraten briet,
Der ausgezeichnet dann geriet.
War auch Petroleum drauf geflossen,
Er wurde trotzdem doch genossen.
Sein Herr war mit dem Koch zufrieden.

(Besagter Herr war ein Kosak;
Sein Leibgericht war Siegellack.)

Ja, die Geschmäcker sind verschieden.

REZEPT.

Man mische 7 Pfund Palmin
Mit gleichviel Milch und Terpentin.
Dann füge man ein Hühnerei
Und etwas Öl nebst Essig bei.
Dies nun zu festem Brei gerührt,
Wird dann in einen Strumpf geschnürt.
Das Ganze läßt man 13 Wochen
In lauem Seifenwasser kochen.
Dann wird es mit Gelee garniert
Und im verdeckten Topf serviert.
(Doch halte man zu rechter Zeit
Ein offnes Töpfchen sich bereit.)

Man stirbt hier vor Langeweile,
Dachte die Nagelfeile
Beim Mittagessen!
Und machte sich, wie von ungefähr,
Ueber den Fingernagel her,
Beim Mittagessen!
Da begann eine silberne Gabel zu schrei'n:
»Meine Dame – – Sie sind hier nicht allein!«

Es war einmal ein Kragenknopf
Mit einer Mechanik am Kopf.
Der Kragenknopf sass im Genick.
Er schnipste mit der Mechanik,
Worauf mit unheilvollem Klang
Ein Kragen, der den Hals umschlang,
Elastisch aus der Angel sprang.
Ein Finger mühte sich durch Knipsen
Ihn wieder richtig einzuschnipsen,
Doch weil ihm das nicht wollte glücken,
Ergriff besagter Kragenknopf
Schnell die Gelegenheit beim Schopf
Und rutschte an des Menschen Rücken
Mit nie geahnter Blitzesschnelle
Hinab nach jener düstern Stelle,
Die sich der arme Mensch verletzt,
Wenn er sich auf 'was Spitzes setzt.

Die Nacht erstarb. Und der Tag erwachte. –
Draussen unter dem Sternenhimmel
Stand ein Droschkenpferd, ein Schimmel,
Und lachte.

Der Tag entwich und die Nacht begann.
Auf steiniger Ebene ruhte das Pferd.
Es hatte die Beine gen Himmel gekehrt
Und sann.

Und wieder durchzuckten die Sterne den Himmel. – –
Das rechte Auge des Pferdes tränte. – –
Der Mann auf dem Kutschersitze gähnte
Und trank einen Kümmel.

An einem Teiche
Schlich eine Schleiche,
Eine Blindschleiche sogar.
Da trieb ein Etwas ans Ufer im Wind.
Die Schleiche sah nicht was es war,
Denn sie war blind.
– –
Das dunkle Etwas aber war die Kindsleiche
Einer Blindschleiche.

Im dunklen Erdteil Afrika
Starb eine Ziehharmonika.
Sie wurde mit Musik begraben.
Am Grabe sassen zwanzig Raben.
Der Rabe Num'ro einundzwanzig
Fuhr mit dem Segelschiff nach Danzig
Und gründete dort etwas später
Ein Heim für kinderlose Väter.
Und die Moral von der Geschicht? –
Die weiss ich leider selber nicht.

Der Mensch braucht – ohne sich zu sputen –
Zum Kilometer zwölf Minuten.
Die Wanderratte läuft so weit
In ungefähr derselben Zeit.
Da nun genannte Wanderratte
Bis dato stets vier Beine hatte,
Wie schnell läuft da ein Tausendfuss? – –
Ich weiss es wirklich nicht. Weisst du's?

TANTE QUALLE UND DER ELEFANT.

Die Tante Qualle schwamm zum Strand.
Es liebte sie ein Elefant
Mit Namen Hildebrand genannt.
Der wartete am Meeresstrand
Mit einem Sträusschen in der Hand.
Das übergab er ihr galant
Und bat um Tante Quallens Hand.
Da knüpften sie ein Eheband.
Der Doktor Storch, der abseits stand,
Der dachte: »Armer Hildebrand!«
Worauf er weiterging und lachte.
– – – – – – – – – – – – – – – – – –
Warum der Storch wohl so was dachte?

Ein Schutzmann wurde plötzlich krank
Und setzte sich auf eine Bank.
Dort sass bereits ein Stachelschwein.
Der Schutzmann setzte sich hinein.
Da schrie er: »Au!« und schrie er: »Oh!«
Und kratzte sich an dem Po-lizeihelm.

UNTERM TISCH.

Es war ein Stückchen Fromage de brie
Das fiel untern Tisch. Man sah nicht wie.
Dort standen zwei Lackschuh mit silbernen Schnallen.
Die fanden an dem Fromage Gefallen
Und traten nach einiger Ueberwindung
Mit ihm in ganz intime Verbindung.
Als abends die beiden Schnallengezierten
In einer feudalen Gesellschaft soupierten,
Erhoben sich plötzlich zwei andere Schuhe
Und knarrten verlegen und baten um Ruhe
Und sagten, als alles ruhig war:
»Verehrte, es – riecht hier so sonderbar.«

Ein Pinsel mit sehr talentvollen Borsten,
Der musste viel hungern und viel dorsten.
Er war 60 Jahre alt und hiess Tipfelchen.
Aus festem Tannenholz war sein Stiel.
Er malte, und was er malte, gefiel.
Doch, wie gesagt, er litt Hunger und Durst.
Da kam eine junge fettige Wurst.
Sie wog 500 Gramm und war vom Stamme Rindvieh.
Kaum hatte der Pinsel die Wurst gesehn,
Blieb er stehn,
Bückte sich tief dabei
Knickte dann schief entzwei.
Die Wurst aber, mit Namen Schulze,
Sagte: »Mein lieber Tipfelchen,
Hier hast du ein Wurstzipfelchen,
Male mir mal drei Meter Sulze.«

Ein Lied, das der berühmte Philosoph Haeckel
am 3. Juli 1911 vormittags
auf einer Gartenpromenade vor sich hinsang.
(Von einem Ohrenzeugen.)

Wimmbamm Bumm
Wimm Bammbumm
Wimm Bamm Bumm

Wimm Bammbumm
Wimm Bamm Bumm
Wimmbamm Bumm

Wimm Bamm Bumm
Wimmbamm Bumm
Wimm Bammbumm.

Ein Nagel sass in einem Stück Holz.
Der war auf seine Gattin sehr stolz.
Die trug eine goldene Haube
Und war eine Messingschraube.
Sie war etwas locker und etwas verschraubt,
Sowohl in der Liebe, als auch überhaupt.
Sie liebte ein Häkchen und traf sich mit ihm
In einem Astloch. Sie wurden intim.
Kurz, eines Tages entfernten sie sich
Und liessen den armen Nagel im Stich.
Der arme Nagel bog sich vor Schmerz.
Noch niemals hatte sein eisernes Herz
So bittere Leiden gekostet.
Bald war er beinah verrostet.
Da aber kehrte sein früheres Glück,
Die alte Schraube wieder zurück.
Sie glänzte übers ganze Gesicht.
Ja, alte Liebe, die rostet nicht!

Der Spiegel, der Kamm
Und der Schwamm
Und das weisse Handtuch an der Wand
Und ein Mann, der hinter dem Kleiderschrank stand,
Die warteten auf das schöne Mädchen
Käthchen.
Und endlich, endlich kam Käthchen gegangen.
Da küsste der Schwamm ihr Mund und Wangen
Und sie küsste den Schwamm und beugte sich nieder
Und küsste das Handtuch und küsste es wieder.
Sie liess sich von dem Spiegel umschmeicheln
Und von dem Kamme ihr Goldhaar streicheln.
Dann sagte sie allen recht schönen Dank.
Dann sah sie den Mann hinterm Kleiderschrank
Und rannte davon und schrie dabei:
»Zu Hilfe! Mörder!« und »Polizei!« – –
– –
Der Mensch glaubt über den Dingen zu stehen.
Hier war das Gegenteil deutlich zu sehen.

Es war eine gelbe Zitrone,
Die lag unter einer Kanone,
Und deshalb bildete sie sich ein,
Eine Kanonenkugel zu sein.
Der Kanonier im ersten Glied,
Der merkte aber den Unterschied.
– – – – – – – – – – – – – – – – – –
Bemerkt sei noch zu diesem Lied,
Ein Unterschied ist kein Oberschied.

Das Nadelkissen bildete sich ein,
Mit dem Stachelschwein
Verwandt zu sein.
Das Nadelkissen
Ist, wie wir wissen,
Eine recht nützliche Erscheinung.
Natürlich sind wir ganz seiner Meinung.

Es war einmal ein Kannibale,
Der war aus Halle an der Saale.
Man sah ihn oft am Bodensee
Für zwanzig Pfennige Entree.

Ein bettelarmer, braver Mann,
Der Tag und Nacht nur Gutes sann
Und gar nichts mehr zu essen hatte
Als eine halbverweste Ratte,
Der auch kein Bett besass zum Schlafen,
Der ging in seiner höchsten Not
Zu einem reichen, stolzen Grafen
Und bat ihn um ein Stückchen Brot.
Der Graf nahm das gewaltig übel
Und schlug mit dem Champagnerkübel
Den braven Bettler lächelnd tot.
Doch niemand wagte es, den Grafen
Für solche Freveltat zu strafen.
Und deshalb wurde sein Betragen
Dann mit den Jahren noch viel schlimmer. –

So manchen Leser hör' ich sagen:
Ja, ja! – ja, ja! – So ist das immer!

Ich aber denke still für mich:
Der Leser ist ein Gänserich.

Ein kühnes Rosshaar erklärte den andern:
Es müsse aus der Matratze wandern.
Es poche auf seine Grossjährigkeit
Und es liege in seiner Rosshärigkeit
Der Trieb zum Wandern. Da rief es: »Adieu!«
Und damit schnellte es sich in die Höh'.
Ein Mensch sass auf besagter Matratze.
Das Rosshaar hüpfte auf seine Glatze,
Und weil es sehr gut gedieh an dem Orte,
So wuchsen dort bald noch mehr von der Sorte.

Es war einmal ein schlimmer Husten,
Der hörte gar nicht auf zu pusten.
Zwar kroch er hinter eine Hand,
Was jedermann manierlich fand.
Und doch hat ihn der Doktor Lieben
Mit Liebens Malzbonbon vertrieben.
Bemerkt sei noch: Für dies Gedicht
Bezahlte mich Herr Lieben nicht.

Ein Kehlkopf litt an Migräne
Und schrie wie eine Hyäne,
Er schrie sich wund.
Doch als ihm niemand zu Hilfe kam
Und niemand sein Geschrei vernahm,
War er auf einmal – – gesund.

ERRARE HUMANUM EST.

Quitschfidel, mit roter Nase,
Seh ich Kunze gehn.
Warum bleibt er plötzlich mitten auf der Straße
Stehn?
Warum runzelt er die Brauen?
Warum mag er so entsetzlich
Schmerzlich himmelaufwärts schauen?
Warum wird er plötzlich
Blass?
Oh, nun weiss ich was – – –
Er erblickt mich, winkt. – Fatal!
»Servus, armer Kunze! – eilt! – ein andermal!«

Kalte, falsche, rücksichtslose
Freunde hat die Unterhose.

LOGIK.

Die Nacht war kalt und sternenklar,
Da trieb im Meer bei Norderney
Ein Suahelischnurrbarthaar. –
Die nächste Schiffsuhr wies auf drei.

Mir scheint da mancherlei nicht klar,
Man fragt doch, wenn man Logik hat,
Was sucht ein Suahelihaar
Denn nachts um drei am Kattegatt?

MILIZ.

»Sie haben sich gestern schrecklich betragen!«
Wollte das Putzleder zur Trommel sagen.
Aber die Trommel spannte schnell
Ihr dickes Fell
Und begann einen donnernden Wirbel zu schlagen,
Na – und da blieb dem Putzleder vor Schrecken
Das Wort im Munde stecken.

»Oh«, rief ein Glas Burgunder,
»Oh, Mond, du göttliches Wunder!
Du giesst aus silberner Schale
Das liebestaumelnde, fahle,
Trunkene Licht wie sengende Glut
Hin über das nachtigallige Land – –«

Da rief der Mond, indem er verschwand:

»Ich weiss! Ich weiss! Schon gut! Schon gut!«

Es war ein Stahlknopf irgendwo,
Der ohne Grund sein Knopfloch floh.
(Vulgär gesprochen: Es stand offen.)
Ihm sass ein Fräulein vis-à-vis.
Das lachte plötzlich: Hi hi hi.
Da fühlte sich der Knopf getroffen
Und drehte stumm
Sich um.

Solch' Peinlichkeiten sind halt nur
Die schlimmen Folgen der Kultur.

An der Zehe gleich vorn
Sass ein Leichdorn.
Der Bader, den man befragte,
Der sagte:
Der Leichdorn sei eine Sommersprosse.
– – – – – – – – – – – – – – – – – –
Verzeihe mir, Leser, diese Posse!

JOACHIM RINGELNATZENS TURNGEDICHTE

1920 & 1923

Alfred Richard Meyer-Verlag, Berlin-Wilmersdorf 1920.
Erweiterte Neuausgabe mit 17 Zeichnungen von Karl Arnold.
Kurt Wolff Verlag, München 1923.
Übernommen vom Ernst Rowohlt Verlag, Berlin 1929.

ZUM AUFSTELLEN DER GERÄTE

(Ein Muster)

So unterwegs in einem schönen Hechtsprung
Erblickte er das Licht der Welt, das Leben,
Und hat – obwohl er damals doch noch recht jung –
Sich doch sofort in Hilfsstellung begeben.
Den Kniesturz übend und manch andre Tugend,
Verging ihm eine turnerische Jugend
Im Wachen teils und teils im Traum
Und Freitags nachmittags am Schwebebaum.

Vorturner wurde er und Löwenbändiger,
Seemann und Schornsteinfeger, Akrobat
Und schließlich turnerischer Sachverständiger
Im transsibirischen Artistenrat.
Er las die Morgenzeitung stets im Handstand,
Vom Hang der Freiheit sprach sein roter Schlips.
Er glich – wie er im Turnsaal an der Wand stand –
Dem allbekannten Herkules aus Gips.

Inhaber aller silbernen Pokale,
Erwarb er sich den Franziskanerpreis
Und im August in Halle an der Saale
Die Jahnkokarde mit dem Lorbeerreis.
Ein zarter Kern in einer rauhen Schale.

Er hat sich mit einem Salto mortale
Aus dem Leben
Über ein Felsengeländer
Hinwegbegeben.

TURNER-MARSCH

(Melodie: Leise flehen meine Lieder)

Schlagt die Pauken und Trompeten,
Turner in die Bahn!
Turnersprache laßt uns reden.
Vivat Vater Felix Dahn!
Laßt uns im Gleichschritt aufmarschieren,
Ein stolzes Regiment.
Laß die Fanfaren tremulieren!
Faltet die Fahnen ent!

Die harte Brust dem Wetter darzubieten,
Reißt die germanische Lodenjoppe auf!
Kommet zu Hauf!
Wir wollen uns im friedlichen Wettkampf üben.

Braust drei Hepp-hepps und drei Hurras
Um die deutschen Eichenbäume!
Trinkt auf das Wohl der deutschen Frauen ein Glas,
Daß es das ganze Vaterland durchschäume.
Heil! Umschlingt euch mit Herz und Hand,
Ihr Brüder aus Nord-, Süd- und Mitteldeutschland!
Daß einst um eure Urne
Eine gleiche Generation turne.

FREIÜBUNGEN

(Grund-Stellung)

Wenn eine Frau in uns Begierden weckt
Und diese Frau hat schon ihr Herz vergeben,
Dann (Arme vorwärts streckt!)
Dann ist es ratsam, daß man sich versteckt.
Denn später (langsam auf den Fersen heben!)
Denn später wird uns ein Gefühl umschweben,
Das von Familiensinn und guten Eltern zeugt.
(Arme – beugt!)
Denn was die Frau an einem Manne reizt,
(Hüften fest – Beine spreizt! – Grundstellung)
Ist Ehrbarkeit. Nur die hat wahren Wert,
Auch auf die Dauer (Ganze Abteilung, kehrt!).
Das ist von beiden Teilen der begehrtste,
Von dem man sagt: (Rumpfbeuge) Das ist der allerwertste.

KNIEBEUGE

Kniee – beugt!
Wir Menschen sind Narren.
Sterbliche Eltern haben uns einst gezeugt.
Sterbliche Wesen werden uns später verscharren.
Schäbige Götter, wer seid ihr? und wo?
Warum lasset ihr uns nicht länger so
Menschlich verharren?
Was ist denn Leben?
Ein ewiges Zusichnehmen und Vonsichgeben.
Schmach euch, ihr Götter, daß ihr so schlecht uns versorgt,
Daß ihr uns Geist und Würde und schöne Gestalt nur borgt.
Eure Schöpfung ist Plunder,
Das Werk sodomitischer Nachtung.
Ich blicke mit tiefster Verachtung
Auf euch hinunter.
Und redet mir nicht länger von Gnade und Milde!
Hier sitze ich; forme Menschen nach meinem Bilde.
Wehe euch, Göttern, wenn ihr uns drüben erweckt!
Beine streckt!

ZUM BOCKSPRINGEN

(Nach einer Fabel Ae-sops)

Wie war die Geschichte mit Bobs Wauwau?
Ich erinnere mich nicht ganz genau,
Ob dieser Hund Bobs
 – Eins, zwei, drei – hops! –

Ob dieser Hund ein Rebhuhn gebar?
Auf welcher Seite er schwanger war,
Und inwiefern und ob's
 – Eins, zwei, drei – hops! –

Ein Dackel war, der das Rebhuhn erzeugte,
Und ob er das arme Geflügel dann säugte. –
Ich glaube, der Dackel war ein Mops. –
 – Eins, zwei, drei – hops! –

Jedenfalls fraß er zu jedermanns Ärger
Nur Wickelgamaschen und Königsberger,
Auch Danziger Klops.
 – Eins, zwei, drei – hops! –

Ein seltsamer Mops war Bobs Wauwau.
 – Eins, zwei, drei – hops! – au! au!

WETTLAUF

Publikum ungeduldig scharrt –
Scharren lassen – hier Start –
Taschentuch? keins –
Schweiß –
heiß –
zum Beweis
des Nichtaufgeregtseins:
Billett Spucke kneten.
Achtung: eins!
Nicht mehr Zeit auszutreten –
Was? Rauchen verbeten? –
Sie da, der Dritte, weiter zurücktreten –
Soo! – Endlich Musik –
Der bekannte
Augenblick,
wo –
wenn der Trikot
nur nicht so spannte –
Schweinerei –
Wäre fatal –
Achtung: Zwei!
Teufel noch mal!
Heiliger Joseph, steh mir bei!
Achtung: Drei!
Tapelti, tapelti, tapelti
Mut!
Gut!
Kopf senken!
Arme vom Leib!
Frieda denken!
Herrliches Weib!
Schade, daß Mund stinkt!
Das war sie! – lacht – winkt –
Oh, oh! Oh, oh!
Mein Trikot!
Vorne gespalten.
Taschentuch vorhalten –

Jetzt Quark!
Nur laufen!
10000 Mark –
Wochenlang saufen –
Wenn's glückt –
Schulden bezahlen –
Tante verrückt –
Meyers prahlen –
Sieger gratuliert –
Photographiert –
Händedruck –
Tun als ob schnuppe –
Wändeschmuck –
Lorbeer-Suppe –
Zeitungs-Reklame –
Filmaufnahme –
Frieda seidenes Kleid –
Otto platzt Neid –
Engelmann – Wut –
Anton – Pump –
Aushalten! Mut!
Weg da! Lump! –
Einer von beiden –
Weg abschneiden –
Puff!
Was bild't sich –
Uff!
Gilt nich!
Feste druff!
Gar nicht kümmern!
Schädel zertrümmern!
Zuchthaus –
Flucht – Haus –
Schande –
Tante –
Sterben –
Beerben –
Unsinn! Was Quatsch! Quatsch!
Teufel noch mal!
Laternenpfahl.

Mehr links, ach! ach!
Stopp! Frieda! Halt! Krach!
Kladderadatsch!
Knätsch daun! au! aus!
Ohhhhhh! – Publikum Applaus.

KLIMMZUG

Das ist ein Symbol für das Leben.
Immer aufwärts, himmelan streben!
Feste zieh! Nicht nachgeben!
Stelle dir vor: Dort oben winken
Schnäpse und Schinken.
Trachte sie zu erreichen, die Schnäpse.
Spanne die Muskeln, die Bizepse.
Achte ver die Beschwerden.
Nicht einschlafen. Nicht müde werden!
Du mußt in Gedanken wähnen:
Du hörtest unter dir einen Schlund gähnen.
In dem Schlund sind Igel und Wölfe versammelt.
Die freuen sich auf den Menschen, der oben bammelt.
Zu! Zu! Tu nicht überlegen.
Immer weiter, herrlichen Zielen entgegen.
Sollte dich ein Floh am Po kneifen,
Nicht mit beiden Händen zugleich danach greifen.
Nicht so ruckweis hin und her schlenkern;
Das paßt nicht für ein Volk von Turnern und Denkern.
Klimme wacker,
Alter Knacker!
Klimme, klimb
Zum Olymp!
Höher hinauf!
Glückauf!
Kragen total durchweicht.
Äh – äh – äh – endlich erreicht.
Das Unbeschreibliche zieht uns hinan,
Der ewigweibliche Turnvater Jahn.

FELGEAUFSCHWUNG

Die wir im Felgeaufschwung uns befinden,
Schwer wie das Eisen, das der Ristgriff faßt,
Und wurde uns der eigne Leib zur Last.
Und langsam sehen wir den Tag entschwinden.

Ein abgerissenes Sichvorwärtsschwingen –
Ein seelenloses Steigen über nichts. –
Von Leiden spricht das Zucken des Gesichts.
Nur in der Ferne tönt ein Vesperklingen.

Nun sinkt das Haupt herab, und wie zum Schwören
Hebt sich der Füße zages Doppelspiel.
Und abermals erlahmt die Kraft am Ziel,
Um wieder sich von neuem zu betören.

Und werden doch den toten • überwinden,
Der Geist ist willig, doch das Fleisch ist weich,
Sitzwellend einst, dem Wellensittich gleich,
So werden wir uns droben wiederfinden.

WÄHREND DER RIESENWELLE

Seht ihr mich? Und spürt ihr nicht den Wind,
Den ich mache? Ja, das ist gefährlich!
Aber mir, dem alten Seemann, sind
Riesenwellen eben unentbehrlich.

Käme mir jetzt einer in die Speichen
(Wär es auch ein Riese aus Granit),
Würde er doch damit nur erreichen,
Daß ich ihn in dünne Scheiben schnitt.

Aber nicht die Herstellung von Scheiben
Denk ich mir als Lebenszweck. O nein!
Eine Sägemühle möcht' ich treiben,
Möcht' ein Schwungrad für Dynamo sein.

Wenn ich plötzlich jetzt die Hände strecke
(Und ich habe Ähnliches im Sinn),
Ja dann – splittert augenblicks die Decke,
Und der Wellenriese – ist dahin.

AM BARREN

(Alla donna tedesca)

Deutsche Frau, dich ruft der Barrn,
Denn dies trauliche Geländer
Fördert nicht nur Hirn und Harn,
Sondern auch die Muskelbänder,
Unterleib und Oberlippe.
Sollst, das Hüftgelenk zu stählen,
Dich im Knickstütz ihm vermählen.
Deutsches Weib, komm: Kippe, Kippe!

Deutsche Frau, nun laß dich wieder
Ellengriffs im Schwimmhang nieder.
So, nun Hackenschluß! Und schwinge!
Schwinge! Hurtig rum den Leib!
O, es gibt noch wundervolle
Dinge. Rolle vorwärts! Rolle!
Rolle rückwärts, deutsches Weib.

Deutsche Jungfrau, weg das Armband!
In die Hose! Aus dem Rocke!
Aus dem Streckstütz in den Armstand,
Nun die Flanke. Sehr gut! Danke!
Deutsches Mädchen, Hocke, Hocke!

Mußt dich keck emanzipieren
Und mit kindlichem »Ätsch-Ätsche«
Über Männer triumphieren,
Mußt wie Bombe und Kartätsche
Deine Kräfte demonstrieren.
Deutsches Mädchen – Grätsche! Grätsche!

KNIEHANG

Ich wollte, ich wär eine Fledermaus,
Eine ganz verluschte, verlauste,
Dann hing ich mich früh in ein Warenhaus
Und flederte nachts und mauste,
Daß es Herrn Silberstein grauste.
Denn Meterflaus, Fliedermus, Fledermaus –
(Es geht nicht mehr; mein Verstand läuft aus.)

AM HÄNGETAU

Das Hängetau ist lang und steil.
Jedoch die Übung an dem Seil
Ist heilsam und veredelt.
Dieweil du kletterst, wächst das Tau
Dir hintenraus und wedelt
À la Wauwau.

Marie, die unten nach dir blickt,
Kommt mit der Quaste in Konflikt.

Ich wette um ein Faß Gelee:
Drei Meter über der Erden
Erfaßt dich plötzlich die Idee,
Du möchtest Seemann werden.

Der Kletterschluß mißlingt dir freilich.
Er klingt auch häßlich papageilich.
Schon dieserhalb und um so mehr
Schwankst du verzweifelt hin und her,
Als atemloser Pendel.
Und jäh umgibt dich in der Luft
Ein unartikulierter Duft
Sehr abseits von Lavendel.

Und dann erreichst du ganz verzagt
Den Balken unter Pusten,
Und weil Marie von unten fragt,
Und weil die Stimme dir versagt,
So fängst du an zu husten.

Die Dame frägt, ob schwindelfrei
Und schüttelt die Manilla.
Du mimst voll Angst und Heuchelei
Den schwärmenden Gorilla.
Doch weil allmählich Zeit vergeht
Und nirgends eine Leiter steht,
Entschließt du dich voll Grausen
Und präsentierst dein Hinterteil
Und angelst lange nach dem Seil
Und läßt dich plötzlich sausen.

Du plumpst der Dame auf die Brust
Und tust, als tätst du das bewußt,
Und blähst dich wie ein Segel.
Und nickst ein heiteres Allheil!
Und lachst und fühlst dich doch derweil
Teils Burschenschaft, teils Flegel.

Kein Mädchen, nicht einmal die Braut,
Sieht gerne Hände ohne Haut.

RUNDLAUF

Heran in die Tiefe, seitab in die Höh –
Auf der Reise im Kreise gewiegt.
Die Mädels, die Buben, Madame und Monsieur,
Das baumelt und taumelt und fliegt.

Es schweben die Röcke wie Glocken dahin,
Und ein viel tätowierter Gesell,
Der fiedelt und sieht nur die Klöppel darin,
Und er spielt, und er fühlt Karussell.

Ein strudelnder Drall im ätherischen Bad,
Vor dem selbst der König sich bückt.
O Leben im Winkel von 50 Grad,
Du lachst uns und machst uns verrückt.

ZUM KEULENSCHWINGEN

Die Merowinger sind weit verzweigt.
Es lebte ein Merowinger,
Den die Geschichte uns leider verschweigt,
Ein wackerer Keulenschwinger.

Mit beiden Händen und Leidenschaft
Schwang er die Keulen, die schönen.
Er schwang sie mit barbarischer Kraft
Unter leisem teutonischen Stöhnen.

Er teilte die Lüfte und teilte vorbei
Mit seiner gewuchtigen Keule.
Er schlug seiner Mutter die Backe entzwei,
Erschlug seine Kinder und Gäule.

Erschlug mit übernatürlicher Kraft
Des Königs wieherndes Vollblut.
Da wurde er aber fortgeschafft
In eine Zelle für Tollwut.

Man nahm ihm die Keule, er konnte nicht mehr
Sie schwingen in sausenden Kurven.
Die Zelle ward still und nahezu leer,
Man hörte nur Schritte schlurfen.

Doch eines Tages dröhnte es dumpf.
Der Wächter tät sich beeilen.
Da sah er einen niedrigen Rumpf
Mit seinen leibeigenen Keulen
Die Wände der Zelle verbeulen.
Da fing der Mann an zu heulen.

DAS TURNGEDICHT AM PFERD

(Schon den Römern bekannt)

Es lebte an der Mündung der Dobrudscha
Ein Roll- und Bier- und Leichenwagenkutscher.
Der riß lebendigem Getier – o Graus! –
Mit kaltem Blut die Pferdeschwänze aus.
Hopla!

Jedoch verscherzte er mit solchen Streichen
Sich den Verkehr mit Roll und Bier und Leichen
Und frönte nun dem Trunk, auch nebenbei
Der Kunst, speziell der Pferdeschlächterei.
Hopla!

Man traf ihn manchmal unter Viadukten
Mit Pferdeköpfen, die noch lebhaft zuckten,
Und fragte man dann nach dem Preis pro Pfund,
Dann brüllte er und hatte Schaum vorm Mund:
»Hopla!«

Doch abermals aus dem Beruf gestoßen,
Ergab er sich dem Schicksal aller Großen
Und wurde – solches traf sich eben gut –
Pedell an einem Turninstititut.
Hopla!

Schon im Begriff, sein Leben umzuwandeln,
Besoff er sich und stürzte über Hanteln.
Er wußte selber nicht, wie weit, wie tief;
Jedoch er fragte gar nicht, sondern schlief.
… la …

Punkt Mitternacht bemerkte der Betäubte,
Daß sich sein Haar mit leisem Knirschen sträubte.
Er wachte auf und sah im bleichen Glanz
Ein Pferd, ein Pferd, ganz ohne Haupt und Schwanz.
… pla!

Nun reckte sich das abenteuerliche
Gespenst und wuchs ins Ungeheuerliche.
Drei Meter mochte es gewachsen sein,
Da hielt es inne, schnappte plötzlich ein.
Hopla!

Und nun, wohl in Ermangelung von Äpfeln,
Begann es Sägemehl aus sich zu tröpfeln.
»Mensch,« rief es, »der du Tiere quälen kannst,
Auf! Springe über meinen Lederwanst.
Hopla!«

Er sprang bereits, wie ihn die Formel bannte,
Er sprang und fiel, erhob sich wieder, rannte
Und sprang und rannte, sprang und sprang und sprang,
Wohl stunden-, tage-, wochen-, jahrelang.
Hopla! Hopla! Hopla! Hopla!

Bis plötzlich unter ihm das Pferd zerkrachte.
Da brach er auch zusammen, und erwachte.
Indem er schwur, nie wieder nachts zu picheln,
Bemerkte er, gereizt durch fremdes Sticheln,
Daß ihn, der doch sich täglich glatt rasierte,
Ein langer Zwickelbart aus Roßhaar zierte.
Ho!

BUMERANG

War einmal ein Bumerang;
War ein weniges zu lang.
Bumerang flog ein Stück,
Aber kam nicht mehr zurück.
Publikum – noch stundenlang –
Wartete auf Bumerang.

FUSSBALL

(nebst Abart und Ausartung)

Der Fußballwahn ist eine Krank-
Heit, aber selten, Gott sei Dank.
Ich kenne wen, der litt akut
An Fußballwahn und Fußballwut.
Sowie er einen Gegenstand
In Kugelform und ähnlich fand,
So trat er zu und stieß mit Kraft
Ihn in die bunte Nachbarschaft.
Ob es ein Schwalbennest, ein Tiegel,
Ein Käse, Globus oder Igel,
Ein Krug, ein Schmuckwerk am Altar,
Ein Kegelball, ein Kissen war,
Und wem der Gegenstand gehörte,
Das war etwas, was ihn nicht störte.
Bald trieb er eine Schweineblase,
Bald steife Hüte durch die Straße.
Dann wieder mit geübtem Schwung
Stieß er den Fuß in Pferdedung.
Mit Schwamm und Seife trieb er Sport.
Die Lampenkuppel brach sofort.
Das Nachtgeschirr flog zielbewußt
Der Tante Berta an die Brust.
Kein Abwehrmittel wollte nützen,
Nicht Stacheldraht in Stiefelspitzen,
Noch Puffer außen angebracht.
Er siegte immer, 0 zu 8.

Und übte weiter frisch, fromm, frei
Mit Totenkopf und Straußenei.
Erschreckt durch seine wilden Stöße,
Gab man ihm nie Kartoffelklöße.
Selbst vor dem Podex und den Brüsten
Der Frau ergriff ihn ein Gelüsten,
Was er jedoch als Mann von Stand,
Aus Höflichkeit meist überwand.
Dagegen gab ein Schwartenmagen
Dem Fleischer Anlaß zum Verklagen.
Was beim Gemüsemarkt geschah,
Kommt einer Schlacht bei Leipzig nah.
Da schwirrten Äpfel, Apfelsinen
Durch Publikum wie wilde Bienen.
Da sah man Blutorangen, Zwetschen
An blassen Wangen sich zerquetschen.
Das Eigelb überzog die Leiber,
Ein Fischkorb platzte zwischen Weiber.
Kartoffeln spritzten und Citronen.
Man duckte sich vor den Melonen.
Dem Krautkopf folgten Kürbisschüsse.
Dann donnerten die Kokosnüsse.
Genug! Als alles dies getan,
Griff unser Held zum Größenwahn.
Schon schäkernd mit der U-Bootsmine
Besann er sich auf die Lawine.
Doch als pompöser Fußballstößer
Fand er die Erde noch viel größer.
Er rang mit mancherlei Problemen.
Zunächst: Wie soll man Anlauf nehmen?
Dann schiffte er von dem Balkon
Sich ein in einem Luftballon.
Und blieb von da an in der Luft,
Verschollen. Hat sich selbst verpufft. –
Ich warne euch, ihr Brüder Jahns,
Vor dem Gebrauch des Fußballwahns!

DER ATHLET

Mein Name ist Murxis, der Kraftmensch genannt.
Meine Nahrung ist Goulasch vom Elefant
In einer Sauce des Stärkemehles.
Meine Heimat ist das Zentrum Südwales
    Upsala!

Ich wurde durch einen Kaiserschnitt
Geboren, mit Hilfe von Dynamit.
Daß ich noch lebte, war reines Glück.
Von meiner Mutter blieb wenig zurück.
    20 kg mit dem kleinen Finger.

Man baute um mich eine Art von Dock.
Mit Strebestützen im 16. Stock
Eines Wolkenkratzers von Rockefeller.
Das Stockwerk brach, man fand mich im Keller
    Mit verschränkten Armen.

Ich war in allen Städten der Welt
Als Muster von Herkules ausgestellt.
Wer das bezweifelt – 5 Groschen –, der fordre
An der Kasse die Wachskabinettsordre.
Ich nenne mich selbst den Venus von Milo.
    Bruttogewicht: 200 Kilo!

Es haben mich Königinnen betastet.
Ich habe einmal drei Wochen gefastet
Und unternehme auch heute noch Schritte
Zu meiner Entlastung. Und deshalb bitte
    Ich die Herrschaften um ein kleines Douceur.

BOX-KAMPF

Bums! – Kock, Canada: – Bums!
Käsow aus Moskau: Puff! puff!
Kock der Canadier: – Plumps!
Richtet sich abermals uff.
Ob dann der Käsow den Kock haut,
Oder ob er das vollzieht,
Ob es im Bauchstoß, im Knock-out*
Oder von seitwärts geschieht –
Kurz: Es verlaufen die heit'ren
Stunden wie Kinderpipi.
Sparen wir daher die weit'ren
Termini technici.
Und es endet zuletzt
Reizvoll, wie es beginnt:
Kock wird tödlich verletzt.
Käsow aber gewinnt.
Leiche von Kock wird bedeckt.
Saal wird langsam geräumt.
Käsow bespült sich mit Sekt.
Leiche aus Canada träumt:
    Boxkampf –
    Boxer –
    Boxen –
    Boxel –
    Boxkalf –
    Boxtrott –
    Boxtail –.

*) *Sprich – »nock«, wie bei Butternockerlsuppe.*

RINGKAMPF

Gibson (sehr nervig), Australien,
Schulze, Berlin (ziemlich groß).
Beißen und Genitalien
Kratzen verboten. – Nun los!

Ob sie wohl seelisch sehr leiden?
Gibson ist blaß und auch Schulz.
Warum fühlen die beiden
Wechselnd einander den Puls?

Ängstlich hustet jetzt Gibson.
Darauf schluckt Schulze Cachou.
Gibson will Schulzen jetzt stipsen.
Ha! Nun greifen sie zu.

Packen sich an, auf, hinter, neben, in,
Über, unter, vor und zwischen,
Statt, auch längs, zufolge, trotz
Stehen auf die Frage wessen.

Doch ist hier nicht zu vergessen,
Daß bei diesen letzten drei
Auch der Dativ richtig sei.

(Pfeife des Schiedsrichters.)

Wo sind die Beine von Schulze?
Wem gehört denn das Knie?
Wirr wie lebendige Sulze,
Mengt sich die Anatomie.

Ist das ein Kopf aus Australien?
Oder Gesäß aus Berlin?
Jeder versucht Repressalien,
Jeder läßt keinen entfliehn.

Hat sich der Schiedsmann bemeistert,
Lange parteilos zu sein;
Aber nun brüllt er begeistert:
»Schulze, stell ihm ein Bein!

Zwinge den Mann mit den Nerven
Nieder nach Sitte und Jus.
Kannst du dich über ihn werfen
Just wie im Koi, dann tu's!«

ZUM SCHWIMMEN

(Die Brüder)

Plumps! Nun liegst du endlich drin,
Nun hat es wirklich nicht mehr Sinn,
Noch länger den Denker und Dichter zu mimen.
Sonst gibt's mal was mit dem ledernen Riemen!

Lacht mal den Onkel aus, ihr Kinder!
Wißt ihr's?
Das ist der Erfinder
Des drahtlosen Schwebeklistiers,

Der Panslapopel, der große Mann!
Wie Seidenpapier liegt die Hose an.
Der Doktor phil. und der Doktor jur. – –
Ja, pruste du nur!
Wie eifrig du spuckst
Und das Gespuckte noch einmal verschluckst.
Du »Autor« von »Das Leben von Stosch!« –
Eine Qualle bist du, ein schleimiger Frosch,
Ein wulstiger, schwulstiger, schwappliger, nasser.
Und willst der Verfasser
Der Biographie sein!
Ziehe das Knie ein!
Nach auswärts die Beine!
Du Stubenhocker!
Hier sind ein paar Steine
Am Ufer recht locker. – –
Sieht aus wie Blaukraut mit Sommersprossen.
Na? Eins, zwei, drei – vier, fünf, die Hände geschlossen!
Und: eins, zwei, drei – vier, fünf; noch besser, viel besser!
Ich werde dir was von wegen Professor!
Los: eins, zwei, drei – vier, fünf. Du Schlumpsack, nur weiter!
Wird's? Eins, zwei, drei – vier, fünf. Nun 'ran an die Leiter!
Du ausgeschwängertes Schwielenschwein!
Ein Wort – und ich stoße dich nochmals hinein.

ZUM WEGRÄUMEN DER GERÄTE

Veterinär, gleichzeitig Veteran,
Ein Mann, der 92 Jahre zählte,
Daß man zuletzt ihn aus Gewohnheit wählte,
Und trotzdem biegsam, schmiegsam wie ein Schwan.
Das war – trotz eines halbgelähmten Beines –
Der Ehrenvorstand unsres Turnvereines.
Und wirklich nahm er's noch im Dauerlauf
Und Schleuderball mit jedem Rennpferd auf.

Wettläufer sah ich – nun Gott weiß wieviel,
Doch ihrer keiner hielt wohl mit der gleichen
Bescheidenheit gelassen vor dem Ziel.
Denn niemand konnte ihm das Wasser reichen.
Dann griff er abseits zum Pokal. Und Hei!
Wie Donner klang sein Frisch-Fromm-Fröhlich-Frei.
Wie sich sein Vollbart, den er gern sich wischte,
Nach einem 80 cm-Sprung
Mit Kokosfasern einer Matte mischte,
Das bleibt mir ewig in Erinnerung.
Im Springen konnte überhaupt dem Alten
Zuletzt wohl keiner mehr die Stange halten.

Einmal, nach dem Genuß von sehr viel Weißwein,
Verstauchte er beim Spaltsitz auf dem Reck
Ganz unvermutet plötzlich sich das Steißbein.
Er aber wich und wankte nicht vom Fleck.
Im Gegenteil, er brach, um uns zu necken,
Sich noch den Sitzknorren der Sitzbeine am Becken.
Er turnte gern der Jugend etwas vor
Und mühte sich vor Buben oder Mädeln,
Die Beine in die Ringe einzufädeln,
Wobei er niemals die Geduld verlor.
Dann staunte ehrfurchtsvoll solch junges Ding,
Wenn er wie Christbaumschmuck im Nesthang hing.

Denn was ein Nesthängchen werden will, krümmt sich
beizeiten.

LAUFSCHRITT-COUPLET

Wenn doch die Pferdebahn noch wär'!
Da wurde bald der Kondukteur
Und bald der Gaul verdroschen,
Und manchmal lief man nebenher
Und sparte sich den Groschen.

Die Feuersbrunst ergriff mich sehr.
Das Schulgebäude steht nicht mehr.
Schon spielen Kinder fromm umher
Mit den verkohlten Stücken.
Dann räumt man auf, der Platz wird leer,
Und nun beginnt die Feuerwehr
Allmählich anzurücken.

Der Laufschritt freut beim Militär
Uns über alle Maßen.
Zwar drückt der Affe reichlich schwer,
Ganz abgesehn von dem Gewehr,
Der Blase und den Blasen,
Doch außerdem: Man fühlt sich sehr,
Singt: »Wenn ich doch ein Vöglein wär'«
Und kann sich so von ungefähr
Das Mittagbrot vergasen.

SORGE DIVIDIERT DURCH 2 HOCH X

Grübeln und grübeln nun stundenlang –
Bing – Bumpf – Bang – –
Korks jetzt! Lona, und prost! Kling! Klang!
Ein Schurke ist gar kein Feind.
Hoch steht überm zeitlichen Raffinement
Die ewige Regel:
Daß immer mal wieder die Sonne scheint.
Liebstes, armes, verquollenes Kind,
So wie wir beide im Augenblick so sind,
Scheint uns die Sonne noch immer recht anständig lind.
Ihn macht sie frösteln oder sie kocht ihn jetzt heiß.
Bleiben wir aber so!
Sein wir nie schadenfroh!
Ist auch die Sache sehr unangenehm –
Jedes w soll schwinden im Schweiß,
Oder – nein, vor allem und außerdem – –
Na du weißt – – Und ich weiß – –

NACHTGALLE

Weil meine beiden Beine
Erfolglos müde sind,
Und weil ich gerade einsam bin,
Wie ein hausierendes Streichholzkind,
Setz ich mich in die Anlagen hin
Und weine.

Nun hab ich lange geweint.
Es wird schon Nacht; und mir scheint,
Der liebe Gott sei beschäftigt.
Und das Leben ist – – alles, was es nur gibt:
Wahn, Krautsalat, Kampf oder Seife.
Ich erhebe mich leidlich gekräftigt.
Ich weiß eine Zeitungsfrau, die mich liebt.
Und ich pfeife.

Ein querendes Auto tutet. –
Nicht Gold noch Stein waren echt
An dem Ring, den ich gestern gefunden. –
Die nächtliche Straße blutet
Aus tausend Wunden.
Und das ist so recht.

GEWITTER

Oben in den Wolken krachte der Donner.
Am Ufer des Indischen Ozeans balzte ein Kind.
Würde der Mond noch monder, die Sonne noch sonner,
So würden die Menschen vielleicht noch drehlicher, als sie
schon sind.

Tausend Menschen lachten und weinten;
Sechs von dem Tausend wußten, warum;
Zwei von den sechsen aber meinten
Von sich selber, sie seien eigentlich dumm.

Breite Straße filmte mir vorbei,
Links und rechts mit Lichtern und Reflexen
Fechtend und mit Worten und Geschrei.
Helle Nacht ergoß sich brausend.

Und ich grüßte ehrfurchtsvoll die zwei,
Und ich beugte staunend mich den sechsen,
Kniete, echt und bettelnd, vor dem Tausend.

Vor dem Grand Hotel zu den Drei Mohren
Kreiste jämmerlich ein Hund und schiß.
Nebenbei, von irgendwem verloren,
Lag ein künstliches Gebiß.
Doch ich räusperte und spie,
Und ich rotzte,
Bis ich einer weichen Phantasie
Würdig trotzte.

Und zur gleichen Zeit mag ein Kommis
(Elegante Kleidung – sauber – Schaf)
Auf dem Teppich heiß gestammelt haben,
Einer, der vom lieben Gott was wollte,
Was das Hauptbuch und den nächsten Tag betraf;

Dachten andere an Schützengraben.

Denn der Donner grollte.

DER ZAHNFLEISCHKRANKE

Was geht mich der Frühling, was geht mich dein dummes
Gesicht,
Dein Leben an. Aber nur weine nicht.
Geh, Mädchen! Geh! Geh!
Mir tun meine Zähne,
Deine Knietschträne tut noch mehr weh.

Eine entzündete Wurzelhaut
Kennt keine Braut,
Noch Kunst noch Konstabler.

Wer mir jetzt eins in die Fresse haut,
Oder ein Kinnladenschuß
Wären immerhin diskutabler.
Sterben jetzt, wäre Genuß.

Siehst du den gelben Schaum?
Das Fleisch ist ganz weich.

Selbst wenn ich schliefe,
Blähen versäumte Präservative
Sich Luftschiffen gleich
In meinen Traum.

Stochern muß ich; gib eine Gabel!
Was sagst du? Halt deine – Schnabel!!

AUS DEM TAGEBUCH EINES BETTLERS

Ich klingelte. Ich bettelte um Brot.
Um alte Sachen.

Ich beschrieb anschaulich die Not.
Ich kann so eine jämmerliche Miene machen.
Meine Familie sei teils hungrig, teils tot.

Nur ein kleines, hartes, verschimmeltes Restchen Brot,
Womit ich eigentlich Geld meinte.

Der Herr verneinte.

Ich versuchte diverse Gebärden.
Ich kann so urplötzlich ganz mager werden.
Ich taumelte krank.
Ich – stank.

Da wurde ich gepackt.

Fünf Minuten später war ich nackt.

In einer Wanne im Bad
Bei dreißig Grad.

Ich weinte. – Ich wußte:
Hier half kein Beteuern.
Man fing an, meine Kruste
Herunterzuscheuern.

Dieser Herr war ein Schelm.

Ich wurde auf die Straße gestoßen.
Ich fand mich in schwarzen Hosen,
Lackschuhen, Frack und Tropenhelm.

Ich fand kein Geld. – Mir wurde bang,
Ich fand nur ein Trambahn-Abonnement.

Und ich ging auf die Reise,
Fuhr mit der Sechzehn stundenlang
Immer im Kreise.

Was halfen die noblen Sachen?

Ich bettelte. Probeweise.
Ich kann so eine kummervolle Miene machen.
Aber die Leute begannen zu lachen
Und die Haltestelle zu verpassen.

Ich sann auf einen Schlager.
Ich wurde urplötzlich ganz mager.

Ich wurde gewaltsam aus der Trambahn heruntergelassen.

Da waren die Anlagen und Gassen
Auf einmal ganz traurig und fremd.

Als ich aus dem Pfandhause kam,
Trug ich nur noch Hose, Barfuß und Hemd.

Ich mußte mir einen Anzug leih'n.
Ich ging mit der Gräfin Mabelle,
Die eigentlich eine Büfettmamsell
Ist und gesucht wird, in ein Hotel.
Wir speisten: Hirschbraten mit Knickebein.
Wir sangen zu zwei'n:
»Wer hat uns getraut – …«
Und zuletzt, ganz laut:
»Wohlauf, noch getrunken den funkelnden Wein…«

VON EINEM, DEM ALLES DANEBENGING

Ich war aus dem Kriege entlassen,
Da ging ich einst weinend bei Nacht,
Weinend durch die Gassen.
Denn ich hatte in die Hosen gemacht.

Und ich habe nur die eine
Und niemanden, wo sie reine
Macht oder mich verlacht.

Und ich war mit meiner Wirtin der Quer.
Und ich irrte die ganze Nacht umher,
Innerlich alles voll Sorgen.
Und sie hätten vielleicht mich am Morgen
Als Leiche herausgefischt.
Aber weil doch der Morgen
Alles Leid trocknet und alle Tränen verwischt –

Benutzte Quellen:

Das deutsche Turnen, von Prof. Dr. Rudolf Gasch, Göschen.
Die Schnupftabaksdose, Verlag R. Piper & Co., München.
Théodore Cahu, Celles qui se donnent, Paris E. Flammarion.
Das Berliner Adreßbuch, 1916, drei Bände.
Jacobus Schnellpfeffer, Die Gedichte eines Gefühllosen, München und Berlin, Verlag zum toten Kind, 1903 (sehr selten).
Deutsches Reimlexikon, Verlag Philipp Reclam jun.
Petri Burmanni, Poematum, libri quatuor, Amstelaedamt, 1645.
Das Geheimnis des Fiakers, von F. Hume, Verlag Robert Lutz (vergriffen).
The vicar of Wakefield, by Himself, o. O. 1789.
Duden, 9. neubearbeitete Auflage 1919.
Berliner Morgenpost, 22. Jahrgang, Nr. 351, 4. Spalte, 4. Zeile von unten.
(Für Überlassung dieser Quelle sei hiermit Herrn Architekt A. Pfenniger, Berlin, nochmals bestens gedankt.)
(An dieser Stelle sei auch Herrn Dietrich Oberzel für gütige Übersetzung des Wortes »Knock-out« nochmals gedankt.)

KUTTEL DADDELDU

oder

Das Schlüpfrige Leid

1920 & 1923

Alfred Richard Meyer-Verlag, Berlin-Wilmersdorf 1920.
Erweiterte Neuausgabe mit 25 Zeichnungen von Karl Arnold.
Kurt Wolff Verlag, München 1923.
Übernommen vom Ernst Rowohlt Verlag, Berlin 1929.

VOM SEEMANN KUTTEL DADDELDU

Eine Bark lief ein in Le Haver,
Von Sidnee kommend, nachts elf Uhr drei.
Es roch nach Himbeeressig am Kai,
Und nach Hundekadaver.

Kuttel Daddeldu ging an Land.
Die Rü Albani war ihm bekannt.
Er kannte nahezu alle Hafenplätze.

Weil vor dem ersten Hause ein Mädchen stand,
Holte er sich im ersten Haus von dem Mädchen die Krätze.

Weil er das aber natürlich nicht gleich empfand,
Ging er weiter, – kreuzte topplastig auf wilder Fahrt.
Achtzehn Monate Heuer hatte er sich zusammengespart.

In Nr. 6 traktierte er Eiwie und Kätchen,
In 8 besoff ihn ein neues straff lederbusiges Weib.
Nebenan bei Pierre sind allein sieben gediegene Mädchen,
Ohne die mit dem Celluloid-Unterleib.

Daddeldu, the old Seelerbeu Kuttel,
Verschenkte den Albatrosknochen,
Das Haifischrückgrat, die Schals,
Den Elefanten und die Saragossabuttel.
Das hatte er eigentlich alles der Mary versprochen,
Der anderen Mary; das war seine feste Braut.

Daddeldu – Hallo! Daddeldu,
Daddeldu wurde fröhlich und laut.
Er wollte mit höchster Verzerrung seines Gesichts
Partu einen Niggersong singen
Und »Blu beus blu«.
Aber es entrang sich ihm nichts.

Daddeldu war nicht auf die Wache zu bringen.
Daddeldu Duddel Kuttelmuttel, Katteldu
Erwachte erstaunt und singend morgens um vier
Zwischen Nasenbluten und Pomm de Schwall auf der Pier.

Daddeldu bedrohte zwecks Vorschuß den Steuermann,
Schwitzte den Spiritus aus. Und wusch sich dann.

Daddeldu ging nachmittags wieder an Land,
Wo er ein Renntiergeweih, eine Schlangenhaut,
Zwei Fächerpalmen und Eskimoschuhe erstand.
Das brachte er aus Australien seiner Braut.

DADDELDUS LIED AN DIE FESTE BRAUT

Lat man goot sin, lütte seute Marie.
Mi no ssavi!
Ich habe deine Photographie
In der Meditteriniensi
Weit draußen auf dem Meere
Damals verloren,
Als ich bei den Azoren
Mit der Bulldog beinah versoffen wäre. –

Bulldog aheu!

Swiethart! Manilahaariges Kitty-Anny-Pipi –
Oder wie du heißt –
Bulldog aheu!
Bei Jesus Chreist
Ich war – seit Konstantinopel – dir immer treu.

Scheek hends! Ehrlich und offen:
Ich bin gar nicht besoffen.

Giff öss e Whisky, du, ach du! Jesus Chreist!

Skool! bleddi Sanofebitsch – Ohne Spott:
Ich glaube, dich hat der liebe Gott
An einem Sonntag zusammengespleißt.
Weißt du, was du bist: Weißt?
Hör mich einmal ernsthaft auf mich.
Du – du bist – Mein zweites Ich.

Du mußt mir mal deinen Namen ausbuchstabieren,
Hein soll mir das auf den Arm tätowieren.

Mary, mach mal deinem Daddeldu
Die Hosentür zu.

Ich habe noch immer die graue Salbe von dir,
Das ist ganz egal; das ist auch ein Souvenir.
Wer mir die Salbe nimmt –
Ich bin der gutmütigste Kerl, glaub es mir;
Ich habe noch keinem Catfisch ein Haar gekrümmt –
Wenn ich zurück bin aus Schangei,
Wie Gott will hoffen, –
Wer mir die Salbe nimmt,
Dem hau ik die Kiemen entzwei.

Bulldog aheu! Ich bin nicht besoffen.
Wirklich nicht!
Wirklich nicht!
Wer mir die Salbe krümmt,
Dem renn ich die Klüsen dicht. –
Komm her, Deesy, wir schlagen die Bulldog entzwei.
Wenn ich aus Kiatschu, Kiatschau –
Porko dio Madonna! –
Mary, du alte Sau,
Wer dir die Salbe stiehlt aus Schangei,
Der wird einmal Kapitän Daddeldus Frau.

SEEMANNSTREUE

Nafikare necesse est.
Meine längste Braut war Alwine.
Ihrer blauen Augen Gelatine
Ist schon längst zerlaufen und verwest. –
Alwine sang so schön das Lied:
»Ein Jäger aus Kurpfalz«.

Wie Passatwind stand ihr der Humor.
– Sonntags morgens wurde sie bestattet
In der Haide, wo kein Bäumchen schattet,
Und auch ihre Unschuld einst verlor.

Donnerstags grub ich sie wieder aus.
Da kamen mir schon ihre Ohrlappen
So sonderbar vor.

Freitags grub ich sie dann wieder ein.
Niemand sah das in der stillen Haide. –
Montags wieder aus. Von ihrem Kleide,
Das man ihr ins Grab gegeben hatte,
Schnitt ich einer Handbreit gelber Seide,
Und die trägt mein Bruder als Krawatte. –

Gruslig wars: Bei dunklem oder feuchten
Wetter fing Alwine an zu leuchten.
Trotzdem parallel zu ihr verweilen
Wollt ich ewiglich und immerdar.
Bis sie schließlich an den weichen Teilen
Schon ganz anders und ganz flüssig war.

Aus. Ein. Aus; so grub ich viele Wochen.
Doch es hat zuletzt zu schlecht gerochen.
Und die Nase wurde blauer Saft,
Wodrin lange Fadenwürmer krochen. –
Nichts für ungut: Das war ekelhaft. –
Und zuletzt sind mir die schlüpfrigen Knochen
Ausgeglitten und in lauter Stücke zerbrochen.

Und so nahm ich Abschied von die Stücke.
Ging mit einem Schoner nach Iquique,
Ohne jemals wieder ihr Gebein
Auszugraben. Oder anzufassen.

Denn man soll die Toten schlafen lassen.

DAS GESELLENSTÜCK

Mahagoni auf Eiche furniert.
Deckel sauber scharniert.
Alle Bretter gefedert, gespundet.
Die Ecken fein weich gerundet.
Die Seitenwände mit tiefgeschnitzten
Weintrauben und Schellfischen geziert.
Das war bei Weber in Osnabrück
Mein Gesellenstück.

Selbst Wasmann und Peter sagten 1910:
Solch einen Sarg hätten sie noch nie gesehn.

Ohne mich rühmen. Das soll einer machen.
Und dabei alles selber gemacht.
Die Griffe kupfergeschmiedete Drachen,
Die Füße gedrechselt (((Acht, sacht, Pracht, lacht, gedacht))),
Auf den Deckel in Rundschrift fein säuberlich
Eingebrannt: »Sarg für Frau (Doppelpunkt Strich)«.
Inwendig ein roßhaargepolstertes Bett,
Rosa Pünktchen auf Gelb-Violett.
Ich habe manchmal des Studiums wegen
24 Stunden darin gelegen.
Da war ein durch schöne Bilder verdecktes
Speiseregal zur linken Hand,
Wo Camembert, Zwieback und Butter stand
Und Trockengemüse und Eingewecktes. –

Auf den leisesten Druck mit der Zehe im Schlaf
Löste sich zu Fußende ein Kinematograph
Und zeigte abwechselnd »Brudermord«
Und »Torpedoangriff an Steuerbord«.
Alle zwei Stunden von selbst automatisch
Spielte ein Grammophon ganz zart:
»Ich bin der Doktor Eisenbarth«.

Außerdem roch es dort sehr sympathisch
Nach Moschus, Kampfer und kalter Küche.
Von wegen die Leichengerüche.

Und dann die Technik und das Komfort:
Kalender, das Telefon rechts am Ohr,
Glühbirnen und Klingeln. Ein tolles Gewirr.
Auch ein kleines, versilbertes Nachtgeschirr. –
Und Wasserstandglas und Thermometer.
Kurz herrlich! herrlich! – Wasmann und Peter
Hätten mir glattweg 5 tausend Mark
Und doppelt soviel gezahlt für den Sarg.
Und das war damals ein Geld, wenn mans denkt.

Aber ich hänge nicht so am Golde. –
Und so hab ich ihn dann meiner Tante Isolde
Zum 70. Geburtstag geschenkt.

DAS GESCHWÄTZ IN DER BEDÜRFNISANSTALT IN DER SCHELLINGSTRASSE

Heute wurde Geld eingesammelt,
Wo ich angestellt bin, in dem Büro,
Für die Frau von Jemand, der sich erhängte.
Eine Büchse ging rum. Und jeder schenkte.
Drei Mark; das ist bei uns immer so.

Es braucht niemand zu wissen, wodran ich bin.
Ich habe das Geld meiner Mutter gestohlen.

Ich habe noch gestern acht Mark für Kohlen
Bezahlt. Und die Alte stumpft doch bloß so hin.

Und bei ihrer Schwindsucht und sowieso
Kann es ja doch nicht mehr lange währen.
Ich kann auch nicht ewig fünf Menschen ernähren
Bei der Arbeit in dem Büro.

Ich möchte mal wieder eine Muhsik hören;
Das stimmt einen wieder mal froh.

DIE LUMPENSAMMLERIN

Hält sie den Kopf gesenkt wie ein Ziegenbock,
Ihre Gemüsenase,
Ihr spitzer Höcker, ihr gestückelter Rock
Haben die gleiche farblose Drecksymphonie
Der Straße.
Mimikry.

Selbständig krabbeln ihre knöchernen Hände
Die Gosse entlang zwischen Kehricht und Schlamm,
Finden Billette, Nadeln und Horngegenstände,
Noch einen Knopf und auch einen Kamm.

Über Speichel und Rotz zittern die Finger;
Hundekötel werden wie Pferdedünger
Sachlich beiseite geschoben.
Lumpen, Kork, Papier und Metall werden aufgehoben,
Stetig – stopf – in den Sack geschoben.

Der Sack stinkt aus seinem verbuchteten Leib.
Er hat viel spitzere Höcker.
Er ist noch ziegenböcker
Als jenes arg mürbe Weib.

Schlürfend, schweigsam schleppt sie, schleift sie die Bürde.
Wenn sie jemals niesen würde,
Was wegen Verstopfung bisher nie geschah,
Würde die gute Alte zerstäuben
Wie gepusteter Paprika. –

Und was würde übrig bleiben?
Eine Schnalle von ihrem Rock,
Sieben Stecknadeln, ein Berlock,
Vergoldet oder vernickelt.
Vielleicht auch: Vielmals eingewickelt
Und zwischen zwei fettigen Pappen:
Fünfzig gültige, saubere blaue Lappen.

Irgendwo würde ein Stall erbrochen,
Fände man sortiert, gestapelt, gebündelt, umschnürt
Lumpen, Stanniol, Strumpfenbänder und Knochen.

Was hat die Hexe für ein Leben geführt?
Vielleicht hat sie Lateinisch gesprochen.
Vielleicht hat einst eine Zofe sie manikürt.
Vielleicht ist sie vor tausend Jahren als Spulwurm
Durch das Gedärm eines Marsbewohners gekrochen.

DAS GESEIRES EINER AFTERMIETERIN

Meine Stellung hatte ich verloren.
Weil ich meinem Chef zu häßlich bin.
Und nun habe ich ein Mädchen geboren,
Wo keinen Vater hat, und kein Kinn.

Als mein Vormund sich erhängte,
Besaß ich noch das Kreppdischingewand,
Was ich später der Anni schenkte.
Die war Masseuse in Helgoland.

Aber der bin ich nun böse.
Denn die ließ mich im Stich.
Und die ist gar keine Masseuse,
Sondern geht auf den –

Mir ist nichts nachzusagen.
Ich habe mit einem Zahnarzt verkehrt.
Der hat mich auf Händen getragen.
Doch ich habe mir selber mein Glück zerstört.

Das war im Englischen Garten.
Da gab mir's der Teufel ein,
Daß ich – um auf Gustav zu warten –
In der Nase bohrte, ich Schwein.

Gustav hat alles gesehn.
Er sagte: Das sei kein Benehmen.
Was hilft es nun, mich zu schämen.
Ich möchte manchmal ins Wasser gehn.

NOCTAMBULATIO

Sie drückten sich schon beizeiten
Fort aus dem Tanzlokal
Und suchten zu beiden Seiten
Der Straße das Gast- und Logierhaus Continental.

So dringlich: Man hätte können glauben,
Er triebe sie vorwärts wie ein Rind.
Und doch handelten beide im besten Glauben.
Er wollte ihr nur die Unschuld rauben.
Sie wollte partout von ihm ein Kind.

Da geschah es, etwa am Halleschen Tor,
Daß Frieda über dem Knutschen und Schmusen
Aus ihrem hitzig gekitzelten Busen
Eine zertanzte, verdrückte Rose verlor.

Und ein sehr feiner Herr, dessen Eleganz
Nicht so rumtoben tut, folgte den beiden.
Jedoch hielt er sich vornehm bescheiden
Immer in einer gewissen Distanz.

Er wollte ursprünglich zum Bierhaus Siechen.
Aber nun hemmte er seinen Lauf,
Zog die Handschuh aus, hob die Rose auf,
Und begann langsam daran zu riechen.

Er wünschte aber keinen Augenblicksgenuß;
Deshalb stieg er mit der Rose in den Omnibus.
Derweilen war Frieda mit ihrem Soldaten
Auf einen Kinderspielplatz geraten.
Dort merkten sie nicht, wie die Nacht verstrich,
Und daß ein unruhiger Mann mit einem Spaten
Sie dauernd beschlich.

Als sich nach längerem Aufenthalt
Das Paar in der Richtung zur Gasanstalt
Mit kurzen, trippelnden Schritten verlor,

Sprang der unruhige Mann plötzlich hervor.
Und fing an, eine Stelle, wo er im Sand
Die Spur von Friedas Stiefelchen fand,
Mit seinem Spaten herauszuheben.
Worauf er behutsam mit zitternder Hand
Die feuchte Form in ein Sacktuch band,
Um sich dann leichenblaß heimzubegeben.

Wie um das dümmste Mädchen
Sich sonderbare Fädchen
Nachts durch die Straßen ziehn –
Die Dichter und die Maler
Und auch die Kriminaler,
Die kennen ihr Berlin.

CHANSONETTE

War ein echter Prinz und hat Warzen im Bett.
Und kniete vor jeder Schleife.
Vaters Leiche lag auf dem Bügelbrett
Und roch nach Genever und Seife.

Wenn der Pfaffe unter meine Röcke schielt,
Sagt die Alte, werd ich Geld bekommen.
Meinem Bruder, der so schön die Flöte spielt,
Haben sie die Nieren rausgenommen.

Glaubst du auch an Gott? und spielst du Lotterie?
Meine Schwester kommt im Juli nieder.
Doch der Kerl ist ein gemeines Vieh.
Schenk mir zwanzig Mark; du kriegst sie wieder.

Außerdem: ich brauche ein Korsett,
Und ein Nadelchen mit blauen Steinen.
In ein Kloster möcht ich. Oder bei's Ballett.
Manchmal muß ich ganz von selber weinen.

STIMME AUF EINER STEILEN TREPPE

Drei Söhne hab ich bei die Ulanen verloren,
Mein Mann fiel aus dem dritten Stock.
Aber – es wird lustig weitergeboren!
Ich habe nur noch den einen, den Umstandsrock.

Macht es mir nach: Werdet schwanger, ihr Weiber!
Alle Weiber müssen schwanger sein.
Dann springen die Männer vor eure geschwollenen Leiber
Links und rechts beiseite und sind ganz klein.

Aller Anfang ist schwer.
Pfeift auf die Fehlgeburten und Mißgeburten. –
Wenn nicht immer mal wieder zwei Menschen hurten,
Blieben zuletzt die Wirtshäuser leer,
Gäb's keine Soldaten mehr.

Die Schweinerei ist nun doch einmal Sitte und Brauch.
Gott hat uns Weiber zu Schöpferinnen gesalbt.
Schiebt also trotzig euren geladenen Bauch
Über die Friedhöfe hin. – Und kalbt!

WORTE EINES DURCHFALLKRANKEN STELLUNGSLOSEN IN EINEN WASCHKÜBEL GESPROCHEN

Bloß weil ich nicht aus Preußen gebürtig.
Wo hab ich nur den Impfschein verloren?
Das lange Warten auf den Korridoren,
Das ist so un–, so unwürdig.
Wären wenigstens meine Haare geschoren.
Und den Durchfall habe ich auch.
Das geht mitten im Gespräch plötzlich eiskalt aus dem Bauch.

Als mich Miß Hedwin erkannte und rief,
Die hab ich vor Jahren, in Genf, einmal – versetzt.
Nun sind meine Absätze schief.
Und sie trug ein Reitkleid und fütterte Küken.
Aber ich darf mich nicht bücken.
Denn meine – ach mein ganzes Herz ist zerfetzt.

Ob ich gespeist habe?
Ob mir die Hecke gefiele?
Ja ich habe – gespeist. – (In Genf!
Und zuletzt, vor drei Tagen, Semmel mit Senf)
Und mich können alle Hecken
Am Asche –

Vergessen sei Genf, vergessen die ganze Schweiz!
Dürfte ich nur noch einmal in Seifhennersdorf oder Zeitz
Steine klopfen.
Ach! – ich möchte jenem verdammten
Stellenvermittlungsbeamten
Siebzehn Legitimationspapiere meines Großvaters
mütterlicherseits
In den Rachen stopfen!

Auch hat mich vorübergehend durchzuckt:
Ich wollte sterben nach einer grellen Raketentat.
Ich habe Lysol und einen Drillbohrer verschluckt.
Ich sandte ein Kuvert an den Hamburger Senat;
In das Kuvert hatte ich kräftig gespuckt.

Aber niemand glaubt an den Dreck.

Nun ist meine Seife weg;
Irgend jemand stöbert in meinen Taschen. –

Ich kann mir doch nicht
Das Gesicht
Mit einem Bouillonwürfel waschen.

Nun warte ich auf gigantisches Weltgeschehn.
Wenns mich – zusammen mit den andern – zerfleischt,
Wenn das Sterben der anderen, Glücklichen mich umkreischt,
– Dann –
Dann will ich mir eine Zigarette drehn!

WENN ICH ALLEIN BIN

Wenn ich allein bin, werden meine Ohren lang,
Meine, meine Pulse horchen bang
Auf queres Kreischen, sterbenden Gesang
Und all die Stimmen scheeler Leere.

Wenn ich allein bin, leck ich meine Träne.

Wenn ich allein bin, bohrt sich meine Schere,
Die Nagelschere in die Zähne;
Sielt höhnisch träge sich herum die Zeit. –
Der Tropfen hängt. – Der Zeiger steht. –

Einmal des Monats steigt ein Postpaket
Aufrührerisch in meine Einsamkeit.
So sendet aus Meran die Tante Liese
Mir tausend fromme, aufmerksame Grüße;
Einjeden einzeln sauber einpapiert,
Mit Schleifchen und mit Fichtengrün garniert,
Vierblätterklee und andern Blumenschmuck –

Ich aber rupfe das Gemüse
Heraus mit einem scharfen Ruck,
Zerknülle flüchtig überfühlend
Den Alles-Gute-Wünsche-Brief
Und fische giftig tauchend, wühlend,
Aus all den Knittern und Rosetten
Das einzige, was positiv:
Zwei Mark für Zigaretten.

Die Bilder meiner Stube hängen schief.
In meiner Stube dünsten kalte Betten.

Und meine Hoffart kuscht sich. Wie ein Falter
Sich ängstlich einzwängt in die Borkenrinde.

Wenn ich allein bin, dreht mein Federhalter
Schwarzbraunen Honig aus dem Ohrgewinde.

Bin ich allein: Starb, wie ein Hund verreckt,
Hat mich ein fremdes Weib mit ihren Schleiern
Aus Mitleid oder Ekel zugedeckt.
Doch durch die Maschen seh ich Feste feiern,
Die mich vergaßen über junger Lust. –

Ich reiße auseinander meine Brust
Und lasse steigen all die Vögel, die
Ich eingekerkert, grausam dort gefangen,
Ein Leben lang gefangen hielt, und nie
Besaß. Und die mir niemals sangen.
Wenn ich allein bin, pups' ich lauten Wind.
Und bete laut. Und bin ein uralt Kind.
Wenn ich –

ANSPRACHE EINES FREMDEN AN EINE GESCHMINKTE VOR DEM WILBERFORCEMONUMENT

Guten Abend, schöne Unbekannte! Es ist nachts halb zehn.
Würden Sie liebenswürdigerweise mit mir schlafen gehn?
Wer ich bin? – Sie meinen, wie ich heiße?

Liebes Kind, ich werde Sie belügen,
Denn ich schenke dir drei Pfund.
Denn ich küsse niemals auf den Mund.
Von uns beiden bin ich der Gescheitre.
Doch du darfst mich um drei weitre
Pfund betrügen.

Glaube mir, liebes Kind:
Wenn man einmal in Sansibar
Und in Tirol und im Gefängnis und in Kalkutta war,
Dann merkt man erst, daß man nicht weiß, wie sonderbar
Die Menschen sind.

Deine Ehre, zum Beispiel, ist nicht dasselbe
Wie bei Peter dem Großen L'honneur. –
Übrigens war ich – (Schenk mir das gelbe
Band!) – in Altona an der Elbe
Schaufensterdekorateur. –

Hast du das Tuten gehört?
Das ist Wilson Line.

Wie? Ich sei angetrunken? O nein, nein! Nein!
Ich bin völlig besoffen und hundsgefährlich geistesgestört.
Aber sechs Pfund sind immer ein Risiko wert.

Wie du mißtrauisch neben mir gehst!
Wart nur, ich erzähle dir schnurrige Sachen.
Ich weiß: Du wirst lachen.
Ich weiß: Daß sie Dich auch traurig machen.
Obwohl Du sie gar nicht verstehst.

Und auch ich –
Du wirst mir vertrauen, – später, in Hose und Hemd.
Mädchen wie du haben mir immer vertraut.

Ich bin etwas schief ins Leben gebaut.
Wo mir alles rätselvoll ist und fremd,
Da wohnt meine Mutter. – Quatsch! Ich bitte dich:
Sei recht laut!

Ich bin eine alte Kommode.
Oft mit Tinte oder Rotwein begossen;
Manchmal mit Fußtritten geschlossen.
Der wird kichern, der nach meinem Tode
Mein Geheimfach entdeckt. –
Ach Kind, wenn du ahntest, wie Kunitzburger Eierkuchen
schmeckt!

Das ist nun kein richtiger Scherz.
Ich bin auch nicht richtig froh.
Ich habe auch kein richtiges Herz.
Ich bin nur ein kleiner, unanständiger Schalk.
Mein richtiges Herz. Das ist anderwärts, irgendwo
Im Muschelkalk.

MATROSENSANG

Herr Steuermann, ach Steuermann,
Mein Herz ist gar so schwer.
»So bind ein gut Stück Eisen dran
Und wirf es über Bord ins Meer.«

Ob meine schwangere Liebste weint?
Eine Trän? Zwei Trän? Drei Trän?
Ho! Meine krumme Mutter meint,
Ich sei ein reicher Kapitän.

Ist Mutters Haus mit Stroh gedeckt,
Wie sie sich freuen kann.
Doch wie ein Sturm mit Branntwein schmeckt,
Das geht sie einen Hundsdreck an.

DAS TERRBARIUM

Das war meine Erfindung:
Vor allen Dingen muß man die Tiere lebendig pressen.
Anfangs kostet es Überwindung,
Aber schließlich wird nichts so heiß gekocht wie gegessen.

Die Presse muß mindestens sechs Quadratmeter messen.

Meine Anlage war ein technisches Wunder;
Riesensäle, um die getrockneten Bestien
Übersichtlich hübsch an der Wand zu befestigen.

Denn ein geplättetes Nashorn ist keine Flunder.
Wegen der Dickhäuter und et cetera
Brauchte ich selbstverständlich elektrische Kraft. –
Doch ich speiste mit dem herausfließenden Saft
Sämtliche Waisenkinder von Zentralamerika.
Ganz abgesehen von der Naturwissenschaft.

Manches läßt sich nicht beim erstenmal schaffen.
Oftmals zappelt und zuckt noch der Hals,
Wenn der Unterkörper schon platt ist, so bei den Giraffen.
Und ich besinne mich eines noch schwereren Falls.

Um meine Sammlung zu komplettieren,
Wollte ich auch einen Menschen so präparieren.
Jene Miß Hamsy, die ich dazu erkor,
War eine ernste, wohlgebaute Mulattin,
Leichthin sommersprossig und Zollwächters Gattin.
Und der setzte ich Arrak mit Blumenkohl vor,
Sagte, das sei Barbarossas Lieblingsgericht,
Las ihr zwei Novellen von Freiherrn v. Schlicht.
Bis sie langsam das Bewußtsein verlor.
Als ich sie dann im Dunkeln entkleidet hatte,
Legte ich sie behutsam tastend auf die untere Platte,
Kurbelte an. Doch sie erwachte dabei.
Aber ich suchte sie taktvoll bescheiden zu trösten:
Wieviel schlimmer es wäre, lebendig zu rösten,
Und daß die Presse nicht zu umgehen sei.

Nichts stimmt trauriger als ein menschlicher Todesschrei.
Aber was bedeutet solch kurzer Ton
Gegen die furchtbaren Greuel der Vivisektion!
Und wie Miß Hamsy dann an der Wand die vierte
Halle für Säugetiere und Eidechsen zierte,
Hat ihr Anblick jeden Besucher gebannt.
Die Kritiken hörten nicht auf sie zu loben.
Bis sich schließlich die Popolaca erhoben.
Diese Indianer haben das ganze Museum niedergebrannt.
Alles haben mir diese Schweine gestohlen.
Aus Miß Hamsy schnitten sie Mokassinsohlen.
Was ein Barbar ist, hat weder Kultur noch Geschmack.
Aber einen von ihnen erwischte ich später,
Kochte ihn lebend mit Kienharz und Wasserstoff-Äther.
Und den Kerl verbrauche ich heute als Siegellack.

NOVAJA BROTNEIN

(Aus des Wunderknaben Horn)

Im Eismeer (jeder weiß das ja)
Da liegt Novaja Semlja.

In Hamburg (das ist auch bekannt)
Wird die Semmel »Rundstück« genannt.

Im Eismeer – sagt man in Hamburg – da
Liegt Novaja Rundstückja.

GLADDERADATSCH

Es hatte ein Igel sich geckenhaft und blasiert
Am ganzen Körper von oben bis unten rasiert,
Weil er abstechen wollte.
Stach wirklich auch ab. Da nahte ein Fuchs.
Worauf der Igel sich igelartig zusammenrollte.
Aber der Fuchs verschluckte ihn flugs.
Igel bat Fuchsen, ihn doch wieder auszubrechen;
Er sei ein Igel und könnte empfindlich stechen.
Und mittelst bauchrhetorischer Worte
Sprach der Fuchs: »Sie müssen verzeihn;
Ich hielt Sie für ein kindliches Schwein,
Werde nun aber sofort Sie befrein.
Wenn ich bitten darf – durch die Hinterpforte.«
Der Igel gab keinen Laut
Mehr von sich. Er war schon verdaut.

ES SETZTEN SICH SECHS SCHWALBEN

Es setzten sich sechs Schwalben
Auf sechs Dückdalben
Und haben 3 Minuten vereint
Um den Herzog von Alba geweint
Und flogen weiter und hatten zu sechst
Doch richtig die ganzen Dückdalben beklext.

ÜBERFAHRT

Die Brücke brach. Da lag ich sekundenlang
Mehrmals gebrochen quer überm Schienenstrang.
Wuchs ein Balg mit Lichtern aus Donner und Qualm
Rasend heran.
Schrein? Wegwälz? – Zermalm? –
Dann – –
Quietsch. Meine Knochen zerknürpsten;
Die dicksten waren die mürbsten.
Entzwei. Vorbei.
Splitter mit Brei.
Sah noch den armen motivführer erschauern.
Dann erhob ich mich, heißt: ich fühlte mich licht
Aufwärts schräg durch Lüfte und Mauern,
Dachte vielleicht noch – vielleicht auch nicht –
Mit einem komischen Rest von »Bedauern«:
»Schade, daß mich Bruder Wolfgang jetzt nicht sieht!«

MUTTER FRÜHBEISSENS TRATSCH

Wenn der über die Straßen ging:
Sechs Schritte vor ihm wurden die Vögel stumm,
Fielen die Pferde, kippte die Trambahn um,
Stürzte die Schwalbe herab und der Schmetterling,
Erbrachen sich Damen, krümmten sich Hunde. –

So roch das Schwein aus dem Munde.

Aber der kann nichts dafür.
Die Frau von dem Sohn, wo Paula die Semmeln holt, neben Weyl,
Deren Schwester hat auch solch ein Magengeschwür.
Das kommt gar nicht aus dem Halse. Im Gegenteil.

Da hilft kein Pfeffermünz und kein Höllenstein.
Kein Tabak. Alle Säuren hat der durchgekostet.
Die ganze Zunge ist ihm schon hinten zerrostet.

Und stinkt immer noch wie ein Schwein.

Das geht auf keine Kuhhaut, was der erduldet.
So einer ist ja zu nichts zu gebrauchen.
Und will doch auch einmal atmen wie wir, und hauchen.

Wenn er mir auch noch sieben Mark schuldet.

FEIERABENDKLÄNGE EINES EINHÄNDIGEN METALLDREHERS AN SEINE FRAU MIT PREISGEKRÖNTEN BEINEN

Ich hätte dem Hinz ein Ohr abgebissen?!
Wie kann der Oswald das wissen,
Dieser Speichellecker!
Der war doch damals mit die Dachdecker
Bei Wasmann in Akkord.

Hermine! Ehrenwort!
Ich habe den Hinz nur rausgeschmissen,
Weil er gesagt hat: Du hättest die Konkurrenz beschummelt,
Und ich habe ihm das verbeten
Und nur ganz leise in den Rücken getreten.

Mir ist doch wurscht, ob ihr zusammen poussiert
Und in die Wirtshäuser lauft.
Ich will nur nicht, daß ihr das Geld versauft,
Wo eigentlich mir zugebührt.

Hinz und Hillbrecht haben die Dreikantfeile und den
Vorschlaghammer an Meßmer verkauft.

Und mich haben sie ausgeschmiert.
Hinz ist überhaupt gar nicht organisiert.
Und der soll mich bloß nicht reizen,
Und deswegen könntest du immerhin die Stube heizen.
Denn wenn wir auch arm sein – –
Ich habe nur eine Hand, aber wehe, wenn sie sich ballt.
Vor den Feuern ist's heiß, und der Heimweg ist kalt.

Und wenn man nach Hause kommt, soll es dann wenigstens
warm sein.
Aber ihr treibt alle Schwindel und Betrug,
Und der Oswald ist ebenso schlecht,
Und Hinz hat an einem Ohr noch übergenug.
Und ich poche auf mein ehrliches Recht
Und lasse mich nicht von denen verkohlen.
– Schweine sind's! –
Und den Hammer und die Feile haben nicht Hillbrecht und Hinz,
Den habe ich ganz alleine gestohlen!!

ES WAREN ZWEI MOLEKÜLE

Es waren zwei Moleküle.
Die saßen auf einer Mühle
Und sahen zu, wie das Mühlrad trieb,
Und waren zufrieden und hatten sich lieb.
Und keiner, keiner wußte darum,
Als nur ein Mann, der Adressen schrieb.

MEIN HARMLOS LIED

In einem Untertäßchen
Voll Schnee und Rosenlikör
Erwachte das kleine Prinzeßchen.

Noch ganz verschlafen und ohne Gehör
Gewahrte sie mit Erröten
Auf ihren niedlichen Brüsten
Sechsundvierzig breite Warzenkröten,
Die sich gegenseitig auf den Podex küßten.
Und schrie, als sie sowas erblickte:
»Pfui Keks!« Woran sie erstickte.

Und nun ist in jeder Zeitung zu lesen:
Sie sei ein großer Schweinigel gewesen.

BALLADETTE

Das war die sonst noch ziemlich fesche
Marie, die ihrem Prinzipal
In der Fabrik für Sterbewäsche
Drei schwarze Unterhosen stahl.

Und sandte, als es ruchbar wurde,
Dann das Gestohlene zurück.
Und diese mindestens absurde
Idee gereichte ihr zum Glück.

Der Prinzipal für Sterbewäsche,
Der nicht Karrieren gern verdarb,
Gab ihr so viel verdiente Dresche,
Daß sie ein Kind gebar und starb.

DER GLOBUS

»Wo sitzt«, so frug der Globus leise
Und naseweis die weise, weiße,
Unübersehbar weite Wand,
»Wo sitzt bei uns wohl der Verstand?«

Die Wand besann sich eine Weile.
Sprach dann: »Bei dir – im Hinterteile!«

Nun dreht seitdem der Globus leise
Sich um und um herum im Kreise –
Als wie am Bratenspieß ein Huhn,
Und wie auch wir das schließlich tun –
Dreht stetig sich und sucht derweil
Sein Hinterteil, sein Hinterteil.

ZWEI SCHWEINEKARBONADEN

Es waren zwei Schweinekarbonaden,
Die kehrten zurück in den Fleischerladen
Und sagten, so ganz von oben hin:
»Menèh tékel ûpharsin.«

FLIEGE UND WANZE

Die Fliege hat zur Wanze gesprochen:
»Leih' mir doch eine Maß Blut,
Ich habe den Bürgermeister gestochen. –

Aber der roch nicht gut.
Und ich habe sein Blut, ohne was zu sagen,
In die Nase von seiner Frau übertragen
Und gab auch der Tochter und dem Sohn
Eine kleine Portion.
Und nun riecht die ganze Familie
Nach Quecksilber und Petersilie
Und ist voller Pickel und Flecke,
Und es ist ein Vergnügen, von der Decke
Aus zuzugucken, wie sie sich jucken.«

Die Wanze tat etwas fremd
Und brummte: »Ach, Bagatelle!«
Und kroch dabei einem Kutscher ins Hemd.
Dort war derzeit ihre Quelle.

SCHAUDERVOLL, ES ZOG DIE REINE

Schaudervoll: Es zog die reine,
Weiße, ehrbar keusche Clara
Aus dem Sittlichkeitsvereine
Eines Abends nach Ferrara.
Schaudervoll: Dort, irgendwo,
F l o ß der Po.

Schaudervoll, doch es geschah
In Ferrara, daß die Clara
Aus dem Sittlichkeitsvereine
Nachts den Po doppelt sah.

SCHICKSAL DER SCHLAUBE

Anno 1307
Ante Christum natum
War eine Schlaube in einem Zahn steckengeblieben,
Da nahte sich eine Floskel aus Batum
Und sagte: »Erlaube,
Daß ich dir helfe.« – – »Ganz nach Belieben«,
Sagte die Schlaube.

Da war das Liebeswerk schon getan.
Da wurde die Floskel blässer und blässer.
Die Schlaube indessen sprang in ein fließend Gewässer,
Trieb fort in der Richtung von Quelle nach Mündung;
Überall roch es nach ham and eggs.

Und die kleine Schlaube starb unterwegs
An Ekel, Scharlach oder Gebärmutterentzündung.

DIE GEBURTENZAHL

Die Geburtenzahl
Ging herunter,
Traf den Pfarrer im Tal
Nachts noch munter.

Heidel da diedel dumm
Wie war das schön im Tal!
Aufwärts steigt wiederum
Bald die Geburtenzahl.

* * *

Und dann lächelt alles froh
Im statistischen Büro.

STOFFWECHSEL

»Wie glüht er im Glase! Wie flammt er so hold!
Geschliffnem Topase vergleich ich sein Gold.«
Ich aber meinte den Urin
Und dachte mich in Groß-Berlin.
Und dachte eine junge Braut,
Ganz eingehüllt in Bückingshaut.
Da brachte mir der Pikkolo
Den Grog. Ich schnupperte und floh.

MISS LONGWIELES STOSSGÄHNEN

(Ein Chanson)

Uah! Ich wollte, ich hätte
An Stelle meiner Beine zwei
Stuhlbeine aus Holz oder Blei –.
Dann wünschte niemand sich das Zeugs ins Bette.

Mein Unterrücks – müßte ein – –
Müßte eine Plakatsäule sein.
Ach nein.
Wie dumm!
Dann stünden sie ja erst recht herum.

Mein Busen – (schöner Gedanke)
Wäre eine Planke,
Mit Stacheldraht
Und frisch geteert.
Dann käme der nächste Soldat,
Sagte: »Danke.
Ganze Abteilung kehrt!«

Und an meiner Nase hinge
Ewig ein Hühnerei,
Und bei jedem Niesen ginge
Das Ei entzwei.

Wären die Augen aus Stein,
Schwarz die Zähne und ohne Schmelz – –

Einmal arm möcht' ich sein,
Einsam, verachtet, bedauert. –

Reich mir den Pelz.
Anspannen! Mich schauert.

VIER TREPPEN HOCH BEI DÄMMERUNG

Du mußt die Leute in die Fresse knacken.
Dann, wenn sie aufmerksam geworden sind, –
Vielleicht nach einer Eisenstange packen, –
Mußt du zu ihnen wie zu einem Kind
Ganz schamlos fromm und ärmlich einfach reden
Von Dingen, die du eben noch nicht wußtest.
Und bittst sie um Verzeihung – einzeln jeden –,
Daß du sie in die Fresse schlagen mußtest.
Und wenn du siegst: So sollst du traurig gehen,
Mit einem Witz. Und sie nie wieder sehen.

MEIN RIECHTWIEICH

Gutes Bettchen du!
Ich gehe jetzt in dich. Gute Nacht!
Wünsche angenehme Ruh. –
Und auf einmal ist's wieder früh,
Bin ich wieder aufgewacht,
Habe dich naß gemacht –
Herzeleid – Pupo – Pipü.

Bett, ich falle in dich, du mein Bett.
Ich will nichts mehr wissen.
Sticke mich tot mit Gänsekissen.
Ich pfeife auf Schweinskotelett

Und Schutzmann und Feuer im Haus;
Mir ist alles egal.
Eigentlich müßte ich noch einmal –
Aber ich zwing's heute nicht.
Bitte – lie Bett – puste das Licht –

Altes Bettchen, hallo!!
Wir brechen in dich hinein;
Ja schau nur: zu zwei'n!
Nun knurre, knarre nicht so.
Heute geht's stürmisch zu.
Anna, komm doch! Ich friere. Huhu!
Möge uns Gott verzeihn.
Aber das wissen nur Anna und ich und du.

Bettchen, wo fährst du denn hin??
Nun gut, fahr immer zu.
Im Kreise und auf die Reise.
Nach Afrika. Wir besuchen ein Gnu.
Gut Nacht, Anna, ich bin –
Müde bin ich Känguruh.

FRÜHLINGSANFANG AUF DER BANK VORM ANHALTER BAHNHOF

Vierter Klasse wär' es noch mehr billig.
Aber da käme ich später an.
Und dann ist die Stellung vielleicht schon vergeben,
Und die Frau Bauratswitwe sagt dann
Wieder: Ich sei arbeitsunwillig.
Und wovon soll ich dann am Freitag leben?
Am liebsten möchte ich gar nicht fahren.
Da könnten wir all das Fahrgeld sparen
Und lieber versaufen.
Und da können wir noch die beiden Weinflaschen verkaufen.
Da wird man wieder mal richtig vergnügt.
Und hauen uns nachts auf die Bretter am Halleschen Tor,
Wo manchmal der Bolzenmax liegt.
Jetzt kommen schon die Krokusse vor,
Da ist es schon nicht mehr so kalt.
Und morgen werden wir sehn, wo wir bleiben.
Da werden sie uns auseinandertreiben
Wie die Pferdeäppel auf'm Asphalt.
Ob es wohl wahr ist, wenn man noch lebt – daß man
Seine Knochen an die Akademie verkaufen kann?

JENE BRASILIANISCHEN SCHMETTERLINGE

Wie schön ihr angezogen seid!
Simpelfarbig ist unsere Menschenhaut
Und hat noch Hitzpickel am Gesicht.
Aber ich denke das ohne Neid.
Ihr renommiert wahrscheinlich auch nicht
Mit euren sonnenmetallischen Flügeln.
Sie sind euer einziges Kleid.
Ihr braucht es niemals zu bügeln.
Und wenn ich es täte, dann ginge
Es sicher entzwei.
Und euer Leben, ihr Schmetterlinge,
Huscht sowieso wie ein Sternschnupp vorbei.
Drum seid ihr Ochsen, wenn ihr's nicht genießt.
Dauernd saufen, naschen, geschlechtlich paktieren!
Derart keine Zehntelsekunde verlieren!
Bis euch der deutsche Professor aufspießt.
– –
Die europäischen Fernen
Kennenzulernen,
Was euch das Leben nie bot,
Was ihr damals auch nie gewollt noch begriffen hättet, –
Nun wär's euch. – – Zwischen Gläser gebettet
Leuchtet ihr so geduldig tot.
Broschen seid ihr und Fächer.
Ich habe aus euch einen Aschenbecher;
Aber er tut mir so leid.
Ich streue die Asche lieber daneben.
Denn euch brachte das schöne Kleid
Um euer junges, brasilianisches Leben.

VORM BRUNNEN IN WIMPFEN

Du bist kein du,
Wasser. – Hättest nicht Ruh,
Mich auszuhören.

Ihr fließet immerzu
Und immer weiter und möglichst weit.

Wie euch der Brunnen aus eisernen Röhren
In den heißen Althäuserplatz speit,
Erdengeläutert und ausgekühlt;
Da ihr alte und neue Zeit
Und den Himmel abkonterfeit, –

Siehet mein durstiges Staunen
In euch doch immerzu andre.
Immer wieder mit über den Rand gespült,
Fängt es aus eurem Raunen
Nur eines auf: Wandre!

Von euch möcht' ich trinken.

Ihr würdet lau, wenn ihr stehenbliebt,
Ihr würdet trüb. Ihr würdet verweilend
Faulen und stinken.

Was kümmert's euch, ob ein Mensch euch liebt.
Dauernd zerteilt euch selber enteilend,
Seid ihr getrieben ein treibendes
Ganzes, rein Bleibendes.

DIE
GEBATIKTE SCHUSTERPASTETE

1921

Dem Hetsko Dietzel gewidmet.

Alfred Richard Meyer Verlag, Berlin-Wilmersdorf 1921.

AVANT-PROPOS

Ich kann mein Buch doch nennen, wie ich will
Und orthographisch nach Belieben schreiben!
Wer mich nicht lesen mag, der lass es bleiben.
Ich darf den Sau, das Klops, das Krokodil
Und jeden andern Gegenstand bedichten,
Darf ich doch ungestört daheim
Auch mein Bedürfnis, wie mir's passt, verrichten.
Was könnte mich zu Geist und reinem Reim,
Was zu Geschmack und zu Humor verpflichten? –
Bescheidenheit? – captatio – oho!
Und wer mich hasst, – – sie mögen mich nur hassen!
Ich darf mich gründlich an den Hintern fassen
Sowie an den avant-propos.

BILLARDOPFER

Er starb am Billard, beim letzten Stosse.
Engel trugen ihn in die Höh'.
Abraham fand in seinem Schosse
Blaue Kreide und ein Billardqueue,
Und er stiess in spielerischer Idee
Nach den Sternen und Monden mit Linkseffet.
Abraham bekam das Spielen satt,
Weil der Himmel keine Bande hat.
Warf also das Queue wütend zur Erde zurück.
Das brach einer alten Frau das Genick.
Die stand auf der Strasse, doch nicht auf der Einwohnerliste.
Die nächste Gemeinde begrub und bezahlte die Kiste.
Und von dem Blitze, der bald dieses, bald jenes vernichtet,
Wurde dann unter »Lokales« berichtet,
Dass er eine fremde Zigeunerin draussen erschlug,
Die einen gestohlenen Billardstock bei sich trug.

Ob wohl in Afrika oder am Delta des Nils
Auch Leute so sterben als Opfer des Billardspiels??

ABENDGEBET EINER ERKÄLTETEN NEGERIN

Ich suche Sternengefunkel
All mein Karbunkel
Brennt Sonne dunkel.
Sonne drohet mit Stich.

Warum brennt mich die Sonne im Zorn?
Warum brennt sie gerade mich?
Warum nicht Korn?

Ich folge weissen Mannes Spur.
Der Mann war weiss und roch so gut.
Mir ist in meiner Muschelschnur
So neglige zu Mut.

Kam in mein Wigwam
Weit übers Meer,
Seit er zurückschwamm,
Das Wigwam
Blieb leer.

Drüben am Walde
Kängt ein Guruh – –

Warte nur balde
Kängurst auch Du.

WAS DER LIFTBOY ÄUSSERT

Fahrstuhl ahoi!
Ich bin der Boy
An Silbersteins Lift.
Bin ich mal nicht dabei,
Reissen die Stricke entzwei
Und zermalmt oder zerquetscht, wen's gerade trifft.

Aber wenn ich bediene,
Saust die Maschine
Im Nu
Aus dem Hochparterre bis zum dritten.
Um ein Trinkgeld darf ich nicht bitten,
Aber feine Herrschaften drücken ein Auge zu.

Am Zahltage sagte Herr Silberstein:
Ich dürfte stolz auf den Posten sein,
Wo ich immerfort stiege,
Und ich bekäme nur kleines Salär,
Weil ich fürs Lift so geeignet wär',
Weil ich so sehr wenig wiege.

Da lernt man so allerlei,
Und da ist viel Verantwortung bei.
Aber ich kenne schon meine Kunden.
Da hat's eine auf mich abgesehn,
So eine Dicke mit rundem
Busen, die will mir den Kopf verdrehn.
Und da blieb der Fahrstuhl im Dachstuhl stehn.
Und da meinte sie, müsste was geschehn,
Und da hat sie plötzlich entbunden.

Das geht so ungefähr:
Bitte sehr! Immer herein!
Wer will noch mal von unten geliftet sein?
So 2, 4, 8 Halt! Nicht mehr!
RRRRR!
Unsereins leidet am Nervenschock.
Das kann auch nicht jeder.
Halt!!!
Meine Damen, bitte schön! Zwischenstock!
Abteilung Knochen und Leder!

LIED AUS EINEM BERLINER DROSCHKENFENSTER

Auf dem Asphalt das Blut und das verspritzte Gehirn
Verlaufen in zierlichen Fädchen.
Ein Fädchen kann sein aus Seide oder Zwirn.
Damit nähen und sticken die Mädchen.

Sie nähen einen Saum, und sie sticken ein »B«
In ein seifensteifes Unterhös'chen.
Im Kielwasser eines Dampfers auf See
Ersäuft ein vertrocknetes Rös'chen.

Mein Onkel im Rostocker Rathaus erschrickt
Über eine sich lösende Tapete.
Der hat einmal eine Sternschnuppe erblickt,
Die sah aus wie eine Rakete.

Wenn der Gaul sich auf dem Spittelmarkt mal hinlegen will,
Na, dann soll man das dem Vieh auch nicht verwehren.
Nee, dann trink' ich meinen Gilka. Und belausche dabei still,
Wie die Wanzen sich im Polstersamt vermehren.

FLIE UND ELE

Fliegend entfernten sich die Fliegen.
Doch liessen sie auf Ei und Kaviar
Zwei, drei, vier Fliegenexkremente liegen.
Die ass der Mensch und ward es nicht gewahr.
Ein Elefant bemerkte diesen Fall
Und rollte einen schweren, goldnen Ball
Nicht ohne leises Lächeln durch den Stall.

*

Es stand sehr schlimm um des Bandwurms Befinden.
Ihn juckte immer etwas hinten.
Dann konstatierte der Doktor Schmidt,
Nachdem er den Leib ihm aufgeschnitten,
Dass dieser Wurm an Würmern litt,
Die wiederum an Würmern litten –

(Fortsetzung folgt.)

*

Es war eine lustige Wendeltreppe.
Darin kam eine ernste würdige Schleppe
Und hat gerauscht und hat sich gebläht
Und sprach: »Ich bin eine Majestät.«
Da lachte die Wendeltreppe munter
Und warf die Schleppe acht Stufen hinunter.

*

Es redete die Exegese.
Ihr Hörer war ein Zopfchinese.
Der nickte nur von Zeit zu Zeit;
Die Exegese war erfreut.
Auf einmal fragte der Chinese;
Da ward die Exegese bese.

DIE WEIHNACHTSFEIER DES SEEMANNS KUTTEL DADDELDU

Die Springburn hatte festgemacht
Am Petersenkai.
Kuttel Daddeldu jumpte an Land,
Durch den Freihafen und die stille heilige Nacht
Und an dem Zollwächter vorbei.
Er schwenkte einen Bananensack in der Hand.
Damit wollte er dem Zollmann den Schädel spalten,
Wenn er es wagte, ihn anzuhalten.
Da flohen die zwei voreinander mit drohenden Reden.
Aber auf einmal trafen sich wieder beide im König von Schweden.

Daddeldus Braut liebte die Männer vom Meere,
Denn sie stammte aus Bayern.
Und jetzt war sie bei einer Abortfrau in der Lehre,
Und bei ihr wollte Kuttel Daddeldu Weihnachten feiern.

Im König von Schweden war Kuttel bekannt als Krakehler.
Deswegen begrüsste der Wirt ihn freundlich: »Hallo old sayler!«
Daddeldu liebte solch freie herzhafte Reden,
Deswegen beschenkte er gleich den König von Schweden.
Er schenkte ihm Feigen und sechs Stück Kolibri
Und sagte: »Da nimm, du Affe!«
Daddeldu sagte nie »Sie«.
Er hatte auch Wanzen und eine Masse
Chinesischer Tassen für seine Braut mitgebracht.

Aber nun sangen die Gäste »Stille Nacht, Heilige Nacht«,
Und da schenkte er jedem Gast eine Tasse
Und behielt für die Braut nur noch drei.
Aber als er sich später mal darauf setzte,
Gingen auch diese versehentlich noch entzwei,
Ohne dass sich Daddeldu selber verletzte.

Und ein Mädchen nannte ihn Trunkenbold
Und schrie: er habe sie an die Beine geneckt.
Aber Daddeldu zahlte alles in englischen Pfund in Gold.

Und das Mädchen steckte ihm Christbaumkonfekt
Still in die Taschen und lächelte hold
Und goss noch Genever zu dem Gilka mit Rum in den Sekt.
Daddeldu dachte an die wartende Braut.
Aber es hatte nicht sein gesollt,
Denn nun sangen sie wieder so schön und so laut.
Und Daddeldu hatte die Wanzen noch nicht verzollt,
Deshalb zahlte er alles in englischen Pfund in Gold.

Und das war alles wie Traum.
Plötzlich brannte der Weihnachtsbaum.
Plötzlich brannte das Sofa und die Tapete,
Kam eine Marmorplatte geschwirrt,
Rannte der grosse Spiegel gegen den kleinen Wirt.
Und die See ging hoch und der Wind wehte.

Daddeldu wankte mit einer blutigen Nase
(Nicht mit seiner eigenen) hinaus auf die Strasse.
Und eine höhnische Stimme hinter ihm schrie:
»Sie Daddel Sie!«
Und links und rechts schwirrten die Kolibri.

Die Weihnachtskerzen im Pavillon an der Mattentwiete erloschen.
Die alte Abortfrau begab sich zur Ruh.
Draussen stand Daddeldu
Und suchte für alle Fälle nach einem Groschen.
Da trat aus der Tür seine Braut
Und weinte laut:
Warum er so spät aus Honolulu käme?
Ob er sich gar nicht mehr schäme?
Und klappte die Tür wieder zu.
An der Tür stand: »Für Damen«.

Es dämmerte langsam. Die ersten Kunden kamen,
Und stolperten über den schlafenden Daddeldu.

KUTTEL DADDELDU UND FÜRST WITTGENSTEIN

Daddeldu malte im Hafen mit Teer
Und Mennig den Gaffelschoner Claire.
Ein feiner Herr kam daher,
Blieb vor Daddeldun stehn
Und sagte: »Hier sind fünfzig Pfennig,
Lieber Mann, darf man wohl mal das Schiff besehn?«
Daddeldu stippte den Quast in den Mennig,
Dass es spritzte, und sagte: »Fünfzig ist wenig.
Aber, God demm, jedermann ist kein König.«
Und der Fremde sagte verbindlich lächelnd: »Nein,
Ich bin nur Fürst Wittgenstein.«
Daddeldu erwiderte: »Fürst oder Lord –
Scheiss Paris! Komm nur an Bord.«
Wittgenstein stieg, den Teerpott in seiner zitternden Hand,
Hinter Kutteln das Fallreep empor und kriegte viel Sand
In die Augen, denn ein schwerer Stiefel von Kut-
Tel Daddeldu stiess ihm die Brillengläser kaput,
Und führte ihn oben von achtern nach vorn
Und von Luv nach Lee.
Und aus dem Mastkorb fiel dann das Brillengestell aus Horn,
Und im Kettenkasten zerschlitzte der Cutaway.
Langsam wurde der Fürst heimlich ganz still.
Daddeldu erklärte das Ankerspill.
Plötzlich wurde Fürst Wittgenstein unbemerkt blass.
Irgendwas war ihm zerquetscht und irgendwas nass.
Darum sagte er mit verbindlichem Gruss:
»Vielen Dank, aber ich muss – – –«
Daddeldu spuckte ihm auf die zerquetschte Hand
Und sagte: »Weet a Moment, ich bringe dich noch an Land.«

Als der Fürst unterwegs am Ponte San Stefano schmollte,
Weil Kuttel durchaus noch in eine Osteria einkehren wollte,
Sagte dieser: »Oder schämst du dich etwa vielleicht?«
Da wurde Fürst Wittgenstein wieder erweicht.
Als sie dann zwischen ehrlichen Sailorn und Dampferhallunken
Vier Flaschen Portwein aus einem gemeinsamen Becher getrunken,
Rief Kuttel Daddeldu plötzlich mit furchtbarer Kraft:
»Komm, alter Fürst, jetzt trinken wir Brüderschaft.«

Und als der Fürst nur stumm auf sein Chemisette sah,
Fragte Kuttel: »Oder schämst du dich etwa?«
Wittgenstein winkte ab und der Kellnerin.
Die schob ihm die Rechnung hin.
Und während der Fürst die Zahlen mit Bleistiftstrichen
Anhakte, hatte Kuttel die Rechnung beglichen.

Der Chauffeur am Steuer knirschte erbittert.
Daddeldu hatte schon vieles im Wagen zersplittert,
Während er dumme Kommandos in die Strassen und Gassen
Brüllte. »Hart Backbord!« »Alle Mann an die Brassen!«
Rasch aussteigend fragte Fürst Wittgenstein:
»Bitte, wo darf ich Sie hinfahren lassen?«
Aber Daddeldu sagte nur: »Nein!«
Darauf erwiderte jener bedeutend nervös:
»Lieber Herr Seemann, seien Sie mir nicht bös;
Ich würde Sie bitten, zu mir heraufzukommen,
Aber leider – –« Daddeldu sagte: »Angenommen!«
Auf der Treppe bat dann Fürst Wittgenstein
Den Seemann inständig:
Um Gottes willen doch ja recht leise zu sein;
Und während er später eigenhändig
Kaffee braute – und goss in eine der Tassen viel Wasser hinein, –
Prüfte Kuttel nebenan ganz allein,
Verblüfft, mit seinen hornigen Händen
Das Material von ganz fremden Gegenständen.
Bis ihm zu seinem Schrecken der fünfte
Zerbrach. – Da rollte er sich in den großen Teppich hinein.
Dann kam mit hastigen Schritten
Der Kaffee. Und Fürst Wittgenstein
Sagte, indem er die Stirne rümpfte:
»Nein, aber nun muss ich doch wirklich bitten – –
Das widerspricht selbst der simpelsten populären Politesse.«
Daddeldu lallte noch: »Halt' die Fresse!«

KUTTEL DADDELDU BESUCHT EINEN ENKEL

»Mein lieber Heini! – Denn so heisst du ja wohl? –
Über die Folgen der Weiber und des Alkohol
Musst du mal deine Mutter befragen, –
Oder nein!! Besser schon gehst du
Damit zum Lehrer. – Ich will dir nur Eines sagen:
Gehe niemals zur See!! Verstehst du?
Denn das Seemannsleben ist sauer ernst und schwer;
Und wie du mich hier mit meinem weissen Bart
Siehst – du dummer Bengel, so kik doch her! –
Habe ich mir bis heute noch keinen Groschen erspart.

Mein lieber Heini! du bist heute konfirmiert oder eingesegnet.
Ich schenke dir hiermit, weil du nun eingesegnet oder gefirmt
Bist, diesen Schirm. Nicht, daß er dich jemals beschirmt.
Sondern, wenn's mal recht kabelgarndick vom Himmel regnet,
Sollst du ihn an der nächsten Kante in Stücke zerschlagen.
Denn ein rechter Kerl muss jedes Wetter vertragen
Und nur auf Gott und seinen Kaptein vertraun.
Und sollte dir jemals jemand was andres sagen,
Dem musst du deine Seekiste über den Bregen haun.
Weil ein Mann sich soll als ein Kerl benehmen,
Und lass dich nicht vor den Landratten lumpen.
Wenn wir uns auch mal im Hafen den Schlauch vollpumpen,
Deswegen braucht sich von uns an Deck keiner zu schämen.
Denn jedes Frauenzimmer will sich doch mal amüsieren,
Und als Schiffsjunge heisst es vor allem parieren.
Wenn einem draussen solch dicker Teifun
Durch Nase und Arschloch pfeift, – –
Dann hättest du Grossvater Daddeldun
Sehen sollen, wie er den Jungens die Eier schleift!

Hauptsache ist, dass man nur richtig die Lage peilt.
Was die Studierten predigen, das ist alles Beschiss.
Mein erster Bootsmann hat sich viermal die Syphilis
Nur mit Spiegelscherben und Branntwein geheilt. –
Was feixt du da, naseweiser Flegel! –
Das ist alles Wort für Wort wahr
Und gar nicht zum Lachen.

Na lass man. Du bist erst fünfzehn Jahr.
Da wollen wir beide mal heute mit vollem Segel
So einen Trip durch Sankt Pauli-Liederlich machen.«

SEEMANNSGEDANKEN ÜBERS ERSAUFEN

Ich sterbe. Du stirbst. Er stirbt.
Viel schlimmer ist, wenn ein volles Fass verdirbt.
Aber auch wir wollen erst ausgetrunken sein.
Besauft euch beizeiten.
Alle Flüssigkeiten
Finden sich wieder ins Meer hinein,
Wo wir den Schwämmen gleich sind,
Wo uns nichts gebricht,
Weil wir weich sind.
Und wenn man in eine Leiche sticht:
Sie fühlt es nicht.
Wird mich nie mehr acht Glasen wecken,
Will ich gerne den Fischen wie Hackfleisch mit Rührei schmecken.
Weil das mit Sinn so geschieht,
Denn die haben gewiss nicht vergessen,
Wieviel Schollen wir in uns hineingefressen.
Nur bei den Würmern im Sarge ist ein Unterschied.
Wenn uns der Haifisch beim Wickel kriegt –
Das müsste mal einer malen!
Was da wohl alles so unten beisammenliegt –
Zerbrochene Schiffe, Krebse und Apfelsinenschalen.
Frisch ersoffen also und nicht gejammert,
Aber natürlich auch nicht zu übereilt;
Wer sich nicht tapfer noch an die letzte Handuhle klammert,
Der ist im Leben nie um die Horn gesailt.
Ein Schuft, wer mehr stirbt, als er sterben muss!
Aber muss es sein, dann nicht schüchtern.
Ersaufen ist auch ein Genuss,
Und vielleicht wird man dann nie mehr nüchtern.
Denn nur über das Fleisch und die Knochen
Weiss man was, offenbar.
Aber sonst hab' ich noch keinen gesprochen,
Der richtig ersoffen war.

KUTTEL DADDELDU IM BINNENLAND

Schlafbrüchige Bürger von Eisenach
Tapsten ans Fenster. Denn draussen gab's Krach.
Da sang jemand, der eine Hängematte
Und ein Geigenfutteral auf dem Rücken hatte.
Und liess auch Töne frei, die man besser
Sich aufspart für Sturmfahrten im Auslandsgewässer.

Zehn Jahre zuvor und von Eisenach sehr entfernt
Hatte Daddeldu bei Schwedenpunsch, Whisky, Rotwein und Kuchen
In Grönland eine Gräfin Pantowsky kennengelernt,
Die hatte gesagt: »Sie müssen mich mal besuchen.«
Und zehn Jahre lang merkte sich Kuttel genau:
Eisenach, Burgstrasse 16, dicke, richtig anständige Frau.

Auch studierte bei Eisenach oder Wiesbaden herum
Sein Schwager zolologisches Studium;
Für den schleppte Kuttel in dem Futteral
Seit Bombay ein seltnes Geschenk herum.
Nun, nach dem Untergange der Lotte Bahl,
Wollte er Schwager und Gräfin sozusagen
Mit zwei Fliegen auf einer Klappe schlagen.

Rief also jetzt die nächtlichen thüringer Leutchen
Mit englischen Fragen an. Später mit deutschen.
Aber die Gräfin Pantowsky kannte keiner.
Und auf einmal las Kuttel an Luvseite »Zum Rodensteiner«
Und kalkulierend, dass dort was zu trinken sei,
Klopfte er. Teils vergeblich und teils entzwei.

Weil weder Wirts- noch Freudenhaus noch Retirade
Sich öffneten, sagte Daddeldu: »Schade«.
Fand aber weitersteigend und unverdrossen
Das Haus Burgstrasse 16. Leider verschlossen.
Die Tür zum Gräflich Pantowskyschen Zwetschengarten
Zersplitterte. Daddeldu hatte beschlossen zu warten.

Mittags im Pensionat Kurtius
Bewarfen die Mädchen nach Unterrichtsschluss

Mit Stöpseln und leeren Konservendosen
Einen furchtbaren Kerl, der mit buchtigen Hosen
Und einem imposanten Revers
Zwischen Ästen in Höhe des Hochparterres
In einer Hängematte schlief
Und nicht reagierte auf das, was man rief.
Als er doch endlich halbwegs erwachte,
Weil von zwei Bäumen einer zur Erde krachte,
Spritzten die Mädchen dem Manne Eau de Kolon ins Gesicht.
Aber die Gräfin Pantowsky kannten sie nicht.
Und verwirrt über die Falschheit des Binnenlands
Nannte Kuttel die Vorsteherin »Alte Spinatgans!«
Und taumelte schlaftrunken, römische Flüche stammelnd, zu Tal,
Mit Hängematte, doch ohne das Dingsfutteral.

Alsbald, von wegen das Taumeln und Stammeln,
Begannen sich Kinder um ihn zu sammeln.
Und der Kinder liebende Daddeldu,
Nur um die Kinder zu amüsieren,
Fing an, noch stärker nach rechts und nach links auszugieren,
Als ob er betrunken wäre. Und brüllte dazu:
»The whole life is vive la merde!«
Und wurde so polizeilich eingesperrt.
An Gräfin Pantowsky glaubte dort keiner.
Und der unglücklich nüchterne Daddeldu
Gab den zerbrochenen Rodensteiner,
Gab alles andre Gefragte eilig zu
Und drehte – ohne Tabak – in der Nacht
Wie ein Log zwölf Knoten ins hölzerne Lager,
Oder vielmehr in die Hängematte.
Weil er das schöne Geschenk für den Schwager
In der Mädchenpension vergessen hatte.
Gewiss war das Futteral schon erbrochen,
Und das Geschenk war herausgekrochen
Und hatte vielleicht schon wer-weiss-wen gestochen.

Später im D-Zug, unter der Bank hinter lauter ängstlichen Beinen,
Fing Daddeldu plötzlich an, zum einzigsten Male zu weinen
(Denn später weinte er niemals mehr.) – –
Beide Flaschen Eau de Kolon waren leer.

KUTTEL DADDELDU UND DIE KINDER

Wie Daddeldu so durch die Welten schifft,
Geschieht es wohl, dass er hie und da
Eins oder das andre von seinen Kindern trifft,
Die begrüssen dann ihren Europapa:
»Gud morning! – Sdrastwuide! – Bong jur, Daddeldü!
Bon tscherno! Ok phosphor! Tsching – tschung! Bablabü!«
Und Daddeldu dankt erstaunt und gerührt
Und senkt die Hand in die Hosentasche
Und schenkt ihnen, was er so bei sich führt,
– – Whiskyflasche,
Zündhölzer, Opium, türkischen Knaster,
Revolverpatronen und Schweinsbeulenpflaster,
Gibt jedem zwei Dollar und lächelt: »Ei, ei!«
Und nochmals: »Ei, Ei!« – Und verschwindet dabei.

Aber Kindern von deutschen und dänischen Witwen
Pflegt er sich intensiver zu widmen.
Die weiss er dann mit den seltensten Stücken
Aus allen Ländern der Welt zu beglücken.
Elefantenzähne – Kamerun,
Mit Kognak begossnes malaiisches Huhn,
Aus Friedrichroda ein Straussenei,
Aus Tibet einen Roman von Karl May,
Einen Eskimoschlips aus Giraffenhaar,
Auch ein Stückchen versteinertes Dromedar.

Und dann spielt der poltrige Daddeldu
Verstecken, Stierkampf und Blindekuh,
Markiert einen leprakranken Schimpansen,
Lehrt seine Kinderchen Bauchtanz tanzen
Und Schiffchen schnitzen und Tabak kauen.
Und manchmal, in Abwesenheit älterer Frauen,
Tätowiert er den strampelnden Kleinchen
Anker und Kreuze auf Ärmchen und Beinchen.

Später packt er sich sechs auf den Schoss
Und lässt sich nicht lange quälen,
Sondern legt los:
Grog saufen und dabei Märchen erzählen;

Von seinem Schiffbruch bei Feuerland,
Wo eine Woge ihn an den Strand
Auf eine Korallenspitze trieb,
Wo er dann händeringend hängen blieb.
Und hatte nichts zu fressen und saufen;
Nicht mal, wenn er gewollt hätte, einen Tropfen Trinkwasser,
um seine Lippen zu benetzen,
Und kein Geld, keine Uhr zum Versetzen.
Ausserdem war da gar nichts zu kaufen;
Denn dort gab's nur Löwen mit Schlangenleiber,
Sonst weder keine Menschen als auch keine Weiber.
Und er hätte gerade so gern einmal wieder
Ein kerniges Hamburger Weibstück besucht.
Und da kniete Kuttel nach Osten zu nieder.
Und als er zum drittenmal rückwärts geflucht,
Da nahte sich plötzlich der Vogel Greif,
Und Daddeldu sagte: »Ei wont ä weif.«
Und der Vogel Greif trug ihn schnell
Bald in dies Bordell, bald in jenes Bordell
Und schenkte ihm Schlackwurst und Schnaps und so weiter. –
So erzählt Kuttel Daddeldu heiter, –
Märchen, die er ganz selber erfunden.
Und säuft. – Es verfliessen die Stunden.
Die Kinder weinen. Die Märchen lallen.
Die Mutter ist längst untern Tisch gefallen,
Und Kuttel – bemüht, sie aufzuheben –
Hat sich schon zweimal dabei übergeben.
Und um die Ruhe nicht länger zu stören,
Verlässt er leise Mutter und Göhren.

Denkt aber noch tagelang hinter Sizilien
An die traulichen Stunden in seinen Familien.

TASCHEN-KRÜMEL

1922

Nach Original-Manuskript, vom Verfasser im August 1922
eigenhändig in zehn Exemplaren geschrieben.
Als Zeugen waren Hans Bötticher und der Seemann Kuttel Daddeldu zugegen.

Vom hohen Berge hernieder
Flog eine Amnestie,
Die spreizte ihr Gefieder,
Sang patriotische Lieder
Und tat, ich weiss nicht wie.
Auch ich in meinem Winkel
Vernahm die süsse Melodie.
Ich machte Pinkel – Pinkel
Und hinterher Pipi.

Ein niedliches Eichhörnchen
Lutschte am kleinen Zehchen.
Dort hatte es ein Wehwehchen,
Wahrscheinlich ein Leichdörnchen.

SPAGHETTI

Nur eins von tausend Engelein
Stehe mir ausnahmsweise jetzt bei.
Denn die Spaghetti – Schlänglein
Entklitschen immer dicht vorm Mund.
Und das siegt aus wie Schweinerei
Und sticht die ganze Zunge wund.
Und ich bin doch hier feiner
Kaufleute Gast und schaufle schon
Zwei Stunden rum an der Portion.
Und sie wird garnicht kleiner.

Es begab sich eine Diarrhoe
In den Herzog Richelieu.
Haferschleim und Rotweinessenz
Empfingen den Kardinal in Audienz.

So fand ich gestern Nachmittag
In einer Retirade
Ein Stückchen Schokolade,
Das in der Abflussrinne lag.
Zwar leb ich von der Hand in Mund
Und bin durchaus nicht kein Baron,
Doch hab ichs liegen lassen und
Verzichte auf den Finderlohn.

Heute fand ich vierzehn Geköpfte.
(Streichhölzer waren es, ohne Kuppe)
Sieben Fleischklösschen schöpfte
Lona gestern in meine Suppe.
Und nun habe ich Grimm im Herzen,
Habe ich Grimmen im Leibe.
Fürchterliche Bauchschmerzen:
Gift von meinem Weibe.

SPUK MIT RÜMMEL UND KUM

Der fliegende Holländer
Verlor seine Strumpfbänder.
Ein Fischer hat dem zugesehn;
Der konnte nicht mehr gerade stehn.

REDEFUSSELN MEINER TANTE

»Ich bin schnell weitergelaufen.
Ich kanns nicht sehen, wenn man ein Pferd quält –«

»Ich habe dem Frauenzimmer von den schlimmen Folgen erzählt
Und werde ihr ein Gesangbuch kaufen.«

»Wir hatten das ehrenamtlich übernommen.
Es hat scheusslich viel Mühe und Unkosten gemacht.
Aber so haben doch tausendzweihundertundacht
Arme Kinder je eine warme Wassersuppe bekommen.«

Einen Lustmord in Ehren
Kann niemand verwehren.

Ein Tischbein hing,
Während die andern sich stehenden Fusses befanden.
So ist das Feuer entstanden,
Das auf die Ställe überging,
Wobei sechs Ferkel verbrannten.
Der Schaden soll bedeutend sein.
Kein Ferkel war versichert.
Horch! In der Asche kichert
Ein selbst verkohltes Hängebein.

Nun sieh mal an! Ei ei!
Am Himmel stehn drei Sterne,
Vor kurzem standen da nur zwei.
Jetzt wüsst ich gar zu gerne
Was Näheres über die Ferne,
Denn etwas stimmt mir nicht dabei.

Aus dem Paket entglitt ein Räucheraal
und fiel ins Wasser und trieb fort gen Süden.

»Bitte nach Ihnen!« sagte am Kanal
Ein Lebensmüder einer Lebensmüden.

Ausgeglittner Aal – –
Ausgelittne Qual – –
Ha ha!

GEHEIMES KINDER-SPIEL-BUCH

mit vielen Bildern

1924

Gustav Kiepenheuer Verlag, Potsdam 1924.
Übernommen vom Ernst Rowohlt Verlag, Berlin 1931.

ABZÄHL-REIME

Bülow, Nolle, Witte, Zoo…
Auf dem Dache sitzt ein Floh,
Der sich nicht zu helfen wo.

Konikoki Kakadu…
Rose auf und Rose zu.
Ferkel Ei und Ferkel Zwei.
Wer nicht fehlt ist mit dabei.

Stachus, Kios, Kaos, Kies,
Spinne, Speise, Scheiße, schieß.
Sexu Elefant Asie.
Fische haben nie kein Knie.

Ritze Rotze Ringelratz
Zwei Miezeschwein, ein Grunzekatz.
Mein Großpapa heißt Lali,
Der wird des Nachts ganz lila.

MAIKÄFERMALEN

Setze Maikäfer in Tinte. (Es geht auch mit Fliegen.)
Zweierlei Tinte ist noch besser, schwarz und rot.
Laß sie aber nicht zu lange darin liegen,
Sonst werden sie tot.
Flügel brauchst du nicht erst rauszureißen.
Dann mußt du sie alle schnell aufs Bett schmeißen
Und mit einem Bleistift so herumtreiben,
Daß sie lauter komische Bilder und Worte schreiben.
Bei mir schrieben sie einmal ein ganzes Gedicht.
– – – –
Wenn deine Mutter kommt, mache ein dummes Gesicht;
Sage ganz einfach: »Ich war es nicht!«

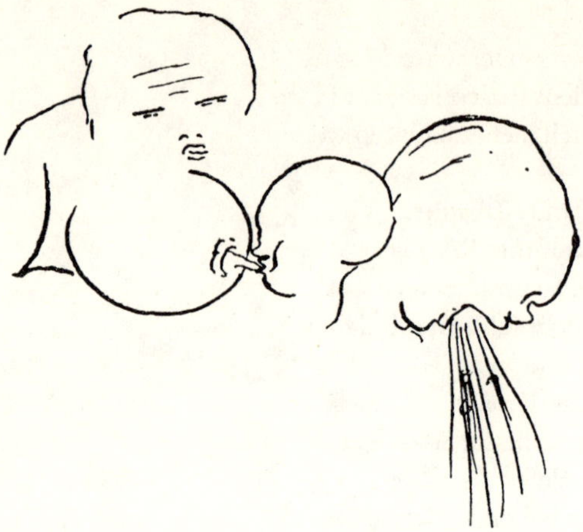

HIMMELSKLÖSSE

(Das Spiel, das Frau Geheime Hofrat Anette von Belghausen Berlin S.W., Königgrätzerstr. 77[1], als Kind so gern gespielt hat.)

Je mehr Kinder dabei mitmachen,
Umso mehr giebt es nachher zu lachen.

– – – –

Dicke Papiere sind nicht zu gebrauchen.
Man muß Zeitung oder Briefe von Vaters Schreibtisch nehmen.
Keiner darf sich schämen,
Das Papier mit der Hand in den Nachttopf zu tauchen.
Wenn es ganz weich ist, wird es zu Klößen geballt
Und mit aller Wucht gegen die Decke geknallt.
Man darf auch vorher schnell noch Popel hineinkneten.
Solche Klöße bleiben oben minutenlang kleben.
Jedes Kind muß nun unter einen der Klöße treten
Und den offenen Mund nach der Decke erheben.
Vorher singen alle im Rund:
»Lieber Himmel tu uns kund,
Wer hat einen bösen Mund.«
Bis der erste Kloß runterfällt
Und trifft zum Beispiel in Fannis Gesicht.
Dann wird die Fanni umstellt.
Und alle singen (nur Fanni nicht):

»Schweinehündin, Schweinehund!
Himmelsklöße taten kund:
Du hast einen bösen Mund.
Sperrt sie in den Kleiderschrank
Wegen ihrem Mordsgestank.«

– – – –

Steckt eurem Vater frech die Zunge
Heraus. Und ruft: »Prost Lausejunge!«
Dann – wenn er vorher auch noch grollte –
Vergißt er, daß er euch prügeln wollte.

DAS BERGMANNSPIEL

Unter dem Bett ist der Schacht.
Der wird entweder mit Bettdecken dunkel gemacht,
Oder ihr spielt das Spiel bei der Nacht.
In den Schacht schüttet ihr erst recht viel Kohlen.
Die muß der Bergmann auf dem Bauche herausholen.
Ein Licht oder Spirituskocher und zum Graben
Eine Schaufel muß jeder Bergmann haben.
Außerdem muß er vor allen Dingen sich hinten
Ein Stück Leder aus Schuh oder Ranzen anbinden.
Dann baut ihr aus Tisch und Stuhl und Fußbank drei Stufen,
Dort, wo der Eingang sein soll.
Jeder, der runterkriecht, muß erst »Glückauf« rufen
Und schaufelt eine Zigarrenkiste voll Kohlen voll.
Jeder, der rauskriecht, muß dann ganz dreckig sein.
Und jedesmal müssen alle Glückauf schrein.
Geben euch eure Eltern was hinten drauf,
Dann habt ihr doch hinten das Leder und ruft nur: »Glückauf«.

SCHLACHT MIT RICHTIGEN BOMBEN

Das muß sein wie bei einer wirklichen Schlacht,
Mit richtigem Zufall, wo's blitzt und kracht.

– – – –

Kannst du Stahllineale oder Fischbeinstäbe kriegen,
Im Korsett in deiner Mutter wirst du welche finden.
Die mußt du spannen, das heißt im Bogen biegen
Und beide Enden mit Zwirn zusammenbinden.
Lege solch Bomben auf einen Zeitungswisch,
(Den du vorher mit Benzin begießt), auf den Tisch.
Nun baust du ganz dicht drum rum deine Bleisoldaten
Auf. Wies grade kommt, kreuz und quer,
Als wären sie schon ins Handgemenge geraten.
Spritze auch nochmals bißchen Benzin umher.
Nun mußt du von etwa zwei Schritt zurück
Brennende Zündhölzer zwischen schmeißen.
Dann brennt alles. Die Bomben platzen und reißen
Große Lücken. – Das ist das Soldatenglück,

– – – –

Und wenn dein Vater dir droht, er wolle den Stock holen,
Dann sage, das frühere Dienstmädchen
habe das Spiel dir empfohlen.

DAS DOKTOR-KNOCHENSPLITTER-SPIEL

Dazu braucht man nicht viel.
Nur ein Gänse- oder Hühnerknöchelchen.
Du, Berta, bohrst ein Löchelchen
Ins Sofa und schiebst das Knöchelchen
Weit rein, doch immer dicht unter die Sofahaut,
Daß man's von außen wie Knorpel anfassen kann,
Was wie Geschwulst ausschaut.
Das Sofa ist dann dein Mann.
Ich bin der Doktor Frank.
Du sagst: »Mein Mann ist so krank.«
Ich fühle und sage mit ernster Miene:
»Er hat einen Splitter im Herzen sitzen,«
Und nehme das Ölkännchen von eurer Nähmaschine,
Um erstmal Betäubung in das Geschwür einzuspritzen.
Nun kommt die Operation; das ist das Schwere.
Ich nehme ein Messer und eine Schere.
Du nimmst ein Handtuch und fürchtest dich, zuzusehn;
Darum drückst du die Augen zu.
Ich tu einen scharfen Schnitt, greife dann
– das muß wie der Blitz geschehn –
Mit der Zange (das ist die Schere) im Nu
Den Knochen aus deinem Mann.
Weil, wenn ich ihn nicht beim ersten Male geschickt
Gleich rausbekomme, – ist die Operation mißglückt.

– – – –

Das nächste Mal bist du Doktor Frank,
Und mein Mann ist krank.

– – – –

Angst darfst du nicht haben. Denn meine und deine
Eltern können uns – – – Weißt du, was ich meine?!?

AFRIKANISCHES DUELL

Wenn dich der Paul oder jemand, den du kennst,
Schwein schimpft, oder wenn du ihn Rindsvieh nennst,
Dann habt ihr euch beleidigt.
Dann müßt ihr afrikanisches Duell machen.
Ich bin der Schiedsrichter, der bei Ehrenwort euch vereidigt.
Niemand darf auch nur mit der Wimper lachen.
Jeder schweigt. Und ihr stellt euch dabei
Gegenüber. Mit sechs Handbreit Abstand. Und dann
Zähle ich langsam bis drei.
Darauf spuckt jeder dem anderen ins Gesicht
Möglichst so lange, bis der nicht mehr sehen kann.
Mich anspucken gilt aber nicht.

– – – –

Wer zuerst sagt, er habe genug abgekriegt,
Der ist besiegt,
Und muß sich von mir eine runterhauen lassen
Ohne sich wehren oder mich anfassen.
Darauf dürft ihr euch nicht mehr hassen,
Sondern müßt euch bezähmen
Wie Männer von Ehre und Stand.
Jeder reicht dem andern die Hand.
Weil die Helden in Afrika sich wegen Spucke nicht schämen.

EINE ERFINDUNG MACHEN

(Nur für Kinder, die keinen Schiß haben.)

Wer was erfindet, wird furchtbar reich.
Was man erfindet, ist ganz gleich.
Wenn man nur allerlei Dinge zusammenmischt,
Noch länger, als bis es zischt, und das Richtige rausfischt,
Dann wird man in wenigen Stunden
Berühmt oder macht Gold.
Ich hab auch schon mal was zur Hälfte erfunden,
Aber Wolfgang, mein Bruder wollte nicht mehr. –
Wenn ihr das etwa fertig erfinden wollt,
Will ich's euch sagen. Aber es ist sehr, furchtbar sehr schwer.
Das allerwichtigste ist die teure
Furchtbar gefährliche Salzsäure.
Entweder findet ihr die im Klosett
Hoch oben auf einem Brett.
Oder ihr müßt euch unter das Dienstmädchen stecken.
Dürft aber ja nicht dran lecken.

– – – –

Erst legt ihr einen Goldfisch oder anderen Fisch –
Es kann auch ein Rollmops sein –
Nicht etwa auf den Tisch,
Sondern: Auf Elfenbein.
Und zwar auf die weißen Tasten von dem Klavier.

Müßt aber die Fische vorher mit Bier
Und Zahnpulver kneten,
Und auch erst tot treten,
Damit sie auch liegen bleiben.
Nun müßt ihr Seife, dann Zwiebel darüber reiben.
Dann müßt ihr Pfennige, Nachtleuchterstücken
Und anderes Kupfer tief in die Fische drücken,
Und nun darüber langsam die Salzsäure träufeln.
Dann holt ihr schnell eine Schaufel (eigentlich zwei Schäufeln)
Voll glühender Kohlen.
Wolfgang ließ mich damals die zweite Schaufel nicht holen.
Der dumme Ochse ist ja zu unverschämt.
Aber ihr müßt das zu Ende bringen.
Wenn ihr noch Soda und Wachs und sowas zu nehmt,
Dann wird's schon gelingen.
Und wenn eure Eltern was wollen,

– – – –

Dann müßt ihr zum Trotz in die glühenden Kohlen fassen.
Und sagt nur ganz barsch: Sie sollen
Sich lieber und recht bald begraben lassen.

SICH INTERESSANT MACHEN

(Für einen großen Backfisch.)

Du kannst doch schweigen? Du bist doch kein Kind
Mehr! – Die Lederbände im Bücherspind
Haben, wenn du die umgeschlagenen Deckel hältst
Hinten eine kleine Höhlung im Rücken.
Dort hinein mußt du weichen Käse drücken.
Außerdem kannst du Käsepfropfen
Tief zwischen die Sofapolster stopfen.

– – – –

Lasse ruhig eine Woche verstreichen.
Dann mußt du immer traurig herumschleichen.
Bis die Eltern nach der Ursache fragen.
Dann tu erst, als wolltest du ausweichen,
Und zuletzt mußt du so stammeln und sagen:
»Ich weiß nicht, – ich rieche überall Leichen –.«

– – – –

Deine Eltern werden furchtbar erschrecken
Und überall rumschnüffeln nach Leichengestank,
Und dich mit Schokolade ins Bett stecken.
Und zum Arzt sage dann: »Ich bin seelenkrank.«

– – – –

Nur laß dich ja nicht zum Lachen verleiten.
Deine Eltern – wie Eltern so sind –
Werden bald überall verbreiten:
Du wärst so ein merkwürdiges, interessantes Kind.

ANHANG

Schulgedichte
zum
Auswendiglernen

VOLKSLIED

Wenn ich zwei Vöglein wär,
Und auch vier Flügel hätt,
Flög die eine Hälfte zu dir.
Und die andere, die ging auch zu Bett,
Aber hier zu Haus bei mir.

Wenn ich einen Flügel hätt
Und gar kein Vöglein wär,
Verkaufte ich ihn dir
Und kaufte mir dafür ein Klavier.

Wenn ich kein Flügel wär
(Linker Flügel beim Militär)
Und auch keinen Vogel hätt,
Flög ich zu dir.
Da 's aber nicht kann sein,
Bleib ich im eignen Bett
Allein zu zwein.

ÜBERGEWICHT

Es stand nach einem Schiffsuntergange
Eine Briefwage auf dem Meeresgrund.
Ein Walfisch betrachtete sie bange,
Beroch sie dann lange,
Hielt sie für ungesund,
Ließ alle Achtung und Luft aus dem Leibe,
Senkte sich auf die Wiegescheibe
Und sah – nach unten schielend – verwundert:
Die Waage zeigte über Hundert.

SPUK MIT KÜMMEL MIT RUM

Der fliegende Holländer
Verlor seine Strumpfbänder.

Ein Fischer hat dem zugesehn;
Der konnte nicht mehr gerade stehn.

DIE RAKETE UND DER KATER

Hui! Die Rakete stieg. Sie fauchte
Am Dach vorbei und höher. Glühend jung.
Bis sie in wundervollem Linienschwung
In ferne, dunkle Abendwolken tauchte.
Auf jenem Dache saß ein schwarzer Kater.
Der sah die schöne Linie, und was tat er?
Zunächst: er fauchte ebenfalls.
Dann dehnte er sich, reckte seinen Hals.
Dann krümmte er den Buckel, hob ein Ohr
Und streckte seinen Schweif graziös empor,
Um jene schöne Linie nachzumachen.
Doch die Rakete oben barst vor Lachen.
Da warf sich unser schwarzer Kater
Wild auf den Rücken. Und was tat er?
Was tat er außer sich vor Wut?
Nun, was man sonst gewöhnlich nicht
Gerade auf dem Rücken liegend tut.
Er tat es kräftig, tat es reichlich, gut;
Er hatte kurz zuvor zu Haus
Zwei Babyflaschen ausgesogen.
Doch jenen herrlichen Raketenbogen – –
Nein, nein, den kriegte er nicht raus.

TANTE QUALLE UND DER ELEFANT

Die Tante Qualle schwamm zum Strand.
Es liebt sie ein Elefant
Mit Namen Hildebrand genannt.
Der wartet am Meeresstrand
Mit einem Sträußchen in der Hand.
Das übergab er ihr galant
Und bat um Tante Quallens Hand.
Da knüpften sie ein Eheband.
Der Doktor Storch, der abseits stand,
Der dachte: »Armer Hildebrand!«
Worauf er weiterging und lachte.

– – – –

Warum der Storch wohl so was dachte?

Ein Tischbein hing,
Während die andern sich stehenden Fußes befanden.
So ist das Feuer entstanden,
Das auf die Ställe überging,
Wobei sechs Ferkel verbrannten.
Der Schaden soll bedeutend sein.
Kein Ferkel war versichert.
Horch! In der Asche kichert
Ein selbst verkohltes Hängebein.

Ein niedliches Eichhörnchen
Lutschte am kleinen Zehchen.
Dort hatte es ein Weh-Wehchen –
Wahrscheinlich ein Leichdörnchen.

Es war ein faules Krokodil,
Das lag zwei Monate ganz still.
Dann schlief es sieben Jahre ein
Und schließlich schien es tot zu sein.

»Ruhe ist viel wert«,
Sagte das Nilpferd
Und setzte sich auf was Weiches.
Der Elefant tat ein Gleiches.

So fand ich gestern Nachmittag
In einer Retirade
Ein Stücken Schokolade,
Das in der Abflußrinne lag. –
Zwar leb ich von der Hand in Mund
Und bin durchaus nicht kein Baron,
Doch hab ich's liegen lassen und
Verzichte auf den Finderlohn.

Nun sieh mal an! Ei ei!
Am Himmel stehn drei Sterne.
Vor kurzem standen da nur zwei.
Nun wüßt ich gar zu gerne
Was Näheres über die Ferne.
Denn etwas stimmt mir nicht dabei.

Es lebte an diskretem Orte
Ein Stücken Seife bester Sorte
In einem Porzellanbehälter.
Das ward mit jedem Tage älter.
Und warb mit Moschusochsendunst
Um Menschenliebe, Menschengunst.
Einstmals – das wann und wie ist schnuppe –
Geriet es in die Erbsensuppe.
Der Mensch benahm sich miserabel.
Er stach die Seife mit der Gabel,
Beroch sie roh und rief: »Pfui, Spinne!«
Da schwanden ihr vor Angst die Sinne.

Es war eine gelbe Zitrone,
Die lag unter einer Kanone,
Und deshalb bildete sie sich ein,
Eine Kanonenkugel zu sein.
Der Kanonier im ersten Glied,
Der merkte aber den Unterschied.

– –

Bemerkt sei noch zu diesem Lied,
Ein Unterschied ist kein Oberschied.

Ein kühnes Roßhaar erklärte den andern:
Es müsse aus der Matratze wandern.
Es poche auf seine Großjährigkeit
Und es liege in seiner Roßhärigkeit
Der Trieb zum Wandern. Da rief es: »Adieu!«
Und damit schnellte es sich in die Höh'.
Ein Mensch saß auf besagter Matratze.
Das Roßhaar hüpfte auf seine Glatze,
Und weil es sehr gut gedieh an dem Orte,
So wuchsen dort bald noch mehr von der Sorte.

Es war einmal ein schlimmer Husten,
Der hörte gar nicht auf zu pusten.
Zwar kroch er hinter eine Hand,
Was jedermann manierlich fand.
Und doch hat ihn der Doktor Lieben
Mit Liebens Malzbonbon vertrieben.

Meine Tante, Frau Bebatte,*)
Welche niemals Kinder hatte,
Las vertieft im Tageblatte:
»Ein Mulatte,
welcher dreizehn Kinder hatte,
aß vor Hunger eine Ratte,
welche 19 Junge hatte.« –
Tante wurde weich wie Watte.
»Nein« – so rief sie – »nein, die Ratte!«

**) soll Babette heißen.*

REISEBRIEFE EINES ARTISTEN

1927

Dem Peter Scher und seiner Lene.

Ernst Rowohlt Verlag, Berlin 1927.

EISENACH

(An den liebsten Freund)

Edelster Freund, ich gedenke dein
Abends vorm Fuße der Wartburg sitzend,
Bleisoldaten aus Baumrinde schnitzend
Und beseelt von dem Wunsche, dir gleich, ein Dichter zu sein.

In der Drachenschlucht morgens gewesend,
Mittags den Simplizissimus
Und die Geschichte der Thüringer Landgrafen lesend,

Türmt sich – wie Schollen – Genuß auf Genuß.
Was ich hier schaue, erfüllt mich mit Liebe und Dank.
Du, mein Dichter – nein Mensch – du wirst mich verstehn.
Welch ein Unterschied zwischen den lieblichen Triften
Und jener bitteren und doch süßen Anklagebank,
Wo wir uns fanden eintausendneunhundertundzehn
Wegen Verbreitung unzüchtiger Schriften.

Ist mir's nicht eben, als hörte ich Raubritter streiten,
Hier, wo einst Luther den Teufel mit Tinte beschmiert?
Seh ich nicht dort weiland Kaiser Wilhelm den Zweiten,
Wie er persönlich die alte Burg renoviert?
Hat nicht der Riegel geknarrt?
Naht nicht Fritz Reuter sich dort?
Doch ich muß leider jetzt fort.
Landgraf, ach werden Sie hart!

Über Ewigkeit möcht ich jetzt plaudern
Mit dir, doch (He, Kellner, noch ein Glas! He!)
Doch aus dem Tale vernehm ich mit Schaudern
Ruf meiner Pflicht: Komm ins Varieté!
Liebster, adieu!

Was ich jetzt fühle und was meinen trunkenen Blicken
Schönes sich bietet, das möcht ich zum Postpaket
Falten und packen, um dir es zu schicken,
Sei's nur dies abendvergoldete Gartenstaket.

Aber nun werde (weil muß) ich hinuntersteigen
In das äußerlich gut beleuchtete Eisenach,
Werde mich zeigen, arbeiten, verneigen. – –
Aber mit irgendwem kriege ich hinterher Krach.

BETRACHTUNGEN IN EINER BAHNHOFSWARTEHALLE

Wie seine eigne Spucke schmeckt,
Das weiß man nicht.
Wenn man in seinen Spiegel leckt,
Kriegt man die Spucke zu Gesicht.

Das muß durchaus kein Spiegel sein.
Man kann aufs Sofa, auf die Hand,
Man kann auf jeden Gegenstand,
Wenn man nur richtig hintrifft, spein.

Jedoch: Tut wohl ein Gent,
Der etwas von Bazillen
Weiß und die Folgen kennt,
Bazillen das zu Willen??

Man spuckt von Bord ins Meer bei Sturm.
Man spuckt diskret vom Eiffelturm
(Bis unten sechs Sekunden).
Man spuckt an einen Litfaßzaun,
Doch nie in Gegenwart von Fraun
Und stets in stillen Stunden.

Weh dem, der sie verliert!
Weh dem, der sie vergeudet,
Die Spucke! Sie bedeutet
Viel, wenn man raucht und priemt, frankiert,
Umblättert, löscht, aquarelliert.

Die eigne Spucke, Mimikry,
Verdirbt den Appetit uns nie.
Ich bin nicht ihr Entdecker.

Ich bin kein Speichellecker,
Bin kein Feinschmecker,
Doch ich liebe sie.

Ich liebe nur die meinige.
Ausnahmen sind exzeptionell
Und – frei gesagt – dann sexuell;
Obwohl ich solche Leute niemals steinige.

Manches soll man verschlucken.
Jetzt naht mein Zug. Die Zeit vergeht.
Ich weiß, in jedem Wagen steht:
»Nicht auf den Boden spucken.«

CASSEL

(Die Karpfen in der Wilhelmstraße 15)

Man hat sie in den Laden
In ein intimes Bassin gesetzt.
Dort dürfen sie baden.
Äußerlich etwas ausgefranst, abgewetzt –
Scheinen sie inwendig
Doch recht lebendig.
Sie murmeln Formeln wie die Zauberer,
Als würde dadurch ihr Wasser sauberer.
Sie kauen Mayonnaise stumm im Rüssel
Und träumen sich gegen den Strich rasiert,
Sodann geläutert, getötet, erwärmt und garniert
Auf eine silberne Schüssel.
Sie enden in Kommerzienräten,
Senden die witzigste von ihren Gräten
In eine falsche Kehle.
Und ich denke mir ihre Seele
Wie eine Kellerassel,
Die Kniebeuge übt. – – –
Ja und sonst hat mich in Cassel
Nichts weiter erregt oder betrübt.

HANAU

Es war nur nebenbei – nur eine Frage.
Ich weiß, wie mich mein Gastwirt liebt.
Ob ich mich auf die siebzehn Meter hohe Leiter wage?
Ja! Was es hohe Birnenbäume gibt.
Dem hab' ich nun an einem Tage
Zirka zwei Zentner saftiger, gelber
Birnen herabgenommen;
Hab' für mich selber
Das Maul und die Taschen voll
Und einen gärenden Groll
Gegen den Wirt bekommen,
Der, wenn ich mich in der Nacht
Blindvoll besaufe, so gastfreundlich lacht.

SONNTAGS

Du redest. Du redest doch auch zu mir?
Die Kanzel ist so hoch entfernt.
Was redest du auf Lateinisch zu mir!
Ich habe doch nie Lateinisch gelernt.

Was redest du so düster und fremd?
Lache doch einmal laut!
Was trägst du für ein feierlich Hemd?
Damit wir bangen? Damit uns graut?

Was gehst du so um den Brei herum,
Um den saftigen, würzigen Brei?
Ich war so froh; nun bin ich dumm
Und risse dir gern das Hemd entzwei.

Und sähe dich gerne splitternackt,
Verzweifelten Gesichts.
Ich bin vielleicht vom Teufel gepackt.
Aber er tut mir nichts.

EISENBAHNFAHRT

Weine nicht Abschiedstrauer.
Es biegt sich alles sowieso.
Unterm moralischen Popo
Brennt nichts so heiß wie Dauer.

Und weil es uns so lange
So schlecht erging – nein noch zu gut! –
Sei nicht mehr bange.
Mir macht die Eisenbahn jetzt Mut.

Dann fuhr der Zug. – Mein Vis-à-vis,
Mann mit Begleiterinnen,
Die wollten – ach ich kenne die –
Ein Fettgespräch beginnen.

Aus Fett, im Fett und über Fett.
Ich aber wünschte ihnen
Im stillen ein bequemes Bett
Mit Syrup und mit Bienen.

Ich stierte fremd und sprach kein Wort.
Doch all mein Leid erwachte,
Daß ich mich einschloß im Abort
Und rauchte dort und dachte.

Es stinkt im Eisenbahnklosett
Nach jedermann und kläglich.
Doch sowas stinkt wohl täglich
Aus jedermann und jedem Bett.

Es kann die Bahn, ein Mensch, ein Gaul
Ausgleiten und entgleisen. –
Denk nicht zu viel und halt dein Maul
Auf Reisen!

WILHELMSHÖHE

An Bäumen und Steinen vorüber.
Dort oben soll Ledderhose sein.
»Das Leben wird täglich trüber«,
Sagen die Leute. Wie mag
Es erst im November sein?!
Nein, da trinke ich lieber
Jetzt, am hellichten Nachmittag,
Bei Ledderhose mit mir allein Wein.
Das hockt sich – wie eine Krähe –
Dort scheu vergnügt und allen fremd.
Ich brauchte mindestens zwei Flöhe
Für einen Reim auf Wilhelmshöhe,
Fühl aber nur vergangene Angst im Hemd.
Doch hab ich inzwischen den Ring versetzt.
Für zweihundert Mark!
Und du kannst dir denken: Jetzt
Bin ich ein König und stark, stark.
Wichtwürdige Gesichter
Balancieren rings um mich her,
Als wären es alles Richter. –
Ich aber denke an dich, Peter Scher.

IM PARK

Ein ganz kleines Reh stand am ganz kleinen Baum
Still und verklärt wie im Traum.
Das war des Nachts elf Uhr zwei.
Und dann kam ich um vier
Morgens wieder vorbei,
Und da träumte noch immer das Tier.
Nun schlich ich mich leise – ich atmete kaum –
Gegen den Wind an den Baum,
Und gab dem Reh einen ganz kleinen Stips.
Und da war es aus Gips.

HINTERM HOTEL

Hinter dem schwarzen Hotelbau lag
Ein Gärtchen, düster bei Nacht wie bei Tag.
Blumenlos waren die Beete,
Weil keine Sonne sie je beschien,
Und grün, aber auch schmutzig grün,
Waren nur die Stakete.

Ein Hausdiener mit Knochenfraß
Und ein Küchenmädchen aus dem Elsaß
Haben dort die Natur besiegt
Und ein Kind gekriegt.

Hinter der Laube, in blattlosen Zweigen
Lebt dort ein gutes Gespenst.
Ich will es dir zeigen,
Ohne daß du's erkennst.

BERLIN

Da fährt die Hochbahn in ein Haus hinein
Und auf der andern Seite wieder raus.
Und blind und düster stemmt sich Haus an Haus.
Einmal – nicht lange – müßtest du hier sein.
Wo das aufregend gefährlich flutet und wimmelt
Und tutet und bimmelt
Am Kurfürstendamm und am Zoo.
Das Leben in Pelzen und Leder.
Es drängt einen so oder so
Leicht unter die Räder.
Sonst habe ich gut hier gefallen.
Man hat mir hohe Gagen angeboten.
Aber weißt du: jeder verkehrt hier mit allen,
Nur nicht mit stillen Menschen oder mit toten.
Ich bin so stolz darauf, dir einen Scheck zu überweisen.
Ja, ja, hier heißt es sich durchbeißen.
Das gibt mir mancherlei Lehre.
Heute ging mir beim Kofferflicken die Nagelschere
Entzwei. Not bricht Eisen. –

Kurz vor der Weiterreise

In Eile – in vierzig Minuten
Geht mein Zug. Denke dir nur:
Die gelbe Tasche mit Frack und den guten
Hosen, vier Hemden und Onkel Karls Uhr,
Die Metamorphosen des Tacitus,
Zwei Unterwäschen, fast sämtliche Kragen,
Sogar das Glas mit dem Bandwurm in Spiritus
Und vieles andere. – Schluß – herzlichen Gruß.
– – – – – – – – – –
Ich muß dir ja noch die Hauptsache sagen:
Das alles haben sie mir gestohlen.
Ich habe hier Blut geschwitzt.
Der Teufel soll Berlin holen!
Denn auch mein neuer Hut ist vertauscht.
Pfenniger läßt dich grüßen. Er sitzt
Neben mir. Wir sind dir gut, aber ziemlich berauscht.

ABSCHIED VON RENÉE

Wann sieht ein Walfisch wohl je
Ein Reh? –
Ach du! Renée!
Und führen wir zusammen zur See,
Wir landeten bei den Wilden. –
Sag: Ist es nicht noch schöner, in Schnee
Als in Erde zu bilden?
Und sei auch kein Fuß an dem Sinn;
Es schweben auf tanzender Melodie
Zwei Federn einer Indianerin
Fort, fort in die weite Prärie.
Ade Renée!

Wie dunkelschön war unser Dach,
Als leise wir viere
Zusammenrückten vor Blitz und Krach. –
Ich streichle euch guten Tiere,
Nun ich geh.

Mir ist so dienstmädchen-donnerstagweh,
Weil ich nun weiterfahre.
Und ich war hundert Jahre
Mit dir zusammen,
Renée.

FRANKFURT AM MAIN

Und vieles andere: Applaus und Wein,
Freunde und Freiheit, wie es immer hieß.
Am schönsten aber, wenn ich ganz allein
In einem Winkel, der die Grüße mied,
Das taumelnd Aufgewirbelte sich setzen ließ
Und ruhig Täuschendes vom Echten schied.
Dann gingen Gott und Teufel durch die Wände;
Dann sah ich Schiffe im Polar vereist
Und sah im Waschfaß deine fleiß'gen Hände.
Und ob mitunter läppisch oder feist
Die Nachbarschaft mich störte oder stank,
Was ich errechnete, war immer Dank
Nebst einer Rechnung über Apfelwein. –

Um diesen Winkel, diese Stunde –
So zwischen Tageslicht und Bühnenlicht –
Mag, so wie andres anderswo, Frankfurt am Main
Um mich gewesen sein,
Das weiß ich nicht.

EINE PASSAGIERIN DRITTER KLASSE

Nun will's mir plötzlich scheinen,
Als säß ich in der Eisenbahn
Und müßte bitter weinen.
Was hab ich nur getan?

Ich fahre in die Fremde,
Und ist in meinem Herzen doch –
Als wie in meinem Hemde –
Kein Fleck. Was will ich noch?

Ich fahre so bequem,
Und wenn ich jetzt nun lachte,
Dann weiß ich gar nicht, wem
Ich damit Schande machte.

Vor einem Bahnzusammenstoß
Wär' ich doch niemals bange.
Ich war doch schon mal lange
In Regensburg. Was hab' ich bloß?

Ich bin noch immer, Gott sei Dank,
Streng fromme Katholikin,
Und bin zwar nicht gerade schlank,
Doch ohne daß ich dick bin.

Und Mutter kann ganz ruhig sein,
Sie ist versorgt im Spittel.
Und ihre Einzige bleibt rein,
Denn Arthur weiß ein Mittel.

Und er muß einmal London sehn,
Um weiter zu studieren,
Und er darf nicht zugrunde gehn
Und die Geduld verlieren.

In meiner neuen Stellung will
Ich mir viel Geld ersparen – – –.
Wie sind die Leute all so still,
Die mit mir fahren – – –?

STRASSENBAHN 23 UND 13

Was nur in Frankfurt sich begibt:
Die Trambahn hielt auf offner Strecke.
Sie sah am Wege eine S c h n e c k e
Und sagte gähnend: »Steigen Sie ein, wenn es Ihnen beliebt.«
Die Schnecke wehrte: »Danke, mir p r e s s i e r t es.«
Da gab die Bahn ein Abfahrtssignal und noch eins und
ein drittes und viertes.
Und wirklich begann sie allmählich weiter zu fahren,
Um noch vor Sonntag die nächste Station zu erreichen.
Dort lagen an dreihundert Leichen,
Lauter Leute, die über dem Warten verhungert waren.

DARMSTADT

Gestern war's gut; und heute ist's früh.
Mein Hotel liegt dicht daneben.
Hier geben sich die Leute Müh',
Über ihre Seelenzahl zu leben.

Max hat was von »Schule der Weisheit« gesagt.
Ich habe das für Unsinn genommen.
Und der Großherzog hat nicht nach mir gefragt,
Aber das verstehe ich vollkommen.

Eine Frau war dort mit kurzen Haaren,
Welche fürchterlich mit mir poussierte.
Über Darm und Stadt orientierte
Ich mich nicht. Weil wir bis vier zu zehnt beisammen waren.

Mochten – denke! danke! – viele mich hier leiden,
Manche überlegen und bescheiden,
Klug und klar,
Leute, die jahraus, jahrein in Darmstadt sind, –

Kurz: Als ich in Darmstadt war,
O du *mon dieu mon dieu* –
Doch das letztere stammt von Wedekind.

WORTE IN DEN WIND

Sei mir gegrüßt, du, den ich meine,
Und sende mir dreihundert Dollar zu
Und laß mich sonst im übrigen in Ruh,
Auf daß ich einmal über Großmut weine.

Besuche mich, wenn ich einmal allein bin,
Du fremde schöne und gewisse Frau!
Sei mir die ideal ersehnte Sau,
Doch sage nicht von mir, daß ich ein Schwein bin.

Wagt euch empor, die ich so gerne riefe,
Ihr einflußreiche, starke Knechtebrut!
Verbreitet mich und zieht vor mir den Hut
Und sagt mir schmeichelnd superste Lative.

Vergeßt mich nicht, ihr Freunde, die's nicht gibt,
Helft, Edelste, mir, wenn ich in Gefahr bin,
Bestätigt laut, daß ich so rein und wahr bin,
Und daß ihr mich ob meiner Schlichtheit liebt.

Du erhabnes, über Welt und Sternen
Ragendes und höchstes Etwas, komm!
Denk von mir, der kennen dich zu lernen
Nie die Ehre hatte: Der ist fromm!

Selbstverständlich sollst du ewig thronen! –
Bitte, bitte, mach mich niemals krank.
Könntest du – im voraus tiefen Dank –
Mich vielleicht auch mit dem Tod verschonen?

MALERIN KLUGSCHNACK

Wenn ich einmal großen Appetit
Auf ein großes Wiener Schnitzel habe,
Und ich esse Käse. Und ein Knabe,
Greller Bettelknabe säße
Weinerlich am Straßenrand;
Und ich drückte ein Stück Käse
In die vorgestreckte Hand.
Und ich zöge magenknurrig
In der Anekdote weiter
Und belöge mich: Wie heiter
Das gewesen sei, wie schnurrig.
Und es käme irgendwie
Wer, dessen fidele Güte
Mich zu einem Schnaps einlüde.
Und dann kämen Sie. –
Ja, dann wollt ich Ihnen, die ich eben
Kennen lernte, junge Malerin,
Anfangsunterricht im Malen geben,
Ob ich auch durchaus kein Maler bin.

LEIPZIG

Die Berge sind so schön, so erhaben! –
Aber es gibt hier keine. –
Wo hier zwei Menschen sind, ist keiner alleine. –
Über manche Leute, die jemand begraben,
Lache ich beinahe mich selber zu Tode. –
Fast alle Sachsen sind sächsisch. Sie zeigen sogar,
Daß die Pariser und die Londoner Mode
Vor zwei Jahren eigentlich auch sächsisch war.
Bei deiner Großmutter bin ich gewesen.

Es tut einem weh:
Sie nagelt – die Siebzigjährige – Stiele an Besen,
Und trinkt – weil das jetzt am billigsten – Blutreinigungstee.
Sie hat eine alte Kommode, wertvolles, frühes Barock.
Ich klärte sie auf. Und denke dir:
Sie – unabwehrbar – schenkte sie mir,
Trug sie persönlich mir heimlich nachts ins Hotel in den
dritten Stock.
Was nun mit ihr, was mit der Kommode machen?? –

Genug für heute. Ich bin so müde gefragt.
Es ist doch billig, über die Sachsen zu lachen.
Der müßte selber ein
(und würde kein) Sachse sein,
Der einmal recht ihre Vorzüge sagt.

GUTER RAUSCH

Denken wir jetzt nicht an den Halunken,
Der betrügt, indem er sich besäuft,
Auch nicht an den andern, der betrunken
Schimpft und androht oder Amok läuft,

Nicht an Witzler, nicht an Vielversprecher,
Noch an den, der morgen früh bereut,
Der am Tag vor Nacht- und Nacktheit scheut.
Was ich meine, gilt für andere Zecher.

Ihrer denk ich. Nach dem sechsten Glase,
Oder nach dem dritten oder zehnten,
Kommen sie – nicht etwa in Ekstase –
Sondern in den variiert ersehnten

Zustand, klar und dennoch mild zu sehn,
Mild zu horchen auf die Andern, Fremden
Und wie Engel in schneeweißen Hemden
Sozusagen vor sich selbst zu stehn.

Manchmal schießen sie mit der Pistole
Dann in sich ein ewig tiefes Loch.
Manchmal lächeln sie und trinken noch
Kognak, Zwetschenwasser, Sekt und Bowle.

Aber immer nehmen sie sich vieles
Vor und nehmen vieles still zurück
Und erkennen in Betreff des Zieles
Und der Zukunft ihren Weg zum Glück.

Und man wird um solch entrückte Zeit
Sie beneiden, und man wird sie lieben. –
Wenn sie doch – zu frühem Tod bereit –
Unverändert derart trunken blieben!

DRESDEN

Die Stadt macht einen ganz barock.
Bemerkenswertes kennst du ja aus Bildern
Und Büchern. Warum das noch schildern.
Und sozusagen scharrt mein Reisestock.

Ich habe Angst, hier zu verwildern.
August der Starke und Paris
Sind weit von diesem Tumerspieß,
Auch Walter von der Vogelwies.

Was sind wir nun an Gas und Miete schuldig?
Antworte nicht. Mit Geld steht's diesmal schlecht.
Vielleicht deshalb bin ich so ungeduldig
Und gegen Dresden billig ungerecht.

Doch hier – das tolle Welt- und Großstadtleben
Zermürbt mich ganz und gar.
Übrigens: Wurzen liegt nicht weit daneben,
Die Stadt, wo meine Mutter mich gebar.

Fort! Tausend Dank den Dresdener Verehrern!
Doch fort von Dresden! Meine Sehnsucht weht
Nach einer Stadt, die nur aus Oberlehrern
Und aus Gemütlichkeit besteht.

MENU

Ich fuhr im Auto heim, von Freunden fort,
Morgens, da alles still und dunkel war.
Ein Toter lag quer überm Trottoir;
Wir sahen's beide, der Chauffeur und ich,
Fuhren vorbei und sprachen nicht ein Wort.

Wer liebte nicht
Der Sonne warmes Licht!
Wem grauste nicht seit frühster Kindheit
Vor Finsternis, vor Schwarz, vor Blindheit!

Und doch, mich deucht:
Am tiefsten packt uns stets die Stelle,
Wo Schimmer ahnen läßt, doch keine Helle
Die Wunder scheucht.

Mach deinen Weg, wie dir's das Dein befiehlt,
Mit Rechnen oder Hoffen.
Doch: Besser recht gezielt
Als gut getroffen.

Und als Kompott:
Es glaubt auch jedes Tier an Gott.

STETTIN

Denke dir: Einer von den drei Borris ist tot.
Der Löwe hat ihn zerfleischt und halb aufgefressen.
Gerade der (das werde ich nie vergessen),
der damals in Riga mir seinen Lackschuh anbot. –
Heute hab ich zum Abendbrot
das Würstchen von deiner Mutter gegessen. –
Auch Marcell, der Gedächtniskünstler, ist hier.
Die Leute klatschen bei ihm wie besessen.
Er schuldet mir noch aus Mailand 200 Lire;
aber das hat er vergessen. –
Ich sende dir ein Postpaket Muscheln,
Pfahlmuscheln (Petroleumsmuscheln sagen wir hier.)
Nimm sie wie Hackfleisch. Ich wollte, ich wäre bei dir
und könnte kuscheln.

LIEBESBRIEF

So kann es nun nicht weitergeh'n!
Das, was besteht, muß bleiben.
Wenn wir uns wieder wiederseh'n,
Muß irgend was gescheh'n,
Was wir dann auf die Spitze treiben.
Was – was auf einer Spitze tut?
Gewiß nicht Plattitüden.
Denn was auf einer Spitze ruht,
Wird nicht so leicht ermüden.
Auf einer Bank im Grunewald
Zu zweit im Regen sitzen,
Ist blöd. Mut, Mädchen! Schreibe bald!
Dein Fritz! (Remember Spitzen.)

AB KOPENHAGEN

Kein Kaviar, kein' Kokosnuß,
Kein Obst noch Weinbergschnecken –
Am Tage, da ich reisen muß,
Da will mir nichts mehr schmecken.

Lebe wohl, du schönes Kopenhagen!
Wie ist das schlimm: Entbehrlich sein.
Was kümmert dich im Grunde mein
Schweres Herz und mein leerer Magen.

Der mein Gepäck zur Bahn gebracht,
Der Mann kennt keine Tränen.
Im Gegenteil: er grüßt und lacht
Vergnügt. So sind die Dänen.

Wie stets nach dreißig Tagen
Bricht eine neue Welt entzwei.
Mich hat ein Mädchen hier umgarnt,
Ein Wunderweib! – Vorbei! vorbei!
Nun sitz ich still im Wagen.
Jedoch ich will nicht klagen.
Vor Taschendieben wird gewarnt.

Lebe wohl, du schönes Kopenhagen.

ÜBER ASTA NIELSEN

So eine Landschaft gibt's: Wo man den bleichen
Mond über weiten Ebenen sieht,
Der glanzlos, deutlich durch die Ferne zieht,
Die – weil sie in uns liegt – wir nie erreichen.

Jemand deutete auf eine Dame hin,
Die die Treppe scheuerte.
Er beteuerte:
Sie sei eine Königin.
Und ich wollte Klarheit, fragte
Sie, ob sie das sei, was jener dachte.
Und sie sagte:
»Nein!« – Scheuerte und lachte.

Zu der großen Künstlerin kam ein Verehrer,
Schenkte ihr ein schweres Stück
Gold. Sie gab es freundlich ihm zurück,
Dankte wie ein gütiger und weiser Lehrer.

Man verwundete und scheuchte sie,
Böse oder dummbelehrt gezielt.
Töten konnte man sie nie.
Weil sie einfach Mensch ist, und weil sie
Es auch bleibt, wenn sie Theater spielt.

Blicke lange ihr ins Gesicht
Und dann denke nicht
Ihrer, sondern deiner selbst. Und sprich
Lange du mit mir über dich.

FRANKFURT AN DER ODER

Guten Tag. Wie geht es? Leben Sie wohl.
Nicht Oderkrebse aß ich,
Nein: ersten frischen Blumenkohl
Mit Bröseln. Dazu las ich,
Was du mir so ausführlich schriebst,
Daß du die Miete schuldig bliebst.
Ich freute mich, daß du mich liebst.
Die Miete, die vergaß ich.
Denn Frankfurt war so spaßig.
Besonders weil's Karfreitag war,
War alles Langerweile voll.
Ich frug den Mixer an der Bar,
Was man an Frankfurt rühmen soll.
Da mußte der gerade
Mal raus. Und das war schade,
Denn bald darauf ging schon mein Zug.
Ich konnte nicht mehr warten
Und hatte just noch Geld genug
Für ein paar Ansichtskarten.
Ich preßte allen Witz heraus
Und schrieb mit stumpfer Feder
An alle Freunde: »Grüße aus
Frankfurt an der Entweder.«

EINES NEGERS KLAGE

Ich bin in Sachsen als Neger geboren,
Zickzackbeinig und unehelich.
Meine Eltern habe ich schon früh verloren.
Beide haben mich sehr viel geschlagen,
Aber niemand bedauerte mich.
Aber das hat nichts zu sagen.

In der Schule war ich sehr borniert.
Später ging mir's immer besser.
Denn da wurde ich als Feuerfresser
Nach Bilbao engagiert.

Darauf war ich jahrelang Reklame
Für den besten Schuhputz auf der Welt.
Und dann hat mich eine reiche Dame
Bei dem Oberkutscher angestellt.

Aber diese Stellung werde
Ich verlassen, weiß nur noch nicht, wann
Weil ich, wie die Dame meinte, Pferde
Nicht von Eseln unterscheiden kann.

Aber das hat nichts zu sagen,
Denn ich merke, was die Dame meint,
Und ich habe schon so viel ertragen,
Und ich habe oft für mich geweint.

Und am liebsten ginge ich nach Sachsen,
Wo die Menschen immer anders sind.
Denn ich bin dort einmal aufgewachsen.
Und ich hieß damals das Negerkind.

AUS BAD TÖLZ AN DEN ONKEL

Was doch die Weiber für sonderbare Ideen
Sozusagen wie Bienen ausschwitzen:
Wie wir (Anna fuhr mit mir! Also zu zween!)
Jetzt in Bad Tölz ein Viertel vor zehn
Beim Frühstück (Sülze mit Schoppenwein) sitzen
Und finden alles »delightfull« »ergötzlich«,
Und reden zufällig über die Schwaben
Und Bayern und Sachsen,
Äußert Annaweib plötzlich:
Sie möchte so gern ein Kamerunbaby haben,
Aber es dürfe nicht größer wachsen.

Als könnte man solchem Kinde nachts,
Was es tagüber wächst, wieder abschneiden!

Was soll nun der Unsinn bedeuten!
Aber so sind die Weiber. Und schließlich: Was macht's!
Schweinfurtig schwemmt sich die Isar vor unseren Blicken.
So muß der Isonzo wohl ungefähr sein.

Wir beten zum Himmel, er möge schlecht Wetter schicken,
Sonst wird der Kursaal zu meinem Gastspiel ganz leer sein.

Du warst so lieb, lieber Onkel du,
Mir ein Netzhemd zu senden.
Es ist viel zu weit. Aber meine Frau nähte es zu,
Und läßt sich herrlich zur Aufbewahrung von Zwiebeln verwenden.

Ich kann dir auch eine winzige Freude machen,
Hab' für deinen Stammtisch einen ganz neuen Witz.
Du wirst dich in Stücke lachen!

Es kommt ein Jude zum alten Fritz
Und stottert verlegen: »Verzeiht, Exzellenz – –«
Der König läßt ihn nicht weiter sprechen.
»Wie heißt? – Was will er mit Exzellenz?«
Unterbricht er ihn schnell – – –

Verzeih! Ich muß mich jetzt auch unterbrechen.
Man sagt mir eben: In meinem Hotel
Brennt's!

DIE STRÖMUNG

Die Strömung strömte Süd-Nord-West
Und bog sich dann im Bogen.
In ihrer Mitte kam ein Rest
Von einem Boot gezogen.

Dann kam ein Wasserleichelchen;
Es war von außen offenbar
Noch ziemlich frisch.
Dahinter trieb ein Speichelchen,
Das abgesondert war
Von einem Fisch.

Dem folgte sehr viel Kohlendreck
Das Wasser wurde trüber.
Dann gondelte verdorbener Speck
Fischunterzupft vorüber.

Dann trieb ein Balken stumpf vorbei,
Dann nichts, dann ein Stück Dichtung,
Ein Flaschenkork und andrerlei, –
Alles in gleicher Richtung.

Dann kam ein Rest von einem Boot.
Ihm folgte eine gelbe
Chinesenleiche, stark zersetzt.
Und alles, was ich sah, war tot,
War unbedeutend und zuletzt
Im Grunde stets dasselbe.

AUS BRESLAU

Ach, liebe Kollegin. Du bist es nicht mehr.
Nun bist du wirklich Bäuerin.
Und deine Koffer stehen leer.
Du glaubst nicht, wie ich hin und her
Und her und hin
Traurig und glücklich darüber bin.

Ist da Wald, wo dein Häuschen steht,
Und habt ihr eine Kuh?
Und wer melkt sie? Dein Mann oder du?
Ach das ist seit ewig und immerzu
Ein Wunsch, der auf meinem Kopfkissen steht.

Schreib mir doch alles ganz genau.
Habt ihr auch Obst und Gemüse?
Und trägst du im Stall nackte Füße?
Und eine Schürze gestreift oder blau?

Und wenn du selbst deine Vorhänge ziehst,
Dann, wenn die Sonne dich blendet.
Du trinkst nichts, was man dir spendet.
Ob du beim Melken sitzt oder kniest?

Aus Breslau über Berg und Tal
Viel Grüße dir. – Nein, euch beiden.
Und sage deinem Herrn Gemahl:
Ich wäre nicht zu beneiden.

ANEINANDER VORBEI

Vom Speisewagen
Durchs Land getragen,
Siehst du Dörfer, Felder, Katz' und Küh'.
Angenommen, daß dir das Menü
Nichts kann sagen.

Irgendwo: Zwei Barfußmädchen winken.
Wissen selber nicht, warum sie's tun,
Lassen ihre arbeitsharten Hände
Für Momente ruhn.

Wissen nicht, daß deine Hände sinken,
Winken,
Grüßen
In den ganzen langen Zug hinein,
Ahnen nicht, daß du die Scholle sein
Möchtest unter ihren schmutz'gen Füßen.

Angelangt, ergibst du mittelgroß
Dich der Höflichkeit, dem Stande und dem Gelde.
Nachts im Bette träumst du hoffnungslos
Von den beiden Mädchen auf dem Felde.

KÜHE

Wie in der ersten Frühe
Der Nebel feig
Sich dünne macht, stehn auf der Wiese Kühe,
Und eine davon klackst jenen erstaunlich viel grünen Teig.

Als wie im Paradiese!
Warme Mastbäuche rauchen,
Rührende Rotzmäuler tauchen
In die Champagnerbläschen der Wiese.

Sie wandeln mit viehischer Majestät
Innerhalb ihrer Grenze,
Schieben das Restchen von Nervosität
In die Quaste ihrer Schwänze,

Und ihre Euter schwappeln und schlenkern
So hunds – glücklich gemein – –
Auch unter den Fürsten und ersten Künstlern und Denkern
Benehmen sich manche wie ein Schwein.

MÜNCHEN – HAMBURG – ALTONA – AMERIKA

Denn von München bis nach Hamburg hin,
Dritter Klasse, ist kein rechter Schlaf.
Ob Artist, ob müde oder Schaf –
Jedenfalls: ich merke steif: Ich bin.
Aber grüßt mich in Hannover
Schon ein kühles, blondes Lineal.
Elbe abwärts, über den Kanal
Weht ein frischer Wind nach Dover.
Denn dies Hamburg liegt nicht weit vom Meere,
Wohinein der Binnenländer sticht.
Und am Dammtor stehen Leip und Kläre,
Die wie Whiskysoda zu mir spricht.
Und ich melde dann
Mich bei dir an Deck,
Dicker, treuer Kaptein Muckelmann.
Und du lächelst über mein Gepäck.
Abends lassen wir uns hin und her
Bis nach Altona
Durch die Hafenkneipen treiben,
Nur damit wir unsrem Peter Scher
Nach Amerika
Eine schöne Ansichtskarte schreiben.

WELTVERKEHR

Horch! Eine Stimme aus dem Radio rief:
»Ich bin der unbekannte Fisch Plattunde.
Ich lebe auf dem Meeresgrunde
So schätzungsweise fünfzehntausend Meter tief.
Ihr Menschen hört, ich möchte gar zu gern
Einmal den Flieger Udet kennenlern.«

In einer Höhe von genau zwölftausend
Elfhundert Metern durch die Lüfte sausend,
Erwiderte Herr Udet so:
»Mein lieber, unbekannter Fisch im Meere,
Ich habe Ihren Wunsch vernommen.
Auch ich ersehne ein Zusammenkommen.
Auf meiner Seite wäre ja die Ehre.
Bestimmen Sie per Radio
Nur bitte wann? und wie? und wo?«
Kaum war dies Zwiegespräch gesprochen,
So ward das Meeresspiegelglas
Von einem kleinen Fisch durchbrochen,
Der eine Fliege schnappte und sie fraß.

HAMBURG

Das Hafenleid – die Alsterdiamanten –
Das sind für mich so fertige Begriffe,
Da fallen Zahlen um die großen Schiffe,
Wenn ich begönnert aber mißverstanden
Zwischen den Reedern sitze an der Bar,
Die scheinbar nur um Whiskysoda knobeln.
Indessen denk ich immer vor den nobeln
Kaufherren an mein schlechtgekämmtes Haar.

Dann die, die aus den Schiffen sich verstreuen:
Unangenehme, plumpe Wunderlinge,
Sie schenken bluterlebte Wunderdinge
Und wollen nichts, als sich mit andern freuen.
Wie sie das erste beste runter gießen,
So gierig wie die weißen Hafenraben – – –
Muß man den Schlüssel selbst erschmiedet haben,
Um ihre seltnen Märchen zu erschließen.

Und alles kenn' ich: Backbord, Luv und Lee,
Das »Rundstück warm«, die Segel und die Lichter,
Die hellen abgesalzenen Gesichter.
Fuhr ich vielleicht umsonst sechs Jahr zur See!

Hier bunte Ratsherrn flatternd um die Masten,
Dort steife Flaggen, die zur Börse hasten.
Und steife Grogs, Qualm, Tabak, Nebeldunst.
Du frägst nach Kunst? ach Hummel, Hummel – Kunst!

Nachts klang zwölf Glasen – (nein, vielleicht zwölf Uhr) –
Wie aus Westindien – dumpfes Dampfertuten,
Ich träumte (aber dieses lüg ich nur)
Ich träumte eben von der Tante Bur, –
Kann es wohl sein, daß Augenwimpern bluten?
Hier trink ich morgens Bier auf nüchtern Magen
Und häufe Wurst auf grobes, schwarzes Brot,
Und fühle mich so stark in jeder Not,
Ich würde mich hier schämen, je zu klagen.

MEIN YES, BUT AN MR. X. IN DER BAR

Yes –, but this Volk ist mein See,
Darin ich als Kaulquappe schwamm.
Helle Bläschen brodeln im Grunde
Im weichen, warmen Schlamm.
Ich friere in eurem Schnee.

In euren Tropen werd' ich zum durstigen Schwamm.
Wir sehen mit großen Augen und offenem Munde
Bei euch alles besser.
Wir suchen eure weiten Gewässer,
Gehen ganz darin unter. Sagen dann »leek« statt Lake.

Und werden lauter und zu laut im neuen Gequake.
Aber wir sehnen uns eines Tages doch heim,
Einmal wieder in unseren Teich, unsren Tümpel zu tauchen.
Go back – – eilen heim,
To take a bath after interesting time.

AMBERG

Ich möchte ein Hecht sein,
Recht bissig und schlecht sein,
Unter Wasser und stumm
In der Vils in der Pfalz.
Das Wasser dort hat kein Salz.
Die im Trüben fischen,
Würden mich bald erwischen.
Sie würden mich haun
Und spicken und kochen
Und mir dann vertraun,
Mich essen, verdaun,
Und nach Jahren und Wochen
Würde ich heilig gesprochen.
Man würde mich preisen.
Kein Gasthof zur Linken und keiner zur Rechten,
Ein mittlerer würde dann nach mir heißen:
»Gasthof zum Hechten«.

BERLIN

(An den Kanälen)

Auf den Bänken
An den Kanälen
Sitzen die Menschen,
Die sich verquälen.

Sausende Lichter,
Tausend Gesichter
Blitzen vorbei: Berlin.
Übers Gewässer
Nebelt Benzin...
Drunten wär's besser.

Hinter der Brücke
Flog eine Mücke
Ins Nasenloch.
Loch meiner Nase,
Nasenloch, niese doch
In die stille Straße!

Auf dem Omnibus, im Dach
Rütteln meine Knochen,
Werden gute Worte wach,
Bleiben ungesprochen. – –

Ach, da fällt mir die alte Zeitungsfrau ein –
Vanblix oder Blax soll sie heißen –
Die hat ein so seltsames Schütteln am Bein,
Daß alle Hunde sie beißen. – –

An den Kanälen
Auf den dunklen Bänken
Sitzen die Menschen, die
Sich morgens ertränken.

KÜRZESTE LIEBE

Blöde Bauern, die den biedern
Gruß der Bürger nicht erwidern,
Menschen, die mit halbem Nicken
Danken, ohne aufzublicken.
Prüde, scheue Frauen, leise
Kinder, würdevolle Greise – – –

Aber wenn an Dorf und Feld und
Wald vorbei dein Schnellzug braust,
Du aus deinem Wagen schaust:

Ja dann stehen – stehn auch diese
Ganz dir zugewandt am Hange,
Vor dem Stalltor, auf der Wiese –.
Und sie winken. Winken lange.

Grüßen voll und grüßen frei
Dich und deine Fahrtgenossen.

Und die reinste Liebe wird vergossen
Im Vorbei.

AM KANAL

Aus dem Paket entglitt ein Räucheraal
Und fiel ins Wasser und trieb fort gen Süden.

»Bitte nach Ihnen!« sagte am Kanal
Ein Lebensmüder einer Lebensmüden.

DER TRAURIGE ONKEL

Wundre dich nicht, wenn ich weine,
Weil ein Mensch doch dann und wann
Trotz des besten Willens seine
Sorgen nicht verbergen kann.

Nimm aus meiner Schreibtischlade
Den Revolver mir nicht fort,
Auch das Gift nicht. Und verrate
Niemandem davon ein Wort.

Und du selber sollst nicht weinen,
Wenn du über mich was liest,
Oder wenn du plötzlich meinen
Hut im Wasser treiben siehst.

Frage nicht, warum ich heute
Etwa etwas seltsam bin.
Grüße bitte meine Leute. –
Schau das Laub! – Es welkt dahin.

Bleibe glücklich und genieße
Du das Leben im Erblühn.
Wenn du Zeit hast, so begieße
Manchmal dieses Immergrün.

Was für Absichten ich hege?
Frage nicht. – Nimm diesen Kuß,
Und dann geh ich jene Wege,
Die ich einmal gehen muß.

Noch ein Küßchen auf das kleine
Näschen. Noch eins auf den Mund.
Ach was hast du süße Beine. –
Zeig mal! – Und wie bist du rund!

Ach, mir darfst du das schon zeigen,
Denn du bist doch schon so gut
Wie erwachsen und kannst schweigen,
Wenn dein Onkel etwas tut!?!

ÜBER FINNLAND

Wie ich mich auf die Reise zur See,
Auf Helsingfors und die Finnmark freute!
Und nun erfahre ich heute:
Jenes finnische Varieté
Sei pleite gegangen.
Ich könnte Entschädigung verlangen,
Aber die Leute sind restlos bankrott.
Wovon wir beide dann im Mai
Leben sollen, das weiß nur Gott.
Nun bin ich einen Monat lang frei,
Kann abends rechtzeitig schlafen gehn,
Kann wieder einmal ein Theaterstück sehn.
Wär Geld, wir könnten die ganze Zeit
Mal bürgerlich behaglich zu zweit,
Die Abende zu zweit allein
In mein – dein – unserm Heim verleben.
Ach Helsingfors soll herrlich sein.
Es soll dort ernste Menschen geben,
Für Kunst empfänglich, ehrlich, gut, –
So destilliertes Fischerblut –
In Spiritus gesetzte Herzen.
Bezaubernd soll die Landschaft sein. –
Jetzt krieg ich auch noch Rückenschmerzen.
Ein Unglück kommt halt nie allein.

AUFGEBUNG

Ich lasse das Schicksal los.
Es wiegt tausend Milliarden Pfund;
Die zwinge ich doch nicht, ich armer Hund.

Wie's rutscht, wie's fällt,
Wie's trifft – so warte ich hier. –
Wer weiß denn vorher, wie ein zerknittertes Zeitungspapier
Weggeworfen im Wind sich verhält?

Wenn ich noch dem oder jener (zum Beispiel dir)
Eine Freude bereite,
Was will es dann heißen: »Er starb im Dreck«? –
Ich werfe das Schicksal nicht weg.
Es prellt mich beiseite.

Ich poche darauf: Ich war manchmal gut.
Weil ich sekundenlang redlich gewesen bin. –
Ich öffne die Hände. Nun saust das Schicksal dahin.
Ach, mir ist ungeheuer bange zumut.

VORM BRUNNEN IN WIMPFEN

Du bist kein du,
Wasser. – Hättest nicht Ruh,
Mich auszuhören.
Ihr fließet immerzu
Und immer weiter und möglichst weit.

Wie euch der Brunnen aus eisernen Röhren
In den heißen Althäuserplatz speit,
Erdengeläutert und ausgekühlt;
Da ihr alte und neue Zeit
Und den Himmel abkonterfeit, –

Siehet mein durstiges Staunen
In euch doch immerzu andre.
Immer wieder mit über den Rand gespült,
Fängt es aus eurem Raunen
Nur eines auf: Wandre!

Von euch möcht ich trinken.

Ihr würdet lau, wenn ihr stehen bliebt,
Ihr würdet trüb. Ihr würdet verweilend
Faulen und stinken.

Was kümmert's euch, daß ein Mensch euch liebt.
Dauernd zerteilt euch selber enteilend,
Seid ihr getrieben ein treibendes
Ganzes, rein Bleibendes.

LAPPALIEN

Auf einer Hochzeitsreise von Italien
Nach Senegalisch-Dakar
Gesellten sich zwei Lappalien
Und ein Deckoffizier zu dem jungen Paar.

Der Deckoffizier trat dazwischen,
Und die Lappalien baten ihn leise,
Sich einzumischen
Aufbauschenderweise.

Als die Lappalien beim Landen verschwanden,
Schritten das Paar und der Deckoffizier
Aufgeregt über den Pier,
Bis sie zuletzt eine Kerbe fanden.

Da wurde der Ehemann zornig blau.
Da schlug der Deckoffizier mit der Frau
In dieselbe Kerbe.
Da rief die Frau: »Zu Hilfe! Ich sterbe!«

Da wurde der Deckoffizier backbordrot
Und schoß den Ehemann tot.

Der Frankfurter Eherechtsanwalt Stett
Schickte zum Begräbnis zwei Dahlien,
Aß sieben Zwiebeln und ging dann zu Bett
Und verfluchte die beiden Lappalien.

NÄCHTLICHER HEIMWEG

Es wippt eine Lampe durch die Nacht.
Trapp klapp –
Ich will mir denken,
Daß meine Mutter jetzt noch wacht
Und will den Hut für sie schwenken.

Wir sind nicht, wie man seien soll,
Wir haben einander nur gern,
Doch meine Mutter ist alt und ist fern.
Und mir ist das Herz heut so voll.

Da kommt eine Frau mir entgegen,
Ich will was Gutes überlegen,
Weil sie so arm und eckig aussieht.
Aber die Frau entflieht.
Ich bin ihr zu verwegen.

Nun wird es still und wunderbar.
Kein Laut auf der Straße Mitte.
Nur drüben am andern Trottoir
Gehn meine eignen Schritte.

RUF ZUM SPORT

Auf, ihr steifen und verdorrten
Leute aus Büros,
Reißt euch mal zum Wintersporten
Von den Öfen los.

Bleiches Volk an Wirtshaustischen,
Stellt die Gläser fort.
Widme dich dem freien, frischen,
Frohen Wintersport.

Denn er führt ins lodenfreie
Gletscherfexlertum
Und bedeckt uns nach der Reihe
All mit Schnee und Ruhm.

Doch nicht nur der Sport im Winter,
Jeder Sport ist plus,
Und mit etwas Geist dahinter
Wird er zum Genuß.

Sport macht Schwache selbstbewußter,
Dicke dünn, und macht
Dünne hinterher robuster,
Gleichsam über Nacht.

Sport stärkt Arme, Rumpf und Beine,
Kürzt die öde Zeit,
Und er schützt uns durch Vereine
Vor der Einsamkeit,

Nimmt den Lungen die verbrauchte
Luft, gibt Appetit;
Was uns wieder ins verrauchte
Treue Wirtshaus zieht.

Wo man dann die sporttrainierten
Muskeln trotzig hebt
Und fortan in Illustrierten
Blättern weiterlebt.

EIN STROLCH SIEHT SPIELENDE KINDER

Die kleinen Kinder sind so groß.
Sie umarmen sonnigen Sand.
Mir geben sie einfach einen Stoß.
Und greifen nach einer Frauenhand.
Sie jauchzen ohne Scham und Verstand
Nackt in eines Fräuleins Schoß.

Soll ich sie nach dem Wege fragen,
Weil ich mich nicht an Erwachsne getrau.
Sie wissen mir doch nichts zu sagen,
Zeigen mir nur ein fremdes Geschau,
Wie – Seehunde unter Menschen verschlagen.

Die Kinder sind so groß. Ich bin klein.
Sie sind so sauber; ich bin ein Schwein.
Ich suche Arbeit und Geld und Bett.
Sie wollen nur ins Freie.

Wenn ich Kinder – oder eine Mutter hätt' –

Wie sie es schreien, ihr Ringelreihe!
Wer möchte ihnen das Spiel verderben.
Aber doch: Jetzt – so – müßten sie sterben.

DER »GEZEICHNETE«

Ein Bleistift hat mich vergewaltigt,
Hat meine Züge vergestaltigt
Und hinterlistig auf ein Blatt
Papier gebracht.
Ich muß gesteh'n, der Bleistift hat
An sich die Sache gut gemacht.

Wer aber gab ihm die Erlaubnis?!
Nun weiß ich nicht recht, ob das Raub ist.
Gehört die Miene nun dem Blei?
Gehört sie mir? – Wie dem auch sei.
Die Fratze und der Bleistiftstrich
Verhöhnten und versöhnten sich
Und zogen darauf Hand in Hand
Ganz freundschaftlich ins weite Land.

Denn beide sind – das ist der Witz –
Im Grunde kein Privatbesitz.

MANNHEIM

Schaff mir doch jemand den Schutzmann vom Hals!
Der Kerl schreitet ein.
Ich möchte doch gar nichts weiter, als
Nur laut schrein. Ganz laut schrein.
Der aber schreit: Nein,
Das dürfte nicht sein.

Was wär' nun an meinem Geschrei
Schlimmes dabei?
Wenn ich doch heute so fröhlich bin.
Dafür haben die von der Polizei
Gar keinen Sinn.

Paßt auf, ihr Leute, was ich nun
Tue. Ich werde nichts Böses tun.
Wenn ich jetzt laufe,
Läuft der besäbelte Mann
Wie wild hinterher.
Aber ich laufe schneller wie der.
Und werde schrein, was ich nur schreien kann.

Was wissen die Polizein
Vom redlichen Fröhlichsein.

Am Südpol darf jeder Seelöwe schrein
So laut wie er will. –

Schon gut, ich bin ja schon still.

FRANKFURT AM MAIN,
SEPTEMBER 1923

Wie ich mich auf dich freue!
Nur noch fünf Tage weit!
Wird!
Was ich auch scheue,
Niemals die Zeit.

Ich sitze wo und esse.
Um mich die Herrn von der Messe
Sind alle wichtig im Gefecht.
Ich wollte, ich wäre bezecht.

Nahbei, vor einem stolzen Hotel
(Wo man noch echten Whisky hat),
Schwemmt sich aus schöner Schale ein Quell,
Als weinte eine ganze Stadt
Ihre Zeitnot über den Rand.

Renée, ich küsse deine Hand.
Auf Wiedersehn!
Ich denke: Wenn nächstens vieles fällt,
Wir zwei bleiben stehn,
Solange wir wissen, was uns hält.

DIE LITFASSSÄULEN

Es stehen die Litfaßsäulen
Verstreut, den Leuchttürmen gleich,
Und lassen vom Wind sich umheulen,
Und werden im Regen ganz weich.

Und rufen und locken und preisen
Aus buntem und grellem Papier
Und drohen und stechen und beißen
Und lügen noch schlimmer als wir.

Früh lehnt ein Mann eine Leiter
An das, was Litfaß erfand.
Er reißt ihr vandalisch doch heiter
In Fetzen das bunte Gewand.

Nachdem er sie darauf bekleistert –
Als brächte ihn Nacktes in Zorn –
Klebt er ihr wieder begeistert
Viel Buntes auf Hinten und Vorn.

Theater... – Auktion... – Zigaretten... –
Wohltätigkeits... – Raubmord... – Und Sport... –
Proteste... – Amtliche... – Betten... –
Kurz alles in Bild oder Wort.

Ich lese das ernst ohne Pause.
Mich interessiert sowas sehr.
Und meiner Frau sag' zu Hause
Ich alles dann auswendig her.

Ihr Sinn für Romane, Gedichte
Und Zeitungen ist nicht so groß.
Sie hört meine Litfaßberichte,
Und abends ziehn wir dann los.

Und wie, wie in Sturm und Wellen,
Die Litfaßsäulen starr stehn,
So sollen am Aktuellen
Auch wir nicht etwa achtlos vorübergehn.

BERLIN,
DEZEMBER 1923

Guten Morgen, Liebling! Gestern nacht
Hat ein Kerl mich überfallen,
Wollte mich niederknallen,
Schrie: »Geld her!« und schoß.
Ich habe ihm fünf auf den Schädel gekracht:
Hammer auf Am–bam–bam–bam–boß.
Das hat mein Haustürschlüssel gemacht.

Und heute starb er im Lazarett.
Was der wohl noch dachte – zuletzt – auf dem Sterbebett?

Und was soll ich denken?
Welche Mächte die Kugeln lenken –
Not und Irrtum – Notwehr und Reue –?
Ob ich lache? Ob ich mich freue,
Weil dieser Kerl danebengezielt
Mich Armen für einen Reichen hielt –?

Erfrorenes Vögelchen früh
Auf meinem Fensterbrett. –
Draußen: tut – kling – hottehüh! –

Der Großstadtverkehr. –
Da kroch ich noch einmal ins Bett.
Denn ich friere so sehr. –

Wenn ich ein Vöglein wär –
Ja schön, aber kalt ist es hier…
Und so lange getrennt zu sein…
Erfrorenes Vögelein –
Flög ich zu dir.

STAMMBUCHVERS

So – an ein Stammbuch hingezerrt –
Hat man Verdruß.
Man fühlt sich ins Klosett gesperrt,
Obwohl man gar nicht muß.

Denn mancher Gast will weitergehn
Und will nichts stehen lassen
Und seine Klexe ungesehn
Nur werfen, wo sie passen.

WIRRSAL

Denn immer wieder steigt von Zeit zu Zeit
Das Glück zu hoch und sackt das Leid zu tief.
Und dann: erwacht,
Was man gewaltsam totgemacht,
Oder was kraftlos dumpfe Unwahrscheinlichkeiten schlief.

Und Kugeln müssen singen durch die Nacht;
Und nichts in ihrer Bahn soll leben bleiben.
Und was die Menschen sagen oder schreiben,
Soll offenkundig Lüge sein.
Und eine Zeitlang herrsche Nichts und Nein,
Und beuge sich der Vater vor dem Sohn.
Revolution!

Damit wir alle neu und weiter leiden,
Noch einige die wenigen beneiden,
Die dann so stark und unabhängig sind,
Daß sie zum Beispiel sich vor einem Kind
Ganz plötzlich – oder sich vor grünen Zweigen
Oder vor einem Esel – tief verneigen.

SCHNEE

Zwischen den Bahngeleisen
Verträntt sich morgenroter Schnee. – –
Artisten müssen reisen
Ins Gebirge und an die See,
Nach Leipzig – und immer wieder fort, fort.
Nicht aus Vergnügen und nicht zum Sport.
Manchmal tut's weh.

Der ich zu Hause bei meiner Frau
So gern noch wochenlang bliebe;
Mir schreibt eine schöne Dame:
»Komm zu uns nach Oberammergau.
Bei uns ist Christus und Liebe,
Und unser Schnee leuchtet himmelblau.« –
Aber Plakate und Zeitungsreklame
Befehlen mich leider nicht dort-,
Sondern anderwohin. Fort, fort.

Der Schnee ist schwarz und traurig
In der Stadt.
Wer da keine Unterkunft hat,
Den bedaure ich.

Der Schnee ist weiß, wo nicht Menschen sind.
Der Schnee ist weiß für jedes Kind.
Und im Frühling, wenn die Schneeglöckchen blühn,
Wird der Schnee wieder grün.

Beschnuppert im grauen Schnee ein Wauwau
Das Gelbe,
Reißt eine strenge Leine ihn fort. –
Mit mir in Oberhimmelblau
Wär's ungefähr dasselbe.

HANNOVER

Ich habe wieder viel Geld verbraucht, weil: – –
Ich ließ in letzter Woche täglich
Zweimal meine Füße bestrahlen.
(Der eine ist schon ziemlich heil.)
Und nahm an der Internationalen
Artisten-Loge-Streik-Sitzung teil.
Der Erfolg meiner Rede war kläglich.
Aber ich mußte noch nachträglich
Einundsechzig Mark Mitgliedsgeld zahlen.
Fossil ward wieder zum Vorstand gewählt.
Und das ist sehr richtig.
Sonst war die Sitzung sehr fad aber wichtig.
Später im Klubhaus hat Biegemann,
Mein ehemaliger Lehrer, mir dann
Von Illineb, seinem Lehrer, erzählt.

BIEGEMANN

Biegemann war mein Lehrer.
Biegemann war mal zu mir gut.
Ich bleibe doch sein Verehrer.
Denn was tut's, wenn, was tat, nicht mehr tut.

Biegemann warfen schließlich
Seine Freunde allerlei vor.
Biegemann wurde verdrießlich,
Unverschämt. – Bis er den letzten verlor.

Als ich ihn weiter besuchte –
Denn er war einst mein geistiger Halt –,
Schlug er und wälzte und fluchte
Alles auf mich, was den Freunden galt.

Langsam wurde ich kühler.
Endlich blieb ich ihm fern.
Aber doch war ich sein Schüler
Einstmals und hatte ihn gern.

Was er nun Schlechtes verbreitet
Über mich – überall –, macht mich nicht heiß.
Denn nur der Unsichre streitet
Und ich weiß, was ich weiß.

Wenn ich ihn jetzt hin und wieder
Sehe, so wende ich mich. Das heißt
Wenn er mich jemals wieder –
Wie neulich, im Hofbräu – mit Kalbsknochen schmeißt,

Hau ich ihm eins in die Fresse.
Denn ich bin doch kein Magistrat. – –
Aber niemals vergesse
Ich, was mir Biegemann Gutes tat.

JEMAND ERZÄHLT VON ILLINEB

Illineb hatte auf meine lange Rede hin mir schnell und kurz geantwortet: »Sie können hier bei täglich einer Mark arbeiten, schlafen und essen.« Alles übrige – ob ich Sachen habe? dann sollte ich sie holen – bedeutete mir ein alter mürrischer Italiener, den man Magnus nannte. Er führte mich zu dem geräumigsten der grünen Wagen, stellte mich einer schönen, bösen Dogge als »amico« vor und zeigte mir mein Bett im Hinterraum. Für den Rest des Abends sei ich dienstfrei.

Ich ging. Und kam mit dem Segeltuchköfferchen zurück, darin all mein Besitz Platz hatte, und ich packte aus, kroch fröstelnd zwischen Strohsack und Pferdedecke.

Ich redete mir zu, nun dankbar und glücklich zu sein, weil ich nach langer Hungerzeit eine feste Anstellung gefunden hatte, noch dazu eine, die mit viel Romantik verknüpft war; während der langen Stunden, die ich wach lag, drangen Zirkusmusik, Löwengebrüll und fernes Massenhändeklatschen an mein Ohr. Aber ich fühlte mich unglücklich. Mir bangte vor dem Zusammenleben mit dem unfreundlichen Magnus und dem eisigen Illineb. Es war nicht das erstemal, daß ich eine neue Stellung und einen ganz neuen Beruf angetreten hatte. Ich erinnerte mich nun, wie mich jedesmal das Fremde an der Situation und an den Menschen zunächst traurig und einsam gestimmt hatte. Einträumend nahm ich mir noch vor, mich morgen tapfer und blind anständig meinen Pflichten zu widmen. – Einmal halb erwachend, sah ich den Italiener hereintorkeln und sich entkleiden an einem Bett, das dem meinen gegenüber stand. Und später schreckte ich einmal auf und bemerkte Illineb. Er schloß die Tür hinter sich ab, löschte die Kerzen, die Magnus hatte brennen lassen, und verschwand mit leisen aber festen Schritten im vorderen Abteil des Wagens.

In aller Frühe von einem blöde grinsenden Nachtwächter geweckt, zog ich mich eiligst an. Magnus gab mir, zunächst von seinem Lager aus, Instruktionen in brummigen, kargen Sätzen. Draußen war ein sonniger Tag.

Ich mußte zwischen den Wagen und Zelten Feuer unter einem sonderbar gestalteten Kessel anlegen, mußte putzen, fegen, holen und fortbringen. Dabei gab ich mir Mühe. Wenn mein Chef, der auch schon von früh an geschäftig herumlief, an mir vorbeikam, gab ich mir doppelte Mühe, denn mir lag an seiner Gunst. Es schien aber, als ignorierte er mich völlig. Allerdings richtete er auch an Magnus und an Matilden nur höchst selten kurze, notwendige Worte und dann in demselben gefühllosen Ton, mit dem er mich engagiert hatte.

Ich bekam gut und reichlich zu essen. In der Frühstückszeit sah ich mir auch die Löwen in dem Gitterwagen an – unsere Löwen. Es waren ihrer fünf, und ein sechster, sehr magerer befand sich in einem Einzelkäfig. Diesen Käfig mußten Magnus und ich im Laufe des Tages immer wieder so verrücken, daß die Sonne voll hineinschien.

Als ich in der Mittagspause mich zwischen den Buden und Karussells herumgetrieben und einen Schnaps in einem Keller getrunken hatte, wo die Schausteller und ihre Leute laut vergnügt zusammmenkamen, war mir schon ziemlich freier zumut. Ich versuchte während des Nachmittagsdienstes ein Gespräch mit Magnus anzuknüpfen; er ging indessen nicht darauf ein, außerdem war er etwas angetrunken und daraufhin noch mürrischer als zuvor. Um fünf Uhr brachte Matilde jedem von uns einen Topf voll Kaffee und ein großes Butterbrot, »das Brett«, wie Magnus es nannte.

Als ich das, auf der Kokskiste sitzend, mit der Wonne eines pausierenden Arbeitsmannes genoß, stand Illineb gerade vor dem Einzelkäfig. Er sprach leise auf den Löwen ein. »Prinz! Armer alter Prinz!« hörte ich ihn sagen und zu meiner Überraschung mit einer ungemein weichen, gütigen Stimme. Ich trat kauend hinzu und erfreute mich daran, wie er geschickt ein Stück Fleisch mit weißen Kapseln spickte und es dem Löwen furchtlos durch die Stäbe reichte.

Ich wollte ihm etwas Angenehmes sagen. »Ein stattlicher Bursche!« sagte ich, den Löwen betrachtend.

Illineb drehte sich scharf um. Und versetzte mir einen Schlag. Einen Schlag mit der Faust ins Gesicht, daß ich hinfiel. Sekundenlang wußte ich nicht, was ich tun sollte.

Dann erhob ich mich, sammelte schweigend die Topfscherben auf und begab mich an meine Arbeit. In einer fahrbaren Tonne Wasser von der entlegenen Pumpe holen. Aber nun hatte ich einen tiefen, bebenden Haß gegen diesen rohen, ungebildeten Tierbändiger. Dazu schämte ich mich vor Magnus, der Zeuge gewesen war. Obwohl er es nie erwähnte.

Ich brauchte mich nicht von den anderen zurückzuziehen. Es gab dort außerdienstlich keine Kameradschaft. Magnus besoff sich in der Freizeit mit dem Ausrufer der Zwergenschau, die Frauenzimmer, die im Küchenwagen wohnten, zankten sich weit hörbar untereinander, und für den Herrn Dompteur waren wir alle jederzeit Luft oder Maschinenteile.

Gelegentlich rief mich Matilde, die uns das Essen kochte und zutrug, in den Weiberwagen. Ich mußte meine Personalien in einen polizeilichen Fragebogen eintragen. Als ich in die Rubrik »Beruf« zögernd »Student« schrieb, lachte Matilde plump auf, aber sie ward daraufhin vorübergehend gesprächig. Ich hatte aus der Spalte Illineb nur – und auch nur zufällig – gelesen, daß er ledig sei. Matilde erzählte mir nun, daß er aus Georgina stammte. Daß sein Vater, auch ein Dompteur, an einem Löwenbiß gestorben und daß seine Großmutter von einem Walfisch gefressen sei. Und Prinz wäre krank. Und der Alte hinge just an diesem Vieh besonders. Und Prinz verstünde die indische Sprache. Ich glaube, ich glaubte damals Matilden alles.

Das blieb aber der einzige Fall, daß eine von den Frauen einmal mit mir plauderte. Bald ward mir das Leben dort ein graues Einerlei. Darin gab es täglich nur eine einzige interessante, allerdings höchst aufregende Viertelstunde. Um zehn Uhr abends, wenn der Deutschmeistermarsch zu uns herüberklang, wurden die Falltüren geöffnet. Zunächst trug Pinguina das Löwenbaby eigenhändig in die Manege. Es war eigentlich schon viel zu groß und zu schwer für die zierliche Person, weshalb Pinguina drinnen immer mit Heiterkeit empfangen wurde. Nun galt es, die großen Tiere durch einen vergitterten Gang vom Wagen ins Zelt zu treiben. Im Gang stand dann mit gewichstem Schnurrbart und gewichsten Stiefeln der schlanke Illineb in einer Husarenuniform und hielt in der Linken einen eisernen Rechen und eine Nilpferdpeitsche und in der Rechten einen Revolver. So ließ er seine gebändigten Tiere der Wüste passieren. Erst kamen die drei Löwinnen. Sie liefen, vom plötzlichen Licht und von der Musik verwirrt, vielleicht auch von gewohnheitsmäßigen Ängsten und Ahnungen eingeschüchtert, nach kurzem Abirren schnell vorbei. Dann näherte sich King, der mächtige, bösartige Löwe. Der schlich ganz langsam – jeder Schritt gezwungen – mit gesenktem Kopf heraus. Und vor Illineb stockte er und blickte höchstes Mißtrauen und brüllte drohend.

Zu dieser Szene versammelten sich jedesmal viele Leute, die den verbotenen Zutritt riskieren konnten; der Koch vom Bierzelt, die Wahrsagerin, der Luftballonmann, sämtliche Damen der Schießbude. Sie stellten sich regelmäßig ein und erwarteten den Kampf. Ich meine: sie alle – oder wir Zuschauer alle – wünschten insgeheim, daß nun etwas Entsetzliches geschehen, und gleichzeitig, daß nichts Trauriges geschehen möchte.

Illineb verlor bei dem Vorgang, der weit spannender war als die Vorstellung im Zirkus, niemals die Ruhe. Wenn King stehen blieb, rief ihm der Chef nichts zu als: »Nun?« oder »Nun!« Doch er konnte es in den verschiedensten Nuancen rufen, aufmunternd, streng, zornig, warnend, ganz langgedehnt –. Und wenn King plötzlich zähnefletschend und stoßweise, heiser aufbrüllend seinen Kopf herumriß, dann hielt Illineb zur Abwehr den Rechen vor und schoß gleichzeitig aus dem Revolver Blitz und Knall ohne Kugel in die funkelnden Augen. Und King blinzelte nicht, aber er brüllte noch feindseliger und schlug mit seiner Pratze mächtige tückische Seitenschläge in die Luft und gegen den Rechen. Illinebs Nun schwoll wie ein Sirenenheulen an. Er schlug mit der Nilpferdpeitsche dem Tier kräftig und, wie es schien, rücksichtslos über Schnauze und Augen. Oft kämpften sie lange so. Schließlich, wutschnaubend, wich King dann doch. Aber im Zelteingang blickte er noch einmal zurück nach seinem Meister, und sein Blick trug einen furchtbaren Haß. Wie ich ihn hatte.

Mehr oder weniger dramatisch fand dieses Duell täglich statt. Vielleicht sah es schlimmer aus, als es war. Es schien mir sogar nicht unmöglich, daß das Ganze sozusagen ein gewolltes Scheinmanöver war, um King in Aufregung zu bringen und dem Publikum eine besonders gereizte und gefährliche Bestie vorzuführen. Ich gewöhnte mich mehr und mehr an dieses Schauspiel.

Eines Abends, da ich mich gerade mit dem Feuer am Wasserkessel zu schaffen machte, ließ mich das Kampfgebrüll wieder aufschauen. Und da gewahrte ich, daß King sich zum Sprung duckte, und sah, daß Illineb die Hände nach uns Zuschauenden streckte, sah, daß er weder Rechen noch Peitsche, sondern nur den Revolver bei sich hatte. Es war ein atemloser Moment. Wir schrien alle auf.

Das Folgende vollzog sich viel schneller, als es zu erzählen ist. Der Löwe sprang. Illineb schoß. Mitten im Sprunge änderte der Löwe noch mit einem Ruck seine Richtung, aber er riß den seinerseits ausweichenden Illineb doch mit zu Boden. Und aus einem Arm Illinebs war ein Fetzen Ärmel und Fleisch herausgerissen, und Blut floß. Und King bäumte sich neu und sprang mit beiden Vordertatzen wuchtig auf die Brust seines Herrn. In diesem Augenblick war sein Hinterteil ans Gitter gepresst. Da stieß ich blitzschnell die Schaufel ins Feuer und schmiß Glut und Flammen dem Löwen zwischen die Hinterbeine. Daß er mit einem Wehgeheul zur Seite sprang.

Und wieder geschah das Nächste im Nu. War Illineb emporgeschnellt, hatte Magnus ihm Rechen und Peitsche zugestoßen, streckte Matilde einen Revolver durchs Gitter, der Blitz, Knall und Kugel bereithielt. Es war nicht mehr nötig. Der Löwe war, von Schmerzen gepeinigt, ins Zelt gerast.

Der Chef wurde ins Bett getragen, die Vorstellung abgesagt, ein Arzt gerufen.

Fünf Tage lang fiel die Hauptattraktion im Zirkus aus. So lange durfte außer Matilden niemand die Stube des Chefs betreten. Er tat mir natürlicherweise und trotz meines Hasses leid, auch konnte ich nicht umhin, seine Bravour zu bewundern. Magnus soff mehr als sonst. Doch er und die Frauen erledigten die Geschäfte gewissenhaft und wie selbstverständlich. Aber untereinander oder mit mir sprachen sie keine Silbe über das Vorgefallene. So standen sie im Banne der Verschlossenheit ihres Brotherrn.

Am sechsten Tage kam dieser wieder zum Vorschein. Ich war dabei, eine Verankerung des Zeltes anzuspannen. Da trat er, den rechten Arm in der Binde, aus dem Wagen, und – ich bemerkte es seitwärts schielend – er ging forsch, geradewegs auf mich zu. Ich fürchtete mich vor diesem längst ausgedachten Augenblick. Ich hätte meinem, wie mir's vorkam, schon allzu hart gestraften Feinde so gern die Demütigung erspart, mir danken zu müssen.

Illineb stand vor mir, und – – er gab mir einen Schlag. Mit der linken Faust einen Schlag in die Fresse. Wie damals. Und entfernte sich.

Ich spürte keinen Schmerz vor Verblüffung und Betrübnis. Und ich nahm auch diesen Schlag schweigend hin. Aber – sonderbar: Seitdem verehrte ich Illineb, trotzdem er fortan und bis zuletzt unverändert kalt blieb und mich und uns übersah.

Ja ich fing an, ihn zu lieben. Ganz im stillen. Ich arbeitete noch eifriger als früher, aber wenn ich seine Schritte vernahm, versteckte ich mich möglichst. Und doch behielt ich ihn, wo es anging, im Auge.

Ich liebte ihn hündisch. Ich folgte ihm so weit, daß ich ihn aus Entfernung beobachten und belauschen konnte. Wenn er die Fleischstücke spießte und in die Käfige reichte, unter lieben Koseworten in verschiedenen, manchmal mir unbekannten Sprachen. Wenn er rührend zärtlich und lange Prinzens Nase streichelte. Ich schlich ihm sogar in der Freizeit heimlich nach, wenn er die anderen Tiere, unsere Dogge, die Pferde der Kunstreiter, den Esel des Clowns oder die Eisbären in der russischen Bude aufsuchte und zu denen, sofern er sich von Menschen unbeobachtet fühlte, genau so redete wie zu seinen Löwen.

Auch diese Löwen gewann ich lieb. Einmal stand ich eine Stunde lang allein und ergriffen vor dem kranken Prinz in der Sonne. Er trabte in dem engen Käfig die drei Schritte hin und die drei Schritte her unaufhörlich auf und ab, mit Schnauze und Fell das Gitter streifend, so daß er mehrere abgewetzte Stellen hatte. Und nie gelang es mir, seinen Blick zu fangen, ihm in die Augen zu sehen. Er blickte über mich, über alle Zuschauer – ich weiß: auch über Illineb – hinweg. Wie Illineb über uns Mitmenschen hinwegsah.

Cooper erzählt von einem gefangenen Indianer, der keine Nahrung annahm und nichts sprach, sondern nur so blickte: immer in einer bestimmten Richtung, an seinen Feinden, den Puritanern vorbei oder über sie hinweg, wie in eine nur ihm vertraute, einzige Ferne.

Als Prinz eines Morgens nicht mehr imstande war, auf seinen Füßen zu stehen, ließ Illineb, ungern nachgebend, den Tierarzt holen.

Ich verfolgte von weitem die Unterhaltung und fing einige Worte des Veterinärs auf, wie »Operation« – »Fesselung« – »Narkotikum«. Darauf antwortete Illineb plötzlich sehr laut in einer mir und zweifellos auch dem Tierarzt unverständlichen Sprache, und er gab dem Tierarzt Geld und entließ ihn unhöflich.

In der Nacht zu diesem Tage konnte ich wieder einmal nicht einschlafen. Ich erwog einen Plan. Ich wollte Illineb meine Liebe und Verehrung gestehen. Ganz einfach und ehrlich, ohne mich meiner gebildeteren Ausdrucksweise zu schämen. Ich wollte um sein Vertrauen und um seine Freundschaft bitten.

Noch zur Dunkelzeit hörte ich ihn sein Zimmer verlassen, unseren Raum durchschreiten und die Tür von außen abschließen. Das verwunderte mich. Er ging sonst nie nachts aus. Wollte er wohl einmal mit Kollegen oder mit Freunden zechen? – – – Ob er einen Freund hatte? – – – Ob es ein Mädchen gab, das er liebte? – – – Über solchem Nachdenken schlief ich allmählich ein.

Morgens gab es einen Krach. Es stimmte etwas nicht. Magnus mußte die Wagentür gewaltsam aufbrechen. Illineb wurde tot und gräßlich zerrissen und zerbissen in Prinzens Käfig aufgefunden. Ein Rasiermesser und eine Nagelschere lagen neben der Leiche. Prinz hatte eine merkwürdige rechtwinkelige Schnittwunde an der linken Hüfte.

Die Löwentruppe Illineb wurde zwei Tage später aufgelöst, und die Löwen wurden verkauft. Prinz war gesundet.

FRANKFURT AM MAIN, JANUAR 1924

Hier hab' ich den Teufel gesehn.
Er ging durch die schnurrigen Gassen
Und hat etwas fahren lassen
Abends vor zehn.

Fand wieder Freunde lieb und wert.
Und manche haben mich entdeckt.
Ich weiß: der Apfelwein schmeckt
Gut, aber er zehrt.

Wie du mich wohl wiedersiehst?!
Ich habe vor steifen Leuten
Einen Pferdeapfel gespießt.
Ob die sich innerlich freuten?

Mag es hier billig, teuer,
Interessant oder langweilig sein.
Mir ist dies Frankfurt am Main
So angenehm nicht recht geheuer.
Und mir gefällt's.

So nehme ich jede Fremde,
Als schliche ich nachts im Hemde
Durch Korridore eines Hotels.

AUS MEINER KINDERZEIT

Vaterglückchen, Mutterschößchen,
Kinderstübchen, trautes Heim,
Knusperhexlein, Tantchen Rös'chen,
Kuchen schmeckt wie Fliegenleim.

Wenn ich in die Stube speie,
Lacht mein Bruder wie ein Schwein.
Wenn er lacht, haut meine Schwester.
Wenn sie haut, weint Mütterlein.

Wenn die weint, muß Vater fluchen.
Wenn er flucht, trinkt Tante Wein.
Trinkt sie Wein, schenkt sie mir Kuchen:
Wenn ich Kuchen kriege, muß ich spein.

AUS AMSTERDAM

Nachdem ich den ersten und zweiten Preis
Gestern in einer Verlosung gewann,
Und zwar einen Seehund und eine Matratze,
Und nun nicht wohin damit weiß,
Und weil mir hohnlachend jedermann,
Dem ich das Zeugs billig offeriere,
Noch weniger bietet, nur weil man lebendige Tiere
Nicht wie einen Regenschirm einfach stehn lassen kann,
Und jeder von meiner Abreise weiß,
(Denn der eine Gewinn – der zweithöchste Preis –
Ist richtig lebendig und bellt wie ein Kalb)
Die Matratze allein aber geb ich nicht hin,
Aus Trotz meinetwegen. Und eben deshalb
Und weil ich heute so traurig bin
Und ein Zündholz verschluckte und kurz und gut:

Mir ist heute so zum Sterben zumut.
Du brauchst deswegen nicht ängstlich zu sein.
Es hat ja noch Zeit.
Nur merk dir bei dieser Gelegenheit:
Wenn ich mal sterbe, ist alles dein,
(Nach meinem Wunsch und von Rechtes wegen)
Was ich besessen habe im Leben.
Nur sollst du dann meinen drei liebsten Kollegen
Folgende kleine Souvenirs geben:

Dem Degenschlucker Paul Speisel vererbe
Ich den krummen Türkensäbel mit Schärpe.

Der Lachsalvendaisy in Ingolstadt,
(Die mir mal das Leben gerettet hat)

Sende das Neue Plüschtestament.
(Frage sie erst, ob sie mich noch kennt.)
Den Jupiter aus Papiermaché
(Den kleineren mit den fehlenden Ohren!)
Und sämtliche Fachzeitschriftenbände
Vermache ich den Gebrüdern Hoppé,
Vogelstimmenimitatoren.
Und drücke ihnen im Geiste die Hände.

Notiere noch (Motzstraße vierzehn, Berlin)
Den Zauberkünstler René du Claude.
Dem hab ich mal hundert Pesetas geliehn.
Die schuldet er mir jetzt seit sechseinhalb Jahren.

Und mögen diese nach meinem Tode
Mir alle ein gutes Gedenken bewahren.
Und dir, meiner Frau, einen ewigen Kuß.
Doch laß mich nicht weich werden. – Also jetzt Schluß
Mit jeder Sentimentalität.
Sei brav! Bleib mir treu! Und ich grüße dich.
Sei sparsam und fleißig! Leb wohl! Es ist spät,
Und die Kegelgesellschaft wartet auf mich.

STUTTGART

Ich kam von Düsseldorf, dort sah ich Radschläger.
Ich kam nach Stuttgart, dort trank ich Steinhäger
Denn mit dem schwäbischen Wein
Scheint mir nicht allzuviel los zu sein,
Wenigstens nicht mit dem billigen.
Doch ich wohnte in dem Olgabau,
Einem Schlosse einer hohen Frau,
Die mir auch die besten Sorten tat bewilligen.
Ach, ich schwirrte von Vergnügen zu Vergnügen.
Schien auch dem Publikum zu genügen.
Durfte über ein Auto verfügen,
Fuhr mit diesem herrschaftlichen Benz
Wie eine quietschfidele Eminenz

Nach Marbach an dem Hause vor,
Wo Kodweiß Schillern einst gebor,
Ging auch kollegial hinein
(Scheinbar schien mir alles dürftig, ernst und klein),
Sah mich also recht bescheiden eilig satt,
Freute mich später kannibalisch dann
Über einen Brunnen Zum wilden Mann,
Welcher Wilde zwei Feigenblätter hat,
Und zwar nämlich eins vorn irgendwo
Und das andere ganz hinten vorm Popo.

Kehren wir nach Stuttgart nun zurück. –
Und wer will, der mag dort bleiben. –
Ich persönlich schwamm dort wie ein Schwamm im Glück,
Heißt: Ich soff mich voll und ließ mich treiben.
Nach der Wettermeldung war es kalt.
Ich besuchte eine Irrenanstalt.
Eine Schizophrenin sprach so wunderwirr.
Ach, was ich noch alles schaute!
Und wie fürstlich wohnte, wie gesagt, ich hier!
Daß ich niemals mich aufs Nachtgeschirr
Und auch sonst mir vieles nicht getraute.

Morgen zwölf Uhr lande ich bei dir.
Und was bringe ich als Souvenir?
Was von Stuttgart mit? – Manch treuen Gruß,
Eine Probe des erwähnten Weines,
Anekdoten und ein süßes, kleines
Embryo in Spiritus.

WIEN, FEBRUAR 1924

Ich werde wohl in wenig Wochen
Bischof und Bürgermeister sein von dieser Stadt.
Nach dem, was man mir allwo hier versprochen
Und mit viel Küßdiehands beteuert hat.

Und andrerseits: nach dem, was man gehalten,
Und wie man mich empfehlend weiterwies
Und überhaupt – es drängt mich, einzuschalten:
Hier ißt und trinkt – – So denk ich mir Paris.

Ich lebe noch, obwohl die Trambahnwagen
Links fahren und sich alles links
Ausweicht. Ich weiß dir mündlich allerdings
Auch vieles Gute über Wien zu sagen,
Für heute laß mich etwas neidisch klagen.

Denn Oper, Fasching, Tanz und Operette –
Ich merkte, zählte … und ich kroch ins Bette.

Und wie sich unsereins hier vor den Läden weidet!
Und wie, was weiblich oder feminin
Ist, hier sich elegant tut und bekleidet –!
Ja Wien bleibt Wien.

Ich seh die Tiere, die man abgeschossen
Um Pelz und Flirt.

Jedoch ich werde mählich was verwirrt.
Ich habe zuviel Heurigen genossen.
Und draußen wuchtet um den Stephansturm
Schon seit acht Tagen böser Wind. –
Der müßte zehnmal stärker – stärkster Wind –
Hier all die Damherrn, Dummen oder Dämen
Jählings entkleiden, nackt wie Regenwurm. –
Wie sich die Zierigen wohl dann benähmen?!

Ach wärst du hier, wär' all das abgetan.
Schlagobers würd' ich um dich häufen lassen.
Auch sah ich winkelschöne, arme Gassen
Und Kirchentürme ganz aus Filigran.

BERTA UND ICH GEHN ZUM MASKENBALL

Gänse, die als Prinzessinnen sich weiden.
Schafsköpfe, die als Schafskopf sich verkleiden.
Türken, die eine Bettlerin
Mit »Frau Geheimrat« titulieren,
Cowboys mit Oberlehrermienen. – –
Nur die dabei verdienen und bedienen,
Erkennen solchen Unfugs Sinn.
Und beinah nur für diese Wenigen
Mischen wir andern uns auf buntem Teller
Zum außerordentlichen italienischen
Salat, als Stückchen dran und drin.

Berta, frisier dich etwas schneller!
Weil ich ein fertig angezogener Chinese bin.

Es braust ein Ruf wie Donnerhall, –
Berta, wir gehn zum Faschingsball,
Zu Karnevallerie Krawall,
Pot-Pickles, Mixed-Pouri und Drall.

Denn mancherlei im Leben – vielerlei! –,
Das man nicht sagt, läßt tanzen sich und gröhlen.
Und köstlich ist ein unverbindlich Küssen.

Maria Stuart, heute bist du frei.
Rasch! Gieße Flieder in die Achselhöhlen!

Nimm diese Mark für Trambahn und mal müssen.
Das Auto hin, das werde ich bezahlen.
Bin ich nicht nett??
Und geh heut nacht mit wem du willst in das Schafott.
Mach zu! Mein Hütchen – und mein Paletötchen. –
Steig ein! – Die Schlüssel? – Und die Schinkenbrötchen?
Töff töff rrrr –

*

Das Auto hält. Portier und Lichter strahlen.
Das Auto will ich, wie gesagt, bezahlen.
Doch, Berta Stuart, nun verlaß ich dich.
Zum Abenteuern muß man Freunde meiden.
Wie wir uns heute nur für andre kleiden,
Zuletzt erlebt ein jeder doch nur sich.

Du!: Morgen, überm Eimer denk an mich!

WIEN (SPÄTER)

Ich habe gestern drei Liter Sahne getrunken
Und hinterher ein Würstchen gemacht,
Das hat wie versengte Pferdehufe gestunken,
Aber es sah golden aus und wie eine Acht.
Und das soll Umschwung bedeuten;
Ist auch schon eingetroffen:
Ich bin jetzt beliebt bei den Leuten.
Hätt' ich nur nicht die Sahne gesoffen!
Ich bin schon dreimal von Malern gemalt,
Wenn auch ganz schief,
Und darf auf Gageerhöhung hoffen.
Den Glasaufsatz hat ein Gönner bezahlt.
Und von Renée kam ein herziger Brief.
Kurz, ich hab' wieder verteufelten Mut.
Man kann hier mit Geld wie im Himmel leben.
Nur mein Magen ist heute nicht gut,
Mußte mich dreizehnmal übergeben.

GRAZ

Man hatte mir viel Angst gemacht.
Ich fuhr nach Graz als wie zur Schlacht.
Doch unterwegs – ich kam aus Wien –
Sah ich schon wechselweise
Berge aus Schnee und Berge grün.
Da reimte ich auf »Reise«
Mir guten Trost. Und wurde kühn:
Der Schnee zerschmilzt, und ein Tag zerschmilzt.
Und Wälder sah ich und Kühe
Und Wiesen, olivenfarbig befilzt.
Ich sagte mir immer wieder bis Graz:
Gib dir nur trotzdem viel Mühe.
Und kam an und tats.
Wenn ich in der Rosenkranzgasse dann
(Die kennt nur der Eingeborne)
Eine fesche Grazer Verlorne
– nach jener vorerwähnten Schlacht
Am Abend – in der Nacht gewann,
Und beides ganz unstreitig,
So ward mir solches Siegen
Dadurch sehr leicht gemacht,
Daß sich die Grazer gegenseitig
Meist in den Haaren liegen.

KÖNIGSBERG IN PREUSSSEN

Ich habe – fall nicht um vor Schreck –
Ein richtiges Gedicht gemacht.
Und ist sogar ein gut Gedicht!
Ich dichtete im Blutgericht
Bei Sekt und Königsberger Fleck.
Ich nenne es »Sehnsuchtsschwüle Nacht« –
Das sind Gedärme und Eingeweide.
Es ist nach Meinung von zwei Soldaten,
Die selber dichten, sehr schön geraten.
Der Inhalt ist »Mondschein – Liebespaar – Heide«.
Es fehlen mir noch die letzten zwei Zeilen.
Ich sende dir später eine Kopie.
Ich will auch noch an der Überschrift feilen.
Man tut sich schwer mit der Poesie.
Doch ich glaube, daß ich noch manches mache.
Das Reimen ist übrigens Nebensache.
Es muß nur gewisse Eindrücke auslösen.

Hier weht so ein frischer östlicher Wind.
Ich bin im Schloß und Universität
Und einmal bei Journalisten gewesen.
Die nach allen Seiten gebildet sind.
Nur ist es morgens hier immer sehr spät.
Und auch auf dem Viehmarkt herrscht Tempo und Leben.
Man muß sich in alles einmal vertiefen.
Wie sich die Metzger dort Handschlag geben,
Zum Beispiel, – das schildert sich gar nicht in Briefen.
Und ist auch nicht weiter interessant.
Aber lies mal Immanuel Kant.
Das sind natürlich nicht Liebesgeschichten
Sondern ein Philosophengenuß.
Morgen bin ich in Memel. – Jetzt muß
Ich weiter Sekt trinken und feilen und dichten.

BREMEN

Hier gelt ich nix, und würde gern was gelten,
Denn diese Stadt ist echt, und echt ist selten.
Reich ist die Stadt. Und schön ist ihre Haut.
Sag einer mir:
Welch Geist hat hier
Die Sankt Ansgarikirche aufgebaut?
Groß schien mir alles, was ich hier entdeckte.
Ein Riesenhummer lag in einem Laden.
Wie der die Arme eisern von sich reckte,
Als wollte er durchs Glas in Frauenwaden,
In Bremer Brüste plötzlich fassen
Und – wie wir's von den Skorpionen lesen –
Restweg im Koitus sein Leben lassen, –
Wär er nicht längst schon rot und tot gewesen.
Als ich herauskam aus dem Keller, wo
Schon Heine saß, da sagte ich: »Oho!«
Denn auf mich sah Paul Wegener aus Stein,
Und er war groß und ich natürlich klein.
Brustwarzen hatte er an beiden Knien,
Vielleicht war's auch der Roland von Berlin.
Und als ich, wie um eine spanische Wand
Mich schlängelnd, eine seltsam leere
Doch wohlgepflegte Villengasse fand
Und darin viel verlorene Ehre,
Stand dort ein Dacharbeiter.
Den fragt ich so ganz nebenbei:
Ob er wohl ein Senator sei?
Da ging er lächelnd weiter.

HONG-KONG

Ich erhielt heute deinen beleidigten Brief.
Deine Nachschnüffeleien kränken mich tief.
Und erstens ist Tay-Fi kein Frauenzimmer,
Dann zweitens treiben es andre viel schlimmer,
Und drittens hab' ich – parteilos betrachtet –
Zwar mit ihr in einem gemeinsamen Zimmer
Im *Grand Hotel Discrétion* übernachtet,
Doch war überhaupt nur dies Zimmer noch frei,
Und wie die Betten zunander standen,
(Vergleiche die kleine Skizze anbei)
Ist gar kein Grund zu Verdächten vorhanden. –
Im übrigen weißt du: Ich liebe dich s e h r.
So lange von dir getrennt zu sein,
Erträgt aber niemand. Ich bin doch kein Stein,
Und ich brauche – ganz schroff gesagt: mehr Verkehr.
Alle Männer, auch Frauen, ganz nebenher
Gesagt, alle Völker brauchen dasselbe!
Und diese blöde, luetische, gelbe
Chinesin kommt ernstlich doch nicht in Betracht.
Wir haben uns halt mal per Zufall gefunden
Und ein paar anregende Stunden verbracht.
Man kann doch nicht ewig die ausgeschwätzte
Gleiche Gesellschaft und Gegend erleben.

*

Wenn man alle Münchner nach Preußen versetzte
Und umgekehrt. Und auch andererseits,
Etwa die Fakire nach der Schweiz. –
Was würde das Perspektiven ergeben! –
Wollen doch nicht am Alltäglichen kleben.
Großzügig sein! Also zürne nicht mehr. –
Du weißt, welche Zeit dein Brief bis hierher
Bei dem miserablichten Dampferverkehr
Gebraucht, und wie lange es wiederum währt,
Bis du endlich meine Rückantwort liest.
Und dann – und ich habe das eben beniest –
Ist doch die ganze Affäre verjährt.

ABSTECHER: REICHENBACH IM VOGTLAND

Es sang sich ein Lied in der Nacht.
Da wurden zwei Bürger in Reichenbach
Im Vogtlande wach.

Was wollte ich sonst in dieser Stadt
Als nur meine Fahrt unterbrechen;
Frug: ob sich hier ein Wirtshaus hat,
Wo Leute um die Zeit noch zechen.

Am Himmel standen Zeichen.
Warum – so hatte ich mir gedacht –
Soll Reichenbach in dieser Nacht
Nicht Guatemala gleichen?

Was geht mich Guatemala an,
Wenn ich daselbst nicht bin. –
Stieg aus. Bereute das. Doch ach:
Da flog mein Zug schon weiter hin.
Und ich stand nachts in Reichenbach.

Vielleicht erlebe ich Rübezahl,
Den Ollen!?
Doch sicher bin ich heute einmal
Für jedermann verschollen.

Aussteigen plötzlich, besonders noch spät,
Das kann ich jedem empfehlen.
Er braucht ja, wie sein Leben vergeht,
Gerade nicht Reichenbach wählen. –

Es klang ein Gesang wie Männerverein
Und brachte Dachrinnen zum Schmelzen
Und roch so nach Wein. Da trat ich hinein
Und kam mir dort vor wie Lord Nelson.

Im Seichtlärm eines Stammlokals
Der Honoratioren
Im Stile Anno dazumals
Beneugiert und verloren – – –

Gott segne die Azoren!

ÜBERALL

Überall ist Wunderland.
Überall ist Leben.
Bei meiner Tante im Strumpfenband
Wie irgendwo daneben.

Überall ist Dunkelheit.
Kinder werden Väter.
Fünf Minuten später
Stirbt sich was für einige Zeit.
Überall ist Ewigkeit.

Wenn du einen Schneck behauchst,
Schrumpft er ins Gehäuse.
Wenn du ihn in Kognak tauchst,
Sieht er weiße Mäuse.

ZÜRICH

(An Hügin)

Frage ich mich: Führ ich
Gern ein zweites Mal dorthin
Nach (Hamburgli-) Zürich?? –
Merk ich doch, daß ich im Zweifel bin.
Ungeachtet dessen – immerhin!

Wer, wie ich, die ganze Stadt
Und die weitere Umgebung
Zwecks privater Schiller-Neubelebung
Oberhalb und unterhalb durchbummelt hat,
Der kommt aus der hohlen Gasse
Tagelang oft gar nicht mehr heraus.
Doch ist dort auch eine ganze Masse
Ernster Künstler und auch sonst zu Haus
Und vertragen sich wie Katz und Pack und Maus.
Ihnen, mir, auch anderen wahrscheinlich,
Ist die Stadt zu übertrieben reinlich.

Nirgends Pferdefrüchte auf dem Pflaster.
Nirgends Sünde, nirgends Laster.
Und die Polizei berührt uns peinlich.
In den Kneipen sah ich beim Walliser
Anfangs lauter breitgenährte Spießer,
Immer sechs um einen Patriarchen,
Und ihr Sprechen klang mir erst wie Schnarchen.

Aber bald entdeckte ich, Gott sei Dank,
Daß sie doch trotz ihrer Meistermienen,
Wachgehalten vom politschen Dreiklang,
Freier, schöner waren, als sie schienen.

Ja, sie schwimmen wirtschaftlich im Glücke,
Hamstern zentnerschwere Frankenstücke,
Zahlen winzi-niedli-kleine Rappen.

Hmm!
Das Glück geht ihnen durch die Lappen,
Und ihr Unglück hält sich fern.
Immerhin: Ich würde doch sehr gern
Wieder einmal frische Luft dort schnappen.

O daß sie ewig nicht so friedlich bliebe,
Die kriegverschonte, teure Schweiz!

Ich grüße Zürich einerseits und andrerseits
Und viele Freunde dort, die ich sehr lieb habe.

ABSCHIED VON PARIS

Herz, ich schreibe dies
In der letzten Stunde in Paris,
Aus der letzten Flasche echt Champagner
In dem *Nègre de Toulouse*,
Nicht so froh, wie ich zuvor aus mancher
Unsentimentalen Stunde sandte manchen Gruß.

Daß ich hier nicht länger durfte bleiben,
Läßt glückstraurig jetzt mich selber quälen.
Morgen aber werd' ich frech erzählen
Und deutschabenteuerlich viel übertreiben,

Wie von einer sternenweiten Ferne,
Wie Paris mir ist – ach nein, dann war –.
Denke dir nur: Jede siebente Laterne
Hier ist ein naives Pissoir.

Unsympathisch, unergründlich
Comme chez nous ist die Bourgeoisie,
Doch die simplen Leute von Pari
Und die Künstler und die bunten Fremden,
Pascin, Eiffelturm und der und das und die –
Morgen, Liebste, schildre ich das mündlich.
Und die Strümpfe und koketten Hemden.

Zwar nach einundzwanzig Bummeltagen
Ist noch nichts Erschöpfendes zu sagen
Über dies
Land Paris.
Auch was ich dir morgen angter nus
Glühend loben werde, prüfe du's.

Bums! Ein Glas zerschlug im *Nègre de Toulouse*.

ABSCHIED VON PASCIN

16. Jan. 25.

Je suis été à Paris,
Et c'était le premier fois.
Et j'ai vue au Jockey Kiki,
Belle en couleur et froid
Et amusante et coquette,
Et froid – je disais –
Froid comme mon Bett;
Parceque je ne parle pas français.

Je suis été dans la Vache Enragée,
En Louvre et allwo pour les étrangers
Là bas et ici. –
Et Kiki et Paris
Ils ont la même mélodie et couleur.
Paris, et où est ton cœur?
Dans un coin, quel je ne connais,
Parceque je ne parle pas français.

Je suis été chez Pascin.
Et j'ai trouvé des amis;
Et un des plus bons s'appelle vin. –
J'aime Paris.

Pour vous, Pascin, merci bien!
Et je voudrais vous très plus dire, mais – mais
Je parle trop peu français.

Je suis beaucoup travaillé. –
Arriver – partir – rester et aller –
J'aime la monde sur la mars et jusque dieu.
Et dieu est comme merde très près de moi.
Aujourd'hui j'ai froid. –
Pascin, lebe wohl und adieu!
Und lieben auch Sie mich ein klein petit peu.

CHARTRES

Kirchenfenster, Kirchenfenster,
Kirchenfenster, Kirchenfenst…
Hoch im Dachgebälk der Kathedrale
Sahen meine Freunde viel Gespenster.
Ich sah nur ein einziges, das internationale,
Ewige, gottfröhliche Gespenst,
Das nicht nur in Kathedralen
Sondern auch im Zöster und im Faust,
Auch in Püffen und in Apfelsinenschalen
Oder sonstens wo für den und jenen haust.
Der Professor, welcher im Beruf
Und bei seinen Leuten
An sehr erster, prominenter Spitze steht,
Wußte, wer das alles und wie und warum er's schuf:
Und er bat die Freunde, ihn zu bitten, uns zu deuten.
Und dann konnte er geflüssig, klar und sinnig
Steine, Formen, Farben lesen.
Und doch vor den schönen Kirchenfenstern bin ich
Damals glücklich ganz fernanderswo gewesen.
Doch dem Kirchendiener hab' ich lange
Zugeschaut – das hat mich zweitens intressiert –.
Wie der Kerl mit einer Eisenstange
Und mit einem Holzpantoffel raffiniert
Eine Maus beschlich.
Ach, die hatte sich
Scheu verirrt. – Nun mag man nicht vergessen,
Daß oft Mäuse ohne Ehrfurcht oder Scham:
Bibeln, Samt und Christusnasen fressen.
Doch ich freute mich
Ungeheuerlich,
Als die Kirchenmaus dem Kirchendiener doch entkam.

FRÜHLING HINTER BAD NAUHEIM

Zwei Eier, ein Brötchen, ein Hut und ein Hund –.
Am Himmel die weiße Watte,
Die ausgezupft
Den Himmel ohne Hintergrund
So ungebildet übertupft,
Erzählt mir, was ich hatte.

Erzählt mir, was ich war.
Ich hatte, was ich habe.
Aber was weiß ich, was ich bin?!
Genau so dumm und vierzig Jahr?

Ich fliege, ein krächzender Rabe,
Über mich selber hin.

Ich bin zum Glück nicht sehr gesund
Und – Gott sei Dank –
Auch nicht sehr krank.

Der Wind entführt mir meinen Hund.
Die Eier, der Kognak, das Brötchen
Schmecken heute besonders gut:
Und siehe da: mein alter Hut
Macht Männchen und gibt Pfötchen.

DIE BRÜDER

Der Weekend traf den Weekbeginn:
»Guten Morgen!«
»Guten Abend!«
Sie mochten sich anfangs nicht leiden,
Und immer hatte von beiden
Der eine ein unrasiertes Kinn.

Trotz dieser trennenden Kleinigkeit
Lernten sie doch dann sich leiden
Und gingen klug und bescheiden
Abwechselnd durch die Zeit,

Und gaben einander Kraft und Mut.
Und schließlich waren die beiden
Nicht mehr zu unterscheiden.
Und so ist das gut.

JERUSALEM

(An ein Dienstmädchen in Straßburg i. d. Uckermark)

Mein Gold, was sagst denn du dazu,
Daß mich ein Flieger nach Jeru-
Salem hat mitgenommen?
Man ißt hier gut und trinkt sehr viel,
Und zweimal bin ich schon am Nil
Im Delta rumgeschwommen.

Die Stadt hat sehr viel Ähnlichkeit
Und urantike Hallen.
Jedoch man wird von Zeit zu Zeit
Von Räubern angefallen.

Die Leute hier sind ziemlich braun
Und heißen Zionisten;
Inwendig aber sind die Fraun
Genau wie bei uns Christen.

Ich habe zehn Moscheen gesehn
Und sprach mit Beduinen.
Ihr Türkisch konnt' ich nicht verstehn,
Wohl aber ihre Mienen.

Am Sonntag kam auf einem Gnu
Der Sultan aus der Wüste,
Und als ich keck ihn mit »Jeru-
Salem Aleikum!« grüßte,

Da lud er mich in sein Palais
Und ließ mich dort entkleiden
Und schenkte mir sein Portemonnaie
Und wollte mich beschneiden.

Ich aber schlich mich leise fort
Und floh im weiten Bogen. –
Mein liebes Gold, auf Ehrenwort:
Ich hab' noch nie gelogen.

AUGSBURG

Ich bin da im Weißen Lamm
Abgestiegen.
Leider ließ ich im Zug deinen schönen, neuen Schwamm
Liegen.
Mir bleibt nichts verschont.
Hier hat auch Goethe gewohnt –
Wollte sagen »erspart«. –

Augsburg hat doch seine Art;
Besonders wenn Markt ist, und Zwiebeln, verhutzelte Weiblein
Und Butter und Gänse auf steinaltem Pflaster sich tummeln.

Dort, wo früher Hasen- und Hundemarkt war,
Schreib ich diesen Brief. Eine wunderliche
Ganz enge Kneipe – Marktleute – Kupferstiche –
Nur Schnäpse –

Verzeih, mir ist nicht ganz klar,
Aber sonderbar.
Schade nur um den herrlichen Schwamm!
Die ihn finden, die freun sich.

Auf der Reise nach Italien 1790.
Es lebe Goethe! Das Lamm! Und der Schwamm!
Ach was! Schwamm drüber! Punktum Streusand!
Prosit: es lebe Neuseeland.

MÜNCHEN

(An die Schwiegereltern)

München, bei der echten Frau zu Hause.
Endlich also wieder einmal Ruhepause.
Meine Stübchen, Küche, Bad, Salon,
Meinen Schreibtisch! Meine Blumenwiese
Auf der Brüstung vom Balkon!
Wie ich das genieße!
Ohne jemanden zu bitten oder stören.
Ha!: Ich dürfte ruhig mit Behagen
– weil sie mir gehören –
All die schönen Bilder an der Wand zerschlagen.
Doch ich tu's nicht. Denn wir nießen die
Und das alles ge zu zweit,
Kindlich glückliche und fromme Zeit!
Schöner war es nirgends, wird es nie.
Und wir kochen, spielen Schach und lesen,
Plaudern: wie die Zwischenzeit gewesen,
Ordnen, albern, täubeln. Bis es klingelt. Dann
Sind wir mäuschenstill.
Weil ich all die Leute von X Jahren
Vieler Städte, die mal gütig zu mir waren
Aber alle mal nach München fahren,
Nicht empfangen – oder doch nicht nach Gebühr behandeln
kann.

MÜNCHEN

Nach einer Herrenstammtischnacht
(Versehentlich an die Steuerbehörde gesandt)

Die Amseln flöten am Stachus.
Am Sendlingertorplatz nach Schwabinger Nacht
Schimpfen Caprivi und Bacchus
Auf eines Wasserspringbrunnens Pracht.
Jemand, der seinen Doktor gemacht
Hat, fühlt sich als ein Riese
Und brüllt als wie am Spieße. –
Auf der Oktoberwiese:
Die Bavaria: – lacht.
Vor Mittag wünschen zweie
Sich »Angenehme Ruh!«
Der dritte Chargierte Immerzu
Feiert noch Bannerweihe.
Im Donisl blühn die Weißwürste.
Im Schlachthof brüllt anderthalb Kalb.
Und reaktionäre Dürste
Erheben sich allenthalb...
Die Frauentürme verwechseln
Sich selber. Von unten her
Kurzwichsig mit Jodeln und Sächseln
Hebt sich der Fremdenverkehr.
Da lassen sich aus Venedig
Die Tauben und Witwen und Ehefraun
Am Theatiner rundum beschaun
Und trippeln, als seien sie ledig.
Und weil ich mich eben so freue,
Mal ohne Frau, auf verbotenem Weg,
Drum preis' ich die alte und neue
Pinako – Pinako – – kothek.

NOCHMALS HANNOVER

Es ist mir in Hannover aufgefallen,
Daß, – – – (die Frauen dort sind groß
Und haben einen Schoß
Und jede einen andersartigen
Und manche einen goldig blond behaartigen).

Die Oper – – – (ja, und diesen Frauen sieht
Man deutlich an: sie möchten alle hier
Wie du mit ihnen, so auch sie mit dir –
Doch nichts geschieht).

Gewiß geschieht im Grunde mancherlei.
Das Jammerhäuschen Rote Reihe zwei
Hab' ich betrachtet.

Ein Hürchen, das ich ansprach, hatte bei
Dem Massenmörder einmal übernachtet.

Jedoch um nochmals auf die Fraun zu kommen:
Kläräugig, blond mit zarter, heller Haut.
Und Stück für Stück denkst du dir gleich als Braut.
Ich habe eine in die Rote Mühle –
Nein, sie hat mich natürlich – mitgenommen,
So eine typisch hochgebeinte Kühle.
Ach!

Kunst in Hannover – (es liegt an der Leine;
Das Lied hat recht: sie haben dicke Beine,
Doch wie ihr Gang, ihr Busen, alles sauber,

Nordisch gesund und ehrlich rund geschliffen).
Wenn nicht die Kestnerschen beherzt dazwischengegriffen,
Es stünde schlimm um Kunst und solchen Zauber.

Ich bringe dir ein Bild, das stimmt dich froh,
Von Groß geschnitzt. Es lautet ungefähr
»Indianerjagd auf einen wilden Bär«.
Groß ist ein kleiner Liliput-Rousseau,
Ist ein hannoveranisches Unikum.

Und ich bin dumm,
Weil ich von dieser Stadt so Sichres sage,
Und ist doch jede Stadt fast unergründlich.
Und in Hannover war ich nur drei Tage.
Betreffs der Frauen Näheres noch mündlich.

AUSFLUG NACH TIROL

Kann man das Jodeln wohl
In meinem Alter lernen?
Nie war, wie in Tirol,
Ich derart nah den Sternen.

Ich sah vom Stripsenjoch
Drüben an steiler Wand
Leute aufs Totenkirchl kraxeln,
Wahrscheinlich Sachseln
Aus Hosenträgerland.
Aber kühn und schön war es doch.

Was ich um Hochwürden dann
Später in Sankt Johann
Sang, lebte und sprach in der »Post«,
Schmeckte wie Herz am Rost
Nach ausgegangener Hochtouristenkost.

Alm und Kuhstall, fette Weiden,
Bärenwirt und Sennerin –
Wo ich durchgegangen bin,
Schien mir alles zum Beneiden.
Nur die Wandervögel, die
Einem jede Poesie
Und den Appetit verleiden,
Mocht ich meiden.

Alle Tiroler sind
Keine Amerikaner.
Wäre ich eine Mutter mit Kind,
Ich nährte mein Kind mit Terlaner.

Im Kursalon in Kitzbühel
Da ist des Nachts der Sekt so kühel.
Ich muß die Gäste loben,
Die zur Musik dort oben
So vornehm tanzen und schweigen,
Um ja nicht mehr zu zeigen
Als ihre hochmodernen Garderoben.

Ich möchte ein wilder Gebirgsbach sein,
Klar, schäumend, rauschend und blinkend,
Unhaltsam kämpfend von Stein zu Stein
Mich an mir selber betrinkend.

Daß ich mein Kragenknöpfchen verlor,
Kommt schließlich auch einmal anderwärts vor.
Du, mein einziges Tirol,
Lebe wohl! Lebe wohl!

ÜBRALLDASS A. D. ELBE

Überalldaß hat ein Publikum,
Das blickt so dumm, so gottlos dumm,
Daß man es prügeln müßte,
Wenn man nicht sicher wüßte,
Daß es ja selbst nicht weiß, warum.

Sein Horizont befindet
Sich in dem Mittelpunkt der Stadt.
Die Leute dort verbindet
Das Fehlende, das jeder hat.

Sie sehnen nie, sie beten nie.
Sie wissen, daß sie besser sind.
Die Luft ist dort gefroren.
Und keiner – scheints – macht dort Pipi.
Sie rümpfen, wenn man sagt: Ein Kind
Würde gezeugt, geboren.

Sie schlafen, wenn sie wachen,
Leben vielleicht auch umgekehrt.
Sie kauen, wenn sie lachen.
Und dort wird gottlos viel verzehrt.
Sie sind nur Gaumen und Popo.
Zwar ist nicht jedermann dort so,
Ein paar sind ausgenommen;
Zwei sind sogar verehrungswert.

Soll einer von dort kommen,
Der über mich sich nun beschwert.

ANTWORT AN EINEN KOLLEGEN

Ob du Artist, ob du Franz Liszt,
Ein Christ, ein Mist, ein sonst was bist, –
Bezweifle es. Und dir zum Heil
Bezweifle auch das Gegenteil.

Was dir die Ideale nimmt,
Der Satz: daß nichts, was zutrifft, trifft,
(Ein Satz, der darum selbst nicht stimmt)
Ist nur für Überlegene Gift.

Doch hüte dich, an diesen Satz
Zu glauben, gar ihn zu betonen.
Freu dich an Hatz und Schmatz und Spatz,
An Unzucht oder Kaffeebohnen.

Doch sollte etwas in dir wohnen,
Bewirkend, daß du mich verstehst
Und lachst und dankbar weitergehst
Und dennoch etwas Bessres weißt,
Dann glaub ich, daß du richtig reist.

ALLERDINGS

1928

Ginster gewidmet.

Ernst Rowohlt Verlag, Berlin 1928.

ICH HABE DICH SO LIEB

Ich habe dich so lieb!
Ich würde dir ohne Bedenken
Eine Kachel aus meinem Ofen
Schenken.

Ich habe dir nichts getan.
Nun ist mir traurig zu Mut.
An den Hängen der Eisenbahn
Leuchtet der Ginster so gut.

Vorbei – verjährt –
Doch nimmer vergessen.
Ich reise.
Alles, was lange währt,
Ist leise.

Die Zeit entstellt
Alle Lebewesen.
Ein Hund bellt.
Er kann nicht lesen.
Er kann nicht schreiben.
Wir können nicht bleiben.

Ich lache.
Die Löcher sind die Hauptsache
An einem Sieb.

Ich habe dich so lieb.

ALTE WINKELMAUER

Alte Mauer, die ich oft benässe,
Weil's dort dunkel ist.
Himmlisches Gefunkel ist
In deiner Blässe.

Pilz und Feuchtigkeiten
Und der Wetterschliff der Zeiten
Gaben deiner Haut
Wogende Gesichter,
Die nur ein Dichter
Oder ein Künstler
Oder Nureiner schaut.

»Können wir uns wehren?«
Fragt's aus dir mild.
Ach, kein Buch, kein Bild
Wird mich so belehren.

Was ich an dir schaute,
Etwas davon blieb
Immer. Nie vertraute
Mauer, dich hab' ich lieb.

Weil du gar nicht predigst.
Weil du nichts erledigst.
Weil du gar nicht willst sein.
Weil mir deine Flecken
Ahnungen erwecken.
Du, eines Schattens Schein.

Nichts davon wissen
Die, die sonst hier pissen,
Doch mir winkt es: Komm!
Seit ich dich gefunden,
Macht mich für Sekunden
Meine Notdurft an dir fromm.

NACH DEM GEWITTER

Der Blitz hat mich getroffen.
Mein stählerner, linker Manschettenknopf
Ist weggeschmolzen, und in meinem Kopf
Summt es, als wäre ich besoffen.

Der Doktor Berninger äußerte sich
Darüber sehr ungezogen:
Das mit dem Summen wär' typisch für mich,
Das mit dem Blitz wär' erlogen.

ALTER MANN SPRICHT JUNGES MÄDCHEN AN

Guten Tag! – Wie du dich bemühst,
Keine Antwort auszusprechen.
»Guten Tag« in die Luft gegrüßt,
Ist das wohl ein Sittlichkeitsverbrechen?

Jage mich nicht fort.
Ich will dich nicht verjagen.
Nun werde ich jedes weitere Wort
Zu meinem Spazierstock sagen:

Sprich mich nicht an und sieh mich nicht,
Du Schlankes.
Ich hatte auch einmal ein so blankes,
Junges Gesicht.

Wie viele hatten,
Was du noch hast.
Schenke mir nur deinen Schatten
Für eine kurze Rast.

RITTER SOCKENBURG

Wie du zärtlich deine Wäsche in den Wind
Hängst, liebes Kind
Vis à vis,
Diesen Anblick zu genießen,
Geh ich, welken Efeu zu begießen.
Aber mich bemerkst du nie.

Deine vogelfernen, wundergroßen
Kinderaugen, ach erkennen sie
Meiner Sehnsucht süße Phantasie,
Jetzt ein Wind zu sein in deinen Hosen –?

Kein Gesang, kein Pfeifen kann dich locken.
Und die Sehnsucht läßt mir keine Ruh.
Ha! Ich hänge Wäsche auf, wie du!
Was ich finde. Socken, Herrensocken;
Alles andre hat die Waschanstalt.
Socken, hohle Junggesellenfüße
Wedeln dir im Winde wunde Grüße.
Es ist kalt auf dem Balkon, sehr kalt.

Und die Mädchenhöschen wurden trocken,
Mit dem Winter kam die Faschingszeit.
Aber drüben, am Balkon, verschneit,
Eisverhärtet, hingen hundert Socken.

Ihr Besitzer lebte fern im Norden
Und war homosexuell geworden.

UMWEG

Ging ein Herz durchs Hirn Güte suchen,
Fand sie nicht, doch hörte da durchs Ohr
Zwei Matrosen landbegeistert fluchen,
Und das kam ihm so recht rührend vor.

Ist das Herz dann durch die Nase krochen.
Eine Rose hat das Herz gestochen,
Hat das Herz verkannt.
In der Luft hat was wie angebrannt
Schlecht gerochen.

Und das Wasser schmeckte nach Verrat.
Leise schlich das Herz zurück,
Schlich sich durch die Hand zur Tat,
Hämmerte.
Und da dämmerte
Ihm das Glück.

SCHENKEN

Schenke groß oder klein,
Aber immer gediegen.
Wenn die Bedachten
Die Gaben wiegen,
Sei dein Gewissen rein.

Schenke herzlich und frei.
Schenke dabei
Was in dir wohnt
An Meinung, Geschmack und Humor,
So daß die eigene Freude zuvor
Dich reichlich belohnt.

Schenke mit Geist ohne List.
Sei eingedenk,
Daß dein Geschenk
Du selber bist.

DER WILDE MANN VON FELDAFING

Er schien zum Kriegsmann geboren.
Er trug nach allen Seiten hin Bart.
Selbst seine Beine waren behaart
Und steckten in Stiefeln mit Sporen.
Und trutzig über der Schulter hing
Ihm ein gewichtig Gewehr.
Mit gerunzelter Stirne ging
Er auf dem Bahnhof von Feldafing
Hin und her.
Und stehend, stolz und schulterbreit
Fuhr er dann zwei Stationen weit.
Die Kinder bestaunten ihn sehr.
Doch ehe noch ein Tag verging,
Schritt er schon wieder durch Feldafing
Mit einem Rucksack schwer.
Doch weil es so stark regnete,
Daß niemand ihm begegnete,
Ärgerte er sich sehr.
Als er durch seinen Garten schritt,
Sang dort ein Vögelchen Kiwitt,
Da griff er zum Gewehr:
Puff!!!

Ein kurzes Röchelchen –
Ein kleines Löchelchen –
Dann eine Katze – und etwas später:
Ein kleines Knöchelchen
Und eine Feder. –

Der wilde Mann von Feldafing.

MARSCHIERENDE KRIEGER

Vor mir her schritt Infanterie,
Eine ganze Kompanie
Kräftiger Soldaten.
Stramm im Takte traten
Sie den Sand,
Schritten achtlos über einen
Kleinen Käfer, den ich fand.

Ich blieb stehen,
Um ihn zu besehen,
Und weil's hinter jenem Militär
Stark nach Schweiß und Leder roch.
Da: – Der Käfer kroch
Plötzlich fort, als ob er lebend wär.
Doch ich konstatierte noch:
Nur zwei Steinchen an zwei Seiten retteten –
Gleichsam wie als Felsenwände – diesen –
Gleichsam zwischen ihnen eingebetteten –
Käfer vorm Zertrampeltwerden durch die Riesen.

Große Riesen – kleine Tiere –
Und ich lief, die Wandersohlen,
Die so stanken, einzuholen,
Weil ich gar zu gern im Takt marschiere.

Und ich hustete und spuckte
Staub und mußte viermal niesen.
Und ich schluckte. Und ich duckte
Mich vor Felsenwänden und vor Riesen.

BLINDSCHL

Ich hatte einmal eine Liebschaft mit
Einer Blindschleiche angefangen;
Wir sind ein Stück Leben zusammen gegangen
Im ungleichen Schritt und Tritt.

Die Sache war ziemlich sentimental.
In einem feudalen Thüringer Tal
Fand ich – nein glaubte zu finden – einmal
Den ledernen Handgriff einer
Damenhandtasche. Es war aber keiner.

Ich nannte sie »Blindschl«. Sie nannte mich
Nach wenigen Tagen schon »Eicherich«
Und dann, denn sie war sehr gelehrig,
Verständlicher abgekürzt »Erich«.

Allmittags haben gemeinsam wir
Am gleichen Tische gegessen,
Sie Regenwürmer mit zwei Tropfen Bier,
Ich totere Delikatessen.

Sie opferte mir ihren zierlichen Schwanz.
Ich lehrte sie überwinden
Und Knoten schlagen und Spitzentanz,
Schluckdegen und Selbstbinder binden.

Sie war so appetitlich und nett.
Sie schlief Nacht über in meinem Bett
Als wie ein kühlender Schmuckreif am Hals,
Metallisch und doch so schön weichlich.
Und wenn ihr wirklich was schlimmstenfalls
Passierte, so war es nie reichlich.

Kein Sexuelles und keine Dressur.
Ich war ihr ein Freund und ein Lehrer,
Was keiner von meinen Bekannten erfuhr;
Wer mich besuchte, der sah sie nur
Auf meinem Schreibtisch steif neben der Uhr
Als bronzenen Briefbeschwerer.

Und Jahre vergingen. Dann schlief ich einmal
Mit Blindschl und träumte im Betti
(Jetzt werde ich wieder sentimental)
Gerade, ich äße Spaghetti.

Da kam es, daß irgendwas aus mir pfiff.
Mag sein, daß es fürchterlich krachte.
Fest steht, daß Blindschl erwachte
Und – sie, die sonst niemals nachts muckte –
Wild züngelte, daß ich nach ihr griff
Und sie, noch träumend, verschluckte.

Es gleich zu sagen: Sie ging nicht tot.
Sie ist mir wieder entwichen,
Ist in die Wälder geschlichen
Und sucht dort einsam ihr tägliches Brot.

Vorbei! Es wäre – ich bin doch nicht blind –
Vergebens, ihr nachzuschleichen.
Weil ihre Wege zu dunkel sind.
Weil wir einander nicht gleichen.

SCHLUMMERLIED

Will du auf Töpfchen?
Fühlst du ein Dürstchen?
Oder ein Würstchen?

Senke dein Köpfchen.

Draußen die schwarze, kalte
Nacht ist böse und fremd.
Deine Hände falte.
Der liebe Gott küßt dein Hemd.

Gute Ruh!
Ich bin da,
Deine Mutter, Mama;
Müde wie du.

Nichts mehr sagen –
Nicht fragen –
Nichts wissen –
Augen zu.
Horch in dein Kissen:
Es atmet wie du.

ANGSTGEBET IN WOHNUNGSNOT

(1923)

Ach, lieber Gott, gib, daß sie nicht
Uns aus der Wohnung jagen.
Was soll ich ihr denn noch sagen –
Meiner Frau – in ihr verheultes Gesicht!?

Ich ringe meine Hände.
Weil ich keinen Ausweg fände,
Wenn's eines Tags so wirklich wär:
Bett, Kleider, Bücher, mein Sekretär, –
Daß das auf der Straße stände.

Sollt ich's versetzen, verkaufen?
Ist all doch nötigstes Gerät.
Wir würden, einmal, die Not versaufen,
Und dann: wer weiß, was ich tät.

Ich hänge so an dem Bilde,
Das noch von meiner Großmama stammt.
Gott, gieße doch etwas Milde
Über das steinerne Wohnungsamt.

Wie meine Frau die Nacht durchweint,
Das barmt durch all meine Träume.
Gott, laß uns die lieben zwei Räume
Mit der Sonne, die vormittags hinein scheint.

ANTWORT AUF EINEN BRIEF DES MALERS OSKAR COESTER

Ein Wort auf das, was du gesprochen.
Stütz guten Kopf in gute Hand
Und laß dein Herz ans Weinglas pochen:

Heimat ist kein begrenztes Land.
Auch wo man Muttersprache spricht,
Ist Heimat nicht.

Mich deucht, es will auch nichts besagen,
Ob einer seine Heimat kennt.
Denn Lüge ist, was auf Befragen
Das Heimweh uns als Heimat nennt.

Ein schmutzig Loch kann rührend sich verkneifen,
Und höchste Würde kann zur Blase reifen.

Stich fest in das Humorische!

Heimat? Wir alle finden keine,
Oder – und allerhöchstens – eine
Improvisatorische.
Es kommt auch gar nicht darauf an. – –

Ich danke dir für den Vergleich
Mit einem braven Reitersmann.
Man tue möglichst, was man kann.

Coester, du bist von Gott aus reich.
Schäum aus, was du zu schenken hast;
Das Letzte wäre dir noch Last.
Und warte frech, doch fromm auf Leiden.

Denn du wächst neben dem Jahrhundert.
Du bist der größre von uns beiden.
Ich habe dich so oft bewundert. –
Wie kläglich ist es zu beneiden. –

Du wurdest leider mir von fern
Noch lieber, als du warst im Nahen.
Nun, da wir lange uns nicht sahen,
Bild ich mir ein: Du hast mich gern.
Ach bitte komme bald zurück
Mit offnem, unverwitzeltem Vertraun.

Ich wünsche dir fürs neue Jahr viel Glück,
Eine Frau (zur Hochzeit mich einladend)
Und andre große Nebenfraun
Und was du sonstens wichtig brauchst.
Daß du nie anders, als wie badend,
Auch für Minuten nur untertauchst.

MENSCH UND TIER

Wenn ich die Gesichter rings studiere,
Frage ich mich oft verzagt:
Wieviel Menschen gibt's und wieviel Tiere? –
Und dann hab' ich – unter uns gesagt –
Äußerst dumm gefragt.

Denn die Frage intressiert doch bloß
Länderweis statistische Büros,
Und auch diese würden sich sehr quälen,
Um zum Beispiel Läuse nachzuzählen.

Dummer Mensch spricht oft vom dummen Vieh,
Doch zum Glück versteht das Vieh ihn nie.
In dem neuen Korridor von Polen
Gaben sich zwei Pferde einen Kuß,
Und die Folge war ein dünnes Fohlen,
Welches stundenlang
Immer anders, als man dachte, sprang.

Wenn es auch in Polen
Sehr viel Läuse gibt, – –
Aber wer ein solches Fohlen
Sieht und dann nicht liebt,
Bleibe mir gestohlen.

SEEPFERDCHEN

Als ich noch ein Seepferdchen war,
Im vorigen Leben,
Wie war das wonnig, wunderbar
Unter Wasser zu schweben.
In den träumenden Fluten
Wogte, wie Güte, das Haar
Der zierlichsten aller Seestuten,
Die meine Geliebte war.
Wir senkten uns still oder stiegen,
Tanzten harmonisch um einand,
Ohne Arm, ohne Bein, ohne Hand,
Wie Wolken sich in Wolken wiegen.
Sie spielte manchmal graziöses Entfliehn,
Auf daß ich ihr folge, sie hasche,
Und legte mir einmal im Ansichziehn
Eierchen in die Tasche.
Sie blickte traurig und stellte sich froh,
Schnappte nach einem Wasserfloh,
Und ringelte sich
An einem Stengelchen fest und sprach so:
Ich liebe dich!
Du wieherst nicht, du äpfelst nicht,
Du trägst ein farbloses Panzerkleid
Und hast ein bekümmertes altes Gesicht,
Als wüßtest du um kommendes Leid.
Seestütchen! Schnörkelchen! Ringelnaß!
Wann war wohl das?
Und wer bedauert wohl später meine restlichen Knochen?
Es ist beinahe so, daß ich weine –
Lollo hat das vertrocknete, kleine
Schmerzverkrümmte Seepferd zerbrochen.

HILFLOSE TIERE

Wenn ein Hund kotzt, soll man keinen Augenblick
Ihn dann stören,
Soll man auf ihn hören.
Töne sind Bruchstücke von Musik.

Ob geräuschvoll oder leise,
Massig oder klein bei klein –
Kann es doch die schönste Speise,
Kann es beispielsweise
Hammelkeule in Madeira sein.

Auch das Dichten ist ein Vonsichgeben.
Eisen bricht. Und alles geht vorbei,
Auch die Wolke und das Leben.
Und ein einz'ger Koch verdirbt den ganzen Brei.

Mag sich also keiner überheben,
Der auf Menschtum und Gesundheit protzt.

Wenn ein Hündchen kotzt –
Öffentlich genau so wie zu Hause –
Sollst du mit ihm leiden,
Maulkorb ihm durchschneiden;
Denn sonst wirkt der Korb wie eine Brause.

Will das Rührende dir häßlich scheinen,
Denke: Großes spiegelt sich im Kleinen.

Wirst dich doch der eignen Übelkeit
Niemals schämen.
Gönne Tieren wenigstens die Zeit,
Widerwärtiges zurückzunehmen.

Oder laß das ruhig liegen. Weil
Roheit niemals Glück bringt oder Segen.
Jeder soll vor seiner Türe fegen.
Und die Stiefelsohle ist kein Körperteil.

BALLADE

Tief im Innersten von Sachsen
Überfielen eines Abends zwei
Halbwüchsige Knorpel von Schweinshaxen
Eine Bulldogge aus der Walachei.

Sie umzingelten den alten Hund.
Hinterlistig wollten sie das matte
Tier, das keine Zähne mehr im Mund
Und auch keine Haare darauf hatte,

An den Augen treffen, hinterher
Ihm die Zunge schlitzen und durch Zwicken
Seinen Gaumen reizen und noch mehr,
Um zuletzt ihn plötzlich zu ersticken.

Wollten so. Jedoch es kam nicht so.
Denn die Dogge, ohne sich zu wehren,
Zog den Schwanz ein, heulte laut und floh
Und begann sofort sich zu vermehren.

Und die neuen jungen Hunde knurrten
Schon am selben Tag, als man sie warf,
Hatten spitze Zähne, und sie wurden
Ganz speziell auf Haxenknochen scharf.

Und die Enkelhunde bissen später
Jede Haxe ohne Unterschied.
Und so rächt die Sünde sich der Väter
Bis ins tausendste und letzte Glied.

MEDITATION

Wolleball hieß ein kleiner Hund,
Über den ein jeder lachte,
Weil er keine Beine hatte und
So viel süße Schweinereien machte.

Warum ist man überall geniert?
Warum darf man nicht die Wahrheit sagen?
Warum reden Menschen so geziert,
Wenn sie ein Bein übers andre schlagen?

Um dies überschätzte *homo sum*
Werd' ich täglich wirrer und bezechter.
Ach, die Schlechtigkeit ist gar zu dumm,
Doch die Dummheit ist noch zehnmal schlechter.

Hat der Wolleball von seinem Herrn
Nichts gewußt, nur Launen mitempfunden,
Hatte der ihn andrerseits sehr gern
Und verstand im Grunde nichts von Hunden.

Er ist tot, auf den ich solches dichte.
Mir ist Wurscht, wo sein Gebein jetzt ruht.
Aber die Pointe der Geschichte
Muß ich sagen: er war herzensgut.

Und sein Wolleball war gut. Er grollte
Nie. Ein einzig Mal nur biß
Er nach mir, als ich verhindern wollte,
Daß er wieder in die Hausschuh schiß.

ZEHN MARK, MY DEAR

Heusinger war heute bei mir.
Ob ich morgen mit zum Rennen käme,
Weil doch wieder mal sein Pferd My Dear
An dem Derby teilnehme.

Das dumme Tier My Dear
Ist noch gar nicht hier.
Aber es kommt vielleicht,
Abgeschickt ist es;
Hat aber noch nie ein Ziel erreicht.

Den ganzen Tag frißt es.

Selten steht es.
Meistens liegt es.
Ganz langsam geht es,
Es sei denn: man schiebt es,
Oder wenn es Hafer sieht, dann fliegt es.
Niemals aber, niemals siegt es.
So ein Pferd! Und so was gibt es!
Heusinger natürlich liebt es.

X-Beine hat's
Und sieht aus wie ungeboren.
Fünf Mark Sieg und fünf Mark Platz
Hab' ich Rindvieh an dem Roß verloren.

Niemals wieder werde
Ich bei einem Rennen
Wetten, ohne Pferde
Vorher ganz genau zu kennen.

Stelle dir doch einmal vor:
Zehn Mark Leberkäse! Zehn Mark Bier!
Oder sonstwas, was ich an My Dear
Sozusagen Knall und Fall verlor.

Nein, man soll nicht aufs Geratewohl riskieren.
Dann schon lieber in der Lotterie
Was gewinnen, als um solch ein Vieh
Auf betrügerische Art sein Geld verlieren.

TIERSCHUTZ-WORTE

Seien Sie nett zu den Pferden!
Die Freiheit ist so ein köstliches Gut.
Wie weh Gefangenschaft tut,
Merken wir erst, wenn wir eingesperrt werden.

Seien Sie lieb zu den Hunden!
Auch zu den scheinbar bösesten.
Kein Mensch kann in Ihren schlimmen Stunden
Sie so, wie ein Hund es kann, trösten.

Gehen Sie bei der Wanze
Aufs Ganze.
Doch lassen Sie krabbeln, bohren und graben
Getier, das Ihnen gar nichts entstellt.

Alle Tiere haben
Augen aus einer uns unbekannten Welt.

Kochen Sie die Forelle nicht
Vom Kaltwasser an lebendig!

Auch jeder Gegenstand hat sein Gesicht,
Außen wie inwendig.
Und nichts bleibt vergessen.

Die Ewigkeit, die Unendlichkeit
Hat noch kein Mensch ausgemessen,
Aber der Weg dorthin ist nicht weit.

Suchen Sie jedwede Kreatur
In ihr selbst zu begreifen.
Jedes Tier gehorcht seinem Herrn.

Sich selber nur
Dürfen Sie – und sollen es gern –
Grausam dressieren (die Eier schleifen).

MALER UND TIERFREUND

Ich hatte eine Landschaft in Öl gemalt,
Und sie gefiel mir sehr:
Ein blauer Himmel, aus dem die Sonne wie Wonne strahlt,
Und darunter weites, ruhiges, grünes Meer.
»Einsame Sehnsucht.«

Danach fuhr ich irgendwo hin,
Um einen kleinen Affen zu erwerben,
Weil ich ein Tierfreund bin.
Aber was einem die Tiere nicht alles verderben.

Wieder zu Haus, stieß ich aus einen Schrei,
Denn mein Bild war verhext.
Erstens hatte mein Papagei
Etwas Groteskes ins Meer gekleckst,
Und das geradezu künstlerisch kühn.
Aber das Wasser selber war abgeleckt
Von meinem Wolfshund. Der lag vom Schweinfurter Grün
Vergiftet am Boden, verreckt.

In den Himmel hatte sich eine Fliege geklebt,
Und zwar mit dem Rücken.
Die strampelte, wie man, wenn man Großes erlebt,
Mit den Beinen strampelt vor lauter Entzücken.

Und offenbar nicht minder beglückt
In ihrer Nähe
Hing auch mein Laubfrosch ans Bild angedrückt
Und tat so, als ob er die Fliege nicht sähe.

Da wollte mein Affe mit lautem Geschrei – – –
Doch ich band ihn fest. Und lächelte dann.
Wie gut, daß man bei der Ölmalerei
Alles noch übermalen kann.

Mit Phantasie das Gegebne fixiert –
Genie und Farbe und Lichter dick aufgetragen –
Schwarz, Weiß, Rot, Ocker mutig darübergeschmiert – – –
Ein schönes Bild, muß ich selber sagen,
»Mein Selbstporträt«.

AMARYLLIS

Das Atelier ist heiß.
Draußen, drunten die andere Welt
Klopft ihre Teppiche, schreit und bellt.
Der Maler, der das wußte, er weiß
Es jetzt nicht mehr. Die Zeit steht still.
Der Pinsel zecht, läuft, zecht, läuft schnell
Und weiter, als er darf und will.
Reglos im Stuhle das schöne Modell
Träumt von sich selber, von Amaryll.

AUSFLUG

Es wehten Sommerkleider. Enten schnabelten.
Es knirschten kleine Steine,
Und meine Blicke wippten über Beine
Von Mädchen, die Mist gabelten.

Ein weidgerechter Jäger kam daher,
Der sein Gewehr
An einem Fels zerschlug
Und sprach: »Genug!«

Scheu dumme – heißt nach unsrer Weltanschauung –
Scheu dumme Hühner flüchteten nervös,
Und eine himmlische Erbauung
Kam über mich. Ich war niemandem bös.

Im Achtzigkilometertempo prickelten
Uns Phantasien über Tod und Glück,
Und in dem Staub, den wir dabei entwickelten,
Blieb rein Geschautes jämmerlich zurück.

Wie ich mich fremd in viel Intimes dachte,
So schnell vorbei, war's keine Sünd.
Zerzaust, beglückt, weil mir die Landschaft lachte
Zur Autofahrt Stuttgart nach Schwäbisch-Gmünd.

LANDFLUCHT

Fort vom Lande, aus dem engen
Städtchen in die Großstadt flieht der Geist,
Wo im Kampf der Mengen
Er zerreißt.
Dort, wo Puls und Uhr
Schneller ticken,
Wird er sich zusammenflicken,
Wenn er's erst versteht,
Daß die unbezwingliche Natur
Auch auf Radiowellen, Schienenspur
Und Propellerschwingen weitergeht.

Wenn ihm das gelingt,
Wenn er nicht darüber ganz verkommt,
Wenn ihm die Erkenntnis frommt,
Daß die Nachtigall genau so singt
Wie ein Spatz
Am Alexanderplatz, – – –
Ja, dann wird ihn wohl von Zeit zu Zeit
Eine Sehnsucht wieder landwärts tragen
In die Enge, in die Einsamkeit. – –
Bis die simplen, friedlichen, gesunden
Bauern ihn nach Tagen
Oder Stunden
Wiederum verjagen;
In die große Stadt zurück.
Und dort wird er sagen:
Nur im Ruhelosen ruht das Glück.

OSTERN

Wenn die Schokolade keimt,
Wenn nach langem Druck bei Dichterlingen
»Glockenklingen« sich auf »Lenzesschwingen«
Endlich reimt,
Und der Osterhase hinten auch schon preßt,
Dann kommt bald das Osterfest.

Und wenn wirklich dann mit Glockenklingen
Ostern naht auf Lenzesschwingen, – – –
Dann mit jenen Dichterlingen
Und mit deren jugendlichen Bräuten
Draußen schwelgen mit berauschten Händen – – –
Ach, das denk ich mir entsetzlich,
Außerdem – – unter Umständen –
Ungesetzlich.

Aber morgens auf dem Frühstückstische
Fünf, sechs, sieben flaumweich gelbe, frische
Eier. Und dann ganz hineingekniet!
Ha! Da spürt man, wie die Frühlingswärme
Durch geheime Gänge und Gedärme
In die Zukunft zieht,
Und wie dankbar wir für solchen Segen
Sein müssen.

Ach, ich könnte alle Hennen küssen,
Die so langgezogene Kugeln legen.

MISSRATENEN KINDES LIED

Ich weiß im Lande Leute verstreut,
Die saufen sich wissend zu Tode;
(Saufen sich, hungern sich, härmen – ganz gleich!
Sind alle, die ich meine, nicht reich.)

Mein Vater sagte: »Die Leute von heut,
Die haben so unsinnige Mode.«
Ich antwortete: »Ja die Leute – heut – Leut –«

»Ansehnlich unauffällig gemein«
Das scheint mir das Ziel der Mode zu sein.

Ich bin von die Leute von heute
Ein Antipode der Mode.
Ich bin meines Vaters mißratenes Kind.
Gestern starb er. Und heute
Weiß ich, daß viele von uns zu Tode
Sich quälen und trotzen, die ebenso sind
Wie Vater, Urahne, Großmutter und Kind. –

Da pfeift sich was wie Seemannswind:
Sauf zu! Hihi! Sauf zu! Hihi!
Ich habe keine Sorgen;
Höchstens vielleicht die eine, die
Um die Leute von morgen.

BORDELL

1.

Ich sag' es ja, Mutter: Du hast für dich recht,
Diese Weiber sind durch und durch schlecht
Und gänzlich verseucht und völlig verkommen.
Du hast das von deinen lieben
Eltern und aus Büchern entnommen,
Darin die Wahrheit umschrieben
Ist, weil man sie richtig und scharf
Nicht leicht einsehen kann, noch sie drucken darf.

2.

Du tu nur nicht so, guter Vater! Ich weiß
Aus Briefen und sonsther sowas über viele
Nächte und seltsame Gruppenspiele.
Und tausend pro Mädel war damals ein Preis!
Ich bin doch kein Kind mehr. Ich meine auch nur:
Zehntausend Mark sind schließlich kein Quark.
Komm! Trinken wir auf die Tante Bur
Und auf einen König von Dänemark.

3.

Aber, liebe Schwester! Ei ei!
Geh, so du magst, wie an Klosetten vorbei.
Reizt es dich dennoch, hinzusehen,
Warum muß das dann spöttisch geschehen?
Denke: Was reizte dich wohl, hinzusehen?
Wüßtest du, wie sie dich laut beneiden,
Wie sie, getretene Tiere, dort leiden
In dem Gefängnis der Allzufrein,
Würdest du trotz der Geschmeide und Seiden,
Des offenen Scheins, der blendenden Beine,
Trotz der Erfolge ihnen nicht nur verzeihn.

Sollst sie weder beachten noch meiden;
Laß sie einfach in Ruh.
Sie sind gemeine, befleckte Schweine.
Nicht so vornehm und rein und welterfahren wie du.

4.

Wie, bitte? – Ja, Herr, Sie sind hier ganz richtig.
Sie scheinen recht stark und sehr sektfroh zu sein,
Und wenn Sie viel Geld haben – das wäre wichtig –
Fallen – äh kommen Sie dreist herein.
Hier können von dreizehn angefangen
Sie Damen jeden Alters verlangen
Nebst allen raffinierten Geräten
Für Rari-, Abnormi- und Perversitäten.
Sie müssen die Kühe nur richtig fassen.
Sollten Sie etwas Geschmack besitzen,
Ja nicht das merken lassen.
Aber mit Ihren Brillanten recht blitzen.
Viel Trinkgeld dem Pförtner! Das macht sie vertraun.
Viel Sekt und auch Schnäpse! Das macht sie berauscht.
Dann dürfen Sie sie bestehlen, verhaun, –
Oder wenn ihr die Rollen vertauscht – – –
Mehr zu reden, hätte nicht Sinn,
Er ist ja schon drin.

5.

– Duddeldei oder Daddeldu,
So ein echter Vollblutmatrose,
Zweimal so breit und so stark wie du.
Und sie hat ihm die Klappe von seiner Hose
Einfach heruntergefetzt.
Und dann ist die dicke Therese gekommen
Und hat ihm den Bambuskorb weggenommen
Und die Schildkröte in den Nachttopf gesetzt. – –
Mein alter Freund, ich kann dir sagen:
So habe ich lange nicht gelacht. –

Und die Alte hat ihn mit ihren Brüsten
Links und rechts um die Ohren geschlagen;
Aber der Kerl ist nicht aufgewacht. –
Übrigens nimm dich vor der in acht,
Die hat solch komischen Ausschlag am Knie. –
Und dann – was wollt ich erzählen? Ach ja:
Ha ha ha ha!
Dann waren zwei stumme Chinesen da,
Die haben die freche schwarze Marie –
Ha ha ha ha! Ha ha ha ha!

6.

Mein Sohn, für diesmal sei dir verziehn.
Pfui, solche Gedanken sind schändlich.
Es gibt doch Schöneres anzusehn
Als diese Freudenhaus-Photographien.
Schäme dich! Und nun kannst du gehn.
Die Bilder verbrenne ich. Selbstverständlich.
Ich bin gewiß kein kleinlicher Spießer,
Doch wenn ich dich jemals in einem dieser
Häuser treffe und Unzucht treibst,
Dann schlage ich dich, daß du liegen bleibst.

7.

… wo wir fremd sind, oder verkleidet als Mann. –
Daß ich dir, meiner Frau, dergleichen
Sagen und wagen kann,
Ist das nicht ein berauschendes Zeichen
Für die Art unsres Liebdich-Liebmich? –
Staune dort nicht! Beobachte still.
Sei recht gemütlich fidel. Aber gib dich
Nicht etwa wie eine, die gleich oder mehr sein will.
Erst wird dich alles nur widerlich,
Natürlich auch billig traurig berühren.
Das Sauberste ekelt und flegelt sich,
Vergißt sich und rekelt sich liederlich.
So fechten sie ums Verführen.

Bei eines verwöhnten Bettlers Musik
Kennt jeder Blick den anderen Blick
Als Trick hinter Trick;
Tanzt lustig froh ein Riesenpopo;
Starrt auf dem Sofa ein Püppchen;
Entgleist ein Lied aus behaglichem Leid;
Trinkt man; berstet ein Grüppchen,
Aus Eifersucht oder Neid
Zankend um ein begossenes Kleid.
Sei gefaßt auf klirrenden Streit.
Plötzlich ein heiserer Schrei.
Warnend zischelt es nebenbei,
Die Postin gegen die Polizei.
Ein hastiges Räumen. – Spannung. – Vorbei. –
Und durch den Salon streift nach alter Routine
Dick und mit heiserer Miene,
Aber unantastbar und stramm
Aus und ein vermittelnd: Madame.
Und die aus dem hitzigen Dunst
Paarweise einig verschwinden;
Er wird oben menschlicher finden
Außer dem Handwerkszeug ihrer Kunst:
Ein bissel heimliche Habseligkeit,
Ein Flickchen Reue, ein Ringlein Treue,
Viel Aberglauben, auch zackige Ehre
Und frisch Umkränztes aus ehrsamer Zeit.
Fändest du hinter der träumenden Leere
Unter der parfümierten Misere:
Harrende Verworrenheit
Schamlos offen ergeben. –
Wie draußen auf einem Schiff auf dem Meere
Dreizehn Matrosen unter sich leben.

8.

Guten Morgen, mein Schätzchen,
Leb wohl! Du bist wie ein Kätzchen
So schmiegsam und samtig.
Was? Du willst heute kein Geld?
Was dir doch einfällt!

Tust du's denn etwa ehrenamtlich?
Vielleicht für das Kartenlegen?
Sage doch, Liebling, weswegen
Willst du kein Geld heute? Nimm es doch hin!
Weil ich ein armer Künstler bin?
Freilich, wir sind Kollegen.
Das nächstemal leg ich dir wieder die Karten.
Nun muß ich fort. Meine Frau wird warten.
Du weißt doch, daß ich verheiratet bin?
Du aber bleibst meine süße kleine
Freundin. Und Beine hast du! Beine
Wie eine Königin.

MAN SOLL – –

Nur an der Gurgel soll man Schurken fassen.
Man soll Getier einander schlucken lassen.
Man soll – was weiß ich, was man soll!
Doch wird ein Seepferd je ein Heupferd hassen?
Ich pfeife auf den Gott Apoll.

LETZTES WORT AN EINE SPRÖDE

Wie ich bettle und weine –
Es ist lächerlich.
Schließe deine Beine! –
Ich liebe dich.

Schließe deine Säume
Oben und unten am Rock.
Was ich von dir träume,
Träumt ein Bock.

Sage: Ich sei zu dreist.
Zieh ein beleidigtes Gesicht.
Was »Ich liebe dich« heißt,
Weiß ich nicht.

Zeige von deinen Beinen
Nur die Konturen kokett.
Gehe mit einem gemeinen,
Feschen Heiratsschwindler zu Bett.

Finde ich unten im Hafen
Heute ein hurendes Kind,
Will ich bei ihr schlafen;
Bis wir fertig sind.

Dann: – die Türe klinket
Leise auf und leise zu.
Und die Hure winket –
Glücklicher als du.

MAIENGRUSS AN DEN REDAKTEUR

Frühlingszartes Wohlbehagen
Schwellt erfrorne Poesie.
Maiberauscht im Speisewagen
Ballt sich etwas wie Genie.

Weil Berlin voraus in Sicht ist,
Und die Sonne mich bestrahlt.
Und je länger ein Gedicht ist,
Desto besser wird's bezahlt.

Darum: Hundertzweiundneunzig
Tausend und fünfhundertzwei
Oder noch mehr Leute freun sich.
Denn der Winter ist vorbei.

Elf Millionen zweimal hundert
Tausend siebenhundertzehn
Menschen sind etwas verwundert,
Weil kein Maikäfer zu sehn.

Sechs Billionen zwölf Milliarden –
Schätzungsweise – fragen sich:
Wo steckt Maximilian Harden.
Nun, verflucht, was kümmert's mich.

Vier Trillionen neun Billionen
Zirka siebenhundertelf
Milliarden fünf Millionen
Achtzehntausend hundertzwölf – –

Und ich könnte das erweitern
Bis in die Unendlichkeit,
Doch ein Dichter tritt den heitern
Frühlingszarten Mai nicht breit.

Sondern trinkt, sich selbst beschränkend,
Maienbowle, Maienkraut,
Seines Redakteurs gedenkend,
Dem er voll und ganz vertraut.

DER BÜCHERFREUND

Ob ich Biblio- was bin?
Phile? »Freund von Büchern« meinen Sie?
Na, und ob ich das bin!
Ha! und wie!

Mir sind Bücher, was den andern Leuten
Weiber, Tanz, Gesellschaft, Kartenspiel,
Turnsport, Wein, und weiß ich was, bedeuten.
Meine Bücher – – – wie beliebt? Wieviel?

Was, zum Henker, kümmert mich die Zahl.
Bitte, doch mich auszureden lassen.
Jedenfalls: viel mehr, als mein Regal
Halb imstande ist zu fassen.

Unterhaltung? Ja, bei Gott, das geben
Sie mir reichlich. Morgens zwölfmal nur
Nüchtern zwanzig Brockhausbände heben – – –
Hei! das gibt den Muskeln die Latur.

Oh, ich mußte meine Bücherei,
Wenn ich je verreiste, stets vermissen.
Ob ein Stuhl zu hoch, zu niedrig sei,
Sechzig Bücher sind wie sechzig Kissen.

Ja natürlich auch vom künstlerischen
Standpunkt. Denn ich weiß die Rücken
So nach Gold und Lederton zu mischen,
Daß sie wie ein Bild die Stube schmücken.

Äußerlich? Mein Bester, Sie vergessen
Meine ungeheure Leidenschaft,
Pflanzen fürs Herbarium zu pressen.
Bücher lasten, Bücher haben Kraft.

Junger Freund, Sie sind recht unerfahren,
Und Sie fragen etwas reichlich frei.
Auch bei andern Menschen als Barbaren
Gehen schließlich Bücher mal entzwei.

Wie? – ich jemals auch in Büchern lese??
Oh, Sie unerhörter Ese – – –
Nein, pardon! – Doch *positus*, ich säße
Auf dem Lokus, und Sie harrten
Draußen meiner Rückkehr, ach dann nur
Ja nicht länger auf mich warten.
Denn der Lokus ist bei mir ein Garten,
Den man abseits ohne Zeit und Uhr
Düngt und erntet dann Literatur.

Bücher – Nein, ich bitte Sie inständig:
Nicht mehr fragen! Laß dich doch belehren!
Bücher, auch wenn sie nicht eigenhändig
Handsigniert sind, soll man hoch verehren.
Bücher werden, wenn man will, lebendig.
Über Bücher kann man ganz befehlen.
Und wer Bücher kauft, der kauft sich Seelen,
Und die Seelen können sich nicht wehren.

MEIN BRUDER

Mein Bruder löst immer Probleme.
Mein Bruder verfolgt ein Ziel.
Mich nennt er eine bequeme
Schlawinernatur ohne Stil.

Mein Bruder wohnt – Ehrensache –
Und sagt, er habe Niveau.
Doch wenn ich darüber lache,
Beschimpft er mich: ich sei roh.

Mein Bruder muß Rechnung tragen
Und spricht gern über Kultur.
Mich hat er einmal geschlagen,
Weil mir dabei was entfuhr.

Mein Bruder haut mich sehr häufig.
Er nennt das dann »aus Prinzip«.
Solche Worte sind ihm geläufig.
Ich habe ihn deshalb so lieb.

Ich würde ihn auch gern mal hauen.
Doch er ist leider sehr stark.
Nur wenn er Glück hat bei Frauen,
Dann schenkt er mir immer zwei Mark.

Ich bin zwar ein saudummes Luder,
Meine beiden Beine sind schief.
Im übrigen ist mein Bruder
Gar nicht verwandt, sondern stief.

Doch wenn ich »gestiefelter Kater«
Ihn nenne, dann schäumt er wie Most
Und schreibt Beschwerden an Vater,
Und die trage ich dann zur Post.

Ich trage ihm alle Pakete,
Die größer sind, als er denkt.
Jetzt hat er meine Trompete
Hinter meinem Rücken verschenkt.

Ein Bischof hat einen braunen
Frack meinem Bruder verehrt.
Sie würden überhaupt staunen,
Mit wem mein Bruder verkehrt.

Dagegen lebe ich – meint er –
Ganz stur wie ein Vieh in den Tag.
Manchmal, wo Damen sind, weint er;
So einer stirbt mal am Schlag.

MEINE TANTE

Meine Tante ist eine Blinde
Und obendrein geistesgestört,
Was ich doch noch rüstig empfinde,
Weil sie auf dem einen Ohr hört.

Ihr Rückgrat ist wie ein Henkel.
Sie geht deshalb etwas gebückt.
Doch hat sie am oberen Schenkel
Ein Grübchen, das jeden entzückt.

Ein Grübchen, wie manch eine Haut hat,
Nur zarter und doch wieder stark,
Daß jeder, der es geschaut hat,
Erfreut etwas zahlt. Meist drei Mark.

Sie hat Perioden mit Äther.
Ich breche mitunter mit ihr
Beziehungen ab, die ich später
Erneure bei angeblich Bier.

Denn sie ist doch eine volle
Mimosengestalt, ein Genie,
Und immer noch unter Kontrolle.
Ich garantiere für sie.

MAN SELBER

Wenn wir über uns selber springen,
Werden uns alle Pläne gelingen. –
Hopla! – Das werfe ich nur so hin,
Weiß ich doch gar nicht, wer ich bin.

Man sollte rechtzeitig den Mut haben,
Selbst zu beginnen, sich selbst zu begraben.
Diese und ähnliche (für die Jungen
Ganz unwichtigen) Beschäftigungen
Sind mir noch nie so ganz ehrlich gelungen.

Und doch sind wir selber das Wichtigste
Und die Mitmenschen das Nichtigste.
Man wird über solchen Bekenntnissen
Leicht in die Philosophie gerissen.
Und dann sollte man umdrehen
Irgendwo anders hingehen,
Spiegel zertrümmern und sich umsehen.

DER WILDE MANN,
DIE WEICHE MANN,
DAS VIELEMANN

I.

Auf! Laßt uns irgend jemanden erschlagen!
Sie fragen: Wen?
Wie feig schon, überhaupt zu fragen.
Halt irgend wen, den oder den.

So irgend jemand mitten aus der Mitte
Urplötzlich töten, hei, wie das belebt!
Weil's Aufsehn macht.
Denn Töten ist nicht Sitte,
Sondern ein Sport, vor dem die Mehrheit bebt.

Nicht solche töten, die uns Grund gegeben,
Noch etwa Greise oder Weib und Kind,
Auch laßt uns Töter gegenseitig leben,
Weil wir doch schließlich keine Henker sind.

Was über achtzig Jahr und unter zehn
Jahr ist, sind faule, unbrauchbare Drohnen.
Den andern aber muß man zugestehn,
Daß sie was leisten, und die laßt uns schonen.

2.

Auf! Laßt uns all mitnander Ei-ei machen!
Auf! Fistet Pazi und seid friedlich froh!
Verklebt aus Liebe unter heitrem Lachen
Mit Bruderkuß den feindlichsten Popo.

Krieg, Haß und Neid und alle widrigen
Gefühle fort! Dem Herzen gebt Gehör!
Wir wollen uns freiwillig selbst erniedrigen.
Und wer uns anspeit, sei uns Parfumeur.

Ein Reich zu gründen und dafür zu werben
Gilt es, das ganz und gar dem Himmel gleicht.
Seid überzeugt: Wir werden drüber sterben.
Doch, wenn wir leben blieben, wär's erreicht.

3.

Warum denn immer alles übertreiben?
Warum denn links? Warum denn rechts?
Um Gottes willen, laßt uns mäßig bleiben,
Nicht männlichen, nicht weiblichen Geschlechts.

Hübsch angepaßt und jede Reibung meiden!
Nicht hart, nicht weich! Nicht Ja, nicht Nein!
Auf alles hören und sich nie entscheiden.
Wer weiß, wie's kommt. Man muß gewappnet sein.

Denn golden ist der goldne Weg der Mitte.
Man ißt und zeugt und schläft schön ungestört,
Regt sich nicht auf um »danke« oder »bitte«
Und weiß und lebt und stirbt, wie sich's gehört.

DIE ZWEI POLIS

Ich drehe aus der Tik
Niemandem einen Strick.
Denn wir wollen frei
Sein in der Republik.

Und wie der Tik so auch der Zei
Geh ich am liebsten weit vorbei.
Ich habe sie beide dick.

So werfe auch kein andrer solchen Strick
Mit der Tik mir ums Genick.
Denn ich will von der Tik nichts verstehn.
Und die Zei und alle Zein
Können mich – o nein! o nein! –
Können mir auch aus dem Wege gehn.

Bei der Tik verlangt man Krummheit
Im gegebenen Moment.
Und die Zei wünscht füge Dummheit,
Weil sie keinen Shakespeare kennt.

Und die Zei will meinen Willen.
Meine Meinung will die Tik.
Beide wünschen sie im stillen
Hypothek auf jedermanns Geschick.

Es muß doch Leute geben,
Die ehrlich sein wolln,
Und weil sie nur ihr Ausmaß leben,
Darum auch freier sein solln.

Darum übe die Zei nicht an mir Kritik,
Und die Tik möge mir es verzeihn,
Wenn ich nochmals gestehe, daß ich jeden Augenblick
Möglichst fern von beiden möchte sein.

DER MUT DER REIFEN JUGEND

Mut zeigt sich immer erst vor Übermacht.
Mut muß mit Kenntnis der Gefahr gepaart sein.
Mut will wie Edelstes diskret verwahrt sein,
Und wer ihn faßt, der fasse mit Bedacht.

Hab' Mut! jedoch nicht, um ihn zu beweisen.
Schick deinen Mut niemals auf Reisen.
Man kann mit Kühnheit, doch mit Mut nie scherzen,
Denn der, der Mut zeigt, hat auch Furcht im Herzen.

Soll reife Jugend weise, überlegen,
Maßvoll, gelehrt und unpolitisch sein??
Darf sie verdreht und zukunftsblind verwegen
Vergnügen saufen?? – Ja! und so auch: Nein!

Ich weiß darüber keine Regel,
Weiß nur, wie stets das Schicksal das entschied.
Doch zwischen freiem Bursch und blödem Flegel
Sieht nur ein Schwachkopf keinen Unterschied.

ANTWORT AN EINEN GELANGWEILTEN

Du mußt in Langerweile
Es einmal ausprobiern,
Mit einer Nagelfeile
Dich zu rasiern.

Du sollst an dem Schicksal nicht mäkeln,
Sollst nichts Lebendiges quäln.
Aber Hosenspitzen magst du häkeln
Und halblaut bis zweitausend zählen.

Und wenn nach tausendfünfhundert,
Sofern du alles recht präpariert
Hast, plötzlich dein Ofen laut explodiert,
Dann zeige dich maßlos verwundert.

Und eilt dann irgend jemand herbei
Aus Neugier und um was zu retten,
Dann frage: was soll denn das dumme Geschrei?
Und schlage ihm ruhig das Hirndach entzwei
Und stopfe ihn still in die Betten.

Entfliehn und leugnen und irretun
Vermeide, denn das erschöpft sich.
Vertiefe dich in den Begriff Immun,
Doch sei überzeugt, man köpft dich.

In England leidet man am Strick.
In Deutschland unterm Beile
Ganz sicher keinen Augenblick
An Langerweile.

ICH RAFFE MICH AUF
(Einem Freund zum Dreißigsten gewidmet)

Der Nachttopf klirrt. Ich bin entschlossen!
Der Doornkaat hat mich umgestimmt.
Wenn jetzt auch alles in der Stube schwimmt,
Ist doch noch lang kein Blut vergossen.

Der Spiegel kracht. Was will das heißen?
Was er uns spiegelt, ist verkehrt.
Ritz-Ratsch – ich muß mein Federbett zerreißen.
Denn Eigentum ist Dreck, der nur beschwert.

Hei, Wind gemacht! Die Federn stieben.
Den deutschen Seemann schreckt der Seesturm nicht.
Er denkt, den Tod vor Augen, seiner Lieben. –
Ach was – Quatsch: Lieben –. Bums! ein Schrank zerbricht.

Der Schrank ist mein, und ich bin frei.
Und wenn er mir auch nicht gehörte – –
Wie wär's, wenn ich das Fenster mal zerstörte?
Päng! – schlitterkläng – – Es ist entzwei!

Plautz – liegt mein Ofen. Er wog tausend Kilos.
Wo ist mein Frack? – ich habe Blut geleckt. –
Zu lange war ich schwach und energielos.
Dein Doornkaat, Rosie, hat mein Blut geweckt.

JUBILÄUMSGONGSCHLAG

(Zum 1. Juli 1927)

Es tamt das Gong.
Herein, ihr Gäste,
In meinen Salon
Zu meinem Feste!
Es gibt heut das Beste,
Was ich zu erschwingen vermag,
Gibt Weine und Sekt –
Tamtam – Schlag auf Schlag –
Sogar etwas, was wie Kaviar schmeckt.
Es gibt heute faustgroße
Eier mit Senfsauce
Und süße *à la bonbon.*
Es gibt sogar Schweinebraten.
Heut geb ich gern, heut geb ich viel.
Zum fünfzigjährigen Jubil-
Äum des Reichspaten
Tamts – Gong –

HINAUS AUFS DEUTSCHE LAND!

Reist aus! Steigt ein ins Eisenbahnkupee!
Packt eure Notdurft ins Gepäcknetz! – Zankt
Euch um die Plätze! – Winkt noch mal! – Und dankt
Gott! – Aber: *Ne tirer la poignée!*

Des Frühlings weltbekannte Poesie
Macht alle Wirte der Provinz so froh.
Solo in caso di
Pericolo.

Spuckt euer Städteweh
Durchs off'ne Fenster hinaus.
Wer kann dafür,
Wenn's trifft?! – *Défense de cracher*
Dans la voiture.

WEGE

Der Schwindel barmte laut und bog
Sich tief, dann dicht, und log und log.

Ein Ehrlicher schlich hinterher
Und hielt sich still und tat sich schwer.

Der Schwindel klebte sich wie Leim,
Gab groß, nahm klein und sprach von »Heim«,

Erwarb sich Kenntnis und Vertraun
Und steckte sich dann hinter Fraun,

Ward unterstützt, ward fest und steif,
Gab klein, nahm groß und fühlte »reif«.

Der Schwindel trotzte unverblümt.
Er ward bekannt: Er ward berühmt.

Er zog nach unten hin Vergleich.
Er rückte ab. Er wurde reich.

Der Schwindel fühlte sich und schoß.
Wenn einer widersprach, dem goß

Geblufft, bezahlt, Majorität
Ins Auge Popularität.

Der Schwindel war geschützt, gemacht,
Nur ruhelos bei Tag wie Nacht.

Denn er gedachte ohne Ruh
Des Ehrlichen; doch gab's nicht zu,

Vernahm und brachte dessen Schritt
Mit Hohn, dann Wut in Mißkredit.

Der Schwindel, längst gemacht, war satt,
Stand überall in jedem Blatt.

Der Ehrliche kam fromm und schwer,
Ganz müde, spät, des Wegs daher,

Ging still vorbei und fromm und schwer.
Und er erreichte sehr viel mehr.

OLAF GULBRANSSON

In der freien Sonne, angesichts
Schöner Tennisspielerinnen,
Steht ein Stier.
Nur ein schmales Linnen
Bammelt ihm vorm Bauch und verdeckt nichts.

Goldig blinken kleine Einzelhärchen
Auf der nackten, braunen Haut.
Etwas brummt behaglich. Und ein Märchen
Wächst ringsum aus Gras und Kraut.

Etwas rund und blank wie Billardglatze
Wendet sich. Man sieht:

Eine undressierbar wilde Katze.
Die beugt sich zurück und zieht –
Gott weiß wie – wunderliche,
Unvergleichbar sichre Zauberstriche.

Breitbeturbant geht ein Riesenkind
In dem schon geschilderten Gewande
Grinsend durch die Wiese und den Wind
Nach dem Strande.

Einen dreisten Seehund sieht man in dem kühlen
Wasser draußen sich zu Hause fühlen.
Echter Whisky strömt durch echte Kehle.
Irgendein beschissner Tropf
Will sich über Großes lustig machen.
Eine Flasche fliegt ihm an den Kopf.
Es ertönt ein echtes Lachen.
Leise seitwärts schreitet eine zarte Weltallseele.

TRÜBER TAG

Zu Hause heulten die Frauen:
Das tote Kind sah aus wie Schnee.
Wir gingen, nur mein Bruder und ich, in See.
Dem Wetter war nicht zu trauen.
Wir fischten lauter Tränen aus dem Meer,
Das Netz war leer.

RECHNUNGSRATES VERREGNETE REISE

Und wie ich vom Regen begossen
Die Wegweiser las,
Da lag ein Hemd, wie erschossen,
Zum Bleichen im Gras.

Ich dachte: Zweifellos leben
Hier Menschen und leben nicht schlecht.
Und sah das Hemd und daneben
Ein Haus. Also hatte ich recht.

Ich wollte mich selber beklagen,
Zog bitter mein Los in Vergleich,
Doch machte das Mißbehagen
Im Regen mich weich.

Man soll sich nichts selber verleiden.
Und Mißgunst ist immer wie Rost.
Ich gab unter Schwierigkeiten
Eine Depesche zur nächsten Post:
»Erwarte für morgen Montag früh
Den Mann mit dem *accent aigu*.«

Zwar ist es im Grunde ein kleiner
Umstand, aber er quält,
Daß nun seit Jahren schon meiner
Schreibmaschine der Rechtsknüppel fehlt.

Man muß die Natur nur erfassen,
Wie immer das Wetter auch sei.
Bewußt, den Zug zu verpassen,
War ich doch ruhig dabei.

Ich fuhr also heim. Denn, was blieb mir
Sonst übrig? Man ist nicht Herr seiner Zeit.
Meine Stiefnichte schrieb mir:
Es habe in Bozen sogar geschneit.

WAS WILLST DU VON MIR?

Möchtest du meine Frau werden,
Da meine Haare schon grau werden,
Schon größtenteils sind?
Möchtest du über mich lachen?
Soll ich dir Freude machen?
Oder ein Kind?

Willst du die Peitsche spüren?
Soll ich dich ausführen?
Brauchst du Geld oder einen Rat?
Willst du nur mit mir spielen?
Oder gefielen oder mißfielen
Dir Taten, die ich tat?

Warum bist du so still?
Soll ich dich beklagen?
Sag doch einmal: »Ich will……«
Oder sonst ein deutliches Wort. –
Soll ich dich verjagen?
Ja. Geh zu!
Nein! – Du!
Bitte, bitte, geh nicht fort!

IN ZWICKAU WAR ICH

Wenn ich Geld hätte
In unermeßlichen Haufen,
Würde ich die beiden Städte
Paris und Zwickau mir kaufen.
Ich weiß, auch in Zwickau wohnen
Entzückende Personen.
Die würde ich verschonen.
Die verkaufen sowieso sich nicht,
Und sie haben auch kein Pariauer,
Kein Zwickser Gesicht.
Alles andre würde ich erwerben,
Paris aber gleich zurückgeben,
Nur darin leben,
Dann in Zwickau sterben
An Zwergrattengift
Mit dem Ausruf: »Was Zwickau betrifft,
O du schönes Ludwigslust in Mecklenburg!«

Lokomotivenrauch trug unsere Blues
Ins alte Erzgebirge und verstreute
Häßlichen Ruß
An Holz und Stein und arme Leute,
Unsern Passantengruß.

HEIMATLOSE

Ich bin fast
Gestorben vor Schreck:
In dem Haus, wo ich zu Gast
War, im Versteck,
Bewegte sich,
Regte sich
Plötzlich hinter einem Brett
In einem Kasten neben dem Klosett,
Ohne Beinchen,
Stumm, fremd und nett
Ein Meerschweinchen.
Sah mich bange an,
Sah mich lange an,
Sann wohl hin und sann her,
Wagte sich
Dann heran
Und fragte mich:
»Wo ist das Meer?«

GEBURTSTAGSGRUSS

Ach wie schön, daß Du geboren bist!
Gratuliere uns, daß wir Dich haben,
Daß wir Deines Herzens gute Gaben
Oft genießen dürfen ohne List.

Deine Mängel, Deine Fehler sind
Gegen das gewogen harmlos klein.
Heut nach vierzig Jahren wirst Du sein:
Immer noch ein Geburtstagskind.

Möchtest Du: nie lange traurig oder krank
Sein. Und: wenig Häßliches erfahren. –
Deinen Eltern sagen wir unseren fröhlichen Dank
Dafür, daß sie Dich gebaren.

Gott bewinke Dir
Alle Deine Schritte;
Ja, das wünschen wir,
Deine Freunde und darunter (bitte)
Dein

DER KOMIKER

Ein Komiker von erstem Rang
Ging eine Straße links entlang.
Die Leute sagten rings umher
Hindeutend: »Das ist der und der!«
Der Komiker fuhr aus der Haut
Nach Haus und würgte seine Braut.
Nicht etwa, wie von ungefähr,
Nein ernst, als ob das komisch wär.

DAS PARLAMENT

Im Parlament geht's zu.
Was die für Schnäbel haben, –
Da sind wir Waisenknaben
Dagegen, ich und du.

Mein Onkel Rolf aus Rügen,
Der ist einmal hineingewählt.
Wenn er recht voll ist und erzählt,
Dann merkt man, wie die lügen.

Ich habe selber zugeschaut,
Wie der das Volk vertrat.
Das geht auf keine Kuhhaut.
Man meint, die spielen Skat.

Nur manchmal, wenn der Präsident
Laut läutet, gibt es Ruhe.
Doch alles, was im Parlament
Geschieht, ist nur Getue.

Sie wollen sich in Wirklichkeit
Nur großtun und vertagen
Und freun sich auf die Ferienzeit.
Wo wir die Steuern tragen.

Mir geht das ganz daneben.
Ich bin selbst im Gesangverein.
Die wolln halt auch beisammen sein.
Und jeder Mensch will leben.

DAS ORIGINAL

Ich bin sehr dagegen,
Daß sich ungelegen
Jemand aufdrängt.
Aber meinen Segen
Hat, wer eines Wortspiels wegen
Sich zum Beispiel aufhängt.

Ich bin darin ganz besonders eigen,
Denn ich sehe vieles weit voraus.
Nur ich kann das immer nicht so zeigen. –

Nie betritt ein blinder Mann mein Haus,
Wenigstens nicht meine Räume,
Weil ich einmal eines Nachts in Schweden
Träumte – und ich kenne meine Träume –
Nein, wir wollen lieber andres reden.

Wenn ich mal wo so betrunken war,
Wie ich für gewöhnlich niemals bin,
Geh' ich dorthin nie mehr hin;
Darin bin ich sonderbar.
Und ich trinke, wenn ich vor Geschäften
Stehe, überhaupt so gut wie nichts,
Denn ich stehe so gewissen Kräften
Nahe. Und der Ausdruck des Gesichts
Wechselt stets bei mir in Intervallen.
Ist dir das und andres an mir aufgefallen?

Nun, ich weiß: Ich passe nicht ins Leben,
Weil ich hungern kann. Ich werde nie
Mein Geheimstes jemals Leuten preisgeben,
Die nicht groß sein können oder die
Eng am Gelde hängen.
Warum sollte ich mich denen aufdrängen!

Willst du, bitte, nun mal andre Leute
Ganz diskret befragen,
Was sie über mich und meine Meinung sagen,
Und was ich für sie bedeute.

Gelt, du weißt, daß ich nicht gern verspreche,
Weißt auch, daß ich etwas halten kann?
Und – – – Genug! Du bist mein Mann! –
Lebe wohl! – Zahl' ich – zahlst du die Zeche?

DAS KARTENSPIEL

Vier Männer zogen sich zurück,
Schlossen sich ein, und drei
Von ihnen versuchten ihr Glück,
Spielten Karten.
Draußen im Garten
Blühte der Mai.

Im schwülen Zimmer saßen die
Männer bei ihren Karten.
Ihre Weiber ließen sie
Draußen weinen und warten.

Und spielten Spiel um Spiel zu dritt,
Und jeder schwitzte.
Der vierte Mann sah zu, kibit –
Kibitzte.

Geld hin – Geld her – Geld her – Geld hin –
Verlust – Gewinn –
Nach Kartengemisch.
Es wurde gebucht,
Gereizt und geflucht.
Man schlug auf den Tisch.
Man witzelte seicht.
Hätte Pikdame statt Karozehn
Den Buben genommen,
Dann wäre vielleicht
Alles anders gekommen.

Und noch einmal und noch und noch,
Verbissen und besessen. –

Ein Lüftchen kam durchs Schlüsselloch,
Roch nach verbranntem Essen.

Der König fiel.
Das letzte Spiel,
Das allerletzte Spiel begann.
Und wieder stach die Karozehn.
Der vierte Mann,
Der nichts getan als zugesehn,
Gewann.

Vier gähnende Männer gingen
Hinaus ins Morgengraun.
Draußen hingen
Am Gartenzaun
Vier vertrocknete Fraun.

HINRICHTUNGEN

Köpfe und Rümpfe trennen sich
Überall im Blut.
Überall bekennen sich
Leute zum Henkersmut.

Überall wird die Rache satt.
Überall tut sich ein Recht,
Birgt sich, wenn es Ängste hat,
Hinter einem beschränkten Knecht.

Ferne Unwetter grollen.
Es gruselt dumpf:
Was werden die Köpfe wollen,
Wenn sie wieder hupfen auf ihren Rumpf?

STAMMTISCHWORTE

Wenn ein Schiffbruch dich ins nasse Element
Setzte. Wenn, wie es der Seemann nennt,
Kälberköpfe auf dem Meere zischen,
Und ein Rettungsboot sich dir näherwürgt,
Ja, dann ist noch lange nicht verbürgt,
Ob sie dich erwischen.

Wenn du eine Blase wie ein Hai,
Eine Nase wie ein Papagei
Oder Flossen an den Ohren hättest,
Fragt es dennoch sich,
Ob du dich
Rettest. – – –

Meinetwegen lasse dir dein Leben
Hoch versichern und dir Vorschuß geben.
Wollen sehen, wie der Hase läuft.
Doch ich wär' der erste, der sich freute,
Wenn dein Erbe, wenn du heute
Fern auf See ertränkest, morgen auch ersäuft. – – –

Manchmal spart Ertrinken das Begraben. –

Wärst du nicht schon gar so alt und mürbe,
Wünschte ich mir, daß ich vor dir stürbe.
Jetzt will ich noch einen Whisky haben.

EINEM KLEINGIFTIGEN

Vielleicht, daß ein Unverstandenes
Oder ein gar nicht Vorhandenes
Dich verdroß.
Und nun möchtest du heimlich erschießen
Und noch den Schrei genießen:
»Das war Tells Geschoß!«

Aber ein Pup ist kein Blitz.
Du mußt dich schon anders entladen.
Du mußt deinen eigenen Schaden
Riskieren und Mut verraten
Oder wenigstens Witz.

War's aber eine erkannte, bestimmte
Angelegenheit, die dich ergrimmte,
Etwa was Ungerechtes – – –
Ach, wieviel Schlechtes
Tatest du?!
Und klapptest stillschweigend den Deckel zu.

Hau doch in den Kartoffelsalat,
Daß die Sauce spritzt.
Das ist ein schlechter Soldat,
Der Blut erträumt
Und Rache schwitzt
Und vor Wut schäumt
Und dabei auf dem Lokus sitzt.

Oder leg' deinen Zorn, wenn du willst,
Als etwas Echtes, wenn auch nicht Stubenreines.
An deine eigene Brust, daß du ihn stillst,
Wie eine Mutter ihr Kleines.

Nach eines Jahrmarkts letzter Nacht
Ist in wenigen Stunden
Eine ganze Stadt voll blendender Zauberpracht
Kläglich verschwunden.

DICHTER UND ERSTER ANHÖRER

Sie trugen zwei Sardellen
Zu Grabe. – – »Wer?«
Die Wellen,
Sie trugen sie vor sich her.

»Wieso zu Grabe? Wohin denn?«
Zu Grabe, zur ewigen Ruh!
»Wohin?« – – Nun je nach den Winden,
Vielleicht nach Afrika zu.

Sie murmelten Weisen der Trauer
Wegweit, tagaus und tagein.
»Da werden sie auf die Dauer
Wohl heiser geworden sein.«

Schwarz winkte am fernen Gestade
Ein Grab – – – »Und der Abend sinkt,
Und deine Sardellenballade,
(Ganz offen gesprochen) die stinkt.«

MEINE ERSTE LIEBE?

Erste Liebe? Ach, ein Wüstling, dessen
Herz so wahllos ist wie meins, so weit,
Hat die erste Liebe längst vergessen,
Und ihn intressiert nur seine Zeit.

Meine letzte Liebe zu beschreiben,
Wäre just so leicht wie indiskret.
Außerdem? Wird sie die letzte bleiben,
Bis ihr Name in der »Woche« steht?

Meine Abenteuer in der Minne
Müssen sehr gedrängt gewesen sein.
Wenn ich auf das erste mich besinne,
Fällt mir immer noch ein früh'res ein.

GEDICHT IN BI SPRACHE

Ibich habibebi dibich,
Lobittebi, sobi liebib.
Habist aubich dubi mibich
Liebib? Neibin, vebirgibib.

Nabih obidebir febirn,
Gobitt seibi dibir gubit.
Meibin Hebirz habit gebirn
Abin dibir gebirubiht.

EIN STÜCK RHEINFAHRT

Ich habe nach dem langweiligen Rhein
Und den kitschigen Burgschutthaufen
Gar nicht gesehn, zog es vor, zu saufen –
Nein: wir tranken einen vorzüglichen Wein.

Wir benahmen uns auf jeder Station
Am Fenster wie Gesindel,
Schimpften in ordinärem Ton
Über angebliches Kindergewindel.
Und infolgedessen
Und berechnenderweise
Haben wir während der ganzen Reise
Allein im Kupee gesessen.

Und was ergibt dann sich?
Ach, ein Loch im Strumpf kann sich
Durch alle Größen
Bis in ein randloses Glück auflösen.

Das Glück schlägt manchen Kegelpurz.
Die Reise war zu kurz.
Der Rhein und die Burgen gähnten.
Wir wähnten
Beide Prinzen zu sein.

Unbestreitbar ausgezeichnet ist der Wein.

NACH KURZER FAHRT GETRENNT

Es reimt sich was,
Und es schleimt sich was,
In den Austern im Kölner September.
Ich sitze – und niemand sonst ist dabei –
Vor blinkenden Lichtern in der Bastei,
And I remember.

Heute wird nicht gegeizt,
Wird mit Champagner geheizt,
Für dich söffe ich Tinte.
Paris ist nicht weit von hier.
Könnten wir! – Wollen wir
Uns dort treffen, Lobintte??

FERNGRUSS VON BETT ZU BETT

Wie ich bei dir gelegen
Habe im Bett, weißt du es noch?
Weißt du noch, wie verwegen
Die Lust uns stand? Und wie es roch?

Und all die seidenen Kissen
Gehörten deinem Mann.
Doch uns schlug kein Gewissen.
Gott weiß, wie redlich untreu
Man sein kann.

Weißt du noch, wie wir's trieben,
Was nie geschildert werden darf?
Heiß, frei, besoffen, fromm und scharf.
Weißt du, daß wir uns liebten?
Und noch lieben?

Man liebt nicht oft in solcher Weise.
Wie fühlvoll hat dein spitzer Hund bewacht.
Ja unser Glück war ganz und rasch und leise.
Nun bist du fern.
Gute Nacht.

ANSTACHELUNG BEIM ZAHNSTOCHERN

Ich biete euch Troglodyten die Spitze.
Heraus mit euch! Wer sich in Löcher
Verkrümelt, ist feig. Ich besitze
Der Pfeile genug in meinem Köcher.

Mit dem Pfeil, dem Bogen
Durch Gebirg und Tal
Kommt Odysseus gezogen
Und säubert den Augiasstall.

Nein, ich schieße euch freche
Brut nicht. Ich steche!

Ihr macht mich krank
Mit eurem Gestank.
Ihr freßt an mir, anstatt
Mich zu nähren. Ich bin noch nicht satt.

Heraus aus dem Loch!
Ich hülle in Spucke euch
Und schlucke euch –
Pieks-quieks – doch.

Oder schnipse euch aufs Geratewohl
In ein unbekanntes Hilfdirselber. –
Ach mein Backenzahn ist schrecklich hohl
Und wird täglich bröckliger und gelber.

Keine Hand vors Gesicht.
Komm, Zahnstöcherchen,
Piek die Peiniger
Aus den Löcherchen!
Schäme dich nicht,
Denn du bist ein kluger Reiniger.

Immer wacker gespießt!
Wenn auch mal Blut fließt.
Ich bin nicht bang.

Gesegnete Mahlzeit beim letzten Gang.

DIE LUPE BIETET SICH AN

Ich will euch dienen,
Will euer Auge sein,
Wenn ihr im Allzuklein
Suchet wie Bienen.

Ich deute euch jederzeit
Falsches und Wahres,
Und Wunderbares
Der bunten Winzigkeit.

Die spiegelt geheimnisvoll
Das große Treiben. –
Und im kleinsten Winkel soll
Kein Schmutz bei euch bleiben.

Ich kann, aber will nicht gern
Euch Löcher brennen.
Haltet mir Blendlicht fern!
Ihr sollt mich kennen.

Ihr sollt mich durchschaun,
Wie ich die Spitzbübchen,
Sollt ganz mir vertraun,
Eurem konvexen Lins'chen Lüpchen.

DIE LEIPZIGER FLIEGE

Ob wohl die Fliegen Eier in uns legen,
Wenn sie so lange auf uns sitzen bleiben,
Und wir sie, weil wir schlafen, nicht vertreiben?

Man sollte seinen Körper viel mehr pflegen.
Die Fliege, die mich darauf brachte,
Als ich in meinem Mietslogis erwachte,
War eine greisenhafte und ergraute,

Daß ich nur zaghaft mir getraute,
Sie wenigstens ein bißchen totzuschlagen.

Sie sterben im November sowieso
In Leipzig. (Später als wie anderswo.)
Wie können Sterbende doch oft noch plagen,
Das Alter stimmt nicht immer mild.

Sie sind unheimlich dann und boshaft wild.

Doch unter solcher feuchten Sumpfluft leiden
Alle. Leipzig hat seinen Hustenreiz.
Man sollte im November Leipzig meiden,
Nach Frankreich reisen oder in die Schweiz.

Die Fliege hat mir alle Lust genommen.
Ich bin nicht wach und bin auch nicht im Schlaf.
Als müßte ein Gewitter kommen.

Ob wohl ein Blitz je eine Fliege traf?

STRASSENERLEBNISSE

Mir ist wieder manches begegnet.
Es hat Bindfaden geregnet.
Das Wasser bepinkelte Straßen und Gassen,
Und ein verregneter Sprengwagenlenker
Fluchte den Regenmacher zum Henker.
Das sollte ein Sprengwagenlenker
Doch lieber unterlassen.

Vor einer grüngekleideten Maid
Blieb ich begeistert stehn.
Sie sagte: ich möchte weitergehn.
Das tat ich.
Ob Mann, ob Frau, im grünen Kleid
Sind beide stets sympathisch.
Im zweiten Fall war ich sehr kühl,
Denn ich entscheide nach Gefühl,
Und mit einer Frau mit konkaven
Popo
Geh ich nun einmal nicht schlafen,
No, no!

VERFLUCHT UND ZUGENÄHT

Man sollte den Gesetzen
In Kleinigkeiten
Ein Bein stellen und sie verletzen
Und sie, von Gönnern geldunterstützt,
Überschreiten.
Man sollte den Richter,
Der Künstler, Dichter
Oder nur Mensch ist, unbändig verehren.
Man sollte das andre, konträre Gelichter
Zermalmen und sich selber vermehren.
Man sollte so sein, wie ich es bin.
Man sollte – –
Wenn nicht der liebe Gott es hin
Und wieder ganz anders wollte.

RACHEGELÜST

Wenn die Menschen dumpf sich nicht getraun,
Wenn sie feig und heuchlerisch sich fügen
Und ihr Glück auf ihre Schlauheit baun,
Redliches bedrücken und betrügen.

Wenn sie schleichen, flüstern und sich ducken,
Andrerseits aus Würde sich genieren, – –
O dann müßte etwas explodieren.
Und ein Riese müßte sich erheben
Über sie und sie nicht etwa töten,
Sondern saftig, kräftig sie bespucken,
Um sie für ihr weitres Leben
Als verschleimte, fette Warzenkröten
In ein Glashaus einzusperrn.
Und ich würde durch die Scheibe gucken
Und sie grüßen: »Hochverehrte Herrn!«

ENGE KÜNSTLERSCHAFT

Sie wissen alle was, was sie nicht sagen,
Was sie nach ihrer Meinung vorwärtstrug.
Sie nützen ihren engen Weg und wagen
Nicht, wissen nichts vom freien Flug.

Als wär nicht Raum genug in Welt und Leben,
Wo alle echten Menschen Künstler sind.
Und wäre doch mit dem konträren Wind
Jedem ganz unerschöpflich viel gegeben.

Ihr Lachen schwitzt, ihr Stürmen ist ein Schleichen.
Untereinander hocken sie vertraut
Und tuscheln gegen Außenseiter laut,
Derweil sie selber giftig sich vergleichen.

Kristallisiert zum legitimen Grüppchen,
Wird ihr Charakter plötzlich fest bestimmt.
Von ihren Idealen bleibt ein Süppchen,
Darin ein Titel oder Goldnes schwimmt.

Sie pochen all auf was, was gar nicht klingt,
Obwohl es hohl ist. Dennoch nehmen
Sie and're auf, doch wieder nur bedingt,
Die Kleinen oder Großen, doch Bequemen.

Und könnte doch für sie und jedermann
Alles so anders und so herrlich sein.
Man kann – (Um Gottes willen: Nein!)
Es gibt gar kein »Man kann«.

Es gibt ein »Manko«, gibt ein »Mannequin«,
Ein »Monkey« – – aber das ist kein Dessin.
Es furzt ein Ulk. Der Teufel lupft den Steert.
Und mehr ist jene Gruppe gar nicht wert.

SHAKESPEARE

Er sah wie Christus die Welt,
Die er erlebte als Knecht.
Was seine Kunst spielend uns vorgestellt,
Hat ewig Recht.

DIE RIESENDAME DER OKTOBERWIESE

Die Zeltwand spaltete sich weit,
Und eine ungeheure Glocke wuchtete
Herein. »Emmy, das größte Wunder unsrer Zeit!«
Dort, wo der Hängerock am Halse buchtete,
Dort bot sich triefenden Quartanerlüsten
Die Lavamasse von alpinen Brüsten,
Die majestätisch auseinanderfloß.
»Emmy, der weibliche Koloß.«
Hilflose Vorderschinken hingen
Herunter, die in Würstchen übergingen.
Und als sie langsam wendete: – Oho! –
Da zeigte sich der Vollbegriff Popo
In schweren erzgegoßnen Wolkenmassen.
»Nicht anfassen!«

Und flüchtig unter hochgerafften Segeln
Sah man der Oberschenkel Säulenpracht.
Da war es aus. Da wurde gell gelacht.
Ich wußte jeden Witz zu überflegeln,
Und jeder Beifall stärkte meinen Schwung.
Die Dicke schwieg. Ich gab die Vorstellung.

Besonders lachten selbst recht runde Leute.
Ich wartete, bis sich das Volk zerstreute.

Nacht war es worden. Emmy ließ sich dort,
Wo sie gestanden, dumpf zum Nachtmahl nieder.
Sie schlang mit Gier, doch regte kaum die Glieder.

»Sag, Emmy, würdest du ein gutes Wort,
Das keinen Witz und keine Neugier hat,
Von einem, der dich tief betrauert, hören?«
Sie sah nicht auf. Sie nickte kurz und matt:
»Nur zu! Beim Essen kann mich gar nichts stören.«

»Emmy! Du armes Wunderwerk der Zeit!
Du trittst dich selbst mit ordinären Reden,
Mit eingelerntem hohlen Vortrag breit.
Du läßt die schlimme Masse deines Fettes
Von jedem Buben, jeder Dirne kneten.
Man kann den Scherz vom Umfang deines Bettes,
Der Badewanne bis zum Ekel spinnen.
Und so tat ich. Und konnte nicht von hinnen.
Ich dachte mich beschämt in dich hinein.
Es müßte doch in dir, in deinem Leben
Sich irgendwo das Schmerzgefühl ergeben:
Ein Dasein lang nicht Mensch noch Tier zu sein.«
Hier hielt ich inne, dachte zaghaft nach.
Bis ein Geräusch am Eingang unterbrach.

Es nahte sich mit wohlgebornen Schritten
Der Elefant vom Nachbarzelt
Und sagte: »Emmy, schwerste Frau der Welt,
Darf ich um einen kleinen Beischlaf bitten?«

Diskret entweichend konnte ich noch hören:
»Nur zu! Beim Essen kann mich gar nichts stören.«

KURZE WICHS

Kurze Wichs, du bist mei Freid
Wegen der Hygiene,
Läßt den Maderln zur Augenweid
Trutzbehaarte, nackte Beene.

Nur ein Mann von Schrot und Korn
Konnte dich erfinden.
Kurze Wichs, du bist von vorn
Wie die Fraun von hinten.

Kurze Wichs, du firmst den Bua,
Und dich liebt ein jeder,
Diar rhö holi da jua
Jodelt's dir vom Leder.

Kurze Wichs! – Hei, wie das knallt,
Wenn ich auf dich schlage!
Alles, alles, alles prallt
Ab, wenn ich dich trage.

SCHNEIDERHUPFL
VOR DEM OCHSEN AM SPIESS

Ein Maß Bier und zwei Maß Bier
Und hundert Maß Bier und tausend Maß Bier.
So leben wir, so leben wir
An der Isar.
Und Kalbshaxn und Kalbshaxn.
Wir sind keine Preußen, wir sind keine Sachsen.
Wir sind keine Spießer.
Wir sind Genießer.

Oktoberfest im Mai, im August,
Oktober zu jeder Zeit.
Wir sind uns unserer selbst bewußt
Und jodeln aus herziger Brust:
»Immer kampfbereit!«

Wir sind urwüchsig und frei.
Wir sind international gesinnt.
Un, zwo, *trois*, gsuffa!
Es lebe unsere Polizei!
Wer unsere Behörden nicht liebt,
Der spinnt.
Wir sind tolerant.
Die preußischen Sauerein
Sind uns bekannt.
Kommt zum Oktoberfest!
Unterstützt unsere Brauerein!
Himmel Herrgott Sakrament!

AUSKEHR

(Zum Schmutz- und Schundgesetz November 1926)

Schundige, verbrauchte Besen wollen,
Nur aus schmutzig-dunklem Hintergrund:
Mummgedachte dummgemachte Menschen sollen
Ihnen helfen gegen Schmutz und Schund.

Wollen also scheinbar Straßen reinigen,
Nicht vor eigner Türe, nein! O nein!
Herrschen wollen sie und peinigen.
Denn man sah in ihren Stiel hinein.

Und da fand man in den Stielen Knuten
Aus der mittelalterlichsten Zeit.
Und wir andern müssen uns nun sputen,
Denn die Besen stehen kampfbereit.

Sagen wir nur: Nein!
In die Ecke, Besen, Besen!
In dem Dreck, wo ihr gewesen
Seid, macht euern Dreck allein!
Nicht verhandeln.
Denn wir wollen rein,
Auch durch Schmutz und Schund, in Freiheit wandeln.

SITTLICHKEITSDEBATTE

Ein Geruch und ein Gestank
Hatten einen Zank.

»Ich lasse mich nicht,« rief der Gestank,
»Von deiner Süßlichkeit überschminken!«

»Mein Herr, sind Sie denn riechnervenkrank?
Merken Sie gar nicht, wie Sie stinken?«

»Was kümmert's dich, du bisamischer Schuft?
Bleib mir vom Leibe!«

»Nein, solch ein Stunk gehört an die Luft!
Sie werden sehen, wie ich Sie vertreibe.«

»Du Lüftchen, ich werde dich gleich verschlucken!
Dich scheint der Moschus am Nabel zu jucken.«

»Genug, mein Herr, ich merke, Sie sind
Kein Gent. Ich spreche hier gegen den Wind.« –

Es schwebten gerade zwei
Ältere Damennasen vorbei.
Sie wußten ihren Unmut zu zügeln,
Rümpften und zitterten mit den Flügeln.

RETTENDE INSEL

Wenn Parteien sich und Massen
Sichtbar und geräuschvoll hassen
Klingt das mir wie Meeresrauschen.
Und dann mag ich henkelltrocken
Still auf einer Insel hocken,
Die mich zusehn läßt und lauschen.

Nicht, daß ich dann etwa schürfe
Oder was dazwischen würfe
Oder schlichten wollte, nein,
Nein, ich weiß, das muß so sein.
Und ich dehne mich und schlürfe
Eingefangnen Sonnenschein.

Wechselnd laut und wieder leise
Rauscht das Meer in weitem Kreise
Mir vertraute Melodie.
Wo blind oder falsch gestempelt
Mißklang sich an Mißklang rempelt,
Windelt neue Harmonie.

Und dann schwimmt – fast ist es schade –
Noch ein Mensch an mein Gestade,
Sucht an meiner Pulle Halt.
Aus ist die Robinsonade,
Denn nach Insulanersitte
Sag ich unwillkürlich: »bitte!«
Und ein zweiter Pfropfen knallt.

Und wir trinken. Es gesellen
Andre sich dazu. Die Wellen
Glätten sich. Der Haß zerstiebt.
Bis zuletzt in süßer Ruhe
Niemand noch was in die Schuhe
Andrer schiebt,
Und sich alles gegenseitig
Eingehenkellt ganz unstreitig
Duldet, gern hat oder liebt.

DRAUSSEN SCHNEIT'S

Wir hatten ein Schaukelpferd vorher gekauft.
Aber nachher kam gar kein Kind.
Darum hatten wir damals das Pferd dann Bubi getauft. –

Weil nun die Holzpreise so unerschwinglich sind;
Und ich nun doch schon seit Donnerstag
Nicht mehr angestellt bin, weil ich nicht mehr mag;
Haben wir's eingeteilt. Und zwar:
Die Schaukel selbst für November,
Kopf und Beine Dezember,
Rumpf mit Sattel für Januar.

Ich gehe nie wieder in die Fabrik.
Ich habe das Regelmäßige dick.
Da geht das Künstlerische darüber abhanden.
Wenn die auch jede Woche bezahlen,
Aber nur immer Girlanden und wieder Girlanden
Auf Spucknäpfe malen,
Die sich die Leute doch nie begucken,
Im Gegenteil noch drauf spucken, – –
Das bringt ja ein Pferd auf den Hund.

Als freier Künstler kann ich bis mittags liegen
Bleiben. – Na und die Frau ist gesund.
Es wird sich schon was finden, um Geld beizukriegen.
Anna und ich haben vorläufig nun
Erst mal genug mit dem Bubi zu tun.
Rumpf zersägen, Beine rausdrehn,
Nägel rausreißen, Fell abschälen.
Darüber können Wochen vergehn.
Das will auch gelernt und verstanden sein,
Sonst kann man sich daran zu Tode quälen.
Solches Holz ist härter als Stein.
Dann spalten und Späne zum Anzünden schneiden
Und tausenderlei.
Aber das tut uns gut, uns beiden,
Sich mal so körperlich auszuschwitzen.

Außerdem kann man ja dabei
Ganz bequem auf dem Sofa sitzen;
Raucht seine Pfeife, trinkt seinen Tee,
Und vor allem: Man ist eben frei!
Man hat sein eigenes Atelier.
Man hat seinen eigenen Herd;
Da wird ein Feuerchen angemacht –
Mit Bubipferd –,
Daß die Esse kracht.
Und die Anna singt und die Anna lacht.
Da können wir nach Belieben
Die Arbeit auf später verschieben.

Denn wenn man das Gas uns sperren läßt
Oder kein Bier ohne Bargeld mehr gibt,
Dann kriechen wir gleich nach Mittag ins Nest
Und schlafen, solange es uns beliebt.

Freilich: Der feste Lohn fällt nun fort,
Aber die Freiheit ist auch was wert.
Und das mit dem Schaukelpferd
Ist jetzt unser Wintersport.

EINSIEDLERS HEILIGER ABEND

Ich hab' in den Weihnachtstagen –
Ich weiß auch, warum –
Mir selbst einen Christbaum geschlagen,
Der ist ganz verkrüppelt und krumm.

Ich bohrte ein Loch in die Diele
Und steckte ihn da hinein
Und stellte rings um ihn viele
Flaschen Burgunderwein.

Und zierte, um Baumschmuck und Lichter
Zu sparen, ihn abends noch spät
Mit Löffeln, Gabeln und Trichter
Und anderem blanken Gerät.

Ich kochte zur heiligen Stunde
Mir Erbsensuppe mit Speck
Und gab meinem fröhlichen Hunde
Gulasch und litt seinen Dreck.

Und sang aus burgundernder Kehle
Das Pfannenflickerlied.
Und pries mit bewundernder Seele
Alles das, was ich mied.

Es glimmte petroleumbetrunken
Später der Lampendocht.
Ich saß in Gedanken versunken.
Da hat's an die Türe gepocht,

Und pochte wieder und wieder.
Es konnte das Christkind sein.
Und klang's nicht wie Weihnachtslieder?
Ich aber rief nicht: »Herein!«

Ich zog mich aus und ging leise
Zu Bett, ohne Angst, ohne Spott,
Und dankte auf krumme Weise
Lallend dem lieben Gott.

KOMM, SAGE MIR, WAS DU FÜR SORGEN HAST

Es zwitschert eine Lerche im Kamin,
Wenn du sie hörst.
Ein jeder Schutzmann in Berlin
Verhaftet dich, wenn du ihn störst.

Im Faltenwurfe einer Decke
Klagt ein Gesicht,
Wenn du es siehst.
Der Posten im Gefängnis schießt,
Wenn du als kleiner Sträfling ihm entfliehst.
Ich tät es nicht.

In eines Holzes Duft
Lebt fernes Land.
Gebirge schreiten durch die blaue Luft.
Ein Windhauch streicht wie Mutter deine Hand.
Und eine Speise schmeckt nach Kindersand.
Die Erde hat ein freundliches Gesicht,
So groß, daß man's von weitem nur erfaßt.
Komm, sage mir, was du für Sorgen hast.
Reich willst du werden? – Warum bist du's nicht?

GOLD

Gold macht nicht jeden reich,
Gold ist geschmeidig und weich
Wie ein Lurch.
Schlängelt sich zwischen den Fingern durch.
Gold entrollt, von Gott gewollt.

Gold soll nicht frech sein.
Gold darf nicht Blech sein,
Nicht durchmessingt oder durchsilbert.
Gold will redlich frei sein,
Ohne aufgezwungnes Beisein,
Hören Sie, Gilbert?

Gold macht uns trunken. Gold
Stinkt als Halunkensold.
Gold macht nicht gut.
Gold wittert Blut.
Gold macht nicht froh.

Wo ist Gold? Wo?

In Europa ist kein Gold mehr da.
Alles Gold ist in Amerika.

Doch Sie haben recht, mein lieber Mister,
Deutschland nährt ein bißchen viel Minister.
In den Einzelstaats- Beamtenheeren
Könnte man die Hälfte gut entbehren.

JENE KLEINSTEN EHRLICHEN ARTISTEN

Jener kleinsten, ehrlichen Artisten
Denk ich, die kein Ruhm belohnt,
Die ihr Dasein ärmlich, fleißig fristen,
Und in denen nur die Zukunft wohnt.

In Programmen stehen sie bescheiden,
Und das Publikum bleibt ihnen stumm.
Dennoch geben sie ihr Bestes und beneiden
Größre nicht. Und wissen nicht, warum.

Grober Dünkel drückt sie in die Ecken.
Ihre Grenze ist der Rampenschein.
Aber nachts vor kleinen Mädchen recken
Sie sich auf in Künstlerschwärmerein.

Die ihr bleiben sollt, wo wir begonnen,
Mögt ihr ruhmlos sein und unbegabt,
Doch euch tröstet: Uns ist viel zerronnen,
Schönes, was ihr jetzt noch in euch habt.

Ehrlichkeit ist Kunst und derart selten,
Daß es wenig Wichtigeres gibt.
Euer Schicksal wird euch reich vergelten,
Daß ihr euer Schicksal habt geliebt.

SILVESTER

Daß bald das neue Jahr beginnt,
Spür ich nicht im Geringsten.
Ich merke nur: Die Zeit verrinnt
Genau so wie zu Pfingsten,

Genau wie jährlich tausendmal.
Doch Volk will Griff und Daten.
Ich höre Rührung, Suff, Skandal,
Ich speise Hasenbraten.

Mit Cumberland, und vis-à-vis
Sitzt von den Krankenschwestern
Die sinnlichste. Ich kenne sie
Gut, wenn auch erst seit gestern.

Champagner drängt, lügt und spricht wahr.
Prosit, barmherzige Schwester!
Auf! In mein Bett! Und prost Neujahr!
Rasch! Prosit! Prost Silvester!

Die Zeit verrinnt. Die Spinne spinnt
In heimlichen Geweben.
Wenn heute nacht ein Jahr beginnt,
Beginnt ein neues Leben.

WAS WÜRDEN SIE TUN, WENN SIE DAS NEUE JAHR REGIEREN KÖNNTEN?

Ich würde vor Aufregung wahrscheinlich
Die ersten Nächte schlaflos verbringen
Und darauf tagelang ängstlich und kleinlich
Ganz dumme, selbstsüchtige Pläne schwingen.

Dann – hoffentlich – aber laut lachen
Und endlich den lieben Gott abends leise
Bitten, doch wieder nach seiner Weise
Das neue Jahr göttlich selber zu machen.

ES SCHNEIT

Es schneit dicke Flocken,
Nicht warm aber frisch gebacken.
Die setzen sich in meine Dichterlocken,
In meinen Schiebernacken,
Auf meine Smoking-Socken.

Sie machen den Polizisten
Gemütlich zum Weihnachtsmann.
Da legen die Touristen
Ihre Polarausrüstung an.

Wir wollen uns alle zusammentun,
Um den Beschluß zu fassen:
Es dürfen alle Sachsen von nun
An nicht mehr ihr Land verlassen.

Sie querten mit wilder Behaglichkeit
Karlmayisch gedachte Fernen
Und blieben Sachsen. Es wird für sie Zeit,
Sich selbst erst mal kennenzulernen.
Es schneit.

Wenn hundert Leute sich einig sind,
Dann fühlen sich die als Giganten
Und schwafeln vor einem vernünftigen Kind
Wie taube verwunschene Tanten.

Es schneit. Wie in unserer Kinderzeit.
Zum Wintersport eingeladen,
Gehe ich schlafen. Es schneit. Es schneit.
Es schneit für den Landmann Kuhfladen.

Es schneit für die Zukunft Straßendreck.
Auf Gräber schneit's weiße Rosen.
Doch es schneit Erbsensuppe mit Speck
In die Taschen der Arbeitslosen.

AN HANS SIEMSEN

Uns trennt wohl vieles,
Doch nicht viel,
Gewiß nicht das Ziel,
Ich meine die Vorstellung unseres Zieles.

Du bist zart und weich
Und ein Mann von hohem Geschmack.
Dieses Gedicht ist ein freundlicher Schnack.
Aber wir treffen uns wieder
Im Himmelreich.

JENE GROSSE

Weil jeder sie so entzückend
Grün und natürlich fand,
Ging die große Mimose
Von Hand zu Hand.

Und ging und lebte, ward müde und schlief,
Und ward herumgereicht.
Und wünschte sich vielleicht – vielleicht! –
Ganz tief,
So unempfindlich zu sein
Wie ein Stein.

Und wie sie trotzdem wunderbar
Organisch grün und wissend klar
Gedieh,
Umschwärmten, liebten, achteten sie
Die Menschen und die Tiere,
Merkten aber fast nie,
Daß sie keine Rose,
Daß sie eine große Mimose war.

LETZTER RITT

Eine Sentimenze

Ein Mädchen ritt
Ihren Schimmel
Zum Schlachter
Im Schritt
Nach dem Städtchen.
Gott regnete
Und segnete
Das traurige Mädchen.

Da vergoß es
Eine Träne
In die Mähne
Des Rosses
Und ritt weiter hin.
Als der Schlachtersknecht,
Etwas angezecht,
Jener Reiterin
Guten Morgen bot,
War sie tot.

Ein Gewitter
Brach vom Himmel.
Und der Schimmel
Schmeckte bitter.

EINLADUNGEN

Es ist so herrlich, keine Zeit zu haben,
Mit seinem Werkzeug ganz allein zu tun.
Ich will nicht bei sein, wenn sie X. begraben.
Der kann sich freun, von ihnen auszuruhn.

Da habe ich ein Bild gemalt,
Nicht halb so gut, wie ich's erträumte.
Wird's nie bezahlt, mir hat es reich bezahlt,
Was ich an Zank und Neiderei versäumte.

Ein tiefer Himmel über dunklen Häusern
Blinkt aus Milliarden hellen Pünktchen »Ja!«
Wo ist mein Nachthemd? – Bin ich etwa da,
Um zu Gelangweilten mich auszuäußern.

ALONE

Alone everybody is nice
Or wonderful. –
Daß ich auch deutsch das sagen könnte, weiß
Ich, und behaupte 2 mal 10 ist Null.
Doch was ist jedermann? Und was sind die,
About wir schelten?
Vielleicht sind alle sie
An einer Stelle einzig oder selten.

Freundin, raff deine Röcke übers Knie
Und gehe leise, ohne Melodie
Und nur bei Dunkelheit
Mit mir durch all die Welten.

IMMER WIEDER FASCHING

Wenn der Fasching kommt, wird viel verboten.
Aber manches wird auch andrerseits erlaubt.
Dann wird nicht nur Dienstboten,
Nein auch Fürstenhäusern entstammten
Damen oder Frauen von Beamten
Die Unschuld geraubt.

Jeder läßt was springen.
Viel ist los.
Und vor allen Dingen
Beine und Popos.

Wenn sich Masken noch einmal verhüllen
Mit Phantastik, Seide, Samt und Tüllen,
Zeigt sich sehr viel Fleisch und sehr viel Schoß.
Daß wir, eh' wir heimwärtsschwanken,
Unsern steifen Hut zerknüllen
Im Gedanken:
Hätten wir die Hälfte bloß!

Also brechen wir auf!
Ach nein, bleiben wir noch,
Bis an ein Loch.
Schließlich löst sich alles doch
In Papier auf.

Man vertrollt sich lärmlich,
Wendet sich erbärmlich,
Jedermann ein abgesetzter Held.

Draußen Sturm. Es hetzen
Über Dächer kalte Wolkenfetzen
Unterm Mond. Wir setzen
Uns ins Auto, fröstelnd vor dem letzten Geld.

AN PETER SCHER

Mein lieber Peter Scher,
Horch her:

Ich hätte dich manchmal hassen
Und an der Gurgel fassen
Wollen, dich, den der Ringelnatz liebt.
Weil du nicht lernst, daß es Etwasse gibt,
Die gar nichts mit sich anfangen lassen.
Oder weil du, der auch du mich liebst,
Das nicht zugibst.
Und gerade auf das Zugeben
Kommt's an im Leben.

Du bist oft an falscher Stelle zu dick.

Wir sind Freunde auf Lebenszeit.
Ich kenne deine Vergangenheit.
Und ich weiß: Im wichtigen Augenblick
Bist du ganz und groß und hilfsbereit.

KOSTÜMBALL-GEDANKEN 1928

Es wechseln die Moden.
Aber der Hosenboden
Sitzt sinngemäß
Immer unterm Gesäß.

Mücken und Massenfische
Schwimmen ganz anders umeinand.
Beine wissen sich unter dem Tische
Zu benehmen, niemals die Hand.

Keine Teile schalten
Aus; ein jedes spielt Spiel.
Strumpffalten zum Beispiel enthalten
An Bedeutung viel.

Jedes tut, als ob wär.
Scheinbar will niemand fischen.
Diesmal ist viel Revolutionär
Und Junges dazwischen.

Stierkämpfer und Kuhfraun,
Cowboys und Kurze Wichs.
Die nur humorlos zuschaun,
Sind nix.

Dünner Nepp oder Dick-Nepp –
Wie man sich gegenwagt –
Erzielt – wie man in Virginia sagt –
Back-door-quick-step.

Rhythmus macht viel... Auch Haare.
Selten reißen gedachte Stellen entzwei.
Leider ist alle Jahre
Wieder die alte Ziege dabei.

Wärmend sind zwischendurch und durch
Schnäpse und Sekte.
Abkühlend wie ein Lurch oder Schirurch
Wirken Dialekte.

Bunt stimmt viel froher
Als beispielsweise Grau.
Aber viel sowiesoer
Reizt der Busen der Frau.

Schön ist stets das Originelle,
Weil's von Erfindung zeugt.
Doch das paßt nicht: wenn eine Sardelle
Vor dem Auerhahn ihr Knie beugt.

Das nächste Mal gedenke ich
Als ganz Nackter mitzumachen.
Und auch dies Kostüm verschenke ich.
Nur damit die Leute lachen.

DAS MÄDCHEN MIT DEM MUTTERMAL

Chanson

Woher sie kam, wohin sie ging,
Das hab' ich nie erfahren.
Sie war ein namenloses Ding
Von etwa achtzehn Jahren.
Sie küßte selten ungestüm.
Dann duftete es wie Parfüm
Aus ihren keuschen Haaren.

Wir spielten nur, wir scherzten nur;
Wir haben nie gesündigt.
Sie leistete mir jeden Schwur
Und floh dann ungekündigt,
Entfloh mit meiner goldnen Uhr
Am selben Tag, da ich erfuhr,
Man habe mich entmündigt.

Verschwunden war mein Siegelring
Beim Spielen oder Scherzen.
Sie war ein zarter Schmetterling.
Ich werde nie verschmerzen,
Wie vieles Goldene sie stahl,
Das Mädchen mit dem Muttermal
Zwei Handbreit unterm Herzen.

ICH TANZTE MIT IHR

Als Reiter die Steppe durchjagen –
Wandern in Schritten, ersungen aus gleichem Gefühl,
Oder mit Kühnheit gespannt den Wagen
Lenkend durch Gefahren und Straßengewühl –
Mit der Schaukel hinauf und hernieder,
Treibend im Boote über die Wellen gewiegt,
Mit dem Schlitten zu Tal. Und dann wieder
Auf, wie die Möwe dem Winde entgegenfliegt.

Und das alles allzumal
Genossen wir tanzend im Saal.
In uns kreiste das Blut und der Wein,
Um uns ein Fest mit Wänden und Händen,
Gesichtern, Lichtern und Gegenständen.
Wir standen in dem Ringelreihn
Eigentlich ganz allein,
Ein Mensch aus zwein.

GENAU BESEHN

Wenn man das zierlichste Näschen
Von seiner liebsten Braut
Durch ein Vergrößerungsgläschen
Näher beschaut,
Dann zeigen sich haarige Berge,
Daß einem graut.

DAS SERIÖSE

Wo ich abends Weißwürste fresse,
Da sitzt oft drei Tische weit
Vor mir ein Herr von Noblesse,
Sehr groß, sehr ernst und sehr breit.

Sein Haar und Bart, seine Kleidung
Sind einwandfrei und gepflegt,
Wie er unter steter Vermeidung
Sich einwandfrei sicher bewegt.

Wie ihn die Kellner bedienen,
Ist er ein Fürst oder reich.
Doch bleibt das Spiel seiner Mienen
Jederzeit würdig und gleich.

Wenn diese würdig seriöse
Erscheinung vorübergeht,
Dann ist mir, als ob mein Gekröse
In Hirn und Leib sich verdreht.

Denn, wenn er mit seinen Blicken
Mich streifte – das fühle ich klar –,
Ich würde zusammenknicken
Und nimmer sein, was ich war.

Doch ohne seitwärts zu schauen,
Schreitet er durchs Lokal.
Seine gerunzelten Brauen –
Wie alles an ihm – sind aus Stahl.

Und seine Schritte lenken
Sich dahin, wohin man nicht sieht.
Ich wage nicht auszudenken,
Was er dort etwa vollzieht.

Ach, ich bin klein, ich bin böse.
Mein Herz ist auch nicht ganz rein.
Ach dürfte ich solche seriöse
Persönlichkeit einmal sein!

REKLAME

Ich wollte von gar nichts wissen.
Da habe ich eine Reklame erblickt,
Die hat mich in die Augen gezwickt
Und ins Gedächtnis gebissen.

Sie predigte mir von früh bis spät
Laut öffentlich wie im stillen
Von der vorzüglichen Qualität
Gewisser Bettnässer-Pillen.

Ich sagte: »Mag sein! Doch für mich nicht! Nein, nein!
Mein Bett und mein Gewissen sind rein!«

Doch sie lief weiter hinter mir her.
Sie folgte mir bis an die Brille.
Sie kam mir aus jedem Journal in die Quer
Und säuselte: »Bettnässer-Pille.«

Sie war bald rosa, bald lieblich grün.
Sie sprach in Reimen von Dichtern.
Sie fuhr in der Trambahn und kletterte kühn
Nachts auf die Dächer mit Lichtern.

Und weil sie so zähe und künstlerisch
Blieb, war ich ihr endlich zu Willen.
Es liegen auf meinem Frühstückstisch
Nun täglich zwei Bettnässer-Pillen.

Die ißt meine Frau als »Entfettungsbonbon«.
Ich habe die Frau belogen.
Ein holder Frieden ist in den Salon
Meiner Seele eingezogen.

WÄSCHE

Wäsche ist von des Menschen Umäußerung
Das Innerste, also das Feinste,
Und sollte immer das Reinste
Sein, wie im Menschen selber die Seele.

Was immer ihr fehle,
Die Sauberkeit fehle ihr nie.
Und schön und schöner, wenn außerdem sie
Noch Wohlgeschmack, einen freien Geist
Und das Verständnis für neueste Zeit
Und für die Gesetze der Ewigkeit
Beweist. –

Wie doch die innersten Blättchen der Blüten
Die innigsten sind. –
Wäsche sollst du wie dein Gewissen
Und wie dein Kind
Peinlich pflegen und zärtlich behüten.

PAUL WEGENER

Der Regen ist noch regener,
Wenn er aufs Wasser niedergeht.

Gleich fest in jedem Wetter steht
Ein großer Stein, Paul Wegener.

Nicht Edel-, Halb-, noch Straßenstein,
Vor allen Dingen und ganz gewiß
Kein Similis.

Und nun bewegt sich und uns dieser Stein.
Ein Schauspieler, der kein
Theater spielt
Und nicht schielt.
Ein Hagen von Tronje, ein Zotteltier,
Ein rührender Alter, ein Kavalier.

Und hinter den Kulissen
Ein fröhliches Gewissen,
Ein anständiger Kamerad.

Und daheim, am Karlsbad,
Im Kreise seiner geschiedenen Frau'n,
Die alle ihm bleiben und ihm vertrau'n,
Neben seiner noch nicht geschiedenen,
Zusammen mit lauter zufriedenen
Kindern und Freunden vor einem Kapaun.

Und drum rum
Bilder und Buddhas schön und stumm,
Die er schätzt und uns nennt,
Und deren Seele er kennt.

Als ich im Filmatelier bei ihm war,
Stand er mit violettem Haar
Zwischen phantastischem Alldingsgewirr,
Riß aus dem Tisch ein Bein
Und – bums klirr –

Schlug er damit in ein Fenster hinein.
Das mußte so – so mußte es sein.

Und dann spät nachts,
Da er müde müßte sein – –
Nein! – –
Ging er noch weiter,
Tanzte, trank Wein
Bis in die helle Stunde
Weitarmig und heiter,
Mit guten und bösen Geistern im Bunde.
Ein lebendiger Roland aus Stein,
Der, was er liebt,
Gern, groß und ehrlich gibt.

WAS DIE IRRE SPRACH

Wir armen Schizophrenen!
Wir sind nur ein Begriff.
Wir lassen uns endlos dehnen.
Aber es war ein englisches Schiff.

Ich weiß, Sie möchten was fragen;
Seien Sie ruhig ganz streng zu mir.
Sie sind nur glücklich, und ein Tier –
Muß man treten und schlagen.

Die Blicke sind selbstverständlich
Bei Kapitänen Befehle.
Ich habe auch Eure Seele,
Aber – die Schwester lügt. Sie lügt schändlich.

Vielleicht ist Hingeben Schande.
Kein Tier weiß, was es redlich tut.
So wahr er tausend Meter vom Lande –
Amen – im Wasser ruht.

Nein danke! Ich bin nicht müde.
Oder spreche ich Ihnen zu viel? –
Die Quintessenz der Güte
Liegt schließlich nicht im Peitschenstiel.
Er hebt oder senkt die Blüte. –
Nun aber genug im grausamen Spiel.
Sie haben doch recht! Ich bin müde.

Living or dead – Mir riecht sich das gleich.
Aber wären Sie englisch ersoffen,
Sie kämen vielleicht auch ins Himmelreich. –
Amen. – Wir wollen es hoffen. –
Jetzt ist er zum ersten Male weich.

Sehen Sie nur: Wie der Oberarzt schaut!
Er soll viel strenger zu mir sein.
Ich bin doch allein. Weil ich ein Schwein
Bin. Ich bin eine Seemannsbraut
Tausend Meter vom Lande. –
Die Schwester hält das für Schande.

Ihr schmutziges Volk! Euer Captain ist fort. –
Nie wieder die Stiefel lecken muß.
Ja, führt mich hinaus! Wir treffen uns dort. –
Wo Anfang ist, da ist auch ein Schluß.
Weil Ihr uns um unser freieres Sehnen
Beneidet. – Hier fragt sich: Wer führt das Wort?
Ihr armen Schizophrenen.

DIE AUSGETRETENEN

Die Freifrau Berta von Sade,
Die hielt sich auf ihrem Schloß
In der Männerretirade
Einen Löwen, so groß wie ein Ponyroß.

Bei ihren berüchtigten, tollen,
Staubaufwirbelnden Gastmählern sollen
Die Frauen in Hosen gegangen sein
Und schenkten den Männern ein sehr viel Wein.
Sämtliche Männer verschollen.

Als keine Männer mehr kamen,
Trat die Freifrau den Löwen entzwei,
Erwürgte sämtliche Damen
Und verwichste zwei Herren, die kamen
Im Namen der Polizei.

Dann trank sie Benzin und verschlang hinterher
Plumpudding. Und schrieb an die Feuerwehr.
Nun ist die Stätte wüst und leer,
Nur mehr eine kahle Ruine.
Weil auf dem Löwenurine
Kein Blümelein gedeiht noch Kraut.

Und das ist jammerschade.
Denn dort liegt Berta von Sade
In Asche, und wurde viel verdaut.

ZU EINEM GESCHENK

Ich wollte dir was dedizieren,
Nein schenken; was nicht zuviel kostet.
Aber was aus Blech ist, rostet,
Und die Messinggegenstände oxydieren.
Und was kosten soll es eben doch.
Denn aus Mühe mach ich extra noch
Was hinzu, auch kleine Witze.
Wär' bei dem, was ich besitze,
Etwas Altertümliches dabei – –
Doch was nützt dir eine Lanzenspitze!
An dem Bierkrug sind die beiden
Löwenköpfe schon entzwei.
Und den Buddha mag ich selber leiden.
Und du sammelst keine Schmetterlinge,
Die mein Freund aus China mitgebracht.
Nein – das Sofa und so große Dinge
Kommen überhaupt nicht in Betracht.
Außerdem gehören sie nicht mir.
Ach, ich hab' die ganze letzte Nacht
Rumgegrübelt, was ich dir
Geben könnte. Schlief deshalb nur eine,
Allerhöchstens zwei von sieben Stunden,
Und zum Schluß hab' ich doch nur dies kleine,
Lumpige beschißne Ding gefunden.
Aber gern hab' ich für dich gewacht.
Was ich nicht vermochte, tu du's: Drücke du
Nun ein Auge zu.
Und bedenke,
Daß ich dir fünf Stunden Wache schenke.
Laß mich auch in Zukunft nicht in Ruh.

HEIMWEG

Babette starb – noch vor erhoffter Zeit. –
Bei ihrer Nichte stand ein Sarg bereit.
Und diese Nichte fuhr mit ihrem Gatten
Nebst Leiche und mit Höchstgeschwindigkeit
Im Leichenauto zum Bestatten.

Doch was kommt in Berlin nicht alles vor;
Und eben deshalb hatte der Chauffeur
In einem Ladenfenster links am Brandenburger Tor
Malheur.

Aus Autotrümmern, Scherben und Korsetten
Zog man Chauffeur, nebst Nichte, nebst Gemahl ganz tot hervor.

Die Leiche nur (wir sprechen von Babetten)
Vermochte sich zu retten.
Da sie zum Glück nur scheintot wesen war,
Ging sie jetzt heim und lächelte sogar.

DIE WAISENKINDER

Zwanzig grobe Strohhüte gehen
Zwei und zwei wie Militär.
Zwanzig schwarze Pelerinchen wehen,
Als wenn's zum Begräbnis wär.

Magre Lehrerin voraus,
Hinten magre zweite,
Eine dritte an der Seite,
Also zieht aus engem Haus
Eine Schlange in die Weite.

Hilfe! Mitleid! Und Beschwerde!
Zwanzig arme Waisenkinder,
Streng getrieben, eine Herde
Junger Rinder –.

Weil mich meine Mutter knufft,
Und um Stärkres zu vermeiden,
Sag ich: »Ja, man läßt sie weiden
In der frischen, freien Luft.«

»Weiden? – Dummheit! Siehst du nicht,
Was hier vorgeht, roher Bengel!
Junge Blumen brauchen Licht,
Wärme, Erde, Wurzel, Stengel –.«

»Manche brauchen Mist, Mama,
Weil sie anderes vermissen,
Und der ist – wer kann es wissen –
Hier vielleicht sehr reichlich da.«

Meine Mutter ruckt, – schluckt:

»Treibt mit diesen Engeln Spott!
Und mich will er nicht verstehen.
Warte, dir wird's schlimm ergehen!
Und das wünsch ich dir. Bei Gott.«

Meine Mutter dreht
Rücken zu und geht.

Und nun sauf ich wo, wo keine
Rinder, Blumen, Engel sind,
Bin für mich oder für meine
Mutter Naseweisenkind.

ERINNERUNG AN EIN ERLEBNIS AM RHEIN

Ja, ja! – Ich weiß. – Du weißt. –
Vor neunundzwanzig Jahren –
Wie zärtlich grün wir waren! –
Damals. – Wie dankbar dreist! –
Und brauchte gar nicht mal am Rhein –
Es konnte irgend anderswo,
Vor schwarzen Mauern und auf Stroh
Gewesen sein. –
Weil wir doch wir, und weil wir so –
So waren. –
Vor neunundzwanzig Jahren.

Weil man nicht suchte, was man fand. –
Nun klingt das rührsam hell
Wie »Ade, du, mein lieb Heimatland«
Aus einem Karussell.

MISSMUT

Ein Rauch verweht.
Ein Wasser verrinnt.
Eine Zeit vergeht.
Eine neue beginnt.
Warum? Wozu?
Denk' ich dein Fleisch hinweg, so bist
Du ein dünntrauriges Knochengerüst,
Allerschönstes Mädchen du.

Wer hat das Fragen aufgebracht?
Unsere Not.
Wer niemals fragte, wäre tot.
Doch kommt's drauf an, wie jemand lacht.

Bist du aus schlimmem Traum erwacht,
Ist eine Postanweisung da,
Ein Telegramm, ein guter Brief, –
Du atmest tief
Wie eine Ziehharmonika.

... ALS EINE REIHE VON GUTEN TAGEN

Wir wollen uns wieder mal zanken,
Auf etwas hacken wie Raben,
Daß unsre zufriednen Gedanken
Eine Ablenkung haben.

Wir wollen irgendein harmloses Wort
Entstellen,
Dann uns verleumden und zum Tort
Etwas tun; das schlägt dann Wellen.

Wir wollen dritte aufzuhetzen
Versuchen,
Dann unsere Freundschaft verfluchen,
Einmal sogar ein Messer wetzen,
Dann aber uns – in Blickweite –
Auseinander zusammensetzen,
Um superior jedem weiteren Streite
Auszuweichen;
Mit dem Schwur beiseite:
Uns nimmermehr zu vergleichen.

Dann wollen wir, jeder mit Ungeduld,
Ein paar Nächte schlecht träumen,
Dann heimlich eine gewisse Schuld
Dem anderen einräumen,
Dann lächeln, dann seufzen, dann stöhnen,
Dann plötzlich uns gründlich bezechen,
Dann von dem vergänglichen, wunderschönen
Leben sprechen.

Und dann uns wieder einmal versöhnen.

AN M.

Der du meine Wege mit mir gehst,
Jede Laune meiner Wimper spürst,
Meine Schlechtigkeiten duldest und verstehst – –
Weißt du wohl, wie heiß du oft mich rührst?

Wenn ich tot bin, darfst du gar nicht trauern.
Meine Liebe wird mich überdauern
Und in fremden Kleidern dir begegnen
Und dich segnen.

Lebe, lache gut!
Mache deine Sache gut!

AN DEN MANN IM SPIEGEL

Du bist ein krummer, dummer Hund!
Und hast es doch so gut gehabt,
Bist gar nicht reich und bist gesund,
Auch großenteils nicht unbegabt.

Du altes Schwein im Trüffelbeet,
Weißt du auch stets, wie gut's dir geht?

Du, spring nicht über Schranken,
Die höher, als du selbst bist, sind.
Vergiß nie, täglich wie ein Kind
Für alles tief zu danken.

GEWISSE JUNGE BURSCHEN

Seltsam schauen diese Jungen ins Leben,
Davon sie gar nichts begreifen,
In einer Zeit, da sie gar nichts erleben
Und eben deshalb so gesund reifen.

Drückt kein Gewehr sie, auch kein Ranzen.
Ohne zu ahnen, wissen sie.
Ohne zu fragen, beherrschen und tanzen
Sie sicher jede Zurzeit-Melodie.

Wie lange wird's währen?
Wer ist der erste Rohling, der spricht,
Um sie aufzuklären?
Ich wagte es nicht.

Und ihre Mädchen, vom gleichen Jahr,
Meist jünger sogar,
Lassen sich gern scheinbar lenken
Und empfinden wunderbar:
Er gibt uns gar nichts zu denken.

Gönnt doch den jungen, frischen
Tieren ihr freudiges Weichmaulgefräß.
Ihrem Zahnarzt entwischen
Sie doch nicht. Bestimmungsgemäß.

Neben mir, still, vom Ball abgewandt,
Steht so einer dergleichen.
Ich möchte so gern aus der flachen Hand
Ihm ein Stück Zucker reichen.

AN MEINEN KAKTUS

Du alter Stachelkaks,
Du bist kein Bohnerwachs,
Kein Gewächs, das die Liebe sich pflückt,
Sondern du bist nur ein bißchen verrückt.

Ich weiß, daß du wenig trinkst.
Du hast auch keinerlei Duft.
Aber, ohne daß du selber stinkst,
Saugst du Stubenmief ein wie Tropenluft.

Du springst niemals Menschen an oder Vieh.
Wer aber mit Absicht oder versehentlich
Sich einmal auf dich
Setzte, vergißt dich nie.

Ein betrunkener, lachender Neger
Schenkte dich mir, du lustiges Kleines,
Daß ich den Vater ersetze dir kantigem Ableger
Eines verrückten, stets starren Stachelschweines.

FLUGZEUGGEDANKEN

1929

Gewidmet Dr. Ernst Stettenheimer in Frankfurt am Main.

Ernst Rowohlt Verlag, Berlin 1929.

FLUGZEUGGEDANKEN

Dort unten ist die Erde mein
Mit Bauten und Feldern des Fleißes.
Wenn ich einmal nicht mehr werde sein,
Dann graben sie mich dort unten hinein,
Ich weiß es.

Dort unten ist viel Mühe und Not
Und wenig wahre Liebe. –
Nun stelle ich mir sekundenlang
Vor, daß ich oben hier bliebe,
Ewig, und lebte und wäre doch tot – –
O, macht mich der Gedanke bang.

Mein Herz und mein Gewissen schlägt
Lauter als der Propeller.
Du Flugzeug, das so schnell mich trägt,
Flieg schneller!

EINSAMER SPAZIERFLUG

Nun ich wie gestorben bin
Und wurde ein Engelein,
Fliege ich über dein Wohnhaus hin.
Häuschen klein.

Die du als Witwe wieder umworben
Sein magst,
Da ich doch schon verstorben
Bin –. Was du wohl sagst?
Ob du gefaßt bist oder klagst?

Oder ob dein Humor wieder steht,
Du dessen eingedenk bist,
Daß ein aufrichtiges Gebet
Ein unterweges Selbstgeschenk ist?
Ach, wie es dir wohl geht?

Ob du dich verlassen meinst?
Ob du gar Gott verneinst,
Anstatt daß du dankbar
Bist. Wüßte ich, daß du jetzt so weinst
Wie einst, da ich krank war,
Kippte ich die Maschine kurz
Steil ab auf Sturz.

Oder sollte einem Engelein
Solch ein Kegelpurz
Verboten sein??

VERSÖHNUNG

Es ließe sich alles versöhnen,
Wenn keine Rechenkunst es will.
In einer schönen,
Ganz neuen und scheuen
Stunde spricht ein Bereuen
So mutig still.

Es kann ein ergreifend Gedicht
Werden, das kurze Leben,
Wenn ein Vergeben
Aus Frömmigkeit schlicht
Sein Innerstes spricht.

Zwei Liebende auseinandergerissen:
Gut wollen und einfach sein!
Wenn beide das wissen,
Kann ihr Dach wieder sein Dach sein
Und sein Kissen ihr Kissen.

FALLSCHIRMSPRUNG MEINER BEGLEITERIN

Wie sie den Fallschirm mir zeigt und erklärt,
Kann ich nur halb zuhörn und zusehen.
Ich muß daran denken, wie ganz verkehrt
Oft Frauen mit ihren Schirmen umgehen.
Ich bin doch sonst kein solch Angstpeter.
Aber nun – – Und nun sind wir so weit,
Vielmehr so hoch. Etwa zweitausend Meter!
Wir erheben uns. »Alles bereit?«
Ich öffne die Türe.
»Gott soll Sie erhalten
Und Ihren seidenen Schirm entfalten.
Ich schösse mich tot, wenn ich jemals erführe – –«

Mir graust.
Das Frauenzimmer ist abgesaust.
Ich blicke ihr nach. Einmal überschlägt sie
Sich, wird ein Punkt, dann ein Pünktchen, und, ach,
Plötzlich ein sonnig blitzendes Dach,
Und ich weiß: das Dach trägt sie.

Ich schließe die Türe und reiße die Watte
Aus meinen Ohren. Ich fühle mich frei
Und sicher. Und ärgre mich doch dabei,
Weil sie mehr Schneid als ich hatte.

EIN FREUND ERZÄHLT MIR

»Ich sah auf der Wiese – Oskar ist Zeuge –
Eine Dame sich aus der Kniebeuge
Langsam erheben
Und vor ihr etwas wie Segeltuch schweben.
Eine tausendköpfige Menge gafft
Nach dieser Lady in Hosen aus Loden.
Dann, langsam, bläht sich das Segel und strafft
Seine Taue. Die ziehen die Dame vom Boden.
Und hoch in die Wolken. Grotesk anzuschauen.
Das Weib schwebt unter dem Schirm an den Tauen.
Dann schließt sich der Schirm, aber trägt dennoch sie
Höher und höher, man weiß gar nicht, wie.
Dann zeigt sich ein Flugzeug. Die Tür der Kabine
Steht offen, und aus der Öffnung sieht
Ein Mann mit einer Ringelnatzmiene.
(Es gibt doch wahrhaftig nicht viel solcher Nasen!)
Und wieder plötzlich – nein, alles geschieht
Ganz langsam – also unplötzlich neigt
Der Schirm sich nach unten. Die Dame steigt
Fußoberst weiter. Und solchermaßen,
Im Bogen, schweben der Schirm und die Dame
Ins Flugzeug hinein. Und sie oder du,
Einer von euch schlägt die Türe zu.«

Film. Rückwärts gedrehte Zeitlupenaufnahme.

BÄR AUS DEM KÄFIG ENTKOMMEN

Was ist nun jetzt?
Wo sind auf einmal die Stangen,
An denen die wünschende Nase sich wetzt?
Was soll er nun anfangen?

Er schnuppert neugierig und scheu.
Wie ist das alles vor ihm so weit
Und so wunderschön neu!
Aber wie schrecklich die Menschheit schreit!

Und er nähert sich geduckt
Einem fremden Gegenstande. –
Plötzlich wälzt er sich im Sande,
Weil ihn etwas juckt.

Kippt ein Tisch. Genau wie Baum.
Aber eine Peitsche knallt.
Und der Bär flieht seitwärts, macht dann halt.
Und der Raum um ihn ist schlimmer Traum.

Läßt der Bär sich locken. Doch er brüllt.
Läßt sich treiben, läßt sich fangen.
Angsterfüllt und haßerfüllt
Wünscht er sich nach seines Käfigs Stangen.

HELFEN

Es betteln Armut und Betrug.
Es betteln die Faulen und Schwachen.
Wer viel gegeben, gab nie genug.
Ehrliches Lachen darf lachen.

Wir reden gern uns die Schuld vom Hals
Und arbeiten ungern für Faule.
Es packt uns Reue erledigtenfalls
Oder Gruseln bei offenem Maule.

Und ganz erschüttert hörn wir und schreiben
Von Armen, die unerreichbar bleiben.

Wie leicht klingt das, wenn jemand spricht:
»Hart! Aber das Schwache muß sterben!«
Doch dürfen auch manche Leute nicht
Am ewigen Helfen verderben.

FRÜHLING

Die Bäume im Ofen lodern.
Die Vögel locken am Grill.
Die Sonnenschirme vermodern.
Im übrigen ist es still.

Es stecken die Spargel aus Dosen
Die zarten Köpfchen hervor.
Bunt ranken sich künstliche Rosen
In Faschingsgirlanden empor.

Ein Etwas, wie Glockenklingen,
Den Oberkellner bewegt,
Mir tausend Eier zu bringen,
Von Osterstören gelegt.

Ein süßer Duft von Havanna
Verweht in ringelnder Spur.
Ich fühle an meiner Susanna
Erwachende neue Natur.

Es lohnt sich manchmal, zu lieben,
Was kommt, nicht ist oder war.
Ein Frühlingsgedicht, geschrieben
Im kältesten Februar.

FLUGZEUG AM WINTERHIMMEL

Ich fliege im Flockengewimmel.
Ach, guter Himmel, laß das doch sein!
Ich Flugriese bin nur klein Vögelein
Gegen dich, schüttender Himmel.

Sag Schneegestöber, ich bäte es sehr,
Ein wenig nachzulassen.
Denn meine Flügel tragen schon schwer
An sechs ganz dicken Insassen.

Die spielen Karten in meinem Leib
Und trinken, weil sie so frieren.
Und wollen nach Zoppot, um Zeitvertreib
Und Örtliches zu studieren.

Und käme ich dort nicht pünktlich hin,
Die würden es niemals verzeihen.
Lieber Himmel, wenn ich gelandet bin,
Dann darfst du gern wieder schneien.

DER SÄNGER

Vor dem Debut soupierend saß,
Bei einer Frau, der Sänger.
Sie staunte über seinen Fraß
Und wurde immer länger.

Der Sänger auf die Bühne trat,
Schlicht, ohne sich zu rühmen.
Ein Hauch von Bier und Fleischsalat
Verlor sich in Parfümen.

Der Sänger sang das hohe *C*.
Der Beifall wuchs und tobte.
Die Dame in der Loge *B*
Stand auf und garderobte.

Der Sänger stürzte aus dem Haus
In den verschneiten Garten.
Die Dame folgte, einen Strauß
Auspackend, voll Erwarten.

Der Sänger lüpfte seinen Frack
Und duckte sich im Garten.
Es klang wie »Schlacht am Skagerrak«.
Die Dame mußte warten.

Vom langen Stehn im nassen Schnee
Holt man sich Rheumatismus. –
Der Sänger mit dem hohen *C*
Kennt seinen Mechanismus.

GEDENKEN AN WEDEKIND

(März 1928)

Wedekind war immer interessant,
Ein Stoßhorn in die häßlich mittlere Welt.

Wahrscheinlich hat er mich nie gekannt.
Ich bin ihm wohl zehnmal vorgestellt.
Das letzte Mal hatten wir eine absurde,
Mir unvergeßliche Stunde mitnand,
Als ich zum Kriege gerufen wurde
Nach dem Nordseestrand.

Und als ich zurückkehrte,
War der Verehrte
Verstorben.

Mehr bekämpft als umworben,
Hat er doch trotzig gesiegt.
Ehrliche und unehrliche Feinde
Haben doch ihn nicht kleingekriegt.

In seiner treuen Gemeinde
Will ich mitgenannt sein.

Ich senke jetzt meine Nase
Zu einem stillen Glase
Wein.

Apropos:
Wein gibt sich anders als Bier. Und wo
Ist in München die Wedekindstraße?

FREUNDE, DIE WIR NIE ERLEBTEN

Ihr, die nie ich sah,
Nimmer menschlich sehe,
Seid mir nun so nah,
Wenn ich einsam gehe.

Was ich weiß, nicht wußte
Über euch, hab ich's versäumt?
Ich's verfehlt? –
Oder mußte
Fern vergehn, was ich erträumt? –

Schenkte Gott die Kunst, das Wort
Ferner, Toter nachzulesen.

Ach wie heiß mich das beschlich:
Dann und dann und da und dort
Ist ein Herz wie meins gewesen,
Still für sich.

Tröstliches Gefühl: Es dächte
Später wer so über mich. –
Keine aller Erdenmächte,
Wär sie noch so übermütig,
Kann uns trennen,
Die wir Gleiche sind zu nennen.

Denn wir waren nie gesellt,
Weil der Gott uns weise, gütig
Fern vonander aufgestellt,
Wissend um die Welt.

AN DER ALTEN ELSTER

Wenn die Pappeln an dem Uferhange
Schrecklich sich im Sturme bogen,
Hu, wie war mir kleinem Kinde bange! –
Drohend gelb ist unten Fluß gezogen.

Jenseits, an der Pferdeschwemme,
Zog einmal ein Mann mit einer Stange
Eine Leiche an das Land.
Meine Butterbemme
Biß ein Hund mir aus der Hand. –
O wie war mir bange,
Als der große Hund plötzlich neben mir stand!

Längs des steilen Abhangs waren
Büsche, Höhlen, Übergangsgefahren. –

Dumme abenteuerliche Spiele ließen
Mich nach niemand anvertrauten Träumen
Allzuoft und allzulange
Schulzeit, Gunst und Förderndes versäumen. –
Hulewind beugte die Pappelriesen.
O wie war mir bange!

Pappeln, Hang und Fluß, wo dieses Kind
So viel heimlichstes Erleben hatte,
Sind nicht mehr. Mir spiegelt dort der glatte
Asphalt Wolken, wie sie heute sind.

FLIEGERLEUTE

(1928)

Vielleicht wird sich das später ändern.
Auch ist es vielleicht in verschiedenen Ländern
Anders. Doch wie das in Deutschland heute
Liegt, muß ich sagen: Die Fliegerleute,
Piloten, Bordmonteure, Flugleiter,
Bezirksleiter, Funker und so weiter,
Auch die im Büro und der luftige Boy
Sind goldige Kerls. – Ihnen Gutes! Ahoi!

Nur ehrliche Leistung bringt nach der Ferne
Durch Wetter und Wogen ein Schiff.
Doch bei der Luftfahrt kommt die moderne
Weltmännische Bildung hinzu und der Schliff.
Humorvoll und kühn, sich beherrschend, bescheiden –.
Heraus ohne Schmeichelei:
Ich mag diese Kerls leiden.

Ihre Welt ist noch frei.
So, wie sie sind, und dort, wo sie sind,
Wehn alle Flaggen und ein guter Wind.
Wie wohl das heute tut.
Prost Fliegerleute, ich denke an euch!
Ändert euch nicht. Ich schwenke vor euch
Meinen Hut.

DREISTE BLICKE

Über die Knie
Unter ein Röckchen zu schaun – –
Wenn sie doch das und die
Haben, die schönen Fraun!

Über einen öffnenden Saum
In Täler zwischen Brüstchen
Darf Blick wie stiller Traum
Stürzen sein Lüstchen.

Sollen doch Frauen auch
So blicken, – nicht schielen –
Wenn Arm, Popo und Bauch
In Fältchen spielen.

Nimm, was der Blick dir gibt,
Sei es, was es sei.
Bevor sich das selber liebt,
Ist's schon vorbei.

STREIT

Mächtig ist die Ehrlichkeit.
Glückt es listigen Gewalten,
Sie im Gradweg aufzuhalten,
Immer nur für kurze Zeit.

Doch die kurze Zeit kann lang sein,
Länger als ein Flügelheben,
Länger als ein wartend Leben,
Und das Ehrliche kann bang sein.

Die um Falsch und Ehrlich deuten,
Ältere mit jüngren Leuten,
Irreleitend, irrgeleitet,
Wie's um Falsch und Ehrlich streitet – –,
All die Zeit, die sie vergeuden,
Könnte die mit Lustspielfreuden
Besser ausgenossen sein?
Ich sag: Nein!

Wenn ich doch so ehrlich wäre
Wie ein neugebornes Kind,
Und mich trüge dann ein Wind –
Freiballons – ins Ungefähre.

Schlag mich einer flach und breit:
Mächtig ist die Ehrlichkeit.

WIE MACHEN WIR UNS GEGENSEITIG DAS LEBEN LEICHTER?

Wir haben zu großen Respekt vor dem,
Was menschlich über uns himmelt.
Wir sind zu feig oder sind zu bequem,
Zu schauen, was unter uns wimmelt.

Wir trauen zu wenig dem Nebenuns.
Wir träumen zu wenig im Wachen.
Und könnten so leicht das Leben uns
Einander leichter machen.

Wir dürften viel egoistischer sein
Aus tierisch frommem Gemüte. –
In dem pompösesten Leichenstein
Liegt soviel dauernde Güte.

Ich habe nicht die geringste Lust,
Dies Thema weiter zu breiten.
Wir tragen alle in unsrer Brust
Lösung und Schwierigkeiten.

AN ALFRED SCHLOSSHAUER

Lieber Alfred Schloßhauer,
Du wußtest nie, was in mir um Dich warb.
Ich sah Dich einst in tiefster stiller Trauer
Um einen Freund, der Dir entstarb.

Was rauh und stacheldrähtig uns verband,
Verlegner Witz und scheuer Stichelscherz,
Ich sah Lücken darin, doch hinter Lücken Herz.
Und hinterm Herzen weites offnes Land.

Weil Du mir so im Innersten gefällst,
Bitte ich Dich – doch prüfe dieses kühl –:
Bewahre mir ein Stück von dem Gefühl,
Was jenem Freund Du schenktest und behältst.

KINDERGEBETCHEN

Erstes

Lieber Gott, ich liege
Im Bett. Ich weiß, ich wiege
Seit gestern fünfunddreißig Pfund.
Halte Pa und Ma gesund.
Ich bin ein armes Zwiebelchen,
Nimm mir das nicht übelchen.

Zweites

Lieber Gott, recht gute Nacht.
Ich hab noch schnell Pipi gemacht,
Damit ich von dir träume.
Ich stelle mir den Himmel vor
Wie hinterm Brandenburger Tor
Die Lindenbäume.
Nimm meine Worte freundlich hin,
Weil ich schon sehr erwachsen bin.

Drittes

Lieber Gott mit Christussohn,
Ach schenk mir doch ein Grammophon.
Ich bin ein ungezognes Kind,
Weil meine Eltern Säufer sind.
Verzeih mir, daß ich gähne.
Beschütze mich in aller Not,
Mach meine Eltern noch nicht tot
Und schenk der Oma Zähne.

AN EIN STARTENDES FLUGZEUG

Da stehst du in nächster Nähe
Vor mir, stumm, starr, dumm und grau.
Torkle davon, du listige Krähe,
Töff töff und surr und dann auf in das Blau.

Weiß ich doch, daß du ganz genau weißt,
Was du zu tun hast, damit du fliegst.

Wenn du so leicht in den Lüften kreist,
Ein wenig wippst und ein wenig dich wiegst,
Fehlt nur noch, daß du trillerst und singst
Wie ein Vogel im erdfernen Glück.
Ach dann scheint uns: Am liebsten gingst
Du gar nicht wieder zum Boden zurück.

Um Gottes willen, du Loser, entrinn nicht
Der Erde, die doch menschlich dich schuf.
Überstürz dich auch nicht und besinn dich
Auf unser Vertraun und auf deinen Beruf.

STALLTÜREN

Zwei dicke Elefanten
Wollten inkognito
Heimwandern. Doch alle Passanten
Erkannten die Elefanten
Als Flüchtlinge aus dem Zoo.

Und wenn sich auch niemand getraute,
Sie anzufassen, ward ihnen doch klar,
Daß man ihre Absicht durchschaute
Und daß nun bald was im Gange war.

Verfolgt von einem großen Heer
Von Schauvolk und Soldaten
Und Autos, Mob und Feuerwehr
Schwenkten sie links und betraten
Zwei Eingänge einer Bedürfnisanstalt –
Für Herren und für Damen –
Und äpfelten. – Schutzleute kamen
Und haben sie niedergeknallt.

DICKHÄUTER

Ein Elefant von vorn sieht fast
So aus wie ein Nilpferd von rückwärts.
Sie tragen beide schwere Last,
Manchmal pechwärts und manchmal glückwärts.

Sie tragen unter zementiger Haut
Viel Weiches und viel Zartes.
Wer richtig in ihren Rachen schaut,
Gewahrt es.

Sie lassen von Leuten, die außen weich,
Innen hart sind, sich erschießen.
Ich glaube: Ihr kommt ins Himmelreich,
Ihr Riesen!

Der Flieger, der die Erde umkreist,
Kriegt Ähnliches in Sicht.
Wie die Fliege, die euch belästigt, nicht beißt,
Beißen kann sie euch nicht.

MUSEUMSSCHWEIGEN

Wie's Gedanken gibt,
Die durch Stein und Welten gehn,
Kann's geschehn,
Daß die Fliege den Ichthyosaurus liebt.

Still ist's im Museumssaal.

»Lieber Freund, ich liege
Fest in Bernstein«, sagt die Fliege,
»Bernstein ist ein Mineral.
Und ich liebe dich, du Riesenexemplar,
Und ich möchte deinetwegen
Nur noch einmal Eier legen.«

»Bernstein?
Kann gern sein«,
Sagt das Ichthyosau,
»Aber ich bin auch eine Frau,
Eine sehr entschlossene sogar.
Weil ich noch in dem Momente,
Als gewisse Elemente
Mich erstickten, noch ein Kind halb gebar.«

»Eier oder lebendig – –«,
Sagt die Fliege, »Wir wohnen
Beide auf der Welt seit Millionen
Jahren. – Wissen Sie die Zahl noch auswendig?«

»Nicht so ganz genau«,
Sagt Frau Ichthyosau,
»Aber wollen wir doch nicht sentimental
Flöten oder winseln.
Nein, versuchen wir jetzt wieder einmal,
Ganz verliebt einander anzublinzeln.«

Da betrat den Museumssaal
Der pensionsberechtigte Museumswärter.
Und da blinzelten die beiden nicht.
Denn solch Wärter
Tut eben seine Pflicht
Und schürft nicht tiefer.
Denn Beamtenpflicht ist härter
Als Bernstein und Schiefer.

MADONNENGESICHTER

Schwer zu ertragen
Ist Dummheit, wenn sie verschlagen
Ist oder sich überhebt.
Aber im Grunde der Dummheit lebt
Das wehrlos Naive.

Der Dummheit schöne Tiefe
Ist kein Loch.
Hat sie doch
Keinen richtigen Rand
Wie etwa Löcher in Strumpf, Flöte, Sand.

Huren, sich einsam zur Weihnacht berauschend;
Wassermädchen, den Gästen lauschend;
Mägde, die wartend vorm Haus stehn,
Können ergreifend schön aussehn.

Je mehr Verzicht
Aus der Dummheit spricht,
Desto tiefer neigt,
Desto höher steigt
Sie. – Warum zagte der Dichter
Vor dem Titel »Madonnengesichter«?

KLEIN-DUMMDEIFI

Klein-Dummdeifi ging vorüber,
Witzig wie ein Nasenstüber.
Doch ihr schnippisches Geschau
Spielte Hochmut und verneinte,
Ungefragt, was ich nicht meinte,
Sah in mir nur »Kerl zur Frau«.

Daß ich beinah um sie weinte,
Ahnt sie nicht. Ihr eignes, scheues
Proletarisch, tierisch treues
Abwehr-Notgesicht
Kennt sie nicht.

Hab mit ihr nicht angebandelt,
Liebte, schwieg und ging.

Klein-Dummdeifi, junges Ding!
Du und ich! – Die Zeit verwandelt.

Ob auch mir jemals jemand begegnete,
Der mich dumm fand und doch segnete? –

ZIMMERMÄDCHEN

Die Zimmermädchen der Hotels,
Die meine Betten schlagen und dann glätten,
Ach wenn sie doch ein wenig Ahnung hätten
Vom Unterschiede zwischen Polster und Fels.

Ach wüßtet ihr, wie süß ihr für mich ausseht
Im Arbeitskleid, ihr Engel der Hotels!

Wenn wirklich eine heimlich mit mir ausgeht,
Dann trägt sie Seide und trägt sogar Pelz,
Sei's auch nur Wunderwandlung Hasenfells.

Dann im Café krümmt ihr beim Tasseheben
Den kleinen, roten Finger nach Manier.

Und du merkst nicht, wie gern ich doch mit dir
Oft eine Stunde möchte unmanierlich leben.
Und würde dann – nebst Geld – als Souvenir
Ein schließend, stilles, zartes Streicheln geben.

Und würdet ihr dies Streicheln doch nicht spüren.
Denn ihr bedient nur Nummern an den Türen.

Und wenn sie schlichte Ehre eng verschließen,
Dann dienen sie, da andere genießen.

Hab ich euch tausendmal in Korridoren
Heiß zugesehn und heiser angesehn,
Was ich erträumte, war voraus verloren.
Denn meine Liebe könnt ihr nicht verstehn.

FERNFLUG

Viel Höflichkeit wird uns am Start geboten.
Die Flugfahrthelfer und Piloten
Sind wohlerzogen, pflichtbewußt
Und jung. Auch die, die alt an Jahren
Sind zeitvoran, doch welterfahren.

Da schwellt sich auf dem Festplatz unsre Brust,
Denn Festplatz darf ich diesen Flugplatz nennen,
Mit seinen Masten, Flaggen und Antennen.
Gezähmte Riesenvögel gibt's zu sehn.
Dort landen sie in Kurven, sanft gelenkt,
Torkeln ein wenig, zwei, drei Schritte,
Daß man an Regenschirm und Raben denkt,
Und stehn.
»Aussteigen bitte!«

Und wie nun wir in ihrem Bauch bequem
In weiche Polsterstühle niedersinken,
Empfinden wir den Fortschritt angenehm,
Lächeln durchs Fenster Menschen zu, die winken.
Und fahren plötzlich über grüne Wiesen
Im Auto hin. Auto? O nein, wir schweben
Bereits. Ach, daß wir das erleben,
Erlernen durften und genießen!
Wir sind vom Erdball fort, schau'n auf ein Teppichmuster
Aus Wäldern, Feldern, Spielzeugkram gewebt,
Werden der Himmelsnähe jäh bewußter.
Wie klein sich doch da unten alles lebt.

Dort geht ein Dienstmädchen von Stadt zu Stadt.
Wie ich den weiten Schlängweg überseh,
Den sie zurückzulegen hat,
Weiß ich, der tun nachher die Beine weh.

Und wie wir höher streben, werden
Die Dinge unten winziger, schon sind
Wagen nur noch Insekten, ist ein Kind
Nurmehr ein Punkt, und große Rinderherden
Sehn aus wie Kommas, kreuz und quer gestellt.

Die Schifflein stehen still im Fluß, sind Würmlein.
Ein Dorf ist Häufchen Häuschen, um ein Türmlein,
Und das war unsre sorgenvolle Welt.

»Ei, ei, Herr Nachbar, warum plötzlich
So blaß – Seekrank? Nein? Drückt Ihr Kissen
Oder vielleicht Ihr ängstliches Gewissen?
Der Blick zur Tiefe ist doch höchst ergötzlich!«
Jetzt: unter uns entrollen sich Balladen.
Da ziehen dichtgeballte Nebelschwaden,
Wolkenkolosse hin, bedrückt und stumm
Und grell von höherer Gewalt besonnt.
Und Land und Luft verschwimmt am Horizont
In einer Landschaft aus dem Arktikum.

Und da wir nun noch höher uns erheben
Und auf die dunkle, starre Erde schauen,
Wo sich kein Mensch mehr zeigt, kein Tier, kein Leben,
Als hätte eine Sündflut – – O mit Grauen
Stell ich mir vor, wir säßen jetzt zu zwein
In einer Arche Noah ganz allein.

»Nachbar, ich höre Ihren Pulsschlag pochen.
Sie schielen ängstlich nach den schlanken Knochen,
Die unsres Vogels Flügel stützen
Und, wie Sie meinen, unser Leben schützen.
Es stirbt sich sowieso und überall,
Und jedes Ding veranlaßt Unglücksfall.

Vergessen Sie nicht töricht über diesen
Gedanken, schönste Freiheit zu genießen.
Was Tage einst, das schaffen heute Stunden.
Noch kurze Zeit, dann werden wir's erfinden,
Den Nebel und den Schnee zu überwinden.
Das Flugzeug selber ist erfunden,
Und wird so wie die Eisenbahn bestehn.
Wie die zu jenem sich verhält,
Gilt's nicht, daß eins von beiden siege.
Es reise jeder, wie es ihm gefällt.
Ich – läßt es irgendwie sich drehn –
Ich fliege!«

STAMMTISCH INDIVIDUELLER

Wir sitzen gediegen und ausgewählt
Beisammen und spielen gemütlich.
Wenn einer ernst, lustig, vom Norden erzählt,
Lacht jeder etwas. Und denkt südlich.

Zwei Kellner trotteln durch das Wirtshaus.
Zwischen ihnen steht ein Spiegel.
Sie popeln beide auf Teufelkommraus,
Ein – scheinbar zwei – Schweinigel.

Was wissen die von Brücken, die
Sich selbst für Inseln halten?
Und welche Inseln meinen, sie
Könnten sich selbst verwalten?

Wir wandern alle mit der Zeit
Nach dem spitzen Ende der Tüte.
Höflichkeit und Liebenswürdigkeit
Sind noch längst keine Güte.

AUS DER VOGELKUNDE

Ich spreche von Flugmaschinen.
Sie summen lauter als Bienen
Und sind eine Kreuzung von Taube,
Ente, Maikäfer und Schiffsschraube.

Sie nisten einzeln, paar- und gruppen-
Weise in Hallen und Schuppen.

Ich habe persönlich festgestellt:
Sie bringen lebendige Junge zur Welt,
Die wie Menschen aussehn,
Wenn sie aus ihnen herausgehn.

Auch legen sie Eier und brüten
Im Krieg. Zeus möge das künftig verhüten.

Ihre Nahrung sind Menschen, Koffer, Benzin
Und Zeitungen aus Berlin.

Sie sind über die ganze Welt
Verbreitet und sehr zahm auch in Freiheit.
Außerdem sind sie der Polizeiheit
Und der Zollbehördlichkeit unterstellt.
Volkstümlich nennt man sie schlechthin Maschinen.

Ich könnte Ihnen mit Näherem dienen,
Aber ich verlange dafür
Eine Flugzeugengebühr.

RAKETENWAGEN AUF DER AVUS

(23. Mai 1928)

Begeistert und beängstigt sahn
Tausende Menschen dem zu:
Es raste über die Avusbahn
Der Raketenwagen. Huh!!

Er donnerte, feuerte, fuhr und ließ
Einen Rauch hinter sich, der auch stank.
Der schneidige Lenker des Wagens hieß
Fritz von Opel. Ihm Dank!

Er fuhr wie ein Teufel und sicher vorbei,
Endete, niemand sah, wo.
Es war eine anständige Teufelei.
Bravo!

RAKETE INS ERDFERN

Rakete ins Erdfern, zielfremder Schuß – –??
Ja, wenn es sein darf oder sein muß.
Doch der Eitle oder der Übermütige
Zähle sonst nicht aufs Allgütige.

Schön ist das Wollen,
Wenn Ehrlichkeiten die Mittel ihm gaben.
Aber die Ausführer sollen
Die ehren, die es ausgerechnet haben.

Und die als Erste ein Ziel erreichen,
Weil sie persönlich den Schuß unternommen,
Mögen vor allem sich gleich vergleichen
Zudritt mit Kühnen,
Zuzweit mit Weisen,
Zuerst mit Frommen.

GIRAFFEN IM ZOO

Wenn sich die Giraffen recken,
Hochlaub sucht die spitze Zunge,
Das ihnen so schmeckt, wie junge
Frühkartoffeln mit Butter mir schmecken.

Hohe Hälse. Ihre Flecken
Sehen aus wie schön gerostet.
Ihre langsame und weiche
Rührend warme Schnauze kostet
Von dem Heu, das ich nun reiche.

Lauscht ihr Ohr nach allen Seiten,
Sucht nach wild vertrauten Tönen.

Da sie von uns weiter schreiten,
Träumt in ihren stillen, schönen
Augen etwas, was erschüttert,

Hoheit. So, als ob sie wüßten,
Daß nicht Menschen, sondern daß ein
Schicksal sie jetzt anders füttert.

MÜDER JUNIABEND

Blühende Kastanienzweige
Strecken ihre Tatzen vor.
Wenn ich jetzt das rechte Ohr,
Weil es taub ist, rückwärts neige,
Höre ich einen Spatzenchor.

Weil mich dessen Plärr so kalt
Läßt, und angeregt von Tatzen,
Suche ich jetzt mit Gewalt
Einen Pickel aufzukratzen,
Der im Grund zwar noch nicht reif ist,
Doch mich hinten an der Scharte,
Wo beim Affen noch der Schweif ist,
Schikaniert. Da plötzlich zischt
Schnupfen in die Speisekarte.

Rasches Taschentuch verwischt
Rotz und Preise der Gemüse
Und Salate. Und ich grüße
Eine Dame, die vorbeigeht
Und mich kennt, mir auch gefällt.
Wobei leise was entzweigeht,
Was den Hosenträger hält.

FREIBALLONFAHRT MIT AUTOVERFOLGUNG

(1928)

Auf Augsburgs sonntagsbunten Flugplatz lacht
Die Sonne. Doch vergeblich brütet
Sie auf gigantische Dickhäuteriche,
Die von Miliz und Polizei bewacht
Und liebevoll von Feuerwehr behütet,
Dick aufgeblasen überm Boden schweben,
Von Photographen, Pressevolk umgeben.

Doch nicht nur diese wichtigen Leuteriche,
Sondern vor allem: viele Autos warten
Darauf, daß jene gasgefüllten Tiere –
Ihrer sind viere – pünktlich drei Uhr starten.

Denn es sind Ehrenpreise ausgesetzt
Für alle Wagenführer, die
Als Erste die Ballons, wenn sie
Gelandet sind, erwischen.

Jetzt
Erhebt ein Wind sich. Unsre Riesen zerren
An ihren Fesseln wild. Wir, ihre Herren,
Klettern in ihre Körbe. – Es schlägt drei. –
Gewichte lösen sich. Man läßt uns frei.

Die Menge winkt. Wir steigen munter.
Als Blick nicht ausreicht mehr noch Winkehand,
Schwing ich mich auf der Gondel Rand
Und schleudre meinen Hut hinunter,
Der Frau zum Gruß, dem Publikum
Zum dankbar lauten Gaudium.

Mich kümmerts anfangs nicht, wohin
Die Luft uns führt. Im Korbe bin
Ich nur geladener Passagier.
Doch Dr. Weltz, der Führer, neben mir
Und Unparteiischer E. Scheuermann,

Zwei altbewährte Meisterflieger, sehn
Sich kundig um und zeigen lächelnd dann
Mir in der Tiefe winzige Chausseen,
Auf denen unserer Verfolger Wagen
Bald lauernd halten, bald wild weiterjagen.

Wir müssen vor zwei Stunden niedergehn,
Doch dürfen erst nach einer Stunde landen.
Acht Säcke Ballast sind vorhanden,
Meßapparate, hundert Meter Tau.
Die beiden Sachverständigen zeigen,
Erklären alles mir genau.

Und unterdessen steigen wir und steigen.
Eintausend Meter, zweitausend vierhundert,
Fünfhundert – –. Herrlich! Uns umwundert
Die Adlerwelt der Überlegenheit.

Herr Scheuermann notiert Ort, Stand und Zeit.

»Schaut! Jener Wald«, sagt unser Führer, »wär
Der rechte Platz, sich zu verstecken.
Doch leider schiebt die Strömung uns konträr.
Wir müssen tiefer!« – Als ich voller Schrecken
Auf ein Gewitter überm Wald weise,
Sagt Weltz: »Das stört nicht unsre Reise.«
Und hängt sich wuchtig an das Gasventil.

Wir sinken rasch, wie wir an Buntpapieren,
Die wir auswerfen, deutlich konstatieren.
Die Strömung ändert sich; der Wald wird Ziel.

Der Himmel hat sich drohend überzogen.
Von den Ballons, die mit uns aufgeflogen,
Ist nurmehr einer fern zu sehn.
Und wir, mit Gas und Spannung angefüllt
Sind plötzlich ganz in Nebel eingehüllt.
Drei Männer, die lautlos im Schweigen stehn.
O zauberhaftes Indenwolkenschweben!
So wie die Märchenengel für die Kinder leben.

Wir lauschen, warten, fallen, – – »Da!«
Da schimmert etwas unter uns und nah,
Wird klar und klarer – – Grüne Waldesmassen.
»Dort in die Tannen!« – Gas entlassen,
Eh der Gewitterwind uns faßt und treibt!

Die Gondel schlägt in Tannenwipfel, bleibt
Dort hängen wie ein Riesenvogelnest.
Sechs Hände krallen im Gezweig sich fest.
Ich muß die Wipfel um Verzeihung bitten.
Sie haben sicherlich dabei gelitten.

So schweben wir in höchsten Nadelzweigen
Schaun auf die Uhr und lauschen, lauschen, schweigen.
Schon fünf Minuten sind verronnen.
Fünf weitre unentdeckt, dann ist's gewonnen.

Doch: Töff töff töff – – Dann: Eine Stimme schreit
Von unten auf: »Hallo! Ergebt euch gütig!«

Wir sind gefaßt. Ich rufe übermütig:
»Bedaure sehr, wir sind noch nicht so weit!«
Dabei versuchen wir, wie vorgenommen,
Zu einem Weiterfluge freizukommen.
Aus kleinen Säcken schütten wir in Hast
Auf die Verfolger all unsren Ballast
Und ziehn uns luvwärts gegen Sturm. – –

Zu spät!
Gewitter und ein Wolkenbruch entlädt
Sich. Blitz und Guß und Donner. – Toll! –

Und Weltz und Scheuermann, gleich einsichtsvoll,
Ergeben sich an die, die uns gefunden.
Weltz reißt die Hülle auf. Wir sausen. – Für Sekunden
Hakt unser Korb in Zweigen fest. Und dann –
Zehn Meter überm Boden mag es sein –
Plumpst er hinunter wie ein harter Stein.

»Seid ihr gesund?« – »Ja!« Ich, Weltz, Scheuermann.

ZWISCHEN
LIPP UND KELCHESRAND

Ein weibliches Rekördchen
Hatte sich besoffen,
Mußte mal aufs Örtchen.
Als es wieder rauskam,
War's schon übertroffen.

ÜBER MEINEN GESTRIGEN TRAUM

Wie kam ich gerade auf ein Gestirn?
Du sagst: Ich stöhnte träumend ganz laut.
Vielleicht steigt die Phantasie ins Hirn,
Wenn der Magen verdaut.

Man sollte kurz vorm Schlafengehen
Nichts essen. Auch war ich gestern bezecht.
Doch warum träume ich immer nur schlecht,
Nie gut. Das kann ich nicht verstehen.

Ob auf der Seite, ob auf dem Rücken
Oder auch auf dem Bauch – –
Immer nur Schlimmes. »Alpdrücken.«
Aber Name ist Schall und Rauch.

Meist von der Schule und vom Militär – –
Als ob ich schuldbeladen wär – –
Und wenn ich aufwache, schwitze ich,
Und manchmal kniee ich oder sitze ich,
Du weißt ja, wie neulich!
O, es ist greulich.

Warum man das überhaupt weitererzählt?
Hat doch niemand Vergnügen daran,
Weil man da frei heraus lügen kann. –
Aber so ein Traum quält.

Gestern hab ich noch anders geträumt:
Da waren etwa hundert Personen.
Die haben die Dachwohnung ausgeräumt,
Wo die Buchbinders wohnen.

Dann haben wir auf dem Dachsims getanzt.
Dann hast du mich, sagst du, aufgeweckt,
Und ich, sagst du, sagte noch träumend erschreckt:
»Ich habe ein Sternschnüppchen gepflanzt.«

Ich weiß nur noch: ich war vom Dach
Plötzlich fort und bei dir und war wach.
Und du streicheltest mich wie ein Püppchen
Und fragtest mich – ach, so rührend war das –
Fragtest mich immer wieder: »Was
Hast du gepflanzt!? Ein Sternschnüppchen?«

FLUGPOST-LIEBESGABE

Radieschen schmeckt wie Regenwurm.
Radieschen schmeckt auf hoher See,
Auf Wache und im Regensturm
Wie Wasser und wie Pralinee.

Noch welke Blättchen grün am Rot.
Als sie das ausgegraben,
Wird sie gelächelt haben:
Radieschen auf einem Walfischboot!
Fern auf dem Eismeer Radieschen!

Mein gutes Lieschen.

Als ich zuletzt – vor einem Jahr –
Auf Urlaub mit der Liese
Auf der Oktoberwiese
In dem Aquarium war,

Da zeigte man ein Haifischei.
Durchsichtig war es fast wie Glas,
Und innen zappelte ein Hai,
Der knapp zwei Zentimeter maß.

Radieschen ist kein Säugetier,
Und Lieschen ist kein Harpunier. –
Hallo! Hallo!
He! Alle Mann an Deck! –
»Was?« – – – – – – »Wo?«
Voraus! Zwei Strich an Steuerbord! Speck!

KUTTEL DADDELDU ÜBER NOBILE

(Juli 1928)

So große Kerle gingen tot.
Gott weiß, was fern in höchster Not
Noch heute kämpft, vom Eis umklammert,
Für dieses Großmaul, das jetzt jammert
Um seinen angequetschten Zeh.

Wann hat ein Captain je in See
Als Erster seine Crew verlassen?!
Dem möcht ich in die Kiemen fassen!

Ach, daß sie den gerettet haben!
Er müßte, tief ins Eis gegraben,
Mit einem Lorbeerstock im Hintern,
Solang die Welt steht, überwintern.

Verflucht, ich kann nicht richtig beten,
Doch hab ich eine solche Wut.
Gott sei zu Amundsen recht gut.
Und wenn mir Nobile begegnet,
Will ich ihm das Gedärm zerkneten
Und ihn und sein ihm teures Leben
An andre Fäuste weitergeben,
So, daß er Luft und Wasser segnet.

BEGRÜSSUNG EINES SOEBEN GELANDETEN

Ich wünsche dir Glück zum festen
Boden. – War das dein erster Flug? –
Ich glaube, du fährst am besten
Das nächstemal mit dem Eisenbahnzug.

Ganz bleich siehst du aus. Und doch
Bist du so lebhaft und aussprudelnd froh.
Warst du unterwegs ebenso?
Du zitterst ja noch.

Ja, die Luft hat keine Balken.
Aber nun genieße du das Nun.
Über Flügel denken Falken
Anders wie ein Huhn.

Sind dir vier Wolkenstunden
Zu langsam verronnen,
Hast du die Erde nun wieder gefunden,
Sie neu liebgewonnen.

Wer oben unzufrieden,
Ängstlich oder auch krank war,
Sei dann hienieden
Wenigstens dankbar.

MANILA

Als ein altes Tau durch derbe,
Doch verständniswarme Hände glitt,
Sagte eine Stimme: »Bob, ich sterbe,
Ehe Land in Sicht. Und du stirbst mit.«

Noch bevor die Stimme Antwort kriegte,
Kämpften sie: Vollschiff gegen Orkan.
Hatten oft gekämpft, bis eines siegte.
Und das andre war dann abgetan.

Nur ein Treibstück wurde aufgefunden.
Daran hingen kalt, ersoffen, blau
Zwei alte Matrosen, angebunden
Mit einem alten Tau.

TROSTWORTE
AN EINEN LUFTKRANKEN

Recht so! Speie, lieber Mitgast, speie!
Speie dreist und ungeniert und laut,
Daß sich einmal andersrum befreie,
Was für dich passée ist und verdaut.

Speie froh. Es wird dir polizeilich
Und moralisch jederzeit verziehn. –
Ja, ich gebe zu: Ich habe freilich
Da leicht reden, weil ich nie gespien.

Und der Himmel möge auch verhüten,
Daß es je geschieht. Ich stell mir bloß
Vor, wie unten deine Tüten
Landen in der Mutter Erde Schoß.

Andern Luft und Appetit verderben,
Kann ein schadenfröhlich freier Sport
Sein. Und niemand wird deswegen sterben.
Denn der Magen ist wie ein Abort.

SCHLECHTER TAG

Müde streichen meine Finger
Über Runzeln, über Narben,
Über graue Haare.

Prost, ihr Freunde, die in diesem Jahre
Mir entstarben! – Bums!!
Bums und klirr!! – Nun hab ich sozusagen
Instinktiv
Eine Fliege totgeschlagen.
War es nicht, als ob sie Hilfe rief?!

Glas kaputt. So! Und jetzt löst mein vierter,
Letzter Knopf sich scheu von Hose und Faden.
Muß ich alles, alles ausbaden!?
Ach, ich werde immer deprimierter.

Wenn doch eine Motte jetzt geflogen käme.
Ach, ich würde sie zu Plüschsesseln einladen.
Und noch Samt ihr hinlegen,
Weil ich mich doch wegen
Der Fliege so schäme.

FRUCHT-ZUCHT-FRUCHT

Bananen, Melonen, Ananas – –.
Alle Früchte haben etwas –
Frei gesagt: Unanständiges,
Etwas Nuditätes an sich.
Darüber freue ich mich.
Denn das ist etwas Unbändiges.
Instinktiv oder auch bewußt
Haben wir alle daran unsre Lust.

Aber die darüber erschreckt sind,
Sich entrüsten und jemand verklagen,
Denen wollen wir andere sagen,
Daß wir schon lang nicht mehr a. A. geleckt sind.

Und das muß – wenn auch nur theoretisch –
Immer mal wieder auf Erden geschehn.
Sonst werden wir Mehlbrei und hyperästhetisch
Und werden rot, wenn wir Pfirsiche sehn.

DEUTSCHE SOMMERNACHT

Wenn die Pfirsichpopos
Sich im Sekt überschlagen.
Und der Teufel legt los,
Uns mit Mücken zu plagen.
Und wir füllen einmal reichlich bloß
Einem Armen Tasche und Magen.

Doch es blähn sich Männerbäuche.
Tabakblau hängt sich an Sträuche.
Wenn wir dann die Jacken ausziehn,
Und ein Bratenduft poussiert Jasmin – –

In das dunkle Umunsschweigen
Senden zwei entfernte Geigen
Schwesterliche Melodie.
Uns durchglüht ein Urgedanke.
Und es wechseln runde, schlanke
Frauenbeine Knie um Knie.

Und auf einmal lacht die Runde,
Weil ein Herr aus einem Hunde
Hinten einen Faden nimmt.

Wenn dann wirklich alles, alles lacht,
Dann ist jene seltne deutsche Nacht,
Da mal alles stimmt.

RHEINKÄHNE

Den Rhein durchgleiten die großen
Kähne. Breit und flach.
Es sitzen zwei Badehosen
Auf dem hintersten Dach.

In diesen Hosen stecken
Zwei Männer, nackt und braun.
Die lieben das Tempo der Schnecken
Und schimpfen auf ihre Fraun.
Und mustern die fremden Weiber,
Die strandlängs promeniern.

Glauben doch oft nackte Leiber,
Daß sie an sich imponieren.
Wie ausgetretene Schuhe
Sind diese Kähne. Hat jeder Kahn
Solch friedlich häusliche Ruhe,
Hat keiner das Getue
Der preußischen Eisenbahn.

In jedem Kinderwagen
Am Strande rollt ein Kind.
Keins dieser Kinder wird fragen,
Was Schleppkähne sind.

SPIELEN KINDER DOCH...

Sahst du in der Bahn auf Reisen:
Fährt dein Spiegelbild daneben
Draußen heil durch Fels und Eisen?
Was ist Schein und was ist Leben?

Wirrgespräch von Schizophrenen –?
Und der Wirrsinn deiner Träume –?
Warum suchen wir, ersehnen
Unterschiede, Zwischenräume?

Nach dem Nichts, dem Garnichts schielen
Alle, Freude, Gleichmut, Trauer.
Aus dem Garnichts lockt ein Schauer
So und so mit fremden Spielen.

Manchmal, zwischen trocknen Zeilen:
Barmt es, winkt es oder lacht es. –

Spielen Kinder doch zuweilen
Wundersames Selbsterdachtes.

DIE FREUDE AN KOMÖDIE

Herr Wegen wollte es gar nicht bemerken, daß sie eine so schöne, zierliche und gewandte Frau war. Aus der Passagierliste wußte er, daß sie Alice Bartens hieß und eine junge Witwe aus Naumburg war. Auch mußte sie reich sein. Von der Fluggebühr abgesehen, hatte sie freiwillig noch fünfhundert Mark für den Vereinsfonds gestiftet. Für all das wollte Dr. Wegen sich gar nicht interessieren. Wenn er sie immer wieder lange aus nächster Nähe betrachtete und beobachtete, so lag das nur an seiner Situation, die einen weniger pflichtstrengen Führer weit verlockt hätte: Mit ihr allein zu sein, in einem engen Nest, viele hundert Meter über Naumburg.

Er instruierte sie vorschriftsgemäß über das, was mit Lebensgefahr zusammenhing. – Nicht die rote Leine berühren, die dazu dient, bei der Landung die Hülle zu spalten. – Um Himmelswillen nicht rauchen... Gasatmosphäre... Explosionsgefahr. – Sie erlebte zum erstenmal einen Freiballonflug, deshalb erklärte er ihr auch andere Einrichtungen und Vorgänge. Knapp sachlich und lebhaft selbst interessiert. – – »Wir sind eine halbe Stunde unterwegs und jetzt neunzehnhundert Meter hoch –«

»Aber immer noch über der Festwiese?!«

»Ja leider. – Windstille. – Wir müssen versuchen, die graue Wolkenschicht über uns zu erreichen. Dort scheint Strömung nach Süden. Ich möchte gerne hinter jenes Wäldchen.« Er hakte einen schweren Ballastsack los, schüttete dessen Inhalt über Bord.

»Sind da Steine drin?«

»Sand.«

»Aber das fällt doch mitten ins Publikum?«

»Unmerklich. Es verteilt sich in der Luft.«

Sie beugte sich über den Gondelrand. Er schaute durch ein Fernglas nach Süden, suchte ein Ziel mit günstigen Landungsmöglichkeiten. – Bis ihn ein Aufschrei schreckte. – Frau Bartens starrte wie zuvor in die Tiefe. Aber als er sich zu ihr beugte, war ihr Gesicht totenbleich. Er klappte einen Rohrsitz auf und zwang sie behutsam, sich zu setzen. »Ihnen ist nicht wohl? – Was? – Schwindelgefühl?

Das kommt selten vor. Es ist mein fünfundzwanzigster Flug.« – Er schraubte einen Aluminiumbecher von einer Flasche, füllte ihn mit Kognak. »Bitte.«

Sie warf den vollen Becher im Bogen aus der Gondel, lächelte. »Danke! Mir ist besser. – – – Wohin fällt der Becher?«

»Wohin ihn der Zufall trägt.«

»Was ist hier Zufall?«

»Je nun – eine Kombination – das Resultat von Schwere, Wind, Ort, Zeit und – Gott weiß, was.«

»Weiß es Gott wirklich?«

»Meiner Ansicht nach: Ja.« Dr. Wegen war es anzusehen, wie unbehaglich das Gespräch ihm wurde. Und doch dachte er: Eine geistreiche, eine interessante Frau! – Da er sich diesen Vorzügen nicht gewachsen fühlte, und weil sie jetzt den Kopf traurig nachdenklich in die Hand stützte, wandte er sich rücksichtsvoll ab.

Der Wind hatte den Ballon gefaßt, trug ihn südsüdwestlich, fast zu schnell. Dr. Wegen beobachtete, kalkulierte, zog einmal an der Gasleine, was einen piepsigen Ton gab. Dann, sich nach Alice umsehend – – – Er tat einen Sprung, hob sie, die mit einem Bein über der Brüstung hing, energisch hoch und legte sie wie eine Puppe auf den Boden der Gondel. »Was machen Sie?!«

»Lassen Sie mich hinunterspringen.« Sie hatte die Augen geschlossen. Ihre Stimme klang leise, flehend.

»Sie?! Haben Sie Ursache, sich den Hals zu brechen?«

Sie warf ihm einen mißtrauischen Blick zu. »Haben Sie niemals in Ihrem Leben jemanden aus tiefster Seele – so zum Ersticken gehaßt?«

Wie ihre Augen funkeln! Ein rassiges Weib! »Doch! Vielleicht! Aber in solcher Höhe vergißt man's. Wir sind jetzt zweitausendvierhundert Meter hoch.«

»Ich muß hinunterspringen!«

Er drückte sie zurück. »Wegen eines Hasses, – lächerlich! – Wegen einer Eifersucht, nicht wahr?«

»Nennen Sie es so. Aber ich muß! Ich will Ihnen sagen, warum.« Ihre Stimme schwoll dabei zum Schreien. »Ich habe sie – getötet! Ich bin eine Mörderin!«

Er fuhr doch zusammen. Dann riß er an der Gasleine, ließ Gas ausströmen. – Was sollte er ihr sagen? Das war ja ein Teufel, eine aufs Ganze Gehende. – – – »Stellen Sie sich der Polizei!«

»Man wird mich köpfen. Ich habe das Leben so lieb.«

»Das hatte Ihr Mordobjekt wohl auch? – – Wenn Ihre Behauptung überhaupt wahr ist.«

»Sie ist wahr. Bitte lassen Sie mich – – Sehen Sie weg!«

»Rühren Sie sich nicht!« sagte Wegen streng. Er wußte wohl selber nicht, was ihn am meisten erzürnte. Daß die Bemerkung »Ich habe das Leben so lieb« und »Lassen Sie mich hinunterspringen« nicht zusammenstimmten. – »Ich werde landen!« Er ließ abermals Gas entströmen.

»Werden Sie mich anzeigen?«

»– Ja. – Ich muß es.«

Sie schrie: »O nur nicht geköpft werden! Freiwillig sterben! Ich reiße die Hülle auf! –« Sie wollte nach der roten Leine. – – –

Aber er parierte, drückte die um sich Schlagende brutal zu Boden. – Diese Luder! – Und zum erstenmal war auch er unterwegs nervös. Er gab kurz hintereinander immer wieder Gas, blickte nach den Instrumenten und in die Tiefe. Warf einen Papierstreifen aus und beobachtete ihn. Behielt alles im Auge, auch sie, diese Bestie Alice. – – Was tat sie jetzt?! Sie holte Zündhölzer hervor – wollte – Er stieß einen ebenso gotteslästerlichen wie unanständigen Fluch aus. Seine Geistesgegenwart war noch schneller als der Fluch. Er warf sich über Alice, verdrehte ihr schmerzhaft das Handgelenk, daß sie die Zündhölzer freigab. – Riß ihr die Arme auf den Rücken. – Tastete, fand einen Strick, band ihre Arme zusammen. – Sie ist wahnsinnig! – Band dann ihre Füße zusammen. – All das ein schwieriges Werk, obwohl sie sich gar nicht mehr wehrte – Verdammt! Wir fallen ja viel zu schnell!

»Werden Sie mich anzeigen?« Es klang ebenso verzweifelt wie giftig.

»Selbstverständlich!«

»Dann werde ich sagen: Sie lügen und Sie wollten mich vergewaltigen – –«

Ihn überkam die Wutlust, sie zu schlagen. Aber es war nicht Zeit. Er schnellte auf, blickte aus dem Korb hinunter, löste mit sicheren Messerschnitten die Bändel, die das

Schlepptau hielten. Hastig nach allen Seiten zugreifend, gewann er seine Kaltblütigkeit zurück. Er warf ein Sandgewicht nach dem anderen ab. Als er den letzten Sack leerte, war sein Gesicht totenbleich. Da hängte er sich mit der ganzen Wucht seines Körpers in die rote Leine.

Es gab ein krachendes Aufschlagen. Die wehrlose Alice wurde hochgeprellt. Und noch solch ein Aufschlagen. Dann stand die Gondel still. Stand etwas schräg in einem Acker, neben dem kläglichen Durcheinander von Tauwerk und toter Ballonhaut.

Herr Wegen sah auf die liegende, gefesselte – Mörderin. »Haben Sie sich wehgetan?« Sie schüttelte schweigend den Kopf, wimmerte nur. »Ist es wahr, daß Sie getötet haben?«

»Ich hasse diese Frau so.«

»Ist es wahr, daß – –«

»Ich weiß es nicht. Ich habe vorhin, – als wir noch über der Wiese schwebten –, mein Taschenmesser geöffnet und hinuntergeworfen –«

Wegen drehte sich einmal um sich selbst, um seine Erleichterung zu verbergen. »Das kann irgendeinen ganz Unschuldigen treffen –«

»Ich habe dabei Gott gebeten, es zu lenken.«

»Wissen Sie,« sagte Wegen nun sehr ernst, »daß wir – durch Ihre Schuld soeben fast verunglückt wären? Daß wir soeben einem schlimmen Tode ganz knapp entgangen, daß wir um Handbreite an einer Starkstromleitung vorbeigekommen sind?« Sie schweigt. Das versteht sie wohl nicht. – »Vielleicht hatte Ihre Nebenbuhlerin auch Ihnen den Tod gewünscht.«

Alice schwieg. Sie weinte ganz still vor sich hin, unaufhörlich. Weil sie die Tränen nicht abtrocknen konnte, hatte sich auf dem Wachstuch unter ihrem Gesicht ein Tränen-Seelein gebildet.

Er band sie los. »Wie sah das Messer aus?«

»Ein gewöhnliches Messer mit einer Klinge. Aber auf beiden Perlmutterschalen die Buchstaben A und B in Gold eingelegt.«

»Wie heißt Ihre Feindin?«

»Frau Eva van Stowen.«

»Wo wohnt sie?« Frau Bartens gab frei und einfach

Auskunft. Dr. Wegen notierte alles. – »Frau Bartens, wenn Sie ernstlich in Bedrängnis kommen, werde ich mich für Sie einsetzen. Klettern Sie nun hinaus.« – Sie befolgte stumm seine weiteren Anordnungen, half ihm die Instrumente zur nächsten Ortschaft tragen. Dort trennten sich die beiden.

War die Geschichte mit dem Messer erlogen? Dr. Wegen horchte diskret herum, erfuhr nicht mehr, als daß Frau Eva van Stowen lebte. Er gab ein Inserat auf, darin er dem Finder des Messers fünfzig Mark Belohnung versprach.

Acht Tage später mußte er diesen Finderlohn an einen Beerensucher zahlen. Der hatte das Messer im Walde im Moos gefunden.

Fünfzig Mark für diese hysterische Gans! Hoffentlich sehe ich sie nie wieder!

Dennoch verpackte Herr Wegen das Messer und schrieb und legte einen Zettel dazu: »Beiliegendes Andenken zur Versöhnung. Im Auftrage von Frau Alice Bartens.« Das sandte er ohne Absendernennung an Frau Eva van Stowen.

IM FLUGHAFEN OBERWIESENFELD

Am Flugplatz vor der Restauration
Sitzen wir morgens im Garten,
Trinken Whisky und warten. –
Ein Russe singt aus dem Grammophon.

Flugzeuge landen von Zeit zu Zeit
Und jedes aus anderer Gegend.
Ich höre, daß es in Bozen schneit
Und daß es in Hamburg regnet.

Ich hab eine arktische Landschaft gemalt.
Ein Herr hat das Bild gekauft und bezahlt,
Und ich weiß, daß er darauf wartet.
Wir setzen das Bild – als wär es ein Hauch –
Ganz zart in eines Flugzeuges Bauch.
Und nun: Dieses Flugzeug startet.

Flieg wohl, du Junkers, du stolzer,
Mit meinem eiskalten Bild im Leib!
Grüß Zürich, Hügin und dessen Weib
Und euren Herrn Mittelholzer!

FREUNDSCHAFT
Erster Teil

Es darf eine Freundschaft formell sein,
Muß aber genau sein.
Eine Freundschaft kann rauh sein,
Aber muß hell sein.

Denn Allzusprödes versäumt oder verdirbt
Viel. Weil manchmal der Partner ganz plötzlich stirbt.

Mehr möchte ich nicht darüber sagen.
Denn ich sitze im Speisewagen
Und fühle mich aus Freundschaft wohl
Bei »Gedämpfter Ochsenhüfte mit Wirsingkohl«.

FREUNDSCHAFT
Zweiter Teil

Die Liebe sei ewiger Durst.
Darauf müßte die Freundschaft bedacht sein.
Und, etwa wie Leberwurst,
Immer neu anders gemacht sein.

Damit man's nicht überkriegt.
Wer einmal den Kanal
Überfliegt,
Merkt: Der ist so und so breit.
Und das ändert sich kaum
In menschlein-absehbarer Zeit.
Wohl aber kann man dies Zwischenraum
Schneller oder kürzer durchqueren.
Wie? Das muß die Freundschaft uns lehren.

Ach, man sollte diesen allerhöchsten Schaft,
Immer wieder einmal jünglingshaft
Überschwenglich begießen.
Eh' uns jener ausgeschlachtete Knochenmann dahinrafft.

ENTOMOLOGISCHE LIEBE

Ein Käfer, den ich kenne,
Die Goldhenne,
Spritzt einen üblen Saft.
Ich habe mir eine Betthenne –
Nein, Bettpfanne angeschafft.

Nur zur eigenen Benützung,
Nicht etwa zur Unterstützung
Dieses Käfers, der bei Tag und Nacht
Neben meinem Krankenlager steht
Und sich freut, wenn es mir naß ergeht.

Eingefangen in ein Glasgebäude
Lebt er. Ich verstehe seine Freude.
Wenn er nie in Freiheit bei mir sitzt,
So doch nur, weil er so übel spritzt.

Doch nachdem ich nun seit sieben Wochen
Ihm durchs Glas so freundlich zugesprochen,
Weiß er schon, daß ich ihn Goldfink nenne.

Wir sind Schicksalskameraden.
Demnächst will ich meine Goldhenne
Zu Bettpfannkuchen einladen.

SONNTAGSPUBLIKUM VOR BÜHNEN

Sonntagskinder sind Arbeitsfreie,
Ungewöhnte. – Der Künstler verzeihe
Ihnen ihr fremdes Geschau.
Sonntagskinder sind plötzliche Fürsten,
Glücklich an Sonne, Dünnbier und Würsten.
Sonntagskinder sind himmelblau.

Kommen erwartend, spaziergangsmüde,
Niemals intolerant oder prüde,
Aber immer um Jahre zurück;
Merken es nicht, wenn die Rampenscheinwelt
Sich auf ihre Müdigkeit einstellt,
Schlafen sich nachtweg ins Wochentagsglück.

AN DIE MASSE

Ich halte zu euch, aber liebe euch nicht,
Weil ihr das niemals versteht.
Und ich liebe – ich liebe – – ich liebe euch doch,
Weil ihr solcher Liebe entgeht.

Wenn ihr einmal Gelegenheit habt,
Laut zu brüllen gegen Mauern,
Dann schweige ich. Ich bin mehr begabt
Als ihr. Und kann dann nur trauern.

HUNDSTAGSGESPRÄCH

»Die Menschen sind Hunde
Und sie müßten uns ›Menschen‹ nennen,«
Sagte einer der Windhunde
Nach dem ersten Rennen.
»Wenn man Menschen falschen Hasen vorsetzt,
Endet der dann auch in ihrem Magen.
Aber was haben wir von dem Hasen zuletzt,
Den sie vor uns herjagen?«

»Falscher Hase hin – falscher Hase her –«,
Sagte der zweite Windhund.
»Ich bin schließlich doch kein Kind und
Setze mich auf meine Art zur Wehr.«

»Wehr setzen – Wehr setzen –«,
Sagte der dritte Windhund.
»Damit erreicht man nichts. Nein,
Paßt auf, beim nächsten Falschenhasenhetzen
Laufe ich zunächst geschwind und
Bleibe plötzlich stehn und hebe ein Bein.«

»Bein heben oder Nichtbeinheben –
Lasset uns wenigstens sportlich rein leben,«
Sagte Hund Vier und unterbrach
Sich und lief einer Hündin nach.

DEM MANN, DER...

Der Mann, der meine Schuhe putzt
Am Bahnhofsplatz,
Hat abends, wenn er die Trambahn benutzt,
Neben sich einen Schatz.

Wie gern würde ich diesem Kind
Auch mal die Schuhe reinigen.
Jedoch sie sagt: »Baron, Sie sind
Ein dickes Schweinigen.«

Weil mir das Titelchen »Baron«
Nicht zukommt noch mir nutzt,
Gab ich heute großen Extralohn
Dem Mann, der meine Schuhe putzt.

OFFENER ANTRAG AUF DER STRASSE

Ich habe einen Frisiersalon.
Komm mit. Dort wollen wir knutschen.
Ich wollte, ich wäre ein Malzbonbon
Und du, du würdest mich lutschen.

Wir geben dem Lehrbub den Nachmittag frei
Und schreiben »Geschlossen bis sieben«.
Ich habe Rotwein im Laden und drei
Dicke Roßhaarsäcke zum Lieben.

Ich werde dich unentgeltlich frisiern
Und dir die Nägel beschneiden.
Du brauchst dich gar nicht vor mir geniern,
Denn ich mag dicke Fraun leiden.

Ich habe auch Schwarzbrot und Butter und Quark
Und außerdem einen großen – –
Donnerwetter sind deine Muskeln stark!
Du, zeig mal: was hast du für Hosen?

Wenn du dann fortgehst, bedanke dich nicht,
Sondern halt es mit meinem Freund Franke.
Der sagt immer, wenn man vom lieben Gott spricht:
»Wem's gut geht, der sagt nicht danke.«

DREI TAGE TIROL

Ich bin nach Tirol gereist
Und hab das Zuhause vergessen.
Ich habe viel Freiheit gefressen
Und viel Gesellschaft gespeist.
Landschaften hab ich gesoffen
Und Illusionen geraucht.

Die Menschen, die ich getroffen,
Standen meist so zu den Sternen,
Daß man, um sie kennenzulernen,
Nicht erst zu verreisen braucht.

Das nennt man Drahtseilbahn: Es hing
Ein Zündholzschächtelchen an Zwirn.

Und ein Gewitter kam. – Das ging
Mir superior durch Herz und Hirn.

Wie tut ein wildes Wandern wohl,
Wenn man sein Einsamgehn durchleuchtet!

An allen Stellen angefeuchtet
Kam ich nach Hause aus Tirol.

AUS DER KUNDENKUNDE

Die Kunden kommen und gehn,
Großeltern, Eltern und Kind.
Doch wenn es schlimme sind,
Dann bleiben sie lange stehn;
Die Sekundenkunden
Sind noch nicht erfunden.

Die Kunden kaufen und zahlen,
Doch manche wollen nur Waren besehn,
Sich orientieren. Man nennt sie
»Sehleute« und »Orientalen«;
Der fleißige Kaufmann kennt sie.

Es stottern und feilschen die Kunden
Und schwatzen und lassen sich stunden.
Und stehlen sogar. Dagegen stiehlt nie
Die aristokratische Kleptomanie.

Der lockere Kunde von Beruf
Hat meistens einen Pferdehuf.

Wer seinen Kunden kündigt
Und meint, es ginge so: allein,
Selber sein eigener Kunde zu sein,
Der wird leicht vom Schicksal entmündigt.

GELD ALLEIN

Wie gut, daß alle einander nicht gleichen.
Wie recht, daß manche es erreichen,
Daß sie eines Tages reich sind.
Wie gut, daß auch diese einander nicht gleich sind.

Schlechte Menschen ohne Geist, ohne Geschmack,
Wenn sie noch so reich sind, bleiben nur Pack.

DIE FLIEGE IM FLUGZEUG

Ich war der einzige Passagier
Und hatte – nur zum Spaße –
Eine lebende Fliege bei mir
In einem Einmachglase.

Ich öffnete das Einmachglas.
Die Fliege schwirrte aus und saß
Plötzlich auf meiner Nase
Und rieb sich die Vorderpfoten.
Das verletzte mich.
Ich pustete. Sie setzte sich
Auf das Schildchen »Rauchen verboten«.

Ich sah: der Höhenzeiger wies
Auf tausend Meter. Ha! Ich stieß
Das Fenster auf und dachte
An Noahs Archentaube.
Die Fliege aber – ich glaube,
Sie lachte.
Und hängte sich an das Verdeck
Und klebte sehr viel Fliegendreck
Um sich herum, im Kreise,
Unmenschlicherweise.

Und als es dann zur Landung ging,
Unser Propeller verstummte,
Da plusterte das Fliegending
Sich fröhlich auf und summte.

Gott weiß, was in mir vorging,
Als solches mir durchs Ohr ging.
Ich weiß nur noch, ich brummte
Was vor mich hin. So ungefähr:
Ach, daß ich eine Fliege wär.

AN EINEN GLASMALER

Ja, du weißt: Es richten deine
Farben sich nach jedem Scheine,
Immer nur nach andrer Meinung,
Kläglich mild
Bis kitschig wild,
Durch sich selbst niemals Erscheinung.

Dein Genie erwählt mit großem
Blicke aus Charakterlosem
Teile klug sich zu Organen.
Untertanen,
Die du streng wie innig meisterst
Und für deinen Dienst begeisterst:
Aus dem Licht, das unser Leben
Stimmt, Einleuchtendes zu geben.

Wie's gelingt, verwandeln deine
Künste Glas in Edelsteine.

SCHÖNE FRAUN MIT SCHÖNEN KATZEN

Schöne Fraun und Katzen pflegen
Häufig Freundschaft, wenn sie gleich sind,
Weil sie weich sind
Und mit Grazie sich bewegen.

Weil sie leise sich verstehen,
Weil sie selber leise gehen,
Alles Plumpe oder Laute
Fliehen und als wohlgebaute
Wesen stets ein schönes Bild sind.

Unter sich sind sie Vertraute,
Sie, die sonst unzähmbar wild sind.

Fell wie Samt und Haar wie Seide.
Allverwöhnt. – Man meint, daß beide
Sich nach nichts, als danach sehnen,
Sich auf Sofas schön zu dehnen.

Schöne Fraun mit schönen Katzen,
Wem von ihnen man dann schmeichelt,
Wen von ihnen man gar streichelt,
Stets riskiert man, daß sie kratzen.

Denn sie haben meistens Mucken,
Die zuletzt uns andre jucken.
Weiß man recht, ob sie im Hellen
Echt sind oder sich verstellen?

Weiß man, wenn sie tief sich ducken,
Ob das nicht zum Sprung geschieht?
Aber abends, nachts, im Dunkeln,
Wenn dann ihre Augen funkeln,
Weiß man alles oder flieht
Vor den Funken, die sie stieben.

Doch man soll nicht Fraun, die ihre
Schönen Katzen wirklich lieben,
Menschen überhaupt, die Tiere
Lieben, dieserhalb verdammen.

Sind Verliebte auch wie Flammen,
Zu- und ineinander passend,
Alles Fremde aber hassend.

Ob sie anders oder so sind,
Ob sie männlich, feminin sind,
Ob sie traurig oder froh sind,
Aus Madrid oder Berlin sind,
Ob sie schwarz, ob gelb, ob grau, –

Auch wer weder Katz noch Frau
Schätzt, wird Katzen gern mit Frauen,
Wenn sie beide schön sind, schauen.

Doch begegnen Ringelnatzen
Häßlich alte Fraun mit Katzen,
Geht er schnell drei Schritt zurück.
Denn er sagt: Das bringt kein Glück.

BÜRGER, DEN ICH MEINE

Tanzunterricht bis Stammtischbier.
Solch Bürger ist behütet.
Der Bürger ist kein Säugetier.
Der Bürger ist gebrütet.

Doch was ich hiermit Bürger nenn,
Sind satte Mittelpunkte.
Wie die sich wohl benähmen, wenn
Man sie in Eiweiß tunkte.

UND GLAUBTE DOCH ES ÜBERWUNDEN

Warum hast du mich ins Gesicht
Geschlagen?
Und ich konnte nicht
Mich wehren, noch etwas sagen.

Warum hat ein Augenblick so roh
unsre ganze Heimlichkeit zertrümmert?
Konntest du denn danach irgendwo
Glücklich sein und unbekümmert?

Fandest du nie später jenen Mut,
Frei mir neu zu nahn?

Was uns jemals weh getan,
Ach wie bald war's wieder gut.
Aber was wir andern Wehes taten, –
– – – –? –!

Es ist leicht und ehrlich, wenn ich sag:
Lebe wohl! Gut Nacht! und Guten Tag! –
Auch im Kriege sprachen so Soldaten.

DU UND DIE NACHT

Gib du dem Tag, was aus dir will.
Die Nacht ist still.
Auch wenn in einem Nachtlokal
Du welche Leute, die Skandal
Begeistert, siehst.
Nicht, daß du fliehst!
Auch wenn ein Raufbold dich berennt,
Oder ein blöder Korps-Student
Mit Gott – dem's einfiel, dort zu wandeln –
Will anbandeln.

Dieweil das Meiste schläft, baut aus Gestirnen
Sich Unkenmärchenhaftes. Gruslig schiebt
Schlechtes Gewissen seine Heimlichkeiten,
Und Hirne dampfen über Nachtarbeiten.
Dieweil die Stille dürstend Weisheit siebt,
Schwelgt Animalisches, und Sehnsucht liebt.

Gib du der Nacht, was dir der Tag vergibt.

GRUSS AN JUNKERS

Ich kenne den Herrn Junkers nicht.
Mag es auch schmeichlerisch klingen,
Ich widme ihm dennoch dies Gedicht,
Beschwingt von seinen Schwingen.

Aus meiner Laune steigt es frei,
Entflogen, nicht entwachsen.
Es reimt sich Kriecher- und Fliegerei
Nicht einmal gut in Sachsen.

Ich bin mit Junkers' Maschinen schon
Oft über die Lande geflogen,
Hab meinen Tages- und Wochenlohn
Darüber oft weit überzogen,

Sprach immer zu mir zuvor: »Überleg's
Dir!« – Aber flog doch aufgehimmelt
Durch Wetter und Wolken. Und fand unterwegs
Ein Glück, das unten verschimmelt.

Ich stehe nun – scheint's mir – auf gleichem Fuß
Mit den Möwen, Adlern und Schwalben.
Ich sende Herrn Junkers meinen Gruß
Und komme ihm zweimal einen Halben.

BLUES

Wenn du nicht froh kannst denken,
Obwohl nichts Hartes dich bedrückt,
Sollst du ein Blümchen verschenken
Aufs Geratewohl von dir gepflückt.

Irgendein staubiger, gelber, –
Sei's Hahnenfuß – vom Wegesrand.
Und schenke das Blümchen dir selber
Aus linker Hand an die rechte Hand.

Und mache dir eine Verbeugung
Im Spiegel und sage: »Du,
Ich bin der Überzeugung,
Dir setzt man einzig schrecklich zu.
Wie wär's, wenn du jetzt mal sachlich
Fleißig einfach arbeiten tätst?
Später prahle nicht und jetzt lach nicht,
Daß du nicht in Übermut gerätst.«

MEIN WANNENBAD

Es muß wieder mal sein.
Also: Ich steige hinein
In zirka zwei Kubikmeter See.
Bis übern Bauch tut es weh.
Das Hähnchen plätschert in schamlosem Ton,
Ich atme und schnupfe den Fichtenozon,
Beobachte, wie die Strömung läuft,
Wie dann clam, langsam mein Schwamm sich besäuft.
Und ich ersäufe, um allen Dürsten
Gerecht zu werden, verschiedene Bürsten.
Ich seife, schrubbe, ich spüle froh.
Ich suche auf Ausguck
Vergebens nach einem ertrinkenden Floh,
Doch fort ist der Hausjuck.
Ich lehne mich weit und tief zurück,
Genieße schaukelndes Möwenglück.
Da taucht aus der blinkenden Fläche, wie
Eine Robinsoninsel, plötzlich ein Knie;
Dann – massig – mein Bauch – eines Walfisches Speck.
Und nun auf Wellen (nach meinem Belieben
Herangezogen, davongetrieben),
Als Wogenschaum spielt mein eigenster Dreck
Und da auf dem Gipfel neptunischer Lust,
Klebt sich der Waschlappen mir an die Brust.
Brust, Wanne und Wände möchten zerspringen,
Denn ich beginne nun, dröhnend zu singen
Die allerschwersten Opernkaliber.
Das Thermometer steigt über Fieber,
Das Feuer braust, und der Ofen glüht,
Aber ich bin schon so abgebrüht,
Daß mich gelegentlich Explosionen –
– Wenn's an mir vorbeigeht – –
Erfreun, weil manchmal dabei was entzweigeht,
Was Leute betrifft, die unter mir wohnen.
Ich lasse an verschiedenen Stellen
Nach meinem Wunsch flinke Bläschen entquellen,
Erhebe mich mannhaft ins Duschengebraus.

Ich bück mich. Der Stöpsel rülpst sich hinaus,
Und während die Fluten sich gurgelnd verschlürfen,
Spannt mich das Bewußtsein wie himmlischer Zauber,
Mich überall heute zeigen zu dürfen,
Denn ich bin sauber. –

HUMORVOLLE SPINNER

Spinnete Köpfe, gescheit und begabt,
Weil ihr einen Pieps, einen Vogel habt,
Verlachen euch manche und meiden
Euch. Ich mag euch leiden.

Ein Piepvogel lebt so hoch und frei
Über den Filzlatschen der Spießer.

Der Spießer mein: Ein Bandwurm sei
Kein stiller Genießer.

Doch Spießermeinung ist nicht mal so wichtig
Wie das, was aus Piepvogel fällt.

Nur der, der im Kopf nicht ganz richtig
Ist, lebt sich und unterhält.

WOHLGEMEINT AN BIEDERMANN

Geh doch einmal ins Gegenteil
Und laß dich etwas kitzeln!
Wir sind oft unbefriedigt, weil
Wir übersicher witzeln.

Wir ziehen satt in geregeltem Trott
Auf Wegen, die scheinbar nie krumm gehn,
Eine bröcklige Gipsbüste von Gott,
Nach der wir uns gar nicht mehr umsehn.

Ich sage »wir« und ich meine dabei
»Gut mittelbeamtlich erzogen«
Im Sinne von Kirche, Staat, Polizei.
Alles andre ist ja erlogen.

Ach reise doch mal nach Andrerseits
Und freue dich mit Verdammten,
Wär's nur an einem »Beinespreiz«
Für die mittleren Beamten.

CHEMNITZER BUSSTAG 1928

Ich aber ging zum Tambour hin,
Weil ich nicht gern im Trüben bin,
Und weil im Tambour Lou verkehrt
Und immer vieler Männer harrt.
Und dennoch ist die Lou apart
Und wird von mir verehrt.

Die Lou hat hoch im Hinterbein
Flecken, die biß ein junger
Fratz von Kollegin ihr hinein,
Aus Liebe nicht, aus Hunger.

Wenn ich nicht mehr in Chemnitz bin,
Geht ihr einmal zum Tambour hin

Und schaut nach meiner Lou!
Doch wer mir diese Lou verführt,
Behandle sie, wie's ihr gebührt
Und zahle zehn Mark zu.

TRENNUNG VON EINER SÄCHSIN

(1928)

Ich kann dir alles verzeihn.
Aber du mußt mir die Freiheit lassen,
Mich nicht mehr mit dir zu befassen.
Sächsische Quengelein,
Auch wenn man ihrer nur träumt,
Sind etwas, womit man die Zeit versäumt.

Du hast viel warmes Gemüt
Und lügst oft aus Höflichkeit.
Und auf diesem Boden blüht
Und gedeiht die Geschmacklosigkeit.

Ich weiß das genau. Denn ich bin
In Sachsen erwachsen. Das zu verschweigen
Oder deswegen mokant sich zu zeigen,
Hätte nicht – – oder nur sächsischen Sinn.

Ich kann deiner Falschheit nicht trauen.
Geh jetzt zur Ruh!
Blondhaarig mit schwarzen Brauen,
So schönes Mädchen du!

Aussichten sind unendlich weit.
Aber Sächsisch in dieser Zeit,
Eins, Neun, Zwo, Acht – – –
Gute Nacht.

Als sie dann traurig ging,
Ward mir so bang und kalt.
Gab ich ihr keinen Halt.
Armes Ding!

PLATZMUSIK IN STUTTGART

(1928)

Das ist ein froher Sonntagsblick:
Stuttgart, Studenten, Platzmusik.

Da stehen sie in Grüppchen
Nach Kopfbedeckung, grün, rot, blau
Und löffeln sich ihr Süppchen
Und wissen alle nichts genau.

Warum wird nicht gesungen,
Warum wird nicht marschiert zum Takt
Der Zeitmiliz, die alles packt?

Es bummeln diese Jungen
Vorbei, ein wachsendes Geschlecht,
Von keinem Zwang gezwungen.
Sie haben recht.

Der Platz ist schön. Der Platz ist weit.
Ein Sonntagsvolksgewimmel
Hat seine eigene Einigkeit
Und einen offiziellen Himmel.

AN MEINE HERBERGE IN STUTTGART
(1928)

Ihr habt mich reich und leise
Verwöhnt. Das mir geschenkte Glück –
In irgendwelcher Weise
Kehrt es gewiß zu euch zurück.

Wie ich Meinzeit durchhetze,
Geb ich euch keine Dankbarkeit.
Doch wirken sich Gesetze
Des Lebens aus in jeder Zeit.

Laßt lachen uns beim Scheiden.
Im Lachen zeigt sich Herz und Geist.
Ich mag euch ehrlich leiden,
Wär ich auch noch so weit verreist.

DER LETZTE TAG VERGANGNEN JAHRS

Ich ging auf Abenteuer
Durch finsteres Gassengewirr.
Ein Fenster in schiefem Gemäuer.
Inseits ein leises Geklirr
Und ein kleines, bläuliches Feuer. –
Durchaus ganz geheuer:
Feuerzangen
Bowle. Bin weitergegangen.

Das Eckhaus ist ein Bordell,
Die ganze Stadt weiß es.
Ich ging ganz langsam, nicht schnell,
Wegen des Glatteises
Hin und hinein.
Da saß unterm Christbaum allein
Ein magerer Zuhälter.

Er konnte siebzig, auch älter,
Er konnte auch Lebegreis sein.

Wir wechselten falsche Namen,
Und weil gar keine Damen
Da waren, sangen wir traurig ein Lied,
Seltsam war die Stimme des Greises.
Ich schied,
Schlich langsam wegen des Glatteises.

Das glättste von allen Wintern,
Die je ich erlebt.
Kein Sand gestreut.
Man geht – sitzt auf dem Hintern,
Hat nichts gebrochen – erhebt
Sich wieder – und sitzt erneut.

Quer übern Weg plötzlich lief
Eine Katze. Also: ich trat
Schnell drei Schritt zurück. Da rief
Hinter mir »Au!« ein Marinesoldat.

Wir gestanden als Wasserratten,
Was wir zuvor schon getrunken hatten.
Wir haben uns an-ahoit.
Kein Sand war gestreut.
Wir lagen. – Was soll ich lange noch sagen –
Liefen, lagen, liefen –.

Und riefen
Die Damen herunter, wollten was tun,
Wildes, wie Stierkampf oder Taifun.
Doch wir entschliefen
Ohne Weiber unter dem Baum.
Der Lebezuhälter
Pfiff rückwärts im Traum.

Der nächste Tag war viel kälter.

SILVESTER

Es gibt bei Armen und Reichen
So manche Herzen bang und still;
Aus manchem dieser Herzen will
Die Sorge nimmer weichen.

Ich bin einer neuen Idee auf der Spur
Und überlege sie sehr:
Man sollte armen Leuten nur
Gutes tun oder sagen,
Ohne vorher oder hinterher
Nach ihnen zu fragen.

Wer hat das wohl zuerst bestellt,
Was nun so glatt sich leiert:
Daß jeder Stand und alle Welt
Terminlich trauert und feiert.

So wünschlein-pünschlein den andern gleich
Will ich mich nüchtern betrinken,
Um gegen Morgen durchs Federweich
In Kaktusträume zu sinken.

Etwa: Daß eine Mutschekuh,
Die vollgefressen mit Heu war,
Mein Zimmer betrat und rief mir zu:
»Prost Neujahr, Herr Doktor, prost Neujahr!«

LEBHAFTE WINTERSTRASSE

Es gehen Menschen vor mir hin
Und gehen mir vorbei, und keiner
Davon ist so, wie ich es bin.
Es blickt ein jedes so nach seiner
Gegebenen Art in seine Welt.

Wer hat die Menschen so entstellt??

Ich sehe sie getrieben treiben.
Warum sie wohl nie stehenbleiben,
Zu sehen, was nach ihnen sieht?
Warum der Mensch vorm Menschen flieht?

Und eine weiße Weite Schnee
Verdreckt sich unter ihren Füßen.
So viele Menschen. Mir ist weh:
Keinen von ihnen darf ich grüßen.

STILLE WINTERSTRASSE

Es heben sich vernebelt braun
Die Berge aus dem klaren Weiß,
Und aus dem Weiß ragt braun ein Zaun,
Steht eine Stange wie ein Steiß.

Ein Rabe fliegt, so schwarz und scharf,
Wie ihn kein Maler malen darf,
Wenn er's nicht etwa kann.
Ich stapfe einsam durch den Schnee.
Vielleicht steht links im Busch ein Reh
Und denkt: Dort geht ein Mann.

WINTERFLUG 1929

Merkwürdig: Durch meine Lebenszeit
War ich wie gegen Tod gefeit.
Weiß heute wohl, warum.
Als ich noch nicht es wußte, war
Gott immer bei mir in Gefahr,
Weil ich nicht – – eben darum.

Unter mir: Tausend Bäume stehen,
Kahlfressen wie von Ratten,
Und werfen auf den Schnee, die Schneen
Gleichviel blauzarte Schatten.

Wenn man vom Flugzeug niederblickt
Auf so verschneite Welt,
Dann glaubt man nicht mehr an Durchlaucht.

Ich hätte gar zu gern geraucht
Und einen Meukow mir bestellt
Und eine Frau vor mir gezwickt.

LEBEN WIE KARNEVAL

Jeder summt sein Sümmchen
Oder brummt sein Brümmchen
Wie ein Bär oder wie ein Bienchen,
Wenn er ganz in sich
Hindöst. – Aber öffentlich
Zieht dann jeder, jede,
Jedes sein Mienchen. – – –

(Fällt mir plötzlich ein Gerede
Ein, eines Arztes mit schizophrenen Fraun.
Hielt der Arzt sie heimlich lieb am Zügel.
Sagte eine: »Hängen Sie meinen
Linken Lungenflügel
An den Gartenzaun!«)

Jedes flucht sein Flüchlein,
Wenn's nicht ging, wie's ihmnach gehen soll.
Manches weint ein Tüchlein
Oder scheißt ein Höslein voll.

Das störend niedrige Geschmeiß
Ist schwierig zu erreichen.
Es bleibt Gesetz: Die Schnake weiß,
Dem Kuhschwanz auszuweichen.

FASCHINGSVOLLMOND

Ein Freund, ein Dieb aus der Nähe von Metz,
Wollte mich betrunken machen.
Es gelang ihm durch dauerndes Anstoßen.
Wir stolperten über ein Polizeigesetz,
Lagen dann in zwei stecknadelgroßen
Blutlachen.

»Warum willst du mich denn betrunken machen?«
Frug ich. – »Um Dich zu berauben!« –
Diesem Freunde konnte ich glauben;
Er küßte mir oft die Hände, in Wien. –
Nun lag er mit rührend blutender Nase
Mitten in der Theresienstraße
Neben mir. Wo uns der Vollmond beschien.

Wir wollten einander aufraffen,
Aber Der Mann im Monde trat
Eben in den Hof seines Mondes
Und signalisierte uns: Lohnt es
Sich, einen Hofhund hier anzuschaffen?
Oder empfehlen Sie Stacheldraht?

Ein Schutzmann kam und nahm eins von uns beiden.
Ich ließ meinem Freunde zur Aufbewahrung
Die Brieftasche. Aber nicht nur das Scheiden,
Auch andres tut weh. Zum Beispiel Erfahrung.

Ich kann die Gegend um Metz nicht leiden.

ENTSCHULDIGUNGSBRIEF

Mein lieber S., Als ich am andern Tag
Erwachte, wußte ich nicht mehr Genaues.
Ich hab ein rotes Auge, Ruth ein blaues.
Wie sich das zugetragen haben mag!!

In meinem Anzug klebt ein Pfund Spinat.
Wie kam das nur? Ich weiß nur noch, daß Deine
Frau oder Oskars in den Spiegel trat.
Doch wer goß Hermann Suppe auf die Beine?

Ich gebe zu, daß ich den Anlaß gab.
Ich war besoffen wie noch nie seit Wochen.
Verzeiht mir, was ich ge-, zer- und verbrochen
Und daß ich Fips mit Wachs beträufelt hab.

Nun sind wir alle plötzlich jäh entzweit
Und waren Freunde, die nie beßre finden.
Man sollte bei solch reicher Festlichkeit
Lieber mehr essen und sich überwinden.

Wie war die Bowle gut und der Fasan!
Vorbei. – Am liebsten würd ich mich erhängen. –
Verdammt nicht ganz den, der das Porzellan
Euch gern ersetzen will. Ohne sich aufzudrängen.

PREISAUFGABEN

Das Es ki mo no to ne
Besteht aus fünfmal Wort.
Und eine Kaffeebohne
Treibt niemals Pferdesport.

Man soll nicht Pferde reizen.
Ein Pferd ist keine Kuh.
Wenn Aale Beine spreizen,
Sieht niemals jemand zu.

Je mand ar in der brüs te,
Recht sauber eingehüllt,
Erregen oft Gelüste,
Die manches gern erfüllt.

Man ches ter ho sen il es –,
Geht vieles stumpf einher.
Quatsch gibt den Dummen vieles,
Gibt Klugen manchmal mehr.

ABERMALS IN ZWICKAU

(1929)

Rings um das Zwickauer Krankenstift
Torkeln im Schnee fette Raben,
Die wissen nicht, was Pulver und Gift
Ist, und wie gut sie es haben.

Es geht modern und freundlich zu
In den sauberen Krankenstationen.
Ich möchte gern einmal in Ruh
Dort ein, zwei Jahre wohnen.

Wenn das verdammte Kranksein nicht wär,
Das die zum Eintritt verlangen!
(Dann wird man zwar wie ein Teddybär
Von Ärzten und Schwestern empfangen.)

Ich denke mir: Sie sterben nie –
Die außerhalb – die Raben –
Und sind wohl auch nur Krähen, die
Was gegen Zwickau haben.

Weil sie mit ihrem großen Blick
So hell und weitaus spähen. –
Ein neuer Eindruck hier in Zwick.
Prost, Ärzte! und prost, Krähen!

BRIEF AUF HOTELPAPIER

(1929)

Wenn du nach Halle gehst,
Dann geh nach Hamburg,
Wenn du von gutem Leben was verstehst.

Wenn du nach Halle reist,
Magst du zuvor mich fragen.
Ich kann dir manches sagen,
Was du vielleicht nicht weißt.

Daß du in kurzer Frist
Nur Allerbestes pickst.
Die Stadt ist nämlich etwas trüb gemixed.
Doch kommt's auch darauf an, wer du nun bist.

Ziehst du nach Halle, grüße Giebichenstein
Und Marcks und andres Nochzuunterschätzte.
Und möchte alles dir gewogen sein,
Was mich so freundlich hier anringelnätzte.

Vorausgesetzt: du hast ein Herz am Rost
Und für Geschmack ein heiteres Gesicht.
Dann, wie gesagt, quartier dich vor der Post
Gleich in Stadt Hamburg ein. Halle entgeht dir nicht.

KÖNIGSBERG IN PREUSSEN

(Februar 1929)

In Königsberg zum zweitenmal.
Ich wohnte im Hotel Central,
Dort war gut hausen.
Doch draußen:
An Kälte zweiunddreißig Grad.
Ich ächzte und ich stöhnte.
Ja, Königsberg war stets ein Bad
Für südwarm weich Verwöhnte.
Und weil ein Streik der Autos war,
Verfluchte ich den Februar,
Was den durchaus nicht rührte.
Doch was ich so an Menschen sah,
Das war mir hell und war mir nah,
So, daß ich Freundschaft spürte.
Die Mädchen, die mir's angetan,
Die wirkten so wie Walzen
Und schmeckten doch wie Marzipan
Nur kräftig und gesalzen.
Und sollte es hier einen Sarg,
So krumm, wie ich bin, geben,
So möcht ich gern in Königsbarg
Begraben sein und leben.

ASTA NIELSEN
WEIHT EINEN POKAL
(München, März 1929)

Du irrst, Asta, wenn Du denkst:
Dieser Pokal sollte Dein sein.
Du sollst ihn nur einweihn,
Daß Du ihn mir schenkst.

Der ich gestern wieder einmal
Vor Deiner Kunst glühte,
Trinke nun künftig aus diesem Pokal
Deinen Kuß und Deine Güte.

Denn das Herz ist durstiger als Kehle.
Glas zerbricht einmal. Menschenfleisch stirbt.
Deine große Barfußmädchenseele,
Asta, ewig lebt sie, webt und wirbt.

ARBEIT

Ist es unrecht, die Arbeit zu lieben?

Warum sind sie aus dem Paradies vertrieben?
Jeder weiß es.

»Im Angesicht deines Schweißes...« –
Nein anders: »Im Schweiß deines Angesichts
Sollst du dein Brot...« heißt es dort. – Wie?
Wunderlich! – Schweiß ist doch Arbeit. – Ist die
Arbeit Strafe des Höchsten Gerichts?

Geh, Exegesel, tu deine Pflicht,
Ohne daß du Verbotenstes frißt,
Und mit dem Verstande suche nicht,
Was dein Gewissen viel besser ermißt.

GESPRÄCH
MIT EINEM BLASIERTEN

Nun, wie war Ihr Flug?
Fragte ich irgendwen.
Er meinte: »Langweilig genug – –
Immer bloß Landkarten sehn – –
Außerdem zog es.«
Angst?
»Mir gangst!«
Haben Sie gekeks'…?
»Keineswegs«,
Lachte er oder log es.

Wie war das Wetter? – »Bewegt.«
Hat Sie der Start aufgeregt?
»Gar nicht. Ich schlief.«
Flogen Sie hoch? – »Nein, tief.«

Wie war das Personal?
»Wahrscheinlich ganz bieder.«
Flogen Sie zum erstenmal?
»Ja, und nie wieder.«

War denn die Landung vergnügt?
»Nein, alles hundsmiserabel.«
Danke, sagte ich, genügt!
Halten Sie jetzt Ihren Schnabel.

FLUIDUM

Von Auge zu Auge wogen
Moleküle Gefühle,
Ehe das Auge sieht,
Ehe sich das Gesicht
Zur Miene verzieht,
Ehe der Mund verlogen
Oder verlegen spricht.

Wenn sie genauer erkennend sich
Verachten oder hassen – – –

Müßten zwei Höfliche eigentlich
Wortlos einander verlassen.

Aber wenn jene zarten Fluiden
Kampfredlich oder in Frieden
Im Begegnen
Einander segnen – – –

Ist es denn irgendwie schlimm,
Wenn zwei Menschen, die sich leiden
Können, ohne Wort, ohne Nimm
Und ohne Gib
Bald wieder vonander scheiden?
»Den oder die habe ich lieb.«

ABGESEHEN VON DER PROFITLÜGE

Die kurzen Beine der Lüge sind
Auch nur etwas Relatives.
Ein Segler kreuzend gegen Wind
Ist immer etwas Schiefes.

Ob sie aus Anstand, aus Mitleid gibt,
Sich hinter der Kunst will schützen,
Wenn sie nicht innerst sich selber liebt,
Wird Lüge niemandem nützen.

Es gibt eine Lüge politisch und kühn,
Und die ist auch noch zu rügen.
Ich meine: Wir sollten uns alle bemühn,
Möglichst wenig zu lügen.

ZU DIR

Sie sprangen aus rasender Eisenbahn
Und haben sich gar nicht weh getan.

Sie wanderten über Geleise,
Und wenn ein Zug sie überfuhr,
Dann knirschte nichts. Sie lachten nur.
Und weiter ging die Reise.

Sie schritten durch eine steinerne Wand,
Durch Stacheldrähte und Wüstenbrand,
Durch Grenzverbote und Schranken
Und durch ein vorgehaltnes Gewehr,
Durchzogen viele Meilen Meer. –

Meine Gedanken. –

Ihr Kurs ging durch, ging nie vorbei.
Und als sie dich erreichten,
Da zitterten sie und erbleichten
Und fühlten sich doch unsagbar frei.

SEHNSUCHT NACH BERLIN

(1929)

Berlin wird immer mehr Berlin.
Humorgemüt ins Große.
Das wär mein Wunsch: Es anzuziehn
Wie eine schöne Hose.

Und wär Berlin dann stets um mich
Auf meinen Wanderwegen.
Berlin, ich sehne mich in dich.
Ach komm mir doch entgegen!

GROSSPLATZTAUBEN

Auf großen Plätzen in den Städten
Mästen sich Taubenschwärme.
Es gehen knurrend manchmal Gedärme
Vorbei, die nur ein solch Federvieh
Gar zu gern und gebraten hätten.

Man erziehe rechtzeitig sein Kind
Zu der Liebe zu allen Tieren.
Kinder, die schön angezogen sind,
Sollen mit reichgekleideten Müttern
Tauben öffentlich hätscheln und füttern
Und sich dabei
Neckisch und lieblich photographieren
Lassen. – Spatzen sind vogelfrei.

Ich habe vor markusplatzigen Tauben
Etwas Angst wegen meines Hutes.
Ich kann mir nicht viele Hüte erlauben.
Ich wünsche den Photographen nur Gutes
Und den Müttern auf der Parade –
Nicht ihrem Kind –
All das, wofür meine Hüte zu schade
Sind.

EINE ZUSCHAUERIN IM FLUGHAFEN

»Nie wieder wird's Menschen geben,
Die so viel erleben,
Wie wir, in unsrer gigantischen Zeit!
Der Weltkrieg und die ihm folgenden Leiden –
Wird keiner auch uns darum beneiden –
Haben doch alles, was in der Welt
Früher geschah, in den Schatten gestellt.
O unsre Zeit! Und speziell unser Land!«

Der Platzleiter bückte sich, hob galant
Ein Buch auf, gab's mit der linken Hand
Der Dame zurück, nicht mit der rechten.
(Er war im Kriege in Luftgefechten
Dreimal abgeschossen und rühmlichst bekannt.)

»Danke. – Ach, wie der Gedanke erhebt:
Nie wird – Nie hat eine Generation
Soviel Erfindungen neu erlebt.
Denken Sie nur an Edison,
An Fahrrad, Auto und Grammophon,
An Kino, Radio, Röntgenstrahlen,
Schon Trambahn, Rohrpost und Salvarsan.
All das hat unsere Zeit getan!
Und was noch folgt, ist kaum auszumalen.
Wir schreiten weiter von Siegen zu Siegen.
Nicht Fortschritt mehr, sondern Fortflug. Wir fliegen
Empor. Wir werden zu höheren Fernen
Schweben, zum Mars und zu sämtlichen Sternen.
Wir werden vielleicht
Die alleräußerste Peripherie
Des Weltalls erreichen. – –
Ich danke Ihnen, das haben Sie
Und Ihresgleichen
Durch Ihr Genie und durch Mut erreicht.«

Die Dame schwieg, und sie fächelte
Mit ihren Armen, als wollte sie fliegen.

Der Flugplatzleiter lächelte.
»Bin oft nach der Sonne zu aufgestiegen«,
So sagte er heiter,
»Doch zog sie sich immer um jedes Stück
Meiner erstrebten Annäherung weiter
Und höher zum alten Abstand zurück.«

NATUR

Wenn immer sie mich fragen,
Ob ich ein Freund sei der Natur,
Was soll ich ihnen nur
Dann sagen?

Ich kann eine Bohrmaschine,
Einen Hosenträger oder ein Kind
So lieben wie eine Biene
Oder wie Blumen oder Wind.

Ein Sofa ist entstanden,
So wie ein Flußbett entstand.
Wo immer Schiffe landen,
Finden sie immer nur Land.

Es mag ein holder Schauer
Nach einem Erlebnis in mir sein.
Ich streichle eine Mauer
Des Postamts. Glatte Mauer aus Stein.

Und keiner von den Steinen
Nickt mir zurück.

Und manche Leute weinen
Vor Glück.

SCHROFFER ABBRUCH

Laß mich doch allein,
Bitte, bitte!
Meine Schritte
Sind deinen zu klein.

Merkst du denn nicht,
Was höfliche Worte sind?

Deine Blicke stellen sich blind.
Was aus dir spricht,
Ist nur Angst und die Sucht,
Fremdes zu gewinnen.

Jemand, vor sich selbst auf der Flucht,
Findet nicht Ruhe,
Sich zu besinnen,
Vergißt die Tat vor Getue.

Du kannst dich selbst nicht ertragen,
So schwach bist du.

Blicke ein Jahr lang nur in die Höh
Und höre nur Stillem zu.
Mehr kann ich dir nicht sagen.
Adieu!

RÜCKKEHR ZWEIER THÜRINGER AUS ENGLAND

Der Eine

Goodbye. I go,
Anybody to irgendwo.
Lebe wohl, du Land, das ich verehre!

On the pier winks no girl, no man.
Oh, the Channel is larger than
Many many Meere.

Only altogether was to me
The only English friend.
And it seems to be
Und muß wohl so sein:
Unser Kontinent hat einen wärmeren Sonnenschein.

Dennoch komme ich aus guter Zeit.
England *was light and was polite.*

England is a happy land,
Und es braucht uns nicht,
And it doesn't understand,
Was aus *foreign* Herzen sucht und spricht.

Wenn es wüßte!
Das Schiff rollt. Es entschwindet die Küste.
Ich fühle mich frei.
England, *goodbye!*

Der Andere

Nun war ich drüben überm Kanal
In London, fast eine Woche.
Nun fahre ich nach Schnepfental.
Für mich beginnt nun wieder einmal
Eine Epoche.

Muß ich auch für das letzte Stück
Einen Personenzug nehmen,
Nur in der Ferne liegt das Glück,
Durchaus nicht im Bequemen.

Anni ist Anni und immer ganz Ohr
Für Worte, wie ich sie wähle.
Nun stelle ich mir in Gedanken vor,
Wie ich ihr von London erzähle.

Ich habe studiert und photographiert –
Die Bilder kann ich auch zeigen.
Ich wollte nur, ich wäre blasiert.
Dann könnte ich unterwegs schweigen.

So aber bin ich zu mitteilsam,
Fast wie ein unmündiger Knabe.
Es ist beschämend und doch sehr heilsam,
Daß ich schreckliches Heimweh habe.

MEINE ALTE SCHIFFSUHR

In meinem Zimmer hängt eine runde,
Alte, achteckige Segelschiffsuhr.
Sie schlägt weder Glasen noch Stunde.
Sie schlägt, wie sie will, und auch nur,

Wann sie will. Die Uhrmacher gaben
Sie alle ratlos mir zurück;
Sie wollten mit solchem Teufelsstück
Gar nichts zu tun haben.

Und gehe sie, wie sie wolle,
Ich freue mich, weil sie noch lebt.
Nur schade, daß nie eine tolle
Dünung sie senkt oder hebt

Oder schüttert. Nein, sie hängt sicher
Geborgen. Doch in ihr kreist
Ein ruhelos wunderlicher
Freibeuter-Klabautergeist.

Nachts, wenn ich still vor ihr hocke,
Dann höre ich mehr als Ticktack.
Dann klingt was wie Nebelglocke
Und ferner Hundswachenschnack.

Und manche Zeit versäume
Ich vor der spukenden, unkenden Uhr,
Indem ich davon träume,
Wie ich mit ihr nach Westindien fuhr.

NACH DER TRENNUNG.
LICHTERFELDE

War so oft schon dieses Scheiden.
»Lebewohl!« (Auf nur vier Wochen)
Schon gemeinsam schwer gesprochen, –
Schwerer jedem dann von beiden.

Jedes lächelte und lachte
Über das, was Üblich sprach.
Jedes wußte das und dachte
Hinterher ganz anders, lange nach.

Dies Berlin ist grausig tief und flach
Und so breit. Es gibt dafür kein Dach.
Schaurig schon, daß Menschen dort verschwinden.
Aber stelle arme Fraun dir vor, die dort
Schamvoll irrend einen öffentlichen Abort
Suchen und nicht finden.

Lichterfelde. Blieb mein D-Zug stehn.
Und ich sah im Schnellzug *vis-à-vis*
Ein so blasses schönes Eisenbahnergesicht,
Wie ich fremdfern nie
Ein Gesicht so innig hab gesehn.

Du, du meine Frau, wirst mich verstehn.

ENTTÄUSCHTER BADEGAST

Wenn ich im Badeanzug bin
Und im Familienbade,
Geht die Erotik fort. Wohin
Weiß Gott. Wie schade!

Und Weiber jederlei Gestalt
Sie lassen alle dann mich kalt,
Wie die verdammte Jauche
Der See, in die ich tauche,
Kalt macht, speziell am Bauche.

Von der Kabine bis ans Meer
Geniere ich mich immer sehr.
Trotz Spucke und trotz Laufgeschwind
Merkt jede Frau und jedes Kind,
Daß meine Füße dreckig sind.
Und niemand fragt woher.

Daß jemanden, der nicht gut schwimmt,
Daß man den gar nicht mehr als Mann,
Sondern als Tauchemännchen nimmt – –

So handeln Weiber, die bestimmt
Wären, mich aufzuregen.

Mir schmeckt das Badewasser nie.
Ich denke immer an Pipi
Und kann das auch belegen.

Es liegt mir fern, hier indiskret
Krampfadern aufzuwühlen,
Doch jede Frau, die baden geht,
Weiß nichts von meinen Gefühlen.

LEERE NACHT

Es ließ ein Huhn sich braten.
Ich roch es. Doch es lockte nicht.
Mich grüßten zwei Soldaten.
Sie hatten kein Gesicht.

Ich schritt an Licht und Scheinen
Vorbei. Und schritt. Und schritt vorbei.
Ich sah ein Mädchen weinen.
Doch meine Brille ging entzwei.

Ein Bogen strich die Geige.
Und Stumme tranken Luft.
Mich streiften nasse Zweige.
Und irgend jemand sagte »Schuft«.

Bin beinah überfahren.
Das Auto hat mich ausgelacht.

Wo meine Freunde wohl waren
In dieser gottvergessenen Nacht?

EINEM ÄNGSTLICH EINSTEIGENDEN

Flieg zu, Insasse!
Und lasse
Lasse dich
Nur äußerlich
Von andern lenken.

Du mußt denken:
Deine Linie geht
Nach deinem Willen
Und im stillen
Wie ein arglos Gebet.

Selbstverständlich interessiere dich
Sehr für Wetter, Höhenmesser,
Richtung, Zeit etcetera. Jedoch:
Weite Gedanken tragen dich
Noch höher und noch besser
Als es deine Maschine tut.

Fliege gut!

AN EINEN GESCHÄFTSFREUND

Schlage nicht Freundschaften in den Wind,
Die *by and by* ersprießlich,
Außerdem aufrichtig sind!

Was siegt denn schließlich?
Organischer Erwerb.

Eilgier führt zum Verderb.
Jedwedes Experiment,
Das Werte überspringen will
Oder Werte verkennt,
Entschläft mindestens auffällig still.

Boheme ist ein kurzes Bequem
Mit langem Schwanz Reue.

Wer Anstand und Treue
Aufgibt oder unterbricht,
Scheißt sich selber ins Gesicht.

Kurz, ich rufe dir herzlich zu:
»Du?! – Du?!«

SCHLÄGE

Es schlägt im Busch eine Nachtigall.
Es schlägt ein Knecht auf dem Sommerball
Einem andern den Schädel entzwei.
Es schlägt eine Turmuhr Drei.

Es sagt die Nacht, wenn sie vorbei
Ist: »Guten Tag!«
Es schlägt ein frischer Trommelschlag
Die Schläfrigkeit zu Brei.

Es sagt der Tag, wenn er vergeht:
»Gut Nacht!« Will nichts besagen.
Schlägt alles – auch letzte Stunde – vorbei.
Doch wer sich drauf und dran versteht,
Der hört in jeder Schlägerei
Herzen schlagen.

HYMNÜS'CHEN

Es gehört zu den fröhlichen Sachen,
Sich bei den Schleimhäuten beliebt zu machen.
Und demjenigen, das so hinein
Kommt, müssen Schleimhäute auch dankbar sein.
Im Reizen und im Befriedigtwerden
Liegt alles Glück auf Erden.

Kriegen Sie aber diese Worte
Bitte nicht in den falschen Hals.
Denn die sind vieldeutig. Diesenfalls
Red ich von Tabak jedweder Sorte.
Tabak zum Rauchen, Schnupfen und Kauen.
Und da ist nichts wichtiger als
Guter Geschmack und gutes Verdauen.

AN MEINEN ZIGARETTENRAUCH

Gleite ins Weite und in die Höh!
Adieu, du zartes Bleu
Meines Zigarettenrauches,
Der du so sanft entfliehst.

Wenn du ein zierliches Nasenloch siehst,
Küß dem die Haare als Gruß meines Hauches.

Ob dich ein Höhendruck
Zur Erde zurückschlägt,
Eine Strömung, eines Windes Ruck
Dich zu Himmelsglück trägt, –
Finde das, was du erwartetest.

In dem hold gewürzten Augenblick,
Da du aus mir startetest,
Spielte Ziehharmonikamusik
Ein Lieblingslied von mir: *La Paloma*
Und auf Schwingen dieser Volksweise
Steigst du auf. Glückliche Reise!
Aus Nikotin ins ewige Aroma.

DAS SCHEUE WORT

Es war ein scheues Wort.
Das war ausgesprochen
Und hatte sich sofort
Unter ein Sofa verkrochen.

Samstags, als Berta das Sofa klopfte,
Flog es in das linke, verstopfte
Ohr von Berta. Von da aus entkam es.
Ein Windstoß nahm es,
Trug es weit und dann hoch empor.
Wo es sich in das halbe, bange
Gedächtnis eines Piloten verlor.

Fiel dann an einem Wiesenhange
Auf eine umarmte Arbeiterin nieder,
Trocknete deren Augenlider.
Wobei ein Literat es erwischte
Und, falsch belauscht,
Eitel aufgebauscht,
Mittags dann seichten Fressern auftischte.

Und das arme, mißbrauchte,
Zitternde scheue Wort
Wanderte weiter und tauchte
Wieder auf, hier und dort.
Bis ein Dichter es sanft einträumte,
Ihm ein stilles Palais einräumte. – –

Kam aber sehr bald ein Parodist
Mit geschäftlich sicherem Blick,
Tauchte das Wort mit Speichel und Mist
In einen Aufguß gestohlner Musik.

So ward es publik.
So wurde es volkstümlich laut.
Und doch nur sein Äußeres, seine Haut,
Das Klangliche und das Reimliche.
Denn das Innerste, Heimliche
An ihm war weder lauschend noch lesend
Erreichbar, blieb öffentlich abwesend.

DER GROSSE CHRISTOPH

Wer Rigas Hafen kennt,
Kennt auch das Holzmonument,
Das man den großen Christoph nennt.

Der Heilige mit seinem Wanderstabe.
Auf seiner Schulter sitzt der Jesusknabe.
Den hat er, wie die Leute dort sagen,
Durch die Düna getragen.

Die Flößer und die Schiffersleute schenken
Ihm Blumen, Bänder hin und andrerlei
Und bitten frömmig ihn dabei,
Er möge dies und das zum Guten lenken.
Es kommen viele Leute so und gehn.

Der Christoph trägt um seine Lenden
Ein Hemd, vier Hemden, manchmal zehn,
So je nachdem, was sie ihm spenden
Und andermal auch wieder stehlen.

Er trägt und gibt das Gerngewollte.
Und Christus schweigt; er ist ja noch so klein,
Und beide lächeln ob der simplen Seelen.
Und wenn sie wirklich etwas wurmen sollte,
Dann kann das nur ein Holzwurm sein.

SPIELBALL

Es weint ein Kind.
Ein Luftballon mit dünnem Zopf
Und kleiner als des Kindes Kopf
Entflieht im Wind.

Und reist und steigt verwegen.
Ein Nebel wallt.
Ein Fehlschuß knallt.
Dann fällt ein sanfter Regen.

Rundrote Riesenbeere
Rollt müde und verschrumpft
In einem Wipfelmeere,
Hat austriumpht.

Witziger Kräherich
Bringt seinem Bräutchen
Ein hohles Häutchen,
Die aber ärgert sich.

EIN EHEMALIGER MATROSE FLIEGT

Ich bin einst in Seemannsjahren
Oft elbauf, elbab gefahren.
Auf der Seite, wo wir dann Stadt Altona
Sichteten, stand ich an Deck und sah.

Sah ein Haus. Vom Schornsteinruß geschminkt,
Kiekt es lustig nach der Elbe hin.
Und ich wußte: Meta wohnt darin.
Wenn ich dort vorbeigefahren bin,
Hat sie mir und hab ich ihr gewinkt,
Ein Signal »Ich liebe dich«.
Und ich sah sie, und sie sah auch mich.

Heute flog ich über das vertraute
Altona. Hab nicht das Haus entdeckt.
Doch ich hab die Hand hinausgestreckt,
Hab gewinkt, wie ich es einst getan.
Und ich wußte: Meta schaute,
Winkte auf nach meinem Wolkenkahn
Oder wie sie's nennen, »Aeroplan«.

Wenn man sich auch sonst von nah,
Teufel eins, viel lieber sah,
Dacht ich doch verliebt und bang
Oben dort im Wolkenhang:

Wenn ich jetzt hinunterstürze,
Fängt mich Meta in der Schürze
Auf.

NEIDISCHES ÜBER EINEN KLO-MANN

Anfangs hat er kläglich gestöhnt,
Denn er war zuvor in der Küche
Kartoffelschäler, und andre Gerüche
Von daher gewöhnt.

Er ist ebenso dumm wie faul.
Er öffnet die Türen zu den Aborten
Und nach kurzen, blödsinnigen Worten
Über das Wetter, hält er das Maul.

Nie ist er freundlich. Dennoch verehren
Ihn manche sehr;
Besonders die, die ihm hinterher
Handtücher stehlen und Nagelscheren.

Ich weiß nicht, warum ich mich vor ihm geniere.
Er läßt mir niemals zum Waschen Zeit,
Und durch seinen Geiz in bezug auf Papiere
Geriet ich schon oft in Verlegenheit.

Im Grunde ärgert's ihn, wenn man seine
Geräte benutzt.
Obwohl er niemals, auch nicht mal zum Scheine,
Daran etwas putzt.

»Gedenket des Alten
Denn er muß alles reine halten!«
Schreibt er mit Seife, Frechheit und Ruhe
Jeden Morgen groß an den Spiegel.
Und dabei hat dieser Schweinigel
So ein vornehm nervöses Getue,
Das jeden zwingt, ihm viel Trinkgeld zu geben,
Und er zählt immer gleich nach, wieviel. – –

Ja, so ein bequemes, geldbringendes Leben
Zu führen, das wäre wohl jedermanns Ziel.

SEEHUND ZUM ROBBENJÄGER

»Ich bin ein armer Hund.
Ich habe keine Brieftasche. Im Gegenteil:
Man macht aus mir welche; sehr wohlfeil.
Und Wohlfeil ist Schund.

Taten wir jemals Menschen beißen?!
Im Gegenteil: Jedes menschliche Kind
Wird uns, wenn wir auf dem Lande sind,
mit Steinen totschmeißen.

Wie ihr Indianer und Neger
Nicht glücklich für sich leben ließt,
Stellt ihr uns nach und schießt
Uns nieder. Für Bettvorleger!

Wo ihr Menschen Freischönes erschaut,
Öffnet ihr, staunend, euren Rachen.
Warum erstrebt ihr es nicht, euch vertraut
Mit den Tieren zu machen?

Wilde Tiere sahen allem, was neu
Und friedlich war, anfangs unsicher zu.
Wer nahm den wilden Tieren die Ruh?
Wer gab ihnen zur Angst die Wut?

Der Mensch verkaufte Instinkt und Scheu.
Das Tier ist ehrlich und deshalb gut.«

KAUDERWELSCHER BETTLERDANK

Ich danke dir für Wasser, Wein und Speise,
Und ich bin froh, daß meine Sprache fremd
Hier ist. – Ein Bettler mit verlaustem Hemd
Will ich nur sein. Auf meiner Weiterreise
Träum ich davon, wie gut und leise
Du von der Schwelle nach der Küche gingst
Und – was ich weiß – wie rührend schön du singst.
Denn ich hab lange dich belauscht, bevor
Ich klingelte an deinem starren Tor.

Du hast mich offnen Herzens angeblickt.
Doch ich bemühe mich, mich zu verstellen.
Du sollst nicht ahnen, wen und wie – –
Himmlisch hast du mein Bettelherz erquickt!

So ziehen eilig sanfte Wellen
Vorbei; doch sie vergehen nie.

Und eine Welle, die du selbst entsandtest
Und die ich selber nie erkennen lerne,
Bringt dir vielleicht aus einer fremden Ferne
Den Dank zurück, den du an mir nicht fandest.

DER UNFALL

Es sprach das Gehirn erschüttert
Zur Nase: »Du blutest stark!«
Es sagte der Hut verbittert:
»Ich bin total zerknittert
Und war auf Seide gefüttert
Und kostete dreißig Mark!«

Es sagte das Auge verschwommen:
»Ich fühle mich wieder frei.
Das Ganze wird uns gut bekommen;
Das Herz ist nicht entzwei!«

Das Herz sagte: »Sowas kommt vor.
Vor allem aber lebt unser Humor,
Und deshalb werde ich nun
In eurem Namen Gott innig danken,
Wie das die Erschreckten und Kranken –
Leider fast nur die – tun!«

MORSCHE FÄDEN

Zu einem Trödler
Kam ein Greis mit einer sauern
Gurke,
Sprach: »Ich bin ein Gnadenbrötler
Bei einem Bauern.
Der ist ein Schurke.

Diese Gurke bringe ich aus Not.
Kleine Knöpfe möchte ich dafür.
Denn man kann sich nicht mit Gnadenbrot
Knöpfe kaufen für die Hosentür.«

Und der Trödlersmann verschmähte
Nicht die Gurke noch des Greises Wort,
Denn der kam ihm sehr bedürftig vor,
Sondern bückte sich und nähte
Hundert goldne Knöpfe ihm sofort
Eigenhändig an das Hosentor.

Und der Greis sprach: »Danke« und verneigte
Sich und ging mit offnem Hosenlatz
Selig durch die Straßen, und er zeigte
Allen Menschen seinen goldnen Schatz.

Bis ihn schließlich ein gewisses
Schicksal in ein Irrenhaus berief,
Ob Erregung öffentlichen Ärgernisses.
Bis er Knöpfe schluckte und entschlief.

KÖLN – BRÜSSEL – LONDON

Ach, mir war seltsam. Nach dem Start erwog ich,
Ob's komisch sei, wenn man sentimental
Denkt. Ach, zum ersten Male überflog ich –
Ein ehemaliger Seemann – den Kanal.

Im Sonnenwetter, das wir anfangs hatten,
Sah ich zur Erde. Lautlos eilend schlich
Tief unter uns, doch mit uns, unser Schatten.
Und ich ward traurig, als er plötzlich wich.

Und Brüssel dann. Ein kurzer Aufenthalt.
Ich hab als Sieger dort einmal gelitten,
Im Krieg. Ich habe dort nichts abzubitten.
Und doch: es überlief mich kalt.

Und weiter ging's, durch wechselvolle Höhen,
Nunmehr durch Grau und schwere Hagelböen.
Doch mich betrank's. Wie lange war es her,
Daß ich zur See ging?! – Segelschiff und Meer! –

Und als nun fern, dann näher der Kanal
Auftauchte, ich die Küste überschwebte,
War's, daß ich nun zum zweiten Erstenmal
Stolz, ehrlich staunend Globetrot erlebte.

Die Ufer unsres Kontinents entschwanden.
Zwei Dampfer sah ich, die mit ihren Wellen
Scheinbar ganz still, wie starrgefroren standen.
Dann brach die Sonne durch und wies mit hellen,

Vergnügten Fingern auf das Inselland
Und auf zwei Flieger. Diese zogen
An uns vorbei, als wir den Kuchenrand
Von Englands Küste überflogen.

Land unter uns. Bis sich vom Flugplatz Croydon
Blinkauf, blinkab ein Winkefeuer zeigte.
Als dann sich unser Kahn zur Landung neigte,
Wie brannte ich auf lang entbehrte Freuden.

7. AUGUST 1929

Ein Zeppelin fliegt übers Meer.
Aber es gibt schon heute
Ganz gut gescheite Leute,
Die interessiert das gar nicht sehr.

Der Weltenraumverkehr floriert
Seit Urzeit, niemals minder.
Wo gut? Wo schlecht? – Das interessiert
Die Greise wie die Kinder.

Was man im Leben sich erwarb,
War Gnade oder Beute.
Da ich Geburtstag feiere, starb
Die Kathi Kobus heute.

Es hat an solchen Tagen –
– – – – – –
Was wollte ich denn eigentlich sagen? –
Es hat ein Jedes was erträumt.
Es hat ein Jedes was versäumt.

GRUSS INS BLAUE

Sehr verehrte, auserlesene,
Einmal nahe mir gewesene,
Nunmehr tote Damen und Herrn!

Ich hätte all Ihnen gar zu gern
Noch etwas vor dem Tode gesagt.

Hab ich versäumt oder nicht gewagt,
Zu sagen, wonach kein Toter fragt,
Liegt nun jede Aufdringlichkeit fern.

Dorthin, wo Sie jetzt weilen, reicht keine
Lüge. Sie wissen auch, wie ich es meine,
Wenn ich aus reuevollem Bedürfnis
Jetzt mit einem Whiskygeschlürfnis
X-wärts proste. Ich weiß, wer es wagen
Darf, eine Flunder noch breit zu schlagen.

WER HAT GEWONNEN?

Weil du berühmt bist und mir Wahrheit sagst,
Zerschlag ich dir ein Stück von deinen Zähnen.
Nun du mich meidest und sogar verklagst,
Bitt ich dich um Verzeihung unter Tränen.

Du lächelst siegreich, läßt mich also leiden. – –
Ich werde reich und gut. Du wirst senil.
Ich frech. – Und wir versöhnen uns und meiden
Und plagen uns im wechselschroffen Spiel.

Doch immer ruhiger und mehr besonnen
Legt sich der Kampf. Die Wahrheit steht. Es fragt
Jeder von uns und jeder neu verzagt:
»Wer hat gewonnen?!«

KINDER-VERWIRR-BUCH

mit vielen Bildern

1931

Ernst Rowohlt gewidmet.

Ernst Rowohlt Verlag, Berlin 1931.

Kleine Lügen und auch kleine
Kinder haben kurze Beine.

★

Das ABC ist äußerst wichtig.
Im Telefonbuch steht es richtig.

★

Der Klapperstorch hat krumme Beine.
Die Kinder werfen ihn mit Steine.
Aber Kinder bringt er keine.

★

Der Spanier lebt in fernen Zonen
Für die, die weitab davon wohnen.

Und der Osterhase legt
(Bald sehr eitel, bald bewegt)
Rührei oder Spiegelei.
Schauerlich stöhnt er dabei.

RÄTSELHAFTES OSTERMÄRCHEN

(nur mit Ei und Eier aufzulösen)

Der FrackverlOher HOnrich OstermOO kehrte am ersten OsterfOOtage sehr betrunken hOm. SOne Frau, One wohlbelObte, klOne Dame, betrieb in der KlOststraße Onen OOrhandel. Sie empfing HOnrich mit den Worten: »O O, mOn Lieber!« DabO drohte sie ihm lächelnd mit dem Finger. Herr OstermOO sagte: »Ich schwöre Onen hOligen Od, daß ich nur ganz lOcht angehOtert bin. Ich war bO Oner WOhnachtsfOer des VerOns FrOgOstiger FrackverlOher. Dort hat Ones der Mitglieder anläßlich der Konfirmation sOner Tochter One Maibowle spendiert, und da habe ich denn sehr viel RhOnwOn auf das Wohl des verehrten JubelgrOses trinken müßen, wOl man ja nicht alle Tage zwOundneunzig Jahre alt wird.« Frau OstermOO schenkte diesen Beteuerungen kOnen Glauben, sondern sagte nochmals: »O O, mOn Lieber!« Worauf ihr PapagO die ersten zwO Worte »O O« wohl drOßigmal laut wiederholte. Über das GeschrO des PapagOs geriet HOnrich in solche Wut, daß er On BOl ergriff und sämtliche OOOO zerschlug. Frau OsterOO wurde krOdeblOch und lief, triefend von Ogelb zur PolizO. Ihr Mann aber ließ sich erschöpft auf Onen Stuhl nieder und wOnte lOse vor sich hin. Bis ihm der PapagO von oben herab On OsterO in den Schoß warf. Da war alles vorbO.

Sechs Beine hat der Elefant.
Er wird auch Mißgeburt genannt.

BABIES

Daß eure Windeln wie Segel sind,
Das wißt ihr Kinder noch nicht.
Ihr kümmert euch nicht um den eigenen Wind,
Um den fremden Wind, um das fremde Licht.
Ihr reist wie Passagiere.
Und wenn das Schiff mit euch ersauft,
Dann seid ihr himmeltief getauft,
Unschuldige, glückliche Tiere.

KIND, SPIELE!

Kind, spiele!
Spiele Kutscher und Pferd! –
Trommle! – Baue dir viele
Häuser und Automobile! –

Koche am Puppenherd! –
Zieh deinen Püppchen die Höschen
Und Hemdchen aus! – Male dann still! –
Spiele Theater: »Dornröschen«
Und »Kasperl mit Schutzmann und Krokodil!« –
Ob du die Bleisoldaten
Stellst in die fürchterliche Schlacht,
Ob du mit Hacke und Spaten
Als Bergmann Gold suchst im Garten im Schacht,
Ob du auf eine Scheibe
Mit deinem Flitzbogen zielst, – – –

Spiele! – Doch immer bleibe
Freundlich zu allem, womit du spielst.
Weil alles (auch tote Gegenstände)
Dein Herz mehr ansieht, als deine Hände.
Und weil alle Menschen (auch du, mein Kind)
Spielzeug des lieben Gottes sind.

BEINCHEN

Beinchen wollen stehen.
Beinchen wollen gehen,
Sich im Tanze drehen.
Beinchen wollen ruhn.
Beinchen wollen spreizen,
Wollen ihren Reizen
Jegliche Gelegenheit
Geben. Haben jederzeit
Muskulös zu tun.

Beine dick und so und so,
Beine dünn wie Stange.
Alle Beine sind doch froh.

Arme, arme Schlange!

SCHLÄNGELCHEN

Schlängelchen zum Teufel kam,
Ganz still und bescheiden.
Und der Teufel das Schlängelchen nahm
Und es streichelte.
Mochte es gut leiden.

Kam ein Schlängelchen
Zu einem Engelchen,
Neigte sich und wollte wieder scheiden.
Engelchen mochte das Schlängelchen
Gut leiden,
Sagte fromm:
»Komm!«

NIE BIST DU OHNE NEBENDIR

Eine Wiese singt.
Dein Ohr klingt.
Eine Telefonstange rauscht.
Ob du im Bettchen liegst
Oder über Frankfurt fliegst,
Du bist überall gesehen und belauscht.

Gonokokken kieken.
Kleine Morcheln horcheln.
Poren sind nur Ohren.
Alle Bläschen blicken.

Was du verschweigst,
Was du den andern nicht zeigst,
Was dein Mund spricht
Und deine Hand tut,
Es kommt alles ans Licht.
Sei ohnedies gut.

Die Guh gibt Milch und stammt aus Leipzig.
Wer zuviel Milch trinkt, der bekneipt sich.

Der Ochse gibt statt Milch: Spinat.
Er spielt am Nachmittage Skat.

UNTER WASSER BLÄSCHEN MACHEN

Kinder, ein Rätsel! Hört mich an!
Wer es herausbekommt, kriegt Geld! – Wie kann
Man unter Wasser Bläschen machen?
Das müßt ihr versuchen – unbedingt! –
In der Badewanne. Und wenn es gelingt,
Werdet ihr lachen.

KINDER, SPIELT MIT EINER ZWIRNSROLLE!

Gewaltigen Erfolg erzielt,
Wer eine große Rolle spielt.

Im Leben spielt zum Beispiel so,
Ganz große Rolle: der Popo.

Denkt nach, dann könnt ihr zwischen Zeilen
Auch mit geschlossenen Augen lesen,
Daß Onkel Ringelnatz bisweilen
Ein herzbetrunkenes Kind gewesen.

DAS HEXENKIND

Das junge Ding hieß Ilse Watt.
Sie ward im Waisenhaus erzogen.
Dort galt sie für verstockt, verlogen,
Weil sie kein Wort gesprochen hat
Und weil man ihr es sehr verdachte,
Daß sie schon früh, wenn sie erwachte,
Ganz leise vor sich hinlachte.

Man nannte sie, weil ihr Betragen
So seltsam war, das Hexenkind.
Allüberall ward sie gescholten.
Doch wagte niemand, sie zu schlagen.
Denn sie war von Geburt her blind.

Die Ilse hat für frech gegolten,
Weil sie, wenn man zu Bett sie brachte,
Noch leise vor sich hinlachte.

In ihrem Bettchen blaß und matt
Lag sterbend eines Tags die kranke
Und stille, blinde Ilse Watt,
Lächelte wie aus andern Welten
Und sprach zu einer Angestellten,
Die ihr das Haar gestreichelt hat,
Ganz laut und glücklich noch: »Ich danke.«

Den Unterschied bei Mann und Frau
Sieht man durchs Schlüsselloch genau.

EMANUEL PIPS

(Zu seinem 81. Geburtstag)

Den Kammerjäger Emanuel Pips
Vom linken Ufer des Mississipps
Mochte jedermann leiden.
Er war äußerst bescheiden.
Er trug acht Zentimeter Rips
Als Anzug und einen Seiden-
faden in Grün als Schlips,
Fragte niemals nach Rennbahntips,
Hatte überhaupt keinen Grips,
Aß einmal am Tage (potato-ships),
Trank alkoholfreie Salzwasserflips,
Wurde trotz alledem magenkrank
Und starb am Schwips.

Seine kleine Büste aus Gips
Steht unter anderen Nippes
Heute auf meinem Bücherschrank.

Berichtigung: Kammerjäger Pips
Schrieb sich eigentlich innen mit Yps-
ilon, doch war so bescheiden und lieb,
Daß es ihm gleich war, wie man ihn schrieb.

ARM KRÄUTCHEN

Ein Sauerampfer auf dem Damm
Stand zwischen Bahngeleisen,
Machte vor jedem *D*-Zug stramm,
Sah viele Menschen reisen

Und stand verstaubt und schluckte Qualm
Schwindsüchtig und verloren,
Ein armes Kraut, ein schwacher Halm,
Mit Augen, Herz und Ohren.

Sah Züge schwinden, Züge nahn.
Der arme Sauerampfer
Sah Eisenbahn um Eisenbahn,
Sah niemals einen Dampfer.

ERNSTER RAT AN KINDER

Wo man hobelt, fallen Späne.
Leichen schwimmen in der Seine.
An dem Unterleib der Kähne
Sammelt sich ein zäher Dreck.

An die Strähnen von den Mähnen
Von den Löwen und Hyänen
Klammert sich viel Ungeziefer.
Im Gefieder von den Hähnen
Nisten Läuse; auch bei Schwänen.
(Menschen gar nicht zu erwähnen,
Denn bei ihnen geht's viel tiefer.)

Nicht umsonst gibt's Quarantäne.

Allen graust es, wenn ich gähne.

Ewig rein bleibt nur die Träne
Und das Wasser der Fontäne.

Kinder, putzt euch eure Zähne!!

Kinder, ihr müßt euch mehr zutrauen!
Ihr laßt euch von Erwachsenen belügen
Und schlagen. – Denkt mal: Fünf Kinder genügen,
Um eine Großmama zu verhauen.

BIST DU SCHON AUF DER SONNE GEWESEN?

Bist du schon auf der Sonne gewesen?
Nein? – Dann brich dir aus einem Besen
Ein kleines Stück Spazierstock heraus
Und schleiche dich heimlich aus dem Haus
Und wandere langsam in aller Ruh
Immer direkt auf die Sonne zu.
So lange, bis es ganz dunkel geworden.
Dann öffne leise dein Taschenmesser,
Damit dich keine Mörder ermorden.

Und wenn du die Sonne nicht mehr erreichst,
Dann ist es fürs erstemal schon besser,
Daß du dich wieder nach Hause schleichst.

KINDERSAND

Das Schönste für Kinder ist Sand.
Ihn gibt's immer reichlich.
Er rinnt unvergleichlich
Zärtlich durch die Hand.

Weil man seine Nase behält,
Wenn man auf ihn fällt,
Ist er so weich.
Kinderfinger fühlen,
Wenn sie in ihm wühlen,
Nichts und das Himmelreich.

Denn kein Kind lacht
Über gemahlene Macht.

Kinder weinen.
Narren warten.
Dumme wissen.
Kleine meinen.
Weise gehen in den Garten.

AN BERLINER KINDER

Was meint ihr wohl, was eure Eltern treiben,
Wenn ihr schlafen gehen müßt?
Und sie angeblich noch Briefe schreiben.
Ich kann's euch sagen: da wird geküßt,
Geraucht, getanzt, gesoffen, gefressen,
Da schleichen verdächtige Gäste herbei.
Da wird jede Stufe der Unzucht durchmessen
Bis zur Papagei-Sodomiterei.
Da wird hasardiert um unsagbare Summen.
Da dampft es von Opium und Kokain.
Da wird gepaart, daß die Schädel brummen.
Ach schweigen wir lieber. – Pfui Spinne, Berlin!

SILVESTER BEI DEN KANNIBALEN

Am Silvesterabend setzen
Sich die nackten Menschenfresser
Um ein Feuer, und sie wetzen
Zähneklappernd lange Messer.

Trinken dabei – das schmeckt sehr gut –
Bambus-Soda mit Menschenblut.

Dann werden aus einem tiefen Schacht
Die eingefangenen Kinder gebracht
Und kaltgemacht.
Das Rückgrat geknickt,
Die Knochen zerknackt,
Die Schenkel gespickt,
Die Lebern zerhackt,
Die Bäuchlein gewalzt,
Die Bäckchen paniert,
Die Zehen gesalzt
Und die Äuglein garniert.

Man trinkt eine Runde und noch eine Runde.
Und allen läuft das Wasser im Munde
Zusammen, ausnander und wieder zusammen.
Bis über den feierlichen Flammen
Die kleinen Kinder mit Zutaten
Kochen, rösten, schmoren und braten.

Nur dem Häuptling wird eine steinalte Frau
Zubereitet als Karpfen blau.
Riecht beinah wie Borchardt-Küche, Berlin,
Nur mehr nach Kokosfett und Palmin.

Dann Höhepunkt: Zeiger der Monduhr weist
Auf Zwölf. Es entschwindet das alte Jahr.
Die Kinder und der Karpfen sind gar.
Es wird gespeist.

Und wenn die Kannibalen dann satt sind,
Besoffen und überfressen, ganz matt sind,

Dann denken sie der geschlachteten Kleinen
Mit Wehmut und fangen dann an zu weinen.

GEPLAPPER AN GROSSPAPA

»Großpapa, ach, bist du dumm!
Weil du nichts verstehst.
Großpapa, was bist du krumm,
Wenn du gehst!

Und du zitterst immerzu
Wie ein Pappelwald.
Großpapa, wann stirbst denn du?
Stirbst du bald?«

DIE NEUEN FERNEN

In der Stratosphäre,
Links vom Eingang, führt ein Gang
(Wenn er nicht verschüttet wäre)
Sieben Kilometer lang
Bis ins Ungefähre.

Dort erkennt man weit und breit
Nichts. Denn dort herrscht Dunkelheit.
Wenn man da die Augen schließt
Und sich langsam selbst erschießt,
Dann erinnert man sich gern
An den deutschen Abendstern.

VOM ANDERN AUS LERNE DIE WELT BEGREIFEN
Ein Märchen

Emanuel Assup war durch Fleiß, Einsicht und Treue ein wohlhabender Gutsbesitzer geworden. Sein einziges Kind, ein stiller Junge, hieß Schelich. Der hatte das Abitur bestanden. Nun sollte er einen Beruf ergreifen. Er äußerte, befragt, etwas unsicher: »Seemann«. Der Vater redete ihm das aus. Das Marineleben sei ein hartes und gefährliches. Schelich könnte mit seiner guten Schulbildung auf anderen Gebieten festeres Glück erreichen. Emanuel Assup führte das sehr sachlich und herzlich aus. Und er ließ dem Sohn danach Zeit, sich in Ruhe auf etwas anderes zu besinnen.

Schelich ging spazieren. Durch den Garten, ans Meer, am Strand entlang, durch den Wald und über die Felder. Er fütterte die Vögel und die Fische und sein Lieblingstier: eine Riesenschildkröte, die ihm der Vater zum Geburtstag geschenkt hatte. Für das Tier war im Garten ein zehn Quadratmeter großes Gehege mit einem Bretterzaun abgegrenzt.

Nach mehreren Wochen erkundigte sich Herr Assup bei seinem Sohn: »Bist du schon mit dir selber einig darüber, was du werden willst?«

»Ich möchte Flieger werden.«

»Nein, mein Junge, das gebe ich nicht zu. Der Fliegerberuf ist ein wagehalsiger, und sein Ruhm befriedigt auf die Dauer keinen geistig begabten Menschen. Überlege dir etwas Besseres. Ich lasse dir Zeit zum Nachdenken, so lange du willst. Aber ich warne dich vor dem Müßiggang. Werde nicht faul, wie es zum Beispiel diese Schildkröte ist, die tagelang auf ein und demselben Fleck liegt und noch nichts geleistet hat.«

Der Sohn antwortete schüchtern: »Ist sie nicht dennoch ein großes Tier geworden?!«

Da wandte sich der Vater lächelnd ab.

Schelich ging zur Schildkröte und fragte sie: »Bist du glücklich?« Aber sie gab keine Antwort, sondern zog sich in ihr Gehäuse zurück.

Schelich fragte die Vögel: »Seid ihr glücklich?«

»Ja! Ja! Weit über die höchsten Türme, Wipfel und Gipfel, durch die lichten und wechselnden Wolken zu jagen, gegen Winde zu steigen; von Winden getragen, sich schwebend zu halten; aus steilen Höhen sich fallen zu lassen, um kurz vor dem Aufprall die fangenden Schwingen zu entfalten und frei zu singen, – – das ist wunderschön!«

Da wurde Schelich sehr traurig. Ohne sich jemandem anzuvertrauen, verließ er eines Morgens das Haus seines Vaters und wanderte davon. Als er nach zwei Tagen den höchsten Punkt eines hohen Berges erreicht hatte, stürzte er sich von einer steilen Felswand hinab. Zweifellos wäre er in der Tiefe zerschmettert, wenn ihn nicht ein großer Vogel mit seinen Flügeln aufgefangen hätte. Der trug ihn nun Meilen und Meilen weit über Länder und Meere durch die Lüfte.

»Fliegen ist schön!« sagte Schelich.

»Ja, fliegen ist schön, aber man muß es erlernen und verstehen.« Und der Vogel setzte den jungen Mann in einer fernen, großen Stadt ab und entflog.

Schelich fühlte sich frohen Mutes und unternehmungslustig. Er suchte und fand eine Stellung bei einer Fliegereigesellschaft und wurde im Laufe einiger Jahre ein geschätzter Luftpilot. Obwohl er zweimal mit seinem Flugzeug abstürzte, kam er doch mit dem Leben davon und blieb gesund. Aber seinem Vater sandte er nicht das geringste Lebenszeichen. Er wollte ihn erst dann benachrichtigen, wenn er einmal durch eigene Kraft ein Vermögen erworben hätte. Das gelang ihm nicht. Er ward des Fliegerlebens überdrüssig, und seine Sehnsucht nach dem Vater wuchs und wurde so mächtig, daß er eines Tages heimkehrte.

Vater und Sohn fielen einander in die Arme. Sie weinten vor Rührung und Dankbarkeit. Dennoch sprach Schelich kein Wort über das, was er erlebt hatte. Und der Vater fragte mit keinem Worte danach, sondern verzieh schweigend. Aber Schelich war ganz erschrocken darüber, wie sehr der Vater inzwischen gealtert war.

Und Schelich wurde noch ernster und nachdenklicher. Er eilte zur Schildkröte, fand sie am alten Platze und fragte: »Wie geht es dir? Bist du glücklich?«

Sie gab keine Antwort, sondern zog sich in ihr Gehäuse zurück.

Schelich entfernte den Bretterzaun, der sie gefangen hielt. Der alte Assup kam zufällig hinzu und sagte erstaunt und nicht ohne Vorwurf: »Warum zerstörst du, was ich errichtet habe!«

Wieder lebte Schelich wie zuvor. Er ging spazieren und fütterte die Tiere. Einmal betrat er das Arbeitszimmer des Vaters und teilte diesem ruhig mit, daß die Schildkröte entflohen wäre. Assup senior erregte sich sehr. Er wollte sofort seinen Jäger und ein paar Knechte veranlassen, die Verfolgung aufzunehmen. Schelich beruhigte ihn: »Es ist nicht nötig, Vater. Ich habe die Schildkröte bereits aufgespürt. Sie liegt drei Fuß weit von der ehemaligen Zaungrenze entfernt.«

Vater Assup lachte und klopfte dem Sohn freundlich auf die Schulter. Plötzlich wurde er wieder ernst und sagte, sich abwendend, leise: »Man kommt nicht weit, wenn man sich heimlich entfernt.«

Schelich fragte die Fische: »Seid ihr glücklich?«

»Ja! Ja! Sich von den kühlen Fluten so gütig weich allseitig umspülen, sich treiben zu lassen, und tief zu tauchen in dunkles Reich, wo Wunder blinken; ohne zu ertrinken, durch hohe Wellen, durch Strudel und zischende Böen zu reisen, sich vorwärts zu schnellen; das Fließen von Kühlung zu genießen, – – ach, das ist wunderschön!«

Da wurde Schelich noch trauriger. Er ruderte heimlich mit einem Boot hinaus in die hohe See und sprang dort über Bord, um sich zu ertränken.

Wäre auch ertrunken, weil er nicht schwimmen konnte. Aber wie er so tiefer und tiefer absackte, fuhr ihm auf einmal ein großer Fisch zwischen die Beine. Der trug auf seinem Rücken ihn zur Wasseroberfläche empor. Und dann auf weiter Reise davon, nach einem fernen Lande. Dort setzte er ihn in seichtem Strandwasser nahe einer Hafenstadt ab.

»Ach, schwimmen und reisen ist schön!«

»Ja, aber es will erlernt sein.« Mit diesen Worten entschwand der Fisch.

Schelich watete ans Ufer. Er war voller Energie und Hoffnung. Es glückte ihm bald, sich auf einem Segelschoner als Schiffsjunge zu verdingen. So fuhr er zur See nach entlegenen Küsten und wurde ein guter Seemann. Aber wiederum sandte er keinerlei Nachricht nach Hause, obwohl er diesmal noch stärkere Sehnsucht nach dem Vater empfand als damals in seiner Pilotenzeit. Er wollte so lange als verschollen gelten und nur fleißig arbeiten, bis er dem Vater eines Tages als Kapitän gegenübertreten könnte. An diesem Entschluß hielt er fest. Manchmal meinte er, vor Sehnsucht umkommen zu müssen. Auch bereitete ihm sein Beruf auf die Dauer keine Befriedigung mehr. Doch Schelich avancierte rasch, wurde Leichtmatrose, Matrose, dann Bootsmann, dann Steuermann.

An dem Tage, da er sein Kapitänspatent erhielt, ließ sich ihm ein Knecht aus seiner Heimat melden. Der hatte sich auch entschlossen, Seemann zu werden, und er brachte Schelich nun die Nachricht, daß Emanuel Assup vor einem halben Jahre gestorben wäre.

Da kam ein schweres Schmerzgefühl über den Sohn. Er reiste, so schnell er vermochte, heim.

Am Grabe des Vaters fiel er nieder und schluchzte bitterlich. Dann trieb es ihn zu der Schildkröte. Auch sie war tot. Ihr Gehäuse mit den verwitterten Resten lag noch am alten Platz. Schelich bettete die Tierleiche in die Erde ein, neben dem Grabe des alten Assup.

Schelich irrte verzweifelt umher, fragte die Vögel und die Fische, warum sie glücklich wären und warum er nicht glücklich wäre. Doch die Vögel und die Fische antworteten ihm nicht mehr.

So machte er sich, unendlich einsam, daran, den Nachlaß seines Vaters zu ordnen. Im Schreibtisch entdeckte er ein schlichtes Notizheft. Dahinein hatte der alte Herr noch mit zittriger Hand geschrieben:

Es sind die harten Freunde, die uns schleifen.
Sogar dem Unrecht lege Fragen vor.
Wer nimmer fragt, merkt nicht, was er verlor.
Vom andern aus lerne die Welt begreifen.

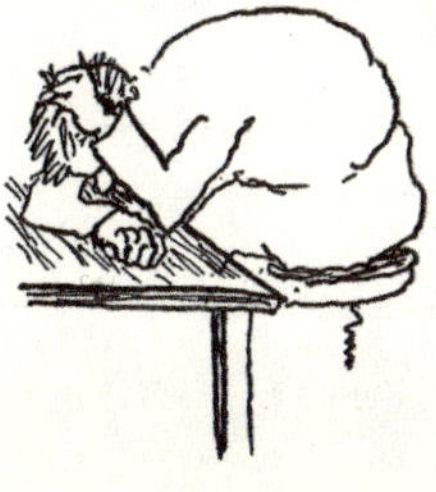

ANLEITUNG ZUM BAU EINER WINDMÜHLE

1. Klebe die Bogen mit den Figuren auf dünnen Karton und schneide die einzelnen Figuren dann nach den schwarzen Linien aus.

2. Bestreiche die Zahlen mit Klebstoff und klebe 1 auf 2, dann 3 auf 4 und so fort.

3. Durch die Buchstaben *A* bis *G* stecke eine Stricknadel oder einen stärkeren Draht.

4. Wenn man den so entstandenen Bau mit Wasserfarben antuscht, hat man eine hübsche Windmühle, die, ins Freie gestellt, sich im Winde richtig dreht.

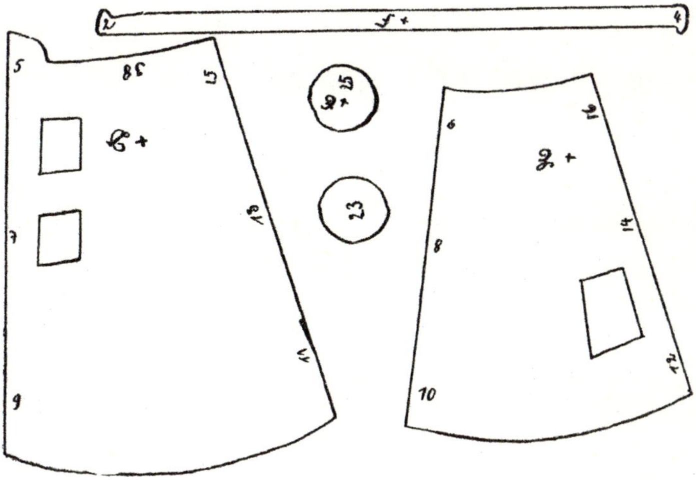
2
4
5
7
9
23
6
8
10
14

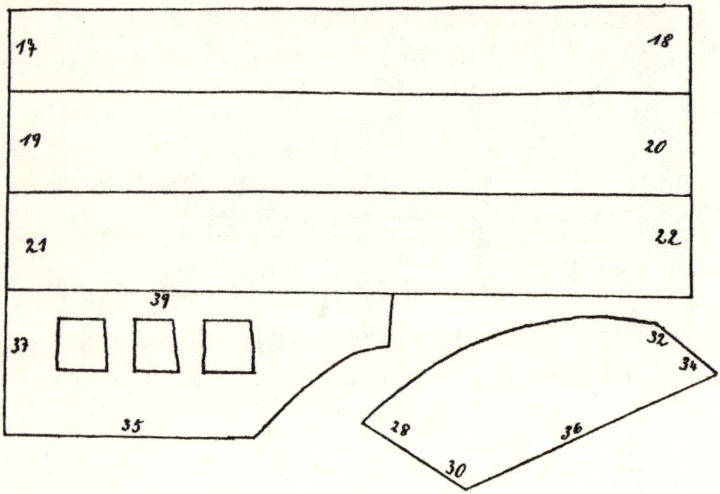
17
18
19
20
21
22
39
37
35
32
34
28
36
30

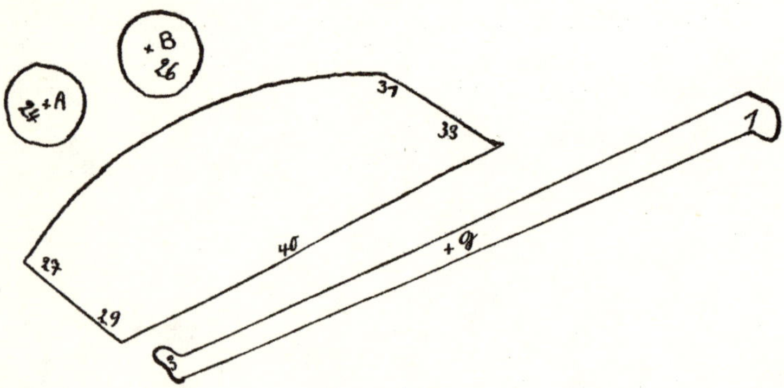
+B
26
+A
31
33
40
27
29
1
+9
3

DOCH IHRE STERNE
KANNST DU NICHT VERSCHIEBEN

Das Sonderbare und Wunderbare
Ist nicht imstande, ein Kind zu verwirren.
Weil Kinder wie Fliegen durch ihre Jahre
Schwirren. – Nicht wissend, wo sie sind.

Nur vor den angeblich wahren
Deutlichkeiten erschrickt ein Kind.

Das Kind muß lernen, muß bitter erfahren.
Weiß nicht, wozu das frommt.
Hört nur: das muß so sein.

Und ein Schmerz nach dem andern kommt
In das schwebende Brüstchen hinein.
Bis das Brüstchen sich senkt
Und das Kind denkt.

GEDICHTE DREIER JAHRE

1932

Seinem bewährten Hamburger Freunde Muckelmann (Carl M. H. Wilkens).
Ernst Rowohlt Verlag, Berlin 1932.

LIEDCHEN

Die Zeit vergeht.
Das Gras verwelkt.
Die Milch entsteht.
Die Kuhmagd melkt.

Die Milch verdirbt.
Die Wahrheit schweigt.
Die Kuhmagd stirbt.
Ein Geiger geigt.

SCHIFFER-SENTIMENT

Gelb das Wasser und der Himmel grau.
Neben mir hockt eine alte Wachtel,
Alte Dame oder alte Frau,
Zählt zum zehnten Male ganz genau
Geld aus einer Zigarettenschachtel.

Grog tut wohl, und alte Frau tut weh.
Ich muß fort. Ich stoße meinen Kutter
Ungern in die trübe, gelbe,
Ganz genau so mißgelaunte See. –

Liebe Zeit! Es ist doch stets dieselbe,
Jedermannes arme alte Mutter.

FAND MEINEN EINEN HANDSCHUH WIEDER

Als ich den einen verlor,
Da warf ich den andern ins Feuer
Und kam mir wie ein Verarmter vor.
Schweinslederne sind so teuer.

Als ich den ersten wiederfand:
Shake hands, du ledernes Luder!
Dein eingeäscherter Bruder
Und du und ich –: Im Dreiverband
Da waren wir reich und mächtig.
Jetzt sind wir niederträchtig.

AUS

Nun geh ich stumm an dem vorbei,
Wo wir einst glücklich waren,
Und träume vor mich hin: es sei
Alles wie vor zwei Jahren.

Und du bist schön, und du bist gut,
Und hast so hohe Beine.
Mir wird so loreley zumut,
Und ich bin doch nicht Heine.

Ich klappe meine Träume zu
Und suche mir eine Freude.
Auf daß ich nicht so falsch wie du
Mein Stückchen Herz vergeude.

SCHLIMME STIMMUNG

Ich bin so traurig satt,
Und all mein Überlegen
Vergrübelt sich entgegen,
Dorthin, wo nichts mehr Farbe hat.

Als wenn ich klug und geldreich wär
Und gar kein Herz besäße.
Ich zürne dumpf ins Ungefähr,
Betaste hohle Späße.

Und will nicht Freunde mit mir ziehn
In dieses trockene Weinen.

Ach Sonne, die so oft mir schien,
Wollest mir bitte wieder scheinen.

KÖLN VON DER BASTEI GESEHEN

Es schlägt der Leuchtturm durch die Nacht
Seine unermüdlichen Strahlen.
Es schleichen Schiffe überwacht,
Die lassen sich bezahlen.

Wie Perlenreihen und Geschmeid
Lichtern die Ufer am Rheine.
Ein Mädchen weint ihr Herzeleid
Am Kai auf steile Steine.

Sie trägt ein helles Wiesenkleid
Und steht sonst ganz im Dunkel.
Das Wasser spiegelt kein Herzeleid,
Es spiegelt nur Gefunkel.

Ich rufe schmatzend den Ober herbei.
Er will mich nicht verstehen.
Ich wünsche: Es möchte sich die Bastei
Jetzt karussellartig drehen.

RUINENKULT

Wenn der Ruinenzauber glüht,
Erschauert unser Volksgemüt,
Und eine romantische Wärme
Gießt Bowle durch unsre Gedärme.

Lichtbirne hinter Buntpapier
Gibt Sängerkehlen ein Klistier
Und sehnsüchtig weinendes Lachen
Läßt uralten Schwindel erwachen.

Denen, die sich Ruinen baun,
Wünsch ich den höchsten Lattenzaun
Und den von Hunden umgeben,
Die dauernd das eine Bein heben.

GASSENKREUZUNG

Was wohl Huren denken,
Wenn zwei Hochzeitswagen
Um die Ecke schwenken?!
Kannst du sie nicht fragen,
Dann erfährst du's nie. – –

Wenn ein Mädchen, die
Ladenschwelle scheuert
Und von hinten aussieht wie
Eine Maid von sechzehn Jahren,
Und du fühlst dich Mann. Dann steuert
Dich frivole Phantasie;
Laß dich nicht vom Auto überfahren!!

Wenn ein Straßenkehrer Pferdemist
Lieblos von deinem Schatten fegt,
Und du überlegst, ob er sich überlegt,
Ob du irrsinnig bist –,
Ach dann schenk ihm etwas, und viel mehr,
Und freue dich sehr!

PFINGSTBESTELLUNG

Ein Pfingstgedichtchen will heraus
Ins Freie, ins Kühne.
So treibt es mich aus meinem Haus
Ins Neue, ins Grüne.

Wenn sich der Himmel grau bezieht,
Mich stört's nicht im geringsten.
Wer meine weiße Hose sieht,
Der merkt doch: Es ist Pfingsten.

Nun hab ich ein Gedicht gedrückt,
Wie Hühner Eier legen,
Und gehe festlich und geschmückt –
Pfingstochse meinetwegen –
Dem Honorar entgegen.

AN EINEN LEUCHTTURM

Da wir heute nur an Stellen, die seicht
Sind, modeln und graben – –.
Leuchtturm, deine Arme möchte ich haben
Und umarmen, was in deine Kreise reicht.

Wenn zwei treue Hände in weitem Bogen
Einander fangen – –. Ehe ihr Gruß spricht und lauscht,
Sind zehn lange Wogen vorübergezogen,
Hat ein Urwald gerauscht.

Weil das Niedrige überblickt sein sollte
Von dem weiten Blick über Meer und Land – –.

Als ich heute ein Glühwürmchen fangen wollte,
Erlosch sein Licht plötzlich. Und es entschwand.

KUNSTGEWERBE

Ein blauer Hund mit gelben Ohren
Wurde in einem Atelier geboren.
Weil er naturfremd originell
Wie jene Mutter war, die ihn gebar,
Vermehrte er sich populär sehr schnell
Und brachte Geld, und viel sogar.

Ein andres Suchweib, gleichfalls von Beruf
Originell, erdachte sich und schuf
Aus Ton ein Mäus'chen, witzig, zart und schlicht,
Sehr künstlerisch; das reüssierte nicht.
Bis wahre Künstler es entdeckten
Und kauften von sechs Exemplaren vier.
Worauf die andern zwei entsetzlich heckten.
Nun seh ich überall dies Mäusetier.
Es glotzt, es kotzt mich an aus Gips,
Aus Bronze, Ton. Ein Mäuseplagenippes.

Ich bitte dich: Wenn ich dereinst mal sterbe,
Tu meine Asche nicht in Kunstgewerbe.

RAUCH

Erdentbunden steigt ins lichte
Himmelreich der Rauch.
Uferlos dramatische Geschichte
Spielt ein Hauch.

In Sekunden blickentschwunden
Trägt er doch Substanz und Geist
Nach Gesetz ins Ungefähre.
Manchmal wünschte ich, ich wäre
Derart erdentbunden
Endlich abgereist.

Könnte niemand mich umarmen.
Könnte niemand mich vernichten.
Doch ein Rauch kann wie Erbarmen
Wunderfromm zum Himmel dichten.

MORGENWONNE

Ich bin so knallvergnügt erwacht.
Ich klatsche meine Hüften.
Das Wasser lockt. Die Seife lacht.
Es dürstet mich nach Lüften.

Ein schmuckes Laken macht einen Knicks
Und gratuliert mir zum Baden.
Zwei schwarze Schuhe in blankem Wichs
Betiteln mich »Euer Gnaden«.

Aus meiner tiefsten Seele zieht
Mit Nasenflügelbeben
Ein ungeheurer Appetit
Nach Frühstück und nach Leben.

REISEABSCHIED VON DER FRAU

Nun wechselt mir die Welt,
Und andre Leute lenken
Mein Handeln und mein Denken.
Und ich bin einzeln hingestellt,
Bin frei und ohne Frau.

Wie schön! – So es vorübergeht!!
Weil wir einander so genau
Durchkennen und – –

Ein Wind, der weht,
Gewitter funkt,
Weil Neues Altes säubern muß.

Mein letztes Lebewohl, ein Kuß,
Ist nur, wie in der Schrift, ein Punkt.

Bestehendes,
Sei's Stein, braucht Fluß,
Braucht Wehendes.

SOMMERFRISCHE

Zupf dir ein Wölkchen aus dem Wolkenweiß,
Das durch den sonnigen Himmel schreitet.
Und schmücke den Hut, der dich begleitet,
Mit einem grünen Reis.

Verstecke dich faul in die Fülle der Gräser.
Weil's wohltut, weil's frommt.
Und bist du ein Mundharmonikabläser
Und hast eine bei dir, dann spiel, was dir kommt.

Und laß deine Melodien lenken
Von dem freigegebenen Wolkengezupf.
Vergiß dich. Es soll dein Denken
Nicht weiter reichen, als ein Grashüpferhupf.

LUSTIG QUASSELT

Lustig quasselt der seichte Bach.
Scheinchen scheppern darüber flach.
Stumm gegen die Wellchen steht ein Stein,
Sieht – wie mir scheint –
Ernst aus und verweint.

Denn es macht traurig, unbequem zu sein.

IM WEINHAUSGARTEN

Es funkelt ein Weinchen,
Landwein oder Edelwein.
Es blitzt ein Steinchen,
Sandstein oder Edelstein.
Es schimmert unter feuchten
Wimpern wie Wiederbelebung.
Auch Schatten leuchten
In schwärzrer Umgebung.
Es strahlen aus Lampenlicht
Widerscheinchen kreuz und quer.

Es ist in jedem Gesicht ein schönes Gesicht,
Manchmal erkennt man's nicht mehr.

GEDENKEN AN MEINEN VATER

Warum ich tief Atem hole?

So hat mein Vater gern Bowle gebraut.
Nun trinken wir zwei eine Bowle.
Und du hast ihn nimmer gehört noch geschaut.

Doch wie wir beide hier zechen
Und sprechen mitnander – so ungefähr –
Meine ich – würde Vater sprechen,
Wenn er dein Liebster gewesen wär.

Je mehr ich altre und lerne,
Kommt er mir immer mehr nah.
Prost, Musch, einen Schluck auf den toten Papa!
Jetzt lächelt er jenseits der Sterne.

INSEL HIDDENSEE

Kühe weiden bis zum Rande
Großer Tümpel, wo im Röhricht
Kiebitz ostert. – Nackt im Sande
Purzeln Menschen selig töricht.

Und des Leuchtturms Strahlen segnen
Eine freundliche Gesundheit.

Andrerseits: Vor steiler Küste
Stürmen Wellen an und fliehen. –
Nach dem hohen Walde ziehen
Butterbrote und Gelüste.

Fischerhütten, schöne Villen
Grüßen sich vernünftig freundlich.

Steht ein Häuschen in der Mitte,
Rund und rührend zum Verlieben.
»Karusel« steht angeschrieben.
Dieses Häuschen zählt zu Vitte.

Asta Nielsen – Grischa Chmara,
Unsre Dänin, und der Russe –.

Auf dem Schaukelpolster wiegen
Sich zwei Künstler deutsch umschlungen. –
Gar kein Schutzmann kommt gesprungen. –
Doch im Bernstein träumen Fliegen.

Um die Insel rudern, dampfen,
Treiben, kämpfen Boote, Bötchen.

ES LOHNT SICH DOCH

Es lohnt sich doch, ein wenig lieb zu sein
Und alles auf das Einfachste zu schrauben.
Und es ist gar nicht Großmut zu verzeihn,
Daß andere ganz anders als wir glauben.

Und stimmte es, daß Leidenschaft Natur
Bedeutete im guten und im bösen,
Ist doch ein Knoten in dem Schuhband nur
Mit Ruhe und mit Liebe aufzulösen.

UNTERWEGS

Wenn mir jetzt was begegnete,
Was mich tot machte ganz und gar;
So, daß der uns verregnete
Abschied gestern der letzte war,

So würde doch, was dann versäumt
Wäre, den Trost noch finden:
Das Leid, das von der Liebe träumt,
Muß auch in Liebe schwinden.

SCHÖNE FRAU GING VORBEI

Eine Falte in deinem Kleid
Hat wie eine Woge geschaukelt,
Hat Träume mir vorgegaukelt:
Wie schön ihr seid, wie ihr seid.

Einer Woge glich diese Falte,
Von deinem Atem aufgewühlt.
Und trotzig hat diese kalte
Welle dein warmes Fleisch umspült.

Es glätten keine Bedenken solch
Bezaubernd wogende Faltung.
Ich ging an dir vorbei, wie ein Strolch
An einer städtischen Verwaltung.

BELAUSCHTE FRAU

Doch ihr Gesicht,
Das sah ich nicht.
Nur Beine, Rock, gebeugten Rücken,
Ein nasses Stück vom Schürzenhang.

Das alles lebte sich beim Bücken
Und Wenden unterm Küchenlicht.

Ich aber stand im dunklen Gang,
Sah nach den unbewachten Beinen
Unter des hochgerutschten Rockes Saum.
Zwei sichre Arme dachte sich mein Traum.
Nur ihr Gesicht das sah ich nicht.

Doch etwas war, als wäre es zum Weinen.

Kein Laut, kein Wort. –
Es ist auch nichts Zunennendes gewesen.
Ich aber weiß: Als ich den Gang verließ,
Schlich ich ganz innig leise fort,
Und war betrübt, als ich doch einen Besen
Umstieß.

VERPUFFTES GEWITTER

Hat mich ein Gewitter
Gestern so nervös gemacht.
Hat ein Magenbitter
Mich dann bös gemacht.
Sekt, den ich bestellte, weil
Ich froh werden wollte,
Wirkte nur ins Gegenteil.

Und der Donner grollte.
Daß ich herz- und magenkrank
Weiterbummelnd mich betrank.

Und ich weiß nur noch:
Eine Dame, die
Unterm Ärmel nach Lavendel roch,
Hat mich abgeküßt. – Ach und wie!
Und ich war vernarrt,
Weil sie so apart
Sagte, daß ich »herbstzeitlose« sei.
Diese Taschendiebin
Griff diskret und lieb in
Meine Tasche dabei.

BEGEGNUNG

So viele schöne Pfirsiche sind,
In die niemand beißt.

Die Gier kann auch ein verschämtes Kind
Sein. Was du nicht weißt.
Ohne Lüge kann ich mancherlei
Dir sagen, klänge dir wie Gold.
Doch zeigte ich mein Wahrstes ganz frei,
Wärest du mir nicht mehr hold.

Mädchen, versäume dich nicht
Und hüte dich vor List!
Ich aber träume dich,
Wie du gar nicht bist.

AN ENRICO RASTELLI

(11. Oktober 1929)

So groß hat sich vor mir noch nie
Im Varieté etwas begeben.
Ich sah zart-tierisches Genie
Vor einem arbeitsstrengen Leben.

Ich danke, ich, ein Publikum,
Wie viele Tausende dir danken.
Du, der den sichren Punkt erkennt im Schwanken,
Du weißt, wenn ich dir danke, wohl, warum.

HEIMLICHE STUNDE

Ein kleiner Spuk durch die Dampfheizung ging.
Keine Uhr war aufgezogen.
Ein zu früh geborener Schmetterling
Kam auf das Schachbrett geflogen.

Es ging ein Blumenvasenblau
Mit der Sonne wie eine Schnecke.
Ich liebe Gott und meine Frau,
Meine Wohnung und meine Decke.

EIS-HOCKEY

Wenn die Hockeyhölzer hackeln,
Wenn die Schlittschuhschnörkel schnackeln
Und die Gummischeibe schnellt
Mir ans Kinn anstatt zum Ziele,
Dann empfinde ich die Spiele
Einer sportlich reifen Welt.
Mehrmals, wie in früheren Wintern,
Setzen zwei sich auf den Hintern,
Was an sich mir sehr gefällt.

Doch ich habe einen Schnupfen
Und kein Taschentuch zum Tupfen.
Auch zerbrach mir mein Monokel.
Und der Kampf bleibt unentschieden.
Also geh ich unzufrieden
Heim. Und hab von dem Gehockel
Nur den fraglichen Gewinn:
Eine Beule links am Kinn.

Hinter mir klingt etwas froh
Etwa so:
»Dem Verband Zentralafrikanischer Eishockeyspieler drei Hurras!«
Hurra! Hurra! Hurra!

SEHNSUCHT NACH ZUFALL

Es gibt freiwilliges Allein,
Das doch ein wenig innen blutet.

Verfrühter Gast in einer Schenke sein,
Wo uns derzeit kein Freund vermutet – –

Und käme plötzlich doch der Freund herein,
Den gleiche Abenteuer-Wehmut lenkt,
Dann wird es schön! Dann steigt aus schlaffen Träumen
Ein gegenseitig stärkendes Sichbäumen
Und spricht, was in ihm rauh und redlich denkt.

DER ABENTEURER

»Abenteurer, wo willst du hin?«

Quer in die Gefahren,
Wo ich vor tausend Jahren
Im Traume gewesen bin.

Ich will mich treiben lassen
In Welten, die nur ein Fremder sieht.
Ich möchte erkämpfen, erfassen,
Erleben, was anders geschieht.

Ein Glück ist niemals erreicht.
Mich lockt ein fernstes Gefunkel,
Mich lockt ein raunendes Dunkel
Ins nebelhafte Vielleicht.

Was ich zuvor besessen,
Was ich zuvor gewußt,
Das will ich verlieren, vergessen. –
Ich reise durch meine eigene Brust.

DON QUIJOTE

Die Winde ziehen weiter
Und sind auf einmal wieder da,
Sind wütend, lau oder heiter
Dir wieder nah.

Wie jede Wolke – die gelbe,
Die graue, die rosige – wiederkehrt,
Verändert, doch immer dieselbe.
Ist das nicht begrüßenswert?

Ein Schutzmann ist keine Tante. –
Frage die Wolke, frage den Wind:
Warum Bekannte
Nicht immer Freunde sind.

Es gibt so viel Bekanntes
In der Welt. –
Deshalb hat Cervantes
Den Don Quijote aufgestellt.

ENTSETZEN

Was ist geschehen?
Wo ist sie? Wer schreit? –
Welche Dunkelheit –
Komm laß uns gehen.

Ich kann nicht. Ich will,
Doch ich kann nicht. – Wie siehst du
Mich an? – Warum fliehst du?
Du! – Du? – Du!? – – Alles still.

Wer schleicht dort? – Ein Tier!
Es hat kein Gesicht –
Was wolln Sie von mir?
Zu Hilfe!! – Kurt! – – Berta!?
Verlaßt mich doch nicht.

EIN LIEBESNACHT-WÖRTCHEN

Ja – – ja! – – ja!! – – ja!!! – –
Du hast so süße Höschen.
Nun sind wir allein. Und es ist Nacht.
Ach hätte ich dir doch ein Röschen
Mitgebracht.

ICH BRINGE DER FRAU EINE FREUNDIN

Darf ich dir meine liebe Freundin bringen,
Dir, meiner allerliebsten Frau?

Der Himmel ist in dem Moment ganz blau.
Tausend durchsichtige Nachtigallen singen.

Oh, laß kein Wölkchen auf und bring kein Schweigen.
Laß meine Freundin sich nicht tief verneigen.
Gib deine Hand!

Ich weiß, daß du sie gibst
Und auch kein Wölkchen und kein Schweigen bringst.
Weil du die Lieben deines Liebsten liebst.
Es war auch nur ein Scherz, dich so zu bitten.

Wo je ich ging, wenn irgendwo du gingst,
Bin ich doch immer neben dir geschritten.

DIE FREUNDIN BRINGT MICH IHREM MANN

Es sollte eigentlich nicht fraglich,
Nicht anders als zuvor geschildert sein.
Und dennoch ist das unbehaglich
So unter drein.

Mir zagt die Wahrheit. Ach es kann
Schön sein: zwei Frauen und ein Mann.
Gefällt es umgekehrt mir nicht,
Weil Selbstsucht spricht?

Gib frei und gleich dich zu erkennen.
Die Stunde ließ sich nicht vermeiden.
Was wir verdientes Schicksal nennen,
Wird richtig fügen oder scheiden.

Die Einigkeit der Meerestropfen
Ist eine Macht. Macht Herzen klopfen.
Wenn sie im Prall auch auseinanderstieben,
Was sagt's? Wer weiß, ob sich die Tropfen lieben.

WELTEN DES INSEITS

Mit deinen Freunden und engsten Bekannten
Kann dir jedes Mißverständnis geschehn. –

Hast du einmal einem See-Elefanten
Ins Auge gesehn??

So weit, wie die Weite ist,
So tief mag die Enge sein. –

Wenn du mit dir je im Streite bist,
: Übergib das einem Engelein.

SCHWINGUNGEN

»Sprich etwas lauter, Stadtradau!
Lautsprecher, Hupe, Schraube,
Seid nicht so leise, nicht so flau!«
Sagte der Taube.

Er ging durch Donner und Explosion,
Ohne daß ihn das störte.

In einem hessischen Städtchen
Saß er einmal. Und da hörte
Er plötzlich einen Ton,
Ein Tönchen, das war einem Mädchen
In Paris auf der Straße entflohn.

Und wie er das Mädchen sich dachte,
Verschwiegen arm und schamgeplagt,
Hat er ein leises Wort gesagt,
Ohne daß er lachte.

Kein Nachbar hörte dieses Wort,
Doch irgendwer im fernen Ort
Eines meergetrennten Landes
Hörte es. Und verstand es.

TRENNUNG

Wink wink. Auf Wiedersehn!
Ausnand ist nicht Vergehn.
Wie Lokomotivenrauch
Wildweich zerstiebt – –
Dereinst doch, noch, auch ohne Hauch,
Liebt sich, was wirklich sich liebt.

Jetzt ist es Nachmittag.
Horch! – Klingt's wie tote Lieder?
Klingt es wie Trauertrommelschlag?
Sonja ade! – – Salü!

Ach! – – Aber morgen wieder,
Morgen ist's wieder früh!
Täteretä! Kükeriküh!

SO GUT WIE SCHLECHT

Menschen kenne ich: denen es gut geht,
Die sich aber auch Mühe geben,
Anständig nach innen und außen zu leben.

Da ihnen das gut steht
Und sie repräsentable Erscheinungen
Sind, hört man ihre Meinungen
Mit Behagen. –
Bis man erstaunt entdeckt,
Daß sie keine andre Meinung vertragen. –

Hat ein Vögelchen erschreckt
Sich geduckt im Busch versteckt;
Putzte traurig, putzte stumm
Lange noch an sich herum.

HAT JEDE FRUCHT IHREN SAMEN

Hat jemand einen Traum erzählt.
Ein Dichter schuf daraus Dichtung.
Ein Maler hat die als Sujet gewählt
Für ein Bild in grotesker Belichtung.

Viel Tausende haben darüber gelacht.

Ein Wissenschaftler hat nachgedacht,
Hat Anderem eine Idee vertraut.

Ein Praktiker experimentierte.
Und wieder ein Andrer hat zugeschaut,
Hat anderwärts etwas fertiggebaut,
Was dann nicht funktionierte.

Und wieder lachten Tausende laut.

Nachdem noch viel gut, böse geschah,
Rief eines Tages das Volk: »Hurra!«
Denn die Erfindung war da.

Millionen Menschen benutzten sie froh.

Es steht ein Denkmal irgendwo,
Preist einen glücklichen Namen.

Hat jede Frucht ihren Samen.

POSTKARTE

Sonjalein, Sonjalein,
In der fernen Stadt.
Jetzt beim Wein denk ich Dein.
Vor mir frißt ein Nimmersatt,
Der schon viel gefressen hat,
Weiter Schwein für Schwein.
Ich bin ganz allein.

Sonjalein, Sonjalieb,
Sonja, Sonjaleinchen,
Um bescheidenes Vogelpiep
Kümmert sich kein Schweinchen.

BRIEF AUS DÜSSELDORF NACH MÜNCHEN

(10. Januar 1930)

Nun, sind die Tage Dir nicht schön verflossen
In dieser wohlgeführten, freien Stadt!?
Und doppelt schön, weil, was wir hier genossen
Haben, uns gleicherzeit gestreichelt hat.

Wie jene Gassenbuben Räder schlugen!
Wie sich die Wellen rechts am Rhein betrugen!
Zwar: »Löwensenf« ist kein sehr schönes Wort,
Doch er und schwarzes Brot! – In hundert Stunden
Haben wir hundert Herrliches gefunden.

Geliebte Frau, nun denk Dich dort
Zurück an jenes zarte Wasserbrünnchen
Im Breidenbacher Hof. Ach Du bist fort
Und weit von hier und untendrein in München.

Ich küsse Dich mit weitgedachtem Rüssel
Aus Düssel.

PFÜTZEN

Pfützen spiegeln das Himmelslicht.
Sie haben ein helles Gesicht.

Meide ihre Mulden!
Tritt nicht in Lachen.
Wenn sie dich dreckig machen,
Ist's dein Verschulden.

Pfützen sind Schicksal für manches Getier,
Sind aber für Kinder Seligkeiten.

Häufig werden sich zwei oder vier
Menschen um Pfützen streiten.

WEISST DU?

Wenn ein Neunauge mit einem Tausendfuß
Kinder zeugt, wie mögen die gehen?
Wie mögen die sehen?
Ich weiß es nicht. Weißt du's?

Weißt du wohl, daß eines Flugzeugs Schatten,
Wenn er über Häuser, Bäume, Matten,
Menschen, Tiere, Wasser geht,
Nichts und niemand widersteht?

Jeder weiß, warum in schönen Zweigen
Schöne Spinne schöne Netze webt.
Aber weißt du, was das Schweigen
Eines andern Menschen
Sinnt und nacherlebt und vorerlebt?

BRIEF AUS MÜNCHEN NACH DÜSSELDORF

(2. Februar 1930)

Ich grüße alle die, die sich »gemeint« –
Nach Einsicht und Gewissen – fühlen dürfen!

Ein herzig Tränchen, scheu nur halb geweint
Von Sonja durfte ich beim Abschied schlürfen.

Von lauten, dummen Menschen abgesehn,
Die allerwärts es mehr als andre gibt,
Kann ich vertraulich meiner Frau gestehn:
»Ich war dort weit – auch überschätzt – beliebt.«

Es war zu viel. Wo ich nicht dankbar war,
Sei mir das bitte dieserhalb vergeben.

Die Freunde in der Park-Hot-Krüger-Bar,
Sie sollen leben!

Alle wollen leben
Und deshalb wohl vergeb ich auch den Dummen.

Und immer noch muß ich ein Liedchen summen:
»Es war einmal ein treuer Husar – –«

DIE KRÄHE

Die Krähe lacht. Die Krähe weiß,
Was hinter Vogelscheuchen steckt,
Und daß sie nicht wie Huhn mit Reis
Und Curry schmeckt.

Die Krähe schnupft. Die Krähe bleibt
Nicht gern in einer Nähe.
Dank ihrer Magensäure schreibt
Sie Runen. Jede Krähe.

Sie torkelt scheue Ironie,
Flieht souverän beschaulich.
Und wenn sie mich sieht, zwinkert sie
Mir zu, doch nie vertraulich.

KRITIK

Vor der Kritik erwäge zwei Gehirn!
Das stärkere darf den Vortrag halten.
Es kann ein Strick hier Tau sein und dort Zwirn.
Auch ist das Herz nicht auszuschalten.

LETZTE ABFAHRT AUS MÜNCHEN

»Schlafwagen.« Schön klingt dieses Wort.
Schlafen und dennoch vorwärts sausen.

Nun ging ich endgültig von München fort.
Es standen sieben treue Freunde draußen.

Lang ist die Eisenbahnfahrt, kurz ein Leben. –
Was wird sich mir und ihr wohl nun begeben?

Es ist nicht wichtig, was wer wem verleidet.
Es ist kleindumm, wenn jemand bös beneidet.

Es ist beneidenswert, was jemand heimlich leidet.

Wir alle leben so gern im Bequemen.
Was du je grübeltest und schriest und sangst – –

Es scheint mir gut, wenn du beim Abschiednehmen
Statt um dich selbst um einige Freunde bangst.

UMZUG NACH BERLIN

(1930)

Nach Berlin, nach Berlin,
Nach Berlin umzuziehn,
Aus der dümmsten Stadt in der Welt –
Wie das lockt!! – Ich, verdumpft,
Ich, verstockt und verstumpft,
Habe endlich mich auf den Kopf gestellt.

Ach wie schön ist's im Frein
Und im Hellen zu sein!
Und wär's nur ein luftiges Zelt.
Aber gar nach Berlin,
Nach Berlin umzuziehn,
Aus der dümmsten Stadt in der Welt!

Mir ist wohl, mir ist weh –
So als ging ich in See –
Denn ich lasse auch Freunde zurück.
Doch ihr Freunde, folgt nach
Aus kleinpopliger Schmach
In den Großkampf um sauberes Glück.

LEBENSABSCHNITT

Ich mache eine Amnestie
Aus herzlichem Verlangen.
Und sei auch du und sein auch Sie
Zu mir ganz unbefangen.

Das Leben ist ein Rutsch-Vorbei.
Nur das, was echt gewesen,
Nährt weiterhin. – Ein Besen,
Zu wild geschwenkt, schlägt viel entzwei.

Seid gut zu mir und macht Radau,
Verzeihend und aus Reue!
Wollt ihr? Wer reist aufs neue
Mit mir ins Himmelblau?

AN M. ZUM EINZUG IN BERLIN

Morgen, wenn du einfährst in Berlin,
Bin ich da,
Denk ich an die Scharen von Staren
Die nach Afrika ziehn.

Sorgenmürbe bist du nachts gefahren.
Einer Sommermorgensonne möcht ich gleichen,
Wenn du mir die lieben Hände reichen
Wirst. –

Willkommen in Berlin! Und gib
Alle Koffer mir zum Tragen.

Neue Heimat läßt mich neu dir sagen:
So wie dich hab ich kein andres lieb.

AM SACHSENPLATZ: DIE NACHTIGALL

Es sang eine Nacht...
Eine Nachti...
Ja Nachtigall am Sachsenplatz
Heute morgen. – Hast du in Berlin
Das je gehört? – Sie sang, so schien
Es mir, für mich, für Ringelnatz.

Und gab mir doch Verlegenheit,
Weil sie dasselbe Jauchzen sang,
Das allen Dichtern früherer Zeit
Durchs Herz in ihre Verse klang.
In schöne Verse!

Nachtigall,
Besuche bitte ab und zu
Den Sachsenplatz;
Dort wohne ich. – Ich weiß, daß du
Nicht Verse suchst von Ringelnatz.

Und hatten doch die Schwärmer recht,
Die dich besangen gut und schlecht.

FROHE, SICH BESINNENDE STUNDE

Mein Magen knurrt
Wie Ferngewitter grollen.
Die Katze schnurrt.
Was wohl solche Geräusche wollen?

Ich habe Geld. Ich habe Appetit.
Ich bin gesund und hab die Lust im Herzen,
Mit meiner Frau ganz kindisch dumm zu scherzen,
Auch wenn die seriöse Welt zusieht.

Ich brauche kein Klistier.
Und was mir Freunde tun und sagen – –
Oh, ist Gott gut zu mir!
Wie soll ich das ertragen.

ENTGLEITE NICHT

Wer hätte damals das gedacht!?
Von mir!? – Wie war ich davon weit!

Dann stieg ich, stiegen wir zu zweit
Und sagten glücklich vor der Nacht:
»Kehr nie zurück, bedankte Ärmlichkeit!«

Es war ein wunderschönes Hausen
In guter, kleinerbauter Heimlichkeit. –

Ganz winzige, herzförmige Fenster gibt's. –

Im reichen Raum vergißt man leicht das Draußen. –

Entgleite nicht, du Glück der Einfachheit.

VORNEHME HERREN-BAR

Weite Welt auf schmalem Fleck. –
Wohlerzogen grüßt der Mixer.
Jeder Griff – der kürzeste zum Zweck –
Ist ein wohlgefälliger und fixer.

Zwingt das nahe *vis-à-vis*
Zum Belauschen, zum Studieren;
Reizt die Neugier zum Probieren
Und bewegt die Phantasie
Zum Vergleichen.

Altberühmteste Gefäße
Mit geheimnisvollen Zeichen
Speien etwas Majestät
Knapp und rein wie gute Späße
In gepflegtes Mischgerät.

»Wenn ein Armer jetzt hier säße! …?«
Fragt Sentimentalität.
Doch die fragt sentimental.

Solche Bar hat hohe Sitze.
Hinter international
Abgeklärtem Meisterwitze
Schlägt ihr Herz diskret neutral.

HEILSARMEE

Es singen auf der Straße
Soldaten aus innigem Mut.

Mein Herz hat vor dieser Oase
Im Stadtgetriebe sich ausgeruht.
Den Liedern nicht, nur den Stimmen
Lauschte mein Respekt.

In den Augen der Umstehenden schwimmen
Verschämte Gedanken als Nackte erweckt.

Soldaten in gleicher, schlichter Tracht,
In Eintracht, lachen und stammeln,
Gehen täglich, Hilfe zu sammeln
Für die Ärmsten des Tags, für die Ärmsten der Nacht.

Es drängt mich, dieser leisen,
Doch offenen und einfachen Macht
Offen Ehre zu erweisen. –
Gott lächelt, wo die Heilsarmee lacht.

AN UNS VORBEI

O wie viel Menschen mögen jetzt,
Um diese Stunde – bitter weinen!?
Es wär ein Strom in Gang gesetzt,
Wenn diese Tränen sich vereinen.

Von allen Tiefen sanft gezogen,
Von allen Höhen abgelehnt,
Trägt er sein Fluten und sein Wogen
Zum Meer, das gar nichts mehr ersehnt.

Doch blanke Fische seh ich schwimmen.
Stromaufwärts dampft die Kauffahrtei.
Am Ufer lachen helle Stimmen.
An mir vorbei. An uns vorbei.

AQUARIUM IN BERLIN

Aus tiefster Nacht alles Grauen
Im Funkel kindlicher Fernseligkeit.
Deine eigenen Augen schauen
Dich an durch tausendjährige Zeit.

Zwischen atmendem Stein und Mimose
Wandert und wundert, ohne Schrei,
Ohne Klage, das nicht seelenlose
Nur seelenblinde Vorbei.

Auch dein Herz ist stehengeblieben
Und lauscht – du merkst es nicht –
Auf etwas, was nie geschrieben
Ist und was keiner spricht.

THAR

Als ich abends den Zoo verließ,
Entdeckte ich noch ein Tier. Das hieß
Thar,
Himalaja. Es war
Wunderbar.

Seines Felles langseidenes Haar
Legte ein Wind bald sohin bald sohin.
Es hatte wonnige Farben in Braun.

Das Tier schien mir durch die Seele zu schaun
Und weiter und fernhin, doch wohin?

– Himalaja – Himalaja –
Der, die oder das Thar? –

Wie ernst ich vor dem Käfig war.

KANÄLE IN BERLIN

Beleuchtete Zimmer und Säle
Locken mit lautem und hellem Spiel.
Aber die dunkle Politur der Kanäle
Verschweigt so viel.

Uferlängs gehen unsichtbar –
Stoßweise – zwei Stimmen.
Sonderbar! Wie in Gefahr!?
Oder als ob sie schwimmen.

Eine klang wie ein Kind. –
Ich bin links eingebogen.
Dort, wo die hellen Häuser sind,
Hab ich traurig mich belogen.

DIE TRÄUMER IN DER UNTERGRUNDBAHN

Die Träumer in der Untergrundbahn
Haben vernebelten Blick.
Sie träumen ihre Zeit, ihr Geschick,
Beidem untertan.

Will keiner von ihnen den anderen sehn,
Will keiner vom anderen hören,
Will keines irgendwie stören.
Sie fahren. Und ihre Gedanken gehn,
Gedanken gehen, langsam, im Rund,
Laufen sich nicht die Sohlen wund.

Die Träumer in der Untergrundbahn,
Sie haben weder Klage noch Wahn.
Sie haben nicht viel zu erträumen
Unter Grund.
Sie werden ihr Ziel nicht versäumen.

WENN DIE SICH KÜNSTLER EINLADEN

Sie haben dich eingeladen
Und bieten dir nichts
Als nur den Schein ihres Lichts.
Und wollen doch in dir baden.

Sie haben auch dich gehabt.
Ihr Gästebuch wird dich nennen.
Sie waren so begabt,
Dich zu kennen.

Dir wird neben Speise und Trank
Jedweder Luxus serviert.
Beim Abschied zahlst du geniert
Den armen Dienern noch ärmeren Dank.

Und dann, daheim, bist du krank.

ZEITVERSPRENGTE FREUNDE

Wir Freunde auf einen Faden gereiht,
Es kam nicht so, wie wir wollten.
Denn unsere Kette riß mit der Zeit,
Und wir rollten.

Von allen Winden zerstreut und gehetzt,
Verschlissen und verwittert,
Meinten wir schon: wir würden zuletzt
Sterben total verbittert.

Doch unser Trauern lernte Geduld
Und lächelt nun ruhig ins Neue.
Wir glauben an unsere eigene Schuld
Und an die Vergeltung für Treue.

MÜDE IN BERLIN

Wenn die Gedanken sich zerstreut
Aus dir entfernen,
So, daß kein schönes Bein dich freut,
Und eine trübe Feuchtigkeit
Hängt über dir, unter den Sternen, –
Wo willst du hin um solche Zeit?

Schön ist zum Beispiel die Peltzer-Bar.
Aber müde Menschen sind undankbar.

Geh heim und lege dich zur Ruh.
Du findest doch die Worte nicht,
Wenn jemand freundlich zu dir spricht.
Denn du bist du
Und kannst dir selber nicht entfliehn.

Leg dich in deine Hände.
Dann schäumt das schillernde Berlin
Um deine ernsten Wände. – –
Dein Schiff wird in die Ferne ziehn.

UMARM IHN NICHT

Umarme den, der dir gefällt.
Vorbei ist er dir leicht verloren.

Ich nehme an, dein Geist hat Ohren
Zu hören, was man von dir hält.

Umarme ihn, wenn eine Glut
Dich vorwärts drängt, ihn zu begrüßen.
Dann leg ihm deinen Mut zu Füßen.
Und mache kein Geschäft. – Sei gut.

Du warst zu dreist, wenn du nicht lesen
Kannst, ob ihn die Umarmung freut.

Ich bin auch mehrmals so in Glut gewesen
Und hielt mich still. Hab mich gescheut,
Und hab Versäumtes hinterher bereut.

Und glaube doch: Wir brauchen weite Fernen,
Einander wahr und rein kennen zu lernen.

NACH GEBALLTEN ENTTÄUSCHUNGEN

Und nehmen sie die ganze Hand,
Wenn ich den kleinen Finger gebe.
Und Leute sind's von hohem Stand
Und wissen doch nicht, wie ich lebe.

Dann andre wieder, die mich nutzen
Und ziehen dreist aus mir Gewinn.
Wenn meine Einsicht schweigt, dann putzen
Sie das noch aus nach ihrem Sinn.

Ich fühle – weiß nicht – was ich weiß
Und mich gelüstets dreinzuschlagen
Auf dieses gierige Geschmeiß. –
Doch meine Treuesten versagen.

Es scheint mich alles zu verfluchen.
Als ich mich selbst verfluchen will,
Legt sich die See. – Ich wurde still.
Fand neu, was niemals ist zu suchen.

FREUND UND FREUND VERSÄUMEN SICH

Wollen wir uns vergessen?
Weil man an Fremden Geld gewinnt.
Indessen
Die kränkelnde Zeit verrinnt.

Müde und hohler
Wird Gleichtagsglück.
Denk ich an unsere Hochflut zurück,
Dann wird mir wohler.

Noch haben wir's, uns zu beschenken,
Zu eifern, wie jedes das andre erfreut.
Wollen wir uns so lange bedenken,
Bis Lebendes hinter Verstorbnem bereut?

Ist doch noch nichts zerstört. –

Denke dir: Gestern sang
Ein Nachtkehlchen immerzu.
Hab jahrelang keins gehört. –
Wie lange singt es? – Wie lang
Ist das Leben? Und wo bist du?

GEPFLEGTE WEGE

Was einem nicht nur in Berlin begegnet:
Ein Auto fährt mich. Asphalt ist verregnet.
Der Wagen schleudert; lustig anzuschauen.
Die Lust wird schal. Die Fahrt verliert an Leitung.
Da fällt mir ein: ich las doch in der Zeitung
Von dem Projekt, den Asphalt aufzurauhen.

Bums! – Leichte Panne! Was mich neu versöhnt. –
Ich habe gute Freunde. Männer, Frauen. – –
Die glatte Straße spiegelt und verwöhnt. – –
Es wird mal Zeit, Freundschaften aufzurauhen.

MALERSTUNDE

Mich juckt's,
Doch ich kann mich nicht jucken,
Weil meine Finger voll Farbe sind.

Dabei habe ich den Schlucken.
Wenn ich den Pinsel – – Hupp schluckt's.

In meinem Fliegenspind
Summt eine Fliege grollend,
Eingesperrt, hinauswollend.
Keine Fliege lebt von Worcester-Sauce.

Ach, Hunger tut weh.
Aber er schont die Hose
Und macht sie locker.

Ha! Jetzt habe ich eine Idee!
Weh! Aber keinen Lichten Ocker.

EIN HERZ LAVIERT NICHT

Ich nenne keine Freundschaft heiß,
Die niemals, wenn's ihr unbequem,
Den Freund zu überraschen weiß
Trotzdem.

Denn wenn sie Zeit und Mühe scheut,
Ein Unverhofft zu bringen,
Das einen Freund unendlich freut,
Dann hat sie keine Schwingen.

Den Umfang einer Wolke mißt
Kein Mensch. Weil sie nicht rastet,
Noch ihre Freiheit je vergißt. –
Ich glaube: Keine Wolke ist
Mit Arbeit überlastet.

SCHWEIGEN

Manche Leute verneigen
Sich gern vor Leuten, die ernsten Gesichts
Langdauernd schweigen.

Manche Leute neigen
Dazu, zu grollen, wenn andere schweigen.

Schonet das Schweigen! Es sagt doch nichts.

BESUCH IN DER LANDES-HEILANSTALT

Wie freute sich dieser idiotische Knabe,
Als ich ihn einmal besucht habe!
Er dankte mit zitternder Hand.
Denn seine Anstalt ist fernes und weites,
Ist abgeschlossenes, niemals befreites,
Verwunschenes Land.

Und ist dort alles aufs beste erwogen
Und alles mit Güte durchdacht.
Es wird der Sonne Strahl vor der Nacht
Doch abgebogen.

Nun fragt mein Fragen: Warum ihr seid,
Die ihr nicht wacht und auch nicht schlaft?
Und wen das tausendfache Leid,
Das mit euch geht, wohl lohnt und straft?

SEGELSCHIFFE

Sie haben das mächtige Meer unterm Bauch
Und über sich Wolken und Sterne.
Sie lassen sich fahren vom himmlischen Hauch
Mit Herrenblick in die Ferne.

Sie schaukeln kokett in des Schicksals Hand
Wie trunkene Schmetterlinge.
Aber sie tragen von Land zu Land
Fürsorglich wertvolle Dinge.

Wie das im Winde liegt und sich wiegt,
Tauweb überspannt durch die Wogen,
Da ist eine Kunst, die friedlich siegt
Und ihr Fleiß ist nicht verlogen.

Es rauscht wie Freiheit. Es riecht wie Welt.—
Natur gewordene Planken
Sind Segelschiffe. – Ihr Anblick erhellt
Und weitet unsre Gedanken.

SEEFAHRT

Wie viele Gedanken begleiten,
Erwartend die Schiffe, hin, her, von Land!

Manchmal gleichen auf See die Zeiten
Dachzimmerchen ohne Wand.

Wenn Schiffe verschollen geblieben,
Untergegangen sind,
Fragt niemand mehr: Welcher Wunsch, welcher Wind
Hat das Schiff in die Ferne getrieben?

Was ist's, was die Schiffe meistert,
Durch die Möglichkeiten sie leitet?
Der Mut, der den Weltblick begeistert,
Rauhleben, das Kleinblicke weitet.

Mit Ehrlichkeit durch Gefahr. –

Vielleicht ist das morgen nicht mehr.
Doch Seefahrt, wie vordem sie war,
War wunderbar.
Roch nach Gewürzen und Teer.

LEID UM PASCIN

(Juni 1930)

Ach, ist das Leben schwer.

Pascin nahm sich das Leben.

Nun steht ein Haus der Freundschaft leer,
Wo sich so viel begeben.

Wie lang ist's her,
Daß ich ihn dort verließ.
Mir tat der Abschied heimlich weh.

Ich meine, daß ich nun Paris
Nie wiederseh.

Das Herz auf dem Montmartre brach.

Adieu Pascin. – Es blieben
Zwei Bilder treu an meiner Wand.

Die Menschen, die ihm nach
Noch leben und so lieben –:
Ihr Wenigen, laßt Hand in Hand.

WAS DANN?

Wo wird es bleiben,
Was mit dem letzten Hauch entweicht?
Wie Winde werden wir treiben –
Vielleicht!?

Werden wir reinigend wehen?
Und kennen jedes Menschen Gesicht.
Und jeder darf durch uns gehen,
Erkennt aber uns nicht.

Wir werden drohen und mahnen
Als Sturm,
Und lenken die Wetterfahnen
Auf jedem Turm.

Ach, sehen wir die dann wieder,
Die vor uns gestorben sind?
Wir, dann ungreifbarer Wind?
Richten wir auf und nieder
Die andern, die nach uns leben?

Wie weit wohl Gottes Gnade reicht.
Uns alles zu vergeben?
Vielleicht? – Vielleicht!

SCHWEBENDE ZUKUNFT

Habt ihr einen Kummer in der Brust
Anfang August,
Seht euch einmal bewußt
An, was wir als Kinder übersahn.

Da schickt der Löwenzahn
Seinen Samen fort in die Luft.
Der ist so leicht wie Duft
Und sinnreich rund umgeben
Von Faserstrahlen, zart wie Spinneweben.

Und er reist hoch über euer Dach,
Von Winden, schon vom Hauch gepustet.
Wenn einer von euch hustet,
Wirkt das auf ihn wie Krach,
Und er entweicht.

Luftglücklich leicht.
Wird sich sanft wo in Erde betten.
Und im Nächstjahr stehn
Dort die fetten, goldigen Rosetten,
Kuhblumen, die wir als Kind übersehn.
Zartheit und Freimut lenken
Wieder später deren Samen Fahrt.

Flöge doch unser aller Zukunftsdenken
So frei aus und so zart.

WENN WIR IM MILDSEIN

Wenn wir im Mildsein, konträre Leben
Nachzuerleben, uns ernstlich bestreben,
Dann werden wir wanken
Und werden – jeder nach seinem Verstand
Mit rechter oder mit linkischer Hand –
Etwas hergeben und danken.

ÜBERFÜTTERTER MAGEN

Ein Mann hatte att getan,
War also ein Attentäter.
Ich las es später
In der Straßenbahn.

Es baumelten Kinderbeinchen
An Kindergelenkchen,
Händchen knutschten ein Schweinchen
Aus Plüsch, ein Onkelgeschenkchen.

Ein kleiner Singsang ging
Im Wartezimmer hin und her. –
Als mich der Arzt empfing,
Sprach ich: »Mir fehlt nichts mehr.«

SCHINDLUDER

Es war ein Pferd, das war ergraut
Und wurde deshalb abgebaut.
Man nahm zuerst ihm seine Haut.
O nein, da liegt ein Irrtum vor,
Weil es zuvor den Schwanz verlor.

Es schleppte Lasten, schwitzte Blut.
Das Roßfleisch schmeckt dem Hunger gut.

Die Peitsche hieb auf mürbe Knochen.

Dann ist das Pferd zusammenbrochen.

Aus dem Kadaver aber floh
Ein Pegasus, der furzte froh.

VOR DER SCHALLPLATTE EINE KATZE

Können Töne kratzen?
Können Kratzer tönen?

Frage doch die schönen
Katzen.

Hörtest sonderbares
Kinderweinen in der Nacht.
Hast das Fenster aufgemacht.
Und? – – Die Katze war es.

Kann das Ohr sich täuschen
Wie der Blick.

Plötzlich: Aus Geräuschen
Wird Musik.

Welchc Laute stören?
Welche siegen unbedingt?
Was wohl Katzen hören,
Wenn Caruso singt?

Über kurz od über lang
Werden sie sich finden,
Künstlerisch verbinden:
Katzmiau und Menschensang.

BLEIBT UNS UND TREIBT UNS

Was Sehnsucht durch ein Loch im Bretterzaun
In deiner Jugend sah,
Nun steht es vor dir, hoch und herb und braun
Und schön bewegt und dir ganz nah.

Doch da du zartest danach greifen willst,
Ist eine starre Wand aus Glas dazwischen –
Ein Durst entschwindet, den du nimmer stillst,
Hell wie Millionenglanz von Silberfischen.

WUPPER-WIPPCHEN

Als in Elberfeld wir in der Schwebebahn
Runter auf das Wupperwasser sahn
Und dann plötzlich unsre Blicke hoben
Gen einander ins Gesicht,
Hätten wir uns eigentlich verloben
Können. – Doch wir taten's nicht.
Weil man manchmal in der Schwebe Schweigen
Vorzieht. Um bald wieder auszusteigen.

MISSGLÜCKTES LIEBESABENTEUER

Das Herz sitzt über dem Popo –
Das Hirn überragt beides.
Leider! Denn daraus entspringen so
Viele Quellen des Leides.

Doch ginge uns plötzlich das Hirn ins Gesäß
Und die Afterpracht in die Köpfe,
Wir wären noch minder als hohles Gefäß,
Nur gestürzte, unfertige Töpfe.

Herz, Arsch und Hirn. – Ich ziehe retour
Meine kleinliche Überlegung. –
Denn dieses ganze Gedicht kommt nur
Aus einer enttäuschten Erregung.

EHEBRIEF

Nun zeigt ein Brief, daß ich zu lange
Nicht sonderlich zu dir gewesen bin.
Ich nahm das Gute als Gewohntes hin.
Und ich vergaß, was ich verlange.

Verzeihe mir. – Ich weiß, daß fromme
Gedanken rauh gebettet werden müssen.
Ich danke jetzt. – Wenn ich nach Hause komme,
Will ich dich so wie vor zehn Jahren küssen.

DIE BITTE UM VERZEIHNUNG

Es schneidet mir deine Bitte
»Verzeihe mir«, ins Herz hinein.
Daß ich viel lieber durchlitte
Das, was verziehen will sein.

Und möchte selber nicht missen
Die Liebe, die mein Falschtun rügt.
Weil eins von zwei Gewissen
Uns beiden doch nicht genügt.

Verziehen ist. – Verzeihe
Nun du! Du hast zu viel geweint.
Und segeln wir fromm ins Freie.
Da wieder die Sonne scheint.

GERADEWEGS

Was in uns lebt, soll immer in uns leben,
Wenn's gut ist,
Was immer sich auch mag begeben
Und wie auch immer uns zumut ist.

Natürlich kommt's, daß wir zuweilen
Entgleisen.
Dann kann kein Eigensinn das heilen.

Doch schon mit einem versuchsweisen,
Reuigen Lächelchen
Flickst du
Das eingerissene Löchelchen
Wieder zu.

WEISS NICHT MEHR, WAS ICH SAGEN WOLLTE

Angegriffen und doch unversehrt
Rollt ein Bächlein zu Tale.
Und ein Stahlhelm ist umgekehrt
Eine stillende Schale.

Mancher Dieb wird erwischt.
Jedes Leben erlischt.
Zu dem Staubgefäß in der Dolde
Schleicht sich auch mancher Dieb – –
Ich weiß gar nicht mehr, was ich sagen wollte – –
Sei lieb!

MEINE SCHUHSOHLEN

Sie waren mir immer nah,
Obwohl ich sie selten sah,
Die Sohlen meiner Schuhe.

Sie waren meinen Fußsohlen hold.

An ihnen klebt ewige Unruhe,
Und Dreck und Blut und vielleicht sogar Gold.

Sie haben sich aufgerieben
Für mich und sahen so selten das Licht.

Wer seine Sohlen nicht lieben
Kann, liebt auch die Seelen nicht.

Mir ist seit einigen Tagen
Das Herz so schwer.
Ich muß meine Sohlen zum Schuster tragen,
Sonst tragen sie mich nicht mehr.

EHE DU SCHUHE KAUFST

Dein Schuh wird dich hassen,
Wenn du ihn nicht liebst,
Keiner kann sich dir anpassen,
Dem du keine Achtung gibst.

Was du trägst, soll auch dich tragen.
Bedenke, bevor du wählst, –
Sei es einen Schuh – daß du
Sozusagen
Dich mit ihm vermählst.

Achte, daß ihm weder Sohle noch Seele,
Nicht Qualität noch Charakter fehle. –
Jeder Schuh hat ein Gesicht.

Jeder Schuh spricht.
Adel, Güte, Schönheit – alle Gaben
Kann ein Schuh haben.

Kann ein Kinderschuh an sich
Schon so rührend sein. – Auch Leder lenkt das Leben.
Aber du mußt wissen, mit wem du dich
Willst umgeben!

WAS DU ERWIRBST AN GEIST UND GUT

Erwirb dir viel und gib das meiste fort.
Viel zu behalten, hat den Wert von Sport.
Behalte Dinge, die du innig liebst,
Bis du sie gern an Freunde weitergibst.
Liebe und halte frei dein Eigentum.
Besitz macht ruhelos und bringt nicht Ruhm.

REGENSCHAUER

Der erste dicke Tropfen schlug –
Es war wie Blut – mir auf die Hand.
Da ich den Himmel und das Laub verstand,
Schien nur das Publikum mir wie Betrug.

Ein Tropfenwitz traf meinen Wein.
Das Publikum mit fetten Torten
Floh unter neckisch dünnen Worten
Vom Garten in das Haus hinein.
Ich Dummplikum blieb ganz allein.

Erst als der Kellner mir das Tischtuch kündigte,
Bemerkte ich, wo falsch, wo echt ich sündigte,
Ging auch ins Haus und übersann vergnügt:
Wozu ein Regentropfen schon genügt.

TROST AN EINE MUTTER

Starb dein Kind. Nun weine!
Und dann wirst du glücklich sein.
Denn das zarte, kleine
Leben schwand noch quellenrein.

Lausche, was mit frommen
Worten die Erinnerung spricht.
Schlimmes konnte kommen.
Nach dem Tode kommt es nicht.

Paßt ein Kinderröckchen
Niemals der erwachsenen Frau.

Abgeschnittene Kinderlöckchen
Werden nimmer grau.

ICH WARD BESCHENKT FÜR EIN GEDICHT

Unbekannt hat mir zugesandt:
Ein blondes Löckchen,
Eines früh verstorbenen Kindes Löckchen;
Leicht wie ein Schneeflöckchen,
Rührend wie ein Lämmerglöckchen
Aus Spielzeugsland.

»Dank einer Mutter« stand
Als Unterschrift geschrieben.

Wenn wieder Weihnachten wird sein,
Hängen an unsrem Baum nicht zwei
Kinderlöckchen, nein diesmal drei.
Eins davon von einem Engelein.

SEEMANN KOMMT AUS PARISER KINO

»Sous les toits de Paris.«
Wenn sie's doch alle so hätten
Wie wir zur See. – – In den großen Städten,
Wenn ich das Wasser verließ,
Trieb ich's, wie sie's
Treiben – hier su lä tua de Paris.

Sailing is better! –
Aber die in den Städten haben doch
Auch gutes und schlechtes Wetter
Und über den Dächern den Himmel – – Und *sous*?
Armut. – Hm – Aber sie haben dazu
Doch Weiber! – Ja wosch lublu! –

»Sous les toits de Paris.«
Alles verstand ich nicht.
Aber ich kenne doch die,
Die hart unterm Dache wohnen.

Das war so: Die Mutter der Welt spricht
Einfach zu allen Nationen,
Frenchmen, Englishmen, Holländer – – –

Hallo! He da! Nicht so schnell!
Pardon, liebe mademoiselle.
Leben – waren auch Sie
Sous les toits de Paris?

SEHNSUCHT NACH ZWEI AUGEN

(September 1930)

Diese Augen haben um mich geweint.
Denk ich daran, wird mir weh.
Wie die mir scheinen und spiegeln, so scheint
Keine Sonne, spiegelt kein See.

Und rührend dankten und jubelten sie
Für das kleinste gute Wort.
Diese Augen belogen mich nie.

Nun bin ich weit von ihnen fort,
Getrennt für Zeit voll Ungeduld.
Da träumt's in mir aus Leid und Schuld:
Daß sie noch einmal weinen
Werden über meinen
Augen, wenn ich tot bin.

ICH HABE GEBANGT UM DICH

Ich habe gebangt um dich.
Ich wäre so gern für dich gegangen. –
Du hättest im gleichen Bangen
Dann gewartet auf mich.

Ich hörte nicht mehr,
Und ich sah auch nicht.
Ein Garnichts floh vor mir her,
Gefrorenes Licht.

Nun atmet mein Dank so tief,
Und die Welt blüht im Zimmer.—
Daß alles so gnädig verlief,
Vergessen wir's nimmer!

TRAURIG GEWORDEN

Traurig geworden im Denken,
Traurig ohne Woher.
Als könnte mir niemand mehr
Etwas schenken.

Kann selbst doch niemandem mehr
Etwas schenken.
Nicht daher – ich weiß nicht, woher –
Kommt mir das traurige Denken.

Es pickt eine Krähe im Schnee.
Vergraben im Schweigen
Hängt gramvoll ein winzig Wehweh
Unter rauschenden Zweigen.

WO IST DER MENSCH, DEN...

Wo ist der Mensch, den ich gerade brauche?
Mir ist illegitim traurig zu Mut.
Als läge meine Traurigkeit im Bauche.

Ach, welche Menschen sind denn eigentlich gut?
Ich kann es mir im Grunde nicht verhehlen,
Daß ich jetzt böse grüble über die,
Die augenblicklich mir gerade fehlen.

Und kämen sie: Wie schroff empfing ich sie!
Mißtrauisch würde selbst mein Loben klagen,
Und wenn ich sänge, wie ein Vogel singt.
Auch käme ich gar nicht darauf, zu fragen,
Ob sie nicht just auch einen von den Tagen
Durchgrübeln, da uns alles schmal mißlingt.

VOR MEINEM KINDERPORTRÄT

Da ich ganz fremd mein Kinderbildnis sah,
Die Augen meiner Kindheit standen da
Vor mir, photographiert. Die Augen, die
So wenig sahn vor lauter Phantasie.

Nun wird mein Jahrgang wohl bald sterben müssen.
Diese Betrachtung klingt zu Recht sehr schal.
Auch ist's ein schiefes Tun, sich selbst zu küssen.
Ich wurde weinerlich vor fremden Leuten.
Ich sah mich selber im Eswareinmal
Und wußte mir so viel daraus zu deuten.

RÜCKBLICK

Ich sehe hinter dem Grau heute Blau
Und ich bin milder geworden.
Ich bin nicht mehr der junge Radau
Und wehe nicht mehr aus Norden.

Es kommen die Jüngsten auch mal dahin,
Wenn sie streng Zauderndes wagen
Und fragen nach jedem »Wie ist…?« dann: »Wie bin…?«
Und werden still Danke sagen.

AN MEINEN LÄNGST VERSTORBENEN VATER

Ach steh noch einmal auf ins Leben,
Du toter Papa!
Der Krieg ist aus. Dann hat sich viel begeben.
Ob du wohl weißt, was mir geschah?

Ach, wenn du kommst, gibt es die Frage nicht:
Wer von uns hatte recht in seiner Meinung?
Wenn du nur kommst – doch komm nicht als Erscheinung.
Komm in mein reingeweintes Augenlicht.

Wenn du nur kommst! Ganz greifbar, nicht geträumt.
Wir werden wie zwei Wellen uns umschlingen.
Was uns durch Alter trennte, was versäumt
War, würde groß und unbefangen schwingen.

Ach weiß ich, daß kein Toter aufersteht.
Doch wenn es das, woran ich glaube, gibt,
Papa, dann hauche in mich ein Gebet.
Wir haben uns bisher nur fremd geliebt.

KAMMER-KUMMER

Es äugt ein Wunsch aus mir nach der Uhr.
Der lauscht auf Briefträgerschritte
Und murmelt unaufhörlich nur
Die Worte »bitte, bitte«.

Sich schämend richtet sein Gebet
Die Ohren nach der Klingel.
Ein Brief soll läuten. Darauf steht:
»An Herrn Joachim Ringel – –«

Ha! Klingelt schon! Und kommt ein Brief. – –

Nicht der, den ich wollte lesen.

Einschlafende Hoffnung atmet tief,
Träumt ab, was niemals gewesen.

WARTEN AUF WEISSNICHTWAS

Ein Leierkasten wringt sich aus.
Es klingt nach Leben und Sterben.
Im Schutt im Winkel hinterm Haus
Liegen häßliche Scherben.

Am Fenster quält sich ein winziges Tier,
Läuft immer dieselbe Schleife.
Es klingelt. – Ein Armer bietet mir
Schnürsenkel an. Oder Seife.

Es ist nichts neu und nichts verstellt
An meinen Gegenständen.
Nichts lockt mich hinaus in die Außenwelt.
Nichts hält mich hinter vier Wänden.

EIN LIEBESBRIEF

(Dezember 1930)

Von allen Seiten drängt ein drohend Grau
Uns zu. Die Luft will uns vergehen.
Ich aber kann des Himmels Blau,
Kann alles Trübe sonnvergoldet sehen.
Weil ich dich liebe, dich, du frohe Frau.

Mag sein, daß alles Böse sich
Vereinigt hat, uns breitzutreten.
Drei Rettungswege gibt's: Zu beten,
Zu sterben und »Ich liebe dich!«

Und alle drei in gleicher Weise
Gewähren Ruhe, geben Mut.
Es ist wie holdes Sterben, wenn wir leise
Beten: »Ich liebe dich! Sei gut!«

MARTER IN BIELEFELD

Es war in Bielefeld so bitter kalt.
Ich sah ein Weib, das nichts als eine knappe
Hemdhose trug. Daß ich erschauerte
Und ihren kalten Zustand heiß bedauerte.
Denn sie war nur Attrappe – Fleisch aus Pappe.

Ich wäre gar zu gern zu zweit gewesen.
Nun stand ich vor der reizenden Gestalt,
Mußte herabgesetzte Preise lesen,
Und ach, die Ladenscheibe war so kalt.

Der Frost entlockte meiner Nase Tränen.
Die Dame schwieg. Die Sonne hat gelacht.
In mir war qualvoll irgendwas entfacht.
Es kann kein Mann vor Damenwäsche gähnen.

TROPENSEHNSUCHT

Nashornida nannte ich die Kleine.
Eigentlich klingt das so mild.
Nashornida hatte Trampelbeine
Und war wild.

Nashornida hat mir einen Knochen,
Alle Gläser, Porzellan und die
Linke Wand vom Kleiderschrank zerbrochen.

Doch sie hat nach Afrika gerochen,
Und das reizte meine Phantasie.

MEINE MUSCA DOMESTICA

Hoch soll sie leben!
Auch tief darf sie leben,
Meine Stubenfliege in der Winterzeit.
Alle Sauberkeit
Darf sie schwarz verkleben.

Was mag sie denken?
Was mag sie lenken,
Wenn sie scheinbar sinnlos auf dem Frühstückstisch
Zwischen Braten, Käse, Milch und Fisch
Immer unbehelligt flugwirr flieht,
Aber plötzlich einen Tischtuchfleck beehrt,
Wo kein Mensch etwas Besonderes sieht?

Ist ein Krümelchen wohl eines Totschlags wert!?

Mag sie meinetwegen
Ihre Eier legen
Wann, wohin und wieviel ihr beliebt!

Immer noch studiere
Ich am kleinsten Tiere:
Welche himmelhohen Rätsel es gibt.

WIEDERSEHEN MIT EINEM KRIEGSFREUND

(An Fritz Otto, Hersfeld)

Wir wurden und waren
Treue Freunde im Krieg. Und nach zehn
Und noch mehr Jahren
Habe ich dich nun wieder gesehn.

Daß die Erinnerung nicht,
Nicht die Zeit in dir stehen blieb,
Läßt mich dankbar dir ins Gesicht
Sagen: ich habe dich lieb.

Denn das Du war geblieben. –
Der Spaß, den wir trieben:
Meine Wand, deine Wand, keine Wand – –
Durch alle Wände
Schütteln sich zwei Hände.

LEISE MASCHINEN

Einsam auf dem Hügel
Kreisen vier Windmühlenflügel,
Mahlen.
Weit ins Meer führen Steine.
Dort rollt ein Leuchtturm seine
Strahlen.

Derweilen sich das dreht,
Kämpft irgendwo ein Schiff in Not,
Lallt anderswo ein müdes Gebet
Um das tägliche Brot.

Und schweigend wandert zur selben Stund
Der Zeiger der Uhr im Rund.

SCHWANNEKE STARB AM 9. JUNI 1931

Schwanneke starb. Nachts ward es mir erzählt.
Der Schauspieler, von dem nun alles spricht.
Ich habe nicht zu seinem engsten Kreis gezählt,
Er auch zu meinem nicht.

Ich wußte: er war populär, begabt.
Wir sprachen wenig. Er war still, bescheiden.
Nun fühl ich erst: ich hab ihn lieb gehabt,
Und weiß, warum ihn alle mochten leiden.

Er ging mich nicht viel an. Doch er war gut,
Und das ist viel. Warum – muß ich nun fragen –
Fand zwischen Scheu und Scheu sich nicht der Mut
Einander Herzlicheres frei zu sagen?

SCHWEIGENDE FAHRGÄSTE

Die Fremden, mit denen ich fahre,
Gezwungen einander gesellt –:
Aus jedem Augenpaare
Träumt eine andere Welt.

Doch wie ich mich allen verbinde
In schweigender Rätselei,
Irr ich vielleicht. Doch ich finde:
Man wird versöhnend dabei.

ABGLANZ

Gaben zwei sich einen Abschiedskuß,
Anscheinend zwei Freundinnen.
Stieg die eine in den Omnibus.
Und der Omnibus fuhr von hinnen.

Die im Omnibus saß mir zugewandt.
Und ich sah, daß in ihrem Gesichte
Noch lange ein liebes Lächeln stand;
Das erzählte eine kleine Geschichte.

FRAU WERNER HIESS DAS TIER

(22. Juni 1931)

Mein Hund, den ich einmal an Oertners gab,
Weil sie ihn überlieb gewonnen hatten,
Den mußten sie heute bestatten.
Betteten ihn in ein Hundegrab.

Eine Terrierhündin, die vierzehn Jahr
Alt wurde und Kriegskameradin mir war,
Ist sanft und rührend entschlafen.
Nun weinen die Oertners, die braven.

Mich tröstet traurig: So ging's, so geht's.
Hat Bug wie Heck seine Wellen. –
In meinem besten Erinnern wird stets
Etwas wedeln und etwas bellen.

WENN ES UNVERSEHNS GANZ FINSTER WIRD

Wenn es unversehns ganz finster wird – –
Wenn sich Fliegen vor dem Tod erbosen,
Summend – gegen feuchte Stirnen stoßen – –

Wenn ein Fensterblümchen sein Köpfchen versteckt –
Wenn ein Zündholzblinken dich erschreckt – –

Was bei Licht du übersehen
Hast, will es nun vor dir stehen?

Willst du Lachen gegen Lachen
Heucheln? Hohle Witze machen?
Daß du vorm Gewissen fliehst,
Öffentlich,
Lachenden Gesichts??

Hüte dich!
Weißt du, was du morgen siehst? – –
Vielleicht nur und für immer: nichts.

SCHIFF 1931

Wir haben keinen günstigen Wind.
Indem wir die Richtung verlieren,
Wissen wir doch, wo wir sind.
Aber wir frieren.

Und die darüber erhaben sind,
Die sollten nicht allzuviel lachen.
Denn sie werden nicht lachen, wenn sie blind
Eines Morgens erwachen.

Das Schiff, auf dem ich heute bin,
Treibt jetzt in die uferlose,
In die offene See. – Fragt ihr: »Wohin?«
Ich bin nur ein Matrose.

ÜBER EINE WEILE – –

Nur eine Weile muß vergehn;
Dann ist auch dieses überstanden.
Dann wird mit hell euch zugewandten
Augen das Neue vor euch stehn.

Und eh ihr fragt, wie ihr dem Neuen
Euch fügen wollt, zwingt Gegenwart
Zum Danken oder zum Bereuen.
Leicht schmilzt ein Leid. Die Schuld ist hart.

NICHTS GESCHIEHT

Wenn wir sterben müssen,
Unsere Seele sich den Behörden entzieht,
Werden sich Liebende küssen;
Weil das Lebende trumpft.

Aber wenn nichts geschieht,
Bleibt das Leben nicht einmal stehn, sondern schrumpft.

Was heute mir ins Ohr klingt,
Ist nur, was Klage vorbringt.
Und was ich mit Augen seh
An schweigender Not, das tut weh.
Aller Frohsinn in uns ist verreist.

Und nichts geschieht. – Und der Zeiger kreist.

UND AUF EINMAL STEHT ES NEBEN DIR

Und auf einmal merkst du äußerlich:
Wieviel Kummer zu dir kam,
Wieviel Freundschaft leise von dir wich,
Alles Lachen von dir nahm.

Fragst verwundert in die Tage.
Doch die Tage hallen leer.
Dann verkümmert deine Klage…
Du fragst niemanden mehr.

Lernst es endlich, dich zu fügen,
Von den Sorgen gezähmt.
Willst dich selber nicht belügen
Und erstickst es, was dich grämt.

Sinnlos, arm erscheint das Leben dir,
Längst zu lang ausgedehnt. – –
Und auf einmal – –: Steht es neben dir,
An dich angelehnt – –
Was?
Das, was du so lang ersehnt.

HERBST IM FLUSS

Der Strom trug das ins Wasser gestreute
Laub der Bäume fort. –
Ich dachte an alte Leute,
Die auswandern ohne ein Klagewort.

Die Blätter treiben und trudeln,
Gewendet von Winden und Strudeln
Gefügig, und sinken dann still. – –

Wie jeder, der Großes erlebte,
Als er an Größerem bebte,
Schließlich tief ausruhen will.

DER MIR VIEL LEID ANTAT

Ich verfluche dich nicht.
Ich denke nicht mehr an Rache.
Ich suche, ob in deinem Gesicht
Die Reue erwache.

Du hast unsere Freundschaft kalt gemacht,
Um Geld zu gewinnen. –
Meine Fäuste sind nicht mehr geballt.
Mir kannst du entrinnen,
Doch nicht der Vergeltung. –

Meinst du, daß du glücklich bist,
Weil du dir siegreich erscheinst?

Du!?! – Das Schicksal stellt jedem Frist.

Noch, noch ist Möglichkeit,
Daß du der Vergeltung entrinnst.
Wenn du dich selbst besinnst,
Zurückgibst. Und rein beginnst.

DIE ÜBERHOLTEN

Und Menschen triffst du, und dich stört ihr Reden,
Weil es nichts Neues dir enthüllt.
Du kennst all ihre Zellen, hast längst jeden
Gedanken überholt, der sie erfüllt.

Du willst durchaus nicht, daß sie näher kommen;
Du fürchtest, daß du überlegen siegst.
Doch schweigend dann besinnst du dich beklommen,
Wie du den Anfang so wie sie genommen,
Und daß du dankbar sein mußt, weil du stiegst.

Doch wenn du dich bescheiden an sie wendest,
Und einfach sprichst, erfährst du, daß du störst.
Und einsam klingt der Satz, den du vollendest.
Weil du doch nimmer ihnen angehörst.

NACH DER PREMIERE

Auf Enttäuschungen gefaßt
Reiste ich in Ruhe.
Mich trugen Schuhe,
So leicht wie Bast.

In mir war ein Garten,
Wo ein Kind auf Gräsern schlief.
Ohne zu erwarten,
Fand ich, was so schön verlief.

Wie es Kunst und Freundeshand
Lenkten, will ich's wahren,
Als ein Glück, mir nachgesandt
Aus verschollenen Jahren.

NEUJAHRSNACHTFAHRT

Wenn du nachts in ein Auto steigst
Und dir ist bang und winterlich zu Mut,
Und du dem Chauffeur die Richtung zeigst,
Und sagst: »Sie fahren gut.«

Wenn du so den Kopf des Wagenlenkers lenkst,
Daß er's gar nicht gewahrt,
Wie du traurig bist und an Sterben denkst, –
Das ist nächtliche Fahrt.

Draußen leuchtet Volk und lacht und schießt. –
Mitlächelnd denkst du fremdwärts still
An etwas, was du vom Flugzeug aus siehst,
An ein Flüßchen, das unter dir weit fließt
Sohin, dorthin, wo es muß; nicht will.

EHRGEIZ

Ich habe meinen Soldaten aus Blei
Als Kind Verdienstkreuzchen eingeritzt.
Mir selber ging alle Ehre vorbei,
Bis auf zwei Orden, die jeder besitzt.

Und ich pfeife durchaus nicht auf Ehre.
Im Gegenteil. Mein Ideal wäre,
Daß man nach meinem Tod *(grano salis)*
Ein Gäßchen nach mir benennt, ein ganz schmales
Und krummes Gäßchen, mit niedrigen Türchen,
Mit steilen Treppchen und feilen Hürchen,
Mit Schatten und schiefen Fensterluken.

Dort würde ich spuken.

Neue Gedichte aus:

103 GEDICHTE

1933

Gewidmet Frau Asta Nielsen.

Ernst Rowohlt Verlag, Berlin 1933.

WER HÖRT EIN STÄUBCHEN LACHEN?

Stäubchen stob durch die Stube.
Dort saß ein kleiner Bube
(Der Stäubchen wie ein Riese erschien)
Vor einem Stadtplan von Berlin.

Stäubchen lachte: »Berlin ist klein!«
Drang in Bübchens Nase hinein
Und ließ sich von dem Riesen
Wieder ins Weltall niesen.

HUMPELNDE WELT

Es bleibt nicht aus, daß man den Mut verliert,
Wenn man schon längere Zeit mit seinen wunden
Füßen herumexperimentiert. –
Ich hatte noch immer nicht den richtigen Schuh,
Die richtige Sohle, die richtige Salbe gefunden;
Ich sah – fast getröstet – anderen Humpelnden zu.

Und kam ein Morgen, ein kalter, unangenehmer,
Der hatte – mir günstig – mir freudige Post beschert.
Ich humpelte weinwärts, aber ich hinkte bequemer
Als sonst. Und fand alles Leben so lebenswert.

Ich glaube: es schneite, donnerte, regnete,
Rauchte – aber für mich nicht bestellt.
Mir lächelte alles, was mir begegnete.
Auch du kannst so schön sein, humpelnde Welt.

EINER MEINER BÜRSTEN

Deine Borsten wurden weiche Haare,
Meine drohen auszugehn.
Zweimal im Verlauf der dreißig Jahre
Hab ich dich bewundernd angesehn.

Einmal, als du ganz neu warst,
Und jetzt, da mein Zufall sich besinnt,
Daß die Zeit verrinnt und das Gefühl gerinnt. – –
Drei Jahrzehnt, in denen du mir treu warst.

Gibt sich Treue uns so zum Bequemen,
Daß wir sie als selbstverständlich nehmen,
Dann steht's schlimm.

Schäme ich mich, einen Bart zu küssen,
Der jahrzehntelang meinen Dreck hat küssen müssen?

Alte Kleiderbürste, Küß'chen! nimm!

EIN GANZES LEBEN

»Weißt du noch,« so frug die Eintagsfliege
Abends, »wie ich auf der Stiege
Damals dir den Käsekrümel stahl?«

Mit der Abgeklärtheit eines Greises
Sprach der Fliegenmann: »Gewiß, ich weiß es!«
Und er lächelte: »Es war einmal –«

»Weißt du noch«, so fragte weiter sie,
»Wie ich damals unterm sechsten Knie
Jene schwere Blutvergiftung hatte?« –

»Leider«, sagte halb verträumt der Gatte.

»Weißt du noch wie ich, weil ich dir grollte,
Fliegenleim-Selbstmord verüben wollte?? –
Und wie ich das erste Ei gebar?? –
Weißt du noch, wie es halb sechs Uhr war?? –
Und wie ich in Milch gefallen bin?? – –

Fliegenmann gab keine Antwort mehr,
Summte leise, müde vor sich hin:
»Lang, lang ist's her – – lang – – –«

AN LAND

Wir sind betrunken wie die Wellen
Im Stillen Ozean.
Das hat uns armen Gesellen
Der Whisky angetan.

Wir glotzen stur in das Leben
Wie ein gekochter Fisch.
Wenn wir uns jetzt erheben,
Liegen wir unter dem Tisch.

So bleiben wir besser noch sitzen
Und trinken immer noch mehr.
Und unsere Nasen schwitzen
Sehr.

Wir wollen alle, alle nur noch lallen
Und brüllen wie ein Rind,
Daß wir den Leuten gefallen,
Die nüchtern sind.

DIE KARTENLEGERIN

Das Schiff war schon im Hafen leck.
Man besserte an dem Schaden.
Das Schiff hatte Fässer geladen
Und Passagiere im Zwischendeck.

Mittags stieg eine Negerin
In das Matrosenlogis.
Sie wäre Kartenlegerin,
Bedeutete sie.

»Two shillings« – oder ein Kleidungsstück,
Sie zeigte auf wollene Sachen.
So eine weiß manchmal, wie man sein Glück
Kann machen.

Sie redeten voreinander dumm,
Gaben der Alten zu saufen,
Drückten ihr lachend am Busen herum
Und ließen sie dann laufen.

Nachts hockte die alte, schwarze Kuh
An Deck zwischen Fässern und Tauen.
Vor ihr lag Kuttel Daddeldu
Dienstmüde und dachte an Frauen.

Da legte die Kartenlegerin
Die Karten, die ihn betrafen,
An Deck und murmelte vor sich hin.
Kuttel war eingeschlafen.

Sie murmelte Worte in den Wind.
Das Schiff fing an zu rollen.
Das Schiff und die Menschen darauf sind
Verschollen.

NACHT OHNE DACH

Nacht ohne Dach. – Nacht mit Lichtern. –
Café-Garten am Rande der Stadt, –
Wo jeder Gegenstand die Seele von Dichtern
Oder versöhnende Hilflosigkeit hat.

Und Menschen kommen und gehen.
Und es lügt ein Getu und Getön.
Aber Tischtücherzipfel wehen,
Und das ist schön!

Und dann ist auch schön: ein Paar
Verliebter Jugend. –
Nacht ohne Dach…

Erinnerung, rufe nicht wach,
Wie schlimm eine Nacht ohne Dach
Einst für mich war.

VORFREUDE AUF WEIHNACHTEN

Ein Kind – von einem Schiefertafel-Schwämmchen
Umhüpft – rennt froh durch mein Gemüt.

Bald ist es Weihnacht! – Wenn der Christbaum blüht,
Dann blüht er Flämmchen.
Und Flämmchen heizen. Und die Wärme stimmt
Uns mild. – Es werden Lieder, Düfte fächeln. –

Wer nicht mehr Flämmchen hat, wem nur noch Fünkchen glimmt,
Wird dann doch gütig lächeln.

Wenn wir im Traume eines ewigen Traumes
Alle unfeindlich sind – einmal im Jahr! –
Uns alle Kinder fühlen eines Baumes.

Wie es sein soll, wie's allen einmal war.

RAST AUF WANDERSCHAFT

Der Lautsprecher sprach, doch ich hörte es nicht.
Er sprach zu dumm und zu laut. –
Ein Stiefmütterchen mit einem Bulldoggesicht
Hat mich angeschaut.

Wir saßen im Freien, gezwungen ganz frei,
In dem böhmischen Orte Grün.
Wir waren nicht reich, doch wir waren unserer drei
Und Freunde. – Und Freundschaft macht kühn.

Das gelbe Mütterchen, braun getupft,
Konnte auch ein Schmetterling sein.
Ich hab's abgerupft. Unser Herz hat gehupft.
Drei Freunde bei zwei Glas Wein.

UNTER DEN LINDEN

Unter den Linden, vom Pariser Platz
An, unter und neben den kleinen Linden,
Kann jedes Mädchen einen Schatz
Ganz leicht finden.

Da wird einem so gut wie zu Hause zu Mut. –
Den ganzen Tag tönt dort
Autogetut.
Aber alles versöhnt dort.

Da schwingt im Takt einer Einigkeit
Der Asphalt unter den Füßen.
Und Neuzeit, gute und alte Zeit
Gehn hell vorüber und grüßen.

Unter den Linden
Schwindet der Haß,
Sieht man immer etwas
Um die Ecke verschwinden.

NACH EINER ZEIT

Der du unsrer so gedachtest,
Als uns alles sonst vergaß,
Soviel Glück, wie du uns brachtest,
Keine Wiese hat's an Gras.

Wenn zwei Augen im Erblinden,
Wenn zwei Herzen ganz verzagt
Plötzlich Licht und Hoffnung finden,
Dann hat Gott etwas gesagt.

Lächelt jetzt ein Regenwürmchen,
Weil die Amsel vor mir flieht?

Hohe Türme sind nur Türmchen,
Wenn ein Adlerauge sieht.

VOR EINEM KLEID

Karo ist in deinem Kleid,
Eine ganze Masse
Karo-Asse.

Wieviel Karos ihr wohl seid
In dem Kleid? – Das Kleid ist nett.

Karos sind im armen Bett.

Nun ich habe nicht gezählt,
Wenn mich auch die Frage,
Wieviel es wohl sind, doch quält.
(Immer wieder seh' ich hin.)

Weil ich männlich bin,
Rock und Hose trage,
Paßt solch Muster nicht für mich.
Karo ist zu munter.

Aber ich bestaune dich,
Fremdes Mädchen, hübsche Maid.
Karo ist in deinem Kleid.

Ist ein Coeur darunter?

Neue Gedichte aus:

GEDICHTE, GEDICHTE

von Einstmals und Heute

1934

Paul Wegener gewidmet.

Ernst Rowohlt Verlag, Berlin 1934.

KLEINES GEDICHTCHEN

Kleines Gedichtchen,
Ziehe denn hinaus!
Mach ein lustiges Gesichtchen.
Merke dir aber mein Haus.

Geh ganz langsam und bescheiden
Zu ihr hin, klopf an die Tür,
Sag, ich möchte sie so leiden,
Doch ich könnte nichts dafür.

Antwort, nein, bedarf es keiner.
Sprich nur einfach überzeugt.
Dann verbeug dich, wie ein kleiner
Bote schüchtern sich verbeugt.

Und dann, kleines Gedichtchen du,
Sag noch sehr innig: »Geruhsame Ruh«.

TELEFONISCHER FERNGRUSS

Ich grüße dich durchs Telefon,
Guten Morgen, du Gutes!
Ich sauge deiner Stimme Ton
In die Wurzeln meines Mutes.

Ich küsse dich durch den langen Draht,
Du Meinziges, du Liebes!
Was ich dir – nahe – je Böses tat,
Aus der Ferne bitt ich: Vergib es!

Bist du gesund? – Gut! – Was? – Wieviel? –
Nimm's leicht! – Vertraue! – Und bleibe
Mir mein. – – Wir müssen dies Wellenspiel
Abbrechen – – Nein »dir« Dank! – – Ich schreibe! – –

SO KANN EIN WIEDERSEHEN SEIN...

So kann ein Wiedersehn sein,
Daß Augenpaare tief einander messen.

»Lang, lang ist's her. Und doch
Hast du mich nicht – konnt ich dich nicht –
Vergessen.«

Froh war es einst. – Hat wenig sich bewährt. –
Viel starb vom Wenig. – Alte Bäume rauschen
Und neigen sich vornander ernst und lauschen
Wie Kinder einem Märchen, aber abgeklärt.
Denn was geschah, das muß wohl so geschehn sein.

Nun ist's, als rückten wir, ohn Worte, ohne Tat,
Enger zusammen, wie zu einem Skat,
Aber erlebt, erliebt! – So soll ein Wiedersehn sein.

SPUTE DICH!

Spute dich, ehe das Postamt schließt!
Wenn auch ein Anziehn für nur zehn Minuten
Und ein Pustegehtaus-Lauf verdrießt,:
Minute spart Tage im Sputen.

Fertiggestellt und nicht abgeschickt – –,
Wem nützen halbe Sachen?
Freut man sich nicht nach Erwachen,
Wenn man schon Antwort auf gestern erblickt?
Freut man sich, wenn die Uhr nicht mehr tickt?

Versäume nichts, wenn dich der Moment
Mahnt. Irgendwer, der dich liebt und kennt,
Stirbt vielleicht fern, während du niest.
Ahnt vielleicht, daß du ihn nicht liebst. – –

Wenn du ihm jetzt schriebst,
Ihm, den du nicht wiedersiehst – –

Spute dich, ehe das Postamt schließt.

ZWISCHEN MEINEN WÄNDEN

Ich danke dir: Ich bin ein Kind geblieben,
Ward äußerlich auch meine Schwarte rauh.

Zu viele Sachen weiß ich zu genau
Und lernte mehr und mehr die Wände lieben.

Doch zwischen Wänden, wenn die Fantasie
Ein kleines Glück so glücklich zu erfassen
Imstande ist, daß wir uns sagen: Nie
Uns selber lieben! Nie das andre hassen!
Nur einsam sein! – –
Spricht oft mein Innerstes zu solcher Weisheit: Nein!
Denn all mein Sinnen lauscht, ob fremde Hände
Jetzt etwa klopfen werden an mein einsam Wände,
Und wenn's geschähe, rief es laut: Herein!!!

BRIEF IN DIE SOMMERFRISCHE

Ich habe so Sehnsucht nach Dir.
Weil alles so gut steht
Auf unserem Gemüsebeet.
Und Du bist in England. Nicht hier
Bei mir.
Frau heißt auf Englisch »wife«;
Muß man, um das zu lernen,
Sich so weit und so lange entfernen?

Bei uns ist alles Gemüse reif.
Meinst Du, daß ich das allein
Esse? Kommt gar nicht in Frage.
Und so vergehen die Tage.
Könnte doch zu zweit so billig sein.

Bis August und noch September vergeht,
Ist alles verfault auf dem Beet.
Aber Englisch ist wichtiger als Gemüse,
Das es schließlich auch in Büchsen gibt.
Und ich gönne Dir das alles sehr. Grüße
Dich!
Dein Mann (einsam in Dich verliebt).

ESSEN OHNE DICH

Ich habe mich hungrig gefühlt,
Doch fast nichts gegessen.
War alles lecker, das Bier so schön gekühlt –
Aber: du hast nicht neben mir
gegessen.

Verzeihe: Ich stellte mir vor,
Daß das ewig so bliebe,
Wenn du vor mir – –
Ach was geht über Liebe?!!

Muß ich nun doch
Ein paar Tage noch
Fressen, ohne Lust; o das haß ich. –
Aber wenn du von der Reise
Heimkehrst, weiß ich, daß ich
Wieder richtig speise.

PRIVAT-TELEGRAMM

Unsere Kasse darf leer sein.
Doch dein Herz darf nicht schwer sein.

Jedes entschlüpfte harte Wort
Von mir, – streichle du sofort!
Und rate mir in gleichem Sinn!!!
Jedes Schmollschweigen tobt ohne Sinn

Hetzerisch durch die Brust.
Ärger ist stets Verlust
Und Verzeihung ist immer Gewinn.

Unsrer beider Herzen mögen schwer sein
Durch gemeinsames Mißgeschick.
Aber keine Stunde zwischen uns darf liebeleer sein.

Denn ich liebe dich durch Dünn und Dick.

SEGLER

Weiße oder braune
Flügel führen schaukelndes Holz
Leise durchs Wasser fort:
Fischer? Lustfahrten nach Laune?
Oder Sport?

Aus dem Hafen läßt sich stolz
Ein stattliches Vollschiff leiten,
Um draußen vom Klüver bis zum Besan
Schweres Tuch auszubreiten
Und selbständig dann durch den Ozean
Zu gleiten.

Es schwankt eine kleine Stadt im Sturm
Unterm Befehl vom Kommandoturm. –
Schaumwirbelnde Wellen springen
Um ihre Mauern. – Die See wird wild
Und wieder mild. – Es wechselt das Bild
Immer neu. –
Dic Matrosen singen
Und ziehen an Tauen Hand über Hand,
Und bringen Schätze von Land zu Land.
Ahoi!

Durchnäßte Kleider. – Vereister Bart. –
Viel Arbeit und Wache um Wache. –
Ein harter Beruf in der Segelschiffahrt!
Doch es ist eine ehrliche Sache,
Und eine schöne, wenn Meer und Wind
Den Seglern gnädig sind.

SAG MIR'S BESSER!

Es stirbt ein Papier im Schnee,
Zertreten und zerknetet.
Ein Fisch in einem See,
Vor einem Netz, betet.

Eine Torte schämt sich.
Ein Schlachtvieh vergrämt sich
Und schmeckt darum schaler als Fleisch aus Amerika.
Zwischen Schlaflidern und Pupillen
Dreht sich Rhythmus bekannter Bazillen.
Aus einem Kästchen lächelt dein toter Papa.

Eine Briefmarke, ein Schmerz und ein Messer
Bestimmen, wie du einschläfst und erwachst.

Wenn du mich jetzt auslachst,
Zürne ich nicht. Aber sag mir's, sag mir's besser!

WENN DIE KAFFEEMASCHINE...

Wenn die Kaffeemaschine –
Tsch – Zsch – Pff – explodiert,
Verzieht der Gast seine Miene.
Denn dann ist etwas passiert.

Je nachdem, was es ihm tat,
Lacht er, lächelt oder flucht er.
Darauf untersucht er
Ursache und Resultat.
Explosion, dann Diskussion, bis Scherz:
Wie's gepufft und wie's geblitzt hat.

Kaffee, der aufs Tischtuch sich verspritzt hat,
Geht nicht mehr aufs Herz.

JENEM STÜCK BINDFADEN

Bindfaden, an den ich denke,
Kurz warst du, und lang ist's her.

Ohne dich wäre das so schwer
Und so hoffnungslos gewesen.

Auf der Straße von mir aufgelesen,
Halfst du mir,
Mir und meiner Frau. – Wir danken dir,
Ich und meine Frau.

Bindfaden, du dünne Kleinigkeit
Wurdest mir zum Tau. –
Damals war Hungerszeit;
Und ich hätte ohne dich in jener Nacht
Den Kartoffelsack nicht heimgebracht.

IN BETRACHTUNG EINES TEPPICHS

Schön bist du, obwohl abgetreten,
Viele Füße gingen hin und her
Und kreuz und quer
Über dich. –

Bei Tapeten
Kommt das nicht vor (ist zu schwer).

Wechselnd saugen sie an dir, schlagen
Und trampeln dich bei Tag und bei Nacht.
Und du hast so viel Behagen
In diese Wohnung gebracht.

Mich interessiert nicht, wer dich gewebt
Hat, wo du geboren bist.
Mich interessiert nur, was in dir lebt. –
Dein Leben ist Zwist.

Ich fühle mich selber so ausgerollt
Ein Langeslang beschritten.
Nun das hat mein Schicksal so gewollt.

So wird auch ein Sattel zerritten.
So bleicht auch Farbe. So schrumpft die Wand.

Teils leuchtend, teils verschlissen,
Dienst du. –

Hast du – – Hat ein Gegenstand
Wohl ein Gewissen? –? –?

ABSCHIEDSWORTE AN PELLKA

Jetzt schlägt deine schlimmste Stunde,
Du Ungleichrunde,
Du Ausgekochte, du Zeitgeschälte,
Du Vielgequälte,
Du Gipfel meines Entzückens.
Jetzt kommt der Moment des Zerdrückens
Mit der Gabel! – – Sei stark!
Ich will auch Butter und Salz und Quark
Oder Kümmel, auch Leberwurst in dich stampfen.
Mußt nicht so ängstlich dampfen.
Ich möchte dich doch noch einmal erfreun.
Soll ich Schnittlauch über dich streun?
Oder ist dir nach Hering zumut?

Du bist ein so rührend junges Blut. –
Deshalb schmeckst du besonders gut.
Wenn das auch egoistisch klingt,
So tröste dich damit, du wundervolle
Pellka, daß du eine Edelknolle
Warst, und daß dich ein Kenner verschlingt.

HAMBURGER ZIMMERLEUTE

Die Kelle schurft, die Säge klingt.
Ein Kerl sitzt mit Zylinderhut
Im Dachbau arbeitend und singt.

Hamburger Jungs. Wir sind euch gut,
Dem Maurer und dem Zimmerer.

Wir drehn uns um, wir bleiben stehn,
Wenn sie an uns vorübergehn
Mit dem traditionellen
Metallknopfsamt und mit dem Stock,
Der komisch schlängelt im Barock,

Armtapfere Gesellen,
Mit jenem Bündel Habenichts,
Schon glücklich unterm großen
Schlapphut, in Glockenhosen
Ausschreitend sicheren Gesichts.

Und ist auch einer dann und wann
Kein Hamburger, noch Zimmermann,
Nur Handwerksbursche, »Fechter«,
Sei nett zu ihm. – Kein schlechter
Mensch treibt leicht solche Tradition.
Harmlosigkeit verdient schon Lohn.

Und wer da wandert bescheiden,
Den mag doch jeder leiden.

STILLE STRASSE

Nachts. – Straße. – Fragen Sie nicht wo und wann.
Auch gleich vorausgesagt, daß nichts geschah. –
Da stand ein unscheinbarer, älterer Mann,
Der unverwandt nach einem Fenster sah.

Vielleicht war er – Ich hatte leider Zeit –
Ein Lump, ein Trunkner oder ein Idiot –
Doch es schlägt niemals eine Möglichkeit
Die andre tot.

Wenn solch ein Anblick uns sechs-, siebenmal
Um einen Häuserblock spazierentreibt,
Zu sehen, wie der Mann dort stehenbleibt;
Vielleicht sind wir dann nur sentimental.

Aber dem Einsamen ist Stilles nah,
Wenn er das Laute nicht bezahlen kann. –

Da stand ein unscheinbarer, älterer Mann,
Der unverwandt nach einem Fenster sah.

BERGE, MEER UND EBENE

Die zwischen Bergen hausen:
Sie sehnen sich, wenn sie draußen
Sind, nach dem engen Glück
Ihrer Berge Schoß wehen Herzens zurück.

Es stehen im steten Verkehr
Mit der Welt die Leute, die am Meer
Leben; ihre Sehnsucht ist Reise,
Die zurückführt in weitem Kreise.

Die Menschen der Ebene lassen den Blick
Nach allen Richtungen weiden.
Sie untersuchen das Weltgeschick
Zentral bescheiden.

Aus Bergen, Flüssen und flachem Land
Macht gleiche Sprache ein Vaterland.

WIE MAG ER AUSSEHN?

Wer hat zum Steuerbogenformular
Den Text erfunden?
Ob der in jenen Stunden,
Da er dies Wunderwirr gebar,
Wohl ganz – – – oder total – – war?

Du liest den Text. Du sinnst. Du spinnst.
Du grinst – »Welch Rinds'« – Und du beginnst
Wieder und wieder. – Eisigkalt
Kommt die Vision dir »Heilanstalt«.
Für ihn? Für dich? – Dein Witz erblaßt.
Der Mann, der jenen Text verfaßt,
Was mag er dünkeln oder wähnen?
Ahnt er denn nichts von Zeitverlust und Tränen?

Wir kommen nicht auf seine Spur.
Und er muß wohl so sein und bleiben.
Auf seinen Grabstein sollte man nur
Den Text vom Steuerbogen schreiben.

LÄCHELND AB

Gar nicht versöhnlich genug
Kannst du sein.
Auch der größte Betrug
Erntet so klein.

Ein Rotkehlchen, von Kanonen erschossen:
Hat sein Blut vergossen.

Kanonen haben, völlig unbewußt,
Eine rauhe Kehle und keine rote Brust.

Mich hat unter vielen Dingen
Beispielsweise jede Nacht ans Herz gepackt,
Da die Sterne unvernebelt, nackt
Durch den Himmel gingen.

O WELT IN EINEM EI

O Welt im Ei, von Haut
Und Schale rings umgeben!
Wenn dich die Sonne schaut,
Beginnt dein freieres Leben.

Dann lebst du, wie dein Ahne will,
Als Strauß, als Fisch, als Krokodil,
Als Huhn ein Mehrerwachen,
Ein größeres Glück und größere Qual
In einem weiteren Oval.
Bis neue Schalen krachen.

O Welt in einem Ei,
Wie Wichtiges entscheidet sich,
Geht deine Wand entzwei.
Vielleicht verschlingt man, kocht man dich,
Ißt dich mit Senf, mit Kaviar
(Störs ungezählten Eiern!).

Und wenn sie Ostern feiern,
Die dich verschlucken roh und gar,
Dann lachen sie und spaßen
a conto Osterhasen.
Doch wer von ihnen denkt dabei
An dich, du Mikrowelt in einem Ei?!

WAS IST KUNST?

Was ist Kunst?? Verwegen ging die Frage
Durch Jahrhunderte und bis in meine Tage.

Doch in mein Haar griff eines Windes Wehen.
Und Straßensänger sangen mir von fern:
»Weißt du wieviel Sternlein stehen? –«

Am Himmel hoch erlosch im Licht ein Stern.

DER GLÜCKWUNSCH

Ein Glückwunsch ging ins neue Jahr,
Ins Heute aus dem Gestern.
Man hörte ihn sylvestern.
Er war sich aber selbst nicht klar,
Wie eigentlich sein Hergang war
Und ob ihn die Vergangenheit
Bewegte oder neue Zeit.
Doch brachte er sich dar, und zwar
Undeutlich und verlegen.

Weil man ihn nicht so ganz verstand,
So drückte man sich froh die Hand
Und nahm ihn gern entgegen.

VIEL GESIEBT

Ich habe versucht, einen Wind einzufangen.
Aber ich fand das Gefangene nicht.

Ich bin durch tiefe Wälder gegangen,
Wo der Wind ganz tief mit den Wipfeln spricht,
Wipfeln von ganz hohen Kiefern.
Ich sah im Moos eine Bierflasche liegen.
Wenn ich in einem Bierversand
Die würde abliefern,
Bekäme ich zehn Pfennige Pfand.

Ich habe versucht, das viele Versuchen
Ganz aufzugeben.

Ich nahm einer Wanze das Leben,
Die mich nur gejuckt hat. – –

Unsereiner
Wird immer kleiner,
Je tiefer er ins Leben geguckt hat.

ZINNFIGUREN

Die Zinnfiguren sind
Verbindung zwischen Kunst und Kind.
Sie schildern alle Zeiten.
Da schreiten, stehn und reiten
Klein-märchenbunt aus jedem Land:
Indianer, Ritter, Sachsen,
Und was der Schöpfer sonst erfand.

Auch Bäume, schön gewachsen,
Auch Häuser, Schiffe, Eisenbahn,
Flugzeuge, Autos, Pelikan
Wie jedes andere Getier;
Kurz: Allerlei und Jederlei
Ist hier –
Studiert nach Farbe, Form und Sinn –
Schön ausgeprägt in Zinn.

Mitunter ist das Zinn aus Blei.

Sinnvoll, mit Liebe aufgestellt,
Zeigt das im Kleinen große Welt.

Wenn das uns Alten noch gefällt,
Will das für mich bedeuten:
Die Zinnfiguren sind
Verbindung zwischen Kunst und Kind
Und uns, den alten Leuten.

LANDREGEN

Der Regen rauscht. Der Regen
Rauscht schon seit Tagen immerzu.

Und Käferchen ertrinken
Im Schlammrinn an den Wegen. – –
Der Wald hat Ruh.
Gelabte Blätter blinken.
Im Regenrauschen schweigen
Alle Vögel und zeigen
Sich nicht.

Es rauscht urewige Musik.

Und dennoch sucht mein Blick
Ein Streifchen helles Licht.
Fast schäm ich mich, zu sagen:
Ich sehne mich nach etwas Staub.

Ich kann das schwere, kalte Laub
Nicht länger mehr ertragen.

ARM DING

Ich war erwacht und konnte den Morgen nicht grüßen.
Mich drückten Sorgen; die fanden die Menschheit so schlecht.
Ein Schmetterling saß verirrt auf dem Bettrand zu Füßen,
Hielt seine Samt-Flügel-Flächen wagerecht.

Und war so schön und so jung, wie der Morgen,
So rein, wie der Morgen vom Schöpfer gedacht.
Ich trug ihn vors Fenster. – Doch meine Sorgen
Verdämmerten wieder, was in mir erwacht.

Mir war Unrecht geschehn. Ich bedauerte mich,
Empfand mein Leid, ohne daß ich verglich.

Und ein trüber, gelähmter Tag verging.
Der Abend begann, alles abzuschließen.
Da lag vor dem Haustor auf schmutzigen Fliesen
Ein regenzerschlagener Schmetterling. –
Arm Ding!

SINNENDER SPATENSTICH

Unter der Erde murkst etwas,
Unter der Erde auf Erden.
Pitschert, drängelt. – Was will das
Ding oder was wird aus dem Ding,
Das doch in sich anfing, einmal werden??

Knolle, Puppe, Keim jeder Art
Hält die Erde bewahrt,
Um sie vorzubereiten
Für neue Zeiten.

Die Erde, die so viel Gestorbenes deckt,
Gibt dem Abfall, auch Sonderlingen
Asyl und Ruhe und Schlaf. Und erweckt
Sie streng pünktlich zu Zwiebeln, zu Schmetterlingen.
Zu Quellen, zu Kohlen – – –

Unter der Erde murkst ein Ding,
Irgendwas oder ein Engerling.
Zappelt es? Tickt es? Erbebt es? –
Aber eines Tages lebt es.
Als turmaufkletternde Ranke,
Als Autoöl, als Gedanke – – –

Fäule, Feuchtigkeit oder feiner Humor
Bringen immer wieder Leben hervor.

PINGUINE

Auch die Pinguine ratschen, tratschen,
Klatschen, patschen, watscheln, latschen,
Tuscheln, kuscheln, tauchen, fauchen
Herdenweise, grüppchenweise
Mit Gevattern,
Pladdern, schnattern
Laut und leise.
Schnabel-Babelbabel-Schnack,
Seriöses, Skandalöses, Hiebe, Stiche.

Oben: Chemisette mit Frack.
Unten: lange, enge, hinderliche
Röcke. – Edelleute, Bürger, Pack,
Alte Weiber, Professoren.

Riesenvolk, in Schnee und Eis geboren.
Sie begrüßen herdenweise
Ersten Menschen, der sich leise
Ihnen naht. Weil sie sehr neugierig sind.
Und der erstgesehene Mensch ist neu.
Und Erfahrungslosigkeit starrt wie ein kleinstes Kind
Gierig staunend aus, jedoch nicht scheu.

Riesenvolk, in Schnee und Eis geboren,
Lebend in verschwiegener Bucht
In noch menschenfernem Lande.
Arktis-Expedition. – Revolverschuß –:
Und das Riesenvolk, die ganze Bande
Ergreift die Flucht.

HERBST

Eine trübe, kaltfeuchte Wagenspur:
Das ist die herbstliche Natur.
Sie hat geleuchtet, geduftet, und trug
Ihre Früchte. – Nun, ausgeglichen,
Hat sie vom Kämpfen und Wachsen genug. –
Scheint's nicht, als wäre alles Betrug
Gewesen, was ihr entwichen?!

Das Händesinken in den Schoß,
das Zweifeln am eignen, an allem Groß,
Das Unbunte und Leise,
Das ist so schön, daß es wiederjung
Beginnen kann, wenn Erinnerung
Es nicht klein machte, sondern weise.

Ein Nebel blaut über das Blätterbraun,
Das zwischen den Bäumen den Boden bedeckt.

Wenn ihr euren Herbst entdeckt:
Dann seid darüber nicht traurig, ihr Fraun.

STEINE AM MEERESSTRAND

Steine schaumumtollt,
Zornig ausgerollt
Über Steine. –
Freiheit, die ich meine,
Gibt es keine.

Stille nun. Entbrandet
Ruht ihr, feucht umsandet,
Unzählbar gesellt,
Von der Zeit geschliffen
Oder kampfentstellt. –
Alle von der Welt
Lange rauh begriffen,
Schweigt ihr. – Ihr begreift die Welt.

Wie ich euch sortiere,
Spielerisch verführt:
Früchte, Götzen, Tiere,
Wie es Phantasie so legt,
Habt ihr in mir aufgerührt,
Was seit Kindheit mich bewegt.

Spitze, trübe, glatte, reine,
Platte, freche, winzig kleine,
Ausgehöhlte, fette Steine,
Plumpe, schiefe, trotzig große –

Ja ihr predigt ernst wie froh,
Meistens simpel, oft apart,
Weit umgrenzte, willenlose
Freiheit. – Predigt ebenso
Fromm wie hart.

STUTTGARTS WEIN- UND BÄCKERSTÜBCHEN

Vor dem heißen Ofen balgen
Katzen sich. Wie dumme Jungen.
Auf dem Tisch an kleinem Galgen
Hängen Brezel, schön geschwungen.

Würdebärte schlürfen kräftig
Wichtig diskutierte Weine. –
Links im Laden bückt die kleine
Bäckerstochter sich geschäftig.

Zinn blitzt von der Holz-Fassade.
Zeichnungen an allen Wänden,
(Stumm, mit mehlbestaubten Händen
Rückt der Wirt die schiefen gerade.)

Setzte mich so ganz bescheiden hin
Und vergaß auch nicht, sehr laut zu grüßen.
Dennoch ließen Blicke mich leicht büßen,
Daß ich kein Stuttgarter bin.

UND ICH DARF NOCH

Hie und da, dann und wann
Ein Wehweh. Doch im Ganzen:
Ich, der ich nicht tanzen kann,
Sehe gern andere tanzen.

Noch immer in Arbeit gestellt
Und die Arbeit genießend,
Finde ich dich, ausstudierte Welt,
Immer neu fließend.

Gehe durch die Straßen einer Stadt,
Um Dinge herum, die stinken.
Was Beine oder keine Beine hat,
Kann blinken oder winken.

Ich kann einen Pflasterstein,
Der am Rinnstein liegt, aufheben.
O schönes Auferdensein!
Und ich darf noch leben.

KUMMERVOLLE RÜCKREISE

Es wird vorübergehn,
Doch meine Müdigkeit
Glaubt nicht daran. – Die Uhr schlägt Zehn
Und Elf und Zwölf; und wieder dann die gleiche Zeit.

So müde sein und noch nicht ruhn,
Nicht sterben dürfen – – Ach und nun
So ohne Trost die Liebste wiedersehn,
Die ich doch trösten will – –

Die Uhr schlägt Zwölf und Drei und Vier und Zehn. – –
Wenn ihre Feder bricht, stünde die Uhr jetzt still.

GNÄDIGE FRAU, BITTE TRÖSTEN SIE MICH

Gnädige Frau, bitte trösten Sie mich
Über mein inneres Grau.
Das ist kein Scharwenz um ein Liebedich. –
Gnädige Frau, seien Sie gnädige Frau.

Mein Herz ward arm, meine Nacht ist schwer,
Und ich kann den Weg nicht mehr finden. –
Was ich erbitte, bemüht Sie nicht mehr
Als wenn Sie ein Sträußchen binden.

Es kann ein Streicheln von euch, ein Hauch
Tausend drohende Klingen verbiegen.

Gnädige Frau,
Euer Himmel ist blau!

Ich friere. Es ist so lange kein Rauch
Aus meinem Schornstein gestiegen.

UND KEINS VON DIESEN SCHÖNEN MÄDCHEN WEISS –

Und keins von diesen schönen Mädchen kann
Die Spanne seiner Flügelmacht ermessen.

Ein älterer Herr hat neben ihr gesessen,
Sie einmal angeschaut, – ein älterer Mann.

Keins dieser jungen Mädchen weiß,
Wie alte, gute Augen auf sie blicken.
Sie hören Pulse, nicht die Uhren ticken.

Ein Trainsoldat, ganz jung, – den liebt sie heiß.

Wie vieles Wünschen und Verlangen
Wird unerfüllt, unmerklich weggespült.

Alt ist geworden, wer das Leben fühlt. –

Nun ja: der ältere Herr ist dann gegangen.

Und immer neu erlebt und neu bedichtet,
Ist das wohl recht und richtig eingerichtet?

Der Herr hat höflich, still zum Hut gefaßt.
Der Herr hat den Soldaten nie gehaßt.

PASSANTIN

So schöner Wuchs! So schöne Haut!
So schöne Hände, schöne Haare.
Ganz Frauenanmut. – Und für wen gebaut?
Und für wie viele Jahre?

Aus Worten, Augen streichelt mich ein Geist,
Der mir gefällt und heimlich schön verspricht.
Für mich so schön, vielleicht für andre nicht. –
Was nützt es mir, da es vorüberreist.

Und nützt mir doch, kann meine Phantasie
Versagtes in Konvexes übertragen. –

Die Wolke, die dich labt, du fängst sie nie;
Sie hört dich nicht und du kannst ihr nichts sagen.

HERBST IN DER BODEGA

Mich kitzelt was – nichts weibliches –
Im linken Nasenloche.
Ich habe ein unbeschreibliches
Wundsehnen seit einer Woche.

Ich möchte in feuchter Buntblätternatur
Gerührt sein und Trauerndes dichten.
Ich grüble. Doch was mir einfällt, sind nur
Ganz spaßhafte, dumme Geschichten.

Mein Sinn ist mild und mein Herz ist naß.
Ich suche ein träumendes Märchen.
Doch der Kellner lacht und mich kitzelt etwas
In der Nase. Wahrscheinlich ein Härchen.

Kein Weh ergreift mich. Jetzt muß ich sogar
Noch über mich selber lachen. –
Schluß Herz! Jetzt will ich das kleine Haar
Mit dem Finger unschädlich machen.

PSST!

Träume deine Träume in Ruh.

Wenn du niemandem mehr traust,
Schließe die Türen zu,
Auch deine Fenster,
Damit du nichts mehr schaust.

Sei still in deiner Stille,
Wie wenn dich niemand sieht.
Auch was dann geschieht,
Ist nicht dein Wille.

Und im dunkelsten Schatten
Lies das Buch ohne Wort.

Was wir haben, was wir hatten,
Was wir – –
Eines Morgens ist alles fort.

Neue und letzte Gedichte aus:

DER NACHLASS

1935

Armut beugt die Körper nieder
Reichtum gibt gelenke Glieder.
Armut lungert, Armut lügt.
Reichtum ist vergnügt.
Weil er frei vor jedermann
Reden und sich zeigen kann.

(Gedicht aus den Notizen zum letzten Roman)

Ernst Rowohlt Verlag, Berlin 1935.

ZWEIER SEELEUTE WIEDERSEHEN

Über die Zeit hinüber
Ging ein gutes Wort,
Blies wie ein Nasenstüber
Alle anderen Fragen fort.

Andres Land und andre Politik
Heute.
Doch nun wie damals, für einen Augenblick
Waren wir Seeleute.

Und just um dieselben Stunden
Hat sich irgendwo ein Liebespaar
Geküßt. Und auch für diese war
Die ganze andere Welt verschwunden.

ARBEITSLOSER HOFGESANG

Wenn ich statt zwei vier Beine hätt,
Dann würde ich zwei zerhacken
Und würde sie mir backen.
Wer aber schenkt mir Schweinefett?!

Ich singe acht, neun Stunden lang,
Fast ohne jede Pause.
Wer nicht liebt Wein, Weib und Gesang –,
Der ist wohl nicht zu Hause.

Trotz Regen, Not und Sturmgebraus
Bleibt immer etwas hängen.
Ich schmeiß es raus. Man schmeißt mich raus

Wegen den Hofgesängen.

SONNTAGSLIEBCHEN

Sag mir doch, daß heute Sonntag sein
Soll, Margarete. – Sag!
Margarete, mein schöner, dein
Freier, einzig freier Tag!

Schweige nicht! Weil Schweigen wie
Nein klingt. Und heute undankbar
Wäre. Margarete, die
Tage bis zum Sonntag sind ein Jahr.

Ist es nicht, als ob wir flögen,
Wenn wir uns nur frei die Hand geben. – –
Wieviel Sonntage, Margarete, mögen
Wir – du und ich – noch leben?!

NAHM MICH MIT IN IHREM AUTO

Pfirsich-rauh
War diese Frau – –

Sind wir so nach Jahren,
Schwatzend in Erinnerung,
Sie am Steuer, ich im Schwung,
Völlig falsch gefahren.

Autofahrt, die Fahrgeld spart,
Und mich doch – zu rasch – dorthin,
Wohin mußte, brachte –

Ob ich wohl ein Esel bin,
Weil ich zu dem Pfirsich-rauh
Weniger tat als dachte!?!

GRUSS IN DEN SPIEGEL HINTER DER BAR

Ich frage gar nicht, wer es sei,
Der Herr bei dir, dein Mann.
Dein Spiegelbild ist vogelfrei,
Mit dem ich – auch frei – allerlei
Anfangen kann.

Was »Mann und *gentleman*« betrifft:
's gibt solche und 's gibt solche.
Ich zähle zu die Strolche. –

Man spritze an den Spiegel Gift!
Man stoße mit dem Dolche
Hinein! – Wenn Glas und Witz zerbricht,
Mich trifft das nicht.

Ich liebe dein gespiegeltes Gesicht.

DIE SCHLOSSFRAU

»Wie sieht die Schloßfrau aus? Wie denkst du sie?«
So fragtest du und hattest schon im Fragen
Sie deutlicher erträumt als wie
Ich malen könnte oder sagen.

Wo ist das Schloß, das zu der Frau,
Die Frau, die zu dem Schloß gehört??

Es ziehen Träume aus verstört
Ins märchenferne Wunderblau.
Und finden nichts im irren Rund. – –
Die Sohle rauh, die Seele wund.

Derweilen bügelt stumm und klein
Vielleicht jemand dein Taschentuch.
Und diese Jemand, die kein Buch
Je nennen mag, sie könnte dein,
Vielleicht auch deine Schloßfrau sein.

NÄCHTLICH LANGE DAMPFBAHNFAHRT

Kleine Schlafwagenküche,
Darin ich dann saß
Und die Hitze und die Gerüche
Und ein Drittel der Bahnfahrt vergaß.

Vom Steward mit Namen angesprochen
Erfuhr ich so ungefähr,
Daß dieser Steward mit mir vor Wochen
Nach Danzig gefahren wär.

Die Räder, die einen zermalmen,
Tragen den anderen glücklich fort. – –
In des Schornsteins dramatischem Qualmen
Las ich ein sinnlos lockendes Wort.
Wort konnte nichts erzählen,
Schien sich, wie ich, zu quälen
Und schwand dann doch – so frei wie ich nie bin –
Sinnvoll davon, irgendwo wo wohin.

ERKENNE DEINEN LOHN

Keine Epoche
Geht wie ein Ei entzwei.

Aber ein Leben – –?!

Vielleicht gehn mit dieser Woche
Dir dreißig Jahre vorbei,
Sind dir nur noch Minuten gegeben. – –?!

Alles Zukunfterraten
Ist wie gemalter Braten.

Trinke deine Tasse.
Gib von dem, was dir niemand nimmt.

Daß deine kleine Kasse
Bei plötzlicher Endrevision
Möglichst stimmt.
Erkenne deinen Lohn.

SO IST ES UNS ERGANGEN

So ist es uns ergangen.
Vergiß es nicht in beßrer Zeit! –
Aber Vöglein singen und sangen,
Und dein Herz sei endlos weit.

Vergiß es nicht! Nur damit du lernst
Zu dem seltsamen Rätsel »Geschick«. –
Warum wird, je weiter du dich entfernst,
Desto größer der Blick?

Der Tod geht stolz spazieren.
Doch Sterben ist nur Zeitverlust. –
Dir hängt ein Herz in deiner Brust,
Das darfst du nie verlieren.

KOPF HOCH, MEIN FREUND!

Laß sie nur die Köpfe hängen lassen,
Wenn die Köpfe ihre eignen sind.
Wir, wir wollen unsre Segel brassen
In den Wind.

Wir, in unserm Alter, wollen wissen,
Daß der Weg nun wieder rückwärts führt. –
Glücklich, wer den freien Drang noch spürt,
Das Getrunkne über Bord zu pissen.

Wenn die Wetter lange düster grollen,
Glücklich, wer dann trotzig lächeln kann,
Ohne Herr der Woge sein zu wollen;
Sondern nur »auf See ein Fahrensmann«.

WORT AUF DEN WEG

Weil die Lügengewebe,
Die dich umgeben,
Um dich sind, niemals über dir,
Gehe geradewegs dein Leben.
Aber wolkenwärts hebe
Dein Sinnen sich – –
Baldmal sterben wir.

GROSSER VOGEL

Die Nachtigall ward eingefangen,
Sang nimmer zwischen Käfigstangen.
Man drohte, kitzelte und lockte.
Gall sang nicht. Bis man die Verstockte
In tiefsten Keller ohne Licht
Einsperrte. – Unbelauscht, allein
Dort, ohne Angst vor Widerhall,
Sang sie
Nicht – –,
Starb ganz klein
Als Nachtigall.

Zu eigenen Gemälden

FLUCHT

Du segelst allein. Es soll niemand dabei sein.
Doch tausende Fischlein begleiten dein Boot ein Stück
Des Weges. Aber du willst ganz frei sein,
Schaust weder nach rechts noch nach links noch zurück.

Nur fort! Nur weiter! Du willst das Vergangene
Vergessen. Fort! Du glaubst an den rechten
Gradaus fliehenden Weg ins Glück.

Hinter dir, hinter Glas und Draht und Eisengeflechten
Blicken dir lange nach: Gefangene.

Du glaubst deiner Richtung. – Mit Hilfe des Windes,
Der Strömung segelst du weiter und reist
Und reist und reist. Und die Sehnsucht des Kindes
Erkennt sich allmählich, altert, vergreist.

Nun und? – Aber die Wellen umspielen
Dein Boot. Es folgen dir Himmel und Licht.
Fremde Ziele passierst du. Von deinen Zielen
Das schönste, das einzige – kommt nicht in Sicht.

Hering in der Nordsee? Papagei
In Aschaffenburg? – – Wer ist ganz frei?

SCHWERER FISCH AM NAGEL

Gierig, egoistisch, rücksichtslos
Lebte er sein Leben unter Wasser,
Vorwärts stoßender und kalter, nasser,
Bursche. Doch vor seiner Rasse breit und groß.

Bis ein hinterlistiger Angelbissen
Ihm den Gaumen und das Herz zerrissen.

Dann, als Glücksfang stolz betrachtet,
Ward er ausgeschlachtet,
Nagelte des Fischers grobe Hand
Ihn an ein Gebälk der Kellerwand.

Aber so gekreuzigt, blutentleert,
Hat noch einmal kurz er sozusagen:
Seine Wut gelebt und sich gewehrt.
Hat er einen *Turn* in sich geschlagen.

Dieser Fisch hat Ansehn und Gewicht,
Und kein hinterlistiges Gesicht.

HAFENKNEIPE

In der Kneipe »Zum Südwester«
Sitzt der Bruder mit der Schwester
Hand in Hand.
Zwar der Bruder ist kein Bruder,
Doch die Schwester ist ein Luder,
Und das braune Mädchen stammt aus Feuerland.

In der Kneipe »Zum Südwester«
Ballt sich manchmal eine Hand,
Knallt ein Möbel an die Wand.

Doch in jener selben Schenke
Schäumt um einfache Getränke
Schwererkämpftes Seemannsglück.
Die Matrosen kommen, gehen.
Alles lebt vom Wiedersehen.
Ein gegangener Gast sehnt sich zurück.

Durch die Fensterscheibe aber träumt ein Schatten
Derer, die dort einmal
Oder keinmal
Abenteuerliche Freude hatten.

AN DER HARTEN KANTE

Ein leerer Kinderwagen stand
Vor der steilen Felsenwand,
Als ich abends gewandert bin.
War kein Kind darin.
War auch kein Mensch dabei,
Kein Mensch in der kahlen Weite.

Aber Bettchen lagen beiseite
Und im Wagen ein Pferdchen mit nur drei
Holzbeinchen. – – Und ein verschlossener Brief.

Weit sieht man vom Felsen dort über das Meer,
Das tosend unter mir tief
In blendender Brandung zerschellte
Und wieder sich wälzte und wellte.

Ein Schiff am Horizont. Woher?
Wohin? War nicht zu sehen,
Und was auch kümmerte mich das.

Ich fühlte nur: es war etwas
Verzweifeltes geschehen.

FERNES GRAB

Zwischen Felsen ein Block auf ein Loch gerollt.
In dem Loch vermodert Gebein.

Unten am Südhang, wo die Brandung tollt,
Mag einmal ein Schiff gestrandet sein.
Um den Block ist ein Anker gekettet.
Der darunter so rauh gebettet
Liegt, war vielleicht der Kaptein.

Es müssen doch treue Männer gewesen
Sein, die den Anker trugen, den Felsblock rollten,
Zwei Buchstaben meißelten, kaum noch zu lesen.
Sie deuten dem Fremdling wenig Sinn.
Wenn wirklich noch Freunde des Toten leben sollten,
Wer von ihnen käme wieder dorthin?!
Nah am Meer, doch weit vom Verkehr,
Ein Grab am fernen Gestade.
Wenn du es fändest, wüßtest du: Keiner mehr
Lebt oder weiß noch von jener Ballade.

Fernes Grab.
Gott weiß, was sich dort damals begab.

Zu Photographien und auf Bestellung

LADY UND LÖWE

Herr Redakteur, Sie sandten mir das Bild,
Um meine Fantasie zu rütteln.

Erst zwang es mich, den Kopf zu schütteln.
Süß ist die Lady, und der Leu ist wild.
Das Liebliche und Musikalische
Und neben ihm das schreckend Bestialische.
Dicht vis-à-vis zwei ganz verschiedene Leben.

Zunächst schien mir das Bild gestellt,
Doch warum soll in aller Welt
Sich solche Zweitbegegnung nicht begeben?
Und dann ist dieses Bild sehr gut.
Es zeigt in photographischer Vollendung
Ein Beispiel uns von Löwenmut.

Ich danke Ihnen für die Sendung.
(Und übrigens: Hier hat mich nicht gestört,
daß man auf Bildern die Musik nicht hört.)

BULLDOGGIN MOTTE

Wenn du fremd bist, komm ihr nicht zu nah!
Sie heißt Motte
Und ihr Junges heißt Kleopatra.
Beide offenbar nur aus Marotte.
Aber *nomina sunt odiosa.*

Mottes Zungenzipf hängt saftig rosa
Zwischen Hasenzähnen aus dem Maul.
Motte ist ein wenig faul.

Motte: Spaltenase.
Motte: Affe, Hase,
Seehundskopf, Schildkrötenpfoten,
Karpfenschnauze, Rätselschwänzchen.
Jedes Tier hat an dem Tier
Hier sein Bestes aufgeboten.
Unsre Motte – sagen wir –
Ist ein Zoolo-Quintessenzchen.

Rührend hilflos und asthmatisch
Schnauft sie. Liebt ihr Kind fanatisch.
Täglich wiegt Bulldoggmamachen
Morgens ihr Kleopatrachen,
Legt dabei – was für sie spricht –
Hauptgewicht auf das Gewicht.
(Dichten kann die Motte nicht.)

KATZE VOR ANKER

Schlafen die Bewohner
Von dem Gaffelschoner
Im Kajüt am Heck? –

Weil das Boot vor Anker liegt,
Hockt die Katze mißvergnügt
Oben auf dem Deck.

Sieht sie Mäuse, Ratten? –
Doch der Wind hat sich gelegt.
Was sich einzig noch bewegt,
Ist ihr eigner Schatten.

Vor ihr liegt ein dickes Tau,
Rund geschlängelt, wie ein Kranz,
Viel viel länger als ihr Schwanz.
Ach, miau – miau.

Keine Ratte, keine Maus,
Keine Gasse und kein Haus,
Nichts, was mitmiaute.

Und die arme Katerbraut
Äußert ihren Kummer laut
Dort im Strom bei Flaute.

DREIJÄHRIGER SEIFENBLÄSER

Nicht ein Kind, das Pfeife raucht,
Sondern diese Pfeife
Ernst in Seifenwasser taucht,
Bläschen bläst aus Seife.

Dieser junge Firlefanz
Sendet Luftballone,
Schillernd wie Perlmutterglanz
Aus von dem Balkone.

Freut sich, bis sie leicht entflohn,
Freut sich am Entstehen,
An der Fabrikation.

Doch wohin sie gehen,
Dirigiert vom kleinsten Wind
Und wie bald zerrissen
Sie zerschellte Welten sind,
Weiß es nicht, und soll solch Kind
Auch noch gar nicht wissen.

ZIRKUSKIND

Bist du müde, Seiltänzerin?
Wie's jeder mal ist, wie ich's manchmal bin?
Oder bist du von Kummer bedrückt? –
Wir müssen alle was wagen im Schwanken
Und müssen dann danken
Und froh sein, wenn's glückt.

Das ist der schwierige Gang durch die Welt.
Wir wurden und werden alle einmal
Auf ein Seil gestellt,
Zwischen Himmel und Erde mit Wahl und mit Qual.

Ein seichtes Wort, zwar tief gemeint.
Doch alles ist tiefer, als es scheint.

Ein Zirkusmädchen in offener Schau
Oder in Pelze gehüllt, fremde Frau:
Wer kann ihre Seele lesen?

Sag nie zu einer Giraffe im Zoo:
»Hier hast du keine Feinde! Sei froh!«
Hab Ehrfurcht vor fremden Wesen!!!

REKLAME FÜR PELZE

Für wen? Das ist die Frage,
Wenn du den Preis erwägst. –
Wes Tieres Pelz du trägst,
Des Allerbestes trage.

THEATER IM SCHLAFZIMMER

Es öffnet sich ein Augenpaar.
Es tastet im Dunkel zarte Hand
Nach dem elektrischen Knips an der Wand.
Es kämmt ein Mädchen sein Haar
Und kleidet sich
Und weidet sich
An dem eignen Anblick im Spiegel. –
Knipst Licht aus, öffnet den Riegel,
Sucht eine Schnur am Fenster und zieht,
Erwartet und lauscht. – – ??

Die reichfältige, schwere
Fensterportiere,
Der Vorhang, rauscht,
Rauscht auf. – Und das Mädchen sieht
Sonne auf Häusern und jungzartes Grün,
Jubelnden Himmel, frohfarbiges Blühn,
Hört Vogeljux, Lachen, Springbrunnenwasser – –

MUTIG VORM SPIEGEL!

Schminke dich nur und pudre dich fein,
Du niedliches Köpfchen!
Der Schöpfer liebt seine Geschöpfchen,
Läßt sie ausschaun, wie sie ausschaun
Wollen. Läßt sie also gern auch hübsch sein.
Färbt euch interessant, ihr Frauen!
Nur das Gewissen färbt nicht!
Würdet ihr wohl beim Jüngsten Gericht –
Stellt euch vor – sehr beklommen
Eingestehn, daß ihr für euer Gesicht
Schminke und Puder genommen?

Schminke ist genau so Natur
Wie ein Grashalm oder Sofakissen.
Färbt euch nur, schminkt euch, pudert euch nur!
Aber nie euer Gewissen.

Der liebe Gott wird nicht böse sein
Über ein menschenreizvolles Gesicht.
Wird ein Lächeln höchstens in seiner Größe sein.
Aber tadeln oder zürnen wird er nicht.

Wenn das andere in der Frau stimmt,
Was keine Aufmachung annimmt.

SPIELMANN UND EINSIEDLER

(Zu einem Bild von M. von Schwind.)

Wundersam und wunderlich
Sind sie wohl zusammenkommen.
Spielt ein Wanderer nur für sich?
Hat der Alte plötzlich schöne,
Langvergessene Jugendtöne
Dort in stiller Schlucht vernommen?
Bat der Spielmann nur den frommen
Mann um Wegweis oder Labung
Und bedankt sich nach Begabung
Nun mit einem alten Liede?

Ernste Scheu und dunkler Friede,
Beide wollen es nicht nennen,
Das Geheimnis, das sie kennen.

Musikant und Mann im Wald
Staunen nicht. – Sie werden bald
Wieder sich vonander trennen,
Noch sich wehrend im Entschwinden.

Weil zwei gleiche Einsamkeiten
Wissen, daß sie nur in Träumereien
Nie im Leben sich zusammenfinden.

Spielmann geht allein. Einsiedler bleibt allein.

Sprüche und Kleinigkeiten
Vergessene Verse

JAGD

Die Gier soll sich bezähmen.
Mit edlen Waffen nur
Im Dienste der Natur
Braucht Jagd sich nicht zu schämen.

ES LEBE DIE MODE!

Für die Mode, nicht dagegen
Sei der Mensch! – Denn sie erfreut,
Wenn sie sich auch oft verwegen
Vor dem größten Kitsch nicht scheut.

Ob sie etwas kürzer, länger,
Enger oder anders macht,
Bin ich immer gern ihr Sänger,
Weil sie keck ins Leben lacht.

Durch das Weltall sei's gejodelt
Allen Schneidern zum Gewinn:
Mode lebt und Leben modelt,
Und so haben beide Sinn.

LIEBESZETTEL

In Eile – Du! Du!!! – Am Donnerstag
Wie letztmals, himmlisch dasselbe!!!
(Nur bitte – wenn es sich fügen mag –
Diesmal wieder das gelbe –!!!)

DREI VERSE

Der Oberforstrat riet im Forst:
»Ist das dort wohl ein Adlerhorst?
Oder entflogener Bienenschwarm?« –
Worauf er den Entscheid vertagte,
Weil er sich doch nur selber fragte.

*

Von einem Geist der Überwelt
Zwangsweise vor die Wahl gestellt:
»Kamel sein oder Dromedar?«
Sprach der Befragte schnell entschieden:
»Was du bist oder was ich war.«

*

Sich selbst verschläft und sich selbst verfrißt,
Wer aus Geiz das Leben vergißt.

FÜNF ÜBER EIN THEMA

I.

Einst war ich Seemann. Ich habe seitdem
Einen schwankenden Gang. Nun tuscheln
Die Menschen manchmal gedankenbequem
Hinterm Rücken oder ganz offen:
»Der Kerl ist wieder besoffen.«

II.

Ich kann oft Menschen nicht wiedererkennen
Noch ihrer erinnern. Ich kenne zu viel.
Das ist keine Pose, das ist kein Spiel.
Die, die mich deshalb betrunken nennen,
Die treffen mich, aber nicht ihr Ziel.

III.

Man schämt sich immer von neuem zu fragen,
Und weil ich leider so schwerhörig bin,
Gebe ich oft lieber Antworten hin,
Die gar nichts besagen. Ich gelte dann
Bei vielen für den berauschten Mann.

IV.

Vor dem Vatikan in Rom
Lag ein Atom.
Ich stolperte so von ungefähr
Darüber. Die Menge meinte,
Daß ich nicht nüchtern wär. –
Nur das Atom weinte.

V.

Ich ging vom Herrenabend um drei
Früh heim, meiner Ansicht nach nüchtern,
Und biß unterwegs aus Scherz und fast schüchtern
Einem Schutzmann die untere Nase entzwei.
Da hat dieser dreiste Lümmel gewagt,
Mich anzuzeigen. Hat unter Eid
Vor sieben Zeugen laut ausgesagt:
Ich sei angeheitert gewesen. –
Dieser Beamte tut mir leid.

AUF EIN GRAB

Ein Wind, gütig fächelnd,
Läßt Blätter und Tränen verwehn.
Empfange einst lächelnd
Die weinend dir nachgesehn.

Gewesen, nicht vergessen;
Erinnert, doch verziehn.

Was uns Besitztum schien,
Hat keins von uns besessen,
War höchstens nur geliehn.

AN MEINE GRATULANTEN

Nach dem 50. Geburtstag

Ja es war und Nein es war nicht.
Wie ein Traum ging es dahin.
Soviel Danke gibt es gar nicht,
Wie ich nunmehr schuldig bin.

LEBENSDAUER

Zwei stritten sich über die Lebensdauer.
Luft – Licht – Fleisch – Rohkost – süß und sauer –
Geist – Körper.....
»Nur in einem gesunden
Körper...«
»»Sie sprechen wohl von Hunden?.....««

Da schlug der eine den andern tot.
Dieser andere war also vernichtet.
Bei der nächsten Gelegenheit, die sich bot,
Wurde der Mörder hingerichtet.

SIEGERSTIMMUNG

Ich habe gekämpft einen Boonekampf –
Blackberry Brandy, Muskatnuß –
In Angostura und Pulverdampf
Stand ich. (Wie jeder Soldat muß).
Ich mußte vor Bitterkeit im Kakao
Die Milch und den Zucker entbehren
Ich dachte an meine und manche Frau
Und litt und kämpfte im Leeren.

Und habe gesiegt, der dünne Feind wich,
Nun sitz ich mit wehender Fahne
Im Wirtshaus und stopfe und gieße in mich
Bier, Hering, Torte und Sahne.

IN ELTVILLE 1932

Millionen Glaskanonen schießen
Gefrorene Hefe, unter Tag. –
Was oben auf den blühenden Wiesen
Das Wiesenschaumkraut wohl träumen mag? –

Hier lauschte ich schon vor vielen Jahren
Den Nachtigallen stundenlang.
Und wenn es damals auch andere waren,
So blieb's doch der gleiche Sang.

Ein Schiffchen am Ufer, ein Schiffchen weit draußen.
Und in mir die Seele so still. –
Fern, wo die Eskimos hausen,
Ist alles anders als in Eltville.

Gibt's hinter der Peripherie
Des Himmels wohl Schaufel und Besen?
Ich glaube, dort oben ist noch nie
Ein Krieg gewesen.

UNTERHALTUNGSFISCHER

Wenn dir mal geschieht, was mir geschah:
Daß eine Stimme aus Afrika
Dich anspricht
Und sagt: »Ich bin dir gut.« –
Unterschätze das nicht.

War offengestanden
Gar nicht aus Afrika,
Aber aus andern fernen Landen
Und mir doch so nah.

Gift und Liebe gibt es überall,
Wo jemals Vögel sangen. –

Zartes Netz kann einen runden Ball,
Doch der Ball kann nicht das Netz fangen.

Aber ein zartes Netz sollte
Gar nicht fangen, sondern halten, tragen. –

Was ich noch sagen wollte, –
Sag ich nicht.

Jetzt mögen Sie etwas sagen.

FAHRT MIT DADDELDU

(Rumba)

Alle Mann an Deck!
Unser Schiff ist leck –
Neunzehnhundertzweiunddreißig – Rumba!
Eh wir untergehn,
Wolln wir uns noch drehn
Im Orkan – Windstärke 12 – im Rumba.

Kuttel Daddeldu
Klebt das Schiffsleck zu
Und steigt in den Mastkorb mit der Buttel.
Alles jubelt laut.
Durch die Buttel schaut
Nach dem Kap der Hoffnung unser Kuttel.

Und das Schifflein rollt.
Alles tanzt und tollt.
Schöne Nixen knicksen auf und nieder,
Und der Kapitän
Schmunzelt souverän.
Duddeldu singt furchtbar laute Lieder.

FLUGZEUGE

Summm – summm – summm –
Zwei Fliegen flogen vom Teller.

Brumm – brumm – brumm –
Es drehten sich Propeller.

Zwei Flugzeuge stiegen
Hoch in die Luft. Und fast so gut
Wie die beiden Fliegen.
Die Flugzeuge entfernten
Sich meilenweit mit Fleiß und Mut
Und landeten am rechten Ort,
Zur rechten Zeit. Und dankten dort
Den Fliegen, von denen sies lernten.

DER WETTERSCHRECK AN DER KAISER-WILHELM-GEDÄCHTNISKIRCHE

Wo man sie zwar besonders sieht,
Doch wo Passanten doppelt hasten,
Weil es dort ganz abscheulich zieht,
Sitzt sie an ihrem Würstchenkasten.

Um Emma Beyrow geht kein Streit,
Nicht laut, nicht froh und nicht verbittert,
Zäh jedem Wetter angewittert
Gibt sie zu Würstchen Senf und Zeit.

Ein Boot verankert, unter Dampf,
Von keiner Straßenmacht gehindert,
Des Nachts im steten Wetterkampf
Den öffentlichen Hunger lindert.

ZWEINATIONAL TRUNKENGESPRÄCH

»… Mein Baum hat hundert Blätter.
Deiner hat vielleicht tausende.
Meine rascheln, deine sind vielleicht brausende …«

»»*Are you a* Mensch, der beneidet?
Never mind Baum. – *Take a drink!*
Certainly you are invited …««

»In meinem Baum schläft ein Fink!«
»»Wollen den jetzt nachts nicht stören.««

»*Well. You* will nichts von Fink und Baum hören?«

»»*Why not? Well. You are a* Baum …««

»*No thank you: I take now no drink more from you …*«

»»*Why not? I am a* Baum *too.*
Aber hat *wood*, und *world* nicht Raum
Genug *for* Bäume wie ich und du
Und – –««

»*Shake hands! Now I beg for a drink.*
Your Baum *has also – has perhaps every* Baum *his* Fink?«

EIN STÜCK BIERFLASCHE

Eine Bierflasche ging in Scherben
Am Stein am See.
Dem Manne, der sie warf,
Brachte dieser Wurf Verderben,
Besser gesagt: ein Fuß-Wehweh.
Glasscherben sind spitz und scharf.

Eine Scherbe, nicht die just gemeinte,
Reiste unfreiwillig strömungsfort.
Diese ward vom Meeresgrundesand
So gequält, daß alles Wasser weinte.

Nach Jahrenden trieb sie an den Strand,
Fernen Strand; war völlig glatt geschliffen.

Hat ein Badestrolch sie aufgegriffen,
Merkte gleich, daß sie kein Bernstein, gar
Rauchtopas oder noch edler war,
Und ließ doch das funkelschöne Ding
Kunstvoll fassen in einen Ring.

Und vererbt, gestohlen, hingegeben
Mag die Scherbe durch Jahrhunderte
Als verkannte, aber doch bewunderte
Abenteuerin noch viel erleben.

HALLE AN DER SAALE (1929)

Ich liebe von den Professoren
Nur jene würdevollen, seriösen Herrn.
Die andern scheinen mir zu frei geboren
Und haben sicher einen bösen Kern.

Der Durchschnittsbürger ist ein durchaus satter.
Der Stadtrat ist mir nicht bekannt.
Die Straßenbahn ist eine Ringelnatter.
Schließlich wird jede Stadt interessant.

Als ich Hotel Stadt Hamburg mir besah
Und meine Wünsche dort behaglich kühlte,
Da war das Postamt, war die Welt mir nah.
Auch weiß ich Freunde hier. Und es geschah,
Daß ich mich wieder wohl in Halle fühlte.

AN GABRIELE B.

Schenk mir dein Herz für vierzehn Tage,
Du weit ausschreitendes Giraffenkind,
Auf daß ich ehrlich und wie in den Wind
Dir Gutes und Verliebtes sage.

Als ich dich sah, du lange Gabriele,
Hat mich ein Loch in deinem Strumpf gerührt,
Und ohne daß du's weißt, hat meine Seele
Durch dieses Loch sich bei dir eingeführt.
Verjag sie nicht und sage: »Ja!«
Es war so schön, als ich dich sah.

VORTRAG ANS HOCHZEITSPAAR

Eure Hochzeitssonne scheint.
Wir hoffen, daß Ihr es ehrlich meint.

Wenn wir nach zwei, vier, acht, zehn –
Jahren Euch wiedersehn,
Hoffen wir, daß wir Euch dann noch verstehn.
Und wenn Ihr dann – hinterher,
Zu Zweit –
Noch glücklicher als mit uns seid,
Noch gleich verliebt nach Probezeit
Voll doppelter Freude mit halbem Leid,
Dann freut uns Freunde das sehr.
Dann sollen sich Hände wie heute fassen.
Wir treten respektvoll zurück:
Eine Zweitwelt wird von Stapel gelassen.
Mit Gott!! Viel Glück!

NÄCHTLICH BELAUSCHTES GESPRÄCH

»Es tröste dich, wenn es dir schlecht ergeht,
Daß es um andre noch schlimmer steht.
Auch wer an Blähungen leidet,
Findet noch immer eine Person,
Die ihn darum beneidet«,
Sagte der Vater zum Sohn.

»Am Anfang hat die Jurisprudenz
Wie jedes Studium einen Lenz
Und zum Schlusse einen Kater.
Wer gern viel trinkt zur unrechten Zeit,
Der bringt es noch einmal so weit«,
Sagte der Sohn zum Vater.

»Ich kann dich nicht so ganz verstehn.
Laß uns mal jetzt erst schlafen gehn«,
Sagte der Vater heiter.

Der Sohn erwiderte: »Steig in die Gruft!
In mir will etwas noch an die Luft,
Und ich bummle jetzt weiter!«

IM ZUG NEBEN THEATERVOLK

Wenn wir für andre Leute uns schämen,
Als wären sie wir –

Aber wohin wir wohl kämen,
Gäbe es nicht dies verworrne Pläsier?!
Außerdem fahr ich zu dir!

Es sind nicht die Großen.
Warum sich erbosen?
Chacun à son gout.
Es sind die bekannten
Komödianten.
Du aber bist du
Und doch Schauspielerin.
Und Gott weiß, was ich bin.

AUGUST 1930

Topf an Topf
Um leere Taschen.
Nichts in den Töpfen zum Fressen.

Kopf an Kopf
Um volle Flaschen
Und Tanzmusik zum Vergessen.

Wenn man sich einen gemeinen Soldat,
Ein Kind und einen Tiger besieht,
Wie ich das heute tat:
Die wissen nicht, was um sie geschieht...
Gott bewahre!

Die Zebras, Dromedare,
Sie rissen sich
Und bissen sich
Um jeden Happen Brot.
Nichts stimmt, was mir begegnet.
Und es ist kalt und regnet.
Damit das Übermaß von Not
Mich nicht zum letzten Schritte reizt,
Hat meine Wirtin eingeheizt.

FAHRT ZUM TREFFPUNKT BIELEFELD

Welt, bist du abgedroschen schön!
Ich möchte in Fanfaren stoßen.
Es platzen meine Hosen,
Doch es gibt nur eine kleine Tön.

Wie ich das jetzt so um mich seh,
Ist alles weiß wie frischer Schnee
Und ich gondle dazwischen
Und darf nach Belieben fischen.

Das ist der rechte Augenblick,
Sich froh zu überlegen:
Armut macht dünn. Reichtum macht dick.

Die Welt ist schön! Zickzack, Zackzick!
Ich fühle mich verwegen.

»FÜR DIE MODE, NICHT DAGEGEN SEI DER MENSCH«

Gedichte für Venus

1936

Wilhelm Adam, Chemnitz 1936.

LOCKRUF

Komm auf die Leiter, Luise.
Zeig deinen schönen Trikot.
Was ich sonst an dir genieße,
das, liebes Kind: sowieso.

Vom steilen Ufer hernieder
seh ich zwar gern, wie du schwimmst,
doch nur dafür, daß du wieder
endlich das Ufer erklimmst.

Komm doch! Erlaub mir ein Küß'chen,
sei es auch nur auf die Hand.
Venus, geliebtes Venüs'chen,
steige doch bitte an Land!

SCHOTTISCH TRUMPF

Heißt du Lies'chen? Heißt du Lottchen?
Heißt du Kätchen, schönes Schottchen?
Ach, ganz einerlei!
Flinkes Seepferd, schmuckes Schottchen –
Hottehü und hütehottchen –
Schwimmt sie froh herbei.

Bunt wie Erbsen mit Karottchen,
Spargeln, Morcheln, liebes Gottchen,
Leipziger Allerlei.
Doch die Farben so gegeben,
Daß sie hold harmonisch leben.
So was schwimmt vorbei!

Seepferdgrazie, Venusanmut. –
Wer dem Schottchen etwas antut,
Den hack ich entzwei.
Doch geschieht das keinesfalls,
Denn das Kind bezaubert alles
Hokus eins, zwei, drei.

Wenn du frei und wenn du mein wärst,
Wirklich wie ein Seepferd klein wärst,
Trüg ich dich als Zier
Und als Talisman, Mascottchen
In der Tasche, schönes Schottchen,
Jederzeit bei mir.

IM FAMILIENBADE

Schottisch schöne, malerische
Venus, geborene »von Schaum«,
wenn du landest, weinen alle Fische
um einen verlorenen Traum.

Andrerseits sind wir an Land verdrießlich,
wenn du ins Wasser tauchst.
Weil du – – Und weil du schließlich
dich doch nicht zu verstecken brauchst.

Gönne bitte mir – nun ausgebadet –
einen Bade-Anzug-Augenblick.
Was doch der Gesundheit gar nichts schadet.
Schottisch bist du, schön, modern und schick.

Ich, der dich zu einem Schottenwitzchen einladet,
bin nur ein verliebter Bummel-Baumel-Strick.

RIO RITA

Die sich selber Rio Rita nannte,
tauchte auf in diesem Jahr.
Jeder wußte, daß es die bekannte
Schönheitsgöttin Venus war.

Diesmal hochmodern und fesch gekleidet,
wurde sie noch mehr verehrt,
von der Damenwelt noch mehr beneidet.
Und sie hat sich nicht gewehrt.

Denn sie trägt ein zauberhaftes Blüs'chen,
Aus den Hosen schick und weit
lugen ihre süßen, kleinen Füß'chen.
Kurz: Sie ist der Stern der Zeit.

In der Zeitung war zu lesen,
daß die Venus schon einmal
Gattin eines Herrn Vulkan gewesen.
Doch das ist den Herrn egal.

Denn das war in einem fernen Lande
und liegt ewig weit zurück.
Rio Rita bleibt am deutschen Strande
Mittelpunkt und bringt uns Glück.

ACHTUNG: NIXE!

Wie die Mode das erfaßt:
Mit den Achselstücken,
die den Hös'chen angepaßt!
muß das nicht entzücken!?

Wenn es soviel Hübsches gibt
zwischen hübschen Streifen,
und sich jemand dann verliebt,
kann man das begreifen?

Darf ein Strand- und Badekleid
locken, reizen, prickeln?
Oder soll man um die Maid
Scheuerlappen wickeln?

Nur mit Kunst kann Venus sich
kleiden und umgeben.
Darum, Schönheit, lieben dich
alle. Du sollst leben!!

SCHÖNE FISCHERIN

Rettet euch! Seht ja nicht hin!
Denn dort kommt die große
V e n u s keck als Fischerin
in der dunklen Hose.

Läßt sie jetzt in ihrem Kahn
sich von Schwänen ziehen? –
Ach, mir hat sie's angetan,
und ich kann nicht fliehen.

Wer sie sieht in dem Gewand
muß es doch verstehen,
daß die Männer schon am Strand
gern ins Netz ihr gehen.

V e n u s , keck im Strandgewand,
sieh doch, wie ich leide.
Laß mich einmal deine Hand
küssen – oder beide.

STREIFEN GREIFEN

Streifchen blau und Streifchen weiß.
Nicht für alle Männer.
Ist nicht kalt und ist nicht heiß.
Bluse: »Nur für Kenner!«

Streifchen weiß und Streifchen blau,
vornehm, still, bescheiden.
Doch den Anblick dieser Frau
mag man nicht gern meiden.

Denn die Streifchen dieser Frau,
wie papierne Schlangen,
halten sie uns weiß und blau
zärtlich, streng gefangen.

AN JENE STILBLUSE

Daß du schlank machst,
senkrecht Gestreiftes,
daß du kühl Feuer entfachst,
jeder begreift es.

Aber, daß eine V e n u s so diskret,
unauffällig durch die Neuzeit geht
und doch gewisse Köpfe verdreht,
die nicht von Pappe sind,
das versteht nicht jeder Tropf,
nicht Katz noch Kind,
nur jeweils der betroffene Kopf.

Schlichte Bluse in Weiß und Blau,
so zart und bescheiden,
ich sah dich, kurz aber genau,
und ich mochte dich und die Frau
in dir so unsagbar leiden.

SCHOTTEN RAUS!

Schlechter Laune soll man spotten.
Ha, schon hellt sich dein Gesicht.
Venus warme Winter-Schotten –
Schon der Name ist Gedicht.

Nimm zum Beispiel diese Bluse,
Die zweifarbig nur getönt,
Und du merkst an jedem Gruße,
Daß Apartes dich verschönt.

Nimm die bunte, auch so weiche,
Trage, die sich fescher schmiegt,
Und du siehst, wie stets das Gleiche:
Wie Geschmack und Einfall siegt.

Hoch die Kunst! Und Tod den Motten,
Venus warme Winter-Schotten!

KASPERLE-VERSE

1939

Die Verse schenkte Joachim Ringelnatz
zu den Figuren, die Doktor Eugen Schmidt in Baden-Baden
an Weihnachten 1933 für seine Kinder
geschnitzt hatte.
Verlag Die Wage Karl H. Silomon, Berlin 1939.

Seid ihr alle da?
Ja??
Dann schreit einmal Hurra.
Denn, geliebte Kinder
Ich bin der
Kasperle und bin wieder da.
Bin vergnügt, seid ihr es auch.
Lacht ein Loch euch in den Bauch
Aber gebt dabei recht acht,
Daß ihr nicht danebenlacht.

Wer hier stört und wer nicht gut
Aufpaßt, kriegt eins auf den Hut.

Ratet einmal, wer ich bin.
Aber seht nicht näher hin.

Bin ich nicht die schönste Frau?
Jung und frisch wie Morgentau?

Ha! Ihr lacht! – – Mama hat recht:
Ach, was sind die Menschen schlecht!

Rechts rum fahren! Licht einschalten!
Namen nennen! Ruhe halten!
Weitergehn! Nicht stehenbleiben!
Rechts anschließen! Unterschreiben!
Paß vorzeigen. Fünf Uhr drei
Wiederkommen sechsten Mai
Vierten Stock nach Zimmer zwei.

Ach, wie wär's um euch bestellt,
Wär kein Schutzmann auf der Welt!

Ich, seit meiner Jugendzeit
Suchte stets Gelehrsamkeit.
Liebe Kinder, ihr versteht
Nicht, was mir im Kopf rumgeht.
Denn ihr seid, das will ich sagen
Dümmer als ein Straußenmagen.

Hört mir zu und zweifelt nicht,
Weil aus mir die Weisheit spricht.

Liebe Kinder, seid recht gütlich,
Denn sonst werd ich ungemütlich.
Übt Geduld und Nächstenliebe,
Sonst gibt's Hiebe!

Werte Herrschaften, Freunde oder Kameraden!
Ich stelle mich hiermit
Ihnen vor, und trinke auch gern ein Bier mit,
Wenn Sie mich dazu einladen.

Ich bin der weltbekannte,
Sogenannte Tippelmax.
Mein Herz ist weich wie Wachs.

Ich werde viel gesucht
(Meistens von der Polizei).
Hab die Ehr! Bin so frei!

Verzeihen Sie meine zerrissenen Sohlen.
Ein Auto ist mir noch nie gestohlen.
Ich mache die moderne Mode
Nicht mit. – Nach meinem Tode
Erbt Gottseidank
Kein Mensch von mir einen Kleiderschrank.

Verehrte Herrschaften, ich suche Stellung.
Ich bin das Dienstmädchen Kloßblond aus Meißen.
Ich kann allerbeste Zeugnisse aufweisen.
Letzte Stellung verließ ich nur wegen Schwellung
Meiner Backe. – Ich weiß, warum Sie lachen:
Ich habe vergessen, einen Knicks zu machen.

Ich bin der von der Hölle entsandte
Teufel. – Willkommen, ihr Schwefelbande!

Ich hoffe, daß ihr lügt, stehlt und recht schlecht seid,
Damit ihr mir für die Hölle recht seid,
Wo alle Menschen, die Böses taten,
Von uns gequält werden, dann gebraten
Dann durchgedreht durch die Fleischhackmaschinen
Und ewig so weiter, wie sie es verdienen.

Ich bin der Doktor Mysteriös.
Ich kann zehn Jahre schweigen.
Wenn man mich reizt, kann ich sehr bös
Meine Zähne zeigen.

Ich bin ein Zauberer von Beruf.
Ich kann aus zerbrochenen Tassen
Gold machen und aus einem Pferdehuf
Eine Palme wachsen lassen.

Ich habe lang auf dem Monde gehaust.
Ich kann ganz plötzlich verschwinden,
Daß niemand mich jemals wird finden.
Ich kann auch lügen, daß allen graust.

Empfehle mich Ihnen mit Handkuß.

Liebe Leute, ihr tut mir so leid!
Ich danke euch, daß ihr gekommen seid.
Euer alter König wünscht euch guten Morgen,
Wollte sagen: Guten Abend. – Macht euch nicht Sorgen!
Und geht jetzt beruhigt nach Haus,
Ihr Getreuen und Braven!

Euer alter König
Zieht sich jetzt die Stiefel aus
Und geht schlafen.

Ich bin, wie Sie wissen, Ihre Durchlaucht
Prinzessin Knöllchen. – Ich bin so zart,
Daß: wenn mich ein Mann anhaucht,
Wächst mir sofort ein Bart.

Hab aber noch nie einen Mann gesehn,
Denn ich bin streng bewacht.
Zehntausend Soldaten, die Tag und Nacht
Mein Schloß umstehn,
Lassen keinen Mann herein.

Mein Herz ist aus Seide und Elfenbein.

Was sagt ihr da? Ihr kennt mich nicht,
Den Dienstmann Kümmelhärchen?
Na seht mir doch mal ins Gesicht.
Ist das nicht wie ein Märchen?

Daß ich mal Droschkenkutscher war,
Dann Boxer mit sechs Preisen
Und dann Portier, das ist doch klar
Und will noch nichts beweisen.

Doch wenn ihr mir einen Auftrag gebt
(Und sie gut Trinkgeld geben),
So irgendwas, wo man schwer hebt,
Dann werdet ihr was erleben!

Ich bin das Riesenkrokodil.
Meine Großmutter war ein Drachen.
Ich verschlucke, wenn ich will,
Einen Esel und noch größere Sachen.

Ich liege oft tausend Jahre still
Und klappere dann mit den Zähnen.
Ich bin das Riesenkrokodil.
Ich kann entsetzlich gähnen.
Klapp klapp
Schnapp schnapp
Uohahhh …

Ich bin der Tod. Ich trinke weder Wein
Noch esse ich Kuchen,
Noch sonstwas. Ich bin nur Gebein.
Aber ich muß jeden Menschen einmal besuchen,
Um ihn – früher oder später –
Dorthin zu holen, wohin Mütter und Väter
Und manches Kind
Schon lange geholt worden sind.

Dort werden die schlechten ausgelesen.
Aber die andern, die gut gewesen,
Kommen wieder fröhlich hervor,
So Kasperle mit dem goldnen Humor.
Brrrrrr!

Ich komme und gehe wieder,
Ich, der Matrose Ringelnatz.
Die Wellen des Meeres auf und nieder
Tragen mich und meine Lieder
Von Hafenplatz zu Hafenplatz.

Ihr kennt meine lange Nase,
Mein vom Sturm zerknittertes Gesicht.

Daß ich so gern spaße
Nach der harten Arbeit draußen,
Versteht ihr das?
Oder nicht?

BETRACHTUNGEN ÜBER DICKE UND DÜNNE FRAUEN

1940/41

Faksimile des Manuskripts in 100 Exemplaren.
[Philadelphia] Drucker: Schulze, Leipzig 1940/41.

Heute dünn und morgen dick:
Das ist das weibliche Geschick.

Dem kleinen Veilchen gleich,
Das im Verborgnen blüht,
Sei immer dick und weich,
Auch wenn dich niemand sieht.

Den Unterschied von dünn und dick
Erkennt man auf den ersten Blick.

Wer nur der dicken Frau vertraut,
Der hat auf keine Braut gebaut.

Die dünne Frau sitzt angesichts
Der Magerkeit beinah auf nichts.

Wenn dicke Fraun schon merklich schwitzen,
Dann soll man sie nicht noch erhitzen.

Die dünne Frau ist leicht verstimmt,
Wenn man ihr Rückenmark entnimmt.

Die Lerche steigt ins Wolkenblau.
Wie anders ist die dicke Frau.

Die dünne Frau in der Hand
Ist besser als die dicke auf dem Dache.

Einigkeit macht stark.
Wie einig muß Emmy sein.

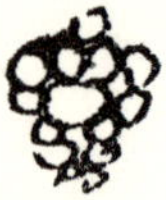

Die dicke Frau trägt ein Korsett.
Sonst kratzt ihr Busen das Parkett.

Die dünne Frau ging durch das Korn.
Da bäumte sich der Rittersporn.
Die dicke Frau, die blies das Klapp-
erhorn. Der Sporn der wurde schlapp.

Die dicken Fraun sind dünn gesät.
Man trifft sie nie am Sprunggerät.

432.

Bei dünnen Frauen schmeckt das Knie
Nach ihrem Tod wie Sellerie.

Bei dicken Fraun nennt man gewisse
Diskrete Säfte schlechthin: »Pisse.«

Wenn dünne Frauen sich entleiben,
Kann man getrost im Bette bleiben.

?

Was dicke Frauen von sich geben,
Soll man sich nicht ins Stammbuch kleben.

Die dicken Fraun der Eskimos,
Die haben eisige Popos.

Die dünnen Fraun am schwarzen Meere
Benutzt man dort im Krieg als Speere.

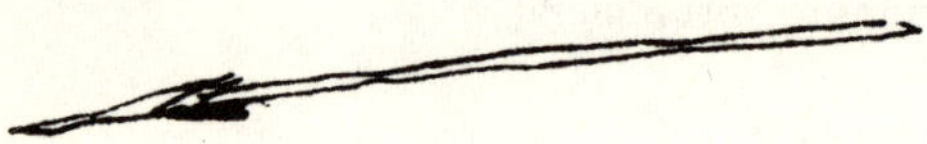

Beim Lustmord an der dicken Frau
Nimmt es der Mörder nie genau.

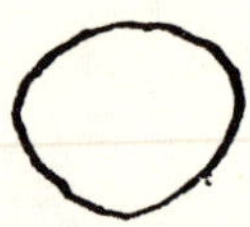

Um dünne Frauen zu zerschmettern,
Braucht man auf keinen Baum zu klettern.

Man fragt bei dicken Fraun im Zorn
Nicht lang nach hinten und nach vorn.

Die dünne Frau kann vorn und hinten
Oft selbst nicht ihre Teile finden.

Wenn dicke Frauen rasch verwesen,
So stört das sehr beim Zeitunglesen.

Es ist nicht fair, die dünnen Frauen
Vorm Frühstück mit Metall zu hauen.

Wenn dicke Frau sich hinten putzt,
Ist man sekundenlang verdutzt.

Wenn dicke Frauen tief sich bücken,
Dann ist es besser, sich zu drücken.

Um dicke Frauen zu entkleiden,
Tut man sie besser erst zerschneiden.

Im Gegensatz zu den sehr dicken
Sind dünne Fraun leicht zu verschicken.

Die dicke Frau aus Großberlin,
Die fühlt sich an wie Mondamin.

Wenn man an dicken Frauen tastet,
Dann spürt man erst, was sie belastet.

Wenn man die dünne Frau befühlt,
Dann wird man bald recht abgekühlt.

Die dicken Fraun wälzt man ins Betto;
Bei dünnen überrascht das Netto.

0,0002

Wer nie an dicken Frauen roch,
Noch riechen will, der lernt es noch.

An Pitten

Und nun zu dir, mein Goldschatz, last not least.
Ich stelle dich mir vor, geliebte Pitten,
Wie du die obigen Gedanken liest.
Ob du wohl was für Miene dabei ziehst?
Ob du wohl lachst, weinst, vorwärts, rückwärts niest?
Und etwas brummelst von verdorbnen Sitten?
Seis, wie es sei. Der Weg – einmal beschritten –
Es gilt, ihn bis zur Neige auszubaden.
Die Scham muß schweigen, wenn die Liebe wacht.
Und etwas Unanstand kann garnichts schaden.

Dich hat Natur nicht dick noch dünn gemacht.
Sie hat dich nicht mit Wülsten überladen.
Nicht Zeit noch Tropfen höhlten deine Waden.
Du prangst in goldner Schönheit reinster Pracht,
Daß jedem deutschen Manne und Soldaten
Das Herz unausgesetzt im Leibe lacht.

Das Fleisch ist billig, doch der Geist ist stark!
In diesem Sinne und mit 1000 Grüßen
Leg ich dir dieses schlichte Buch zu Füßen,
Am Gänsemarkt gekauft für 15 Mark.

Hamburg, 30. Juli 23

VERSTREUTE GEDICHTE

aus

Zeitungen, Zeitschriften,
Anthologien, Prosawerken,
Anzeigen etc.

in

chronologischer Folge

1893 – 1993

Überall ist Wunderland.
Überall ist Leben.
Bei meiner Tante im Strumpfenband
Wie irgendwo daneben.

Wenn auch wenig hier nur steht,
Nimm es hin einstweilen.
Denn ein Hauch von Liebe weht
Um die wen'gen Zeilen.

Brief an die Schwester Ottilie, 1893.

BALLLAHDE

Da warf ihn ab sein schwarzes Roß –
Bums! fiel der Reiter in das Moß.
Es klitzerte sein blankes Schwerd –
Hobbs! Saß er wieder auf dem Ferd!

Aus: Deutsche Jugend. NF, Bd 11. Hamburg: Verlagsanstalt und Druckerei 1894.

TÖPFERMARKT IN WURZEN

'S war Töpfermarkt in Wurzen,
Da war de' Freide groß,
Das war e' großer Jubel,
Als sei der Teufel loß
Die Töpfer bieten Ware an,
Und weil auch alles wohlgefällt,
So will auch kaufen Jedermann,
Doch leider hat nicht jeder Geld.

Und es gab ja nicht nur Töpfe,
Sondern Feigen, Grünkohlköpfe,
Nüsse, Äpel, Apelsienen,
Schürzen, Bänder, und Gardienen,
Eier, Butter, Milch, und Schinken,
Käse die zwar etwas stinken,

Würstchenbuden gab es 2.
Kurz und sonst noch mancherlei.

Und mitten in dem Mordskandal
Wird alles ruhig aufeinmal. –
– Ein wildes Schwein kommt angelaufen,
Rennt eine Bauersfrau um Haufen,
Und läuft das alle Töpfer schrein
Nun mitten in die Töpfe rein.
Da kommt in diesen Angstgeschrei,
Der Bauer dieses Schwein's herbei,
Er fängt es ein, und will davon!
Jedoch der Schutzmann hält ihn schon,
Nun wird der Bauer fort geführt
Und auf der Wache arretiert.

Jedoch ich muß auch noch erwähnen
Daß man vergosse groß Trähnen.
Vergessen war schon längst der große Schrecken,
Schon hörte lachen man an allen Ecken,
Plötzlich naht gar stolz heran
Der Herr Docktor Schnetermann.
Er beschaut sich ganz genau!
Über sich des Himmels Blau.

Die Verkäuferin Frau Meier
Sitzet da, mit 'nem Korb Eier.
Und eh' Docktor Schneterman,
An e' Unglück denken kann!
Sitz er weich fast wie im Mose.
In der gelben Eiersose
Und so liegt er ganz erschreckt
Beine in de' Luft gestreckt.

Gleich ruft man zur Hülf' herbei
Fast die ganze Polizei.
Und man packt Herrn Schnetermann
Nun an seinen Stiefeln an,

Zieht ihn sachte dann heraus
O! wie sah Herr Docktor aus!

Ach wie sah er gelb, und naß,
Und dabei ganz totenblaß.
Und nun fuhr er gleich nach Haus'
Und zog seine Kleider aus,
Und für 80 Eierschalen
Mußt er schweres Geld bezahlen! –
– – Reich waren die Verkäufer all', wie je'
Das Geld erklingelte im Portmane!
Drum packte auch ein jeder ein
Die schönen Sachen groß, und klein!
Es reisten fort nun mehr und mehr
Zuletzt da war der Töpfermarkt ganz leer.

So, immer ist in kurzen
Der Töpfermarkt in
Wurzen.

Schreibheft des Knaben Ringelnatz. Leipzig, ca. 1894.

Zum 20. Mai 1894

DIE RITTER

I.

Wir sind gar alte Ritter,
Juchhei, juchhei, juchhei!
Wir hauen die Speere zu Splitter.
Und schlagen die Schilde entzwei.

II.

Und bläst das Horn zur Fehde,
Dann ziehn wir in den Wald;
Es schmettert die Trompete
Daß es im Thal erschallt.

III.

Wir können nicht verlieren,
Wir trauen all auf Gott,
Wir können gut parieren,
Und reiten flink und flott!

IV.

Und ist der Kampf gewonnen
So spornen wir das Roß,
Und eh' ein Tag verronnen,
Sind wieder wir im Schloß.

V.

Nun muß der Sänger singen,
Ein Lied beim Fackelschein,
Die Pagen aber bringen,
Den allerbesten Wein.

LIED DES WIEDER UMGEKEHRTEN WANDERERS

I.

Lebt wohl ihr Gefährten,
Ich muß jetzt von euch fort,
Ich will kein Wandrer werden
Ich will zum Heimatort!

II.

Ihr Brüder ach ihr alten,
Der ich so lieb euch hab!
Gott möge euch behalten,
Bis in das kühle Grab.

III.

Ein irdisch wiedersehen
Das finden nimmer wir,
Ich will die Eltern sehen,
Drum zieh' ich fort von hier.

DAS KÄFERCONCERT

In einem schönem Thal am Rein
Befand sich der Käfermusikverein,
Es sollte nämlich unter den Linden
Ein großes Käferconzert stattfinden.
Und wo man nur war jeden Augenblick,
Hörte man sprechen von dieser Musik.
Und beim hellen Sonnenschein,
Fanden sich nun die Tiere ein.
Und als alle angekommen,
Natürlich die Vögel ausgenommen,

Da kamen die Musikanten an
Es waren 560 Mann.
Und zuletzt kam n'auch noch schnelle
Musikdirektor Herr Libelle.
Und die ganzen Käferlein,
Stimmten an die Wacht am Rhein.
Die Bienen,
Spielten auf Violienen.
Der Bettfloh,
Spielte Cello.
Die Ameise,
Blies die Flöte leise.
Der Goldschmied,
Sang ein Lied.
Das Scheibentier,
Spielte auf dem Klavier.
Aber der Wasserfloh,
Spielte Oboe.
Die Kleidermotten
Bliesen Fagotten.
Das Lied ist nun aus.
Sagte die Laus.
Nun mußten Solo singen 2,
Man stimmte an die Lorelei,
Der Widder- und der Trauerbock die beiden
Die kratzten ganz erbärmlich auf den Geigenseiten.
Da plötzlich kam ein unerbetner Gast an diese Stelle
Es war ein Spatz ein hungriger Geselle,
Er nahm die Käfer sich zum Frühstück mit Behagen,
Und aß sie auf und klopfte sich den Magen.
Da lachte laut der Strauß
Als er den Spatz vor Freude hörte piepen
Und damit ist hier das Concert nun aus,
Und auch das Buch worin es steht geschrieben.

Drei Gedichte aus Anlaß des 45. Geburtstags des Vaters, am 20. Mai 1894 in Leipzig.

DIE LANDPARTIE
DER TIERE

1. Wir machen eine Partie!
Rief alles V i e h .

2. Aber wohin?
Fragte die S p i n n'.

3. Nach Dennewitz.
Bellte der S p i t z .

4. Ach ja!
Krächzte die K r a h .

5. Musik muß mit!
Schrie der K i w i t t .

6. Nur viele Trompeten!
Quäkten die K r ö t e n .

7. Vergeßt nicht die Trommel!
Warnte die R o h r d o m m e l .

8. Violinen! Violinen!
Summten die B i e n e n .

9. Das giebt ein Konzert!
Meinte das P f e r d .

10. Wir fahren – ist's euch recht!
Sagte der S p e c h t .

11. Jawohl!
Sprach der P i r o l .

12. Ich auf dem Kahn!
Krähte der H a h n .

13. Ich renne!
Rief die H e n n e .

14. Aber schnelle!
Rief die Gazelle.

15. Ach nein!
Grunzte das Schwein.

16. Was werden wir speisen?
Fragten die Ameisen.

17. Butterbröde!
Rief die Kröte.

18. Fladen!
Meinten die Maden.

19. Ich esse Leber!
Grunzte der Eber.

20. Ich nehme Lende!
Erklärte die Ente.

21. Was wird getrunken?
Fragten die Unken.

22. Bowle!
Rief die Dohle.

23. Zuckerbier!
Brüllte der Stier.

24. Meinethalben!
Riefen die Schwalben.

25. Das trink' ich nicht!
Sagte der Habicht.

26. Wir wollen einmal ruhn,
Bat das Rebhuhn.

27. Kommt denn kein Wirtshaus?
Fragte die Fledermaus.

28. In einer Stunde!
Sagten die H u n d e .

29. Noch so lange!
Seufzte die S c h l a n g e .

30. Ruhe ist viel wert,
Meinte das N i l p f e r d .

31. Sind Sie müde, Frau Möwe?
Fragte der L ö w e .

32. Ei so galant!
Meinte der E l e f a n t .

33. Ich geh mit dem Faultier,
Wieherte das M a u l t i e r .

34. Wie wär's mit einem Tanz?
Schnatterte die G a n s .

35. Ein Glas Bier freute mich mehr,
Brummte der B ä r .

36. Man kommt nicht vom Flecke,
Stöhnte die S c h n e c k e .

37. Ich geh' wieder nach Haus,
Schrie der S t r a u ß .

38. Ich schließe mich an!
Rief der P e l i k a n .

39. Ich will zu Bett!
Schrie das F r e t t .

40. Steigen Sie ein!
Kreischten die P a p a g e i ' n .

41. Nur immer zu!
Rief der U h u .

42. Zu Befehl!
Sagte das K a m e l.

43. Die Partie ist aus,
Sprach die M a u s.

Aus: Kinderlust. Hrsg. von Frida Schanz. 3. Jahrgang, Bielefeld-Leipzig: Velhagen und Klasing 1897.

EIN SINGSANG

Meine Lust ist das Flicken
Und meine das Sticken
Und meine das Singen
Und meine das Springen
Und meine das Schießen
Und meine das Gießen
Und meine das Jagen
Und meine das Tragen
Und meine das Hauen
Und meine das Bauen
Und meine das Zupfen
Und meine das Rupfen
Und meine das Reiben
Und meine – solche Liedlein schreiben!

Aus: Kinderlust. 4. Jahrgang, Bielefeld-Leipzig: Velhagen und Klasing 1898.

1.

Wiedersehn nach langen Tagen
Welche Wonne, welche Lust
Ach wie froh die Herzen schlagen
Heut, hier drinnen in der Brust.

2.

Schwesterlein da bist Du wieder
Bei des Windes kühlen Wehn
Und der Nachtigallen Lieder
Ach welch frohes Wiedersehn.

3.

Und so wandern wir zusammen
Durch des Waldes grüner Pracht
Wie die Herzen freudig flammen
Von der Liebe angefacht.

4.

Doch auch dieser Lust ein Ende
Weil ich von Dir scheiden muß
Und auf Deine weißen Hände
Drück ich meinen Abschiedskuß.

5.

Doch auch, glaub mir, in der Ferne,
Denn es muß ja einmal sein
Denk ich oft und denk ich gerne
An mein liebes Schwesterlein.

Und ob's mich auch thut verdrießen,
Hilft es nichts, ich muß jetzt schließen.
Bald muß ich zu Bette gehn.
Lebe wohl. Auf Wiedersehn.

Selbst wenn Dich das Geschick noch weiter triebe,
So denke: Unzertrennlich ist die Liebe.

Briefe an Ottilie, ca. 2. Hälfte 1890.

AN OTTILIE ZUM GEBURTSTAG

Hochgeliebte Seminarin,
Sollte es den wirklich wahr sin,
Daß Du gutste aller Schwestern
Ein Jahr älter bist als gestern.
Möglich ist es ja nun immer,
Denn ich sah ins Nebenzimmer
Gestern im Vorübergehn
Ein gedecktes Tischlein stehn,
Wird sich aber freuen die!
Dacht ich, und dann kauft ich, wie
Die Benehmität es will,
Dir dieses kleine Schreibzeug still.

Ich kaufte es und bestieg auch schon
Den Pegasus des Dichters Thron.

Ich sah im Geiste Dich schon sitzen,
Im Vorsaal ungedultig schwitzen
Wenn es denn plötzlich klingelt drin
Wie saust das Walroß dann dahin!

So wünsch ich denn von ganzen Herzen
Das niemals Zahn- noch Ohrenschmerzen
Noch andre Krankheiten Dich plagen,
Und das Dein allerwertster Magen
Die Süßigkeiten gut verträgt,
Auch daß Dein Herz recht freudig schlägt,
Und daß unter den vielen Sachen
Auch mein Geschenk Dir Spaß möcht machen.
War's auch ein Loch ins Portmanai
Ich gab's Dir gern »Tanzstundenfee«!

Zu Ottilies Geburtstag, am 18. Januar 1900.

ZWEI GESCHICHTEN VOM »ALTEN FRITZ«

I.

Fritz machte einst in früher Stunde
Im Park von Sanssouci die Runde
Und stieß dabei auf einen Mann,
Der Bäumchen band an Stäbe an
Und, erst seit kurzem hier, noch nicht
Den König kannte von Gesicht.
»Er schafft ja«, sprach in heiterm Ton
Der König, »schon recht früh, mein Sohn?«
»Man muß ja wohl«, versetzte der,
»Sonst schilt der alte Brummelbär!«
»Na na, so schlimm wird's ja nicht sein«,
Fiel lachend hier der König ein.
»So? Meint Ihr?« fuhr der Gärtner los.
»Na, kenntet Ihr den Alten bloß:
Ein Griesgram und – der schlechtste Zahler!«
»Schon gut! Da hat Er einen Thaler –
Nun schweig' Er!« rief der König heiter,
Und lachend schritt er eiligst weiter.

II.

Einst traf der König auf einen Husar,
Deß Antlitz entstellt von Narben war.
»In welcher Schenke, sage Er mir,
Bekam er denn diese Schmisse hier?
Das läßt nicht schön. Sie entstellen Ihn.«
»Zu Befehl, die bekam ich bei K o l i n ,
Wo Majestät die Zeche bezahlten.«
Des Königs Adleraugen strahlten.
»So, so! – Nun, da nehm Er meine Hand.
Er ist von heute an L e u t e n a n t ! «

Aus: Auerbach's Deutscher Kinder-Kalender auf das Jahr 1901. Hrsg. von Georg Bütticher, 19. Jahrgang, Leipzig: Fernau 1900.

AN DEN VATER

Welch innig warme Freude
Ein Brief von Haus doch macht.
Wie Dir bei froher Kunde
Das Herz so glücklich lacht!

Das Auge glänzt in Tränen
Wie leicht wird das Gemüt,
Und ein unbändig Sehnen
Dir in der Brust erglüht.

Ein stiller Abend wieder
Und müde stockt der Reim,
Zur Ruh leg ich mich nieder,
Im Traum bei Euch daheim.

Postkarte aus Belize, British Honduras, am 26. Juli 1901.

FREUNDESTREUE

Wenn sich zwei so recht verstehn,
Ihr Vertraun sich schenken
Und, wohin sie auch immer gehn,
Stets einander gedenken,

Wenn nicht Ruhm vermag noch Pracht,
Ihre Treue zu trüben,
Jeder allezeit nur bedacht,
Heißer den Freund zu lieben,

Wenn sich solche Freundschaft hält
Durch ein ganzes Leben:
Kann es wohl auf dieser Welt
Etwas Schöneres geben?

Immer preis' in Ernst und Scherz
Ich dich wieder aufs neue,
Die du tröstest und stärkst das Herz,
Heilige Freundestreue!

Aus: Auerbach's Deutscher Kinder-Kalender auf das Jahr 1902. 20. Jahrgang, Leipzig: Fernau 1901.

AN OTTILIE

Ein Stieglitzpaar bracht ich von Spanien Dir.
In meinem Zimmer sind die zwei erfroren.
So nimm die beiden Vögel denn von mir
Als ein Ersatz für die, die ich verloren.

Karte, im November 1903.

AN OTTILIE ZUM GEBURTSTAG

Ich habe garnichts Dir zu schenken,
Und was ich schreib', ist auch nicht viel.
Doch innig wird an Dich heut denken
Dein marienierter Hans in Kiel.

Postkarte, Kiel am 18. Januar 1904.

DER UNTERGANG DER »JEANETTE«

Im Norden, fern der Heimat, dringt gedämpft
Gebet empor vom Borde der »Jeanette«,
Die mit den Massen Eises furchtbar kämpft,
Daß sie sich aus des Todes Armen rette.

Und berstend kracht das Eis, die Schollen tosen
Und schlagen wütend an des Schiffes Planken:
Todmüd vom Kampfe knieen die Matrosen,
Weit in der Heimat weilen die Gedanken.

Und immer stärker preßt das Eis im Grimme,
Als wollt's sein Opfer unentrinnbar fassen...
Da tönt des Kapitäns Kommandostimme:
»Die Boote los! All' Mann das Schiff verlassen!«

Wie stehn die rauhen Männer nun so traurig
Und weinen um des Schiffes Untergang...
Hoch in den Masten heult der Wind so schaurig,
Dem treuen Fahrzeug ist's der Grabgesang...

Das sie so lange trug, es ruht da unten!
Das war des stolzen Schiffes letzte Reise...
Dahin! – Indessen ist der Tag entschwunden,
Tief purpurn malt das Nordlicht auf dem Eise.

*Aus: Auerbach's Deutscher Kinder-Kalender auf das Jahr 1905.
23. Jahrgang, Leipzig: Fernau 1904.*

DER ERSTE APRIL

Der Fritz und Hans, der Brüder zwei,
Die treiben ewig Neckerei.
Zumal dem Hans macht's großen Spaß,
Den Fritz zu führen an der Nas'.

Einstmals sind alle zwei zu Haus.
Zum Fenster still sieht Hans hinaus,
Indessen Fritz am Tische sitzt
Und über Schularbeiten schwitzt.
Da ruft Hans plötzlich: »Schau mal hier!
Ein Krokodil! Uh, welch ein Tier!«
Fritz stürmt ans Fenster: »Krokodil?
Wo?« – »Angeführt! April! April!«
(Denn selb'gen Tags, als das passierte,
Begann in Wirklichkeit der Vierte.)

Nun, dieser Scherz ist bald vergessen. –
Doch später, nach dem Mittagessen,
Ruft Hans am Fenster wieder laut:
»Fritz, Fritz! Ein Pferd mit weißer Haut!«
Doch Fritzchen merkt, was jener will:
»Du schickst mich nicht in den April!
Ich wette Tausend gegen Zehn,
Kein solches Pferd ist jetzt zu sehn.«
»Nun gut, du magst das untersuchen:
Es geht um einen Pfefferkuchen.«

Als Fritz nun auf die Straße schaut –
Steht dort ein Pferd mit weißer Haut.
Er kratzt sich hinter seinen Ohren
Und seufzt enttäuscht: »Ich hab verloren.«

Am selben Tag (die Uhr schlägt acht)
Wünscht Hans dem Bruder gute Nacht
Und trollt am Fenster sich vorbei.
»Fritz«, schreit er plötzlich, »Zauberei!
Denk, eben guckt durchs Fenster hier
Ein junger Esel! Glaubst du mir?

Horch! Hörtest du nicht sein I-ah?«
Fritz zögert lang, dann spricht er: »Ja.«
Er tritt ans Fenster, späht hinaus –
Jedoch kein Grautier steht vorm Haus.
»O Hans«, so spricht er indigniert,
»Du hast mich wieder angeführt!«
Das Hänschen aber lacht nicht schlecht.
»Nein, dieses Mal bist du im Recht!
Das Eslein nämlich, ohne Witz,
Das warst du selber, Bruder Fritz!«

Aus: Auerbach's Deutscher Kinder-Kalender auf das Jahr 1905. 23. Jahrgang, Leipzig: Fernau 1904.

MEINEM GUTEN PAPA ZUM GEBURTSTAG

Wenn heut am Rhein im Maienabend
Im Kreis von Freunden (so nehm ich's an)
An selbstgebrauter Bowle Dich erlabend,
Du traulich sitzt und fühlst Dich dann
Doch trotz der Freunde einsam und allein
Und denkst an die, die Dir geschrieben
Sie würden gern heut bei Dir sein,
An Deine fernen treuen Lieben,
Dann sei, geliebtester Papa,
Wenn auch ich selbst nicht, doch mein Herz Dir nah,
Dann soll mein Geist hinüber fliegen
An Deinen Tisch, an Deine Seite hin,
Soll an Dein Vaterherz sich liebend schmiegen
Und Dir erzählen wie ich gut Dir bin.
Dann soll er frei beim frohen Gläserklingen
Das liebe Moselpreislied mit Dir singen
Und wird, harmonisch mit des Stromes Rauschen
So einmal recht gemütlich mit Dir plaudernd,
Gedanken und Erinnerungen tauschen
In jene Wonnezeit zurückversetzt,
Die ich als glücklichste noch preise jetzt,

In Thüringen – wie war's dort schön!
Bei jedem Schritt, in Thal und Höhn.
Dorthin laß die Gedanken lenken,
Nach Gabelbach mit seinen alten Herr'n.
An Tautenburgs Umgebung laß uns denken
(Wir hatten's alle ja so gern)
Und Jena's auch, der trauten Stadt, –
Rostwürstchen auf dem Fuchsturm heiß genossen,
Mit Lichtenhainer süffig hinterdrein begossen
Und manches andere das gewesen ist
Soll dort mein Geist mit Deinem neu durchleben
Und wenn, Papa, Du dann ermüdet bist
Schenkt er das letzte Glas voll Bowle ein,
Um einen schlichten Trinkspruch Dir zu weihn:
Daß ich so oft Dich kränkte
Und daß ich Dir heute nichts schenkte
Mein lieber Papa verzeih.

Mögst Du, Gott wolle es geben,
Gesund und glücklich verleben
Den nächsten zwanzigsten Mai!

Zwei Blätter, am 20. Mai 1905.

IN D'R INSCHRUCKZIONSCHDUNDE
(Sächsisch)

Der Gorboral schbricht zu seinen Regruden:
»Ich hab eich nu schon seit zwanzich Minuden
Genau erglärd, wie's Gewehr gonschdruierd;
Nu will ich mal sähn, wie ihr Esel gabierd.
's grichd jeder 'ne Frache, doch bidd ich mer aus:
De Andword muß wie mit Bulfer heraus.
Sie da, der Miller! Gerl! sähn se doch her!
In wieviel Deile zerfälld das Gewehr?«
– Ä kurzes Bedenken, dann brillt der Regrud:
»'s gommd ganz druff an, wie mer'sch hinschmeißen dhud!«

Aus: Der Grobian. Nr. 37, 5. Jahrgang, München: Leib 1908.

HERRN STEINS REISE NACH MÜNCHEN

»Amalie«, sprach Herr Pastor Stein,
»In München soll's gemütlich sein.
Um das mir einmal anzusehn,
Verreis' ich jetzt. Auf Wiedersehn!!«
Zwölf Stunden später kam er dann
Am Hauptbahnhof in München an.
Ein Mann saß dort mit grünem Hut
Und tat sich in der Sonnenglut
An einem Riesenmaßkrug gütlich.
Der Pastor fand das sehr gemütlich.
Und rief ganz harmlos: »Alter, prost!«
Doch der erwiderte erbost:
»Du Stadtfrack, du gescheerter Dackl!
Du Rindvieh, damisches! Du Lackl!«
Und schlug dem Pastor voll Ekstase
Zweimal den Maßkrug um die Nase.
Herrn Stein, der sonst ein Mann voll Güte,
Ward's sehr beklommen zu Gemüte.
Verschiednes schien sich ihm zu drehn,
Und so nur konnte es geschehn,
Daß er am Karlsplatz etwas später
Geriet in eines Autos Räder.
Halbtot gequetscht sprach er voll Qual
Zu dem Chauffeur: »Na, hörn Sie mal!«
Worauf ihm der, halb unbewußt,
Noch ein Stilett stieß in die Brust.
»Gemütlich soll's in München sein«,
Begann mit schwachem Ton Herr Stein,
Doch eh er noch den Satz beendet,
Lag er am Boden schon verendet.
Die Stadtbehörde sargt ihn ein
Und depeschierte an Frau Stein:
»Verehrte Frau, es schmerzt uns sehr,
Jedoch Ihr Mann – der lebt nicht mehr.
Er starb in seiner Blütezeit
An Münchener Gemütlichkeit«

Aus: Der Grobian. Nr. 43, 5. Jahrgang, München 1908.

DER GRAUENHAFTE MORD AM TAL

Frau Hopsl kam mit Wehgeschrei
Am Freitag früh zur Polizei
Und meldete mit vielen Worten:
Ihr Gatte sei ermordet worden.
Sie habe ihn im Hausflur unten
Als tote Leiche aufgefunden. – –
Die Polizei nimmt's stets genau,
Sie arretierte gleich die Frau,
Weil sie zunächst verdächtig war,
Und sandte einen Kommissar
Zum Tatort, Tal 210,
Den Tatbestand sich anzusehn.
Der äußerst schlaue Kriminal
Fuhr stracks nach jenem Haus am Tal
Und ließ zunächst 6 Mann verhaften,
Die dort am Tor verdächtig gafften.
Mit scharfem Blick gebot er dann,
Daß niemand rühr' den Toten an.
Ein Arzt, der ihn bereits berührt,
Ward, als verdächtig, abgeführt.
Man arretierte noch zwei Herren
Und ließ sodann die Straße sperren.
Nun wurde alles, was passiert,
Auf das genaueste notiert,
Die Zeit der Handlung konstatiert,
Der Ort der Tat photographiert,
Die Leiche kurz rekognosziert,
Ein Pfandschein sehr genau studiert,
(Dazwischen auch 'mal kurz diniert),
Der Totenwagen alarmiert,
Ein langes Messer konfisziert,
Sodann die Nachbarschaft zitiert,
Vom Kommissar examiniert,
Zur Sicherheit desinfiziert
Und ins Gefängnis transportiert,
Sodann das Haus nochmal durchsucht
Und alles ganz genau gebucht.

So nach und nach im Lauf der Zeit
Kam mit gewohnter Schnelligkeit
Der Totenwagen vorgefahren.
Nun galt's die Leiche aufzubahren.
– In diesem Augenblick – entsetzlich! –
Erhob der tote Mann sich plötzlich
Und brummte, scheinbar sehr betroffen:
»Kreizdeifi, war i wied'r amoi b'soffen!«
– –
Was weiter dort sich zugetragen,
Das kann ich leider selbst nicht sagen.
Das Amtsblatt, das ich interviewt,
Bleibt konsequent, es schweigt vertieft.

Aus: Der Grobian. Nr. 45, 5. Jahrgang, München 1908.

VILLA »KATHISRUH«

Im Weinhaus »Simplicissimus«
Macht Kathi Kobus Kassenschluß.
Sie seufzt voll Ärger und Verdruß:
»Was, nicht mal ein Überschuß!«
Dann klappt sie die Kassette zu
Und fährt sofort nach »Katisruh«
Allwie – falls Leser Du's nicht weißt –
Ihr Schloß in Wolfratshausen heißt,
Das wunderbar, geheimnisvoll
Und sehr gemütlich seien soll.

Nun, Leser, drück ein Auge zu,
Ich frage jetzt, genau wie Du:
Was macht sie wohl in »Katisruh«?
Ich weiß es nicht, jedoch mir schwant,
Daß sie dort große Dinge plant.
Nun lassen wir uns jetzt nicht stören,
So nach und nach wird man's schon hören.

Aus: Wolfratshausener Faschingsblatt, am 31. Februar 1909.

SEINEM LIEBEN GROSSMÜTTERCHEN UND SEELCHEN

Von dieser meiner kleinen Weltgeschichte
Sollt Ihr das erste Exemplar bekommen.
Ihr habt ja meine Simpeleiberichte
Stets so geduldig-herzlich hingenommen.
Ihr wolltet mir die Freude nicht verleiden.
Und ich ging jede Nacht zum Simpel hin.
Und wenn ich dort nicht ganz versimpelt bin
Dann dank ich das vor Allem nur Euch beiden.

Widmung im Heft »Simplicissimus-Künstler-Kneipe«, München am 2. Mai 1909.

AN DEN VATER ZUM GEBURTSTAG

Ich habe heut wieder lange gebrütet
Und nach Geburtstagsreimen gehetzt.
Ich habe gediftelt. Ich habe gewütet.
Und zuletzt das ganze Geschreibsel zerfetzt.
Da dacht ich, wie das so oft mir geht:
Wenn jetzt der Vater hinter dir steht
Und er sieht dich so krampfhaft dichten,
Dann sagt er: »Ach mach doch keine Geschichten!«
Und wir sprechen kein Wörtchen vom 20. Mai –,
Von den Wünschen, die ich ihm niederschrieb.
Wir küssen uns stumm und fühlen dabei –
Wir haben einander so herzlich lieb.

München, am 19. Mai 1909.

DEM BRÄUTCHEN!

Melodie: Strömt herbei, ihr Völkerscharen etc.

Stimmet ein, daß alles schüttert,
Ledig und verehelicht:
Otti Bött'cher ist vermittert
Und kein Fräulein nicht mehr nicht.
Ihm, der einst mit ihr das Tanzbein
Lern- und liebedurstig schwang,
:»: Schwur sie heute: Ich bin ganz dein:
Du gehörst mir lebenslang. :«:

Was ihr Hamsterkastenraubtier
Hat geschluckt, ist schauerlich.
Ohne diese Hochzeit, glaubt mir!
Ging es auf die Dauer nich.
Alles, alles fressen tat es,
Was sich für ein Eh'paar lohnt:
:»: Einzig wegen des Formates
Wurde das Büffett verschont. :«:

Freilich Freude macht dem Mäuschen,
Was sie mit nach Schleußig nahm,
Und wie kam sie aus dem Häuschen,
Als sie in das Häuschen kam!
Wenn von Platz dort auch kein Schimmer,
Raum gerade nur zur Not:
:»: »Himmlisch« war das Badezimmer!
»Göttlich« war der Ascheschlot! :«:

Laßt uns froh das Glas erheben,
Alles kam zum guten Schluß!
Sei Ottiliens ganzes Leben
Wie ein Flitterwochenkuß!
Schaut sie an, die schlanke Lilie,
Klingt mit an und jubelt laut:
:»: »Glück zur Ehe, Frau Ottilie!
Gott mit Ott! Und hoch die Braut!« :«:

Einblattdruck. Leipzig, am 7. August 1909.

AN GERHART HAUPTMANN

Verzeih, oh Meister, ruhm- und glanzumgeben;
Schilt mich nicht aus, nein, lächle heiter.
Es kann der Frömmste nicht in Frieden leben,
Wenn es dem bösen Nachbar – – – und so weiter.
Wo Du ein Hauptmann bin ich nur Gemeiner.
Drum glaube mir, daß der Entschluß mir schwer ward.
Als ich gedacht: Der Abend oder keiner
Bringt dir ein Autogramm von unsrem Gerhart.
Es ist ein Unfug allerschlimmster Sorte,
Wenn Dichterling vor einem Dichter dichtet,
Doch sei nicht bös und schreib mir ein paar Worte
Und ich bin ewig Dir zu Dank verpflichtet.

Widmung. München, am 13. November 1909.

AN WOLF

Und der Tabakdichter spricht:
Lieber Wolf, verzage nicht.
Treues Mitgefühl zu wissen,
Läßt uns alles andre missen.

Stets getreu auf Deiner Seite,
Bich – immer noch nicht plein
Herzl. grüßend Dein

Blatt für den Bruder Wolfgang, 1909.

O LASST MICH EINSAM TRÄUMEN

O laßt mich einsam träumen.
Zwischen wogenden Ähren will ich ruhn.
Gönnt mir das Glück zu säumen
Und nichts zu zählen und nichts zu thun.

Meine Seele soll sich erheben,
Wenn freudenmüde mein Leib dort ruht,
Soll mir ein Brautkleid weben
Aus stillen Gedanken schön und gut.

ca. 1909.

SIE SPIELTE EINEM DICHTER DIE PHANTASIE VON CHOPIN

Der schwarze, liederschwangre Schrein
Wies blanke Zähne aus Elfenbein.
Darüber tanzten und streichelten,
Stampften, neckten und schmeichelten
Weiche zehn Fingerchen fitzefein.

Ein Sammetkleid floß dunkelschwer.
Das Sammetkleid hieß Nacht und Meer.
Ein Saum war Schaum. Daraus empor
Stieg nackt und hell die Lieblichkeit,
Die wieder sich zur Dunkelheit
Im Haargewölke ernst verlor...
Das war es, was mein Auge hielt.

Und kaum die Flut der Klänge schwoll,
Und ehe noch das Lied verspielt:
Mädchen, mein Herz ist übervoll
Des Guten und des Schönen!
Was du gesprochen in Tönen,
Sehnet sich weiter. Ade! Ade!
So will ich tragen es wie ein Weh
Und morgen es wiederbringen;
Soll dann in Worten dir singen.

Briefbogen des Café Barth, ca. 1909.

Was Nachts passiert

BEI HELLEM MONDENSCHEIN

Wenn der Mond recht gut zu Mittag gespeist,
Dann ist er wie eine Kugel zumeist.
»Schlaft wohl!« ruft er vom Himmel und lacht,
Weil Franzel im Traume den Mund aufmacht.
Der duslige Lampenanzünder, Herr Bern,
Der glaubt der Mond sei eine Latern
Und sucht ihn daher im Vorübergehn
Ein kleines Bischen herunterzudrehn.
Die Astronomen am Fernrohr stehn
Und sich den Himmel genau besehn.
Haptschie! Haptschie! klingt's leise von fern.
Sternschnuppen hat ein erkälteter Stern.

WÄCHTER-RUNDGANG

Im Städtchen ist's stille. Ein einziger wacht.
Das ist der gestrenge Wächter der Nacht.
Da horch! Sein wachsamer Caro bellt.
Hat er wohl gar einen Dieb gestellt?
Ach nein, es ziehen mit lautem Gesang
Vergnügte Studenten die Gasse entlang.
Sie haben sich einen Spaß gemacht
Und dem Professor ein Ständchen gebracht.
»Pst!« ruft der Wächter »Pst. Pst, meine Herrn!«
»Gute Nacht, Herr Nachtrat!« tönt es von fern –.

DER GEIZHALS

Dem Geizhals läßt sein Geld keine Ruh.
Er zählt und rechnet und zählt immerzu.
Drei Säcke voll Gold gehörig schwer,
Besitzt er schon und er möchte noch mehr.

Im Garten, wo's dunkel, vergräbt er sie dann,
Damit sie ja keiner finden kann.
Und rastlos läuft er nun hin und her.
Er ißt nicht mehr und er schläft nicht mehr
Und deshalb ist er im nächsten Jahr
Fast halb so dünn als er früher war.

WENN DIE NACHT DUNKEL IST

Beim Kaufmann Schmunz, da regte sich was.
Nanu! denkt die Maus im Butterfaß.
Es steigt bei einer Laterne Schein
Ein Dieb behutsam durch's Fenster ein.
Er angelt gleich mit geübter Hand
Drei fette Schinken sich von der Wand.
Die Maus flieht ängstlich in ein Versteck.
Der Dieb erblickt sie, bekommt einen Schreck.
Er will entfliehen und – Krach und Bumm! –
Fällt eine Kiste mit Eiern um.
Ein Schutzmann eilt auf den Lärm herbei,
Der schleppt den Dieb nach der Polizei.

IM WALDE

Am Tannbaum »Zum Eichkatz« versammelt sich heut,
Was unter den Tieren das Tageslicht scheut.
Glühwürmchen sorgen für's nötige Licht,
Denn Papa Uhu hält heute Gericht.
Frau Nachtigall hat Herrn Frosch verklagt,
Weil er kürzlich zu einer Motte gesagt:
Seine Froschfrau singe auf jeden Fall
Viel schöner, als die Frau Nachtigall.

Der Frosch erhält zehn Tage Arrest.
Dann feiert man ein Versöhnungsfest.

IM SEE

Der Häring erzählt zur nächtlichen Zeit
Dem Walfisch die letzte Neuigkeit:

Frau Aal hat neulich den Hummer geneckt,
Indem sie ihn aus dem Schlummer geweckt.

Da gab es einen großen Disput.
Der Hummer fauchte und kochte vor Wut
Und weil er kochte, so wurde er rot
Und als er rot war, da war er schon tot.

»Ja«, seufzet der Walfisch und weint gar sehr,
»Ja, tote Hummer, die leben nicht mehr.«

IM MANÖVER-BIVAK

Im Felde hinter dem Kirchhofsgemäuer
Da brennt ein lustiges Lagerfeuer.
Dort schlafen ermüdet die braven Soldaten
Und träumen von Rotwein und Gänsebraten.
Sie halten noch das Gewehr im Arm.
Der lange Mantel umhüllt sie warm.
Nur einer steht einsam am Feuer und wacht
Und horcht hinaus in die schwarze Nacht.
Und sollte er dort den Feind entdecken,
So muß er die Kameraden wecken.

WENN DER LANDESFÜRST ZU BESUCH KOMMT

Kanonen donnern. Der Fürst ist heut da.
Im Garten vorm Schlosse da ruft man: Hurrah!

Da zischt es, knattert es, pfeift und pufft.
Raketen steigen hoch in die Luft –,
Leuchtkugeln sieht man am Himmel erglühn.
Es regnet Funken rot, blau und grün.
Studenten nahen mit langen Fackeln
Und singen, daß alle Fenster wackeln.
Der Fürst des Landes reicht vom Balkon
Dem Bürgermeister ein Honigbonbon.

AM WEIHNACHTSABEND

Ein armer Junge jammert im Bette:
»Ach, wenn ich doch auch einen Weihnachtsbaum hätte!!«
Kaum hatte er diese Worte gesprochen,
Kommt mancherlei aus dem Ofen gekrochen:

Ein Schaukelpferd, Wagen und Bleisoldaten,
Eine Trommel, ein Buch, ein Kaufmannsladen,
Ein Eisenbahnzug und ein Reifenspiel,
Ein Luftschiff, ein Fahrrad, ein Automobil
Und Äpfel und Nüsse und Zuckerschaum
Und ganz zuletzt noch ein Weihnachtsbaum.
Die Engel im Himmel singen mit Macht
Das Festlied: Stille Nacht, heilige Nacht.

IN DER NEUJAHRSNACHT

Die Kirchturmglocke schlägt zwölfmal Bumm.
Das alte Jahr ist wieder 'mal um.
Die Menschen können sich in den Gassen
Vor lauter Übermut garnicht mehr fassen.
Sie singen und springen umher wie die Flöhe
Und werfen die Mützen in die Höhe.

Der Schornsteinfegergeselle Schwerzlich
Küßt Herrn Conditor Krause recht herzlich.
Der alte Gendarm brummt heute sogar
Ein freundliches: Prosit zum neuen Jahr.

Kopfschüttelnd meinte die Sonne: »Ei, ei!«
»Bei Nacht passiert doch so mancherlei!«
»Ja.« brummte der Dichter, »ich denke wie du,
Bei Nacht geht alles ganz anders zu.«

Im Stillen haben sich beide gedacht:
Das Beste ist wohl, man schläft bei Nacht.

Aus: Ein Bilderbuch von Hans Bötticher. Typoskript 1910.

DIE MILDE HAND

Rauhe Dienerhand, die den Hund ersäuft,
Der mit warmer Schnauze nach ihr leckt.
Weiße Damenhand, die das Auge deckt,
Daß es nicht von Tränen überläuft.

»Gruß, mein Fräulein, Euch! – Ist das kranke Tier
Nun erlöst? – Ein Bettler... sei's genehm...
Saß vor Eurem Tor.« »Diener, bringe dem
Eine Suppe! – Dank Euch Kavalier.

Nehmt willkommen Platz als ein Freund und Gast,
Nicht als Freier, dessen seid bedacht.«
»Heißersehntes Weib, der du Glück und Macht
Und den weiten Ruf der Milde hast,

Dieses Schreiben lies, nachts, in weicher Stund.
Doch, bei Gott, wenn mich dein Herz verstößt,
Wird ein Giftkraut sein, so auch ihn erlöst,
Der jetzt – kecklich küßt den schönsten Mund.«

Vor des Edelmanns ungepflegtem Bett
Tags darauf der alte Diener stand,
Und es zitterte schmerzbewegt die Hand:
»Meine Herrin schickt Euch dies Billet.«

Doch er nahm es nicht. »Wer zum Tode geht,
Darf noch bitten. – Und ich bitte das:
Sie befehle dir, über Stein und Gras
Fromm für mich zu sprechen ein Gebet. –

Fremdes Elend stört eure gute Ruh,
Satte, die ihr ohne Kummer seid....«

Rauhe Dienerhand, hart von Treu und Leid,
Drückt dem Kavalier die Augen zu.

ca. 1910.

AN DAJA – NINA YORCK VON WARTENBURG

An dem Golfe zu Biscaja
Saß ein kleiner Reim auf Daja.
Diesen holte ich mir heim,
Und mit etwas kühnem Leim
Band ich nun an diesen Reim
Wärmste, schönste, allerbeste
Wünsche, zum Geburtstagsfeste.
Ist der Vers auch nur ein krasser,
Ehrlich meint es der Verfasser.

Widmung in einem Exemplar »Kleine Wesen«, 1912.

DA ICH MIT EINEM MÄDCHEN MAIMORGENS IM WALDE GING

Wenige Schritte weiter –
Teilt sich der Buchen stäte Nacht,
Blickst du auf Lande, die heiter
Und weit und schön sind, wie Gott sie erdacht.

Grüne schlummernde Wellen
Glitzern im Regenbogenstaub;
Und Friede durchlächelt in hellen
Strahlen das junge, betränte Laub.

Grüßt nicht auf Butzenscheiben
So in Dämmerstunden das Glück? …
…Fräulein, hier wollen wir bleiben,
Müßig, als müßten wir nimmer zurück.

Kannst du am blauen Saume
Fern die alte Ruine noch sehn,
Unbestimmt, wie im Traume,
In der Erinnerung Bilder erstehn?

Ziehen zwei Seelen vom Schweigen
Nun dem Worte, was keine sprach,
Oder dem Säuseln in Zweigen,
Einem Duft, einem Käfersang nach.

Mag sich die andre verirren,
Während die eine die Richtung verlor:
Alle die wogenden, wirren
Wege führen zur Lichtung empor.

Sollte es wieder regnen,
Sollte es donnern jetzt und schnein:
In meinem Traume segnen
Maienglöckchen ein Brautpaar ein.

Doppelblatt. Eisenach, am 5./7. Mai 1913.

DER LEIERKASTEN

Es spielt ein Leierkastenmann
Im Hinterhof bei Schmidt.
Da läuft herbei, was laufen kann,
Und singt und dudelt mit.

Der Leierkastenmann ist blind,
Das Licht er nimmer schaut,
Und seine ernsten Lieder sind
Uns allen lieb vertraut.

Die Leierkastenfrau reicht still
Den Hut im Kreis umher.
Und jeder zahlt, soviel er will,
Zehn Pfennige und mehr.

Und wenn die armen beiden dann
Zum nächsten Hofe gehn,
Bedankt man sich, und jedermann
Ruft laut: »Auf Wiedersehn!«

Ist euch das hübsche Lied bekannt
Von dem fidelen Elefant,
Der plötzlich durch das Fenster guckte
Und einen Blumentopf verschluckte?
Mein Vater hat das seinem Jungen
Oft zur Gitarre vorgesungen.
Auch Liesel sang und Mutter sang.
Großmutter hat nur still genickt
Und hat an einem Strumpf gestrickt;
Der wurde hundert Meter lang.

Aus: Jugendblätter. Heft 6, 60. Jahrgang, München 1914.

DER FUHRMANN

Trippel di trappel, trappel di trippel,
Holter di polter, ratta di taster

Rumpelt ein Wagen über das Pflaster.
Im Wirtshaus »Zu den drei Schneiderlein«
Kehrt der durstige Kutscher ein.
Zuerst (das darf kein Kutscher vergessen)
Gibt er den Pferden zu saufen und fressen.
Dann trinkt er selbst ein Glas Bier. Und dann?
Zündet er sich seine Pfeife an
Und raucht einen ganz abscheulichen Knaster.
Dann? Fährt er weiter über das Pflaster...

Trippel di trappel, trappel di trippel,
Holter di polter, ratta di taster.

Aus: Jugendblätter. Heft 10, 60. Jahrgang, München 1914.

HERBST

Der Herbst schert hurtig Berg und Tal
Mit kalter Schere ratzekahl.
Der Vogel reist nach warmer Ferne;
Wir alle folgten ihm so gerne.

Das Laub ist gelb und welk geworden,
Grün blieb nur Fichte noch und Tann'.
Huhu! Schon meldet sich im Norden
Der Winter mit dem Weihnachtsmann.

Aus: Jugendblätter. Heft 1, 61. Jahrgang, München 1914.

AN ROLF VON HOERSCHELMANN

Ich weiß von nichts und mir ist alles schnuppe
Die Sache geht auch ohne mich nach Wunsch.
Ich habe mich verkrochen, trinke Punsch.
Und über mir speit jemand Erbsensuppe;
Es klingt wie eine ferne Autohuppe.
Ja ja der Krieg! Wer hätte das geglaubt!
Cigarrenasche, Kohle, Brot und Butter,
Ein Strumpf, die letzte Wurst von meiner Mutter,
Sie tanzen lachend mir durch die Cabine.
Die alte Mandoline nicht verstaubt.
Und tippten wir jetzt leis an eine Mine,
Dann ginge dieses Glas mit Punsch entzwei.
D'rum weggestaut, was sonst Neptun dir raubt.
Und frohes Prosit dir, Ottilie 2.

Postkarte, am 20. Dezember 1914.

GROSSMUTTER

Großmutter hat viel gelernt und gesehn
Im Laufe der wechselnden Jahre.
All, was sie redet, klingt eigen und schön
Und trifft wohl immer das Wahre.

Sie weiß noch immer so innig warm
Für ihre Lieben zu sorgen.
Drum fühlt auch der Enkel spielender Schwarm
Bei ihr sich wohl und geborgen.

Und blickt sie nach Weise der alten Fraun
Versonnen hinaus in die Weite,
Dann scheint es, als könne den Himmel sie schaun,
Als stünd' ihr ein Engel zur Seite.

Aus: Jugendblätter. Heft 11, 61. Jahrgang, München 1914.

DER KOMÖDIANT SEINER GELIEBTEN

Ich habe eine Zeitlang für andere Leute
Durch Nächte gelacht – –
Weil ich die Not und den Hunger scheute;
Nun ist es vollbracht.

Ach, kam gen Osten das Rotlicht geflossen ...
Der Morgen war mein ...
Habe ich frei aber traurig genossen
Das müde Allein.

Ich habe so oft zu mir selber gesprochen:
Verächtlicher Tor!
Bin ich nach all den verquälten Wochen
Nicht arm als zuvor?

Und doch ist aus Flittern ein Ächtes geblieben;
Hat tief mich gerührt:
Als es ans Scheiden ging, haben sieben
Zur Bahn mich geführt.

Die meine Narrheit nicht weiter erfragten;
Sie schwenkten den Hut,
Reichten die Hand mir, und was sie sagten,
Klang herzlich und gut.

Da ist die Seele mir übergegangen
In plötzlichem Dank.
Wolle auch du mich lieb nun empfangen!
Ich bin ja so krank.

Aus: Jugend. Nr. 8, 1914.

GEDICHT MIT »VARIATIONEN«

Kalt schwieg die Nacht; mit schwarzem Kleide
Barg sie der Erde Heiterkeit.
Ein Weib stand einsam in der Heide
Und starrte in die Dunkelheit.

Als wenn ein Trost dort für das wunde,
Verzagte Herz zu hoffen wär;
Und starrte durch die stille Stunde
Ins schattenvage Ungefähr.

Bis sich in ihrer Augen Sterne
Ein Leuchten stahl wie junger Lenz.
Sie sah in gnadenreicher Ferne – – –

*

Bis sich in ihrer Augen Sterne
Ein Leuchten stahl wie junger Lenz,
Sie sah in gnadenreicher Ferne
Ihren geliebten Peter Joseph Kamenz.

*

Kalt schwieg die Nacht im schwarzen Kleide.
Sie barg der Erde Fröhlichkeit.
Ein Weib stand einsam auf der Heide
Und schaute in die Dunkelheit.

Sie schaute manche stille Stunde
Hinaus ins schwarze Schattenmeer,
Als wenn für ihres Herzens Wunde
Ein Trost noch dort zu finden wär.

Bis plötzlich ihrer Augen Sterne
Hell leuchteten wie junger Lenz.
Sie sah in weiter, weiter Ferne:
»Fritz Hosemeyers Punschessenz«.

Aus: Die Woche. Nr. 26, 16. Jahrgang, Berlin 1914.

DEUTSCHE MATROSEN

Mir scheint – wenn sie angetreten sind –
Eine Horde von wilden Jungen beisammen.
Sie gleichen nicht dem Fußvolk, dem strammen.
Ihre Mützenbänder flattern im Wind.

Da brummen, da lachen sie gar im Glied
In den Kasernen beim Exerzieren. –
Sie singen, wenn sie durch Straßen marschieren,
Rauhstimmig ein derbes, verwegenes Lied.

Sie protzen, wenn sie am Schanktisch stehn,
Mit bloßen und tätowierten Brüsten,
Mit stählernen Muskeln. – Und haben die Küsten,
Die Wunder der halben Welt gesehn.

Sie gehen der Höflichkeit aus dem Weg
Und reden wenig und ungeschliffen.
Erst zwischen Kanonen, Tauen und Schiffen
Wird ihre Kunst, ihre Sprache reg.

Da springen die Bären flink wie die Katz.
Ich habe sie in den Wanten gesehen;
Ich sah sie steuern und Wache gehen:
Stets rechte Männer am rechten Platz.

Und Krieg! Die Boote kommen von Bord.
An den Geschützen, die scharf geladen,
Wetteifern sie – Kameraden, Soldaten –
Und segeln steif in des Kampfes Mord.

Wie am zerschossenen Panzerturm
Zerstückelte Menschenleiber kleben,
Wie schwere Eisenplatten erbeben
Unter dem Anprall von Schuß und Sturm,

Wie durch Torpedo und Minensprung
Die städtegleichen Schiffe versinken,
Daß tausend Männer mit eins ertrinken,
Ja, tausend Männer, so frisch und so jung!

Das wissen die frohen Matrosen von Kiel,
Die blauen Jungen von Wilhelmshaven,
Und achten's den Teufel. Es schauen die Braven
Unhaltsam kämpfend nur vorwärts zum Ziel.

Und wenn ihr Sieg oder Sterben nah,
Sie, die im Frieden so wortverlegen,
Sie brausen laut im Granatenregen
Der Flagge, dem Kaiser ein dreifach Hurrah.

Schlicht leben sie; ebenso sterben sie schlicht;
Denn niemand hört es in ernster Stunde,
Was aus dem kampfermatteten Munde
Gebet, was Angst oder Wunsch noch spricht.

Viel Schiffe werden auf ihrer Bahn
Die Stätte kreuzen, wo jene Helden
Dann ruhen. Nicht Tafel noch Kreuze melden
Die Ruhmesarbeit, die dort getan.

Doch weiter lebt es von Mund zu Mund,
Das Lied von Seemannsende und Treue,
Und herrlich gibt es sich immer aufs neue
An Bord der eisernen Kriegsschiffe kund.

Das Freisein an Land – das opfern sie nie.
Im Dienste treulich durch Meerestosen
Und Kampf. So leben die deutschen Matrosen.
– Ja, deutsches Volk, sei du stolz auf sie!

Aus: Jugend. Nr. 41, München 1914.

DIE MÖWE

So jeden Tag, vom frühsten Sonnenfließen
Bis in die letzte Wandlung langer Nacht,
Bei jedes Himmels neu gestimmter Pracht
Im hellsten Raum der Freiheit zu genießen,
Das eitle Land und seine Menschen fliehn,
Das Leben heimlich unter Sternen schließen –
So hat auch meine Sehnsucht es gedacht.
Der fernen Abendröte nachzuziehn
Wie dieses Volk geflügelter Nomaden,
Auf hoher See im Sonnenblenden baden,
Sich über weißen Wogenkämmen wiegen,
Einsam in Gottes blauer Nähe fliegen ...
Und du, mein wehes Herz, von Schuld beladen,
Sollst gnadenmild bestraft sein und befreit.
Wie sich die nimmermüden Vögel weit
Hinauf in drohend schwere Wolken wagen
Und fremd herniederblicken auf die Zeit
Und jeden Bissen Nahrung sich erjagen,
Durch kalte Nächte irren, ohne Ruh,
So scheu und erdverwiesen sollst auch du
Durch wilde Wetter treiben, sturmverschlagen,
Dem bunten, warmen Lande ganz entsagen,
Und wirst es auch so stolz und hoch ertragen. –

Horch! Möwenschrei aus sturmgepreßten Kehlen ...
Kann's wahr sein, daß ihr ruhelose Seelen,
Ewig verdammte, arme Seelen seid,
Die schwere Sünden still und edel büßen?

Ich setzte ab und hob die Büchse wieder.
Es senkte sich erlöst zu meinen Füßen,
Und rote Perlen hingen am Gefieder
Und rieselten wie Tränen sanft hernieder.
Ich will das schlichte, graue Büßerkleid
Der Liebsten schenken. Denn sie kennt das Leid.

Aus: Jugend. Nr. 4, München 1915.

AUF EINE KLOWAND GESCHRIEBEN

Die Deutsche Marine war hier
Zu kurzer beschaulicher Feier.
Sie pries das zarte Papier
Und grüßt Sie herzlich, Frau St(M)eyer.

Leipzig, ca. 1915.

AN WALBURGA MÜLLER

Nun habe ich keine
Adresse mehr.
Aber ich grüße Euch alle
Und in jedem Falle
Vergeß ich Euch
Doch nimmermehr.

Postkarte, im April 1916.

AN CARL GEORG VON MAASSEN

Der Speck ist tot, die Wurst erstarb.
Die magre Faust, gewöhnt an blutig Spiel,
Umschlingt ergrimmt den Fliegentöterstil.
Oh wüßt ich einen zweiten Reim nebst warb.
Im hohlen Zahne prahlt ein Schinkenrest
Und blickt verächtlich auf der Plombe Blinken.
So manchen Seemann wünscht ich zum Ertrinken
Ein Wiedersehn auf dem Oktoberfest.
Ob auch des Wesens Schein verloren bleibt,
Ich wünsche, daß sich Otto Ernst entleibt.

Postkarte, 1916.

AN MÜNCHNER FREUNDE

Und schafft mir eine kleine Qualle an,
Recht weich und voll im Busen gleich der Welle,
Darin zutiefst mein Klüver tauchen kann.
Ich lege keinen Wert auf äußre Pelle.
Ist nur ein Vollarsch weiß behost daran –
– Sie braucht nicht einmal ein Gesicht zu haben –
Bedenkt es will ein harter Fahrensmann
Nach langer Fahrt das rauhe Steifbein laben.
Ich lege Wert, auf Busen, Arsch und Hose!
Verschafft mir eine recht perverse Phose.
Schon greif ich in Gedanken nach dem Piz –
Dank Euch, Ihr Freunde!
Euer treuer Viz.

Notizblatt. München 1917.

VIZE AN VICEN!

Wir taten's auf dem Teppich – still durchdacht –
In München. »München«! Schlürfe dieses Wort!
Ach, Polobein kam leise durch die Nacht
Und hüstelte und schlich sich wieder fort.
Und als sie liedernd höchste, süße Qual
Mit weichem Märchenworte warm beseelte –,
Als vorschnell, jäh der flüssige Opal
Das schreinentnommne Tüchelchen verfehlte
Und frisch verteilt an Strumpf und Ärmel hing,
Da stand ich auf und ging.

Postkarte an Carl Georg von Maassen, 1917.

AN CARL GEORG VON MAASSEN

Guten Abend, gute Nacht!
Seid ihr endlich aufgewacht,
Alten Schleim zu kneten?
Rührt Euch keck im Höllenpfuhl.
Und mich soll ein leerer Stuhl
Stumm bei Euch vertreten.

Trinkt ihm zu bei wüstem Suff,
Reizt ihn durch vertrauten Puff,
Laßt ihn schließlich stürzen.
Laßt in Münchens Morgengrau –
Göttlich schreckenden Radau
Durch die Straßen fürzen.

Postkarte, am 13. Juli 1917.

HERRN LEUTNANT SCHÜTTE

Sehr ernste Vize, seht: das ist er!
Das ist der Unterrichtsminister;
Der nunmehr aus dem Amte scheidet.
Fühlt den Verlust, den Ihr erleidet.
Wie lauschten mittags wir entzückt
Auf seine Rede: Wie ergötzlich.
Ward hinter jedem Wort gedrückt!
Nun drückt er selber sich ganz plötzlich.
Wie sah er kühn durch's Brillenglas
Beim Boje-Überbord-Manöver.
(Wenn er nicht gerade beim hors'd oeuvre
Im Zwischendecke unten saß)
Ein jeder trauert um den Braven
Auch manches Mädchen in Cuxhaven
(Jedoch das weiß ich nicht genau)
Wir aber, die wir ihn nicht siezen,
Wir rufen »Heil« als treue Vizen
Mit Wimpel Gelb und Wimpel Blau.

HERRN LEUTNANT NITZSCHE

Doch hat sich scheinbar alles Weh
An einem Unglückstag vereinigt,
Zur Zeit, da man den Kessel reinigt,
Sticht noch ein zweiter Dolch in die See.

Wenn andere auf Urlaub heiter
Z. W. d. G. sich amüsiert,
Hat er nach Luzie u. s.w.
In Hamburg evolutioniert.

Die ganze Innung schwimmt in Tränen.
Die Division heult mit Sirenen
Stumm wankt der Seemann von der Pier
Mit Winseln und Gebißgeklapper
Folgt ihm ein nasser, schwarzer Schwapper,
Einst wüstes Knäul: Das Mosestier.

Noch kurze Frist dann ist's vorbei.
Der Kommandant befährt die Saale,
Und führerlos treibt Fairplay
Der Sechste seewärts, in's Neutrale.

Er leistete gewaltiges Großes,
Schoß manches Tier mit Büchs und Pfeil.
Drum bringet ihm und seinem Moses,
Ein letztes dreifach Weidmannsheil!

HERRN STEUERMANN HARTWIG

Auch Dir gilt uns're Abschiedsfeier.
Von uns'rer Binnendivision
Steigst Du, ein stolzer Kauffahrteier
Nun auf den M-Boots-Führer-Thron.

Auch Du warst immer treu und artig,
Ein mustergültiger Soldat.
Und außerdem warst Du der Hartwig,
Der weltberühmte Prielpirat.

Wir haben manchmal uns'ren Jammer
Zu weit mit neuem Schnaps erstickt
In Ruthenkolks geheimer Kammer,
Wohin kein Stabsarztauge blickt.

Ich seh' Dich hinter Leinenwinden
(Wie auf M 1 das so Brauch)
Am Ostsee-Horizont entschwinden
Und rufe herzlich: Wetter auch!

MIN. VIZE-STEUERMANN
HERRN KROMMES

Und nun zu Dir, Du zartes, frommes
Mitglied der stillen Vizeschaft.
Denn Du warst unser! Edler Krommes,
Ein Urbild deutscher Form und Kraft.
Ein Sonnenkind warst Du beim Kegeln.
Nach Knobelbier und Hugoreim
Zogst Du des Nachts mit vollen Segeln,
Doch ohne rohes Singen heim.
Und wenn der Nordsee kalte Massen
Wild über Dein Verdeck gefegt,
Dann hast Du ruhig und gelassen
Die neue Lage eingelegt.
Heil ihm, den bald die Streifen schmücken
Heran, Du Vizebutzenschaar,
Noch einmal ihn, an's Herz zu drücken.
Anlegemanöver! F ä n d e r k l a r !

Doppelblatt der Weihnachtsfestschrift H. M. S. D.
(Hilfs-Minen-Such-Division), Cuxhaven 1917.

VORWORT!

Wir lassen uns nicht die Straßen versperren.
Die Minensucher fegen die See. –
Hilfsminensucher, von Elbe C.
Bis an Punkt 16 sind wir die Herren.

Nach Innen verkettet, nach Außen geschlossen,
Im Frohsinn begeistert, gestreng im Beruf.
Die Freundschaft in Lee, unser Deutschland in Luv –
So ist uns wieder ein Kriegsjahr verflossen.

Wir scharen uns heute mit hellen Gesichtern
Zu glücklicher Feier um traulichen Baum.
Es strahlt ein deutscher, ein herrlicher Traum
Erfüllungsgewiß aus Herzen und Lichtern.

Das Meer erglänzte hinten und vörn
Und links und rechts und daneben.
Wir saßen von Wogen umbraust auf Schaarhörn
Und knobelten um das Leben.

Herr Staps gedachte der Tücke des Weins
Und flüchtete über die Leiter.
Die Wogen stiegen bis Sektion eins,
Wir aber knobelten weiter.

Es ging um die Ehre, um Cognak und Ruhm,
Es ging um Leben und Sterben.
Da war zum Schluß eine Pulle voll Schum
Im edlen Spiel zu erwerben.

Ich sah sie fallen in meine Hand
Und bin in die Knie gesunken.
Ich habe am nächsten Samstag an Land
Mich kannibalisch betrunken.

Das Gong ertönte bumbum bumbum.
Ich wankte gebrochen zum Kübel.
Mir ward auf einmal – ich weiß nicht warum –
So Mary, Hansi und übel.

SNUHIGI-SONG

(aus dem Japanischen übersetzt)

Der erste Tag, der machte es:
Da las ich vor. Rings lachte es.
Graf Mongschupi,
Wie schön sind Sie!
Mein lieber Freund in Dotrto,
Herr Börries, war ebenso.
Mein Gott, wie ist der Mensch gleich froh,
Wenn er ein wenig voll is'.
Graf Mongpischu,
Wie schön pist tu,
Heil Dir! Sis mihi mollis.

DER SÄNGER VON »SCHAARHÖRN«!

»Was hör ich draußen vor Schaarhörn
Was auf der Pier erschallen?
Laßt den Gesang vor unsren Öhrn
Hier durch die Messe hallen.«

Der D'Chef sprach's. Der Budny lief.
Der Budny kam. Der D'Chef rief:
»Laßt mir herein den Klinke.«

»Gegrüßet seid mir edle Herrn,
Gegrüßt Ihr Vize-Herrchen!
Ich bin der Sänger von Schaarhörn
Und bitt' um ein Zigärrchen.

Im Saal von Seiner Heiligkeit
Schließt Augen euch. Hier ist nicht Zeit.
Ich muß jetzt etwas singen.«

Herr Klinke stellt die Kurbel ein
Und schlug in höchsten Tönen;
Die Ritter schauten mutig drein,
Doch starben zwei mit Stöhnen.

Der D'Chef, dem das Lied mißfiel,
Ließ ihm zur Strafe für sein Spiel
Eine Ankerkette reichen.

»Die Ankerkette gieb mir nicht,
Die Kette gieb dem Scharfstein,
Der soll auf solcherlei Gewicht
Im höchsten Grade scharf sein.

Gieb sie dem Kanzler, den Du hast,
Und laß' ihn damit seine Last
Im Schuppen fest verschließen.

Ich singe, wie der Vogel singt,
Der auf dem Teiche steuert.
Wenn meine Stimme nicht mehr klingt,
Dann wird sie halt erneuert.

Doch darf ich bitten, bitt' ich dies:
Laßt mir den Herrn Direktor Ries
Am Spieß gebraten reichen.«

Er roch ihn an. Er sagte: »Mord
Ist diesmal eine Tugend.«
Und sang darauf in einem fort:
»Die Juhugend! Die Jugend .....«

»Gehabt Euch wohl. Und denkt an mich.
Und wünscht vielleicht Herr Specht? Herr Pich?
Daß ich noch einmal singe?«

Der D'Chef rief: »Ihr fahrend Volk,
Hört auf mit Eurem Winseln,
Sonst ruf' ich jetzt den Ruthenkolk,
Der wird den Zaun schon pinseln.«

BALLADE!

Das war ein Tag. Ich denke ewig dran.
Ich stand im Ulster neben der Kombüse
Und peilte wachsam durch die Ankerklüse,
Nord-Süd zum Ost, dreiviertel West lag an.

Die Bullensee verdrängte mich nach West.
Mein Dampfer lief mit 1000 starken Pferden,
Ich laschte – um nicht weggespült zu werden –
Mein linkes Bein am Kohlenbunker fest.

Der Mann am Ruder salutierte stramm.
Ich pfiff mir den Signalgast von der Brücke
Und zeigte seinem ganz erstaunten Blicke
Ein dunkles Etwas, das im Westen schwamm.

»Ha, Leute,« rief ich, »seht durch's Doppelglas:
Das ist ne Mine. Kämpft nun wie Hyänen!«
Manch bärtig Antlitz sah ich da in Thränen.
Sogar mein drittes Auge wurde naß.

»Den Ketscher!« schrie ich, »klar bei Grundgewicht!«
360 Grad nach Backbord schwenkend.
Und wieder schon das nächste rasch bedenkend:
»Recht so! – Heiß Uli! – Volldampf! – Schotten dicht!«

Ach was wißt Ihr daheim von Seemannssorgen. –
Ich sprang an's Spill! – Wir waren unser drei.
Hart trieb die Mine mir am Heck vorbei.
Und ich nicht faul: – Hat Brückmann sie geborgen.

AN T. K. (SO NETT.)

Nun bist Du mir entschwunden Toni K ö s e r
Und mich umgiebt die Ruhe hier des Grabs.
Nun weiß ich es: Kein weich'res Wesen gab's
Auf Erden hier, als Dich Du Schelm, Du böser.

Was nützt Arznei; sie macht den Schmerz nur größer –
Als letzte Zuflucht bleibt den Stabs der Schnaaps.
War mir das Leben früher Marmelade,
So ist es jetzt nur uhnerträglich Gift.

Oft wenn ich auf »Schaarhörn« mich eingeschifft,
Erschien im Schlaf mir Deine stramme Wade.
Dann griff ich eilig zum Marquis de Sade
Und mein Gehirn ward wirr wie meine Schrift.

WAS ESSEN WIR MORGEN???

Herr Lange stammelt im Verneigen:
»Ich bin für Fisch; da darf man schweigen.«

Der ausgepichte Großvizier,
Der sagt: »Ich esse Wurst mit Bier.«

Herr Örtel denkt in seinem Rausch
An Toni, und er stöhnt: »Lapskausch!«

Ein Herr noch ohne E. K. I
Wünscht Gürkchen sich und Kopf des Schweins.

Von ehemal'gen Seekadetten
Hofft einer auf zwei Kalbskotteletten.

Herr Linkek im Gefühl der Pflicht
Wünscht sich ein fettes Standgericht.

»Bei Nacht,« ruft ein Depeschenbote,
»Sind jetzt doch Blohm und Klüden Mode.«

Bescheidenheit ist eine Zier.
Ein wahrer Fürst speist einen Stier.

Herr Dra für weiche Pflaumen stimmt.
»Weils Nötigen kein Ende nimmt.«

»Oh, Nein,« ruft jemand aus Demmin,
»Das Billigste ist Aspirin.«

Das Divisions-Großväterchen
Empfiehlt Kartoffelpeterchen.

ENTLADUNG!

Wenn den, der Ringe blasend und mit kalter Miene
300 zarte Kater graß getötet,
Der vor dem finstren Eingeständnis nicht errötet,
Daß Du nichts taugtest, edle Caroline.

Wenn den, von dem wir leider alle wissen
Was er getan bei Sonnenfinsternissen – – – –
Wenn den, der meine Stromideen verlachte,
Der an 300 Krähen trunken machte – –
Wenn den das hohe Reichsmarineamt
Nicht lebenslänglich zu Arrest verdammt,
So scheint es nicht Gerechtigkeit zu geben.
Man sollte eigentlich ganz anders leben.
Emilorak.

AN EHEMALIGE

Dir, der vielleicht in diesem Augenblick
In einem Unterseeboot lauernd fiebert,
Vielleicht mit solchem Fahrzeug sitzt auf Schlick,
Dir sei ein K ö h m geweiht, Du trauter Liebert.

Dir, der vielleicht im selbigen Moment
An einem zähen Pfefferkuchen knabbert,
Vielleicht in einer Hängematte pennt,
Dir sei ein R u m geweiht, Du edler Plappert.

Auch Dir, o Freund, geh' heut ein Trinkspruch zu
Aus Münsterland und über Kugelbakel,
Der Du vielleicht in ungestörter Ruh'
Als Wachekommandant jetzt schläfst, Tonagel.

Füllt uns ein Glas mit Allasch bis zum Rand.
Es gilt den alten Seemann still zu feiern:
Hast Du verbrannt Dir Deine zarte Hand,
Verbrenne Dir nichts weiter, R o t h aus Bayern.

Auch Du sollst heute im Geiste bei uns sein –
Wir sehen Dich in einer trauten Hütte
Mit einem holden Mädchen Arm in Bein
Und trinken Boonekamp zum Wohl Dir, Schütte.

Doch weiter denken wir in unsrer Treu
Und bringen Dir in Bier ein reichlich Großes.
Dein ganzes Leben ist wie ein Aheu,
Du unerschöpftes D u o Nitzschke-Moses.

Und weicher werden wir, und denken Dein,
Der Du beim Friel dereinst piratenartig
Die Kauffahrteier schrecktest.
Nur mit Nein
Seist Du beprostet wundervoller Hartig.

Das letzte Glas – Champagner – es sei Dein;
Du füllst vielleicht den Bauch Dir jetzt mit pommes
De terre und legst die neue Lage ein.
Ach er war unser dieser süße Krommes.

Etc. Wer jemals mit uns war,
Wer auf »Schaarhörn« vergnügt mit uns gesessen,
Ihm: »Frohe Weihnacht!« ihm:
»Ein froh Neujahr«
Und keiner derer fühle sich vergessen.

Aus: H. M. S. D. (Weihnachtsfestschrift der Hilfs-Minen-Such-Division), Cuxhaven 1917.

AN ANNEMARIE RULAND

Heil Annemichen –
Ich sitze nicht bei Siechen –
Sondern in einem andern Laden –
Ich sah heut Strindbergs »Kameraden« –
Und habe ungeheuren Dürst –
Und der Schnee ist hier Matsch, das hat mich verdrossen.
Ich liebe das sauber und weiß und geschlossen.

Postkarte. Berlin, am 13. Januar 1918

AN CARL GEORG VON MAASSEN

Weh Euch, Ihr Unanständigen!
Es sträubt sich schamig mein Hotel,
Mir solche Grüße vom Bordell
Hier offen auszuhändigen.
Ich selbst war nicht zu bändigen
Und eilte auf den Locus schnell.
Da sitz ich nun und – ja – ja – und
Zerschnipsle Eure Briefe;
Und schleimig würgt der braune Schlund
Sie runter in die Tiefe.
Und irgendwo im Hintergrund
Beginnt vielleicht zur selben Stund
Die große Offensive.

Postkarte. Cuxhaven, am 22. März 1918.

AN ANNEMARIE RULAND

Limi, Seeheimer Laterne
Glüht rot.
Trennt uns nur die Ferne?
Oder Not?
Von dem Wernerwalde
Und vom Einst
Träum ich, träum, daß balde
Du erscheinst.
Komm, daß neu erwarme
Altes Glück,
Komm in meine Arme
Mirzu Rück.

Postkarte. Freiburg, am 30. Januar 1919.

IHR AUS DER GEFANGENSCHAFT: WILLKOMMEN!

Kommt ihr aus dem Leid und findet Leid – –
Welchem Kummer wär kein Trost beschert!
Daß wir sind; daß ihr noch, Teure, seid,
Daß ihr nun zur Heimat wiederkehrt,
Wie aus Gräbern uns zurückgegeben –
Daß wir dieses Wiedersehn erleben,
Ach, das war des harten Duldens wert.

Ist das Überwundene doch tot.
Ahnt, ihr Helden, wie ein Gott es meint!
Eure Wangen werden wieder rot.
Denn uns blieb die Sonne. Und sie scheint.
Seht: Es öffnen Arme sich und Hütten,
Lang verhaltne Liebe auszuschütten.
Eure Heimat grüßt euch; und sie weint.

Aus: Jugend. Nr. 29, München, am 3. Juli 1919.

AN ELSE AMBACH

Früh in Ermanglung einer Magd
Geht Else auf die Schweinejagd.

Auf diesem Bilde, wie du siehst,
Hat sie das arme Schwein gespießt.

Nunmehr mit einem scharfen Beile,
Teilt sie das Schwein in viele Teile.

Wer also viel geleistet hat
Ißt sich zum Lohn gehörig satt.

Briefumschlag. Milz, Sommer 1919.

Pubst oder singt nach Euerem Geschmack.
Die Pflicht: in Fremdenbüchern einzuschreiben,
Die brennt und klebt wie heißer Siegellack. –
Kein Mensch entpopelt meiner Nase
Jetzt einen halbwegs leserlichen Schnack.
Ich lasse etwas Kluges unterbleiben
Und fliehe nach der Arcisstraße,
Um mich behaglich zu beweiben.

Aus dem Gästebuch von Carl Georg von Maassen, 1920.

Ein Giraffe (keine Ziege)
(Eben aus dem Ei gekrochen)
Pustete sich eine Fliege
Rückwärts von dem Wirbelknochen.

Aus dem Gästebuch von Carl Georg von Maassen, am 3. Dezember 1920.

Happy Christmas, dear old Un!
Will Dir wer was Böses thun,
Drücke kalten Blutes
Beide Augen zu.
Tu dann dafür doppelt Gutes
Deinem Kuttel Daddeldu.

Widmung für Max Unold in »Kuttel Daddeldu«, Weihnachten 1920.

AN ANNEMARIE HASE

Mein warmgeliebtes Annehäschen,
Putz dir mal dein Rotzenäschen,
Putz dir mal die Gummischuh
(Nicht von wegen Dreck und Rotz)
Dieses wünscht aus List und Trotz
Daddeldu
Und
    Ringelnotz

Widmung in »Kuttel Daddeldu«, am 3. Januar 1921.

Gedichtet sei, das eine bleibt gewiß:
Am dürftigsten sind allgemeine Worte.
Doch Kuttel Daddeldu besucht Aborte
Und denkt ganz fromm: die Scheiße ist Beschiß.

Aus dem Gästebuch von Carl Georg von Maassen, am 7./8. Mai 1921.

Erich Mühsam saß ganz heiter – –
Doch die Hochbahn führt uns weiter,
Über Pinneberg und Schweden,
Und zuletzt will man nur reden.
Reden, bis die Zunge krampft.

Dies und frohes Ruhesanft
Wünscht aus Neid und Kaffeesatz
Ringelnatz.

Aus dem Gästebuch von Carl Georg von Maassen, am 17. Juni 1921.

Die Summe jeden Techtelmechts
Ist Scheiße links und Scheiße rechts. –
Doch durch die Scheiße wieder mild
Gestimmt, bringt Ringelnatz ein Bild:

Aus dem Gästebuch von Carl Georg von Maassen, am 8. Juli 1921.

AN LEO SEBASTIAN HUMER

Wenn ich den Blick auf Linas Hose senke:
Der Arsch, den ich darin mir denke,
Ist Seeligkeit in knetbarem Extrakt.
Der wirkliche – – denn Lina ist ein Schwein – –
Muß formverschnürt, muß greulich überkakt
Und überpinkelt und ein Schleppsack sein.
Doch so von segelweißem Stoff verhüllt,
Leicht unterpinkelt, lebenswarm verknüllt,
Läßt er die Phantasie sich nie erschöpfen. –
Und meine Hand beginnt schon aufzuknöpfen.
Doch während Lina erst noch auf den Topf
Muß, fliehe ich. – Denn Arsch ist doch nicht Kopf.

Kunsthaus Zürich, Blatt vom 12. Juli 1921.

Ella – Strick – Aufs Gradewohl
Reim ich vorwärts – Alkohol
Kröten – Luther – Kaffeesatz
In den Zähnen. – Ringelnatz.
Wie wir standen, lagen, saßen?
Einzig wieder wars bei Maaßen.
Was mich sonstens mocht beglücken –
Such ich bildlich auszudrücken:

Aus dem Gästebuch von Carl Georg von Maassen, am 29. Juli 1921.

AN LOTTELO UHL

Sehr verehrte Lottelo
Ich bin der letzte Sommer-Floh.
Und irgendwie und irgendwo –
Lebt irgendwer von Träumen und von Dingen
Ganz fern – läßt sich
Nicht zwingen und bedingen –
Und wieder, und froh
Nur kurz, was herzlich
Ist: Gott mit dir Lottelo.

Brief an Willo Uhl, am 11. August 1921.

BETREFFS DARMSTADT

»Hast du die Stadt gesehen
Mit vorne einem Darm?
Dort soll eine Schule bestehen
Lauweich und windelwarm.«

Was gehn mich die Weisheitsschüler
Was geht mich – Laßt mich in Ruh.
Ich bin kein Scheißheitswühler,
Ich bin Willo Uhls Daddeldu.

Widmung in »Kuttel Daddeldu«, am 19. August 1921.

AN MUSCHELKALK

Mich »holen« täglich Menschen (mancherlei)
Sehr vielerlei. Und sie »bezahlen« Feste.
Die meisten reden Schweinerei
Mit großer oder kleiner Geste
Mitunter darf ich einmal frei
Die Wahrheit sagen. Alle zechen
Und doch, das ist das Beste
Und tausendmal so wunderlich:
Viele, fast alle lieben mich.

Brief an seine Frau, September 1921.

Nur zwei Zeilen, wie sich das versteht.
Schnaps ist alle. Ringelnatz der geht.

Aus dem Gästebuch von Carl Georg von Maassen, am 9. Oktober 1921.

AN LOTTELO UHL

Mein lieber guter Lottelo
(Hand aufs Herz und auf den Popo).

Postkarte, 1921.

DER LEHRREICHE, ERSTAUNLICHE UND GESPASSIGE ZIRKUS SCHNIPSEL!

Nimm eine Schere und gib acht:
Jetzt kommt etwas, was Freude macht,
Wenn man gescheit ist und geschickt
Und sich nicht in den Daumen zwickt.

Schneid immer nach dem schwarzen Strich
Zunächst mit Fleiß und ordentlich.
(Die Oberkante aber nich'!)

Was du als viel zu lang erblickst,
Wird gut, wenn du es biegst und knickst.
Doch wie du knickst bei all den Tieren,
Das mußt du selber ausprobieren.

Erst wird es falsch, erst wird es schlecht.
Dann wird es komisch, schließlich recht.

Mal Augen, Ohren, Flügel, Fell
Mit Tusche dunkel, bunt und hell;
Und überlege dir dabei:
Ein Nilpferd ist kein Papagei.

Hast du nun alles ausgeschnitten,
Mußt du das nächste Buch erbitten,
Worin schon andre Tiere warten,
Ein ganzer zoolog'scher Garten!
Nur wenig Hals und Schwanz verdrehen,
Und mit Vergnügen wirst du sehen,
Wie sie lebendig vor dir stehen.

Viel Glück denn! Und verwechsle nie
Das Zebra mit dem Kolibri.

Einleitendes Gedicht des gleichnamigen Buches.
Berlin: Industrieverlag Baruch 1921.

DAS INDIVIDIUM

Eins – zwei – vier – drei.
Mir geht alles vorbei.
Und kommt mir selber das nicht traurig vor,
Heißt solche Objektivität »Humor«.

LIED DES STUDENTEN

Es kullert der Mond durch die akademische Nacht.
Käse mit Fragezeichen.
Hat mich angelacht.
Leider konnte ich den Burschen nicht erreichen.

DIE MONDWANDELNDE SCHAUSPIELERIN

Komme ich doch dir immer
Näher und niemals nah,
Je mehr ich sehe, was nimmer
Zuvor ich sah.

Muß ich mich daran gewöhnen,
Daß ich höher steigend einsamer werde,
Kann es mich dir versöhnen,
Nicht Fleisch noch Gebein,
Aber über der Erde
Und immer noch unter dem Himmel zu sein.

Bist du kühler, lächelnder gelber
Gesell, wie du scheinst:
Traurig im Lachen, vergnügt, wenn du weinst,
Allen dienlich und niemandem treu als dir selber,

Will ich wie du durch die rätselhafteste Zeit,
Durch Ewigkeit,

Und durch Wetter und Wind
Selbstlos dienen
Denen unten, die nur beschienen,
Nur im Scheine reich oder arm zufrieden sind.

Aus: Mannimmond. Einaktige Groteske. Berlin 1921.

SEINEM LIEBEN KRANKEN UNOLD

I wer wird denn da gleich hinken!
Wo doch noch neun andre Zehen
Ganz gesund beinander sind.
Und auch das wird bald vergehen.

– –

Sterne blinken. Autos stinken,
Und vom Kirchhof weht ein Wind.

Widmung in »Die gebatikte Schusterpastete«, am 26. Januar 1922.

NACH 6 JAHREN

Vive kein roi!
Vive le Boi!
Vive la ganze Tunke!
Nieder mit die Unke.

Widmung in »Kuttel Daddeldu« für Alma Baumgarten, im April 1922.

AN HERREN VEGEMANN & HÖRSCHELSACK

Euch grüßt Joachim Ringelnatz,
Das andere ist für die Katz.

Postkarte. München, am 17. Juni 1922.

Teils haben mich die Fliegen angefressen,
Teils hab ich selber gut und viel gegessen.
Ich habe mich vortrefflich aufgeführt.
Ehre deswegen, wem Ehre gebührt.

Gästebuch, am 9./10. Juli 1922.

Schwein sich selber kastrierend.

———

Es war ein kleines Stückchen Scheiße,
Das ging am Freitag auf die Reise
Und kam erst Montags durch die Brille.

– – –

Volkswille ist nicht Bruno Wille.

Aus dem Gästebuch von Carl Georg von Maassen, am 14. August 1922.

AUF SEINE KRANKE ZEHE

Ein niedliches Eichhörnchen
Mit sehr langer Nase
Legte am kleinen Zehchen
Verbände an.
Dort hatte es nur noch wenig Weh-Wehchen –
Wahrscheinlich ein Leichdörnchen.

Brief an seine Frau, am 18. Oktober 1922.

FÜR KARL ARNOLD

Ringel Ringel Reihe
Wir sind der Kinder zweie.
So winkt Dir mit dem Sabberlätzchen,
Mein Arnoldchen, dein Ringelnätzchen.

Widmung in »Die gebatikte Schusterpastete«, 1922.

GESPRÄCH IM STURM AUF DER RAA

Pschsch – – – bumms – bäx!
Noch solchen Brecher, dann saufen
Wir ab.
Dann singt der Pastor – pschsch – – – bumms – »Wellengrab«.
Pitt! Ob du, wenn wir noch diesmal lebendig einlaufen,
Ob du Bengel dann wohl jemals wieder zur See fährst?
Ja, wenn du wie ich zehn Jahre auf Walfischern gondelt wärst!
Aber ich sag dir was. – Reich mal den Marlspieker, Pitt! –
Wenn ik versuppe: Ich nehme ein großes Wundergeheimnis mit.
Ich habe ein Javaweib gekannt, – Pitt hör man tau! –
Ich will, wenn ich löge, jetzt abstürzen und absacken,
Die hatte acht Titten. Bei Gott, genau as'n Sau,
Oder wie beim Kommiß die Knöpfe an die Paradejacken. –
Pschsch – Halt dich fest – bumms – – – Verfluchter Beschiß!
Mach einer hier oben bei solcher See einen Spliß.
Also dies Weib – – Wie? Was? Ich verstehe kein Wort. –
Wenn man die an die backbordschen Titten riß – –
Bumms – Fokyourself! – Pitt! Pitt! – Armer Kerl! Er ist fort.
Hallo an Deck! Schickt einen Mann auf die Raa.
Den Pitt hat's erwischt. Ich bin noch da.

Fahrensleute: Joachim Ringelnatz. Berlin: Galerie Flechtheim 1922.

AN EINEM STAMMTISCH

In Hamburg hier mit Euch gewesen
Bin ich voll Freundschaft und voll Treue.
Von dieser kranken Zeit genesen
Hoff' ich uns alle bald – aufs Neue!
Und lest Ihr später diesen Satz
Und sind wirs, freut sich Ringelnatz.

Notizblatt, am 23. Januar 1923.

MÜNCHEN 1923

Mein lieber, nach Amerika
Fahrender Doktor Nibelung,
Nun bin ich da, wirklich da!
Aber München ist ja
Gegen Amerika nur ein Katzensprung.

Wie ich Sie um die Reise beneide!!
Mir geht es gut: Ich bin ja zu Haus!
Bei meiner Frau. Wir haben uns beide.
Das ewige Reisen hängt mir zum Halse heraus.

Am liebsten wäre ich ewig hier.
Ach Lona und ich diesen Monat! Wie wir
Das eigne Heim, eigne Bett genießen,
Das muß ich Ihnen mündlich erzählen.
Jetzt will ich schließen
Und Sie nicht länger mit Banalitäten quälen.
Sie werden zehnmal so viel erzählen,
Wenn Sie erst wieder von drüben zurück sind.
Tausend Grüße von Glückskind an Glückskind.

Brief an seine Frau, am 6. März 1923.

AN HANS LEIP

Lieber Leip, ich habe bei Dir übernachtet,
Versteht sich, in Deinem Regenmantel.
Alles was mich störte, hab' ich geschlachtet,
Zwei Krokodile, sechs Fliegen, eine Tarantel,
Dazu einen Walfisch, der gab noch etwas Ambraduft.
Du wirst mir dankbar sein für die gute Luft!
Was ich noch sagen soll:
Als Entgelt ließ ich Dir
Zwo leere Flaschen Bier.
Ich weiß, Du bist nicht anspruchsvoll.

Brief. ca. 1923.

EHEMALIGER SEEMANN

Gestern hab' ich mitten zwischen Witzen,
Unter trunknen Weibern, geilen Fritzen
Allen Einklang plötzlich durchgebrochen
Und – es gab sich so – gut über Gott gesprochen.
Heute stach die Post in unsre Not,
Brachte mehr Geld, als ich sehr sehr brauchte.
Unser Schornstein rauchte,
Und der Bäcker neigte sich devot.
Wurst und Butter hüpften frech aufs Brot.
Alles war mit Dankbarkeit getrüffelt.
Abends zechten wir im Freien.

Wäre – als wir singend, uns umschlingend, angesüffelt
Nachts heimkehrten – hinter uns, uns zweien,
Ein derzeit Bedrückter hergeschlichen,
Hätte sein und unser Los verglichen
Und gedacht, wie reich und hart wir seien – – –

Ach, ich möchte einmal wieder
Als Matrose im Atlantik kreuzen,
Um mein Herz und meine Lieder
In die wilden Wetter auszuschneuzen.

Aus: Simplicissimus. Nr. 5, 29. Jahrgang, München 1924.

STÖRTEBEKERLIED

Seeräuber und Kameraden,
Wenn meine Augen richtig sind,
Hat die Bark voraus auch Fässer geladen. –
Auf, ihr Hurenboys! An die Brassen!
Royal hoch! Alle Lappen noch härter an den Wind.
Denn die Hunde wittern Blut,
Denn sie segeln gut,
Das muß der Teufel ihnen lassen.

Hei! Holt die hollandsche nieder
Und hißt die Flagge rot – rot – rot!
Und singt recht schweinische Lieder.
Vielleicht ist einer von uns morgen tot.
Denn sie haben eine Kanone an Bord
Und ein halbes Dutzend Soldaten
Mit Blei und mit Dünnschiß geladen.
Wir aber sind kühne Piraten
Und fürchten nicht Tod noch Mord.
Wir sind weder fromm – aber frei.

Was mag in dem Schiffe wohl sonst noch sein?
Kakerlaken oder Seife oder Gold oder Wein? –
Nun signalisieret: »Dreht bei!«
Und ich, euer Captain, rufe: Enterhaken klar!
Und kämmt den Krämern das ölige Haar.
Nur merkt euch: Die Leute alle über dreißig Jahr
Sollen leben bleiben. Leben bleiben –
Nun hofft, wie es kommt, und glaubt, wie es war.
Und fragt nicht, wie lang wir's noch treiben.

Liebe mit mir verfluchte Halunken,
Was soll denn mit den
Unter dreißig geschehn?
Die machen wir mit Braunteer betrunken.
Aber wer uns gefällt,
Weil er's ehrlich mit uns hält,
Dem sei das Leben geschunken.
Den andern aber sagen wir: Amerika ist nah.
Und knüpfen sie sauber an die Obermarsraa.

Old sailors! Likedelers!
Kommt selber und schaut:
Sie haben ein Weibstück an Bord. Unsre Braut,
Sie soll leben! Unsre Braut, sie soll leben!
Und ich werde sie weitergeben,
Bis zuletzt sie der Schiffsjunge nimmt.
Der soll dann mit Eisenstücken
Und Ankerketten sie schmücken
Und sehen, wie weit sie damit schwimmt.

Aus: Simplicissimus. Nr. 40, 29. Jahrgang, München 1924.

DER SÄCHSISCHE DIALEKT

Wenn man den sächsischen Dialekt
Ein bißchen dehnt und ein bißchen streckt
Und spricht ihn noch ein bißchen tran'ger,
Dann hält einen jeder für einen Spanier!

Aus: Der Drache. 6. Jahrgang, Leipzig 1924/25.

SILVESTER

Wenn der Christbaumschmuck – soweit nicht aufgefressen –
Speicherwärts sich drückt in die Vergessen-
heit, dann – gänsehalsig – nadelnstreuend –
Fliegt die Tanne in die Küche.
Und von da an geht, uns hoch erfreuend,
Auch das alte Jahr sanft in die Brüche.

Wenn Gerüche aus der Küche
Lieb in unsre Nasenlöcher lachen:
    Karpfen, den man blau gemacht,
    Punsch, uns selber blau zu machen,
    Krapfen, die im Fett geschwommen –
Ach, wer möchte dann nicht wachen
    Bis zur Mitternacht?

(Hier überspringen wir ein Stück;
Wir kommen später drauf zurück.)

Wenn der Briefeträger oder Schornsteinfeger
Oder jemand Unreelles
Schrill in unsre Katerträume läutet
Und schon vor der Tür, die noch verrammelt
Ist, den heißempfundenen Glückwunsch stammelt,
Der auf ein traditionelles
Trinkgeld deutet:

Wenn wir bald darauf die Massen
Von so sinnigen, aparten
Glückwunschkarten
Kriegen, doch nicht lesen, noch erwarten,
Aber selber hundertweis verschicken – lassen;
Ja, dann ist das neue Jahr mobil.

Niemand spricht beim Kaffee viel.
Und es äußert sich der Unfug dieses Lebens
Und des gestrigen silvestrigen
In Geräuschen des Sichübergebens.

Im Bureau verwickeln sich Bilanzen
Unentwirrbar. – Weiße Mäuse tanzen.

*

Schauen wir nun rückbezüglich
Auf die Zwischenzeit, die so vergnüglich
Uns zum Vorwand dient und uns bewegt,
Weil man sie die Jahreswende nennt,
Oder weil im kritischen Moment
Manche Uhr (wie täglich) zwölfmal schlägt.

Punsch ward – wie bereits gesagt – genossen.
Blei und Tränen werden nun vergossen
Und ergeben rührend Mysteriöses,
Wie es uns für solchen Zweck genügt.
Wir sind froh.
Und wenn morgen nicht die Presse andres lügt,
Tut um diese Stunde nirgendswo
Irgendjemand irgendwem was Böses.

Reden über Zukunft sind im Gange,
Zähe kurze, mittlere und lange.
Wer nicht reden kann, versucht die Loreley
Oder Schnadahüpfl vorzusingen.
Gläser und Terrinen klingen
Oder gehn bedeutungsvoll entzwei.
Nunmehr lauscht man an den Fensterkreuzen,
Doch vernimmt zunächst nur fern
Einen scheinbar älteren Herrn,
Welcher anhebt, sich zum letztenmal in diesem Jahr
zu schneuzen.

Plötzlich hört die leichtgestörte
Menschheit auch das Unerhörte.
Zwölfmal schlägt es zu verschiedenen Malen.
Fenster öffnen sich. Gesichte strahlen.
Bolde sinken trunken in die Knie.
Manche Greise küssen ihre Greisin,
Und wenn keine Enkelchen dabei sin,
Gähnen sie.

Je nach Stärke der vertilgten Pünsche
Äußert jeder seine Wünsche.
Eltern geben allgemeinen Segen.
-isten hoffen einem Putsch entgegen.
Droschkenkutscher wollen »egal Regen«.
Fußballspieler wollen Sonnenschein,
Trinker Wein.
Ärzte wünschen ihren Nachbarn Krankheit.
Dicke Damen möchten Schlankheit,
Magere ersehnen Rundheit.
Nach Schanghai wünscht sich der Niegereiste.
Und im übrigen zielt wohl das meiste
Nach viel Geld und ewiger Gesundheit.

Solche Rührerei entwickelt sich
Ähnlich nun auch öffentlich.
Galgen und Kanonen biegen sich.
Ganz wildfremde Menschen liegen sich
In den Armen oder in den Haaren.

Und der Tatbestand ist nie
Später festzustellen,
Weil gerade die Beamten, die
Angestellt sind, sowas aufzuhellen,
In diesen Augenblicken notwendigerweise ihre Uhren stellen.

Uhrstellen ist um diese Zeit
Überhaupt von solcher Wichtigkeit,
Daß es jede Gegnerschaft versöhnen
Würde, käme nicht das Glockendröhnen
Und das Brasseln, Knallen, Zischen,
Von dem Gassenjungen-Feuerwerk,
Welches jeden ernsten Augenmerk
Ablenkt, unverschämt dazwischen.

Zeit und Menschen sind verrückt.

Zwischen zweier Jahre Sarg und Windel
Wiederholt sich immer solch historischer Schwindel,

Der zumal Kalenderfabrikanten
Und viele alte antitot gesinnte Tanten
Hochbeglückt.

Und auch mich.
Prosit Neujahr, Brüder!
Ich bin heute lüder-
lich.
Ja, ich brülle und betrinke mich.
Mich schlägt keine Uhr.
Und ich wünsche jedem Menschen nur:
Daß von dem, was er mit losem Munde
Heute erfleht,
möglichst wenig in Erfüllung geht.
Weil die Welt mir doch zu jeder Stunde
So am richtigsten erscheint, wie sie besteht.

Aus: Die Woche. Nr. 1, 27. Jahrgang, Berlin 1925.

FÜR EINE EHRENROTUNDE GUSTAV KIEPENHEUERS

Hier nahm ich Platz,
Ich, Ringelnatz.
Es hat sich nichts ergeben.
Doch freute mich am Leben
Die Sonne und die freie Zeit.
Und jetzt kommt Sekt. Daneben
Ist aller Kummer Nichtigkeit.

Aus: Kiepenheuers Tabatière. Heft 1, Leipzig 17. Januar 1925.

AN CLÄRE POPP

Woher weißt du, wies die Vöglein machen?
Hast du so genau mal zugesehn?
Ach, ich muß dir folgendes gestehn.
Erstmal mußte ich vergnüglich lachen.
Bis ich selber solch Gefühle spürte.
Und ich großes Geiervöglein schwang
Mich empor im heißen Frühlingsdrang,
Der mich weitab in die Vorstadt führte,
Fort, bei eine Prostitituierte.
Vöglein, die so niedlich hupfen,
Soll man nicht am Schwanze zupfen!

Brief, im August 1925.

AN ADOLF HUESGEN

Lieber Huesgen, nimm das Buch und lies es
Und verstehe dann, daß der Verlag, der dieses
Werk vor Monaten herausgebracht hat,
Noch viel schneller pleite ging, als man gedacht hat.

Ach, ich suche täglich hier vergebens
Einen Schornstein, der noch raucht.
Und die ganze Sonne unsres Lebens
Scheint von Euch zu Moselwein verbraucht.

Laß mich also in den Flüssigkeiten
Suchen nach verlornem Sonnenschein
Und das Schlimme, Schwere dieser Zeiten
Still vergessen unter Moselwein.

Weg von hier nach Trarbach-Traben,
In dem Land voll Sonnenschein
Will ich – wenn auch nicht begraben –
So doch niemals nüchtern sein.

Widmung in »Nervosipopel«, Dezember 1925.

DIE WEICHE LINA

Ich sagte zu meiner Lina,
(Und ich wußte, wie nah ihr das geht):
Daß Johann Maria Farina
In der ganzen Welt einzig dasteht.

Da frug sie und weinte zwei helle
Tränen in ihren Schürzenlatz:
»Ach? steht denn der arme Geselle
Bei Tag und bei Nacht an derselben Stelle
Gegenüber dem Jülichs-Platz?«

Ich gab keine Antwort, ich nickte nur.
Und da schluchzte die Lina und sah nach der Uhr.

Aus: Mein Almanach. Jubiläumsprivatdruck der Firma Johann Maria Farina. Köln 1925.

STELZEBEHNS SILVESTERFEST

Rentmeister Adolf Stelzebehn –
Obwohl einer der fleißigsten
Beamten, die im Staatsdienst stehn –
Der pflegt am einunddreißigsten
Dezember nicht zu Bett zu gehn.
Er hält's wie viele Leute:
Er speist am Abend mit der Frau
Und seinem Sohne Karpfen blau
Und detailliert dabei genau,
Was dieser Tag bedeute.
Um zehn Uhr fünfzig wird dem Sohn,
Der dazu von dem Vater schon
Seit Jahren angeleitet
Ist und studiert und überhaupt –
Wird also diesem Sohn erlaubt,
Daß er den Punsch bereitet.
Halb zwölf Uhr muß er fertig sein.
Inzwischen bringt das Mädchen
Das sämtliche Stanniol herein,
Das man von Schokolädchen,
Von Tabak, Seife, Camembert
Sowie auch von der Straße her
Sammelte unverdrossen.
Dann wird mit Hilfe dieses Zinns
Und in Erwartung tiefsten Sinns
Ganz ängstlich Blei gegossen.
Nun darf das Mädchen auswärts gehn
Zu ihrem Bleisoldaten.
Derweil die Leute Stelzebehn
An dem Gegoßnen raten
Und Wunder was im Garnichts sehn.
Dreiviertel zwölf wird Vater weich,
Die andern folgen ihm sogleich,
Und teils die Gläser füllend,
Teils sich in Schweigen hüllend,
Ernst, brauchgemäß bemeistern sie
Des Jahres Schlußmelancholie.

Ergriffen wie die Engel,
So warten sie und sehen nur
Die Uhr, die Uhr, die Uhr, die Uhr.
Dann greift die Hand zum Stengel
Des Glases. Die Balkontür kracht.
Drei Stimmen rufen durch die Nacht
In Glockenlärm und Prostgeschrei:
»Prost Neujahr!« Und dann küssen
Sie sich (die Mutter gähnt dabei).
Dann gehen sie zu Bett, die drei,
Weil sie früh aufstehen müssen.
So war das stets und jedes Jahr,
Bis einmal, da es anders war.
Damals – wie andre in der Not
Der Zeit gehaltlich abgebaut –
Aß Adolf Wurst mit Sauerkraut
Statt Karpfen blau zum Abendbrot.
Darüber schimpfte er schon laut.
Um zehn Uhr fünfzig kam heraus:
Das Mädchen war schon außer Haus
Und hatte nicht nur als sowohl
Ihr Eigentum wie das Stanniol,
Fünf Löffel und ein Grammophon
Mit sich davongenommen.
Dann war zum erstenmal der Sohn
Mit blutgeschwollner Schläfe
Um elf erst heimgekommen.
Er äußerte, er sei nicht wohl,
Was das Stanniol beträfe,
So sei der Fall verschwommen,
Doch wolle er als studio jus
Auf keinen Diebstahl hoffen,
Zwar – –. Kurz, man merkte aus dem Schmus:
Er war total besoffen.
Der Vater brummte: »Unerhört!«
Die Frau beschwichtigte verstört.
Der Sohn sprach nichts, doch lachte.
Worauf der Vater sich empört
Selbst an die Bowle machte.
Die Mutter aber dachte
Tief nach, was man nun gieße.

Halb zwölf Uhr prägte sie den Satz,
Daß Zelluloid als Bleiersatz
Vielleicht sich gießen ließe.
Die Mutter sprach's und seufzte tief.
Der Vater schwieg, der Sohn, der schlief.
Und so verging geraume Zeit.
Der Zeiger wies dreiviertel schon.
Plötzlich erwachte Adolfs Sohn
Sowie ein allgemeiner Streit.
Der Vater, der beim Punsch zerstreut
Spie, schlürfte, spie und schlürfte,
Rief, daß der Satz vom Zelluloid
Ein großer Quatsch sein dürfte.
Der Sohn, obwohl gar nicht im Bild,
Erklärte, das sei Lüge.
Auf Lüge wurde Vater wild.
Mutter erteilte Rüge.
Die Rüge kam in falschen Hals,
Nicht in den Hals des Jungen.
Der Vater brummte: – – andernfalls
Sähe er sich gezwungen –.
Die Mutter schrie, das sei zuviel.
Der Sohn verkniff das Wort senil.
Der Streit ging in die Breite.
Man schimpfte, drohte, log und schwur.
Und jeder hatte dabei nur
Sich selbst auf seiner Seite.
Bis Stelzebehns ererbte Uhr
Auf einmal dreizehn Schläge schlug.
Das war so ungewöhnlich,
Daß alles sich versöhnlich
Die Hände gab und sich vertrug.
Die Mutter jammerte, sie sei
Ein Schaf und Zelluloid kein Blei.
Der Sohn bat unter Tränen,
Die Sache mit dem Alkohol
Sowie den Fall mit dem Stanniol
Nie wieder zu erwähnen.
Da trug der Vater Adolf froh
Den ganzen Punsch zum Waterclo.

So schien für alle Zeit vertuscht,
Daß er den Punsch total verpfuscht,
Da er, als er ihn mischte,
Statt Zucker Salz erwischte.
Nun küßte der Familienbund
Sich gegenseitig auf den Mund,
Und die Balkontür krachte.
Unten war große Keilerei.
Die Kirchentürme schlugen zwei –
Und ein Betrunkner lachte.
Die Sternlein blinkten mild und klar,
Als ob von dem, was ist und war,
Sie keine Ahnung hätten.
Rentmeisters riefen: »Prost Neujahr!«
Und gingen in die Betten.
Nur daß der Stelzebehnpapa
Noch mehrmals nach dem Punsche sah.
Wenn ihr nun, liebe Leser,
Euch füllt Silvestergläser,
Dann sei kein Salz in eurem Punsch.
Und möge – dies mein zweiter Wunsch –
Das Fest euch fröhlicher vergehn,
Als es verging Herrn Stelzebehn.

Aus: Die Woche. Nr. 1, 28. Jahrgang. Berlin 1926.

AN DIE WEINKNEIPE SCHICKETANZ

Wiedermal – wie immer wieder –
Wiedermal steigt Ringel ganz
Voll von hohen Bergen nieder
Und besucht den Schicketanz.
Guter alter treuer Platz – – – –
Prost Ringeltanz dem Schickenatz.

Gästebuch am 26. Juli 1926.

MEINEM LIEBEN PAPA ZUM WEIHNACHTSFEST 1892 VON HANS BÖTTICHER.

An einem Sommertag,
Auf einem grünen Hag,
Fand sich der Tierverein
So gegen 4 Uhr ein.
Und was da ist passiert,
Das hab ich hier geschmiert.
Nun haltet Ruh,
Und hört mir zu:

Wir machen eine Partie,
Rief alles Vieh.

Aber wohin?
fragte die Spinn'.

Nach Connewitz!
Bellte der Spitz.

Ach ja!
Sagte die Krah.

Musik muß mit!
Schrie der Kiwit.

Nur viele Trompeten!
Quakten die Kröten.

Vergeßt nicht die Trommel!
Rief die Rohrdommel.

Violinen, Violinen!
Baten die Bienen.

Das giebt ein Conzert!
Meinte das Pferd.

Wir fahren ist's euch recht?
Sagte der Hecht.

Jawohl!
Sprach der Pirol.

Ich fahr mit dem Kahn!
Krähte der Hahn.

So?
Sagte der Floh.

Ich renne!
Rief die Henne.

Aber schnelle!
Rief die Gazelle.

Ach nein!
Grunzte das Schwein.

Was werden wir speisen?
Fragten die Ameisen.

Butterbröte,
Rief die Kröte.

Fladen!
Meinten die Maden.

Ich esse Leber!
Sprach der Eber.

Ich nehme Lende!
Erklärt die Ende.

Schmorbraten!
Wollten die Ratten.

Was wird getrunken?
Fragten die Unken.

Bowle!
Rief die Dohle.

Zukerbier!
Brüllte der Stier.

Meinethalben!
Riefen die Schwalben.

Das trink ich nicht!
Sagte der Habicht.

Wir wollen einmal ruh'n!
Bat das Rebhuhn.

Kommt denn kein Wirtshaus?
Fragte die Fledermaus.

In einer Stund!
Sagt de Hund.

Noch so lange!
Seufzte die Schlange.

Ruh' ist viel wert!
Meinte das Nielpferd.

Ich tanz mit der Möwe!
Rief der Löwe.

Ei so galant!
Sprach der Elefant.

Ich tanz mit dem Faultier!
Wiehert das Maultier.

Ich trag einen Kranz!
Sagte die Gans.

Ich komm nicht vom Flecke!
Stöhnte die Schnecke.

Ich geh wieder nach Haus!
Gähnte der Strauß.

Wie schön ist der Himmel!
Sagte der Schimmel.

War ich heut brav?
Blökte das Schaf.

's geht an!
Sagte der Pelikan.

Du machtest Skandal!
Schalt der Aal.

Die Thüte ist leer!
Brummte der Bär.

Ich will zu Bett!
Schrie das Frett.

Ich geh!
Sprach das Reh.

Wo ist der Spiegel?
Rief der Igel.

Steigen Sie ein!
Schrien die Papagein.

Fahr zu!
Rief der Uhu.

Zu Befehl!
Sprachs Kamel.

Und nun ists aus!
Sprach die Maus.

Aus: Die Literarische Welt. Nr. 34, 2. Jahrgang, Berlin 1926.

AN DEN STAMMTISCH AM DORNBUSCH

Dank, ihr Herren, für das gute Schreiben!
Und ich grüße Sie und grüß das teure
Hamburg. – Wenn ich wieder dorthin steure,
Will ich gern am Dornbusch hängen bleiben.

Blatt, am 12. Januar 1927.

KAUGUMMI

Kriege ich jemals ein Kind, soll es Kaugu heißen,
Da ich erleben durfte die Zeit, die uns gab
Jenes Mittel, um von der Wiege bis Grab
Nun auch die ärmste Bevölkerung billig zu speisen: Kaugu.

Nie mehr Durst! Und vom Mundgestanke befreit,
Desinfiziert, zu allen Strapazen bereit,
Laßt uns mit angeregtesten Speicheldrüsen
Speise modernster Götter, Kaugu, begrüßen.
Kaugu ahoi!

Manna mit Möglichkeit, stunden- ja jahrelang
Damit zu fletschern und darauf zu kauen,
Ohne den unästhetischen Zwang,
Umständlich hinterher zu verdauen.
Kaugu.

Aber bleiben wir Gummi malmend doch mäßig!
Daß nicht künftig Kinder, Männer und Fraun
Oder gar Säuglinge leidenschaftlich gefräßig
Schnuller, Radiergummi oder Pneumatiks zerkaun.
Gun.

Scherz beiseite. Nein, laßt euch nicht schrecken.
Nein, ihr Jungen mit echten Gebissen,
Kauet nur weiter, ganz langsam wie Schnecken,
Kaut immerzu, chacun son Kaugoût!
Kaugu wird niemals euer Gewissen
Noch eure Unterhosen beflecken.

Aus: Der Freihafen. Heft 2, 9. Jahrgang, Hamburg 1926.

ITALIEN-CHANSON

Wie war Italien einst verdreckt!
Jetzt ist Italien sauber.
Man hat dort deshalb Gold entdeckt.
Wem dankt man solchen Zauber?

Refrain: Mussolinchen, das das Ärmchen hebt,
Das Mädchen für alles, das Mädchen,
Das spät geboren, weiter lebt
Dank vieler Attentätchen.

Italien, das schon manche Schlacht
Gewann, ha! Heute siegt es
An jedem Tag, in jeder Nacht
Wohl zehnmal. An wem liegt es?

Refrain: Mussolinchen, das das Ärmchen hebt,
Das Mädchen für alles, das Mädchen,
Das spät geboren, weiter lebt
Dank vieler Attentätchen.

Italia, die Großnation,
Wird – nur dank Mussolinis
Genie – einst – – –
– (Schluß der Redaktion)
Finis.

Aus: Simplicissimus. Nr. 35, 31. Jahrgang. München 1926.

FÜLLFEDERHALTER MONTBLANC

Mir ist um mein Gepäck nicht bang.
Ich trage, was ich besitze,
Novellen, Gedichte und Witze,
Im Füllfederhalter Montblanc.

Werbeanzeige in: Der Querschnitt. Heft 2, 8. Jahrgang, Februar 1927.

MEINE GASRECHNUNG

Und der Gasmann taucht
Jeden Monat auf, erbleicht,
Wenn er mir die Rechnung reicht,
Und sagt: »Herr, Sie haben viel verbraucht!«

Ich geleite den Besuch
An ein Sofa, wo er trinkt und raucht,
Und erkläre ihm, was ich verbraucht
Habe. Denn ich führe selber Buch:

»Wie ich täglich auf dem Gasherd koche,
Kann ich nur bei Gasbeleuchtung sehn.
Ich vergaß einmal, als ich für eine Woche
In die Berge fuhr, das Gaslicht abzudrehn.

Wenn man jeden Morgen einmal badet,
Ist das etwas, was dem eignen Wohle
Und dem Badeofen gar nichts schadet.
Ferner heize – – Gas ist sauberer als Kohle.

Und, was Sie nicht wissen: Seifenblasen
Füllt man besser – statt mit Lungenpusten,
Das zur Schwindsucht führt oder zum Husten –
Nur vermittelst Schlauchanschluß mit Gasen.

Dann: Versuche mit dem Gasmotor.
Haben die auch nicht Erfolg gezeitigt,
Hat am Fünften doch mein Zimmerherr,
Als ich fort war, wie er angibt, per
Gas die ganze Wanzenbrut beseitigt.

Hab ich auch durch Zündhölzer gespart,
Kommt mich doch ein Gasangriff auf Steuer-
Kontrolleure andrerseits sehr teuer.
Ebenso die Fesselballonfahrt.

Und zuletzt – was ich aus triftigen
Gründen nur mit »Null und Stern« verbuche –
Sieben jener aussichtslosen, giftigen
Gas-Vergiftungs-Selbst- und Mordversuche.

Kurz, für wenig Geld
Viel Nutz und Spaß.
Ein Kubikmeter ist Form.
Doch Gas

Ist wie Geist, ist flüchtig und ist billig.
Hier Ihr Geld!« – – Der Gasmann geht freiwillig,
Und sein Antlitz strahlt.
Denn ich habe ihm was mehr bezahlt.

Aus: Jugend. Nr. 43, München, am 22. Oktober 1927.

DAS LIED VON DER HOCHSEEKUH

(Chanty zum Tauziehen)

Zwölf Tonnen wiegt die Hochseekuh.
Sie lebt am Meeresgrunde.
Ohei! – – Uha!
Sie ist so dumm wie ich und du
Und läuft zehn Knoten in der Stunde.
Ohei! – – Uha!

Sie taucht auch manchmal aus dem Meer
Und wedelt mit dem Schweife.
Ohei! – – Uha!
Und dann bedeckt sich rings umher
Das Meer mit Schaum von Seife.
Ohei! – – Uha!

Die Kuh hat einen Sonnenstich
Und riecht nach Zimt und Nelken.
Ohei! – – Uha!
Und unter Wasser kann sie sich
Mit ihren Hufen melken.
Ohei! – – Uha!

Aus: Simplicissimus. Nr. 18, 32. Jahrgang. München, am 1. August 1927.

DUETT DES SCHIFFSJUNGEN MIT EINEM PASSAGIER

Junge: Ach Faulsein ist schön!
Und schön ist die Ruhe!
Und Nichtstun ist schön!
(Nach den Füßen des Passagiers schielend)
Und schön sind schöne Schuhe!

Passagier: Ja Faulsein ist schön!
Und Schlaf tut so gut.
Und schön ist die Stille! *(Lächelt dem Jungen zu)*
Und schön ist ein schöner Hut!

Junge: Und schön ist der Himmel –
Passagier: Eine Reise unterm Wind!
Junge: Und schön sind die Blumen!
Passagier: Und schön ist ein Kind! *(Lächelt dem Jungen zu)*
Wie Sie es sind!

Junge: Und schön ist Musik.
Passagier: Auch ein Bild kann es sein,
Ein Gedicht kann es sein.
Junge: Und schön ist eine Roßkastanie – *(Passagier lächelt)*
Passagier: Oder ein glatter Stein.

Beide: Ja Faulsein ist schön!
Passagier: Und schön ist Paris!
Und schön sind zwei Freunde.
Junge: Und schön ist das Paradies!

Aus: Simplicissimus. Nr. 24, 32. Jahrgang. München, am 12. September 1927.

MEINE LEHRER

Der Lehrer, der nur leise tost,
Denn er ist stimmlich still vereidigt,
Wenn ihr in seine Kreise stoßt,
Ist er beleidigt,
Schluckt still erbost.
Nicht alle, nur die meisten.
Ich rede nicht von denen,
Die etwas leisten
Oder auch nur ersehnen.

Die, die ich meine, meine,
Die waren (bis auf einen Fall)
Noch dümmer als ein Gummiball,
Zum Teil sogar dumme Schweine.
Ich hätt' es ihnen mitgeteilt,
Doch hab' ich das vergessen.
Vielleicht hat sie indessen
Der Tod ereilt.

Ich habe jetzt eine Verehrerin,
Die ich noch mehr verehre,
Die ist beruflich Lehrerin.
Bei der geh' ich jetzt in die Lehre.
Und jeden Abend spiel' ich Skat
Mit einem Tertianer,
(Einem blinden Amerikaner)
Sowie mit einem Studienrat,
Dem ich viel Geld abgewinne.

Sonst habe ich nichts im Sinne.

Aus: Simplicissimus. Nr. 5, 33. Jahrgang. München, am 30. April 1928.

AN ALFRED FLECHTHEIM

Herr Flechtheim angelte am See
Sich kleine Tierchen von Renée.
Nachdem er dann aus Spiritusdocht
Daheim den Tierchen Zügel flocht,
Zog diese Zwergmenagerie
Ihn selbst und seine Galerie
Durch alle Welt zu hohem Ruhm ...
Hoch Flechtheim! Hoch sein Eigentum!

Aus: Der Querschnitt. Heft 3, 8. Jahrgang. Berlin, im März 1928.

Fünfundzwanzig Jahre besteht
Derzeit der Simpl.
Ist es nicht Zeit, daß er wie ein Wimpel
Am Abend niedergeht?

Nein! – Es haben verständige Leute
Neue Jugend ihm eingehaucht,
Daß er sich im Vergleiche heute
Nicht vor dem Einst zu verstecken braucht.

Das Alte achtend im Neuen zu leben,
Winkt er euch Gäste herein.
Ihr sollt euch ungezwungen hier geben
Und anständig übermütig sein.

Daß es hier weiter klinge und schwinge
Wie Fasching, Freundschaft und Mai –.
Daß das gelinge,
Tragt alle mit dazu bei.

Gedenkblatt zum 25jährigen Bestehen der Künstler-Kneipe Simplicissimus, Mai 1928.

AN L. VON NIDA

Sollen doch Menschen, wie sie sind,
Paarweise sich freuen,
Nur mögen Sie's nimmer bereuen
An einem kranken oder lästigen Kind.

Solch Kind verhüten ist heiliges Recht
Und Pflicht aller derer,
Die nicht berufen sind als Vermehrer
Und Liebe tragen für das nächste Geschlecht.

Vorspruch zu L. von Nida: Geburtsregelung. Oberursel: A. Reich 1928.

DADDELDU VERPRÜGELT DEN SCHIFFSJUNGEN

Wenn du siehst, daß jemand ins Wasser fällt,
Dann springst du sofort hinterher.
Denn man weiß nie bestimmt,
Ob er sackt oder schwimmt,
Und die nassen Kleider sind schwer.

Wenn du erst dich besinnst, was du selber riskierst,
Dann ist das eine Hundeschweinerei!
Denn, wenn du wirklich dein Leben verlierst,
Was wäre dann schon Schlimmes dabei?!

Wenn aber der Jemand ertrinkt – und, wie hier
Es beinahe geschah, eine Frau –,
Dann verdienst du, daß ich die Leiche dir
Rechts und links um die Ohrflossen hau.

Aus: Simplicissimus. Nr. 17, 33. Jahrgang. München, am 23. Juli 1928.

KLAGE EINER UNBELIEBTEN PASSAGIERIN

Ich weiß gar nicht, wie ihr seid
Und was euch von mir zieht.
Was tat ich euch denn zuleid,
Daß ihr, ihr alle mich flieht.

Daheim ist nicht Wärme noch Trost.
Der Wasserhahn schließt nicht und tropft,
Tropft, tropft. Und mein Herze klopft, klopft.
Denn mein Mann ist darüber erbost.

Der Peter, mein einziges Kind,
Ist fremd mir. – Mag keiner mich leiden.
Gott weiß, warum sie mich meiden.
Ich verstehe nicht, wie sie sind.

Will keiner mich lieben noch hassen.
Und spüren doch alle mein Weh.
Sie retteten mich aus der See.
Wie bin ich nun hier so verlassen.

Aus: Simplicissimus. Nr. 19, 33. Jahrgang, München, am 6. August 1928.

ALARM!!

Das zehnte Fest (siebenter Dez)
Aufs Ganze und im Tanze gehts
Mit Sekt und Sommersprossen.
Wer Zutritt, Herz und Beine hat,
Beachte unser Zifferblatt.
(Wer nicht kommt, wird erschossen!)

Einladungskarte zum Kostümfest der Novembergruppe, am 7. Dezember 1928.

LAND IN SICHT

(Matrosensang)

Kameraden, vorbei ist das Fasten,
Ich sehe den Leuchtturm durchs Glas.
Schon flattern um unsere Masten
Die Möwen. Im Wasser schwimmt Gras.

Schon steigen die Türme vom Hafen
Wie Kräuterkäse grün aus dem Grau.
Old sailorboys, heute nacht schlafen
Wir alle an Land bei der Frau.

Vielleicht noch tanzen wir heute
Und saufen, soviel uns behagt.
Wir haben als Fahrensleute
Solang dem Vergnügen entsagt.

Hei ho! Macht euch sauber, Matrosen!
Bald tritt auf den Kampfplatz der Stier.
Die besten Hemden und Hosen
Warten steif auf die Mädchen auf dem Pier.

Schon seh' ich die Tücher sie schwenken.
Denn jeder von uns ist ein Held
Und naht sich mit Auslandsgeschenken.
Hei ho! Heut' abend rollt Geld!

Aus: Matrosen. Hrsg. von Joachim Ringelnatz.
Berlin: Internationale Bibliothek 1928.

ABSCHIED DER SEELEUTE

Chor der Seeleute: Wir Fahrensleute
Lieben die See.
Die Seemannsbräute
Gelten für heute,
Sind nur für to-day.

Die Mädchen, die weinen,
Sind schwach auf den Beinen.
Was schert uns ihr Weh!
Das Weh, ach das legt sich.
Unsre Heimat bewegt sich
Und trägt uns in See,
Far-away.

Chor der Mädchen: Wir, die Bräute
Der Fahrensleute,
Lieben und küssen,
Doch wissen, sie müssen
Zur Seefahrt zurück.

Und wenn sie ertrinken,
Dann – wissen wir – winken
Uns andre zum Glück.

Aus: Matrosen. Hrsg. von Joachim Ringelnatz. Berlin: Internationale Bibliothek 1928.

EINTRAG IM »GEDENKBUCH AN DIE EINQUARTIERUNG BEI WITWE HARMS«

Sei freundlich zu dem rauhen Gast,
Den dir der Krieg ins Haus geschickt.
Wenn ihn die Kugel trifft, so hast
Du ihn auf letztem Weg erquickt.

Und wenn er siegreich heimwärts kehrt,
Dich nimmer sieht, die ihn beschenkt,
So ist schon das der Liebe wert:
Daß er stets dankbar deiner denkt.

AUF DIE VERSENKUNG DREIER ENGLISCHER PANZERKREUZER DURCH KAPITÄNLEUTNANT WEDDIGEN

Hört, was ich Frohes singe:
Juchhei!
Der Kapitänleutnant Weddigen
Schien gar nicht mehr zu sättigen,
Sprach: Aller guten Dinge
Sind drei.

Aus: Als Mariner im Krieg, Berlin 1928.

AN MEINEN REKRUT, WEIHNACHT 1916

Matrosenartillerist!
Laß dir noch einmal ins Auge schaun.
Und nimm ein grades Wort nicht krumm:
Ich hätte dich, der du so dumm,
So dumm wie eine Gurke bist,
Gar oft von Herzen gern verhaun.
Und wenn dir manche Träne rann
Und ich der Tränen lachte,
Geschah's im Zwang, der dich zum Mann,
Zum deutschen Manne machte.

Nicht glaube ich, daß du mir grollst,
Ich bog dein Rückgrat und trieb dein Blut.
Nun blick mich an so gradezu,
Wie jedem Freund und Feinde du
Ins Auge ehrlich blicken sollst.
Bedenk: auch ich war einst Rekrut.
Es kommt der Tag, da du erkennst
Dies Muß aus rechter Ferne.
Dein Blick wird leuchten, wenn du nennst
Die Kiautschoukaserne.

Auch ich hab Schemel gestreckt,
Hab mich mit Griffen und Marsch gequält.
Doch heute dank ich tausendmal
Dem groben, starren Korporal –
– Gott weiß, welch fernes Grab ihn deckt –,
Der meine schwache Brust gestählt.
Nur Männer hart und felsengleich,
Nicht Weiber und nicht Knaben,
Will unser giftumkochtes Reich
An seinen Fronten haben.

Sei, Kerl, ein ganzer Soldat,
Dem Kaiser treu und dem Vaterland.
Wenn Flamme dich und Donner einst
Umtobt, daß du zu bersten meinst,
Dann denke an dein Mützenband.

Und fielest du, sei's im Hurra.
Dann soll von einem Helden
Mit Stolz die 4. M. A. A.
An deine Heimat melden.

Heut soll dein Weihnachten sein,
Da uns die Stunde des Scheidens naht.
Lies heute deiner Mutter Brief,
Die um dich bangt. Und fühle tief
Das rauhe Glück, Soldat zu sein
Im großen Krieg, mein Kamerad.
Der Spruch, der auf dem Koppel steht,
Wird rechten Weg uns zeigen.
Bis wir uns einst zum Dankgebet
Für Sieg und Frieden neigen.

Aus: Als Mariner im Krieg, Berlin 1928.

AN DIE WAND
SEINER BARACKE IN SEEHEIM

Fror mein Herz in dieser Einsamkeit,
Hab ich warm geschrieben und gelesen.
Und dann sah ich deutsche Kraft verwesen,
Dünger werden einer bessren Zeit.

Blinde trugen Schmach und Leid.
Euch nur, Wald und See, hab ich zu danken,
Die ihr, als die Menschen häßlich sanken,
Immer treu und gleich geblieben seid.

Aus: Als Mariner im Krieg, Berlin 1928.

AN HANS KRENZ

Vasco da Gämchen
Hatte ein Pyjämchen.
Deshalb hat ein Dämchen
Wahrscheinlich aus Schämchen
Ihn nicht angeguckt.
Darauf hat ein Lämchen –
Sohn des Dalai Lama –
Jenes prüde Dämchen
Angespuckt.

Blatt. Hannover 1928.

SIGNAL FÜR KUTTEL DADDELDU!

Eingeschifft! Eingeschifft!
Alles, was See betrifft,
Darf hier sich tummeln
Und anhummelhummeln.

Auf, am und in dem Meer,
Im Hafen kreuz und quer
Soll es sich regen.
Mag man meinetwegen
Babys trockenlegen,
Uns nicht! Nein nein!

Wir wollen Meer, Sturm, Wein,
Ein Segel statt der Windel.
Wir wollen Seeleute sein
Und Hafengesindel!

Wer gern aufs Ganze geht,
Gern sich im Tanze dreht
Bei Windstärke Dreizehn,
Dem werden wir beistehn.

Einschiffen! Die Sezession
Gibt einen langen Ton.
Ruft ein Old-sailor-boy,
Winkt euer Daddeldu
Herzlich euch zu:
»Wer nicht salzwasserscheu
Ist, komme her! Ahoi!«

Einladungskarte der Kasseler Sezession, am 31. Januar 1929.

AN OTTO LINNEMANN

Lieber Otto Linnemann,
Was ich Dir im Grunde Gutes
Sagen könnte oder kann,
Auf Verschwiegenem beruht es.

– –

Immerhin und immerher:
In Respekt vor Deinem Glase
Heb ich meins und meine Nase.
Prost! Ich liebe Dich so sehr.

Flaschenanhänger, am 26. April 1929.

AUF GIPFEL KREUZECK

Die Gedanken gehn hinter den weichen
Gefühlen her
In die Tiefe und in die Weite.
Sie werden bequemer mehr
Als die Gefühle erreichen,
Als zweite.

Aber Gefühle leiden
Nie am Zweifel um Böse und Gut.
Und warum beneiden
Die Gedanken sie um ihren Mut?
Und warum beneiden Gefühle nie ...?

Ja, warum gibt's auf Berg Kreuzeck
Und sonstwo die Fragen Warum? und Wie??

Wir haben all unsern Schneuzdreck,
Menschen wie Vieh.

Aus: Simplicissimus. Nr. 8, 34. Jahrgang. München, am 20. Mai 1929.

EISENBAHNSCHWÄTZER

Was die zusammenschwätzen,
Ins Eisenbahncoupé gezwängt!
Wie weiß ich es zu schätzen,
Wenn einer schweigend Flöhe fängt.

Man tut sich groß, man tut sich dick.
Wer merkt für einen Augenblick,
Daß etwas wie Gespenster
Ungreifbar links am Fenster
Wirklich unwahr vorüberzieht –
Rauch der Lokomotive?!

Wenn doch der, der das gar nicht sieht,
Dann wenigstens bald schliefe.
Das macht sich dünn und macht sich breit.
Wie sie es auch beginnen,
Mit Großmaul oder Höflichkeit,
Nicht nur um Zeitgewinnen.
Es mag sich ihre Eitelkeit
Nicht auf sich selbst besinnen.

Das spricht sich links und rechts vorbei
Und bläht sich auf und geht entzwei,
Doch fühlt sich heil im Lachen.
Und konsumiert seinen Geschmack
Laut niesend so wie Schnupftabak,
Um immer nur zu wachen.

So fahr ich durch die Gegend hin
Und merke mit der Zeit: Ich bin
Auch von der Sucht besessen.

Wenn man gefangen Stund' um Stund',
Dann läuft die Ungeduld sich wund
Und kann sich leicht vergessen.

Aus: Kölnische Illustrierte Zeitung. Nr. 21, 4. Jahrgang. Köln, am 25. Mai 1929.

FORTSCHRITT

Wenn Herr Alt Herrn Jung zerpredigt,
Denke Jung für sich: Erledigt!

In die Weite,
In die Enge
Forschen wir in unsren Zeiten.
Über Breite,
Abstand, Länge
Wird man später weiterschreiten.

Gilt – noch später – statt der Logik
Beispielsweise einmal Pogik,
Werden wir den Mars erreichen.
Nach und nach fast alle Sterne.
Und das Ziel? – Wird vor uns weichen
Schritt für Schritt als ewige Ferne.

Denkt euch doch mal ungefähr:
Wie sehr klein, sehr groß das wär',
In bezug auf Weite, Nähe,
Wenn ein Cholerabazill
Mikroskopisch Kleinres sähe.

Rückwärts, vorwärts, – jeder gehe
Langsam, schneller oder stehe
Still.
Wie er's kann und darf und will.
Eidechs bis zum Krokodil,
Bundeskanzler bis stud. phil. –
Doch hier bildet sich ein Riß
Durch die Frage: »Gibt's ein Bis?«

Auch was geistentgleist, getreu
Stehen bleibt, stirbt rückwärts lebend
Und wird nimmer wieder neu. –
Knochen-, Zeitepochenreste. –

Wenn wir, uns nach vorwärts strebend,
Uns mitunter überrennen,
Aber am Erreicht das Beste
Nur als gottbestellt erkennen,
Haben wir ein Leben lang,
Manchmal scheißfroh, manchmal bang,
Doch lebendig es erfahren,
Daß wir glücklich waren.

Aus: Simplicissimus. Nr. 9, 34. Jahrgang. München, am 27. Mai 1929.

ERBARMUNGSLOSES SELBSTPORTRÄT

Ein trostloses Lied bei tropischer Wärme

Ich bin total verblödet.
In mir ist was erstickt.
Mein Vater, der errötet,
Wenn er mich wo erblickt.

Ich stiere stumm und glotze,
Weiß selber nicht wohin,
Weil ich von Faulheit strotze
Und übermästet bin.

Mein guter Schulfreund Ruhland
Kennt auch kein Alphabet.

... Ich hoffe, daß mein Zustand
So ewig weiter geht.

Aus: Berliner Tageblatt. Nr. 340, 58. Jahrgang, Berlin, am 21. Juli 1929.

DER CHEF

Freund, nimm ein jedes Danke an,
Das irgendwer dir gibt.
Und gib's wie fremden Schmuck sodann
An deinen Chef, wenn er dich liebt.
Wenn du ihn liebst und es erfaßt,
Daß er dich liebt, mein Freund, dann hast
Du sicher keinen großen Chef.
Doch großen Vater. – Sei sein Kind!
Sorg', daß dir viele dankbar sind.

Und schreibe »Vater« nie mit »F«.

Aus: Neue Schweizer Rundschau.
Heft 9, 22. Jahrgang, Zürich, im September 1929.

SCHALLPLATTEN

Schallplatten, ihr runden,
Verschönt uns die Stunden
Laut oder leise,
Tief oder hell,
Wie wir euch bestellt.
Dreht euch im Kreise.

Das Karussell
Der geistigen Welt.

Erwähltes schwinge,
Ein Spiel erklinge,
Ein Sänger singe,
Ein Dichter spricht;
Aus fernen Landen,
Aus Nichtmehrvorhanden. –

Wir sehen sie nicht.
Was sie uns gegeben,
Wird Künftigen bleiben,
Wird weiter leben,
Wie ihr es banntet,
Ihr kreisenden Scheiben,
Wie ihr erkanntet,
Was ewig gefällt.

Die Kunst erhält.

Aus: Die Werag: Das Ansageblatt des Westdeutschen Rundfunks. Nr. 38, 4. Jahrgang, am 22. September 1929.

REVOLTE IM SÄUGLINGSHEIM

Hans aß eine sächsische Bemme.
Fritz hatte wenig Geld.
Hans rief: »Du mutige Memme!«
Fritz fauchte: »Du feiger Held!«

Es wurde vom Zweikampf gesprochen.
Hans sagte: »Ich schlage nur links.«
Fritz dachte an sämtliche Knochen,
Und er bestellte zwei Drinks.

Sie tranken Steinhäger Schlichte
Und fanden ihn beide sehr gut.
Fritz stammelte: »Ich verzichte
Freiwillig auf sächsisches Blut.«

Hans sagte: »Und ich bezahle
Die Schnäpse, die du bestellt.«
So schafften sie die fatale
Affäre still aus der Welt.

Aus: Simplicissimus. Nr. 36, 34. Jahrgang, München, am 2. Dezember 1929.

WÜNSCHE

Was wir in kläglicher Naivität
Uns wünschen, das greift unverschämt zurück
Und kommt zu spät.

Wer erntet jemals wohl ein Glück,
Das er nur fett gedüngt, doch nie gesät.

Es treiben hohle Wünsche leeres Spiel.
Es finden dumme Wünsche dummes Ziel.
Es wünscht sich Müdigkeit ins Ungefähre:
»Ach wenn es doch nun bald zu Ende wäre.«
Und Rührendes, was niemals ausgesprochen,
Vermodert unerkannt in Fleisch und Knochen.

Jetzt – (da ein Abendessen sich vollzieht) –
Wünsch ich den andern »guten Appetit«!

Aus: Simplicissimus. Nr. 37, 34. Jahrgang, München, am 9. Dezember 1929.

DIE RIESENPALME

Sie schleppten den Baum aus der tropisch besonnten
Ferne weit fort, in ein Glashaus hinein,
Gaben ihm Liebe, so gut sie konnten.
Er sollte wachsen, gedeihn.

Und er wuchs und stieg und gedieh
So hoch, daß sie wieder und wieder
Das Glasdach erhöhten. Sein Haupt sah nie
Auf sie hernieder.

Er sah einen Himmel wie Heimat. Und stieg.
Stieß schmerzvoll gegen das gläserne Dach.
Und stemmte sich. – Dann gab's einen Krach.
Die Scheiben splitterten. Sieg!

Baum stand, ein stiller, fremdländischer Held,
In Freiheit. Und ahnte doch seinen Sturz.
Glas kostet Geld.
Man machte es kurz.

Ahnte wohl einer der Leute,
Die ihn zersägten, daß von den Hunderten,
Von den Tausenden, die ihn bewunderten,
Kein einziger den Riesen erfreute –?

Aus: Leipziger Neueste Nachrichten. 1929.

UMZUG
(Groteske)

Nicht nur von Hausierern wimmelt's.
Es besuchen grade heute
Uns die allerliebsten Leute,
Werden schwierig abgeschoben. –
Wieder bimmelt's. Ewig bimmelt's.
Rohe, rote Männer kommen.
Bums! Die Tür wird ausgehoben. –
Bilder von der Wand genommen. –
Schränke kippen. – Seiten stehen. –
Spiegel klirren, Leisten brechen.
Hausflur ist im Nu verdreckt.
Mißtraun und Nervosität
Kämpfen mit dem Hausgerät.
Längst Verschollnes wird entdeckt.
Treppen hasten, –
Lasten schleppen, –
Keiner zieht, will jeder lenken.
Überflüssig dumme Sachen
Will man plötzlich lieb verschenken.
Schadenfrohe Nachbarn lachen.

Zweiter Teil: Man rollt mit seinen
Möbeln über Pflastersteinen,
Atmet auf und zahlt dem wackern
Kutscher und den heißen Packern
Schnaps und Bier, soviel sie wollen. –
Plötzlich hört man auf zu rollen.
Man steigt aus, und man sieht nach.
Was ist los? – Nur: Achse brach.
Selbst die Frage nach der Schuld
Überbrückt nicht Ungeduld.
Was sich eben feucht versöhnt
Hat, beschimpft sich neu und stöhnt.
Und der Zeiger auf der Uhr
Kreist um die Repa retour.
Dies geschieht durch Zufallspiel,
Hundert Schritte vor dem Ziel.

Letzter Abschnitt. Ausgeladen. –
Drückeberger: Krampf in Waden.
Zweiter Packer streikt aus Schwips. –
In Kommoden Mischsalat:
Porzllan mit Glas und Gips.
Tisch paßt nicht ins Türformat.
Straße, Treppe, Flur bewachen;
Jetzt schon fehlen manche Sachen. –
Dritter Packer auch besoffen. –
Alte Möbel, neues Hoffen,
Bücher werden aufgestellt.
Wieder eine Ecke splittert.
Erster Packer lallt verbittert.
Irgendwas vom Lauf der Welt.
Und man seufzet: »Ja, das Leben!«
Und man zahlt und räuspert sich,
Um darauf versehentlich
Zweimal Trinkgeld noch zu geben. – –

Dann allein. Durch force majeur
Ganz zerschlagen, halb vernichtet,
Doch im neuen Interieur,
Zukunftsreif neu eingerichtet,
Dankt man Gott. – – In dem Moment
Schlägt ein Blitz ins Haus – –
Es brennt!!!!!!

Berlin, Februar 1930.

ÜBER POLITIK

Die Jahreszahl hat ihren Reim.
Also jetzt und bei uns daheim,
In Deutschland 1930,
Reimt sich so wichtig »fleißig«.

Wo sich die eignen Sippen haun,
Sei jedes noch so echt beseelt,
Scheint mir doch jedenfalls: Dort fehlt
Klugheit gepaart mit Gottvertraun.

Nun meinetwegen schlagt euch tot.
Und wen's unschuldig leiden macht,
Der füge sich mit dem Bedacht:
Nach Kalt grüßt kühl das Morgenrot.

Wer herrscht, siegt oder leidet,
Der lerne, daß ein Ferngebot
Das Einzige entscheidet.

Aus: Die Weltbühne. Bd. 1, Nr. 18, 26. Jahrgang. Berlin, am 29. April 1930.

AN MUSCHELKALK

Wir lieben uns nun zehn Jahre,
Erst sehr,
Dann mehr und mehr.
Das Hesterberg bewahre
Uns das bis Lebensschluß.
Ich gebe Dir einen Kuß.

Postkarte an seine Frau zum 10. Hochzeitstag. Berlin, am 7. August 1930.

AN HEINRICH GEORGE

So zwischen »pflaumenweich« und »schmacklos rauh«
Und zwischen »reichheitswild« und »armutsstolz«
Lebt eine weise Frau,
Wächst ein gediegenes Holz.

Wenn ein begabter Kerl wie Du,
Ein Künstler und ein Mensch dazu
Aus Kraft in Glück und Sorge
Dem leisen Freund nicht lauschen will,
Dann hilft ihm nichts. Er borge
Sich zum Besitz den Schein.
Werde still!
Heinrich George.

Brief, im September 1930.

NEPP UND KITSCH

Das Geld vergeht so schnell wie Zeit.
Der Nepp besteht, der Kitsch gedeiht.
Und es kämpft keine Geschlossenheit
Dagegen.
Der Kitsch, der Nepp; es spricht davon
Kein Strafbuch und kein Lexikon.
Weswegen?

Aus: Der Scheinwerfer. Blätter der Städtischen Bühnen Essen.
Heft 1, 4. Jahrgang, Essen, im September 1930.

ÜBERRASCHENDE GESCHENKE

Unerwartete Bescherung!
Lieb Sonja, ich gedenke
Deiner träumend in Verehrung.

Fand ich fern erliebte Gaben,
Innig, wie die Muschel gibt,
Liebe, die die Liebe liebt –
Welche Möglichkeit wir haben!

Was uns unverdient begegnet,
Frei und offen im Vertrauen,
Schöne Worte, Blumen, Frauen – –
Sonja, Sonja, sei gesegnet!

SIND WIR FREI?

Und hindert nichts mich, frei von dir zu reden,
Darf meine Liebste uns umschlungen sehn.
So können wir in jedes Wort, in jeden
Blick – lächelnden Gewissens sehn.

Nicht antworten, wenn Neugierige uns fragen.
Die wahren Freunde sind vertrauend scheu.
Und ach, du weißt: Ich bin der Liebsten treu.

Dir aber kann ich jetzt nur eines sagen:
Es ist so schön, wenn Menschen Menschen tragen.

Aus: Die Literarische Welt. Nr. 36, 6. Jahrgang, Berlin, am 5. September 1930.

AN MÄCHTIGE

Ja, ihr seid mächtig.
Euch pissen keine Hunde an.
Mit dem, was verdächtig
Schweigt, bändelt ihr lieber nicht an.
Und was sich muckt,
Wird geduckt.
Und was euch zuwider
Marschiert, schlagt ihr nieder.
Wie ihr so bang zum Himmel seht
Und grausend in die Tiefe. –
Aus Flugzeugperspektive
Ist doch ein Wald ein Grünkohlbeet.
Mich hat ein Zahnweh nur fixiert,
Ich war gleich völlig deprimiert.

Aus: Die Literarische Welt. Nr. 36, 6. Jahrgang, Berlin, am 5. September 1930.

STAMMBUCHVERS

Der Himmel und die Politik
Sind heute ganz beschissen.
Mit Allrups tausch ich einen Blick
Aus fröhlichem Gewissen.

Blatt, am 8. Oktober 1930.

AN DAS WEINHAUS DENEKE

Das ist das Weinhaus Deneke
Miß Cilas flinke Beneke
Durchhuschen fleißbewegt den Raum.
Im Winkel hängt ein dunkler Traum,
Das ist der Brand von Speyer.
Es fährt auf einer anderen Wand
Ein Segelschiff ins ferne Land.
Ich weiß nicht, was da in mir pocht,
Hier wird so liebevoll gekocht
Und gütig froh gesprochen.
Der Wein ist gut,
Du Schiff fahr zu,
Der Seemann Kuttel Daddeldu
Bleibt hier noch gern drei Wochen.

Blatt, im Oktober 1930.

AN EMIL ORLIK

Amusische Ameisen
Können einen Kunstelefanten totbeißen,
Vernichten kann solch kleines Massenvieh
Einen Riesen nie.

Aus: Gästebuch der »Ewigen Lampe«. Berlin, am 8. Oktober 1930.

VERSÄUMT ES NICHT!

In trüber Zeit ist es das Beste:
Man geht zu einem Maskenfeste,
Genießt statt grauer Plempersuppe
Das Allerlei *»Novembergruppe«*
Und fischt aus strampelndem Gebein
Und lautem Drall ein Glücklichsein.

Um alles auf den Kopf zu stellen,
Kommt möglichst bunt, originell!
Wir bieten euch drei Jazzkapellen.
Die spielen langsam oder schnell.

Habt ihr zu unsrem Fest nur willig
Die gute Laune mitgebracht,
Dann wird der ganze Spaß euch billig
Und eine lebenslange Nacht.

Einladungskarte zum 11. Kostümfest der Novembergruppe. Berlin, am 6. Dezember 1930.

WIE BEI UNS

Wenn jemand Traditionen hat,
Dann hatten seine Väter Väter.
Tut dieser jemand att,
Dann ist er ein Attentäter.

Warum dergleichen tun.
Schön lebt sich der Moment,
Den man als schön erkennt.
Bei uns wie in Kamerun. –

Was haben die Menschen nun,
Die stolz leben und abgetrennt,
Weil sie von wilden Tieren
Nur Schlechtes denken!?

Wie wenige Männer riskieren
Es, sich zu verschenken.
Wie wenige bringen mild
Einem andern vollen Dank.
Die Leute in Kamerun waren früher wild,
Hatten keinen Kleiderschrank,
Und darüber hing doch ein Bild.

Brief an seine Frau, am 10. Dezember 1930.

EINLADUNG ZUM SILVESTERBALL DER NOVEMBERGRUPPE

Und kommt verbrüdert und verschwestert
Noch einmal her zum Jahresschluß,
Wenn der Novembergrupp sylvestert.
Das muß »was Tolles« werden! – Muß!

Einladungskarte. Berlin, am 30. Dezember 1930.

AN ASTA

Frohe Zukunft wie auf Rosen,
Langes Leben, weiße Hosen,
Liebesluft wie Ricke-Katz
Wünscht Dir heute Ringelnatz.

Für Asta Nielsen zum Geburtstag 1930.

FÜR DIE BADEWANNEN-FIRMA KRAUSS

Es gilt ein Spruch für jedes Haus:
»Wer Wasser braucht, der braucht auch Krauss.«

*

Mir ist der Name Krauss ein Schreck.
Ich bade nie. Ich liebe Dreck.

*

Gerti Jugendfrisch an Ringelnatz:

Mir ist das Bad ein Gliederschmaus,
Ich bade gern. Ich liebe Krauss.

Aus: Krauss ins Haus! Kraussverke Schwerzenberg, München: F. Bruckmann 1930.

GELEIT!

Ich wünsch' dir einen guten Wind,
Du gutes Kind vom guten Kinndt!
Fahre well!
Fahr weit! Fahr schnell
Mit Kind und Kindeskinndtern!
Und kommt dir etwas vor den Bug,
Das nicht Humor faßt, wende klug
Und zeige deinen Hintern!

Aus: Karl Kinndt (d.i. Reinhard Koester): Benedikt macht nicht mehr mit. Berlin: März-Verlag 1930.

ELTERN DENKEN ÜBER KINDER NACH

Das ist ein schönes Spiel für Mädchen und Knaben:
Wenn man Papierschnipsel aus dem Papierkorb nimmt
Und Briefe, die die Eltern zerrissen haben,
Wieder zusammensetzt, bis der Inhalt stimmt.

Da könnten wir Kinder weinen und lachen,
Wenn wir aus dem Geschreibsel ersehn,
Was unsre Eltern sich törichte Sorgen machen
Um unser künftiges Wohlergehn.

Da schreibt z. B. ein Papa
An eine Mama:

»Soll unser Kind dumm bleiben?
Damit es glücklich und leicht
Durchs Leben geht? Soll man es treiben
Lassen? Ohne die Hoffnung, daß es erreicht,
Was wir für des Kindes Zukunft als Ziel
Bestimmt haben? – – Wir fragen zu viel,
Anstatt, daß wir fromm leben
Und unsere Kinder so wachsen lassen,
Daß sie eines Tags frei erfassen,
Welche Vorbilder wir ihnen gegeben.«

ca. 1930.

VERREGNETER MOTORRAD-AUSFLUG

Es spiegelte in tausend Pfützen
Der Himmel sich so grau.
Des Pelzes Kragen konnte nicht die Frau
Vor spitzen Schauertropfen schützen.

Er lenkte schweigend und bereute. –
Was klein geschah von Zeit zu Zeit,
War so, daß es die Zwei nicht freute. –
Das Eins sann gegen das Zuzweit.

Und fuhren so ins Ungefähre
Und wurden kalt und wurden naß.
Sie schwiegen häßlich, so als wäre
Das Ziel geheimer Haß.

Was wieder nun?!? Das Fahrzeug stand.
Doch als ihr Seufzen bitter fragte,
Da fiel ein Wort: glich einer Kinderhand,
Die sich an Riesenungeheuer wagte. –
Und schuf aus Regentropfen Diamant.
Und bügelte ein schönes, rotes Kleid.

Wie groß ihr seid, wenn ihr so seid.

Aus: Leipziger Illustrierte. Nr. 4477, Leipzig, am 1. Januar 1931.

GEBETCHEN

Man betet so sein Tischgebet.
Man betet, wenn man schlafen geht,
Vor Gräbern und vor dem Altar.

Gut! Betet, wenn ihr's selber wollt.
Dann aber mutig und ganz wahr.
Und laßt euch keines Falles
Dann sagen, was ihr beten sollt.

Gott kennt euch und weiß alles.
Vertraut ihm euer Herzeleid,
Und dankt ihm, wenn ihr glücklich seid.

Und schämt euch nicht. Nein, lacht sogar.
Weil beten nützt, wenn's ehrlich war.

Aus: Die Literarische Welt. Nr. 13, 7. Jahrgang, Berlin, am 27. März 1931.

REISEGELDGEDICHT

Es gibt der Worte nicht genug,
Um Heim und Heimat laut zu preisen.
Um zehn Uhr vierzig geht mein Zug.
Adieu! Adieu! Ich muß verreisen.

Mein Reisekoffer, frisch entstaubt,
Folgt seiner Sehnsucht in die Weite
Und hat mir freundschaftlich erlaubt,
Daß ich ihn unterwegs begleite.

Und Sehnsucht, Kohle und Benzin
Soll uns recht fern durch Fremdes treiben,
Damit wir denen, die wir fliehn,
Recht frohe Ansichtskarten schreiben.

Auf Wiedersehn! Ich reise fort.
Mein Reisegeld sucht andres, andre.
Bis ich erkenne: Hier ist dort
Und neu vergnügt nach Hause wandre.

Aus: Das Illustrierte Blatt. Nr. 26, 19. Jahrgang, Frankfurt am Main, am 2. Juli 1931.

DER BERLINER SCHUTZMANN

Der Berliner Schutzmann ist so nett.
Wenn Sie etwa andrer Meinung sind,
Gehn Sie bitte damit, liebes Kind,
Bald zu Bett.

Wenn Sie Ordnung hassen, Nihilist
Sind. Dann haben Sie natürlich recht.
Denn dann ist der Schutzmann für Sie schlecht.
Aber nur, weil du ein Rindvieh bist.

Der Berliner Schutzmann ist so nett,
Sage ich und bleibe steif dabei.
Und ich habe damit bei der Polizei
Nunmehr ein großen Stein im Brett.

Aus: Berliner Tageblatt. Nr. 27, 60. Jahrgang, Berlin, am 2. Juli 1931.

LAUTSPRECHER

Du weißt sehr wohl, was du erweckst,
Du Frau, mit deinen schönen Beinen.
Ob du sie wenig oder mehr versteckst.
Das ist ein Spiegelspiel mit Scheinen.

Spiel muß die Phantasie belügen.
Lüge ermißt nicht, was sie nimmt.
Die Kühnheit nur genießt Vergnügen,
Die weit hinaus in Klarheit schwimmt.

Bein: Knochen, Fleisch und Haut daran.
Auf die Gefahr hin, daß dein Ehemann
Mir Hut und Hirn zerknüllt,
Drängt es mich, laut in alle Welt zu schrein:
O schöne Frau, ich möchte eingehüllt
In tausend Beine so wie deine sein.

Aus: Berliner Tageblatt. Nr. 30, 60. Jahrgang, Berlin, am 23. Juli 1931.

MEIN M.

Sie machen einem gar die Liebe schwer.
Ich liebe doch. Und liebe viele sehr.
Und hab ich mich mit einem M verschworen,
Wir schwuren's nie. Und jeder kann das tun.

Nun laßt doch jede Untersuchung ruhn!!
Ich bin so glücklich für mein M geboren.

Aus: Neue Schweizer Rundschau. Heft 10, 24. Jahrgang, Zürich, im Oktober 1931.

AN DIE ELTVILLER

Habt Dank, ihr Bürger von Eltville.
Ihr kamt so höflich mir entgegen.
Es war schon längst mein hoher Wille,
Euch einmal etwas aufzuregen.

Ihr habt so freundlich mich gepriesen.
Und wenn die Stadt auch nicht geflaggt hat,
Hat sie doch ohnedies bewiesen,
Wie hoch man schätzt den Herrn von Bagdad.

Habt Dank! Aus eurem Wortgemunkel
Zieh' ich die Konsequenz mit Lachen:
Man braucht sich nur ein wenig dunkel,
Um euch mal etwas weiszumachen.

Aus: Mein Leben bis zum Kriege. Berlin 1931.

FÜR DIE SEKTFIRMA DEUTZ & GELDERMANN

Hast du einmal viel Leid und Kreuz,
Dann trinke Geldermann und Deutz,
Und ist dir wieder besser dann,
Dann trinke Deutz und Geldermann.

Aus: Mein Leben bis zum Kriege. Berlin 1931.

MEIN GOETHE

Wir haben als Junge auch krumm und dumm gestritten
Über Goethe. – Und brauchen nichts abzubitten.
Fünf Hornissen können vielleicht einen Kraftrecken
Niederstrecken.
Aber Millionen amusischer Ameisen
Können nicht einen Geistesriesen totbeißen.

Aus: Vossische Zeitung. Nr. 80, Berlin, am 20. März 1932.

MEISTER BUSCH

Lose, liederliche,
Leichte, lustige Striche,
Hingehaun mit Pinsel oder Feder
Von einem vergnügten Mann. –
Wie in guter Laune jeder
Von uns das auch kann.
»Oho! –«

Allbekannte, amüsante,
Höchst prägnante
Reime, witzige Geschichten, –
Die halt so sind,
Wie wir alle, wenn wir froh sind,
Aus uns dichten.
»Ach und O! – Nun Scherz beiseite!«

Bis wir nach und nach die Weite
Seiner Malerei ermaßen.
Und je mehr wir von ihm lasen
Und je länger, – desto leiser

Trat ein großer Künstler,
Trat ein sonnig-ernster, weiser
Großmensch aus dem grünen Busch.

Hundert Jahre Wilhelm Busch.
Mir zumute
Scheint das nahezu ein Husch.

Und mehr hab ich nicht zu sagen.
Will mich mit gezogenem Hute
Seitwärts in die Büsche schlagen.

Aus: Berliner Börsen-Courier. Nr. 171, 64. Jahrgang, Berlin, am 13. April 1932.

ANTWORT DES BELAUSCHTEN DICHTERS

Nun werden alle Leute von mir sagen:
»Der Ringel trägt, was andere getragen.«

Das kann an sich mir völlig schnuppe sein.

Doch daß ich nicht mehr unbelauscht – allein –
Morgens – durch dunkle Abseitsgassen schleichen
Darf, ohne daß mich Photo-Men erreichen,
Das schlägt dem Faß die Krone ein!!

Nun gut: Ich bin gesehn und will gestehen
Denen, die hinterrücks mich überfieln.

Seestiefel habe ich gekauft. – Da! Schaut! –
Denn ich muß auf Theaterreise gehen.
Und eine Rolle als Matrose spieln.

Die Zeitung ist auf Neugier aufgebaut!

Aus: Stadtblatt der Frankfurter Zeitung, am 22. April 1932.
Reaktion auf das Gedicht des Redakteurs Max Geisenheyner vom Vortag:

> Es ist geschehen. / Du wurdest gesehen! /
> Ein Photomann hatte / Dich gleich auf der Platte. /
> Ringelnatz – Kuddeldaddeldu! / Suchst Du hier Ruh? /
> Oder alte Selbstbinder / Für die überseeischen Kinder? /
> Suchst Du Kanarienvogeleier, / Einen Span von Apollos erster Leier? /
> Oder Kleider, Schuhe, Panamas / Für die überseeischen Mamas? /
> Gestehe, was Dich getrieben! / Durch diese Tür zu schieben! /
> Du bist doch sonst mehr fürs Lachen, / Als für »getragene« Sachen.

PFINGSTEN

Wenn ich einen Anfang wüßte – –
Säng ich ein Lied aus Inmirland,
Das alle Gänseblümchen küßte,
Ganz zart, am Rand.

Kein Anfang kommt. – Doch leise
Und grün ist plötzlich ein Anfang da.
Mein Lied, schon auf der Reise,
Weiß gar nicht, wie ihm geschah;

Sieht zarte, farbige Tupfen
In Gartenanlagen, an Berg und Tal
Und will nichts weiter als hupfen,
Im Auftrag »Gebrüder Sonnenstrahl«.

Aus: Dresdener Neueste Nachrichten. Dresden, am 15. Mai 1932.

AUF EINE WAND GESCHRIEBEN

Hochnäsig sah der Daddeldu
Im Kalischacht den Hunden zu.

Doch vor der Schrapper-Taue Wucht
Ergriff er angsterfüllt die Flucht.

Aus: Wand des Kasinos »Glückauf« der Kaliwerke Hattorf, am 2. Juni 1932.

AN DER STRASSE VORM »GRÜNEN BAUM«

Wie Gold auf der Straße liegt
Vor mir ein Kuhfladen.
Dahinter baden
Tausend Käfer im Gras, das der Wind biegt.

Da gehen unter hunderten
Vielleicht drei Mädchen vorbei,
Die, wenn sie mein Gelüsten wüßten,
Sich baff darüber wunderten.
Mich gelüstet: daß jede die meinige sei.

Doch auf einmal sind meine Gedanken fort,
Weit weg und um eine Woche voraus.
Sind in Berlin. – Dort
Wohnt M. Dort bin ich zu Haus.

Aus: Die Weltbühne. Nr. 29, 28. Jahrgang, Berlin am 19. Juli 1932.

CHANSON VOM GROSSEN PUBLIKUM

Wer die Masse kennt, wird auf linksherum
Oder rechtsherum erfolgreich sein,
Wenn er Schwindel macht. Denn das Publikum
Fällt auf jeden Schwindel stets herein.

Ganz altaktuell, frech und möglichst dumm,
Breit und kitschig muß die Sache sein,
Denn das Publikum, das große Publikum
Fällt auf jeden Schwindel glatt herein.

Von dem Drum und Dran und von dem Dran und Drum
Will es gar nicht unterrichtet sein.
Denn das Publikum, das große Publikum
Fällt auf jeden Schwindel gern herein.

Applaudiert ihr jetzt mir? Und wenn ja, warum?
O ich prüfe Euch an diesem Stein!
Denn das Publikum, das große Publikum
Will durchaus, durchaus beschwindelt sein.

Aus: Das Tagebuch. Heft 36, 13. Jahrgang, München, am 3. September 1932.

FAHRT MIT DADDELDU!

Rumba

Daddeldu ahoi!
Laß uns eine Reise machen,
Segeln, daß die Balken krachen,
Komm old sailor boy,
Ho – ruck!
Nur ein kurzer Pfiff,
Und schon saust das Schiff
Durch die Meere – in tollem Lauf.
Nur ein kurzer Pfiff,
Und schon saust das Schiff
In den Himmel hinauf.

Daddeldu ahoi!
Laß uns einen Cocktail mixen,
Daß die Nixen trunken knixen,
Komm old sailor boy,
Ho – ruck!
Nur ein kurzer Pfiff,
Und schon saust das Schiff
Durch die Meere – in tollem Lauf.
Nur ein kurzer Pfiff,
Und schon saust das Schiff
In den Himmel hinauf.

Daddeldu ahoi!
Fahr uns lose Schwefelbande
Mit Musik von Land zu Lande,
Denn wir sind dir treu.
Ho – ruck!
Nur ein kurzer Pfiff,
Und schon saust das Schiff
Durch die Meere – in tollem Lauf.
Nur ein kurzer Pfiff,
Und schon saust das Schiff
In den Himmel hinauf.

Daddeldu ahoi!
Weites Herz und weite Hose!
Komm du salzigster Matrose!
Komm old sailor boy,
Ho – ruck!
Nur ein kurzer Pfiff,
Und schon saust das Schiff,
Durch die Meere – in tollem Lauf.
Nur ein kurzer Pfiff,
Und schon saust das Schiff
In den Himmel hinauf.

Aus: Daddeldu ahoi. Text: Ringelnatz, Musik: Blumensaat.
Berlin: Selbstverlag der Studierenden der Vereinigten Staatsschulen 1932.

FAHRT MIT DADDELDU!

Tango

Denn nur zu zweit
Und dann ganz zu zweit allein
Kann ein Geheimnis
Ewig Geheimnis sein.
Fühlst du wie ich,
O dann ist's getreu verwahrt,
Dann war auch Liebe dahinter,
Liebe ist still und zart.
Denn nur zu zweit
Und dann ganz zu zweit allein
Kann ein Geheimnis
Ewig Geheimnis sein.

Nur eine leise Melodie,
Der alte Jugendtraum,
Jenes Märchen von Er und Sie.

Du, an die ich jetzt denke, vergiß es nie!
Du, an die – Erinnerst du wann und wie?
Nie vergessen sei dieses Gedicht,
Jene Nacht. – Doch erzähl es nicht!
Du, an die ich jetzt denke, vergiß es nie.
Melodie – nur Melodie.

Aus: Daddeldu ahoi. Text: Ringelnatz, Musik: Blumensaat.
Berlin: Selbstverlag der Studierenden der Vereinigten Staatsschulen 1932.

KATHI UND DIE FREIER

Ja, niemand weiß es wohl genau,
Ob die Kathi Fräulein, Mann oder Frau
Und wie sie sich zur Männerwelt
Und zum Begriffe »Liebe« stellt.

Ich aber habe das ergründet,
Und ob sie noch so schreit und tobt,
Nun sei es endlich mal verkündet:
Kathi war siebenmal verlobt!

Als ersten Mann erwählte sie
'nen Leutnant von der Infanterie.
Der kam, probierte ihren Wein,
Erschoß sich gleich und sagte »Nein!«

Und schlich, das saure Gift im Leib,
Davon und nahm ein ander Weib.

Da nahte sich ein zweiter Freier,
Das war ein derber Oberbayer,
Der wollte Kathis Schnurrbartspitzen
Zum Zähnebürsteln früh benützen.

Da schäumte Kathi und entband
Das Bündnis, das nur kurz bestand.

Der dritte Mann in kurzer Zeit
War einer von der Geistlichkeit.
Der, als er in den Simpl kam,
An vielen Bildern Anstoß nahm.
Er überklebte dann die Wand
Mit kleinen Feigenblatt-Oblaten.
Da warf ihn Kathi kurzer Hand
Mit Linkseffet aufs Straßenpflaster
Und sagte: »Gute Nacht, Herr Paster!«

Der vierte kam, das war ein lieber
Kommerzienrat, jedoch ein Schieber!

Kaum, daß er mit ihr angebandelt,
Da ward der Simpl schon durch ihn
Zur Schieberbörse umgewandelt,
Da wurde Seife, Kokain
Und Wurst und Lederwerk verhandelt.
Da sagte Kathi: »Na, mein Herzchen,
Ich schwärme nicht für solche Scherzchen,
Verdufte dich, mit die Kommerzchen.«

Der fünfte Mann war was Apart's,
Der liebte Kathi wie ein Dichter,
Jedoch er liebte sie nur schwarz
Und soff dazwischen wie ein Trichter.
Und liebte ferner, außer Kathln
Noch hintenrum zwei Küchenmadln.
Da spielte Kathi Schleichpatrouille,
Erwischte ihn und sagte: »Entschull'je,
Mein heißgeliebter Nummer Fünfe,
Ich bitte Dich, mach dich auf die Strümpfe!«

Da nahte sich ein Bolschewist,
Um Kathi zu sozialisieren,
Der wollte mit Gewalt und List
Und Flammenwerfern imponieren.
Und Kathi, scharf in Mixt und Pickel
Und von den Werfern schon entflammt,
Sie packte ihn beim Bolschewickel
Und schleppte ihn aufs Standesamt.

Der Bolschewick, der roch den Braten,
Doch weil er edel war und keusch,
Verschluckte er zwei Handgranaten
Und explodierte mit Geräusch.
Bis sich der Pulverdampf verzogen,
Da war der Rotgardist verflogen,
Und Kathis ganzes Geld war futsch,
Und in der Zeitung las man: »Putsch!«

Doch wie das so in dieser Welt ist,
Bald gab es wieder ein Verhältnis.
Und dem Verhältnis Nummer Sieben
Ist Kathi denn auch treu geblieben.

Es ist, – Kathi, verzeih mir's bitte,
Es ist ein Herr aus unsrer Mitte –!
Er pflegt sich täglich hier zu zeigen,
Wird sich auch heute hier verneigen

Und heißt auf diesem Tingelplatz:
Joachim Ringelnatz.

Aus: Simplicissimus. Künstler-Kneipe. München 1932.

AN MEINE KOLLEGEN

Liebe Freunde, wenn wir weiter reisen
Wie bisher auf redlichen Geleisen,
Daß die Freundschaft uns am höchsten steht,
Ach, dann werden wir etwas erleben, –
Was auch immer sich begeben
Mag – etwas, was nie vergeht.

Jeder soll sein Schlechtes unterdrücken.
Jeder soll sich für den andern bücken.
Achtmal Freude minus achtmal Leid.
Jeder sorge, daß er nichts bereue.
Denn fürs Alter sammeln wir das Neue. –

Und ich dank euch, daß ihr mit mir seid.

BAHNFAHRT IN HITZE

Die Hitze heizt. Die Hose klebt.
Ich sitze ohne Jacke
Im Zug. – An meine Backe
Fliegt etwas Kitzelndes, was lebt.

Die Ähren und das grüne Laub
Werden reifer im Vergilben. –
Warum hat nur zwei Silben. –
Die Zigarette schmeckt nach Staub.

Ein Schaffner gibt von Zeit zu Zeit
Uninteressante Zeichen. –
Dummfaulsein ohnegleichen
Macht wie ein Teig in mir sich breit.

Es kann ein Schiff, es kann ein Faß
Stets gegen Hitze dienen.
Die Eisenbahn auf Schienen –
Macht in der Hitze feucht, nicht naß.

SCHAUSPIELER-TOURNEE-PANNE

Trifft das Leid gute Einigkeit,
Daß das Dach zerbricht,
Dann bleiben doch die Wände.
Und dann sorgen warme Hände
Dafür, daß das Allerherz nicht
Verregnet noch verschneit.

Wenn der Allersinn
Dann noch Treue liebt
Und zu beten vermag,
Wird aus allem Verlust doch Gewinn
Noch herausgesiebt,
Und kommt immer wieder ein heller Tag.

Armes Deutschland, arme deutsche Kunst,
Eins, neun, drei und zwei!
Aber Gemeinheit ist Teufelsdunst,
Stinkt, stickt – und geht doch vorbei.

Aus: Die Flasche und mit ihr auf Reisen. Berlin: Rowohlt Verlag 1932.

AN MEINE FLASCHENKINDER

Das Schicksal pustet ins Kollektiv.
Freunde, die wir uns nennen,
Durch enges Gemeinsam uns kennen,
Nun müssen wir uns trennen.
Wir gingen gerade. Der Weg ging oft schief.

Wir haben – jedes nach seiner Kraft –
Uns herzlich zusammengenommen –
Haben ein gutes Erinnern geschafft. –
Anständige Sorge ist heilsamer Saft
Und wird uns gut bekommen.

Lebt wohl! Viel Glück eurer Künstlerschaft!

Ihr, die ihr euch um mich schartet,
Wenn's einmal keinen Urpepper mehr gibt,
Er liebte euch. Und ihr bewahrtet
Euer Bestes an ihm. Gott mit euch!

VERGEHE ZEIT!

Vergehe Zeit und mach einer besseren Platz!
Wir haben doch nun genug verloren.
Setz einen Punkt hinter den grausamen Satz
»Ihr habt mich heraufbeschworen.«

Was wir, die Alten, noch immer nicht abgebüßt
Willst du es nicht zum Wohle der Jugend erlassen?!
Kaum kennen wir's noch, daß fremde Hände sich fassen
Und Fremdwer zu Ungleich sagt: »Sei herzlich gegrüßt.«

Laß deine Warnung zurück und geh schnell vorbei,
Daß wir aufrecht stehen.
Vergönne uns allen zuinnerst frei
Das schöne Grün unsrer Erde zu sehen.

Aus: Die Flasche und mit ihr auf Reisen. Berlin: Rowohlt Verlag 1932.

AN DIE FIRMA H. W. SCHLICHTE

Noch Westfälschen zu den beiden
Eignen Schinken: Bin ich nicht
Zu beneiden?
Darf ich Schlichte dazu trinken,
Sehe ich die Sterne blinken
Und daraus wird ein Gedicht
Oder längere Geschichte
Oder gar noch mehr.
Also, liebe Firma Schlichte,
Dank! Ich danke sehr.

Brief an seine Frau, am 16. Januar 1933.

WÄRE ALLES SO LEICHT ZU LÖSEN

Gibts der Meinungen so viel
Zu der Künste hohem Spiel
Wie zur Politik der Zeiten.

Qualität mit Schlechtigkeiten,
Klugheit mit Borniertheit streiten.
Und im mißverständnisvollen,
Tauben Durcheinandertollen
Fehlt die Stimme, die
Ruhe spricht aus Herz und Geist,
Uns den Weg, den einzigen, weist, –
Fehlt das Genie.

Asta Nielsen sah
Ich in ihrem ersten Tonfilm.
Da geschah
Es, daß – – Ja was? – – So war es vielleicht:
Als hätten allalle, die dort saßen,
Ergriffen einander die Hand gereicht,
Und als wäre in unser aller Gemüt
Ein Glück, das wir lange vergaßen,
Neu aufgeblüht.

1933.

FÜR DIE FEINKOSTFABRIK TÜRK & PABST

Wie und was Du gibst und gabst,
Wird entsprechend Früchte tragen.
Für die Zunge und den Magen
Schenke Feinkost *Türk & Pabst.*

*

Die Sorgen kommen sowieso,
Sag »*Türk & Pabst*« und iß dich froh.

*

Türk & Pabst darfst Du befragen,
Werden stets das Rechte sagen.

*

Türk & Pabst will nur beweisen,
Daß: »Geschmack gehört zum Speisen«.

*

Wenn es Dir schmeckt, wo Du Dich labst,
Ist die Parole: »*Türk & Pabst*«.

*

Und was die Qualität betrifft:
Nimm *Türk & Pabst* als Überschrift.

Aus: Charakter-Deutung. Werbedrucksache, 1933.

MARTINIADE

Wer prickelbunte, kleine Nächte liebt,
Der weiß wohl, wo's das gibt.

Schneuz deine Nase
Und kämm dein Haar.

Mainzer Landstraße
Martini-Bar.

Da knobeln die Nobeln um Edel-drinks
Beim Kling-Klang rechts und links.

Ein schönes Kleid und Sekt,
Rings Lebewelt. –
Musik, die Fühler streckt,
Von dir bestellt.

Die Gäste bekannt oder unbekannt,
So bleibt es interessant.

Wer dann nach Hause zieht,
Schwenkt seinen Hut:
»Wie schnell die Zeit entflieht!
Hier war es gut!«

Einblattdruck der Martini-Bar, Frankfurt 1933.

AN DIE FREUNDE IM CAFE NEBELSPALTER

Was weiß mein Federhalter,
Mein Bleistift und mein Pinsel gar
Davon, wie schön mir Zürich war
Durch Euch vom Nebelspalter.

Als ich im Flugzeug von Euch schied,
Da kam ein holdes Schwanken. –
Und in den Wolken schlief ein Lied. – –
Laßt Euch noch einmal danken!

Handschrift. Berlin, am 26. Oktober 1933.

FÜR KATE KÜHL

Der Verstand siegt niemals über das Gefühl.
Aber er wird reich.
Und das Gefühl wird leider zu oft weich.
Wir aber wollen nicht weich werden, Kate Kühl.

Albumblatt, ca. 1933.

LUSTMORD

Sie stänkerte. Dennoch habe ich sie –
Weil sie käuflich war – gekauft.
Und habe, vielleicht aus Ironie,
Sie »Mucker« getauft.

Ich riß ihr gierig mit rauher Hand
Die einzelnen Kleider herunter,
Zunächst ein leichtes Flittergewand,
Dann anderen, gröberen Plunder.

Und Rock und Röckchen nach Röckchen fiel
Herab. Ich riß und zerfetzte
Mit Wollust. Ich wollte – das war mein Ziel –
Das Nackte, das Wahre, das Letzte.

Doch immer, wenn ich das rosige Glück
Der Nacktheit zu schauen vermeinte,
Kam wieder noch irgend ein Kleidungsstück.
Ich wütete weiter, ich weinte.

Doch als ich sie völlig enthemdet
Hatte, blieb nichts, restlos nichts.
Und in dieses Nichts bohrt befremdet
Der Stachel meines Gedichts.

Jedoch erübrigt sich jede
Kritik, jeder Kommentar,
Weil die, von der ich hier rede,
Eine Zwiebel war.

Oktober 1933.

LUFT!

Wär ich noch zehn Jahre jünger,
Schriebe ich enthusiasmiert
Über künstlichen und echten Dünger,
Als Reklame für wen, der das fabriziert.

Aber ich habe es aufgegeben
Zu streiten, wo ihr alles wißt.
Auch daß ein großer Faktor des Lebens
Mist ist. Ja ja: Mist! Mist!

Aber – zuweilen aber – wie heute –
Packt es mich wieder, laut ganz laut
Es zu schreien unter die Leute,
Was ihr, die ich ehrlich heiße,
Mit oder ohne Humor verdaut,
Das, womit ich die anderen beiße:
Das gute treue Wort »Scheiße«.

Typoskript 1933/34.

Wir sind, sagen die Lauen,
Wir sind nicht objektiv.
Wir sollten doch tiefer schauen,
Doch schauen, ob nicht tief
Am Nazitum was dran sei,
Ob Hitler nicht doch ein Mann sei.

Wir haben alles erwogen,
Wir wußten alles zuvor,
Mal hat man uns nicht betrogen,
Man machte uns nicht vor,
Daß rechts links und gerade schief sei
Und daß alles relativ sei.

Unrelative Lumpen hausen bei uns zu Haus,
Und hauen das Land in Klumpen.
Ist relativ der Graus?
Da sollen wir objektiv sein,
Wir sollen so naiv sein!

Wir kennen die einfache Wahrheit,
Wir sehn durch ein scharfes Glas.
Und unsere Lehre ist Klarheit,
Und unsere Klarheit ist Haß.
Der Haß, der groß und weitsichtig ist,
Der schaffende Haß, der richtig ist.

Blatt 1933/34.

AN ASTA NIELSEN

Einen Gruß aus der Taverne
Aus der Ferne. Ach wie gerne
Wären wir bei Dir.
Grüße die, die Dich umgeben.
Lebe froh ein freies Leben.
Und gedenke mir.

Postkarte. Berlin, am 17. Januar 1934.

AN ASTA NIELSEN

Du dort, ich hier.
Ich hier, du dort.

So reisen wir
Vonander fort.

Wann kommen wir zusammen
Verliebt, wie wilde Flammen?

Du siehst die Sehnsucht heiß und tief
Diktiert mir diesen Liebesbrief.
(Erzähle nichts an Muschel!)
Sonst gäbe das am Sachsenplatz
Über das Thema »Ringelnatz«
Ein fürchterlich Getuschel.

Sei mir gegrüßt und bleibe hold
Gesinnt dem alten Trunkenbold,
Dem Menschen und dem Dichter.
Denn überall und jederzeit
Verlöschen nachts bei Dunkelheit
Die meisten Lichter.

Postkarte. Basel, am 11. Februar 1934.

FÜR »MARY'S OLD TIMERS BAR«

Es säuselt sich ein leiser Sang
Treppauf, treppab, von Gang zu Gang.
Der spricht mit viel Vergnügen,
Diskret von Fräulein Marie Lang
Und ihren guten Zügen,

Von ihrer Grazie, ihrem Charm.
Der Sang klingt echt, der Sang klingt warm.
Heut pfeift aus Überzeugung
Ihn überall schon jeder Spatz.
Sogar die Krähe Ringelnatz
Krächzt ihn und macht Verbeugung.

Gästebuch der Besitzerin der Bar Marie Lang. Zürich, im Februar 1934.

HERMANN UND OTTILIE ZUR SILBERNEN

Es ist doch so, als ob es war:
Man hätte einmal es versucht.
Und heute: Eure Ehe bucht
Euch silbern 25 Jahr.

Nun, wie ein scheuer Schmetterling,
Huscht die Erinnerung vorbei.
Wie es im Einzelnen verging,
Das ist das Wissen in Euch zwei.

Die Zwei, die wuchs und sich verwob
Zu einer Freundschaft frei und treu,
und täglich mehr und täglich neu
Ins Abgeklärte sich erhob.

Wenn Ihr aus allen Fenstern schaut,
seht Ihr, was Fleiß sich Stück für Stück
Erkämpft hat oder ausgebaut. – –
Und Kinder teilen dieses Glück.

In gute Zeit, in frohe Zeit –
So wünschen wir – zieht lustreich hin!
Nachdenklich stille Dankbarkeit
Sei weiter Eure Führerin.

Blatt vom 7. August 1934.

ZUM 10. JUNI 1930

Fünfzig Gustav Kiepenheuer
Sahn im Spiegel sich bewegen,
Waren froh, doch leicht verlegen,
Denn der Spiegel war ein neuer.

Doch der Spiegel lachte heiter:
»So, nun geht zufrieden weiter.
Kehrt zu Neunzig gleicherweise
Wieder! – Danke! – Gute Reise!«

AN DIE WEINSTUBE KNOOP

It was here very nice, I hope
To see you soon again, dear Knoop.
Ich sitze jetzt noch hier, gottlob!
(Auf Deutsch und Sächsisch, Brost, mei Gnoob!)
(Angelsächsisch)
Joachim Ringelnatz.

Das Zauberband

WIE DER WÄRTER DEM LÖWEN
DAS MENSCHENFRESSEN ABGEWÖHNT HAT

Der Löwenwärter der kluge Mann
Sah jeden Tag sinnend zum Fenster raus
Wie er das Menschenfressen abgewöhnen kann
Dem Löwen endlich hat er's raus.

Der Wärter war ein kluger Mann
Er zog sich eine Puppe an,
In Lebensgröße und aus Stroh
Zog ihr dann an ne'n Paletot,
Die Hosen die ihm viel zu klein
Streut er dann stark mit Pfeffer ein,
Zieht sie dann schnell der Puppe an,
Und fertig ist der ganze Mann.
Er wirft ihn zu dem Löwen dann,
Der schmunzelnd sich beschaut den Mann,
Er springt hinzu nun voller Freude,
Und beißt hinein in seine Beute,
Pfui, Spinne! – ruft er plötzlich aus
Das war einmal ein schlechter Schmaus,
Da schmeckt doch Pferdefleisch viel besser,
Ich werde nie ein Menschenfresser,
Er lärmt und brüllt: das ist nicht recht,
Das ist doch wirklich mehr als schlecht,
Mir solches Menschenfleisch zu geben,
Ja, ja! so sind die Menschen eben,
Er that seit dieser bösen Zeit,
Nicht einem Menschen mehr ein Leid,
Der Löwe hat das Fressen satt
An einem Mensch der Hosen hat.

DER BLINDE

Ich bin gereist in Leid und Weh
Gar lange, lange Zeit,
Mein Herz ist trüb, da ich nicht seh'
Des Frühlings Herrlichkeit.

Ich find die Wege nimmer,
Ich bin schon alt und bleich,
Nur einen find' ich immer,
Den Weg zum Himmelreich!

DER HERBST IST GEKOMMEN

Wacht auf ihr Burschen,
Der Morgen graut,
Der Herbst ist gekommen,
Ach seht doch, ach schaut.

Ach welch' schönes Leben,
Nun wieder beginnt,
Es blühen die Reben,
Es stürmet der Wind!

Es spielt der Wind im Kieselsande,
Es reift der Pfirsich und die Pflaum',
Es schwebt ein süßer Duft im Lande,
Es fällt ein jedes Blatt vom Baum,

Jetzt ist nun da des Sommers Ende,
Es blüht nun schon die Haselnuß'
Der Sommer reicht mir seine Hände,
Zu einem süßen Abschiedskuß.

HAGENBECK KOMMT!

Hilfe Hagenbeck kommt an,
Rette sich wer irgend kann
Eilich flichtet die Giraffe,
Von dem Baum entflieht der Affe,
Und ne' große Herde Gnus,
Left nun wie e' Hasenfuß!
Selbst bei dieser Schreckensscene,
Macht der Ticher große Bene!
Und e' Nilpferd, welchn' Schreck,
Fält vor Eile in d'n Treck.
Selbst de große Nilgazelle,
Laift jetzt mit des Blizesschnelle,
Dromedar und Maskenschwein,
Scheinen sehr voll Furcht zu sein,
Und das Nashorn wie mar'ch nennt
An e großen Baum sich rennt,
Cha, der große Elefant,
Kommt nu' werklich angerant.
Plötzlich doch erthönt das Wort,
Freit, eich' Hagenbeck ist: fort.

DER JÄGER

Ich bin ein Jägersmann allein,
Ich blas auf einem Horn,
Und reite in den Wald hinein,
Und geb dem Pferd die Sporn.

Ich reite in die Wälder all',
Auf meinem stolzen Roß!
Und schieße mir mit lautem Knall,
Das Wild mit dem Geschoß!

JUNGE AN ALTE 1919

Sagt nicht: unser Treiben sei ohne Sinn.
Auch das Welken der Rose bekümmert.
Was Schlag oder Flamme zertrümmert,
Ist doch nur einer Zeit, einer Habsucht Gewinn.

Uns türmt der Moment. Wir sind waschender Sand
Der mächtigen Woge. Ob wir uns schmiegen,
Ob wir auch trotzen, wir unterliegen.
Sie reißt uns mit fort über unsern Verstand.

Noch die Splitter zermalmen wir blutig Gerät.
Sind alle Sümpfe getilgt und Härten,
Dann legen wir Neues an, friedliche Gärten,
Darin aufgehend gedeihe, was Ihr noch gesät.

Trennt uns vom Schaum, der schmutzig ans Meer spült!
Manche von uns zerrissen ihr schwellendes Leben,
Viele haben ihr Blut und Gebein gegeben
Der Erde, die einmal Eure Erbitterung kühlt.

Daß bald ein Großes erstünde, was alle versöhnt!
Stahl man vertrocknete Ideale
Dem Herzen, nun klopft an die leere Schale,
Ob sie nicht hohl wieder so schöner tönt.

Morgen habt Ihr Weisen uns doch verziehn.
Ob wir uns heut überheben,
Einst – wenn wir Euch überleben –
Werden wir doch vor Euren Gräbern knien.

Aus: In Memoriam Joachim Ringelnatz.
Leipzig: Poeschel und Trepte 1937

MUT, GESANG UND GAUNEREI

Wir wissen alle von nichts.
Wir tappen im Dunkeln.
Wir sehen den Schimmer des Lichts
Im Spiegel nur funkeln.

Wir wollen nicht fragen,
Die Antwort macht kühl.
Wir lassen uns tragen
Von unsrem Gefühl.

Wir lassen uns treiben
Im Schein und vom Schein.
Wir können nicht bleiben.
Doch wollen wir sein.

UNSICHERES LIED

Ein bißchen krumm
Gehn alle Pfade.
Allzu gerade
Wär gar zu dumm.

Ein bißchen schief
Soll jeder Turm sein
Und jedes O-Bein – –
Drum wollen wir froh sein,

Daß wir kein Wurm sein.

Das Alter krümmt sogar
Höchste Fürstlichkeiten.
Was niemals grade war,
Krümmt sich beizeiten.

Monsieur, wir gratulieren!
Jede Dame höfft,
Daß er mit ihr spazieren
Töfft, töfft, töfft.

Das spricht doch allem Hohn!
Wer ist sie, die Person?
Von der man gar nichts weiß.
Wo kommt sie her?
                                        In unsern Kreis?
Uns setzt sich gleich in erste Preis!

Wer ists?
                    Wo kommt sie her?
Verzeihn Sie meine Dreistigkeit.
Ich kam aus Zufall und von weit
Und wollte gar nicht stören.

Hm hm!
                    Das läßt sich hören!

Ihr hochverehrten Damen,
Ihr hochverehrten Herrn, –
Pardon, wie war Ihr Namen? –
Ach, das verschwieg ich gern.
Doch lag es mir wahrhaftig fern,
Mich vorzudrängen –
                                        o bitte,
Willkommen in unsrer Mitte!
Viel Dank! Ich trete gern zurück
Und gönne anderen mein Glück –
Sie mag mich wohl nicht leiden?

Doch! Sie ist nur bescheiden.

Charmant ist sie!
                                  She's very smart!

Es bleibt dabei,
                                  sie ist gewählt!

Und ist für eine Autofahrt
Mit Mister Bob vermählt!

Ich fühle mich beschämt, verwöhnt,
Wir sind mit dem Beschluß versöhnt,
Laßt uns das Paar, das preisgekrönt
Ist, nun ins Auto heben!
Sie sollen leben!

Hoch! Hoch! Hoch!

OLYMPISCHE HYMNE

Jauchzend steigt die Olympiade,
Olympiade unsrer Zeit!
Alles wartet der Parade.
Chöre harren klangbereit.

In Begeisterung sich heben
Muß beim Anmarsch solcher Macht
Rechts und links das Volk. – Es beben
Ihre Herzen welterwacht.

Nur mit Geist kann Leib gedeihen
Geist erstarkt an Mut und Kraft.
Einen beide sich, dann weihen
Leben sie, das Leben schafft.

Nicht der Zorn soll Muskeln schwellen,
Aber jugendheißes Spiel.
Tretet an, ihr Kampfgesellen!
Zieht mit Gott zum edlen Ziel!

TRÄUMEREI

(Reklamegedicht für die Orientalische Tabak- & Zigarettenfabrik Yenidze, März 1908)

Klopfte es nicht? – Wahrhaftig die Tür ward geöffnet …
Vor mir mit Turban und wallendem Mantel stand Harun al Raschid.
Seinem Winke gehorchend, folgte ich klopfenden Herzens.
Schweigend eilten wir zwei durch fremde, verdunkelte Gänge,
Bis uns auf einmal am Tor strahlende Helle umfing.
Dort unter himmlischer Bläue vor meinen staunenden Blicken
Schäumte, rauschte, glitzerte tausendfaltig
Wie mit Smaragden besäet – das unermeßliche Meer.
Leichte, bewimpelte Boote, von bunten Gestalten geleitet,
Glitten plätschernd vorbei und sandten frohen Gesang
Und die Klänge der Laute grüßend über das Wasser.
Drüben am sonnigen Ufer in orientalischem Glanze
Prangten stolze Paläste, von blühenden Gärten umgeben.
Ehrwürdig alte Moscheen inmitten dunkler Cypressen
Reckten die halbmondgezierten, kupfernen Türme gen oben.
Zwischen den weißgebleichten, steinernen Bauten der Straßen
Wogte ein farbiger Strom lärmender, lachender Menschen,
Rollte vom Maultier gezogen der warenbeladene Wagen,
Ritten im reichen Gewand auf arabischem Vollblut
Die Großen des Reiches von zahllosen Dienern gefolgt,
Schritten, verhüllend ihr Antlitz, des Ostens üppige Frauen, – –

Ach, nicht genug konnt' ich sehen, doch Harun al Raschid sprach:
»Fremdling, heute genug, doch wenn du ein andermal wünschest
Tausend und eine Nacht in meinem Reich zu durchleben,
Klopfe dreimal ans Tor und rufe: Salem Aleikum!«
Salem Aleikum! Kaum war ihm das Wort entflohen,
Schwanden die herrlichen Bilder, und als ich mich umsah,
Lag ich daheim auf dem Diwan und bei mir auf silberner Schale
Noch ein papierener Rest und ein Häufchen duftender Asche
Von Salem Aleikum …

AN LONA PIEPER (»MUSCHELKALK«)

Freude sei Dein Leben, nicht Verlangen!

– – – –

Kind, ich bin so lang im Schatten 'gangen;
Und es war mir wundersames Glück,
Wenn wir eine Stunde Sonne hatten. –
Zieh Du weiter! Doch ich muß zurück
In den tiefen, in den kalten Schatten.

– – – –

Falterliebe, die der Wind vernichtet,
Manchen Müden hast Du aufgerichtet.

FÜR DAS TAPETENGESCHÄFT DES SCHWAGERS HERMANN MITTER

Tapeten und Linoleum:
Bei Mitter nur!! Man weiß, warum.
Und was dir Hermann Mitter rät,
Ist praktisch, schön und: Qualität.

AN DIE FIRMA M. H. WILKENS & SÖHNE

Fünfzig Jahre lange Fahrt
Habt ihr Euern Kurs bewahrt.
Gab ein sturmerzwungenes Kreuzen
Durch der Wellen Auf und Nieder
Euch zuweilen heiseres Schneuzen,

Ist Euch das doch gut bekommen,
Habt Ihr doch dann immer wieder
Alten Kurs neu aufgenommen.

Eure innersten Juwelen
Sollen weiter Euch beseelen!
Mit melierten Silberhaaren
Sollt ihr tapfer weiterfahren
In ein goldenes Futur!

Gute Reise!
Fünfzig Jahre schlägt die Uhr.
Und mein Hütchen lüpft sich leise.

FÜR DAS RADIUMBAD OBERSCHLEMA

Das ist ein Bad, um viel in dir
Gesund und wieder jung zu machen.
Nach Oberschlema fahren wir;
Dort wird ein Wunderquell dir lachen.

*

Du kommst vom Radium zurück,
Verjüngt, wie man es dir verhießen.
In Oberschlema blüht ein Glück
Für jeden. Jeder kann's genießen.

*

Beschwerden, die das Alter bringt,
Bad Oberschlema nur beschämt sie:
Denn seine Radiumquelle zwingt
Sie nieder. Oder mindest: zähmt sie.

FRÄULEIN LONAHILDEURSULAELISABETH PIEPER

Das ist meine liebe Lona, die schreibt.
Sie ist und bleibt eine Perle.
Und Ihr drei Kleinen, Ihr seid und bleibt
Doch richtige Teufelskerle.
Du muschelverkalkte Perle, Du
Zupf an den Ohren die Kleinchen.
Und hilf mir zu meiner ländlichen Ruh
Und zu einem Häus'chen mit Schweinchen.
Wie freute ich mich, was im lieben Quartett
Ihr dem alten Seemann gesungen.
Lon-Hilde, Ursl-Elisabeth,
Euch hat mein Becher geklungen.
Sagt Eurem verehrten Vater Gruß.
Das neue Jahr im Erwachen
Soll Euch und den Treuen von Kurtius
Aus innerster Seele lachen.

AUF EINE WAND IM HAUSE C. M. H. WILKENS

(6. Dezember 1927)

Hier war ich gern, ich schreib das hin,
Damit man's sieht,
(Wer weiß, ob das noch mal geschieht).

(6. April 1930)

Wär ich nicht so verliebt gewesen,
Wär diesmal Besseres zu lesen.

Aus: In Memoriam Joachim Ringelnatz. Leipzig: Poeschel und Trepte 1937.

AN ROLF
VON HOERSCHELMANN

Nordseebrise stählt die Kehle,
Nun brüllen wir »Clam« –
Väter, meine Seele
Ist durstig wie ein Schwamm.
Wenn ihr im Stephanie
Anni, die Dicke erblickt,
Grüßet und kitzelt sie,
Die ich so gerne gezwickt.
Hat nicht der Riegel geklirrt?
Quietscht nicht die Angel des Tors?
Väter, schon bin ich verwirrt –
Hummel Hummel und Mors.

Aus: Hoerschelmann: Leben ohne Alltag.
Berlin: Wedding-Verlag 1947.

UM DIE SCHWALBE

Mir träumte, ein kleines Schwälbchen
Flöge über das Meer.
Ein fremder, häßlicher Vogel,
Der jagte hinter ihm her.

Und eine weiße Möwe
Schloß sich zum Wettflug an,
Bis sie dem wilden Jäger
Die Beute abgewann.

Die schnelle, weiße Möwe
Haschte das süßeste Glück.
Es blieb der wilde Fremdling
Weit hinter ihr zurück.

*
* *

Ich kenne das Schwälbchen, die Möwe,
Hab neidlos sie oft belauscht,
Wenn sie in junger Liebe
Worte und Küsse getauscht.

Ich kenne den losen Vogel,
Der hinter ihnen blieb,
Und weiß, auch er hat das Schwälbchen
Noch immer so herzlich lieb.

Aus: Hamburger Abendblatt. Nr. 65, 2. Jahrgang, am 4. Juni 1949.

AUF EINE WAND IM HAUSE DES BARONS VON MÜNCHHAUSEN

Es dauerte ein Vierteljahr,
Daß einsam ich in diesem Zimmer
Der traurige Bewohner war.
Doch denk ich einstmals gern zurück.
Von manchem Guten sah ich Schimmer,
Das hinter klimpernden Tapeten
Unfähig, klar hervorzutreten,
Und so nur Trost mir war – nicht Glück.

Aus: Weser-Kurier. Nr. 23, 8. Jahrgang, am 29. Januar 1952

AN HORN

Im kleinen Brockhaus hab ich es gelesen:
Du bist so viel und bist so viel gewesen.
Du bist ein Kap, das jeder Seemann kennt
Bist eine Stadt am Teutoburger Walde
Und Niederösterreich. Du bist das alte,
Gewundne Silberblech-Blasinstrument.
Du bist ein General, ein Feldherr, bist
Ein Graf, ein Schwede, Dichter, Novellist,

Ein Pseudonym für Oertel, Bäuerle,
Und an den Köpfen mancher Wiederkäuerle
Bist Du ein Auswuchs. Sei es immerzu,
So liebt Dich sehr
Dein Kuttel Daddeldu.

Aus: Münchner Merkur, am 24. Juli 1954.

AN DIE FAMILIE PRÜTER

Laßt mich *jetzt* mit der Truhe
in Ruhe.
Ich bitte mangels einer festen Wohnung
um Schonung.
Denn ich muß mich, bis bessere Zeiten winken,
betrinken.
Ach könnten mich doch die netten Ketten
erretten.
Ich kann nur im Studium von Obst und Gemüsen
Euch grüßen!

Aus: Cuxhavener Presse, am 3. September 1958.

DEUTSCH-FRANZÖSISCHE VERBRÜDERUNGSHYMNE

In Paris bin ich gewesien,
In Paris, der großen Stadt.
In Paris bin ich gewesien,
Das so schöne Türme hat.
Manche Mädchen sind gekommen,
Lockten mich mit Gruß und Kuß –
Doch ich hab sie nicht genommen,
Weil man sie bezahlen muß.
Und ich dachte an die Heimat,
An die Heimat treu und gut,
An die teure deutsche Heimat,
Wo man es aus Liebe tut...

Aus: Artur Joseph: Meines Vaters Haus. Stuttgart: Cotta 1959.

AN HANS REIMANN

Herzliches Gratulatz!
Verschäume das Seifenschwein,
Halte die Pfeife rein!
Ewig dein
Ringelnatz.

Aus: Hans Reimann: Mein blaues Wunder. München: List 1959.

AUF EINE KLOWAND GESCHRIEBEN

Hier auf dem hölzernen Ring,
Auf diesem olympischen Platz
Saß froh wie ein Schmetterling
Joachim Ringelnatz.

Aus: Marietta di Monaco (d.i. Maria Kindörfer): Ich kam – ich geh. München: Süddeutscher Verlag 1962.

AN DAS CORPS PALATIA

Seid gegrüßt, Ihr Violetten
Auf der rechten Bismarckstraße!
Hei, ein rechter Freiwind blase
Eure Banner, Eure Brüste,
Eure Betten und Gelüste.
Und vergeßt nicht meine Nase,
Die, obwohl viel Sekt sie kühlte,
Doch so wohl bei Euch sich fühlte.
Was wir taten, wie wir's taten,
War es schön und echt und jung.

Und in der Erinnerung
Ruf ich:
Prosit, Ihr Palaten!

Aus: Der Pfälzer-Westfale. Krefeld im Juni 1963.

Publikum, das ist kein Witzl,
Denk an die Zitronenscheiben,
Welche abends von dem Schnitzl
Auf dem Teller liegen bleiben.
Eine dieser trüben Scheiben
Laß ich still im Wasser treiben,
Und das Ganze dann benenn' ich:
Kalte Ente – 60 Pfennig.

Aus: Herbert Günther: Joachim Ringelnatz in Selbstzeugnissen und Bilddokumenten. Reinbek: Rowohlt 1964.

AN OLAF GULBRANSSON

Erst: ein Band Dir zum Gruß,
Lieber, großer Strichemacher,
Guter Zecher, echter Lacher,
Star im Simplicissimus.
Wolltest mir
Deine Freundschaft stets bewahren!
Ist mir doch, als hätten wir
Lang zusammen die See befahren.

Aus: Dagny Gulbransson-Björnsa: Olaf Gulbransson.
Pfullingen: Neske 1967.

PIPI

Es drängt mich, dein Pipi zu trinken,
Und sieh, nun trinke ich bereits.
O welch Genuß bei deinem Beinespreiz,
O wie die Wasser hurtig blinken.
Ich möchte ganz darin versinken. –
– Es ist nicht wahr, daß deine Wasser stinken. –
Nun hörst du auf? O pfui, welch Geiz!

Aus: Dein Leib ist mein Gedicht.
Bern, München, Wien: Rütten und Loening 1970.

VERSCHEN AUS DEM FUNDBÜRO

Die Fliege ist ein armer Schlucker.
Wer ihre Lebenskürze kennt,
Gönnt ihr das Bißchen Milch und Zucker
Und schlägt sie nicht vom Exkrement.

Aus: »Katalog 611« der Firma J. A. Stargardt. Marburg im März 1977.

IM GÄSTEBUCH DES »SCHWEIZERHÄUSCHENS«

Kehle – Gaumen – Kehle! –
Nur nicht Seele –
Nur nichts »Interessantes« –
Nur nichts »Geistreiches«
Und nur nichts »Klares«
Ich bin nur das Ende eines Haares
Eines Schwanzes eines Elefants.

Aus: Wiebke Fey in: Frankfurter Neue Presse. Nr. 41, 46. Jahrgang, am 18. Februar 1991.

AN PAUL WEGENER

Dieses Mitbringsel, Freund,
Prüf Deinen Grips,
Ist nicht von den Lamas. Es ist aus Gips.
Nicht vom Dach der Welt
Stammt dieser Schatz
Sondern von Wertheim
Am Leipziger Platz.

Aus: Schwarzwälder Bote, am 30./31. Januar 1993.

ANHANG

EDITORISCHE NOTIZ

Angestrebt wurde eine Gesamtausgabe der Gedichte von Hans Bötticher, der als Joachim Ringelnatz ein großer deutscher Dichter wurde. Als Textgrundlage dieser Neuausgabe dienten die Erstausgaben und die zu Lebzeiten des Autors veranstalteten Neuausgaben: »Der Nachlaß«, »Für die Mode, nicht dagegen sei der Mensch. Gedichte für Venus«, die »Kasperle-Verse« und »Betrachtungen über dünne und dicke Frauen« wurden in den Fassungen übernommen, wie sie noch vom Dichter zusammengestellt doch erst posthum erschienen sind. Die originale Orthographie und Interpunktion dieser Ausgaben wurden respektiert und damit eine gewisse Uneinheitlichkeit der Schreibweisen in Kauf genommen. Die Verstreuten Gedichte versammeln alle übrigen Gedichte in chronologischer Folge nach ihrer Erstveröffentlichung. Um Wiederholungen zu vermeiden, sollte jedes Gedicht nur dort aufscheinen, wo es zum ersten Mal in Buchform erschienen ist. Die Herausgeber lassen sich aber lieber Inkonsequenz nachsagen, als daß sie es gewagt hätten, in des Dichters zauberhafte Kompositionen wie »Geheimes Kinder-Spiel-Buch«, »Reisebriefe eines Artisten«, »Flugzeuggedanken« oder »Kinder-Verwirr-Buch« kürzend einzugreifen, deswegen tauchen nicht nur einige Gedichte mehrfach auf, womit keinem Leser etwas entgeht, es finden sich überdies auch Prosastücke – freilich der poetischsten Art – in diesem Gedicht von einem Gedichtband. Das Register gibt nähere Auskunft. Wer Anmerkungen, Kommentare, gar Deutungen vermisst, sei auf die reichhaltigen Publikationen der Kritik und philologischen Wissenschaft verwiesen.

Herausgeber und Verlag danken Ursula Häusler und Thomas Rosemann von der Bibliothek des Kunsthauses Zürich, welche fast alle Erstausgaben zu ihrem Bestand zählt, und Silvia Demuth und Margrit Schütz von der Fernleihe der Zentralbibliothek Zürich, welche die fehlenden Vorlagen zur Verfügung gestellt oder besorgt haben. Die Korrekturen verdanken wir Esther Osterwalder, Winterthur, und Dr. Franziska Schwarzenbach, Zürich, die auch das Register erstellt hat.

Zürich & Winterthur, im Januar 2005 F. & K. E. & J. W.

VERZEICHNIS
DER *Titel* UND Gedichtanfänge

A

B

C

D

F

G

H

I

J

K

N

S

T

U

V

W

Selbstbildnis von
Joachim Ringelnatz

BIOGRAMM

geboren am 7. 8. 1883
als Hans Bötticher in Wurzen bei Leipzig;
nannte sich »etwas schief ins Leben gebaut« und nach dem
nautischen Begriff für Glück bringende Seepferdchen
»Ringelnatz«;

war Schiffsjunge, Matrose, Leutnant der Marine, Handlungsgehilfe, Hausmeister in einer englischen Pension, Lehrling in einer Dachpappenfabrik, Angestellter eines Reisebüros, Tabakhändler, Fremdenführer, Schaufensterdekorateur, Bibliothekar und Archivar u. a. beim Grafen Yorck von Wartenburg und dem Balladendichter Börries von Münchhausen, als Kabarettist erste Auftritte im Simplicissimus in München, dort Bekanntschaft mit Frank Wedekind, Erich Mühsam, Carl Georg von Maassen, Richard Seewald; Dichter, Erzähler, Maler; als Vortragskünstler seiner eigenen Werke brachte er es in der Weimarer Republik zu einigem Ruhm, verheiratet mit Frau »Muschelkalk«, konnte er »von Frauen wie von Alkohol nie genug bekommen« (Alfred Polgar); die Feier zu seinem 50. Geburtstag richtete Ernst Rowohlt im Kaiserhof zu Berlin aus; nach dem Auftrittsverbot kamen Verarmung und der Tod am 17. 11. 1934 in Berlin. In seiner Grabrede zitierte Paul Wegener das Ringelnatz-Gedicht für Muschelkalk:

»Wenn ich tot bin, darfst du gar nicht trauern.«

Gerd Haffmans bei Zweitausendeins

Die komischen Deutschen
881 gewitzte Gedichte aus 400 Jahren.
Herausgegeben und mit einem Nachwort von Steffen Jacobs.

Kyril Bonfiglioli
Charlie Mortdecai in Das große Schnurrbart-Geheimnis.
Ein komischer Fall für Zwei. Deutsch von Steffen Jacobs.

Wilhelm Busch
Die Gedichte. Herausgegeben und mit einem Nachwort
»Ein deutscher Klassiker der Komik« von Gerd Haffmans.

Jenny Eclair
Vorstadt-Schönheit. Vom Treiben & Paaren
in den Großen Städten. Deutsch von Juliane Zaubitzer.

Gustave Flaubert
Der Briefwechsel mit den Brüdern *Edmond & Jules de Goncourt.*
Alle erhaltenen Briefe und alle Eintragungen zu Flaubert
aus dem Tagebuch der Brüder erstmals deutsch.
Übersetzt und mit Anmerkungen von Cornelia Hasting.

Gustave Flaubert
Bouvard und Pécuchet. Roman vom Mangel
an Methode in den Wissenschaften. Mit dem »Wörterbuch
der Gemeinplätze«. Vollständig neu übersetzt und mit
Anmerkungen von Caroline Vollmann.

Thomas Gsella
Generation Reim. Gedichte & Moritat.
Mit Zeichnungen von Greser & Lenz.

Wolfgang Herrndorf
In Plüschgewittern.
Ein deutscher Hauptstadtroman.

Ludwig Homann
Ein deutsches Leben. Zwei Romane.
Erstmals in einem Band.

David Huggins
Ein einziger Hit. Ein Hard-Rock-Thriller.
Deutsch von Karsten Singelmann.

Rudi Hurzlmeier
Happy Birds-Day. Fröhliche Vögel-Bilder mit Reimen drauf
von Harry Rowohlt (deutsch) & Roger Boylan (English).

Steffen Jacobs
Angebot freundlicher Übernahme. Lyrik der Lust,
Liebes- & Lebenspein. Mit CD, belesen vom Dichter.

Karin Kusterer
Märchen von der unmöglichen Liebe. Roman vom werdenden
Leben und einer Reise ins Herz der Finsternis Afghanistans.

Philip Larkin
Wirbel im Mädcheninternat Willow Gables.
Der bezaubernde Mädchenroman eines großen Lyrikers.
Deutsch von Steffen Jacobs.

Till R. Lohmeyer
Unter Zoologen. Von Vögeln, Käfern & Karrieren
und tödlichen Liebes-Trieben.

Graham Lord
Leider sehen wir uns gezwungen, Ihnen mitzuteilen...
(Sie sind gefeuert!) Die Komödie vom harten Los: arbeitslos.
Deutsch von Miriam Carbe.

Ludger Lütkehaus
NICHTS. Abschied vom Sein. Ende der Angst.
Ein Lebenswerk.

Jenny McPhee
Der Kern der Dinge. Eine sexy Geschichte vom klassischen Kino,
von Klatschpresse, Quantenmechanik und Mr. Right.

Axel Marquardt
Anselm im Glück.
Ein europäischer Reise- und Schelmenroman.

Chrisitan Morgenstern
Die Galgenlieder. Mit drei Briefen des Dichters.
Herausgegeben von Gerd Haffmans.

Fanny Müller
Keks, Frau K. & Katastrophen.
Die fehlten noch: Alle Geschichten.

Wolf von Niebelschütz
Die Kinder der Finsternis.
Ein leuchtend lebendiges Mittelalter.

M. A. Numminen
Tango ist meine Leidenschaft. Ein Tanz- & Liebesroman
aus dem heißen Norden. Deutsch von Eike Fuhrmann.

M. A. Numminen
Der Kneipenmann. Eine Reise zu den Bier-Bars in ganz Finnland
von Helsinki bis zum Nordkap. Deutsch von Eike Fuhrmann.

M. A. Numminen
sings Wittgenstein & Helena est libertas.
Die CD eines intellektuellen Entertainers.

M. A. Numminen
singt wüste wilde Weihnachtslieder.
Eine CD mit festlichem Liedgut.

Jan Graf Potocki
Die Handschrift von Saragossa
oder Die Abenteuer in der Sierra Morena.
Ein verzaubernder Jahrhundertroman von Grafen,
Gaunern & Geliebten. Deutsch von Werner Creutziger.

Joachim Ringelnatz
Die Gedichte. Neuausgabe aller erreichbaren Gedichte,
getreu nach den Erstausgaben und zu Lebzeiten des Dichters
erweiterten Neuausgaben.

Frank Schulz
Morbus fonticuli oder Die Sehnsucht des Laien.
Ein großer Roman der deutschen Hochkomik.

Frank Schulz
Kolks blonde Bräute. Roman vom rechten Reden & Trinken,
von wahrer Liebe & echter Freundschaft & kleinen Taten
und großen Träumen.

Frank Schulz
Kolks blonde Bräute. Der ganze Roman als Hörbuch
eingerichtet vom Verfasser, gelesen von Harry Rowohlt,
Fanny Müller, Marion von Stengel, Gerd Haffmans
und Frank Schulz. 7 CDs oder 1 MP3.

Linda Verhaelen
Mein Leben als Schlampe.
Sex and the City in den Siebzigern.

Linda Verhaelen
Das Leben als Zumutung.
Das Schlampenleben zwischen Bar & Büro.

Oscar Wilde
Werke in 5 Bänden.
Vollständig neu übersetzt von Bernd Eilert,
Georg Deggerich, Susanne Luber, Petra-Susanne Räbel,
Eike Schönfeld und Hans Wolf.
»Neue Zürcher Ausgabe«.

Oscar Wilde – Ein Leben in Schönheit
Eine literarische Revue
über Leben und Werk des Dichters, Denkers & Dandys
zum 150. Geburtstag am 16. Oktober 2004.
CD von und mit Harry Rowohlt, Monika Schärer,
Christian Glockzin und Gerd Haffmans.

Der Raben-Kalender
Für jeden Tag im Jahr 2006,
herausgegeben von Tini Haffmans.
Der Kalender hier macht täglich,
ja Tag für Tag
den Tag erträglich.

Das wüste wilde Weihnachtsbuch
Nicht mehr Feierliches in Wort & Bild,
herausgegeben
von Gerd Haffmans.